阿宁 著

太行赋

上部

中国青年出版社

作者简介

阿宁，1959年生，河北故城人，河北大学中文系毕业，曾任银行职员、文化馆干部等，现为河北省作家协会创作室专业作家。系河北省作家协会理事、中国作家协会会员、河北省书法家协会会员，河北省有突出贡献的中青年专家、河北省"四个一批"人才、河北省德艺双馨文艺家，河北省第十届、第十一届人大代表，2021年获中国作家协会"深入生活、扎根人民"主题实践先进个人称号。著有中短篇小说集《校园里有一对情人》《坚硬的柔软》，长篇小说《天平谣》《爱情病》《城市季节》等十余部。作品曾获《十月》文学奖、《人民文学》优秀中短篇小说奖、《小说月报》优秀中短篇小说百花奖、《中篇小说选刊》优秀中篇小说奖、《北京文学》中篇小说奖、《中国作家》短篇小说佳作奖，河北省第七届、第八届、第十一届文艺振兴奖，河北省第六届"五个一工程"奖，河北省第二届孙犁文学奖，长篇小说《狠如羊》入围茅盾文学奖，部分作品改编为影视剧或译介到海外。

目录

第 一 章	告状信	001
第 二 章	小康村	039
第 三 章	养猪场	067
第 四 章	女老板	103
第 五 章	学大寨	149
第 六 章	见义勇为	187
第 七 章	贫困户	235
第 八 章	闹社火	283
第 九 章	带头人	311
第 十 章	刘会计	369
第十一章	三把火	421
第十二章	新项目	457
第十三章	大傻子	509
第十四章	山野情	551
第十五章	韩庆全	611
第十六章	承包人	655
第十七章	老郎中	703
第十八章	小饼干	753
第十九章	红色景点	781
第二十章	矿井里	825

附·主要人物表　883

第一章 告状信

1.

1

后背就是脸。从一张张后背能看见表情,五个村干部各有特点。走在最前面的老裴后背宽阔,两手背在后面,走路那个稳当劲儿一看就是村支书。说话没表情,握手时微微垂着眼,握完手抬起眼撩你,眼睛精光四射。

跟在他后面的暴二来,后背比支书窄,腰杆子挺得笔直。走路脖子像雄鸡,后背来回晃,少了一份沉稳。两个副村长曹志军、任海龙,跟在暴二来后面,贴着路边走。副支书没来,组织委员、宣传委员在外地打工。跟在任海龙后面的刘会计,脖子往前探,腰佝偻着,脑袋极力往上抬,跟暴二来的后背成了鲜明对比。左边的裴学锋不是干部,老裴的侄子,比一般村干部有分量,吃饭时老往江小童身上瞟。

工作队是县委组织部送来的,带他们跟乡党委书记蒋社教、乡长杜建奎见了面,蒋书记又介绍给村干部。老裴两个眼皮往下耷拉,抬起头却笑得憨厚,说有县、乡领导指导,工作队指挥,插剑岭一定能脱贫致富。大家一齐鼓掌。

在饭馆吃过饭,领导们走了。村干部把工作队送到村委会,大院扫得干干净净,墙上贴着标语:热烈欢迎市科技局扶贫工作队!杨伯峻感到老裴功力深厚。中国最复杂的就是村干部,工资少、心眼儿多,头顶哪一级都是上级,实际上哪一级他都瞧不起。别看你当局长当处长,给你一个村试试,不见得能玩儿转。

老裴指着几间办公室说:委屈住这儿吧,跟市里条件没法比。

杨伯峻说:挺好,挺好。

直到村干部们后背渐渐消失,杨伯峻等人才回过身看他们"安身立命"的地方。村委会院子挺大，新盖的，最里面一排房分别是办公室、党建室、文化活动室、档案室。西边院墙画了宣传画，都是脱贫致富的，黑板报写着村党支部、村委会工作分工和工作守则。东边是厢房，一间是库房，另外两间也是库房，刚刚改成了厨房，里间有灶台和火炉，外间放着圆形餐桌，配了六个凳子。

想象中的贫困村不是这样，应该比这里穷，比这里热络。县、乡、村三级干部对他们很热情，这热情跟他们心中的热乎不是一回事。

梅长风见老裴走远，脱口道：老奸巨猾。杨伯峻装没听见，对他和江小童说：房子你们先挑。江小童挨着看了一遍，选了东厢房，厢房最干净，床是新的，火炉也是新的，还有一个新暖水瓶。梅长风说了句领导先选，她便慌了，说：那我不要这间了！

杨伯峻说：以后就是一家人，哪有什么领导，女士优先。梅长风选了党建室，杨伯峻要了档案室。党建室、档案室就是一个牌子，里面是空房，临时放了一张床，一张办公桌，一个洗脸盆架子。各自把行李打开，铺好。

梅长风说：我觉得像做梦。

2

杨伯峻也没进入状态。偌大的村子好像没什么人，偶尔见几个孩子，一闪就过去了。他从小在农村长大，这里跟记忆中的村子不同，没活力。

晚饭吃得简单，车上带了馒头和方便面，炒了个西红柿鸡蛋，拌了两根黄瓜。都说中午吃多了，实际是懒得做。吃过饭三个人走出村委会，村里人早躲了，孩子都不往跟前跑，远远瞅着他们。

这个村跟杨伯峻老家差不多。老家也是村中一条大沟，沟两边一家一家都是土坯院墙，比这儿还破旧。沿着大沟走了一遍，杨伯峻盘算下一步工作。

村很美，周围崇山峻岭环抱，房屋树木掩映。村子美能吸引投资，只要来两三家有规模的企业，经济就有了保证。他不知不觉勾画着未来，便知道心没死，想找个安放的地方。看着一个村在自己手里改变面貌，也是慰藉。

一个妇女从对面走来，看着穿得随意，其实是精心搭配了。女人步子碎，不像村里娘们儿走得大步流星。到他们跟前说了声：来了？杨伯峻回答了一句，便过去了。

在村里转了一圈，就碰到了一个人。细心一点就发现，他们走后该出来的都出来了，互相说笑的，打招呼的，甚至还有挤眉弄眼的。

三个人回到村委会，无话。屋子四处漏风，杨伯峻到村超市买了糨糊，又找来报纸裁成纸条把窗缝都糊上。先给江小童糊，又给梅长风糊，忙完快夜里十一点了。躺在床上睡不着，想好好的为什么到了这里，结论就一个：领导看不上！

想睡也睡不着。杨伯峻跟崔局长住一个小区，房子是爱人买的，搬进来才发现一把手住这儿。一大早看见崔局长，他别过脸。崔局长喊：老杨，我正找你。

崔局长说：市里分给咱们局一个贫困村。

他一笑，崔局长又说：找人下乡不难，找带队的难啊！

他说：有事你直说吧！

当初一把手退下来，呼声最高的是他。后面还有六个副局长，崔局长排名第七。任命下来，崔局长变成了一把手。

他还没表态，崔局长就说：需要支持你只管说，要人给人，要钱给钱。

他说：我回家商量商量。

回到家给几个人打电话，问愿意下乡不？一律拒绝。能干的人都有想法，一下乡以前的努力白费了。好容易做通了一个人的工作，局里还不同意。崔局长给他派了两个人，一个是江小童，刚参加工作，父亲是市委副秘书长。另一个叫梅长风，停薪留职后又回局里上班，据说外面有生意。

江小童要求下乡是跟家里赌气。一个熟人给她介绍对象，男方跟她同一个学校毕业，画画的，据说家里资产上亿。江秘书长是市委书记身边人，企业家想在政界搭个关系。母亲天天催，她便要求下乡。

江小童心里的农村是从小说来的，这里既不像《暴风骤雨》，又不像《创业史》，更不像路遥的《平凡的世界》和陈忠实的《白鹿原》，人与人冷淡，物与物隔膜。夜里躺在床上，听见墙角发出莫名的声音，折腾到凌晨两点才睡着，醒来觉得跟没睡一样。她洗漱完赶过去，杨局长已经做好饭了。梅长风起得更晚，说屋里闹耗子。杨伯峻说老鼠应该到有粮食的地方，来你屋里干什么？

江小童刚回屋，母亲打电话问她早饭吃的什么，睡得怎么样。江小童把一切都说得光明灿烂，房子好，床新，村干部热情。母亲嘱咐她尊重领导，主动工作。正聊着，听见地下有窸窸窣窣的声音，扭过脸，见一只硕大老鼠在墙角蹲着，直瞪着她。江小童尖叫一声，母亲问怎么了？江小童说刚才硌了一下脚。

刘会计带着曹志军进来，问睡得怎么样？梅长风说耗子太多了，闹得慌。刘会计便说，梅长风和江小童住的是库房，以前放过玉米，听说工作队来，前几天刚腾出来。

江小童说：那个耗子比猫都大。

刘会计说，更早这里是粮食局的仓库，后面超市也是，耗子都不小。刘会计带他们到超市买了灭鼠药，往墙角撒，又买了粘鼠板放在床下，说大耗子成了精，鼠药杀不死，能杀死的是小老鼠。

中午，老裴赶过来，安排人用水泥再抹一遍。

杨伯峻说：明天先带我们走访一下群众，后天开村民大会，怎么样？

老裴眼神暗淡了一下，说十几年了，村里没开过大会。

杨伯峻听出不愿开，说：总得让村里人知道我们是干什么来的，什么任务，什么目标。

老裴扭头对刘会计说：明天你跟二来带杨局长转转，顺便给各户下通知，后天十点开村民大会。

3

上午九点多刘会计才过来，梅长风问：村长呢？

刘会计说：他呀，有事儿！说完神秘一笑。

十点钟暴二来到了，脚步轻快，嘴唇油光光的。刘会计冲梅长风眨眨眼，不紧不慢地问：去腊梅家了吧？

二来说：我坐坐"公共汽车"，你管得着不？

刘会计嘻嘻地笑。江小童知道"公共汽车"不是好词儿。腊梅就是第一天碰见的女人，肤色白皙，是村里的第一美女，跟老裴关系亲密。

杨伯峻说：我们想到有代表性的人家拜访一下，比如老党员，贫困户。

二来跟刘会计交换一个眼神，说：那就太多了，得跑好几天。去一趟沟底就得半天。

二来带着他们往南走，看见院子就进去，先自我介绍，再问家里几口人，有哪些经济来源？被问的人表情麻木，用狐疑的眼光看着他们。

走到沟里，见一户人家房子矮旧，院墙破烂不堪。梅长风觉得必是贫困户，要进。

暴二来说：这户不用去。

梅长风问：怎么了？

暴二来说：他家不是党员，也不是贫困户，你看，门口还有拖拉机呢！

往前走了三十多米，又看到一家，比刚才那家院子还破旧，暴二来也不让进。给梅长风和江小童的印象，越是破旧的院子越不能去。杨伯峻暗暗记住这家，街门上有个喜字，门头有一块残破的红纸，大概是去年春联的横批。

中午回到村委会，梅长风问刘会计：那个院子挺破旧的人家，叫什么？

看到二来走了，刘会计问：哪个？

梅长风说：门口贴着喜字的。

刘会计说：那是刘玉柱家，他哥原来是村干部，叫刘玉凯，跟刘丙瑞是本家远亲。

梅长风问：刘丙瑞是哪个？

刘会计说：以前的支书。

江小童问：刘玉柱不算贫困户吗？

刘会计说：不算。说着从抽屉里拿出一沓表，挑出一份指给他俩看。上面写着四口人，女儿在城里打工，其余三口种着三亩承包田，人均收入四千一百元。

梅长风想，能有这么高收入？恐怕是假的。

下午，换成二来和曹志军陪他们。梅长风故意问：村里人均收入达到四千的多吗？

曹志军说：不多。

二来说：不能光看人均收入，好些人表面收入不高，实际过得滋润着呢！有的人家我故意没让你们进，人性差，沾上了你们清净不了。扶贫扶这些人扶不起来，他们穷就是因为人性不好。

说着又走到一家，比上午看到的几家还破旧，江小童要往里走，二来拉住她，说：这家也不用去。

杨伯峻说：进去看看。

梅长风听了立刻叫门，里面没应声。一条大狗在里面咆哮，铁链子挣得哗哗响。

二来说：他家人性最次。

江小童问叫什么。二来说：老头子叫刘丙瑞，他儿子叫刘根生。他是有名的上访户，你不招他，他还要找你，县、乡领导躲都躲不及呢！快走吧！

院里狗不停地吠，人不出来。梅长风刚要转身，听见里面门响了，隔着门缝见一个老女人从屋里出来，走得极慢，开了院门问：找谁嘞？

二来说：市领导来看你们。

老女人沉着脸问：有事不？

二来说：没事，看看。

老女人说：没事不用看。说完要关门。

杨伯峻抢上前说：我们是市扶贫工作队的，想了解你家的情况。说完走进院里，女人拦住他说：别进去，在院里等着！说完冲屋里喊：老头子，来人了！

屋里一阵咳嗽，一口气儿差点上不来。一个须发皆白的老汉出来，一手扶着门框，一手搭在眼睛上方看他们。

二来说：刘丙瑞，今天市领导来了解村里的情况。

老女人问：了解我儿子的事不？

二来说：只问经济，不问别的。

老女人说：那你们走吧，我们家不用了解。

杨伯峻解释道：我们是市委派来的，以后常年住在咱们村扶贫，需要帮助到村委会找我们。

老汉眼里闪出一线火花，很快熄灭了，说不用领导费心了。

杨伯峻想握手，看老人不伸手转身环视院里。院子空空荡荡，除了几件残破的农具什么都没有，日子显然很艰难。

老汉说：我不贫，不用你们扶，只想要个公道！

二来抢先说：你要公道，我还想要公道呢！

老汉愤然扭身走回屋里，把屋门"咣"地一声关上！狗大概明白谈崩了，冲着二来一阵狂吠。二来扭头往外走，杨伯峻等人只好跟出来。

女人冲着狗骂：别叫了，再叫你也是条狗！

二来也不在意，对杨伯峻说：也好，这么你就知道咋回事了！

又去了几户，不像刘丙瑞生硬，也都说不用来！

二来说：这些人都是刘丙瑞的亲戚，要不就是死党。咱们村是老解放区，辛辛苦苦干了几十年弄成了贫困村，原因就在他们身上。过去他当支书，给村里留下个烂摊子，现在一大半告状信是从他家出来的，一抓经济就告状，光内耗了。

杨伯峻点点头。

又走了两家，天黑了，二来要请客。杨伯峻说：不用，我们回去做。

二来说：你这是拿我们当外人了，村里再穷，一顿饭还能吃得起，再说我们几个家里早吃完了。

杨伯峻听出来，他们不吃村干部就得饿肚子。稍一犹豫，二来又说：我还有工作要汇报呢！

杨伯峻只好点头。

饭馆前天来过，女老板脸色红润，一身肉肥嘟嘟地乱颤，咧着嘴问：村长来了？吃点什么？

二来说：别让我点，我点了你也不让我吃。

女人说：我就知道你不说人话。你不点，我替你点吧。随后端进来一桌菜，二来刚要了啤酒，老裴就到了。裴学锋也来了，原来他才是饭馆的老板，女老板桂芬是他媳妇。一会儿又来了几个村干部。

江小童看到这么多人，低声问：这得花多少钱？

村干部们笑着说：放心吃，刘会计有办法。

敬了一圈酒，桌上人渐渐进入状态，二来低声问刘会计：来一段儿不？

刘会计摇头。二来说：来一段来一段，光喝酒没意思。刘会计能学中外领导人讲话，专讲廉政。

桌上人齐声请刘会计来一段。刘会计清了清嗓子，先学了一段《列宁在1918》，又学了一段老革命家的讲话。

裴学锋说：乡里蒋书记他学得最像！

刘会计便学了一段蒋社教的讲话，内容是抓经济离不开吃饭，感情是酒桌上形成的，生意是酒桌上谈出来的，点子是喝酒冒出来的，吃得好经济才能发展，吃在一起才能打成一片，才能搞好工作。

桌上人一起鼓掌。杨伯峻俯到梅长风耳边，嘱咐他别让村里结账，上来主食就去结。

饭吃到一半儿，外面闪过几个人影。村干部们"唰"地扭过脸朝外看，见一个戴鸭舌帽的小伙子拿手机在窗外晃了一下。暴二来冲到外面，抢他的手机。小伙子不给，说：我找人，没照你们。

暴二来一把抢过手机，发现确实没照。骂道：滚远点儿，别让老子看见你。他转身对杨伯峻说：这帮人天天告状，告状信还附着村干部吃饭的照片，连个安生饭也不让吃。

杨伯峻说：我们是光明正大的，不怕群众监督。今天的饭我个人请客，你们不要有负担。

老裴说了个笑话，聊了几句大家便散了。

4

村委会以前是小学，属危房。好些年前村里来过一个小康工作队，队长姓毕，县工商局副局长。当时县委要求工作队在村里住，完不成任务不能撤回。毕局长说去农户家不方便，要住村委会。

到了村委会，一看破破烂烂的没法住。毕局长说：小学才二十几个孩子，占那么大院干什么，在那儿盖村委会！

老裴说：盖村委会外加小学得一百多万。他知道毕局长的姐夫是县委副书记，找一两百万不难。

毕局长搞来了一百二十万，刘会计说不够！又追加了三十万。工程队老板是老裴的女婿，费用就大了，毕局长觉得上了当。

村委会院子很大，杨伯峻跟老裴商定村民大会就在大院里开，全村三百一十三户，一户来一个人也不过三百多，放得下。

杨伯峻写了讲话稿。梅长风和江小童一早起来打扫院子，把几张办公桌拼到一起算主席台。院里放着一辆收割机和农用三轮车，都推到了外面。怕人多踏起尘土，在地面泼了水，梅长风戏称是清水泼街。

这是第一个村民大会，杨伯峻给乡里蒋书记打电话，请他来助威！蒋社教一口答应。到了十点没一个人来，院里只站着几个村干部。老裴说：村里就这样，十点开会十点半到就不错，等等吧！

十点半稀稀拉拉来了二十几个人，老裴说：大概就这些了，开吧！

杨伯峻说：这哪叫村民大会！

老裴朝二来使个眼色：再叫人！

正说着，蒋社教带着两个乡干部赶过来，跟杨伯峻握手。正说着见刘会计走过来，蒋社教上前踢了他一脚：听说你一上酒桌就学我讲话，我踢死你。

刘会计说：蒋书记，我在酒桌上学的都是伟人，列宁、毛主席、邓小平，你排第四。几个村干部一齐笑。

蒋社教见会一时开不起来，说：杨局长，我还有个会先走一步。你别着急，让村里再通知一下。

杨伯峻脸颊发烫，稳住心神说：蒋书记你先走，这里你放心！

江小童和梅长风跟着二来又到各家叫了一遍，只叫来十几个，加到一起还不到四十人，其中有两三个是半大孩子。来的人四下分散开，有人把凳子搬到墙角，有人在墙根蹲着，还有人抄起手倚着门框打盹。脸上一律没有表情，僵硬里掩藏着敌意。

老裴解释说：每次开会就是这几个，有的出去打工，在家的都是有病走不动的！这还是你们来了，我开会叫不来这么多人。

杨伯峻知道这是给他台阶下。他告诫自己不能发火，冲动是无能的表现。他铁着脸扫视院里的人，想起车里放着老婆买的几十套练功服，问台下的人：大伙儿身体还好吧？

没人回答。又问了一句，一个老人说：就这样儿，活不好，也死不了。

有人问：会还开不开了？

杨伯峻说：我看换个时间开更好！趁这个机会教你们练气功怎么样？

村里人不言声，他们没见过教气功的下乡干部。

有人问：练气功能脱贫不？

杨伯峻反问：怎么才能脱贫？

有人低声说：我们要有办法，还用你们来？

声音不高，在场的都听见了。杨伯峻注意到是个小伙子，戴着鸭舌帽，想起就是昨晚拿手机照相的那个。他旁边是个老年人，暗中踢了他一脚。

杨伯峻问：你叫什么？

小伙子笑着说：我是落后分子，问我名字没用！

杨伯峻说：脱贫要靠实干，没个好身体不行。我原来身体不好，练了气功强多了。

村里人说：无所谓，你教，我们就练。

老裴说：练气功好，我也练。二来和刘会计等人都说练，这是想把他架起来。

杨伯峻让梅长风从车里搬下练功服，下面人活跃起来。原来想走的都不走了，站在远处的蹭到主席台前。有人躲到远处打电话，大概是叫自己家的人。

杨伯峻说：你们捡合适的挑，挑完登记一下姓名。先捡你合适的挑，家里人愿意练，我们也发。

这套功法杨伯峻没练多长时间，教练怎么教他，他怎么教别人。他在意的不是气功，是把村里人聚起来。看到他们跟着闭目静坐，他就想：市民是人，农民也是人；城市人想健康，农民也想健康。时代变了，不能用老眼光看农民。

他问愿意不愿意练气功时，不少人扭头看了一下东边一个人。这人看起来七十多岁，身材高挑，腰不弯背不驼，脸色红润，三绺银白胡须飘在胸前，一副仙风道骨。

散场后老裴说他是村里的郎中。一个村干部解释说：咱们村的赤脚医生叫碌碡，这个老人是他爹，人称老郎中，现在早不看病了。他们祖上定的规矩，年过九十不看病。

曹志军说：这是我们村的神仙，他愿意练气功，村里人都跟着练。

练完气功，那个小伙子调侃说：你们这个工作队好，实惠。

杨伯峻问：这小伙子叫什么？

二来说：裴元庆，站在旁边踢他的是他爹裴贵，老裴的本家亲戚。

刘会计接着说：老郎中叫慈崇喜，是汉族。他太爷爷那一辈才从外地搬来，以前干什么的谁都不知道。他家有历史问题，要不就是大官了！

5

村里人走了，杨伯峻放松下来。

刘会计悄悄溜进来说：杨局长，谁开会也是这样，现在有个好干部村里人也不信了。

杨伯峻说：让群众信任得有个过程，下午咱们继续走访。

从村委会出来，刘会计看了看后面没人，转身去了老裴家。

下午吃过饭，刘会计回到村委会。工作队跟着他一直走到村中间，村里人叫沟里。一连走了四五家，家家吃闭门羹。杨伯峻脸色不好看，站在街口往四下瞅，想该往哪里去。

刘会计说：都下地去了。

杨伯峻想，大冬天下地干什么？有那么多活儿吗？看见前面有一家房顶好像在冒烟，他对刘会计说：去这家看看。

院门没上锁，进了院喊：有人吗？没人应，又喊了几句，一个老太太从屋里出来，迟疑地望着他们。老太太耳背，刘会计问什么她都听不清。

刘会计说：她倒真算个贫困户，家里没别人，只有一个傻儿子。

没想到老太太说：我儿子不傻。

刘会计大声说：我们说别人呢！

他又说：他儿子外号大叫驴，没成过家，看见女人眼就直了。今天除了这样的户，家里都没人。

杨伯峻想，昨天怎么都在家，今天说下地一齐下地？他说：咱们明天再来，你也回去吧！我们自己转转。

刘会计走远后，梅长风说：这是迷魂阵！

几个人说着走到前天路过的刘玉柱家。刘玉柱六十多岁，低头点烟的样子很像张艺谋电影里的主人公。村里抽旱烟的很少了，村干部抽极品雪花，普通村民抽一元一包的白雪花，只有他这个岁数的还拿着烟袋。

杨伯峻问：家里几口人？

刘玉柱说：三口。

江小童想起刘会计昨天拿出的表上是四口，问：不是四口吗？

刘玉柱老婆骂：放他娘的屁，我们什么时候四口了？

女人高颧骨，两边各有一片红晕。衣服满是污迹，头上斑斑白发，白得枯萎、发锈，额上皱纹没洗净，里面是汗水、污渍。

看一看他家的陈设，人均收入四千多元根本不可能，村干部显然虚报了。他们的女儿早已出嫁，在外打工，收入仍然算在他家，人均收入自然能提高。

江小童上前拉住女人的手，女人说：你们不来，我们只能任人欺负。说着掀开刘玉柱衣服，身上是一块块伤疤和一道很长的刀痕。

江小童惊讶地问：这是怎么回事？

女人刚要回答，刘玉柱摆手说：没事，我身上能开花，后背上、腿上都开。说着扭过身让他们看。

女人说：打的！

刘玉柱说：别说了，说这些有什么用！

外面狗又在狂吠。女人刚出去，听见暴二来在院里喊：杨局长，裴书记找你。

他们只好从屋里出来。临走跟刘玉柱使劲儿握手。

老裴住的院落很深，门口放着两个石狮子。院里停着两辆汽车，一辆雷克萨斯，一辆奔驰SUV。八间正房，左右出廊中间抱厦，东、西各有数间厢房，跟正面的出廊相连。老裴走到堂屋门口迎接他们，说：我身上不得劲儿，要不就去看你们了。

杨伯峻问：怎么了？

老裴说：夜里受了凉，头疼。

老裴没要紧事，他说：杨局长，你不来我正想找乡里，你来了先跟你打个招呼，我当了二十八年支书，该把这一摊子交出来了，你找个人吧！

杨伯峻想，这是刚才去了不该去的地方，撂挑子给他看的。他笑着问：我们刚来，没做错什么事吧？

老裴说：没有，没有。

杨伯峻说：要是没做错，怎么跟我撂挑子呢？我们来，您该支持我们呀！

老裴说：不是撂挑子，是到岁数了。

杨伯峻说：班子的事你得跟乡里说。不过，我们也有建议权。

出了裴家大院，梅长风扭回头看了看说：让咱们来看他，架子够大的。

杨伯峻说：人家身体不舒服嘛！

梅长风说：我看他是心里不舒服。

江小童发现了异常，指着前面说：那些人干什么的？

梅长风顺着手势看，见村委会门口站着二十几个人，说：来领衣服的吧？听说上午练气功领了衣服，不过夜就来了。

挺起腰杆走进院里，发现不对劲儿。一个身材敦实的小伙子走到跟前问：谁是局长？

杨伯峻说：我是。

小伙子也戴一顶棕色鸭舌帽，帽顶开了花，帽子下面挨着头发是一圈儿油渍。他身边还跟着个中年人，一只眼斜视，看人好像在看别处。

小伙子问：你们扶贫是扶全村人，还是扶个别人？

杨伯峻说：当然是扶全村人。

小伙子问：扶全村，为啥还有亲有后？

杨伯峻说：我们刚来谁都不认识，怎么会有亲有后？

小伙子说：你们一来就给人发衣服，有的有，有的没有，啥意思？他们贫困，我们就不贫困了？

站在他身后的人突然一齐嚷：为啥只给干部，不给群众！只给跟村干部一伙的，不给我们。

梅长风和江小童慌了，堵到前面喊：干什么！干什么！

杨伯峻摆摆手。问小伙子：你叫什么？

小伙子说：刘大龙。

杨伯峻说：我们正想听村里人的意见，进屋说吧！

众人都看刘大龙。杨伯峻说：刘大龙，你进来，他们就进来了！

刘大龙进了屋，院里人陆陆续续进来。

杨伯峻说：你们理解错了，我们发的衣服是练功服，前提是参加练气功，不参加没有。说白了，是为鼓励村里人练气功的。

刘大龙说：那我们也练，练几次发一身衣服？

杨伯峻说：这不是救济，是让你们身体强壮，尽快脱贫致富。今天既然来了，你们跟我说说为什么贫困，有什么脱贫的好主意。

眼睛斜视的人说：我有主意，不想说。

杨伯峻问：你叫什么？

斜视的人迟疑了一下，说：郝宝贵。

杨伯峻说：郝宝贵，你的主意好我就采纳，说出来我们听听。

他说：我的办法是让村干部排好队，一个隔着一个拉出去枪毙，插剑岭准能脱贫。

屋里屋外的人都笑，说：对，挨着枪毙有冤枉的，隔着枪毙有漏网的。

杨伯峻拍桌子：你这主意违法！

屋里一下安静了，杨伯峻说：村干部犯了罪自有司法机关，你凭什么枪毙人？

刘大龙往前走了几步，把郝宝贵拉到后面，转回身说：杨局长，他说的不中听，其实有些道理。我们不要求你把村干部枪毙了，要求你把问题查清楚，把有问题的干部该撤职撤职，该法办法办，这不违法吧？

杨伯峻不好表态，略微迟疑了一下后说：这话不违法。我郑重回答你，对脱贫致富有利的我们就做，没根据的事我们不做。

外面"哐哐"一阵乱响，杨伯峻往外看，见郝宝贵站在收割机上，拿着一块石头乱敲。众人走到外面，郝宝贵喊：猫跟耗子一块儿喝酒，这猫还能逮耗子吗？对，这样的工作队还能抓腐败分子吗？

谁是腐败分子？说出来！老裴披着黑夹袄，大步流星走进院里，后面跟着二来等人。院里人纷纷散开。老裴在院子中间稳稳站住，厉声问：谁是腐败分子，给我指出来！

郝宝贵从收割机上跳下来，绕开人群往外走。

老裴喊：站住！来了的谁也别走！实话跟你说，我这个支书早就不想当了，谁想当报名，我让贤了！

老裴环视四周，认定没人敢站出来。他知道这个村的人怎么回事，他在村里当了二十八年支书，脚在街上跺一下，村里人怎么反应他都知道。

一个老太太从外面走进来，拽着刘大龙往外走：回家！别在这儿给我背兴。

江小童认出是刘玉柱的老伴。她经过老裴身边时，连看都不看。

村里人陆陆续续走了。杨伯峻走到老裴跟前说：裴书记，你来得正是时候。

刚才还怒气冲冲的老裴马上换了笑脸，说：对不起，我来晚了一步！有工作队在，插剑岭的天塌不下来！你们先歇着，明天咱们一块到各家转。

杨伯峻看着他的背影，有种说不出的感觉。刚才他还要辞职，现在气场满满，开村民大会时一脸无奈，现在却一言九鼎。

梅长风喊：坏了！衣服丢了！

杨伯峻车上一共六十套服装，发了四十二套，剩下的衣服放在文件柜里，现在一套都不见了！

梅长风骂：这他妈的是个什么村，都是流氓！

杨伯峻点点头想，这个村不简单。老裴在院子里看着威风凛凛，那不是冲着群众，分明是做给工作队看的。

6

第二天一大早,村委会又来了五六个人,抬着一把竹椅,竹椅上躺着个四十多岁的胖子,脸上没一丝血色,身上穿一件破棉袄,下身连裤子都没穿,盖着被子。他们后面是七八个孩子,再后面是大人,有男有女,大人们不进院,躲在远处看。

工作队正吃早饭,杨伯峻背对着门,昨天中午他给爱人打电话,告诉她车后备箱的练功服送了人。爱人是保险公司的业务部经理兼工会主席,她不高兴地说:那是公司的春节福利,你送了人,我们怎么办?杨伯峻把经过说了一遍,说:你还得帮我再定一批,钱先垫着,我以后还你。

爱人刚给他发来微信,说为支持扶贫,老总答应捐他们五百套练功服。杨伯峻想把好消息告诉梅长风,梅长风一努嘴说:又来了!

杨伯峻扭身,一眼看见了椅子上的人。椅子是改造过的,两个扶手各绑一根木杠,一抬就能走。杨伯峻放下碗,走到院里说:外面冷,进屋吧!

办公室没生火,比院里还冷。大人带孩子进去了十几个,塞得满满当当的。抬椅子的一个小伙子一屁股坐在杨伯峻床上,另一个也要坐,先坐下的挪了挪,床单已经脏了。剩下几个有坐桌上的,有坐凳子的。脸盆架上的脸盆翻过来放在地上,也成了座位。

杨伯峻问:你贵姓?

坐在床上的小伙子说:姓刘,刘海翔。

杨伯峻问:椅子上躺的是你什么人?

刘海翔说:我爹,刘根生。

杨伯峻问:什么事?

刘海翔说：没事。听说工作队来了，看看你们。

杨伯峻问：你爹这是怎么了？

刘海翔说：瘫了。

杨伯峻问：他岁数不大，怎么瘫的？

刘海翔笑了，说：我也不知道怎么瘫的，睡了一觉就瘫了。

杨伯峻问：你有什么要求，直说好了。

刘海翔说：没要求。家里躺着个瘫子，我什么都干不了，干脆放你们这儿得了。工作队是来帮我们的吧？

一些孩子出去了，那个跟在后面的大人还在。梅长风问：你跟他们一起的？

那个人说：不是。我有别的事。

杨伯峻问：你什么事？

那个人说：我不急，先说他们的。

杨伯峻又问：你叫什么？

那个人说：我姓慈。村里人叫我碌碡。

江小童想起昨天来开会的那个老人，说：你是赤脚医生吧？

碌碡说：对，对。昨天来的是我爹。

杨伯峻说：既然你是赤脚医生，说说他是怎么瘫的。

碌碡说：我不知道。不过，我知道谁知道。

杨伯峻看着他说：你说。

碌碡说：咱们县有个最大的企业家叫周竞，人称"周大肠"，他准知道，县委书记都得听他的。

他的意思是老裴也听周竞的。杨伯峻想，周竞真有这么大本事还用管一个村的破事？当务之急是让刘海翔把人抬走，放在这儿算什么！

刘海翔不走,他说:杨局长,你们既然来了,就给我们办点儿实事吧!我看工作队有伙房,我就把我爹放在那儿,跟你们一块儿吃,一块儿住。说着几个人要往外抬。

杨伯峻拦住说:这不行,有什么要求你直说好了。

刘海翔说:这就是要求。为我爹的事,我爷爷上访了十几年,打我三四岁一直上访到现在,什么事都解决不了。我跟爷爷说你别上访了,把我爹交给工作队,村委会有吃有喝,饿不着也渴不着,咱们家信得过工作队。

杨伯峻说:人你先抬回去,给我们一个了解情况的时间好不好。

刘海翔说:不用,就让他在这儿住着!我们也不往你床上抬,让他在椅子上睡就行。你吃什么给他一口,他死了是帮我们解决困难,决不找你们的麻烦。

椅子上的瘫子半眯着眼,偷觑着杨伯峻。他明明没笑,杨伯峻却看出了笑意。

梅长风拿出电话,不用说是想给老裴打。杨伯峻赶紧摆手,叫老裴等于承认自己无能,他不想再看老裴威风凛凛的样子了。他说:愿意在这儿住也行,我让村里把旁边的屋子给你们,不过你们得有一个人陪着他。

刘海翔一时不知怎么回答。正迟疑,见一个老太太走进来,后面跟着个四十多岁的男人,笑嘻嘻的。屋里好些人往外走,抬着瘫子进来的人都看刘海翔,意思是问怎么办?

刘海翔不动,那几个人便不动,眼睛看着刚进来的老太太。

杨伯峻转身看老太太,他们昨天刚见过,刘会计说她儿子外号大叫驴,天生的傻子。记得她耳朵背,他大声问:来了?

老太太翻了一眼问:扶贫的人在哪儿?

杨伯峻说：我们就是扶贫的，昨天去过你家，你忘了？

老太太愣了一下，显然把昨天的事忘了。

杨伯峻问：你有啥事？

老太太说：我日子过不来，找扶贫的。

杨伯峻说：日子过不来找我们，找对了。

老太太说：我儿子干不了活，他们说能当五保户，村里不让我们当。

碌碡在一旁说：他早就是五保户了。

杨伯峻问：他是吗？

碌碡：他早就是，老太太忘性大，好些事记不住。

杨伯峻大声问：村里给你们发过钱吗？

老太太摇头：没有。

碌碡说：三个月发一回，你没领过？

老太太这次听得明白，坚持说没领过。

杨伯峻说：你先回去，我问一下村里，没领我让村里给你补上。

老太太仍不走，她说：他们说还要发衣裳呢！

看来是有人指使来的。这两天闹事的人一拨又一拨，大都跟发衣服有关。杨伯峻说：衣服现在发不了，已经让人买去了，你儿子跟着练气功，肯定给他发。你练，也给你发。

老太太说：我练。

话音刚落，外面又进来两个，戴鸭舌帽的叫裴元庆，另一个叫裴贵，都是昨天来过的，杨伯峻问：练功来了？

裴贵说：我们来反映个事儿。

杨伯峻说：来的都是有事儿的，说吧。

裴贵说：咱们村办过养猪场，你们知道吧？杨伯峻说不知道。

裴贵说：村里让我们办的，辛辛苦苦干了三年，一分钱没挣上，工作队来了得给我做主。

梅长风问：养猪场到底是村里办的，还是你办的？

裴贵说：村里让我办的。

梅长风说：那就是说，村里应该给你发工资，没发，对不？

裴贵说：也不是，村里应该给我们钱，没给。

梅长风听不明白，问：村里该给你什么钱？

裴贵说：我们垫的钱多了，买各种东西，电费、运水费、材料费、防疫费，还有饲料，村里都没给过。

刘会计不知道什么时候走进来，打断他说：不是村里欠他的，是他该给村里交承包费，没交。

裴元庆说：猪都死了，拿什么交？

刘会计说：村里让你养猪，你给养死了，怪谁？

裴贵说：猪死是因为猪瘟，各地的养猪场都死。你们不去养猪场，也带不来猪瘟。

刘会计说：养猪场是村里的，村里去检查工作还错了？

裴贵说：谁敢说你们错，养猪场是村里的，你们走了，猪瘟来了，这个理我跟谁说？我们干了三年不挣钱，欠的钱总不能不还吧？

杨伯峻听了半天，好像明白了，又不太明白。村里没给他们出钱，是因为他们没交承包费，没交承包费是因为感染猪瘟，感染猪瘟是因为村干部进养猪场检查。养猪场是村里的，村干部当然要检查。

他扭头看了一眼碌碡，想听碌碡介绍一下情况，发现碌碡躲着他的目光。正在犹豫，一个老人从外面冲进来，举起拐杖就朝刘海翔打。刘海翔吓得抱头鼠窜，往人背后躲。杨伯峻认出进来的是刘丙瑞，他气得撅着胡子，挥舞拐杖在屋里追赶刘海翔。

老人越发生气，骂道：我把你个不成器的东西打死。跟着刘海翔来的几个人，抬起椅子往外走。

杨伯峻说：老人家，别生气，先坐一下。

老人不理，跟着他们追到院里。

杨伯峻问碌碡：他是刘海翔的爷爷？

碌碡点头：咱们村的老支书，没有不佩服的。

江小童问：佩服什么？

碌碡说：骨头硬，正直，就是脾气大些。他当支书，咱们村最安定了。

杨伯峻想，暴二来不是这么说的，他说老人人性最差。

碌碡又说：现在的干部没一个比得上。椅子上躺着的是他儿子，今天赶过来，是不让刘海翔给你们找麻烦！

杨伯峻大感宽慰。他想问碌碡，暴二来是不是跟老人有矛盾。周围人太多，没问。

碌碡说：我这是旧事，历史问题。

杨伯峻不想再听裴贵的事，他说：什么历史问题，你也说一说！

碌碡说：咱们村抗日时是红色堡垒村。村里当时有十个党员，都是二三十年代入党的。后来十个党员变成了九个，去掉的那个是我三爷爷，他莫名其妙地成了叛徒。我来是要求给他平反的。

杨伯峻问：你的事跟县里反映过吗？

碌碡说：反映了几十年，解决不了。因为制造冤案的人还在。插剑岭以前掌权的是刘家，后来是裴家。以前在县里掌权的也是他们两家。我不知道是谁制造了冤案，你们要是调查，肯定能搞清楚。

江小童想起他刚才还说刘丙瑞正直，转眼又指控刘家。正想问，梅长风先替她问了：让你这么一说，刚才的刘丙瑞也有责任了？

碌碡低了头说：这是两码事！

想再问，看见老裴和暴二来进了屋，旁边跟着几个村干部。裴贵和裴元庆一见，默不作声地离开了，跟着看热闹的人也随着他们往外走。老太太见别人都走了，一时在屋里发愣，她已经忘了是来干什么的。老裴挥了挥手，她也拉着傻儿子走了，她有些怕老裴。

老裴说他是来练气功的。院里聚集了不少人，老裴说练气功，他们也说练。杨伯峻乐得有人帮助解除危机，说：那咱们就开始吧！

练完功村里人还不走，木呆呆地看着工作队的人，问什么时候发衣服。江小童说衣服让人偷了，一时做不出来。村里人很失望，有人走的时候骂骂咧咧的。

7

村委会不见了梅长风。杨伯峻在村里找了一圈儿，没发现踪迹，以为他到集上买菜去了。这里买菜要赶乡政府前的大集，来回两个多小时。过一会儿见他发来一条微信：家里有事，我先回去了！

杨伯峻问：他家有什么事？

江小童说：他不愿意在这儿，说这地方待不得。

看来是给吓跑了！杨伯峻问小童：你怕不怕？你要怕，也走！

江小童说：我不怕。杨局长你不走我就不走。我跟着你！

两人走进梅长风屋里，见被褥还在，看样子还打算回来。拿起枕头，见下面有封信,牛皮纸信封上写着杨局长收。信不是梅长风写的。这是一封告状信,信后面附着一张复印件,是村里的小康村证书。时间是2008年11月,颁发单位是原平县政府。

告状信说,插剑岭是原平县政府命名的小康村,短短几年摇身一变,成了贫困村。这是村干部故意给小康村建设抹黑,目的是套取国家扶贫资金,中饱私囊。强烈要求上级派工作组查清村里的账目,还以事实真相。

杨伯峻拿着信在屋里来回走,琢磨这封信是冲谁来的。插剑岭不是贫困村,工作队入驻就没有理由。他问:什么人放下的?

江小童说:不知道。又问:不是贫困村,咱们就能回去了吧?

杨伯峻苦笑,说:至少不能在这里了。

江小童不理解,她觉得这个村太复杂,换一个村更好。

杨伯峻说:明明就是贫困村,怎么能随便放弃!

告状信里说了村里一系列问题,大部分是反映老裴的,也有涉及暴二来和刘会计的,除了贪污腐败,还有男女关系。最后一段写道:裴震山作为村一把手,长期跟一个叫腊梅的寡妇鬼混,村里的事他们两个做主,其他干部成了摆设。他们长期把持村里的政权、财权,是因为背后有一个大靠山。一个洗肠子的成了太上皇,村里怎么能好?

杨伯峻把信收起来,告诉江小童,不要跟别人提。回屋后,他把那封信又看了一遍。这封信针对的不止是村里,碌碡说过,村里的事周竞知道,这人外号"周大肠",大概就是信上说的人。信是不是碌碡写的,他不能直接找碌碡问,一切都要不显山不露水。碌碡刚才来反映问题,根本不是什么要紧事,明显是找了一个借口。不过,碌碡确实没去过梅长风屋里,那么,信是怎么放到枕头下面的?

正想着,曹志军走了进来。杨伯峻对这个副村长印象不错,那天吃饭时一个戴鸭舌帽的小伙子在窗口晃了一下,几个村干部立刻冲出去,曹志军没动,脸上露出不屑的神色。这人有正义感。

他给曹志军倒了一杯水,说:没在村里干过,一下涌出这么多矛盾,不太适应。

曹志军说:别看他们折腾,其实心里都盼着你们来,想让村里变一变。

杨伯峻问:那个碌碡是怎么回事?

曹志军说:他呀,慢慢你就知道了。慈家是这个村最复杂的,谁都说不清。不光他,他爹,他们祖上,都说不清。

杨伯峻问:他说有个企业家叫周竞,是咱们村的?

曹志军摇摇头:不是,我都没见过。光听说县里有这么个人,名声大着呢!

杨伯峻问:他跟村里有什么关联吗?碌碡为什么那么说?

曹志军说:这我说不好。村里人传说挺多,究竟咋回事谁也说不清。最好别打听,打听也打听不出来。知道咋回事的不会说,不知道的白问。

杨伯峻点点头。曹志军大概属于知道不说的。一个副村长不可能不知道,他能当副村长,跟老裴关系应该也不错吧?

8

扶贫办在县委办公大楼的六楼,杨伯峻一口气爬上去气喘吁吁的。一清早接到县里的电话,又接到局里的电话,说的都是一件事,让他上午到县扶贫办,有要事相商。到了才知道,县扶贫办也收到了告状信。信后面同样附着小康村证书。其他内容跟杨伯峻收到的不完全一样，增加了村支书裴震山的经济问题，无非是多吃多占，却没提腊梅的事。署名是插剑岭人民群众。

县扶贫办主任姓和，他的手特别厚，全身胖乎乎的，一看就乐观随和。杨伯峻看完一封信，和主任又递给他一封说：你再看看这个。

这一封说男女关系比较多，有情节有细节。刚放下信，和主任又从抽屉里拿出几封，放在桌上。

杨伯峻问：这么多？

和主任说：信同时寄到了省、市、县三级，各级领导都作了批示。

杨伯峻问：你们什么想法，这个贫困村要撤销吗？

和主任说：翻了档案，以前确实是小康村。打算把你们换到下关村，就在县城旁边，有养猪场，有食用菌养殖基地。这是暗示他工作轻松。

杨伯峻家是农村的，贫困不贫困一眼能看出来。插剑岭不是贫困村，这个县就没贫困村了。他问：你们决定了？

和主任说：这是县领导的意思。

杨伯峻说：我先跟县领导交换一下意见！他不想被这个胖胖的家伙赶走。

县委书记蔺永乐原来也是市科技局副局长，后来调到市委办任副主任，干了两年提成县长，又过了几年成了县委书记，据说下一步还要往上提。代他约见的小伙子迈着小碎步回来，一脸兴奋地说：蔺书记请您！话音刚落，蔺书记已经赶过来了。

两个人在走廊里见了面，握着手摇啊摇，久久说不出话。蔺书记感慨：伯峻，你可老多了！

杨伯峻见他脸上油光锃亮，声音洪大，像换了个人，说：蔺书记，你不见老，更精神了！想不到我一来就得给你添麻烦！

蔺书记说：哪里话，我要知道你来，早去看你了。说完让下面安排饭。

杨伯峻忙说：你一天要接待好些人，我就不添乱了吧？

蔺书记说：今天我谁也不见，中午就是咱俩。对了，把扶贫办主任也叫上。

吃饭在县委食堂，和主任看到杨伯峻和蔺书记是老朋友，有些意外，每次敬酒都把三杯酒倒进一个大杯，一饮而尽，大概是道歉的意思。敬过蔺永乐再敬杨伯峻，再敬县委办主任，桌上人一一敬到。杨伯峻暗想，这得多大酒量啊！

蔺书记说：他最大优点是喝了酒不误事。

和主任的确不误事，蔺书记问他插剑岭的情况，他回答得清清楚楚，复述告状信简明扼要。杨伯峻说：插剑岭要不是贫困村，这个县就没有贫困村了。

蔺书记说：省领导的批示我知道，你说的情况我还是第一次听说。

杨伯峻说：我也不知道怎么回事，一进村就像回到老家似的，扔下他们不忍心！

蔺书记说：这就是境界！他转身对和主任说：杨局长的意见很重要，插剑岭的小康村如果没达标，就要主动改正。你们和杨局长先调查一下。

和主任点头：我配合杨局长。特意把配合两个字加了重音。

杨伯峻说：我就不参加调查了吧？

蔺书记说：你参加对下一步工作有好处。

和主任想，真想调查根本用不着杨伯峻参与，大概是为了堵他的嘴。评小康村时蔺书记是县长，查出个假小康村对他有好处吗？他说：蔺书记放心，我们一定完成任务。

蔺书记侧过脸问：杨局长，你看这么安排行吗？

杨伯峻不知道里面的弯曲，说：好，好。

有了蔺书记的饭局，县扶贫办态度积极，特意给杨伯峻在县宾馆安排了高级间，吃饭一天三顿自助餐，还让工作人员送来一箱矿泉水，说怕县里的水有污染。

下午，和主任让一个科长陪着杨伯峻在县城游览。科长姓邱，四十多岁，当地人，县里的情况如数家珍。他一边游览，一边介绍蔺永乐担任书记后县里的巨大变化。杨伯峻当然爱听，不过他心里惦记江小童，忍不住打断他：咱们什么时候开始调查？

邱科长问：您看呢？

杨伯峻说：当然是越快越好！

邱科长又问：从哪里入手呢？

这一问杨伯峻就警惕了，这是你们的事，怎么问我？他问：领导怎么安排的？

邱科长说：和主任说尊重您的意见。

杨伯峻想，既然征求意见，我说说也无妨。他问：当初搞小康村也有工作队吧？看到邱科长点头，又说：最好先跟他们谈谈。

邱科长说：和主任也是这个意思。

第二天邱科长开车接他，又接和主任，这么来回接已经到了九点多。沿着迎客大街往东走，两侧起了不少高楼，乍一看有中等城市的意思。沿街的商铺整洁、时尚，让人觉得很有发展潜力。到了一个巷口，路窄，邱科长把车停在一家店铺前，三个人下车往里走。邱科长小跑着在前面引路。

进了里面才知道，跟外面的光鲜一墙之隔，就是落后、无序、肮脏，小巷两边墙上的白灰一块块剥落，像城市的疥癣，书写的标语还是"文革"时期的。在一个墙角看见一大片尿迹，天一热，尿臊味儿很顽强。寒流刚过去，雪水和融化的尿冰汇合到一起，杨伯峻差点儿滑倒。

和主任说，原来的工作队长是县工商局副局长，姓毕，退居二线后一直在他妈家住。他老婆是化学老师，跟一个南方商人起了化学反应，他去捉过几次奸，老婆就跑了。

走到一个破旧院落，邱科长拍门，里面没动静。和主任打电话，对方关机。邱科长发现门头有个细绳子，拉了又拉，还是没人应。三个人互相看，和主任说：看来今天白跑了，打道回府吧！

一连找了三天，毕局长没踪影。杨伯峻要回村，邱科长又说约好了，下午三点毕局长在家等着咱们。三个人又进了那条小巷，叫了门，出来个老太太。

和主任问：毕局长在吗？老太太不理，扭头往回走。三个人跟到屋里，屋里除了老太太没别人。和主任又问：毕局长呢？老太太还不理。

邱科长说：她听不见。对着老太太喊：你儿子呢？

老太太说：吃过了。

又问：你儿子去哪儿了？

老太太说：早就不上班了。

邱科长只好一个字一个字地喊：我们找你儿子，跟他约好的！

老太太气冲冲地说：不知道去了哪儿，一天不着家。

杨伯峻感到被骗了，怀疑扶贫办跟他暗通消息。县里人际关系交错，外人根本搞不清。他说：算了，咱们回吧！正要走，一个高个子男人急匆匆走进来。

和主任说：你可来了。又对杨伯峻说：这就是毕局长。

杨伯峻一边握手一边说：毕局长，你好难找！

毕局长说：我妈心脏不好，住了几天院，刚好点就说不住了。我跟你们约的是三点，急着从医院结完账赶回来。说着看表，说：现在是两点五十。

杨伯峻想，倒错怪了他。问：老人多大岁数了？

毕局长说：再过一个月就八十了，还天天为我操心。

和主任说：我们来，是跟你了解插剑岭评小康村的情况，你还记得吧？

毕局长认真起来：小康村怎么了？有问题吗？

和主任说：也没什么，有人反映是假的。

毕局长说：小康村没一点儿假。当初的小康村标准是人均年收入一千二百元，我们是一户一户核准的，每一户都有登记。

和主任说：不是说小康村假，是说贫困村假。现在的事就怕有人盯着。今年乡里把他们报成了贫困村，有人告到了省里。

毕局长愤愤地说：说插剑岭贫困绝对是弄虚作假。村里有一个铁矿，一个砂石厂，一个养猪场，一个养羊场。说他们是贫困村鬼才信，这是村干部为了套取扶贫资金搞出来的。

杨伯峻看了一眼和主任，和主任说：老毕，杨局长去了插剑岭，并不像你说的那么乐观。

毕局长说：哪个村见了领导都哭穷，那是为了要钱。

杨伯峻说：这倒不是听村干部说的，我实地看过，也走访了一些农户。

毕局长说：个别户不能代表全村，再富的村也有穷人，做工作不能以偏概全。

看他这么激动，和主任说：老毕，我们只是了解情况。

毕局长说：我知道，你追究我也不怕呀，我再有五个月就退休了。说着起身到里屋拿出一张照片，说：你看看，这是他们养猪场的照片，里面养了一千多头猪，还有一个养羊场比这个小。就这两个养殖场，就能安排六十多人就业，这是事实，现在不提实事求是了？

和主任说：没有。

毕局长说：要说我工作能力不强，我没话说。要说他们不是小康村，打死我也不承认。我离开前给他们盖了村委会，建了图书室、卫生所、棋牌室，主要街道路面都硬化了，安装了路灯，绝对是按照标准验收的。他又说了建设小康村的过程，在村里怎么辛苦，走时老百姓怎么欢送，等等。他一边说，邱科长一边记，完了抬起头看他们。

毕局长说：对不起，我不会说话。说着低了一下头。

杨伯峻答：说真话就好！

从毕局长家出来像仓皇撤退。他不想再问村里的事了，一个工作队长不可能否定自己的工作，贫困显然跟政治生态有关。

邱科长开车把他送回县宾馆，下车时和主任问：下一步怎么办？当时工作队一共五个人，用不用找其他人谈。找也方便。

他说：你安排吧！

他想，怎么也得问出个结果。下面人眼睛毒得很，一件事做得虎头蛇尾一下就看扁了你。回到房间，他又怀疑自己想得不对。也许，县里不过是给他设了个局，他已经钻在迷宫里出不来了。

当晚崔局长打来电话，让他明天回局里。

第二天开车回去，崔局长把一封信扔给他说：你看看。

打开，跟他看过的一样。他说：这几天光看这信了，到处寄。

崔局长说：换一个村也好。

杨伯峻说：那就是个贫困村，说小康村才是假的。

崔局长说：你跟群众的意见正好相反。

杨伯峻说：写匿名信的不见得是群众，说不定是村干部呢！

崔局长笑了：老杨，咱俩不争论，人家有当年的小康村证书，档案有记载，县委也有明确意见，咱们听县委的好不好？

杨伯峻说：县委让我们调查，已经搞了几天了。

崔局长别过脸看窗外。他后悔派杨伯峻下乡，这家伙不知道瞻前顾后，一条道走到黑。

杨伯峻说：你要没别的事，我走了。

崔局长只好说：你坚持还在原来的村，我不勉强你。不过，要尊重县委的意见。

杨伯峻一口答应。他不想多说，还要去看梅长风。

梅长风住在一个老旧小区，以前叫九中宿舍。看见杨伯峻来，梅长风迎到楼下，直接领到了小区的凉亭里，递过一瓶矿泉水，问：你们也回来了？

杨伯峻说：崔局长叫我回来的。

梅长风问：不是说工作队撤了吗？

杨伯峻说：谁说的，没有。

这个凉亭本来很精致，多年失修已经破败，几根立柱的漆大部分都剥落了，露出白色木茬。斜对面长座下有一摊狗屎，风吹得干硬。梅长风见他一直盯着，指指远处过来的一个人说：那家伙也是扶贫的，在民政局。

杨伯峻随着他的指点移开目光。梅长风又说：局里人说，咱俩扶了一个小康村，扶错了！

杨伯峻说：你觉得那是个小康村吗？

梅长风说：管它是不是，回来就好。那个村太烂了。

杨伯峻说：那怎么能叫小康村？我正在县里调查，村里就小童一个人，你能回去吗？

梅长风皱起眉，一只手按着腰说：我腰疼。县里说是小康村，咱们还在那里干什么？崔局长对你很恼火。

杨伯峻说：我不是为崔局长工作，是为老百姓！说完快步离开了。

村里的事传得真快，大部分告状信都是写给省、市、县领导，往一个部门寄告状信太少了。他坚定了看法，这封信是冲着工作队来的。除了反映贫困村是假的，信里没写多少要害问题，什么跟腊梅关系不正常，多吃多占，根本不是关键。

县扶贫办不打算解决信里提到的问题，却想把工作队撤走，告状信的作用一目了然。告状的人试图通过局里给他施加压力，这能是一般群众吗？

第二章 小康村

2.

1

  江小童早早醒了。

  第一次醒来是四点，冷，裹紧被子又睡。第二次醒来看表还不到五点，再睡不着了。杨局长给她把门缝、窗户缝都用报纸糊上，还觉得有风。

  杨局长说中了煤气会出人命。她不敢多填煤，靠一个电褥子取暖。六点多钟她又睡着，刚睡一会儿听到院里有响声，像是有人，困意一下没了。黑暗中她穿上衣服把手电筒拿在手里。电筒冰凉。她拽过被子围在身上，待了一会儿困意上来，觉得没睡多长时间，睁开眼外面已经大亮。

  打开门，院里什么人都没有。正要回屋，旁边一声咳嗽把她吓了一跳。墙根蹲着个小伙子，头发蓬乱，身上羽绒服脏得发亮。她认出是那天抬着瘫子的刘海翔，扭头进了屋。

  她刚学会生火炉，拿了几根树枝，划了三根火柴才把火点着。屋里有烟，她不得不把门打开，心里害怕刘海翔闯进来。烟散尽，她关好门，用刚烧开的水沏了一碗麦乳精，吃了半包饼干。吃完饭再出去，见刘海翔还在墙根蹲着。他不像是在威胁她。

  老裴昨天来村委会，说工作队待不长了。她给杨局长打电话，杨局长说：没有的事，咱们就在这个村。她便继续坚守。来时带了几本书，已经看了两遍。她喜欢加缪的《西西弗斯神话》，西西弗斯是个象征，他们到这里下乡，是不是跟西西弗斯一样。

  好在无聊时有手机，可以看电影，跟人聊天。一块儿毕业的大部分有了着落，最好的一个去了北京一家网络公司，月薪一万五，最差的父母给弄到了私企，一天上十小时班，月薪两千六。不考虑现在的无聊，她算不错的。

十点多她想起没菜了，锁了门去乡里赶集。刘海翔还在原地蹲着。中午饭是在乡里吃的，不想看见刘海翔。那天他想把瘫子留给工作队，太过分了！下午提着菜回到村里，刘海翔不见了，提起的心终于放下来。

第二天早上刘海翔又来了。比前一天来得更早，漆黑就听见外面有脚步声。一会儿走远了，一会儿又走回来。她怀疑他精神有毛病。村里人说他不正常，他爷爷快让他气死了！

一连三天他在村委会蹲着，江小童觉得身上长了块癣，除不掉，清不走，心里硌硬。她找到老裴，老裴说：那是个精神病，甭理他！老裴没有帮她的意思。

第五天，江小童到外面拿柴火，刘海翔进了屋。她喊：你怎么进来了？

刘海翔笑了一下，就势蹲下。她说：出去出去，谁让你进来的？刘海翔不动。

江小童说：这是女生宿舍，能随便进吗？再不出去我喊人了。看他不动，她喊了一声：来人啊！

没喊来大人，招来六七个孩子。

刘海翔站起来，问：你不是扶贫工作队的吗？

江小童说：有什么事出去说！

刘海翔不情愿地走到外面，站在门口不走了。

江小童再赶他，他说：这就是外面。

江小童问：你有什么事？

刘海翔便把手伸出来，手心朝上。江小童问：什么意思？

刘海翔说：你先扶一扶我，我家里有个瘫子，为他的事上访，家里的钱都花光了。

江小童说：扶贫不是搞救济。扶贫是帮助村里发展经济，提高收入。

刘海翔说：远水解不了近渴，你先让我吃一顿饱饭吧！院里孩子们不出声地看着他们，反而成了压力。

江小童拿出五十块钱，说：我可以帮你一次，下次就不行了。你一个二十多岁的小伙子，干什么不能挣钱？朝别人要。

刘海翔手躲了一下，又伸过来。江小童问：什么意思？

刘海翔说了一个字：少！

江小童问：你说什么？

刘海翔说了两个字：太少！

江小童一股气冲到脑袋顶，愤愤地说：不要是吧？那就算了！说完回屋把门插上。她从小在城市长大，得到的教育是农民淳朴善良，遇到一个刘海翔，她对农村充满了厌恶。生了半天气，隔着门缝见刘海翔还在院里。她不知所措。村里孩子已经走远，她要独自面对他，突然没了信心。

她拿起手机给老裴打电话：裴书记，你来一下。

老裴问：有事吗？

她说：有事！

老裴来了，刘海翔已经走了。她跟老裴说了经过，解释道：我不是不给他钱，是觉得不该助长这种人。

老裴说：你给他面子，他下回还来要。

江小童放松了不少。老裴说：下次再来，你让他找我。实在不行你就回家吧，一个人在这儿也起不了什么作用。

她意识到老裴想赶走她。她不走，杨局长让她在这里坚守，坚守就是作用。

傍晚，刘海翔又来了，江小童说：你的困难我跟村里说了，裴书记让你去找他解决。

刘海翔说：我不找老裴，找他管用上级也不派你们来。我就要一百块钱，给了我就走。我两天没吃饱饭了。

临来时父亲给了她两千块钱。她摸出一张百元大钞，说：做人要有志气，你不是病人，又不算年老体弱，为这一百块钱你在这儿转悠了几天！

他一直盯着她手里的钱。

刘海翔拿了钱，低声问：你怎么不像比尔·盖茨那样活着？比尔·盖茨给穷人捐了多少，你才捐了一百块就给我讲这么多大道理。

江小童一时被他问住，等到想起反驳，他已经走了。

2

刘海翔拿着一百块钱到了乡里，在兴旺饭馆要了两瓶啤酒，点了五香花生米、熘腰花、小鸡炖蘑菇。本来想省点儿，喝下第一口啤酒，胃里的饥饿像被点燃一样，菜少了根本压不住。想到刚才那个女子的话，他很自豪。他能活下来，还能照顾爹，比比尔·盖茨强，那个小丫头不懂这些。

一个刚走进饭馆的人发现了他，一屁股坐到对面，问：今天有钱了？

刘海翔说：我有的是挣钱办法。说着把一瓶啤酒推过去，对方咬开盖子喝了一大口。他喊：再来一瓶儿！老板娘冲他伸出手。那人说：今天的账我结了。老板娘把酒放下。一共五十九块，那人拿出六十元给了老板娘。

刘海翔希望对方替他结账，也知道对方有求于他。那人问：有个活儿你干不？海翔说：我干肥活儿。那人说：有张卡，你取一下。

海翔把眼闪开，问：不是好来的吧？

那人说：有风险。不过你可以说是捡的。丢卡的地方没你的录像，你怕什么？有人在附近替你望风。海翔问：给我什么好处？那人说：卡里有多少钱还不知道。先给你五百，取出来再给你提成。

他问：取多少？

那人说：能取多少就取多少，你带个包，别在乡里取，去市里。有车把你拉到市里。他问：是你干的不？那人说：不是我干的，我帮别人忙。

海翔收下了五百块钱，又另外要了三百块打车钱，说不用你们送，我自己去。

那人说：你要是敢拿着钱跑了，逮着能打死你。海翔说：这么点钱不值得，我家里还有个瘫子爹呢！

第二天他去了容易市，在他后面有一辆面包车跟着。他冷笑：我才不会冒这个险呢！

他事先准备了一张卡，到了取款机前有人把卡递给他。他趁着那人四处张望，把手里的卡换成了自己的，输入了密码，取款机显示密码错误。他扭回头，用目光把那人叫来，当着对方又输入了两遍密码，仍然显示密码错误。随后他快速取了卡离开取款机。对方索要卡时，他把卡换成了原来的。他没有再打车，坐长途汽车回到县里，省下的打车钱成了自己的。

他觉得自己很聪明。

有了钱，他给爷爷买了一条烟，一瓶白酒，又买了香肠和猪头肉。这个世界让他留恋的就是爷爷。他小时候爷爷还是村干部，夜里孩子哭，大人们说：刘丙瑞来了！孩子立马不哭了！这个故事没有贬义，是说爷爷在村里有威信。

过去有些人反对爷爷，现在不反对了。爷爷当干部从来不给自己牟利。他们说：刘丙瑞脾气大，不贪。现在能找出一个不贪的吗？

爷爷的爷爷一九二八年入党，叫刘长顺，村里的第一个党员。爷爷的堂叔叫刘进祥，一九三八年入党，是村里的第二任支书。爷爷的另一个堂叔刘进宝，村里的第三任支书。爷爷的堂兄刘玉虎是原平县县长，"文革"时死了。红卫兵批斗他，他说：老子革命时你还没进娘肚子里呢，再斗老子，老子从台上跳下去。

红卫兵说：你跳，死不了还斗你。

他头朝下栽了下去，满脸是血。人们以为他死了，没想到他站起来哈哈大笑，说：老子革命了一辈子，活够了。说完倒下，再一摸已经没气了。这就是刘家人的脾气。

刘海翔是贴着门边进家的，看了一眼炕上的爹，才放下手里的东西。他知道爷爷的脾气，没敢买好烟好酒。他把酒打开，把肠子切成一段一段的，喊：爷、奶，吃吧！

爷爷不理他，奶奶在外屋干活，也没进来。他只好自斟自饮，喝一口酒，吃一口菜。他咂嘴的声音激怒了刘丙瑞，老人把手边的洗脸盆"啪"地摔在地上，说：你就作孽吧！早晚得进去！

他说：这不是偷的，是我挣的。

爷爷问：你才出去半天，什么活儿能挣这么快？就不能当个正派人？

刘海翔反驳：我咋不正派了？你正派了一辈子，得到啥了？我要有老裴那么个爷爷，肯定不是现在这样！

刘丙瑞从灶台上拿起铲子，要劈了他。奶奶进来拦住：就不能好好说话？

爷爷说：让我怎么好好说？我的两个儿子，一个瘫了，一个没了音讯，我怎么好好说？瘫的这个给我留下个好孙子，没进监狱我就谢天谢地了！

刘海翔不说话了。他不想跟爷爷吵架，他说：爷爷，是我没出息，你喝吧！喝了酒什么都忘了。你睡一觉一天就过去了，再睡一觉，一天又过去了。

看爷爷还在生气，他说了今天的事。他的意思是，他没做犯法的事。刘丙瑞仍然不高兴，说：你什么钱不能挣，要挣这种钱！刘海翔突然发了怒：我没念过大学，家里没权没势，你让我怎么挣？

刘丙瑞不再说话。

刘海翔把一杯酒一口喝下，偷偷看了一眼爷爷，觉得爷爷哭了，爷爷哭的时候没有眼泪，只是眼圈儿红。他小时候爷爷就这么哭。

他是爷爷养大的。一岁时娘走了，小时候他不知道娘为什么走，爷爷不说。长大后他听村里人说，爹做了一件好事，这个好事让他瘫痪了一辈子。爷爷特别累，干一年地里活儿，到了冬天就出去，有时候走好长时间，带回来的是失望。

小时候，他特怕爷爷不要他。爷爷的一条腿有毛病，是学大寨开山挖渠留下的，一只眼让石头崩了，没瞎，常年往外流泪，另一只眼显得格外大。爷爷说：孩子，咱们爷俩养活你爹吧？

爹有时扶着墙想站起来，不行，还没站起来就摔倒了，坐在地上哭。爷爷把爹抱到炕上，说：好好躺着吧，家里没人嫌弃你。

爹忍着泪，把头转过去看窗户。

一个永远站不起来的爹，一个年年上访的爷爷，这就是家。哪怕爷爷再跟他发火，他也不恨爷爷。他想，让爷爷发火吧，发发火心里能好受些。这个家争吵是家常便饭，实际上谁也离不开谁。

他还记得小时候，爷爷在油灯下给他剥瓜子吃，爷爷剥一个放在指头尖上，他用舌头舔一个，舔着舔着爷爷笑了。舔不着爷爷就再放在指头尖上，等着他舔。这个情形他牢牢记在心里，每逢跟爷爷吵完架，他都觉得自己不是东西。

他喝了一口酒，流着泪说：爷爷，要不我走吧，我到远处去，反正你也看不上我！我就不明白，我怎么老惹你生气，我哪儿招你了！

他这么一说，爷爷出去了。爷爷怕这句话。

3

杨伯峻还在县里。

县人民广场在县委大院对面，约有八万多平方米，是周竞建的。周竞号称是原平县最大的私营企业家，原来做肠衣，县里人给他起了个绰号叫"周大肠"。后来欧盟制裁，他的肠衣业务萎缩了不少。关键时刻他投身房地产，资产暴涨。

那年省里搞小康县建设，县委书记刘铁山觉得县城连个广场都没有，不像小康。恰好省建设厅来了个副厅长，刘书记便把周竞叫来陪客。

席间，副厅长说县里应该有一个广场，广场就是城市的肺，人没肺不行，城市没有广场就算不上功能完善的城市。刘铁山扭过头问：周老板，你看呢？

周竞说：刘书记，我手下的人铺个广场没问题。

刘铁山说：关键是县里没钱。

周竞说：没钱也没问题，我垫着。

刘铁山说：垫什么，你干脆出了吧！这是县里的标志性工程，建好了世世代代都记得。

周竞说：我算什么，你是咱们县公认的好书记，给不给钱我都干。他低下头算了算：大概得花一千多万。

刘书记说：哪能花那么多，六百万足够了。

周竞说：让厅长说吧！

副厅长向着周竞说：地面装饰，加上绿化、雕塑，修建广场里的设施，一千万差不多，恐怕还不止。

周竞说：这些年我也攒了些家底儿，都是一根肠子一根肠子洗出来的，也是刘书记扶植的结果。一千多万我认了。

刘书记说：你是原平大地土生土长的企业家，我当几年书记就走了，这片土地是你们的，要世世代代在这里生活。

周竞说：是是，不过，我手下也养着一千多口人。刘书记，钱我出，你能不能给我个政策，把广场周边的地让我开发。

刘铁山想都没想就答应了。

周竞怕领导变卦，坚持广场和周边小区同时建设，结果广场一建好，周边的房子热卖。他建广场花了不到一千万，小区一期、二期，加上周边的门店、底商，挣了两个多亿。县里人说刘铁山让他算计了。他说：不是刘铁山逼我，我在别的地方投资挣得更多。

广场最初建得很草率，不过是把八万多平方米的地面铺了方砖，东西南北四个方向，各建了一个大花坛。中部的草坪上建了五组雕塑，在草坪中央树了一个开荒牛的金色雕像。当时为了这个牛怎么摆放县里发生了分歧，有人主张头冲着县委，县委办主任说这不是要顶县委吗？又有人主张牛头冲着东边，意思是让它顶周竞。周竞没意见，他让风水大师看了，说牛角不但不顶他，还能让他牛起来。道理很简单，牛是你花钱塑的，就是你家的牛，自家的牛没有顶自己人的。

这话很快传了出来，县里人议论纷纷。县土地局局长说：周竞集团出了钱，也不是周竞的牛，它是原平的牛，不能牛了周家。这话得到了大部分人响应，刘铁山拍板说：那就让它头冲南，县委眼睛看着哪边，它就往哪边冲。全体干部鼓掌，都说这么好！

老百姓不这么看。他们说这是给了县委个牛屁股，刘铁山吹牛逼方便了。他们给这头牛起了个名字，叫铁山牛。

每天从下午三点开始，一拨一拨的人来广场看牛。最先出来的是病人，残疾的，脑梗的，半身不遂的，被家人推着在广场上享受阳光。傍晚时分，主力大军才从家里出来，他们都是上班一族，刚刚吃过晚饭，嘴里还嚼着饭渣，广场稠密得像一个粥锅，人流就像米粥。有人抱怨广场太小，地皮都让周围的商品房占了。

县里没人说周竞好，刘铁山说周竞千古留名，实际上老百姓不傻，这个广场谁得的好处多，他们心里有数。

杨伯峻接到了县科技局的电话，王局长说：你来了这么长时间，我还没尽过地主之谊。今天想请你坐坐，顺便介绍你认识个朋友。

杨伯峻知道他是崔局长的亲信，告状信的事肯定早知道了，他说：不行，纪委有八项规定。王局长说：别说八项规定，就是十八项规定我也照样吃饭。咱们不大吃大喝，家常饭。我这就去宾馆接你。

饭店叫三羊开泰，据说是三个姓杨的开的，吃饭、洗浴一条龙。雅间是里外间的，十二个人的大桌。杨伯峻入了座，王局长逐一介绍，土地局局长、发改局局长、政府办主任、县委办副主任、政协常委、人大常委会副主任等。这些人轮番给杨伯峻敬酒，杨伯峻也一一回敬。

酒到六成，一个黑胖子端着酒杯走进雅间。在座的人纷纷起身，杨伯峻以为是哪个县领导来了，也站起来。王局长把黑胖子领到他面前，介绍说：这位是市科技局杨局长，来咱们县扶贫的。

黑胖子放下酒杯，抓着杨伯峻的手来回摇：荣幸荣幸，我先敬三个。

杨伯峻赶忙说：我们已经喝了不少。

黑胖子说：杨局长这是挑我理了，省里来了两个厅长，大老远来的我得先照顾人家。你放心，刚才你们喝的酒我都补上，来，给我换大杯。

杨伯峻已经在和主任那里领教过，说：不用不用。

黑胖子低头问：你们喝的什么酒？

王局长在一旁说：泸州老窖。

黑胖子说：这酒哪行？我车上有一箱茅台，给我搬上来。马上有人往楼下跑。黑胖子又说：服务员，加点好菜，今天的账归我了。

在场的人一齐鼓掌。

黑胖子说：我有一个观点，挣钱是干什么的？花的。自己花不了咋办？跟朋友一起花。只有跟朋友一起花，钱才会越挣越多。

在场的人掌声更加热烈。

杨伯峻对王局长说：你还没给我介绍这位朋友是谁呢！

王局长说：这是咱们县最大的企业家，周竞集团的董事长周竞。

杨伯峻脸上笑着，心里暗暗叫苦。

周竞摆摆手说：什么最大，我这个最大是县委、县政府培养出来的，周竞集团这几年发展快，无非是盖了点儿房，以后靠房地产就不行了。认识了杨局长，我准备多向杨局长靠拢，让企业增加科技含量。说完把一大杯酒干了。

新加的菜有大龙虾、清蒸石斑鱼等，杨伯峻估计这顿饭不算酒水得大几千。已经喝了半箱泸州老窖，又搬来一箱茅台，酒钱得过万。席间周竞再一次吩咐手下：把账结了！杨伯峻浑身不自在，觉得着了暗算。

周竞每次喝酒都用大杯，他用大杯跟你小杯碰，你不好意思不喝。从酒场出来，杨伯峻看见送他的是两个黑胖子，两个王局长，不过，他相信自己没有说错话。

周竞搂着他肩膀说：领导，论能力你当个副市长都绰绰有余，前些年腐败，把一大批你这样的干部耽误了。你放心，以前亏的咱们让组织补上，先给你把正局长解决了。

杨伯峻说：周总，你就是组织部，你就是管干部的书记。

周竞没有听出讽刺，说：不瞒你说，省里我还有点儿办法，不然我也做不了这么大。

杨伯峻嘴里说着感谢的话，被周竞拥到了车上。一进车门他就歪倒在一边，一半是真喝多了，一半是装，周竞在他耳边说什么，他一律装听不见。

下了车，司机和王局长把他架到房间，周竞大概相信他真醉了，在车里打电话，跟一个人说拆迁的事。周竞说：这就是最好的条件，不能再多……他不答应，我让他出不了门，吃不上饭……水电暖我都给他掐了。在原平县敢跟我周竞叫板的，没一个有好下场！

杨伯峻想：这是说给谁听的？周竞会不会认为他没醉？到了宾馆，他倒头就睡。王局长和司机怎么走的，他根本不管。

一觉醒来，回想中午说了哪些错话。对了，席间王局长向他介绍过下关村，说那里离县城近，你在那儿下乡咱们能常在一起聚。那儿有个养猪场，用不了一年就能脱贫。

他想起和主任要改派的就是下关村，便把话题岔开。周竞又说起他想在下关村投资，就是对村班子不放心。杨局长一去，我就放心了。杨伯峻起身去了卫生间，周竞意识到他不感兴趣，知趣地不说了。

看来，是周竞想让他离开插剑岭。

他偏不走。在县里待了一周，他见了五个小康村工作队员，还有一个没见，有的谈了不止一次。问他们当时的情况，回答基本一样：小康村考核相当严格，每一项插剑岭都符合，要求人均年收入达到一千两百元，插剑岭是两千一百元。其他指标是虚的，人均年收入实打实，有的户达到四千多元，除了五保户，最少的也超过了一千两百元。怎么能说是假的？告状信告的也不是那时候假，是说现在假。

第二天约了最后一位工作队员，姓金，县工商局一个年轻副科长。杨伯峻刚讲了来意，扶贫办的邱科长接了一个电话，站起来说：杨局长，单位叫我回去。

小金说，参加小康工作队那年他刚调到工商局，以前在二中当老师。插剑岭是个革命老区，他们打算住在村里，看到村干部不欢迎，只好回来，不过事儿一样没少干。

杨伯峻问村里情况。他说：上面对小康村抓得很紧，铁山书记每个月要汇报。我们天天帮着村里跑钱，盖村委会。小学校破破烂烂一直翻修不了，也是毕局长找的资金。村里路面也做了硬化，还安装了路灯。

杨伯峻问：达到小康了吗？

小金想了半天：杨局长，这话我没法回答你，县里命名了小康村，当然是达到了。至于是不是真达到，就像古人讲的故事，一个盾牌有人说是金的，有人说是银的，其实是两面，一面是金一面是银。

杨伯峻说：我明白了，就看你站在哪一面。

小金说：关键是领导站在哪一面。领导站在金的一面，就是金的。杨伯峻哑然失笑。小金又说：小康村建设是刘铁山书记抓的，说小康村是假的，县里能爱听吗？

杨伯峻说：我来这么多天，今天收获最大。

小金说：那我太荣幸了，听说您是蔺书记的老朋友？

杨伯峻说：在一起工作过。

小金不好意思地说：您能不能关心一下我。

杨伯峻问：怎么关心？

小金说：县里干部这么多，没人推荐蔺书记想不到我，你帮我说说行吧？杨伯峻对这个小伙子真有些刮目相看了。

送走金科长，邱科长匆匆赶回来。杨伯峻问：和主任是不是对我有意见了。邱科长忙说：没有没有，他真的临时有事。

杨伯峻说：你跟和主任汇报一下。他要是忙，我就先回村里了。

邱科长叹了口气，说：我没法跟他汇报。

杨伯峻问：怎么了？

邱科长郁郁地说：他临时有事去了省里，估计一时半会儿回不来。你要想走就走吧！又问杨伯峻：今天谈得怎么样？

杨伯峻一时没回过神，说：跟其他人说的差不多。

邱科长说：杨局长，小康村是真是假跟咱们没关系，有人告状才是关键，只要能证明插剑岭是真贫困，告状就站不住脚。调查的重点放在村里才对。我按这个思路跟县领导汇报，您也跟蔺书记说一声，你看行吗？

杨伯峻说也好。

4

回到宾馆，在大堂里听到了和主任出事的消息。他给邱科长打电话：外面说和主任让省纪委带走了？

邱科长说：没有没有，是了解一个情况，过几天就回来。邱科长一口否认。

杨伯峻回想刚才的情形，觉得十有八九是真的。眼前不断闪过和主任笑眯眯的样子。大堂里几个人议论，说和主任担任乡领导期间贪了五六百万，想不到如此血盆大口！

走到外面一家饭馆，听见都在议论和主任，大部分是拍手叫好的，也有觉得可惜的，说当年找他办过事，挺热情。

吃完饭，杨伯峻来到广场东边的花坛，看到一些人在聊天。一位老人说：一个小小的县扶贫办主任，怎么动用了省纪委，后面肯定有更大的。

有人心领神会，说：和主任是刘铁山的秘书，后来是县委办副主任，刘铁山搞小康县建设，资金都是他管。杨伯峻问县里搞小康县的情况，那位老人说：原平根本不是小康的问题，是能不能脱贫的问题。

这老人一头白发，像一位著名主持人。他说：蔺永乐那时是县长，我找蔺永乐说过，他只说了一句——谁拿锄，谁定苗。我还怎么往下说。那时已经传出刘铁山要提拔，他一心等着接班，哪敢得罪人家！

杨伯峻问：您在哪个单位？老人警惕地问：你不是我们县的吧？杨伯峻意识到唐突了，说：我是市里下乡的。

老人忽然说：你是市科技局的吧？

杨伯峻说：你怎么知道？

老人笑了，说：县里好些人说，市纪委派了个局长来了解刘铁山的问题，是从科技局借调到纪委的，大概就是你吧？

杨伯峻说：绝对没有的事。

大家不再说了，都笑眯眯地看他。看到聊不下去，杨伯峻道了别。听见身后有人说：刘铁山的事早晚有人查，周竞也是兔子的尾巴，长不了！

5

贫困村是老裴争取来的，当时各个村都争。听说工作队要在村里常驻，他改了主意，找到乡党委书记蒋社教，说：我们村不争了，让别的村上吧！

蒋书记瞪了他一眼，说：你以为小孩子过家家呢？

老裴解释说：村里有人要告我，说我们是小康村。老裴故意不说告乡里，说告他。

蒋书记说：让他们告吧！告你告我都行，咱们乡这么多贫困村，你以为我脸上有光？

老裴碰了个软钉子，回到村里问刘会计：小康村证书在哪儿？

刘会计怔了一下，说：村委会搬家时还见过呢！

老裴说：你找找，赶紧收起来。

小康村证书毕局长拿着最当回事，对村里无非是盖了个村委会，修了一条柏油路。村干部拿着证书跟毕局长照了一张相就扔到一边不管了。

老裴说：今天我跟蒋社教说，有人要告我。看到刘会计满脸不解，他解释说：我想把贫困村推了。

刘会计揣测他什么意思，希望告状？村里告状的人不少了。老裴问：你看咋样？

刘会计说：本来是小康村，现在又变成了贫困村，肯定有人不消停。

老裴说：当贫困村有害无益，好些村都后悔了。

刘会计问：为啥？

老裴说：工作队天天在村里驻着，什么都在他们眼皮子底下，不是好事！

刘会计钦佩地看着老裴，说：你就是比我们看得远。

老裴感觉他装没听懂，说：我也看不远，要不为啥争呢？争来个祸害。

刘会计说：就算来八个工作队你也是支书，别人哪干得了这一摊子事，拿不起来！

这话老裴平时爱听，今天不爱听，他说：你回去吧！

一个星期后乡里收到了告状信，县里、市里也收到了。小康村证书复印得清清楚楚，省里一位副书记作了批示，县里蔺永乐也批了：查明真相，严肃处理！

老裴刚给工作队吃了接风宴，蒋社教把他叫到乡里，把告状信和领导批示摔给他，说：你看看，给我捅了多大娄子，你们村还真有能人，信写得多有水平！

老裴拿着信逐字逐句地看，信里说插剑岭是县政府命名的小康村，现在又成了贫困村，乡、村两级合伙弄虚作假，目的是套取扶贫资金，中饱私囊。老裴看得挺高兴。往下看他就冒了汗，说村支书欺男霸女，道德败坏，连他跟腊梅的事都写了。最让他心惊肉跳的是提到了山上的事。他放下信，故作平淡地说：够判刑的了！

蒋书记说：我看也是。

老裴说：干脆，把我撤了吧！省得给你找麻烦。

蒋书记气冲冲地说：知道找麻烦就好！自从我来，你们村消停过一天吗？

老裴也奇怪，这信是从哪儿来的？字是电脑打的，除了自己家别人没电脑。剔除了村委会成员，小康村证书谁都没见过。山上的事，外人也不知道。

回到村里，他问裴学锋：你干的吧？当初策划告状，他除了跟刘会计说，还跟裴学锋商量过。裴学锋说：我这点文化哪写得了这个？再说，这哪是你想要的告状信。

他又问：那个证书在谁手里？

裴学锋摇头：我压根儿没见过那玩意儿。

告状信上有小康村证书复印件，谁拿着证书，谁就是告状者。刘会计说：自从你上回问，我就一直留心，没见过！老裴问别的村干部，他们说：跟毕局长照完相，证书就再没出现过，真是奇怪！

说没见过就是否认自己干的。老裴是始作俑者，现在都不知道怎回事了。一直觉得插剑岭在他手里，现在发现有一只更大的手在掌控着。

过了五天，杨伯峻被叫到县里，很快就传来贫困村要撤销的消息。

这正是老裴想要的结果。告状信里涉及的事上面没调查，村里连议论的都没有。他略略放了心。又一想，这个写信的人知道得太细了，是谁呢？他披着夹袄在村里走，每看见一个人都觉得可疑。

韩小实可能性最大，他在外面当老板，山上的事比别人看得清楚。自从庞家佐把一个老板请回来当支书，就有人呼吁让他回来。老裴找到乡里，说庞家佐那一套在插剑岭行不通。蒋书记问：为什么？他说：韩家是大地主，插剑岭是革命老区，这样的人当支书，不出三个月就得有人上访。蒋书记问：谁说让他当支书了？他看着蒋书记，不说话。蒋书记又说：乡里没这个意思！

老裴说：有人说我当支书，他当村长。

这办法蒋书记倒是想过，韩小实不同意。

蒋书记说：谁当什么不是你考虑的，是我考虑的。现在你当，赶紧把经济搞上去，搞不好我早晚换你！一句话给老裴吃了定心丸，他说：我也天天着急，插剑岭就这个条件。

蒋书记说：庞家佐比你条件好？人家为什么上去了？

一个月后，韩小实答应给乡里投资的项目，没了下文。看来乡里改了主意，韩小实心里肯定不满，他有文化有电脑，写个告状信没有问题。不过，他从哪里弄到的小康村证书呢？看来村委会有人跟他勾着，这么一想问题就严重了。

村里还有两个人，一个是刘玉柱，一个是刘丙瑞。这些年，一大半告状信跟这两家有关。刘丙瑞天天守着瘫儿子连门都不出，村里什么情况都知道。刘玉柱自从挨过一次打，一直阴森森地盯着他，想把他拉下马。

关键是，给他们提供小康村证书的是谁呢？不会是暴二来吧，他想当支书吗？

正发愣，周竞给他打来电话，问怎么回事。老裴说：蒋社教把我训了一顿。周竞说：不是问你这个，告状信怎么回事？谁干的？

老裴说：我咋知道。

周竞说：你这个支书怎么当的，心里总得有点儿数吧？

老裴说：村里想当支书的多了，蒋社教早想把我换下去呢！

周竞说：他不敢换。我刚才给他打过电话，让他支持你。有人告状也是好事，工作队肯定待不住了，就是不走也得换人，原来那个死心眼儿的回去，换个聪明的。

老裴觉得这倒是个好消息。

6

市科技局办公室主任电话里挺客气：杨局长辛苦了，崔局长让你们先回来休息。

杨伯峻说：休息？我这儿正忙着呢！

办公室主任说：你先回来，崔局长有安排。

杨伯峻给崔局长打，崔局长不接，回了两个字：开会！杨伯峻只好带着江小童返回市里。临行时老裴等人送他们，俨然是在送别。

到了家是晚上，一进门，老婆说他身上有虱子，让他先洗澡。本来有一肚子话，洗过澡跟老婆再没有说的兴致。老婆问这问那，他也懒得回答。

夜里醒来,听见老婆在打呼噜,极力回想当初恋爱的情景,却什么也想不起来。倒是插剑岭的村形地貌历历在目,村里人模模糊糊的,常常跟老家的人混淆。

返回前,他先去看了蔺书记。蔺书记一见他就笑了:这回对原平县了解了吧?

他点点头,问:你是怎么坚持过来的?

蔺书记说:我个人倒没什么,把原平县耽误了。

杨伯峻说:我明白了你为什么让我参与调查。

蔺书记说:每一个村都不是孤立的,扶贫跟大局有关。和主任挺聪明,说到底格局太小了。

杨伯峻说:县里人说真正的老虎不是他。

蔺永乐岔开话题,说:你在县里做了调研,更容易把村里看清楚。我跟县扶贫办说了,这个贫困村不变。我今年五十四岁,估计还能在原平干一届。我们家族里我的官最大,祖上都是普通百姓。我只有一个念头,对得起组织的信任。

他知道蔺永乐想说的不止这些,只是说不出来。分手时他们紧握着手。一想到这些就觉得人与人差别不大,只是条件不同罢了。

黑暗中,他坐起来摸出一支烟,放在鼻子下面闻。抽烟的欲望越来越强烈,他起身去了客厅。他想崔局长为什么催他回来,大概跟和主任被带走有关吧?既然蔺永乐表了态,工作队肯定不会撤,后面的工作怎么做,他得好好想想。

崔局长很热情:这些日子你辛苦了!

杨伯峻汇报了这些天的工作,崔局长渐渐严肃起来,说:老兄,你是扶贫工作队，怎么变成调查组了？他说：这不是我的意思，是县里决定的。我跟你汇报过。

崔局长停顿了一下，皱着眉说：高新处处长该退休了，一时找不到合适的人接。我叫你来是征求一下意见，谁接他合适？

杨伯峻推荐了两个人，没想到崔局长否了，说：我想让你回来分管高新处，没有处长前，你兼任处长。这是要把他从村里撤回来。

高新处是个肥缺，打交道的都是资产过亿，甚至上百亿的企业。杨伯峻当年分管过高新处，那时他手里有一批高新项目，干得风风火火的，主管高新技术开发区的副市长向市委推荐他，局里人也看好他。没想到崔局长上了台，改让他管农业，农业处一个项目搞十几年，短时间很难出成果。现在突然让他再管高新处，是给他一个甜头，大概怕他不肯回来。

杨伯峻问：村里呢？

崔局长说：我再派一个人。

杨伯峻说：哪有刚出师就回来的道理，再说，我这个扶贫工作队长，是经过了市委常委会的。

崔局长说：你不用管，我跟市委说。市委对高新技术开发区特别重视，换上你这样一员大将，杨书记不会不同意。村里我让别人去。

回到家，杨伯峻觉得不对劲儿。他刚到村里没几天，县扶贫办就让他换地方，接着周竞请客，介绍下关村如何好。现在，局里又让他把扶贫工作队队长让出来。一个小小的插剑岭这么大能量？他想起周竞说要给他解决正局，多大的口气！就算他有这个本事，为一个小小的插剑岭值得吗？

那年局里考察班子，他票数最高，时间不长传出消息，考察是冲着崔局长来的。局里几个人找到家里，问：崔局长干什么了？有什么政绩？

第二章·小康村　　　·061·

论工作能力他哪能跟你比？你该找市委说说。

他说：我不说。

一个副局长说：你不说，我们去说。你同意就行。

他说：你们也别说，说了我也不当。局里几个人抱着遗憾走了。

当时他选择了忍耐，现在不想忍了。崔局长上任后一直压着他，局里又有人说：你当时不找，现在人家怎么对待你的？你太老实。他仍然不找。现在是为村里的工作，他可以找了吧？他压抑了太久，快要爆炸了。

他连夜给市委书记杨霆久写了一封信，为这封信扔了一地烟头。第二天早上请市委办苏主任递上去。没想到市委办下午就通知他到市委。他问：杨书记这么快就回复了？

苏主任说：现在跟以前不一样，省里工作作风变了，市里也跟着变。杨书记想听第一线的情况，你放心大胆地说。记住，别说自己的事。

他作了一路思想斗争，想的就是说什么。走进市委书记办公室他有些紧张。杨书记给他倒了一杯水，问了县里情况，群众对县委班子的反映，书记县长是不是合得来，乡一级、村一级干部什么状态，对扶贫工作有什么看法，等等。

杨伯峻说得毫无保留。他好些年没这么说话了，内心有感激升上来，觉得面前的领导像一个邻居，一个亲戚，他信任你，愿意听你倾诉。自己畅所欲言，把以前的委屈都忘了。

秘书走进来，提醒杨书记后面还有活动，杨书记站起身说：咱们下次再找机会聊。你回到村里，一是要做好村里的脱贫工作，二是了解基层情况，争取每年给我写一个材料，提些建议。

从市委出来，他觉得这个冬天不一样，跟以前哪一年都不一样。

杨书记一句都没提他信上反映的问题，实际上又答复了，真是领导艺术！他下决心把每年的材料写好，写好首先得干好，挑着重担的感觉又回来了。这种感觉挺好。回到家他给江小童打电话，让她做好准备，他们很快就回村里。他听出来小童有些意外。

他问：你还愿意跟我去吗？

小童迟疑了一下，说：当然愿意！

7

既然定了还在插剑岭，他反而不着急了，着急的应该是崔局长。第二天，局里人见了他格外热情，争着到办公室找他聊天，说市里、局里的小道消息。他故意跟别人说，崔局长让他回来管高新处。

局里人显然都知道，纷纷祝贺他说：这是你的强项，高新处要是一直你管，不会是现在这个样子。听说市里一个高新项目出了事，涉及高新处。

中午下班，他在走廊里遇见崔局长。崔局长说：还没走？

他说：走，去哪儿？

崔局长说：村里没人不行呵！

他说：是你说让我回来的。

崔局长愣了一下说：你当时不同意，我就尊重你的意见了！局里由你分管高新处，同时担任扶贫工作队队长，以村里工作为主。

杨伯峻说：我也提点条件。工作队一个刚参加工作，一个是老病号，你得给我加强一下。

崔局长想了想说：行。说完走开了。

杨伯峻感觉他气冲冲的，不由得哑然失笑。到了下午，黄俊涛给他打电话：杨局，崔局长让我参加扶贫工作队。

这是杨伯峻最不愿要的人。他说：你来工作队，有点大材小用了。

黄俊涛说：我没有基层工作经验，崔局长让我补上这一课。口气挺欢快的。

下午崔局长找他谈话，派黄俊涛担任扶贫工作队副队长，协助杨伯峻工作。

杨伯峻坚决不同意，说：你给我谁都行，黄俊涛不行。

崔局长问：为什么？

杨伯峻说：黄俊涛是后备干部，我不能耽误人家！心里想，你给我身边放一个你的心腹，什么意思？我那么容易让你得逞？

崔局长给他反复做工作，他仍然不点头。崔局长只好在权、钱、物方面给了他一些优惠条件。他又提出工作队经费太少，崔局长答应再增加三万经费，以后村里修建大型设施，局里继续往外拿。

杨伯峻勉强答应，其实心里乐开了花。崔局长达到了目的，他也达到了目的。

出发时，他们开了局里的帕萨特。车后面拉了煤气罐，燃气灶具，鲁花牌花生油、大磨坊面粉、猪肉、粉条、带鱼、冻虾等。本来要把局里的电脑和打印机、复印机拉过来，崔局长说：买一套新的吧！再买一台冰箱，局里不派车给你们送了。

这是斗智斗勇得来的，也是黄俊涛的面子。

临行时碰上梅长风，黄俊涛问：我们去村里，你去不去？

杨伯峻赶紧说：他身体不好，算了吧！

梅长风说：我去我去！

杨伯峻问：你腰疼好了吗？

梅长风说：这两天好些，我去试试，不行再回来。

江小童母亲消息更快，催着江小童回村。

江小童奇怪：妈，你前些天还让我考研，怎么突然积极了？

母亲沉吟了一下，说：你们杨局长转运了！

江小童一时没听懂，后来懂了，从政是一个大圈子，在圈子里待久了，吃一顿饭各种消息就都知道了。母亲说市委以后要重用杨伯峻了。

村里对工作队二次到来不感兴趣，老裴见了杨伯峻先低头，再抬起头才有笑容，属于皮笑肉不笑，其他干部面无表情。杨伯峻猜想他们很尴尬！好在黄俊涛会协调关系，很快跟老裴热络起来。

回到村里第二天，杨伯峻带着黄俊涛去县里，一是去拉冰箱，二是介绍黄俊涛跟扶贫办认识。扶贫办刚任命了一位新主任，姓辛。问和主任，邱科长落落大方地说，和主任被省纪委双规了！

辛主任说：现在叫纪律审查。

邱科长介绍了案情，摇头道：真没想到！平时看着挺精明的。

辛主任转移话题，说：我们后来找毕局长弄清了情况，插剑岭是个地地道道的贫困村，毕局长开始不承认，经过我们工作他说了实话。

邱科长说：这不怪他，和主任事先给他打过电话，两人沟通好的。

杨伯峻想，果然跟想象的一样。当时领着我一趟趟地跑，原来和主任什么都知道。他问：我们还换村子吗？

辛主任说：不换，当然不能换，就在插剑岭，扶贫办全力支持你们。

杨伯峻表示感谢。他想起那个小金的话，关键看领导站在哪一面。领导站在了银的一面，插剑岭就不是金的了。

第二章 · 小康村

回到村里，江小童看着新买的双开门冰箱，有鸟枪换炮的感觉。大家跟着杨伯峻一块儿做出一桌饭菜，糖醋鲤鱼、油焖大虾、清炒西蓝花、干煸豆角、素烧油菜、西红柿炒鸡蛋，色、香、味俱佳。

杨伯峻从车里拿出一瓶泸州老窖，给每个人斟满，说：我们上次来算打前站，今天才算正式扎根，以后咱们就是一个集体，是栽在这里，还是留下光彩业绩，就看咱们自己的了。这么一说，大家都神圣起来。

杨伯峻又说：刚开始让我下乡，我有种被下乡的感觉。来了这儿，我想起了老家，想我小时候要有扶贫工作队，家里绝不是后来的样子。这么一想就觉得扶贫工作有干头，有意义。有人想让咱们换地方，我这个人犟，偏不走，不脱贫绝不离开插剑岭！

黄俊涛伸出大拇指。杨伯峻又说：局领导支持，给咱们买了办公用具，生活用品。你们都年轻，能把一个村脱了贫，以后发展就有了基础。省里一位老领导说，要想有地位，先得有作为。插剑岭虽小，搞好了也是政绩。来，咱们先干一杯，祝你们在插剑岭出成绩，有作为！

大家一饮而尽。杨伯峻说：小童你要是干不了，喝一口就行了。江小童本来犹豫，听杨局长这么说，一仰脖儿也干了。

一杯酒刚喝下去，曹志军走进来说：坏了，坏了。

工作队都站起来，问：怎么了？

曹志军说：刘海翔让派出所抓起来了！刘丙瑞就这一个孙子，他出了事，老头怎么受得了。江小童也跟着着急起来。

3. 第三章 养猪场

1

练功服丢失后，乡派出所接到报案，立刻找了邻村一个偷盗惯犯。按着惯犯的交代，他们在养猪场找到了练功服。那家伙说：不是我偷的。我有一次出来偷牛，看见有人往养猪场里提东西。

派出所追问裴元庆，裴元庆说：我没去过村委会，怎么会是我偷的？

派出所问养猪场还有谁。裴元庆说还有我爹。裴贵那么大岁数，当然不可能偷。再问，便查到了刘海翔。

把刘海翔带到养猪场，指着赃物问怎么回事。刘海翔说：我不知道。派出所所长说：养猪场就你们两个常来，说不清楚，你们俩都跟我走。刘海翔只好承认是他偷的。

带到派出所后，刘海翔只是说：反正就是我偷的，其他记不清。

江小童想起来，那天来村委会闹事的压根儿没有刘海翔。杨伯峻找到派出所，把刘海翔领了回来。这让刘海翔对他们有了好感。

三天后刘海翔来找江小童。杨伯峻带着黄俊涛和梅长风去了乡里，工作队只剩下江小童一个人，她问：有事吗？

刘海翔说：来还你的钱。说着把一百块钱递给她，上面还沾着污渍。他眼睛周围好大一片乌青，一条腿有些瘸，递给她钱的手上贴着创可贴，看样子遇到了意外。小童没接，说：不用还了。

刘海翔说：好借好还，下回没了还跟你借。说完把一百元放在桌上。

小童瞟了一眼，说：没想让你还，只希望你以后不要这么生活。

刘海翔大大咧咧地说：你说晚了，我一生下来就这么教育还差不多！

小童打断他：你怎么又有钱了？

刘海翔说：去乡里吃了顿饭，挣了一千。

昨天下午他去了乡里，朋友说，让他取卡的人想问他一些事，带着他进了一个破院子。他问：这是哪儿？

朋友不答，径自领着他进了屋。他抬眼一看，见炕上坐着个三十多岁的男人，脸上有一道长疤，像是刀砍出来的。他听爷爷说过这个人，心想坏了！没想到朋友跟这家伙有瓜葛。返身想走，两个壮汉堵在门口。

疤脸一直盯着他，不说话，把他盯得毛骨悚然。旁边一个人问：你取的钱呢？

刘海翔说：没取出来，按你们给的密码输了，密码是错的。

疤脸脸朝向窗外，轻声说：扇他！门口两个人走过来，一个把他摁住，另一个在他脸上扇了五个耳光，左边两个，右边三个，左边脸疼，右边脸麻。

他喊：凭啥打我！

疤脸说：不说实话就打。

他喊：我说的是实话，你们密码不对。

疤脸说：再扇！

他说：我真输了密码，你们的人看着呢！

疤脸说：怎么我们的人输了密码，就能取出来？

他无话可说。疤脸又让人揍他。他喊：我把钱退给你们。

疤脸说：不用。我疤脸从来不白打人。把你的腿打折了，钱就归你了。

因为恐惧，刘海翔瞳孔缩得很小，直视着疤脸。他身体没有收缩，站稳脚跟迎着拳脚。一阵拳打脚踢后，他也不再解释，低着头一声不吭。

第三章·养猪场

要是别人早就求饶了，他不求饶。疤脸说：倒是条汉子！

带他来的朋友说：插剑岭刘家都是这样。

疤脸问：插剑岭刘家？刘丙瑞是你什么人？

他说：我爷爷。

又问：刘玉柱呢？

他说：我叔爷。

疤脸说：再打！

拳脚像雨点般落下。开始疼，慢慢就不疼了，只是觉得羞耻。有人在他腿上踢了一脚，他蹲在地上，极力护着腿，怕他们把腿打折。

带他来的朋友说好话：算了吧，他还是个后生，嘴岔子还黄着呢！

旁边一个人也说：给他个教训就算了。

疤脸摆了一下手，殴打停止了。

疤脸说：看侯总的面子，先放了你。回去跟你叔爷说，别想坏我们的事。写匿名信没用，写一次揍你一次。说完使了个眼色，身边的打手把一沓钱扔到炕上。疤脸说：钱归你了，下次再管闲事，我买你一只耳朵。

他眼睛胀得厉害，大概瞎了，闭上另一只眼，发现这眼还有视力。他用一只眼看着疤脸，疤脸说：记住我说的话，别让我再看见你。说完带着人离开屋子。

他记住了替他说情的，那人叫侯总，他以前没见过。

屋里只剩下他和朋友。他看着对方，说：是你把我领来的。

朋友说：他们让我找你，我不敢不找。我不找你，他们饶不了我。

他绷着脸给了朋友一拳，笑了。从小到大他挨打多了，不怕挨打。他也不恨朋友，不是人家他挨的打更多。屋里墙黑黢黢的，有几道雨痕。墙上有个镜框，放着十几张照片。有一张黑白照片是朋友的，染了颜色，嘴唇的红染到了外面。

他问：这是你家？

朋友说：我一个人。

他问：你老婆呢？

朋友说：带着孩子走了。

他离开了，朋友追出来把炕上的钱塞给他，他收了。挨了这么多打，当然要收。他对江小童说：挣钱不是难事，我有的是办法。小童穿上衣服准备离开。他又说：别走，我跟你说点村里的事，对你们扶贫有用。

他说：扶贫就要找出贫的原因，你知道我们村为啥贫吗？它为啥叫插剑岭？你知道养猪场是咋办起来的，又是咋垮的？办这个养猪场村干部挣了多少？我今年二十三了，村里像我这样的光棍还有多少？老裴有多少"公共汽车"？

小童涨红了脸。他又说：你知道碌碡说的周竞是咋回事吗？你再看看我的脸，为啥打成这样？你们不用扶贫，扶一扶我的脸吧！我要你一百块钱干什么？一百块钱买不来一张脸！

江小童快速走出屋子，把屋门锁上，往村口方向走。他跟出来，说：你停一下，我有话跟你说！

江小童说：杨局长马上回来，你跟他说吧！

他问：听说你是大学生，还没对象吧？在我们村成个家吧！你嫁给这儿的人，就知道为啥叫插剑岭了！江小童没等他说完，已经走开了。

他又演砸了！干吗说这个？他想说的不是这些，他带着两块乌眼青去，想说说疤脸，想说他叔爷为啥被人打成残疾。今天同一伙人又打了他，他们打他不是为了那张卡。他为啥不跟她说这些，偏偏要说什么"公共汽车"！

昨天他带着伤回到家，爷爷问他怎么了。他说：喝多了，栽倒碰的。

爷爷说：栽倒怎么会碰到眼睛上，这是让人打的。

他火了：我说碰的就是碰的，打的我为啥要说碰的！

爷爷没再说什么，坐在炕上闷头抽烟。他有些感伤，觉得让爷爷操心太多了。今天上午，趁杨伯峻不在，他找到江小童想说一说村里的事，还钱是个借口，就跟借钱一样。到了那里又说岔了。

返回家，他没敢往里屋去。外屋有一个大炕，他悄悄躺下。挨打是一件挺累人的事，一沾枕头他就睡着了。一觉醒来走进里屋，见爷爷躺在炕上。院里，奶奶正给驴喂草。他跟奶奶说了一声，扭头离开了家。

2

刘海翔走后时间不长，江小童来到他家。

村里几个老女人看着她，像看一个怪人。粮库前面，六七个老人靠墙蹲着，这些人当年都是村干部。他们豁牙缺齿，两眼呆滞，想不出当年是什么样子。

她问刘丙瑞，老人们异口同声说：那是个好干部！再问刘海翔，好些人不说话。一个老人说：刘丙瑞以前忙着上访，没空管他，把孩子耽误了。

她想看看刘丙瑞，想说应该给刘海翔找一条出路，光打他起不了作用。

在院里喊了一声，没人答应，狗拴着，见了她也不叫。它认识了她，已经没有了敌意。往院里走了几步，看见一个老太太端着笸箩从偏房出来，是刘丙瑞的老伴。她叫了一声奶奶，老太太看着她，不说话。

她问：这是刘海翔家吧？

老太太问：他又闯什么祸了？

江小童把到嘴的话咽了回去，说：没有，我来看看你们。

老太太说：进家吧！

江小童往里走了几步，看到老太太没跟上来，停下脚步等着。老太太说：他爷爷在里面。指着让她往里走。那条狗在后面冲她摇尾巴。

进到屋里，她喊了一声：老人家，在家吧？没人回答。进了里屋看到老人正在酣睡，嘴微微张开，宽大的门牙露出来。鼻孔很大，里面探出鼻毛。她不敢再喊。老太太走进屋里，喊：老头子，来人了！

江小童发现了异样，老人嘴边流出口涎，有一些白沫。这不像正常睡眠。老太太推了老头子一把，喊：别睡了！老人仍不动。

老太太到外面抱柴火，准备给江小童烧水。她没看出老人有什么不正常，嘴里念念叨叨地说：这老头子一天睡，早晚得睡死！

江小童把手放到老人鼻子下面，感觉不出呼吸。她不敢说话，伸手摸老人脉搏。母亲是中医，教过她号脉，把三个手指放在病人腕关节高骨下方，左手腕从上往下依次代表心、肝、肾，右手腕从上到下依次代表肺、脾、命，命就是命门。按母亲说的要领去摸，一个恐怖念头升上来。

老太太不高兴地瞪了她一眼，让她觉出唐突。老太太推开她，走到前面摇刘丙瑞：老头子，醒醒，来人了！

老人没反应，老太太再推，老人仍不理。老太太哭了起来。

江小童说：叫大夫吧！老太太飞奔出去，嘴里喊着：碌碡！碌碡！她喊的碌碡家还老远，根本听不见。村里人听到喊，马上有人往碌碡家跑。碌碡匆匆赶来，穿一件洗白了的蓝色制服，上衣兜插着一支钢笔，提

第三章·养猪场　　073·

着老式的出诊箱。进到屋里，跟江小童一样也去摸脉，摸了几下说：晚了，来不及了！

老太太像做梦一样，不相信地问：不行了？

男人又用听诊器听了听，说：不行了，咋不早叫我？

老太太说：碌碡，你再听听。

碌碡说：再听也没用，身上都凉了。再晚一会儿连衣服都穿不上了，赶紧穿吧！

老太太两手哆嗦着从柜里找衣服。江小童站在那里，不知道该怎么帮忙。她有些害怕，走开也不合适，她是下乡干部，老百姓家有了事她怎么能躲起来？

老太太找出衣服，大概是刘丙瑞当干部时穿过的，六成新。外面进来好些女人，都是老人的街坊亲戚，七手八脚地上前帮忙。

站在一旁的碌碡看了她一眼，说：你走吧，这里你帮不上！

江小童感激地看了他一眼，走了。

外面都在议论，说老人是气死的。老裴不地道，找人把他孙子打了。老人借了别人的电话给乡里打，没人管，现在孙子还不知道在哪里。

忽然见刘海翔披头散发疯了一样往家跑，没进屋就哭，他是扑到屋里的，很快传来一阵撕心裂肺的号啕声。江小童本来烦他，听他这么哭不厌烦了。她当然不会像他说的，为了扶贫嫁到这里。不过，贫是怎么回事外人说不清，只有贫过的人才知道。贫当然缺钱，未必等于缺钱。

好些人走进院里，江小童也跟着走过去。没人把她当下乡干部，男男女女在她身边挤来挤去。有人把刘海翔从里屋拉出来，劝他想开些。刘海翔很快又回到屋里，说他不想活了，要跟爷爷一起走。

他提起一把斧头奔出来，要找人拼命，碌碡紧紧抱着他，喊：你想干什么？

刘海翔说：我杀了他！

碌碡说：你杀谁？你想杀就能杀得了吗？杀不了人家，先让人家杀死你。

刘海翔说：我跟他们同归于尽！

碌碡说：你跟他们同归于尽，你奶奶呢？以后谁管？她这么大岁数靠谁？你太混蛋了！你爷爷活着为你操了多少心？死了你还不让他省心！

好些人围着七嘴八舌劝，刘海翔谁的话也听不进，斧头还在他手里，碌碡一把抢过来扔到墙角。刘海翔坐在地上放声大哭，碌碡在旁边喘气，也不理他。屋里忽然乱了，有人从屋里跑出来喊：海翔，快，快，你爷爷叫你呢！刘海翔愣了。院里人以为听错了。喊他的人说：你爷爷活过来了，喊你呢！碌碡听了飞奔进屋里，刘海翔跟着跑进去。

有人想往屋里进，里面早已水泄不通。碌碡让人打开窗户，又把屋里人往外赶，说：人太多，屋里氧气不够。人们鱼贯而出，宣告说刘丙瑞真的醒了，睁开眼就说：别让海翔哭了，我吵得慌！

周围一片惊叹，有人说：碌碡算什么医生，好好的人他说死了。

江小童想起是自己说刘丙瑞死了的，幸好没人追究她，有埋怨的，也是埋怨碌碡。身边几个女人议论：死是肯定死过，这是听见孙子哭，又舍不得走了。别看孙子天天让他生气，死了也要牵挂。还有人说：刘家人命硬，当年的刘玉虎，"文革"时死了又活过来。打土豪，分田地，刘鑫旺的肠子都流出来了，塞回去照样打仗。

下午杨伯峻等人回来，她说了刘丙瑞的事。杨伯峻带着他们一起去看望。刘丙瑞的老伴说：多亏了这个闺女，不然说不定他就真死了。刘丙瑞还虚弱，靠着被子躺着，他们说话，他安静地听。过了好半天，刘丙瑞说：我那个孙子，让你们操心了，他又去哪儿了？

杨伯峻说：有人看见他去了养猪场。他们安慰了他，一起离开了。

回到村委会，几个人简单地吃了晚饭。江小童回想这一天，真是惊心动魄。她能感觉出刘丙瑞在村里的威信，老人的死而复生像神话一样，让她触摸到了乡村的脉搏。自从来这里，一直觉得死气沉沉的，今天感觉并不像她想的那样，他们有热血，有同情心，这是一个有生命力的地方。

晚上她难以入睡，一闭上眼就看见死去的老汉躺在炕上，鼻孔里的鼻毛对着她。不止是害怕，这世界的虚无眼睁睁地摆在那里。一个失去父爱的孩子多么爱他爷爷，爷爷刚刚醒来，刘海翔就又去了养猪场。她觉得，刘海翔在养猪场有很多秘密，只是不愿说出来。

3

第二天刚吃了早饭，看见一大群人在外面聚集，越来越多，黑压压一片。梅长风捅了捅江小童：闹事的又来了！

黄俊涛看他们表情严肃，问怎么了？梅长风说：有人又要来村委会闹事。

杨伯峻走到院里看了看，说：这是来练气功的。

刚刚练过两次，扶贫办就让他们撤走。他在县城调查时，村里人以为练不成了，听到他们又回来，村里人聚集到一起。他们走进院里嚷：杨局长，气功还练不练？

杨伯峻说：练，当然练。

又问：还发衣服吗？

杨伯峻说：发。只要练的都发。他又拉来五百套服装，加上在养猪场找到的，心里有底气。

杨伯峻转身对江小童说：你给裴书记打个电话，告诉他要练功了。

刘会计进到院里，说：老裴来不了，家里有事！梅长风心又悬起来，老裴不会是故意躲着吧？从练功变成闹事很容易！

杨伯峻朝梅长风做了个手势，几个人从屋里搬出一张桌子，摆在院当中，又放了一些纸杯和暖水瓶。黄俊涛也提了几把椅子放在桌前，说：岁数大的坐。

江小童数了数，来的人一百多。村里人已经知道怎么回事，还知道来了个副队长，工作队更大了，杨局长权小了。

从古至今，农民对官方都是敏感的，他们在试探，想知道工作队能带来什么。气功拉近了他们的距离。不练气功，村里人没理由找工作队，村干部盯着呢！现在这么多人盯谁去？交流的渠道畅通了。

一个小个子走到前面，嬉皮笑脸地问：啥时候发衣服？

杨伯峻说：你是练气功来了，还是领衣服来了？

小个子笑，说：我练气功，也领衣服。

梅长风说：那天衣服被偷走，说不定是你干的吧？

小个子一脸恍惚，说：没有，我一直站在你们跟前，咋会是我？

知道是谁偷的不？

小个子说：衣服是在养猪场看见的，问养猪场的人吧！不是刘海翔，也是去过养猪场的人。

还有人说：那个养猪场老闲着，不定还出什么事！

为什么不再办起来？杨伯峻问。

我们咋知道。肯定是村里不想办了。办了一回，早就捞够了。

刘会计站在旁边，杨伯峻不好表态，说：既然有养猪场，就该接着办。你们有什么好点子，跟我说说。

小个子说：前些天有人说你们不来了，上面不让你们在插剑岭了。我真怕。

杨伯峻问：怕什么？

小个子说：怕你们不来呀！

杨伯峻问：为什么怕？

小个子说：不来谁带我们致富？有人不愿意让你们来，我们愿意。这些年村里都盼着上面来人，也盼着把养猪场搞起来。

杨伯峻问：你叫什么名字。

小个子说：刘大计，刘大龙是我表哥。

旁边一个人插话：他是咱们村最有文化的，初中毕业考上了中专，没去。

杨伯峻问：为什么不去？

刘大计说：中专毕业找不上工作，白花钱，还不如在村里干活。

杨伯峻暗暗可惜，说：你给我提了个好建议。大计，咱们开始练吧！

杨伯峻让他们站成队列，村民站得松松垮垮，有人东张西望。他提高声音说：第一步，把所有心思收回来，先不想养猪场的事。发财的事不想，发愁的事也不想。不想难事、愁事，只想现在，把意念集中在肚脐下面那个叫丹田的地方。

村里人随着杨伯峻的指引往下做。杨伯峻说：挺胸。他们挺起身体。杨伯峻说：收腹。他们收回肚子。杨伯峻说：垂肩。他们双肩下垂。杨伯峻说：放松。他们放松全身。整个队列渐渐聚拢起精气，成为一个整体。

杨伯峻又说：气功练的是气，气在哪儿？在我们的精神里。眼睛平视，微闭双目，似乎能看到前面，又似乎看不到。身体里面气在运行。吸气，吸到哪儿？吸到丹田，就是小肚子这个地方，在肚脐下面一寸。这口气是热的，有这口气我们就有理想，就有希望，以后就能过好日子。不练气功这口气也在，只要活着就在，练气功是为了让这口气强大，让它能统领全身，越来越健康，越来越有信心！

好长一段时间，杨伯峻整夜整夜睡不着。他深夜坐起来发呆，想自己的前途。妻子严惠娟每天早晨七点就到了公司，晚上八九点回家。家里阴盛阳衰，越忙的身体越好，越闲的身体越衰老。

他认识了一个讲养生的老师，经历跟他几乎一样，在单位不顺，身体渐渐垮了。气功救了他，一练气功饭吃得下，觉睡得着。

跟着老师练了两周，杨伯峻失眠好了。严惠娟看他练得有效果，请老师给公司员工上课，给了一笔可观的讲课费。第一次来村里时因为限号，他开了老婆的车，车里的练功服救了他。第二次来村里，他把五百套衣服拉了过来。

练气功的人领了服装，又聊了一会儿散去。他跟黄俊涛商量，一起去看望裴贵。他们应该尽快做几件事，给大家盼头。既然有养猪场，为什么闲着。他想听听裴贵父子的想法。

黄俊涛说：最好先跟村干部商量一下。

先看望裴贵，再跟老裴商量不可以吗？当然也行。崔局长派来副队长，显然要起作用。两个人正要一起去老裴家，老裴先来了。

老裴说：村里也想把养猪场办起来，以前有人愿意投资，让裴贵破坏了。你们能做通他的工作是好事。这父子俩不好打交道。

第三章·养猪场

4

养猪场在东山脚下，离村子六七里。曹志军带路很快就到了。

远看养猪场很有规模，场区很大，外面是白灰院墙，上面用红漆写着：一心一意谋发展，齐心协力奔小康。大门很气派。高大的门楼，下面两扇铁门涂着青漆，漆掉了不少。门上一把大铁锁，还用铁丝拧着。下面有一个小门虚掩着。

几个人从小门进去。院里到处是蒿草，入冬后下过的雪外面已经融化了，这里还白茫茫一片，枯黄的蒿草从雪里探出来，遍地荒凉。

大院最深处有一排房子，一共七间。他们走到跟前，见门口挂着一些小牌子，用歪歪扭扭的字写着办公室、化验室、饲料室等。曹志军敲了一个门，没动静。门楣上结的蛛网在冷风中飘摇。梅长风扒着窗户看了看，里面是空的，有的屋摆着办公桌，有的只放了一张床。

房子是土坯墙，红砖框架。白灰涂过的外墙挺醒目，还在门口修了高台阶。猪舍比农家的房子还好，铺了地砖，门是电动的。江小童说：里面修得挺高级啊！

每间猪舍有十八个猪栏，一边九个，里面没有一口猪，猪栏门大部分都敞开着，有的掉了下来。好些地方墙皮剥落，顺着墙有两条管道，一条是供水管道，一条是电路管道，猪栏上面安着电灯，灯泡十有八九丢了。

走进西边最里面一个猪舍，见一个猪栏里关着十五六头猪。听到有人来，猪像惊了一样飞窜，惊恐地看着。梅长风喊：这不是猪吗？

一个十三四岁的男孩从旁边出来，梅长风问：你是哪儿的？怎么在这儿？

男孩子不说话。

梅长风又问：猪是你的？

男孩子点点头。

曹志军走过来看了看，说：这是慈建明的儿子。在猪栏尽头发现了一个小隔间，里面有被褥。问：你在这儿住？

男孩子点点头。

梅长风说：这孩子是个哑巴！

男孩子开了口：我不是哑巴！

众人笑。

养猪场分四个片区，每个片区三排猪舍。走到东边，从一间猪舍蹿出一只小动物，黑黄色皮毛，小短腿儿，圆滚滚的身体贴着地面跑得飞快。跑到五十多米远，停住脚步回过头望他们。曹志军和杨伯峻赶过来，江小童喊：狐狸。

曹志军说：不是狐狸，这是貉。他用手一指，貉跑远了。

曹志军说：这儿大概有它的窝！不一会儿真找到了，在一间猪舍的角落里它刨了个洞，里面有四只小仔，还没睁开眼，挤在一起瑟瑟发抖。梅长风要拿，江小童拦住：别动！

梅长风说：怎么了？

江小童说：有了生人味儿，它妈妈就不给它们喂奶了。这是她在幼儿园得到的知识。周围人都笑。

裴元庆气喘吁吁地跑来。裴贵给他打电话说工作队去了养猪场，他赶过来。裴贵自己不便来，觉得他跟工作队发生冲突不合适，老百姓没有愿意得罪干部的。

杨伯峻问：就这么几头猪？

裴元庆说：这不是我们的。夏天他们来借猪舍，用到现在。

黄俊涛问：养猪场你看管？

裴元庆说：我们家的养猪场，当然我管。

曹志军对杨伯峻说：钱是毕局长拉来的。

裴元庆说：我们来时是一片空地，为了建这个养猪场，我跟我爹在这儿折腾了两年多。我爹说，他死了就埋在这儿。

杨伯峻说：时间不早了，咱们走吧！又看着裴元庆：你跟我们的车回去？

裴元庆摇头：我不走，这是我们家的养猪场，我在这儿守着。

上了车，曹志军说：老裴想把养猪场转给外面一个老板，裴贵不干，差点儿打起来。今天他大概以为又要卖养猪场呢！

杨伯峻问：不是还有个养羊场吗？

曹志军说：毕局长拉来了钱，买了一百多只羊，分到各户养了。没建过养羊场，只是跟上面那么汇报。

杨伯峻问：毕局长一共拉来多少钱？

曹志军说：毕局长说两百多万，老裴说一百多万，还有人说是九十多万、六十多万，我没打听过。

杨伯峻问：养猪场盈利过吗？

曹志军说：没有！

那么，小康村是怎么通过验收的？杨伯峻不想问了，问也没有答案。

车开回沟口，看到几个半大后生在村委会院里，听到车来一哄而散。他们进了院，发现办公室门已经被撬开，好在东西没有丢！

杨伯峻走到外面朝四下看。刚才附近站了好些人，现在都消失了。这是有组织的，想给工作队难看。农民不会因为你发了一身衣服就喜欢你。

他们需要赢得信任。

他问：咱们把养猪场办起来，你看行吗？

曹志军说：看老裴的意思吧！

杨伯峻听出来，办不办关键不在裴贵，在老裴。真正的故事还没有开始呢！

5

周竞没来过插剑岭，村里情况却都知道。村干部有什么矛盾，老裴几点去了腊梅家，他了如指掌。除了山上传来消息，他还有两个渠道，一个是老裴，一个是老裴的侄子裴学锋。裴学锋比老裴乖巧。老裴有股子硬劲儿，不好驾驭。

他对老裴很在意。这个村对他太重要了，县里人知道他洗肠子起家，搞房地产发财，不知道没有插剑岭就没有他的房地产。有人说他的靠山是刘铁山，其实县委书记在他眼里是个芝麻小官。他真正的靠山是插剑岭。

疤脸给他打电话，说他们下手很重，以为打的是裴贵的儿子，没想到是刘丙瑞的孙子，正好给他们点颜色看看。他笑了，说：下回瞅准了再打。

疤脸一定会找裴元庆的麻烦。在县里混，没疤脸这么个人不行。好些理讲不清，要靠拳头说话。不能把人打死，打死人得偿命。要的是一个威慑力，打谁都一样。本来想让工作队走，工作队偏不走。赶不走你，先给你个下马威。刘丙瑞的孙子是红三代，打了又能怎么样？工作队报了案,派出所破不了案,他们知道是谁,脸上有疤,哪个人不认识?

昨晚裴学锋给他打电话,他很少跟老裴联系。老裴有事也通过裴学锋。裴学锋说:工作队在打养猪场的主意,

他说:好啊!什么主意?

裴学锋说:他们想包出去。

他说:包出去比闲着好!

放下电话想,不对。包出去意味着又来一个企业家,不是好事。村里叫包,城里人叫投资,这么偏僻的村谁肯投资?这就让人怀疑真实意图了。

养猪场最初是他出的钱。毕局长找他,让他赞助,毕局长的姐夫是县委副书记,他出了八十多万。毕局长又跟别人拉了一些,到底花了多少谁都不知道。

毕局长走后他想把养猪场买回来,当然不能是高价。已经垮了的养猪场怎么能卖高价,还没有走到谈价钱那一步裴贵父子就不干了。一有公司来谈,裴贵就找村里闹,老裴一直忍让着。当年裴贵给他出过力,两家都姓裴,他掰不开面子。好些事不能惯下毛病,你惯下毛病,麻烦就是你的。

每次买养猪场周竞都不出面,也不让自己的公司出面。随便注册一个公司就可以跟村里谈,老百姓知道什么?他也没跟老裴说是自己,有些事没有必要跟老裴说。

裴贵父子死活不放手。他觉得无所谓,这父子俩有精神就耗着吧,他不在乎。听到工作队想抓养猪场,他觉得不对头了。

他一直犹豫该不该出面。别人投资裴贵父子阻拦,他周竞投资裴贵父子敢拦吗?别人投资,老裴可以不使劲儿,他投资老裴不使劲儿说不过

去。再说还有工作队在，工作队能眼睁睁看着一笔投资泡了汤？想到这里，他让裴学锋把老裴接到县城。

老裴在县城有房，是他给买来装修好的。他让裴学锋出了钱，又把钱给了裴学锋，对裴学锋说：不用跟你大伯说。裴学锋听他的话，要比听老裴的话坚决。后来每次老裴来县城，他仍然给老裴安排宾馆。

他跟老裴一起吃了饭，席间说起养猪场总放着不是长久之计。老裴垂下眼皮，不言语。他太知道老裴这个表情了，不聪明又想聪明的人，遇见事大部分是这个神情。

他等着老裴琢磨。又喝了几杯酒，老裴才说：我不想拖着，一是没合适的人，二是有了人裴贵也不干，肯定搅黄了。

他说：不用你管，工作队有办法。

老裴说：有合适的人你就说吧。以前两次都是周竞介绍来的公司，老裴以为这次又是。

周竞说：这回不介绍别人了，我自己干。

老裴放下筷子看着周竞，想他什么意思。周竞在县里、市里、外省都有产业，插剑岭对别人是块肉，对他连块骨头都算不上，值得啃吗？不过他反应很快，问：你这是想帮我？还是想帮工作队？

周竞摇头：他们能待几年？两年？三年？就算待五年，最后也得走。插剑岭是你的天下，这个天下你不珍惜谁珍惜？别想别人怎么样，它就是你的。

老裴脑子豁然开朗。人谁都不傻，周竞真有那么好吗？他不是插剑岭人，肯定不能为插剑岭干吃亏的事，心里瞄的是别的吧？

周竞说：你先鼓动工作队找投资，他们找不到我再站出来。我出马不能随便出，得他们请我，条件合适了我才出手呢！

老裴觉得最后一句才像周竞说的。

以前老裴每次来，周竞都安排洗浴，让手下陪着。这几年宾馆洗浴正规了，洗浴没什么意思，他把这些事免了。临分手老裴忍不住问：你这是唱的哪一出呢？

周竞说：看你这话问的，当然是插剑岭的发展大戏。

周竞走后老裴想了半天，觉得这戏太难了，周竞不是唱这种戏的人。他对裴学锋说：回去在村里散散风，说工作队想把养猪场转让出去。裴学锋点头，周竞说的那些话他早听明白了，他也想看到裴贵父子跟工作队干起来。

6

高中时，裴元庆追求过一个圆盘大脸的女生，他在一本小说里看到面如满月这个词，一下想到了她。书名忘了，只记住了面如满月。

上课他常侧过脸看她。她银盘一样的大脸恬静、姣好，让他自卑、躁动的心安静下来，看不到她，他就变得焦虑。上课他不停地把头扭向左侧，她脸上有两颗小小的雀斑，使她的脸白净、生动。

老师喊：裴元庆，黑板在哪儿？他站起来，不安地看着老师。

老师又问：黑板在哪儿？

他说：在前边。

老师又问：你往后边看什么？

教室里哄堂大笑。老师说：你眼睛不能看着黑板吗？这个公式你再证一遍。

他憋了半天，说证不出来。

老师说：你坐下！证不出来没关系，记住，黑板在前面。他一坐下，脑袋不由自主又扭向了左边。那张银盘大脸骄傲地望着黑板，好像这一切跟她无关。

高考最后一天，他一出考场就四下看。这是他跟面如满月最后一次见面。她走在考生最后面，一出考场冲他走过来说：你看了我三年，把脖子都看歪了。这回我让你看个够。

说完这话，他从梦中醒了，一阵心痛。实际上还没等他开口，她父母就走过来，眼睁睁地把她带走了，连头都没回一下。

高中毕业后他再没见过她，面如满月这个词永远消失了。

曾经以为枯燥乏味的高中生活多么美好，班里的哄堂大笑令他怀恋。那是一个青春梦，现在做梦的权利没有了。他扛着锄头从山上走下来，村里一个闺女往地里送饭，看见他喊：三富哥，你去哪儿？

他原来叫裴三富，自己改名裴元庆。他说：我下山还能去哪儿。

女子说：这么早就回家？

他说：我身上疼。

女子问：哪儿疼？

他说：没不疼的地方。女子低下头笑了。

他应该想起一个词：莞尔一笑。实际上他没想起来。高中毕业后他的语文归了零，他一直等着一个人唤起他心中的词汇，没有。

他甩开她回了家，再没想起过她。

这中间不断有人给莞尔一笑说亲，她一次次往外跑，又失望而归。他们结婚后，她跟他唠叨别人带着她相亲的经历，这再一次印证了他的经验，他们能够在一起不是因为他追求，是因为彼此没有遇到更喜欢的人。

爹叫裴贵。

村里人都起什么贵,什么富,是想改变命运。爹没有贵就想让儿子富。大富、二富、三富。大富一岁死了,二富是个瘸子,爹把希望寄托在他身上。高考他考了二百三十七分,爹的眼神变得麻木、暗淡。插剑岭好些爹是这种眼神,儿女摧毁了他们的希望。

他在爹厌弃的眼神里跟莞尔一笑结了婚,有了孩子,莞尔一笑变成了喋喋不休。在她嘴里,他是世上最没出息的男人。

村里人像鸟一样扑动翅膀往外飞,他无动于衷。在城里打工的人春节回来,问他去不去打工,他说无所谓。跟着亲戚去了省城一家液肥厂。传送带上的瓶子传到眼前,他拿起瓶盖拧上,再放回传送带,拧一个月能挣一千多块钱。看不到前途在哪儿!

宿舍里住了十二个人,下了班他说看不到前途,引来一片嘲讽:你还想要前途?问问你爹啥叫前途!在地里干一年连五百都挣不到,算有前途吗?

人不可与夏虫语冰,他在一本书里看到这句话。他没考上大学,语文考了四十六分,这么深奥的话一下就懂了。传送带两边坐的都是夏虫,带着这种情绪拧不好瓶盖,一些装了箱的液肥漏出来,把箱子毁了。

老板没骂他,骂车间主任。车间主任再骂他比老板还狠,不带标点符号骂了他一个多小时。他一气之下辞了职,这回他得到的是村里人的嘲讽。

谁打工都没前途,回来当老板吧!有两个半给你打工的,一个是你爹,一个是你娘,还有半个是你媳妇。他听出人家讽刺,不愿见村里人,白天躺在炕上睡觉。夜里睡不着,坐起来瞅外面的月亮。月亮真美,怪不得人家说月亮里住着嫦娥呢。看了看炕上酣睡的老婆,没意思。他悄悄下了炕走到外面，空气吸一口甜滋滋的。他顺着路往前走，觉得夜色中的村子跟白天不一样。

一条狗听到动静，朝他扑过来。他不再往前走，坐在一块石头上抽烟。点烟的火光吓退了狗，狗以更大的热情狂吠。一个村的狗跟着叫。有人以为来了狼，拿着手电筒出来看，见一个烟头在街上亮着。有人认出了他，扭头回了家。

一连几天他夜里都在外面，村里人怀疑他精神有问题。各村精神失常的不少。电视里天天说致富，人没富，富人的病倒有了。

爹让娘到家里看他，他对娘说：我离疯远着呢！这个家能经得住我疯不？

娘把这话说给了爹，爹闷着头抽了好几天烟，硬着头皮去找老裴。爹以为能治好他病的只有老裴了。

7

裴贵当过治保主任。有人想推举他当支书，他没点头，也没摇头，事情后来无声无息地消失了。日子想好点儿只有一个办法，推举自己人，他认准了老裴。村里人都想选老实的，实际上不行，当官不能心善，心善了太累，做不成大事。

刘丙瑞有决断，生产队时有人偷懒，刘丙瑞见了就骂。收秋时偷个棒子摘个瓜，都怕遇上刘丙瑞。那年换届，乡里打算把刘丙瑞请回来，村里有人开始暗中串联。

他们不想让刘丙瑞再上来。刘丙瑞以前就是支书，自己辞了职。接他的人也当不长，那是个提倡发财的年代，都觉得当干部吃亏。刘丙瑞也不想再当，乡里领导反复跟他谈话，他勉强答应了。村里的电工知道后，第二天找到乡里要求迁户口，问迁到哪儿？说迁到哪儿都行，反正不在插剑岭了。

乡领导问为啥？

电工说：别问我，问你们乡里。

乡里一听问题严重了，好言好语把电工劝回来。看到电工闹事没事儿，第二天去闹的更多了，几十号人要迁户口。

裴贵也要去，老裴说：裴家人去了领导怀疑我，你在村里串串。裴贵便帮着老裴四处游说，跟裴家人说一笔写不出两个裴字，跟外姓人说不想让刘丙瑞上，就得推裴震山，别人争不过刘家。老裴就这么上了台。

事后裴家人得到好处了吗？没有。裴贵得到好处了吗？也没有。倒是腊梅家得了好处。裴贵老婆在家里唠叨：还不如让刘丙瑞上台！刘丙瑞就是倔点，有啥不好？

村里人也明白过来：刘丙瑞性子直，却待人公道。可惜明白晚了。

裴贵见了老裴一直躲着，实在躲不开就笑一笑，老裴有时候笑，有时候不笑，全看他高兴不高兴。

怪就怪儿子不争气，得了怪病。他找老郎中，老郎中说：我好些年不看病了，这病我也看不了。

裴贵问：咋的？

老郎中说：这不是病，拿大嘴巴扇他就能好，你舍得吗？

裴贵想了想说：这么大孩子，下不去手。

老郎中说：那你带他去县里吧，县医院说不定有办法！

裴贵带着儿子去了县城，医生说这叫抑郁症。说完开了药。

拿着药方划了价，两百多，裴元庆不干：我不吃，我没病。裴贵拿药方找大夫问：吃了能好不？

大夫说：这药得长期服用。

裴贵犹豫了。裴元庆说：快别花这冤枉钱了。

裴贵在家抽了好几天烟。老婆天天催：当初是你把老裴推上台的，为了儿子你找他一回不行吗？裴贵就去了。

老裴见了他挺热情，说：自从我盖了房，你还是头一次来呢！

裴贵说：这房盖得好，气派！

老裴说：过时了！

裴贵没往下接老裴的话，这么好的房子人家嫌过时，想想村里人过的日子，他当支书的有一点儿难受的意思吗？刘丙瑞当过那么多年支书，在任时没盖过房，下了台才盖房，就是平常的房。老裴盖的跟宫殿一样。

老裴瞅着他，问：咋，今儿有空了？

裴贵笑了笑，说村里几个五保户没人管，有一个快饿死了。沟底的窝棚年年夏天有人住，年轻人图快活，洪水来了躲都躲不及，死一口子跟上面咋交代？

老裴心里说：你该当这个支书！

裴贵又说村里的郝宝贵、郝宝石到外面偷电线，被派出所抓去，把插剑岭的脸都丢尽了。老裴一直点头，最后不得不问：你家咋样？听说你家元庆深更半夜往外跑，你也不管管？

裴贵说：我管得了吗？

老裴说：老贵，你跟我说实话，有啥打算没？

裴贵说：有办法我也不来找你，你拿个主意吧！

老裴说：我就等着你这句话呢，你不找我，我咋知道你啥意思。

裴贵赶紧说：怨我，怨我。

老裴说：告诉你个好消息，咱们村要建小康村了。小康村要求人均年收入超过一千二，挣不到这个数领导比咱着急。

裴贵问：你信？

老裴笑了：不是我信，是领导信。毕局长是县工商局副局长，他姐夫是县委副书记，他答应在村里建养猪场，我正琢磨这事儿交给谁，你来了！

裴贵心"嗵嗵"地跳，憋了好半天才说：我那个不争气的东西行不？

老裴说：有啥不行的！资金、技术工作队负责，元庆又不是傻子，傻子也会喂猪。政绩是工作队的，活你们干，还不明白？

裴贵手哆嗦着把烟袋放进嘴里，又拿下来，说：我都不知道说啥好了，真是一家人！

老裴说：一笔写不出两个裴字。

这话是裴贵推举老裴时说的，现在老裴说出来，证明没忘了他。老裴又说：只要能挣钱，你儿子什么病都能好。

裴贵涌上巨大感激，说：我没看错你！

老裴说了一句话，裴贵后来回想大有深意。他说：老贵，咱都岁数不小了，让元庆好好干，干好了你家能发财，我家也能发财。

裴贵愣没听懂，只顾在心里算账：一头猪按出一百斤肉算，一斤肉卖十三块钱，一头猪就是一千三，两百头猪就是二十六万。用不了几年，家里就能盖房了。

他觉得不对头。村里那么多日子过不下去的，老裴照顾他是不是过了？回到家跟老婆说，老婆说：你跟你儿子一样，病得不轻！

8

建养猪场先得选址,裴贵相中了东山脚下一片地,村里有一条土路通往那里,什么车都能过。老裴没反对。裴贵问:投资啥时候能到?

老裴说:工作队正找赞助呢,你要有钱先垫上,把猪舍盖起来再说。

裴贵哪里有钱,答应先采石头,打土坯。

他们天天到山上采石。父子俩把石头一块一块滚下山,用小车拉回来,花了三个多月时间。有一天发现石头少了,裴贵问儿子咋回事?裴元庆说:没见人来,不知道咋回事。裴贵嘴角立刻起了一圈儿泡。

他猜想是嫉妒他的人干的,临时搭了一个窝棚,父子俩晚上轮流看守。

毕局长来了,看着石料很高兴,说一家企业已经答应出资了,肯定能到!

第二天,毕局长带着父子俩到下关村的俊锋养猪场参观。这是个现代化养猪场,养了几千头猪。一个猪舍里十八个猪栏,一个猪栏八头猪,吃的时候一起吃,喝的时候一起喝。顶上有喷头,一天洗两次澡。猪圈比住家还干净,闻不到什么味道。

最舒服的是种猪,住单间,一头猪一个猪栏。吃得好,睡得香,上火了吃鸡蛋,喝猪场熬的汤药,号称猪场王老吉。伺候得这么舒服,是为了让它们干那件美乎事儿。

回到家,父子俩把猪舍画出来。画好的图纸给了老裴,老裴知道他们又要问钱,说:毕局长说有两家企业答应了,一时到不了位。你等钱到了再干,什么事也干不成。

裴贵心领神会,说:我先干,干起来上面就重视了。

裴贵年轻时在工地干过，十六间猪舍的地沟很快挖好了。这中间毕局长来过，称赞地沟挖得深。挖得深意味用的石头多，石头不够，父子俩再去山里。石头地基打好后该垒墙了，没砖，裴贵说：咱用土坯垒。从夏天到秋天，他们打了十几万块土坯，晒干的土坯码成了一道道长城。

老裴不让他们往下码了，说土坯太多，来一场大雨就毁了。你们等着，我找毕局长。裴贵觉得老裴够意思。又等了一个多月，工作队的款还没到，裴贵嘴上起了燎泡。那些日子他不敢看儿子，觉得把儿子坑了。

等了将近一年，工程队才来。人家用砖垒墙，把父子俩打的坯扔到了一边。挖的地沟也不行，工程队按着图纸重新挖。他们挖用手，工程队用机器，很快就挖好了。

父子俩像打了鸡血，在工地上来回看，挑各种毛病。工程队不听他们的，工程队领头的跟毕局长有什么关系，别说他们父子俩，连老裴也不放在眼里。

猪舍盖好后工程队撤了，又来了一拨搞装修的，猪舍都通上了电，里外墙都用水泥抹了，刷了白涂料。裴贵对老裴说：抹墙的事我们就能干，用不着雇人。老裴冲他摆了摆手，说：你不用管了。后来知道，工程队是毕局长的。

一切都弄好了，裴贵问老裴：猪啥时候来？老裴说：甭急，等着！

等了几个月猪仍没来，村里孩子有了玩耍的地方，在猪舍里藏猫猫，打土坷垃仗。有人开玩笑，说：要不把我们家的猪赶过来，你们养算了。

裴元庆的同学打电话，说县里一家企业招人，月薪二千。爹瞪了他一眼：猪来了咋办？我一个人顾得过来吗？元庆只好跟同学说他不想打工，想把插剑岭建设成社会主义小康村。

一直熬到快过春节，毕局长带着局里二十几个人来慰问，见一个五保户递一百块钱，递钱时有人照相。有的老人看见照相拒绝接钱，也有人举着钱笑嘻嘻地让他们拍照，村里人都骂。

中午老裴请毕局长吃饭，毕局长把带来的米、面、油放下，却没提养猪场的事，老裴也没提。米、面、油一直在村委会放着，没有分发的意思。村里人问啥时候发。老裴说：全村三百一十三户，他们拉来了一百份，没法儿发，等再有慰问的合在一块儿发。

大年初一，一百份米、面、油不见了。毕局长电话里听了吃惊：不可能吧？老裴说：我这会儿就在现场，真丢了！毕局长想了想说：报案吧！

派出所民警看了现场，照了相，说：什么时候破案不知道，等着吧！

案子第二天就破了，偷走慰问品的不是别人，正是刘海翔。工作队后来丢了练功服，派出所首先怀疑他，就因为他有前科。

当天下午，裴贵在粮库大院发现了慰问品。粮库原来有三个库，一个库裴学锋租了开超市，两个库闲置着。大院里堆了一些秸草。裴贵为讨好老裴，说过年了打扫一下粮库，就看见了草堆里的大米袋子。

他没声张，在院里继续寻找。发现一个库房的门异样，走过去摘下门板，看见了几十桶福临门油。派出所民警让他们不要声张，派两个村干部悄悄蹲守。到了后半夜，刘海翔悄悄进了库房。

民警问：这些东西是你藏在这儿的？刘海翔挺起胸承认，说那是上级给的慰问品，村干部凭什么扣下？我是替天行道。派出所的人问：这才六十多份，剩下的三十多份呢？刘海翔一笑：卖了。

问：钱呢？

刘海翔说：花了。

问：怎么花的？

刘海翔说：我说不上来，也没多少钱，经不住花。

老裴问谁是同伙，刘海翔撩了一眼裴贵，说：没同伙，我一个人干的。老裴猜到可能还有裴元庆，他不愿意再往下问，让裴贵把东西提到村委会，裴贵顺便问了老裴一句：猪什么时候能来？

老裴瞪了一眼：出了这种事，我还有脸问人家？

9

从派出所放出来的刘海翔，跟裴元庆成了好朋友。村里人说，他一个人不可能把那么多慰问品弄出来，起码有人望风。不过，村里没人追究，反而对他们津津乐道。那些慰问品后来发到了各家各户，人们说是刘海翔和裴元庆的功劳。

元庆对裴贵说：爹，来了猪光咱俩忙不过来，把海翔留下吧！

裴贵说：你说实话，有没有你？

元庆说：养猪场的事都操不过心来，我会干这种事？

裴贵说：那你想留个贼？

元庆说：这事不怨海翔，上级发下来的慰问品村里凭什么扣。村里也没人说海翔不好！

裴贵问：我咋跟老裴说？

元庆说：你就说留下海翔，别的贼就不敢来了。

裴贵觉得也对，对海翔说：元庆想留下你，不过现在挣不上钱，有点儿委屈你。

海翔大大咧咧地说：我不为钱，为跟元庆一块玩儿。

看着刘海翔，裴贵心里有说不出的滋味。那年不是他串联，支书大概就是刘丙瑞的，刘家不败落，刘海翔也不是现在这个样子。当时他存了一份私心，现在守着一个空荡荡的养猪场，算是沾了老裴的光吗？心一硬，他答应了元庆。

每天上午，他跟元庆和海翔把院子扫一遍，下午再扫一遍。

干完活儿，两个年轻人走到外面，看远处的天空，一只鹰在天边孤零零地飞，好孤单。

春天到了，草根萌发，昆虫去年产下的卵迅速膨胀。没有猪的养猪场像一摊死水。人都有这种经验，房子没人住坏得更快。养猪场刚建成，没有猪，刚刚抹好的墙皮这里鼓一块，那里掉一块，给猪饮水的水龙头，几天就生了锈。

裴贵请老裴吃了两次饭，第一次不好意思提猪的事，只说跟老裴几十年的感情，老裴也把话题往别的地方扯。第二次再请老裴，他就不绕弯子了，让老裴想办法。

老裴原以为，毕局长要建的养猪场是养几十头猪的，建起来才知道是个现代化养猪场，规模大，设备也先进。他替裴贵算了一笔账，干好了一年轻轻松松挣几十万。他试探裴贵：老贵，你说养猪场咋个干法？

裴贵觉得奇怪，说：别人咋干咱咋干呗！

老裴问：啥叫别人咋干咱咋干？

裴贵说：再好的养猪场也是喂猪，咱们去别的养猪场看看，人家咋喂，咱也咋喂。

裴贵以为他当年替老裴上台卖了力，根本没往报答上想。老裴觉得他装听不懂，说：毕局长的话靠不住，总耗着你也不行，要不你撤了吧！

裴贵说：我不撤。心想，我吃苦受累熬到现在，又让我撤。以前干的活儿怎么说？

老裴说：你要不撤，就自己买猪，等毕局长拉来钱，我让工作队把猪钱还给你。

裴贵琢磨从哪里借钱，一只小猪仔五百块，这个养猪场能养好几百头，他借不出来。他说：你再帮我催催毕局长吧！

老裴说：行。

裴贵没往歪处想老裴，老裴住着那么好的房子，能看得起养猪场这点好处？几天后，后沟的郝宝石找到他问：还耗着呢？

裴贵说：等着上面的买猪款呢！

郝宝石说：你是真傻呀还是装傻？毕局长快撤走了，到哪儿找买猪款？

裴贵说：不能吧？老裴跟我说他正拉钱呢！

郝宝石说：钱有那么好拉，就轮不到你了。

郝宝石和裴学锋娶了桂芬、桂枝姐妹，村里人叫挑担儿，按说跟裴家近。现在听他的话头，是在非议老裴的人品。裴贵解释说：老裴不是那种人。

郝宝石说：老贵，你也掂掂自个儿几斤几两，这么好的养猪场能落到你手里？你有几两的命自个儿不知道？

裴贵火了：村里让我办养猪场，我一天也没闲着。就是一两的命，我也干到现在了！

郝宝石说：我不跟你争，不信咱们走着瞧。

第二天裴贵去养猪场，半路见裴学锋走来。他打招呼，裴学锋没理他，用眼角的光扫了他一下走过去了。裴贵觉出了不对。回想老裴那天的话，每一句都有了意味。再想郝宝石，也像是老裴指使过来的。他出了一身汗。老裴这一手太绝了。当初你不帮我行，这会儿不能坑我。我不撤！毕局长不给猪我也要干到底。三口猪，五口猪，我也在这儿养。实在不行我把这个养猪场租出去，绝不撤！

又过了两天刘会计来家里，东一句西一句说村里别的事。说着说着裴贵听出来了，刘会计就一个意思，这些年凡是跟老裴关系好的，日子都过得挺好，跟老裴对着干的没一个滋润的。

刘会计拐着弯儿劝他，他也拐着弯儿回答，说这辈子就这样了，过去没活明白，现在也不想明白。听天由命吧！

他的话很快到了老裴耳朵里。他还觉得不够，过几天又找老裴，把刘会计和郝宝石的话都说了，问：是你让他们找我的吧？

老裴笑：你把我当什么人了？我用得着外人捎话吗？一笔写不出两个裴字。我劝你撤是为你好。干这个事投入太多，怕你承受不了，当初我也是过于相信毕局长了。

一句话让裴贵觉得自己心眼儿小了。他说：我不该老来催你，你也有难处。

老裴说：你不跟我说，跟谁说？就是你不催，我也天天催毕局长！他说快了，你宽心等着吧！

裴贵放宽了心等，觉得老裴说的是实在话。

两个月后裴元庆听到消息，说：咱村评上小康村了。

裴贵说：好啊！

裴元庆说：好什么，评上工作队就撤了！咱们跟谁要猪，养猪场办不起来了。

裴贵这回真急了，找到老裴说要上访！

老裴问：你告谁？

裴贵说：养猪场还没办起来，咋就成了小康村？这不是弄虚作假吗？

老裴瞪了他一眼，说：你这是告我！

老裴跟毕局长早有矛盾。最初盖村委会，工作队拉来赞助给了村里，毕局长发现工程队是老裴女婿的，花钱多，质量差，想下回自己找工程队。

建养猪场时，毕局长让老婆联系工程队。老婆那时跟南方商人还没发生关系，提成都拿回了家。毕局长得到甜头，所有工程都想自己找人。他跟一家企业拉来几十万买猪款，老婆说南方商人在搞"蒜你狠"，借给他能得五分利，毕局长便跟老裴商量，说他一个朋友有急用，能不能把拉来的钱先挪用一下，几个月就还。

老裴说：钱是你拉来的，你说了算。

毕局长当下把钱划过去了。不过老裴也提出了要求，养猪场建成后都归村里管，工作队别操心。

毕局长说：我不干涉村里。

老裴后来一次次催猪，毕局长就一次次问老婆，老婆说钱暂时回不来，利息按月划过来了。毕局长说：县里要考核小康村，再不买猪就露馅了！

老婆已经跟南方商人睡在了一起，不但不还钱，还想去南方，商人要带她回老家结婚。想到在那里没一个亲人，她迟迟下不了决心。

要不回钱，毕局长想让王俊峰先给猪，钱后付，王俊峰嘴上敷衍，实际上不办。这里面的曲折毕局长不敢跟老裴说，老裴知道也不能告诉裴贵，一笔钱就这么在空中飘来飘去，煎熬着裴贵父子俩。

一直拖到验收前三天，猪才来了。

拉猪的车上下两层，外面用绳网拦着。猪像坐摇篮，一路晃晃悠悠来到插剑岭，个别猪晕车，嘴角流着白沫子呻吟。别的猪都躲它，跟人一样。到了东山脚下，司机看了猪舍说不太好卸。临时又搭了一个卸车的架子。猪顺着架子一直跑进猪舍，再分到各个猪栏。卸完一个猪舍，车往前开一点，再卸。一个猪舍应该放九十六头猪，司机卸不了那么准，有的猪舍卸了一百多头，元庆和海翔把各个猪舍的猪互相赶，就像人住宾馆调换房间一样。

他们买的是猪仔，拉来了不少成年猪，甚至有三百斤的。裴贵问：怎么还有大猪？

司机不答，裴贵又问老裴。

老裴说：养猪场的猪就应该有大有小，都一样大还能叫养猪场？

一连来了二十多辆车，各个猪舍很快满了。跟着车来的还有工人，为首的是一个技师，他们一到就把猪场接管过来，元庆和海翔只负责给猪调换房间，其他事不让他们管。

老裴说：过两天来验收小康村，怕你们三个管不过来，先让人家帮几天。裴贵这才放了心。

第四章 女老板

4.

1

梅长风回到了市里。

他回来是因为看不惯黄俊涛。杨伯峻说要重启养猪场，黄俊涛说应该先跟村干部商量。杨伯峻说想把各家各户走访一遍，黄俊涛说去重点户看看就行，不用都去。梅长风忍不住反驳：不调查怎么知道哪家是重点户？

黄俊涛说：问村干部呵！

江小童说：村干部不说实话。她把刘玉柱家人口、收入都不对的情况说了。

黄俊涛沉着脸说：小童，你说话要注意分寸。万一让村干部听见，以后还怎么跟他们相处。

杨伯峻在一旁听着，一直不说话。梅长风见他窝囊，赌气说：杨局长，我这腰又不行了，想回家！说完不等杨伯峻同意，扭头开着车走了。

现在他舒舒服服地躺在"华清池"里。回来的路上，看见道边的"浴"字就想停车。在村里最难的不是吃饭、睡觉，是洗澡。前些天江小童跟杨伯峻请了半天假，不说干什么，走时像一棵干旱的青苗，回来像浇过水的小葱，青翠欲滴。小女子的欢快从哪里来的，他知道。

她的欢快感染了他，他觉得通身上下像被泥糊了，不透气，晚上睡觉，衣服里飞扬起白色肤屑。难以想象，那个叫游锡五的怎么开展革命的。

这里人冬天不洗澡，男人盛夏到井边打一桶水浇在身上，就是洗澡了，女人怎么洗他不知道。游锡五是国立第一师范学校毕业生，民国时，那所学校在北方赫赫有名，简称一师，里面有图书馆、唱诗班、浴室。接受了现代文明的游老师来到插剑岭，洗不上澡不难受吗？这样的生活他怎么适应的？

第一次离婚最难受，老婆说：我什么都不要，就要孩子。

他说：我也什么都不要，要孩子。他想用孩子留住老婆，老婆扔下孩子去了深圳。他一转身进了这里，在水里流了泪，用手一抹泪不见了。没人知道他哭过，他仍然享有爱，水爱他。他喜欢水，不喜欢山。插剑岭到处是山，不知道里面藏着什么。这边煞有其事地跟你争论，那边把村委会的东西偷了。不知道哪个是好人，哪个是贼盗。他觉得这种村子不可能脱贫，自然条件太差，来八个工作队也不行！何不搬迁到别的地方，让这里成为野生动物的天堂！养猪场看到的那个小动物多可爱，让那些小兔子、小狐狸，狍子、野猪尽情繁殖，不比人在这里受穷强？

国家为扶贫投入了多少，这么多人下乡难道不是成本？一户一户地走访，累得腰酸腿痛。有的人家去了好几次，仍然摸不清里面的奥妙，看着贫困，问出来的情况却不贫困。另一些人门口停着汽车，人均年收入连一千两百元都不到。

还有的人家，你问一年收入多少，人家直愣愣地看着你，看得你发毛。问他算不算贫困户，他说看着办吧，问他谁够得上贫困户，他说领导定，领导说谁就是谁，没意见。

这就是插剑岭的农民，乖巧得像一只猫。不知道什么时候又变成了老虎，几十个人围着杨伯峻怒吼。游锡五看出了这里人的虎性，在村里办了一所小学。一个叫韩金定的地主走亲戚，见亲戚家有私塾，提着半扇猪肉一捆大葱找到了他，问能不能到插剑岭教书。游锡五答应了，上级指示他到山区发动群众，搞农民运动。

游锡五说：你为啥建私塾？给村里建一所学校不更好？

韩金定说：我花钱请你，是为了教我的孩子。

游锡五给他讲世界变了，想让自己过好日子，就得人人过好日子。老地主听出了康梁乱党的气味。他说：给村里建学校我就不请你了。说完撅着一根辫子走了。

他的背影被学校老师嘲笑了一上午，没想到下午又回来了。亲戚开导他说，现在还有几个办私塾的？都在办新式学堂。私塾教的八股文已经用不上了。

韩金定说：我出钱，让村里人沾光？

亲戚说：穷人家孩子哪是念书的料，念几天就念不下去了，教的还是你家的孩子。韩金定恍然大悟，答应出两担玉米一担麦子在村里办新式学堂，村里不管穷富，所有孩子都来上学。

游锡五白天在学堂教孩子，晚上把学堂办成农民夜校。你想不到，现在这些满脸木讷、有些窝囊的村里人，祖辈竟然是革命者。县志上记载，插剑岭有十一名早期党员，抗日战争之前的烈士有八名，都是游锡五的学生。活下来的都是高官。

离开插剑岭他们才能出类拔萃，迁徙是最好的扶贫，离开穷乡僻壤才能解放。

华清池是梅长风家附近的洗浴中心，"文革"时叫大众澡堂，后来叫春风洗浴，华清池是刚刚改的。"春寒赐浴华清池，温泉水滑洗凝脂。"名字一改，似乎他也尊贵了。

他在池子里泡了一个多小时，觉得每一个毛孔都张开了，污垢变得松软，服务员让他趴在简易按摩床上，搓澡工给他身上泼了些水，舒服极了。他忍不住问：哪里人？

搓澡工漫不经心地说：原平。

梅长风兴奋了，说：我也是原平的！

搓澡工没理他，用手在他身上"啪，啪"拍了两下，声音夸张，有种麻酥酥的感觉。手巾在背上轻轻滑动，皮肤轻轻裂开，死皮断裂成碎块，在毛巾搓动下互相碰撞，结成一个个泥卷，小泥卷们相互问候，勾肩搭背，前仰后合成为一个个大泥卷，搓澡工一双大手上下翻飞，大小泥卷纷纷从背上滑落，这是它们的欢乐时刻，也是梅长风的欢乐时刻，插剑岭远去了，所有那些农民、村干部、乡镇长等等，统统远去了……梅长风幸福地闭上眼睛。

梅长风短短地睡了一觉，搓澡工已经离去。他有好些话想跟搓澡工说，说他在插剑岭的见闻，说那里女人衣服上的嘎巴，孩子嘴边的鼻涕，以及村干部家亮得打滑的地板和几乎用不着的豪华电冰箱，还有贫困户门前停放的奥迪。

这么贫瘠的地方竟然有腐败，可笑不？搓澡工大概就是农民，这份工作不体面，听说有的是鸭子，小伙子宁愿做这种工作，也不愿意留在村里。现在村里还有几个年轻人？怎么可能脱贫？

他起身走到衣柜前穿衣服，手机里有三个未接电话，都是书法家冯大宽打来的，门外"华清池"三个字就是这个人写的。他回了电话，冯大宽约他到京味一品雅间，参加的有一个神秘人物。

他问：什么神秘人物？

冯大宽说：见了你就知道了。

这个穿着鼠色裘皮大衣、涂着深紫色口红的女人是一家二手车市场老总，后来进军房地产。她旁边跟着一位年轻男子，脱掉博柏利风衣，立领的新潮上装让人眼前一亮。梅长风对时装品牌略知一二，他暗自估价，这衣服八万元打不住。他绕着弯子问：美国买的吧？

年轻男子没理睬，神秘女人说：美国衣服号大，咱穿不了。

冯大宽坐在旁边，悄悄捅了捅他。梅长风不敢再多言。想不到女人眼神定在他身上，轻声说：你眼力不错，衣服是我定做的。

这话说得多暧昧，好像暗示年轻男子是她包养的。男子是一个冷冰冰的小鲜肉，样子有些无聊。一个活得甜腻，活得矫情的人。

女人用目光罩着他，说：这衣服光手工就花了三个月。

梅长风做出惊讶的表情，是礼貌，也确实没想到。有钱人已经在流行私人订制，大多数人还在衣帽间试着几百元一件的贴牌服装。梅长风想到村委会丢失的十几套练功服。难过突然而至，他对插剑岭人的恨瞬间消失了。

十几年来生活不顺，他把原因归结为一个穷。他长年泡病假，不是对领导有意见，是想在外面谋求生财之道。他卖过服装，开过茶楼，倒腾过名家字画。他在古董圈四处游走，不过是想进入富人世界，遗憾的是他的前两任老婆受不了他的失败。他看着这个神秘女人，生出说不清的感觉，羡慕、敬仰、愤怒、委屈，自己都说不清。

人到齐了，冯大宽向神秘女人介绍：这位是历史学家，K大周教授，这位是方志学家，市方志办刘主任，这位是著名歌手，市群艺馆的俞风，她刚在全国未来之星大赛上得了季军。每介绍一位，女人都专注地看着对方，微微点头。冯大宽最后介绍道：这位是梅长风，市科技局的，现在是原平县插剑岭村扶贫工作队员。

梅长风涌上自卑，说：他们都是家，我什么家也不是。

女人说：我也什么家都不是。

冯大宽说：您是企业家。我隆重向大家推出今晚的主角，我市著名企业家，欣欣集团董事长姚总。姚总轻声地说：姚红玉。

桌上人肃然起敬。

这是个神龙见首不见尾的女人，市里人常说她，很少见到。据说她吃饭只在国际浴都的京味一品，那里有一个雅间不管她来不来都常年留着。梅长风是被服务员领进来的，想不到这就是著名的307雅间。

服务员把菜单递给姚红玉，问：还加菜吗？

服务员根据她的口味事先安排了菜单，每次只需要她临时加几个菜，姚红玉问身边男子：儿子，你想吃什么？

男子一脸厌烦：随便。

据说富婆把情人称作儿子，儿子则会称对方干妈，高兴了也叫亲妈。姚总点了几个菜把菜谱还给服务员，说：今天我带着别人的丈夫出来吃饭，你们做好点儿！服务员答应一声，脚步轻捷地离开了。

梅长风惊得眼珠子差点掉下来，他一直觉得自己不落伍，想不到现在的富婆已经这么藐视底线了。他悄悄对冯大宽说：她真敢说！

冯大宽说：这是姚总的儿子。

梅长风不相信。冯大宽说：姚总离婚后，这孩子跟着奶奶长大。他父亲叫薛健，当年的汽车业巨头，省内首屈一指的企业家，因为虚开增值税发票在监狱里蹲了十年，现在销声匿迹了。

这个案子梅长风知道，市里人议论他们提前办了假离婚，保住了财产。薛健放出来后没有复婚，找了一个小他二十八岁的女生。

姚总介绍说，她儿子叫薛尔雅，画家。

冯大宽马上说：我刚才忘了介绍，梅长风是收藏家，专门收藏书画。

梅长风说：不敢不敢，我就是玩。

姚总淡淡地说：他是个小画家，我想让他把我的公司接过来，他不愿意。

尔雅说：妈，你再说这些我就走了。

姚总没言声儿，看出来她有点无奈，大家自动转移话题。梅长风一边听他们闲聊，一边想姚总为什么组织这个饭局。她那么忙，干吗在这儿浪费时间？别看这些人号称这个家那个家，其实没什么真才实学。

俞风唱了一首歌，据说是参加大奖赛的获奖作品，声音高亢，气息充沛，唱完大家使劲儿鼓掌，尔雅淡淡地拍了两下手。俞风看他反应平平，心里已经受伤。大家夸奖她声音甜美，她嘴上谦虚，眼睛不时瞟着姚红玉母子，尔雅的漠然让她脸上的潮红渐渐退下来。

母亲也瞟着儿子，她说自己上中学也喜欢唱歌。俞风不知好歹，说明年还有更高级别的大奖赛，有企业赞助才能参加。姚总装作没听见，把话题转移了。梅长风意识到饭局是为俞风而设，可惜她福薄不知道把握。小女子精心装扮了一番，只不过有一个老美女罩着，她就显得张扬。姚总对她不反感，也说不上喜欢，谁知她在这种场合竟拉起了赞助，尔雅越发不感冒。这件备选商品没能打动消费者。

为了不使酒宴冷场，冯大宽说起第一次见姚总的情景。那时姚总多漂亮，在大厅里一站，整个大厅鸦雀无声。真正的美人是一种气场，给人以压力。姚总被他挑逗得兴奋起来，说：什么气场不气场，我那会儿不过是个喂猪的。

人们愣了，喂猪的？

姚总解释：我不是一开始就搞汽车，先在乡下养猪，几年后才办起了汽车厂。

梅长风想起村里的养猪场，问：养猪能挣那么多钱？

姚总说：做好了利润很稳定。我们那年正好赶上猪瘟刚过去，猪肉价格飞涨，利润率达到了百分之三百。

梅长风说：我们村也有个养猪场，现在一头猪都没有。

姚总说：那挺可惜的。

梅长风说：姚总既然养过猪，何不关注一下我们村的养猪事业呢？

冯大宽打断他：小梅，姚总是汽车业和房地产大亨，你让人家养猪？亏你想得出来。

梅长风来了犟劲儿：养猪怎么了？说不定比房地产利润还大！房地产现在也不好干。

众人说：姚总做东让大家放松一下，你这时候说生意，罚你一杯。

姚总摆摆手说：那倒没关系，生意就是生意，什么时间都可以谈，也没有高低贵贱，我去过美国一家养牛场，利润很高。

梅长风信心大增，小心翼翼地问：姚总，能留您一个电话吗？

酒席安静下来，都看着姚红玉。姚总略一迟疑，说：可以。俞风也想留电话，姚总说：你们年轻人互相联系吧！俞风又想留尔雅的电话，尔雅转身给母亲拿衣服，把一个后背给了她。

从雅间出来，几个人送姚红玉上车，梅长风抢上一步跟姚总握手，目视尔雅驾着保时捷离开。等他们转过身，俞风已经悻悻地走了。

冯大宽狠狠拍了梅长风一下，说：他妈的，今天你成了赢家！

梅长风说：我也奇怪，本来对下乡那个村没好印象，却鬼使神差地给他们拉投资。

冯大宽说：难道是你跟插剑岭人民有了感情？你有那么高尚吗？

梅长风说：我没那么高尚。他还在想姚总，为什么对养猪场感兴趣？

第四章·女老板　　111

2

家里到处是尘土，在真皮沙发上坐了一下，立刻有了屁股印儿。梅长风想起村委会，那里不像这般清冷。

靠在沙发上拿起手机，微信里跳出一个好友邀请，一看是姚总的，大喜。挺起身想接受邀请，又冷静下来，想姚总为什么热情？真想在插剑岭投资吗？

刚点了接受，对方马上回了一个表情，握手。想想人们这么握手，觉得挺好笑。姚总看起来风光，其实也挺惨。离了婚，婆家连孩子都夺走了，一个人在屋里岂不寂寞？也别同情人家，自己离了二次婚，比人家强不到哪里。这么一想有了同病相怜的感觉。

他给姚总回了个"感谢"，写道：插剑岭山清水秀，欢迎姚总来指导工作。姚总回复：以后吧，最近抽不出时间。梅长风心狂跳，写道：我随时恭候，村里有纯正的农家饭，您是从农村奋斗出来的，说不定能找回当年的感觉。姚总回复：去时跟你联系。

第二天开车回到村里，先跟杨伯峻汇报。杨伯峻兴奋地说：这是大好事！办成了你是首功一件！梅长风倒不好意思了，说是个意向，还不一定呢！

话音未落，梅长风忽然晕倒在地上。人们以为他开玩笑，黄俊涛说：你装什么蒜！至于激动成这样？再一看真晕过去了。杨伯峻摸了摸脑袋，烫手，说不像是心脑血管的事，八成是烧的！赶紧叫碌碡来！

正议论着梅长风醒了，爬起来说：没事。我什么事也没有。昨天夜里开着空调睡觉，回来路上就觉得不对劲儿，肯定是感冒了。

杨伯峻说：感冒了还回来干什么！

梅长风说：我要不回来，晕倒连个扶的都没有。

他这么一说，大家都不说话了。

正感慨，碌碡赶过来，提的出诊箱还是上世纪六七十年代的。他拿出听诊器，先听，后敲，又给梅长风号脉，最后说：这是伤风。梅同志要不嫌弃，我用土办法给你治治。

他说着从兜里拿出个东西，江小童没见过，问这是什么？

碌碡说：铜钱。清代的。

拿铜钱在碗里沾了些水，在梅长风后背上刮起来，铜钱"哧哧"有声，后背爆出一溜儿血泡。梅长风疼得喊。碌碡看他喊，又改刮他的后脖颈，两个肘弯儿。梅长风龇牙咧嘴，汗都下来了。

江小童觉得新奇，问：这就能治好感冒？

碌碡说：盖上被子睡一觉，醒来就好了。

他又对梅长风说：回去最好把你家房子换一换！

梅长风问：什么意思？

碌碡说：你住的房子不太吉利！影响你的事业发展。

一觉醒来，梅长风想起碌碡说房子不吉利的话，也没当回事。下午，他又给姚红玉发微信，说插剑岭四面环山，夏季山清水秀，天朗气清，连呼吸都是甜的。到了冬季，山上白雪皑皑，有阳刚之美！

这里一年四季都有旅游资源。冬天能在山上开展冰雪运动，山腰里有八路军的兵工厂，八路军某团的指挥部也在这一带，任何季节都可以组织学生进行革命传统教育。山上还有范蠡从越国归隐后修建的一条秘密经商通道，留下了不少传说，也是难得的资源。

他一连发了十几条微信，把有关图片也发了过去。姚红玉没有反应。

吃过晚饭他一遍一遍地看手机，姚红玉仍没消息，感到自己唐突，人家是大企业家，怎么会看上插剑岭呢？

手机一响他跳起来，来信息的是他妹妹，说化工厂一个女工，二十九岁，带着一个孩子，问他考虑不考虑？他回了一个翻白眼的表情。

妹妹又给他打电话，说女工性格不错。他说：我还没离婚呢！妹妹说：过不到一块儿耗着干什么，还不如各找各的。他说我们正开会，把电话断了。

他回来后黄俊涛开着车回去了，屋里只剩下他一个。想到在华清池认识的那个搓澡工，说不定那人就是这一带的，也算改变了命运。他想象着小伙子的经历，渐渐睡着了。梦境仍然是插剑岭，山上披着积雪，有的地方踩下去能没到膝盖。前面有一点红色在缓缓移动，是个女人，看不清面目，跟他一样吃力地走着。他喊了一声，前面的人停下来朝他招手，好像是姚总。就在他欢欣鼓舞时，醒了。

打开手机，就有微信通知，点开竟然是姚总来的。只有短短一句话：刚看见。他正想该不该回复，又来了一条：我会去，尽快。

心像一只小鹿，欢快地撞击着胸膛。这么晚回复，一定是夜里睡不着，想想一个女人独自在床上躺着，哪怕再有钱，事业做得再大，那份孤独也是考验。这样的日子她不是几天，而是十几年，要一夜一夜地熬下去，跟人家一比他算不上不幸。

想到他能给插剑岭拉来一个大资本，身上的血加速流动起来。以前他什么事都做不成，现在明白运气来了他一样有能力。他很感谢冯大宽，不是人家他怎么能认识姚红玉？也幸亏村里有个闲置的养猪场，不然他也想不起拉投资。

3

小康村验收很顺利。

膘肥体壮的猪宽脸大耳，臀部丰腴，满身的黑白花很有画面感。看到偏僻山村建起了现代化养猪场，来验收的领导们很高兴。美中不足的是猪舍太臭，参观了几个猪舍不再往里走，在离猪舍远一些的地方聊天。

围观的人不少，大部分是妇女、老人和孩子。他们问一句，妇女们答一句。没答前先笑，答完了再笑。这些穿着邋遢、不施粉黛的女人看起来愚钝，警惕性蛮高，遇到敏感话题只笑不答，村干部赶紧过来替她们回答。

俊峰养猪场的技术人员和裴贵父子都穿着白大褂，验收组以为都是村里的。外来技术员站得远，元庆、海翔站在前面，这也是安排好的。验收组领导问元庆和海翔家里几口人，以前每年收入多少，现在提高了多少，元庆和海翔按照老裴的安排一一回答。

验收组领导问：对这个养猪场满意吗？

裴贵说：满意，当然满意。

验收组领导问：有什么问题没有？

裴贵说：没问题，有了猪还能有什么问题！再有问题就是数钱了，听说数钱挺累人的。众人都笑了。

验收组走了，俊峰养猪场的技术人员也走了，拉走了膘肥体壮的大猪，把一些半大猪和小猪留下，他们对裴贵说：那些猪是帮你们验收的，剩下才是你们的。

饲料没拉走，裴贵算了算，够吃三个月。他问老裴：饲料吃完了咋办？

老裴瞪他一眼：是你办养猪场，还是我办？

裴贵赔着笑说：我办！

老裴说：你办问我干啥？

裴贵笑，说：我哪有你办法多！

老裴说：毕局长说，刚开始他从俊峰养猪场弄饲料，等到第一批猪卖了，工作队就不管了。裴贵点了一下，留下的猪有三百四十二头半大猪，一百二十头小猪。这些小猪跟小孩子一样，食量惊人，生长也快，几天不见就大了一圈儿。

猪除了吃就是拉，裴元庆和刘海翔忙得腰酸背疼。裴贵六十多的人，每天干到深夜，忙不过来全家一齐上，裴贵的老伴，裴元庆媳妇都在养猪场吃住。

俊峰养猪场有自来水，猪舍冲得干干净净，这儿没水，裴贵和元庆打过一口井，用水量太大，几天就抽干了。没有水，水管子用不上，几个人只能不停地清扫猪舍。验收时，俊峰养猪场的人帮着扫，还是很脏。

元庆和海翔轮着往养猪场挑水。挑了几天肩膀磨破了，借来一辆拉水车，拉来的水只够喂猪，给猪洗澡，冲洗猪舍根本不可能。猪场的味儿越来越冲。

清理出来的粪在猪舍外面堆着。人走到跟前，苍蝇"嗡"地一声成群飞起，迎面扑来。裴贵累得身体精瘦，两只眼睛瞪得老大。村里人说，这个老头子再熬下去，非出事不行！

元庆和海翔的鼻子失去了嗅觉，闻什么都臭。吃饭时他们屏着呼吸往嘴里扒拉，稍一犹豫就想吐。熬到八月，猪该出栏了，猪贩子开出的价格是一斤毛猪六块五。

裴贵问：不是十三块吗？

猪贩子说：你说的是去年，现在哪还有这个价。

裴贵问：差这么多？

猪贩子说：各个乡争当小康乡，没别的路只会养猪，价格还不落？现在不卖过几天价更低。裴贵给俊峰养猪场打电话，韩技师说的价格差不多。裴贵算了算，这个价挣不到什么钱。韩技师说：长到三百斤，猪就不好好长了，天天要吃，越养越赔。

卖三百头大猪，按一头猪三百斤算他们能拿到五十八万多，这数字听起来振奋，再一想，他们要再买三百头仔猪，按一头五百块算，得十五万。一头仔猪养到三百斤，要用九百斤饲料，每斤饲料一块四，饲料钱一千二百六十元。三百头猪饲料近三十八万，和仔猪加起来一共五十三万。只有五万结余。减去养猪场其他费用，最多能剩四万。

他跟裴元庆商量：这钱没法分！

裴元庆说：咱分不分，村里也要抽成。

裴贵说：咱都不分，他能好意思跟咱们要？

裴元庆说：你以为老裴是吃素的？再说还有刘海翔！让人家白干行吗？

刘海翔说：叔，我到现在连家都没成，再耗下去就成大叫驴了。

裴贵坐在石头上想了半天，觉得不分不行，又跟裴元庆商量。裴元庆说：爹，趁着老裴出门，咱先把猪卖了，等他回来咱就分清了。

老裴没给他机会，第二天就回来了。

4

老裴走进养猪场脸色发青，胡子一根一根挺着。他要进来，裴元庆不让他进，说外面闹猪瘟，他发了一顿脾气才进来的。裴贵赶紧抽出一根雪花烟递上去，这种雪花叫极品雪花，花是金色的，也叫金花。老裴不高兴地说：你也抽上好烟了。

裴贵后悔不迭。烟是为韩技师买的，他哪抽过这种烟。老裴暗示他挣了不少钱。他说：猪我还一头没卖呢！猪贩子给的价儿太低，才六块五。

老裴说：低了别卖，反正猪在你圈里。

裴贵说：不卖也不行。三百斤以内的猪，吃三斤饲料长一斤肉，三百斤以上吃得多，长得少。

这些情况老裴都知道，问：你啥主意？

裴贵说：过了三百斤必须卖，不卖更赔。

老裴说：明天我让刘会计帮你张罗张罗。养猪场是村里的，早该给你派个会计。

裴贵愣了，没想到老裴还有这一手！

他们父子采石、打坯，在空荡荡的大院里熬着，拿过一分钱吗？没有。养猪场买这买那，找过村里吗？没有。水电费、防疫费花了多少？报销过吗？没有。老裴那时不让刘会计来，现在派会计不是欺负人吗？

他说：早该让刘会计来，刘海翔干了一年一分钱没拿，我既不敢答应给他发钱，又不敢让他走，有了会计就好办了。

老裴瞪他一眼，说：没有米，刘会计也做不成饭。

裴贵只好说：也是。

老裴说：当初建这个养猪场，我费了多少劲儿。跑钱就用了一年多，请人家吃饭，给人家磕头，先给你们催了资金，又给你们催猪。你以为求人那么容易？

裴贵一直点头，不停地感谢老裴，却没想到老裴是在提条件。

第二天刘会计去了养猪场，把所有资产一项项登记了，裴贵父子付出的血汗却没有提。裴贵问工资怎么算。刘会计说：以后再说吧，现在没钱。

让他感到宽慰的是，猪卖得及时，六块五一斤刚卖掉，价格就落了。用卖猪的钱买了饲料，又定了三百头仔猪，剩下了将近五万，交了欠电工的电费，欠超市的电料费，水车的租借费，养猪场还剩下三万八，老裴让拿出二万交村里管理费。钱都在刘会计手里，没跟他商量就拿走了。

裴贵只好又去找老裴。

进了老裴家，老裴耷拉着眼皮问：啥事？

裴贵看了一眼屋里，老裴换了大屏幕电视，挂在墙上。他扭过脸说：养猪场的钱刘会计拿走了一多半，太多了。

老裴说：村里就这个规矩，百分之六十。

裴贵说：你抽百分之七十都行，得把开支结了再抽吧？

老裴说：不是结清了吗？

裴贵说：我们的工资还没领呢，咋叫结清了！

老裴说：领了工钱就没村里的了，为养猪场的事我一趟一趟请人家吃饭，给人家送礼，抽的这两万连饭钱都不够。你们挣钱，村里给你们搭钱，你有什么不乐意的。

一句话说恼了裴贵：我挣什么钱了！两年了，我一天天咋熬过来的，到现在一分钱没见着。说是我们爷儿俩办养猪场，我老婆、元庆媳妇都跟着干活，留下的这一万八，我们家的两个女人一分钱不领，剩下我们三个，每月八百块都不够。

裴贵说到这儿，眼泪快下来了。他看电视不顺眼，电视是放在柜子上的，凭什么挂在墙上？他想把电视砸了！

老裴喊：拿斧子来。

老婆忙不迭地跑过来：要斧子干啥？

老裴说：给他斧子，让他砸。你要不好意思，我替你砸！

裴贵喊起来：我们父子俩干了两年，挣不了你一台电视！

老裴笑了，说：话不能这么说。当初是你找我的，还是我找你的？

裴贵说：我儿子不争气，我找的你。

老裴说：养猪场救了你儿子。当初你儿子精神失常，不是我，你儿子就搭进去了。这还不算帮你？人有闲死的，没有累死的，城里那些跳楼的都是闲出来的。你知足吧！

裴贵泄了气，可怜巴巴地说：你总得让我挣点，一个月连八百都不到。

老裴说：一个月不够八百，六百也不错。你光跟外面打工的比，打工的一个月挣两千，租房得花多少，坐车得花多少，买饭得花多少？加到一起不如你上算。

裴贵无语。

老裴又说：你再想想我，乡里一个月给我发八百块钱补贴，我得操多少心？外面的人来了我得请人家吃饭，往里面搭烟搭酒搭工夫，你们跟我要钱容易，一张嘴敢砸我的电视，我敢吗？我得低三下四看人家眼色。

从老裴家出来裴贵垂着头，觉得自己错了。他不该留下刘海翔，省一个人就能少一份支出，无非是自己和元庆多受点累，庄户人哪个不受累？社会上说，一个老板把挣一个亿说成小目标。他根本不用挣那么多钱，一年挣几万就行。老裴一番话让他冷静下来，懂得了不能跟别人比，更不能跟老裴比。

5

  父子俩领到了一万三,平均一个月五百二。

  刘海翔领了五千七,他对元庆说:我走了,收破烂都比这个强。

  送走刘海翔,裴元庆打不起精神。原来三个人干不过来的活儿,现在两个人干,累得想流泪。裴贵说:忍一忍吧!以后猪价上去,挣得就多了。

  一万三千块钱,裴贵留了五千,剩下的都给了裴元庆。他觉得对不起孩子,孩子投错了胎,干吗不生在老裴家呢?

  老裴一个月才挣八百,他住的什么房子?吃的什么?喝的什么?他的房子像宫殿,他院里有小轿车,有拖拉机。他一个月挣八百块钱,比别人挣八千都管事。自己让他说糊涂了,还以为对不起他,一个月拼死拼活挣五百元还觉得欠了人家。

  当初老裴见了村里人什么样?不笑不说话。别人家盖房,第一个去帮忙的是他,有红白喜事,出来张罗的也是他。刘丙瑞见了人黑着脸,专瞅哪个拿了生产队的东西。偷了集体的,让他发现了就得挨骂。村里孩子都怕他。不好好睡觉?把你送给刘丙瑞。再哭?把刘丙瑞叫过来。这个人人害怕的老支书,没贪过村里一分钱,一天十五个小时在为集体操心。他主政时治安是最好的,没小偷,没懒汉,没痞子。村里粮食打得最多,公粮交得最多。老裴那时还年轻,村里人有了事都愿意找他,让他帮着跟刘丙瑞通融。

  到了村里换班子时,裴贵在村里四处串联,说裴家该出一个人了,裴震山比李沛义、刘丙瑞都强!村里人为当初的自私付出了代价,每个人都怀念刘丙瑞的正直,想把老裴换掉!对不起,老裴跟上面混熟了,领导说：插剑岭离不了老裴这样的干部。

裴贵跟裴元庆说着这些，语气沉重。再看裴元庆已经躺倒了，不是他不想听，是太累了！过去种地累，是夏锄和秋收累，累完了总有几天放松，养猪场天天夏锄，日日秋收，没有闲的时候。

有一次裴元庆到库里拿饲料，裴贵左等不来，右等不来，找到库里一看，裴元庆躺在饲料上睡觉呢！怒气冲冲的裴贵看到孩子这个样，心软了，对裴元庆说：回屋睡吧！

裴元庆说：猪还没喂呢！

裴贵说：不喂了。裴元庆以为爹生了气，听见爹说：猪再要紧，也不如我儿子要紧。

裴元庆哭了。

他们把饲料倒进搅拌器，合了电闸。机器的搅拌声格外刺耳。裴元庆耳朵坏了，听不见蛙鸣，听不见鸟叫，也听不见猪跑，老听见机器转。深夜里他用被子堵住耳朵，仍然听见搅拌机不停地轰鸣。有一天他跟爹商量，说：爹，咱不能这么干了。再干下去得让猪把咱吃了。

裴贵问：那咋办？

裴元庆说：把这些猪宰了吧！

裴贵没说话，老裴说养猪场治好了儿子的病，现在儿子病得更厉害了。裴元庆说：爹，你狠不下心我下手。我杀了它们，也不能把咱累死！

两天后一头猪趴着不动，喂食也不起来。猪眼睛发红，眼睛里有秽物，嘴边流着黏痰。裴贵用手拍了拍，猪身上发烫。他想起了裴元庆的话，问：是不是你干的？

裴元庆起誓说不是：大概是病了！

裴贵叫来刘会计，刘会计说：让碌碡看看！

让医生给牲畜看病是侮辱。裴元庆作揖：求求你，跑一趟吧！碌碡勉强去了养猪场，踢了猪一脚，猪不动。他说：宰了吧！

裴贵舍不得。碌碡说：宰慢了怕染给别的猪。

裴贵觉得病一天就宰，有些不合情理。人还得住院呢！他给韩技师打电话，韩技师说：这是猪瘟，赶紧把病猪都宰了。

宰杀过的猪送到沸腾的大锅里，褪去猪毛，变成白花花的肥猪。裴贵把猪挂在杆子上，后腿朝上，脖子冲下，在猪腹一刀划下去，心肝肺、肠子肚子暴露在面前，一伸手把心肝肺掏出来，肠子肚子让裴元庆提到远处埋了。

第二天，又发现更多的猪染病，继续宰杀。

裴贵老婆去月亮湾集上卖肉，价格定得低，猪肉卖得挺快。养猪场宰杀得更快，没人怀疑是病猪。到晚上集散了，他们把没卖完的肉拉回村里，在家里炖了吃。

商店里有七块五一瓶的白酒，裴贵一口气买了五瓶。酒能消毒，他想吃个安心。吃不了的肉他们先送给碌碡，碌碡不要。慈建明要了，说炖熟了一点事没有，你们放心吃！裴贵把亲的近的都请过来，没人怕病猪传染，裴贵敢吃，他们有什么不敢的。

把全村人请来猪肉仍然吃不完，不断有新的猪死去。裴贵把几十头猪隔离开，勉强保住了最后五十多头猪。

裴贵老婆天天在集上卖肉，各村知道她家闹猪瘟，仍然有人买她的猪肉，图的是价儿低。检疫人员来到养猪场，要求把所有猪宰杀了。裴贵说了无数好话，最后还是都宰了，猪肉不许卖，只好挨家挨户送人。村里人收下了猪肉，说了好些同情的话。很快，他们的猪也染了病，才想起来骂裴贵和裴元庆。猪瘟这时已经传到了别的村子。县检疫人员来到养猪场，对养猪场进行了全面消杀，剩下的饲料也烧了。一切过去后，剩下了一个空荡荡的养猪场，他们的致富梦彻底破灭了。

6

保时捷在村委会门口停下，一群孩子飞跑着赶过来。村里人看见了，远远地朝这边瞅。

姚红玉给梅长风打了电话，合上手机四处环顾，见村子四面环山，周围山峦绵延起伏。她长大的村子不是这样，那里是平原，一望无际。她在村委会前走了几步，跟村里孩子打听：工作队的人呢？

孩子说：串户去了。

她问：有个养猪场，你们知道不？

几个孩子七嘴八舌地说：知道，在东山脚下！有的孩子踮着脚尖在姚红玉身后走，学她穿高跟鞋走路的样子。

谁领我去看看？

好几个孩子争着去。她让一个孩子上了车。

裴学锋走进老裴家说：工作队说不定想打养猪场的主意。老裴哼了一声。裴学锋又说：外面来了一辆轿车，下来个女人，不像是一般人，说不定就是来收养猪场的。

老裴说：工作队没跟我说过，我不管。

街上，刘海翔给裴元庆打电话：有人要买养猪场。

裴元庆问：听谁说的？

刘海翔说：一辆小汽车往养猪场去了。

裴贵听了有些慌，对裴元庆说：你把大门锁上，不让他们进来。

裴元庆拿着钳子，用铁丝把大门上上下下拧了三道，又给小门加了锁。他让裴贵从里面扔出一把铁镐，站在门口，像一个威风凛凛的将军。

梅长风还在后沟，接到姚红玉的电话拉着杨伯峻往养猪场赶。他们赶到时，裴元庆正和薛尔雅对峙着。梅长风走上前向姚红玉介绍：这是我们队长，杨伯峻局长。又转过身说：这是姚总，这是姚总的儿子，薛尔雅。

杨伯峻握着姚红玉的手，说：小梅天天盼你来！

姚红玉自嘲地说：我也以为盼我来，想不到……人家不欢迎我。

杨伯峻说：怪我，是我们工作没做好。

梅长风走到裴元庆跟前，问：你咋不让人家进呢？

裴元庆说：凭什么让她进，我知道她是谁呀？

梅长风说：这是咱们请的投资方。

他觉得裴元庆听了会让路，没想到裴元庆说：投资得给个说法吧？我们以前干的咋办？是给股份，还是给钱？

梅长风说：那是以后的事，你先让开好不好。

裴元庆说：不给个说法，我不让。

杨伯峻说：当然有说法，你先把门打开。

裴元庆说：这种当我上多了，不答应条件我决不开门！

杨伯峻正犹豫，看上去文文静静的尔雅突然蹿上去，一把揪住裴元庆的脖领子：你让不让？

裴元庆也不示弱，反揪住他，说：不让，不让，就是不让。

裴元庆一身力气，看上去略占上风。没想到尔雅跟一个武术家学过，另一只手扣住裴元庆的腕子，一个背跨把裴元庆摔在地上。姚红玉赶紧喝止：尔雅！

吃了亏的裴元庆恼羞成怒，捡起铁镐朝他冲过来。梅长风上前一步，挡在尔雅前面，裴元庆跟他揪扯起来。

杨伯峻低下头，看到大门下面露出两只脚，猜出里面是裴贵，朝里面喊：里面是裴贵吗？

没人回应。

杨伯峻又喊：裴贵，姚总是工作队请来的客人，是著名企业家，裴贵你是党员，快让你儿子把门打开，出了事就不好了！停了几秒钟，裴贵在里面喊：元庆，开门。

裴元庆不情愿地开了门。姚红玉心情已坏，草草转了一圈儿转身往外走。时间虽短，她竟然看出没有水源，说：这地方不理想！

杨伯峻觉出不妙，挽留说：我们工作队有个小食堂，姚总给我个面子，一起吃顿饭怎么样？

姚红玉说：我是路过，还要去别的地方。说着跟杨伯峻告别。

尔雅一直朝村里张望。他在学校时谈过一个女朋友，现在在原平县扶贫。前些日子，有朋友又要给他们介绍，他发微信问：你说的女孩儿在哪儿下乡？朋友回答：插剑岭。他想：不就是这个村吗？

他鼓动母亲来了，却没见到想见的人。他也不能问，心里闷闷不乐。姚红玉问：你看什么？尔雅说：我看这儿的风景，挺适合画画。

梅长风像捞到了救命稻草，说：我们这儿风景好，这会儿是冬天，山上残雪还未消，是作画的好地方。到了夏天可画的素材就更多了。尔雅俯到母亲耳边说：我觉得在这儿建个养猪场也不错，我能画画。你先跟他们谈，不合适就算了，以后我一个人来。

姚红玉怕的是儿子抓不住，暗暗算了一下，估计投资不大。说：儿子,妈听你的。转过身说:今天就在这儿吃饭吧!

那天杨伯峻喝多了,梅长风也喝多了。

本来想在村委会吃,江小童昨天回了家,没人做饭,杨伯峻只好带着姚红玉去了裴学锋的饭馆。

梅长风点了一桌农家菜,说:姚总,我们队江小童又漂亮,又聪明,做的饭可好吃了,可惜今天回了家。

尔雅听了失望。他没跟母亲说过江小童,给他介绍的女孩子很多,说不过来,现在想说,竟不知道怎么开口。心里盼着梅长风多介绍江小童,姚红玉却换了话题,说这里交通太不方便。杨伯峻说:省里规划的一条国道,将从这一带经过。

尔雅说:那就没问题了。

姚红玉以为尔雅真心喜欢养猪。自己当年是养猪起家,这孩子说不定也能干出名堂。她不觉多喝了几杯,杨伯峻和梅长风自然竭力陪她,杨伯峻说:您能来投资,是对我们的大力支持,我们一定全力配合。姚红玉答应考虑一下。

送她走时,梅长风拉着她的手不放。姚红玉的车消失在路上,梅长风还语无伦次念叨。

黄俊涛说:那是保时捷,除非你娶了她。

回到村委会,梅长风衣服都没脱就躺下了,半夜里被冻醒,觉得口渴,起来喝了一杯热水,给炉子加了煤又躺下,却再也睡不着。外面寒风在屋檐下呜咽。他裹了裹被子,想白天的忙碌。他从来没有像现在这样希望把工作干好,把姚红玉的投资吸引过来。他一生经历的事不少,离婚就两次。第一次离婚,他彻夜难眠,觉得被抛弃了。回想哪里对不起老婆,恳求人家给他一个机会。没用,还是离了。想想姚红玉,年轻时多漂亮!现在幸福吗?听说她正跟一家国企合作,投资三个亿。她干吗不给插剑岭投点儿?一想这些,他就忘了裴元庆今天的蛮横!

他觉得姚总的风度、气质绝非一般女人可比,岁数大了点儿,魅力没有减。男人会因为财富增添魅力,女人也是如此。他没什么想法,一个落魄的梅长风不至于吃富婆的软饭,只想给插剑岭把投资拉过来,问题是怎么说服她?

她跟插剑岭有什么关系吗?摸清关系,就能打动她。一个乐观的气泡从脑海里升起,他看着那个气泡在空中飘动,睡意渐来,很快进入了梦乡。

7

工作队一往养猪场去,老裴就知道了。他想:这么大的事,杨伯峻总该跟我说一声吧?我还当着支书呢!

吃饭前杨伯峻给他打电话,解释道:企业家是突然来的,我们事先不知道。他仍然不满。杨伯峻请他出来陪客,他说我在县里。杨伯峻只好说:你尽量往回赶,我们等着你。

他说:甭等,我回不去了。

他对外来投资不感兴趣。周竞前些日子说,想把养猪场接过来。在他眼里周竞是最大的企业家,用不着外面投资。

周竞投资对他有利。工作队早晚得走,就算他将来不当支书,谁接班他也能拿一大半主意。有周竞在,他就有话语权,没人能把天翻过来。

有了这些想法，他便不想参加杨伯峻的饭局，让裴学锋拉着去了县里。周竞在外面有事，他们在周竞公司的会客室里等着。

晚上九点，杨伯峻又给他打电话，说姚总要走了，问他在哪里。他说还在县里，让杨伯峻替他向姚总道歉。杨伯峻说：姚总去养猪场看了，初步有了投资意向。

他说：好，好。

晚上十点周竞回到公司，他把姚红玉想接养猪场的事说了。周竞在外面喝了不少酒，头脑仍然清醒，问：杨伯峻能把姚红玉搬来？

他问：这娘们儿是干什么的，实力大吗？

周竞说：她有多大实力我不知道，反正市里最高档的饭店有她专用的雅间。

老裴愣了，问：比你做得还大？

周竞说：当然比我大。她老公当年是咱们省数一数二的老板，我那时还是个做小买卖的。

老裴想，杨伯峻看着像个念书人，想不到挺有能耐，他说：她既然大就该去别处，在插剑岭有啥意思。我看，你也别在后面躲着了，我回去就跟工作队说，养猪场当年是你赞助的。

周竞说：你一说我更没法去了。我去，也不是自己要去，得是县里领导请我去。姚红玉做得再大，她不是本地人。原平上上下下领导都认我，过几天我就去你们村。

老裴说：我跟蒋社教说，让他到村里接你。

周竞说：不用。我让县领导陪我，蒋社教自然出面。

送走姚红玉，梅长风第二天也回到市里。杨伯峻让他利用轮休，找机会再跟姚红玉见一面，促使姚红玉下决心。

梅长风也想回来。上次碌碡给他治感冒，说他家房子有问题，他觉得有道理。他当年结婚买的是二手房，原来的房主两口子吵架，女方用啤酒送服了一瓶安眠药，死了。他少花了八万块钱。二十多岁的人阳气旺盛，不把凶吉放在眼里。碌碡让他换房，他才想起了房子里发生过的事，懊悔不迭。

回到市里，他给冯大宽打电话，问：能不能让我再跟姚总吃顿饭。

冯大宽说：你跟姚总联系多，怎么让我约饭。

梅长风把姚红玉去村里的情况说了，说她有投资意向，领导让我再促一下。

冯大宽说：上次吃饭，是为了给她儿子介绍对象，不是这个很难约出来。她儿子的婚姻，成了她一块心病。你说的事还是从长计议吧！

梅长风便又说了自己想换房的意思，问有没有便宜楼盘。

冯大宽说：有个朋友在高速路旁开发了一个楼盘，售价比市中心低了两千多，你有没有兴趣？买的话还可以再优惠。

梅长风说：就是远点儿。

冯大宽说：市中心的都不便宜。

冯大宽带着他去看房，恰巧有个户型他很喜欢，里面有一个很大的储藏间，可以存放收藏的古董。参观完样板房，要买，却拿不出定金。

冯大宽说：梅长风呵梅长风，你这些年怎么混的，连这点儿钱都拿不出来？

梅长风说：我离了两回婚，谁离婚能攒钱。

冯大宽说：你把现在的房子卖了不就够了？

梅长风眨眨眼说：那我当下住哪儿？

冯大宽说：算我倒霉，我有一套房借给你，房租你愿意给就给，不给拉倒。

梅长风当下就要搬家。冯大宽说：别急，总得等我腾空了。

梅长风说：我的头一个老婆要回来，我想在新房里跟她见面！

冯大宽问：现在的老婆离了吗？

梅长风说：我一答应，明天就能办。

冯大宽说：你办吧，办好了我给你腾房。

梅长风给现任老婆霍丽娜打电话，哪知道对方说：以前你不离，现在找好下家了吧？

梅长风说：离了婚，咱们就是路人，我找不找下家跟你有什么关系？

霍丽娜说：我凭什么趁你的意，你想离，我偏不离！

梅长风说：不离拉倒。说完挂了电话。

过了一会儿，霍丽娜又打来电话，说：听说你要买房？

梅长风说：我买不买房跟你有什么关系？

霍丽娜说：咱俩还没离，怎么没关系。按法律说，婚姻存续期间你买的房有我一半儿。

梅长风说：我去过售楼部，不过买房的不是我，是另一个人，那一半儿归不到你名下。我倒是听说你有个相好的，答应带你到北京发展，怎么没去？

一句话说得她好半天不言声。过一会儿，手机里传来哭泣声，接着把电话挂了。梅长风本来挺解气，却涌起一丝痛惜。这个老婆是联通公司一个客服，人长得秀气，没孩子。当时她刚离了婚，看到梅长风是公务员，人又精神，就跟他谈。婚后，梅长风不时往家里提一些罐子、瓶子，

第四章·女老板　　131

朋友们看了不是说假，就是说贵。他们开始打架。

梅长风想，要是早换房，说不定闹不到离婚这一步。

他找到介绍人，让帮着劝劝老婆，离了算了。搞收藏的都是人精，一听就明白他不想离，说介绍人哪有劝离的，介绍的是我，劝离的也是我，我成什么了？我要是找她，就劝她回来。不过，你得给人家道歉。

梅长风说：道不道歉无所谓，这事我觉得谁都不怨，就怨我们住的房不吉利。

在介绍人的安排下，两个人见了面。介绍人刚走，两个人就拥抱在一起。

老婆一边亲他，一边流泪，梅长风也挺伤感。原来不打算给老婆道歉，现在道歉的话不由自主说了出来。答应老婆以后不在收藏圈混了，好好过日子。

爱情一顺，事业也跟着顺。下午冯大宽打来电话，说明天中午姚总有个饭局。梅长风当下给杨伯峻打电话。杨伯峻说，你在市里待着吧，不用急着回来。

第二天饭局还是给姚总儿子介绍对象。尔雅是画家，人们都想给他在艺术圈里物色。这次是个搞舞蹈的，身材奇好，姚红玉看了略露满意。梅长风趁机坐到她旁边，跟她说工作队下一步打算，称杨伯峻有意以养猪场为支点，逐步扩大新项目，把外流的劳力吸引回来。姚红玉说：一看你们队长就是干实事的。

席间，舞蹈演员到卫生间换了服装，给在座的跳了一曲扭臀舞，音乐是用手机播放的，眼风不时飞向姚总儿子。女孩子性感、奔放，把尔雅的目光吸引了。一曲舞罢，大家一齐鼓掌。冯大宽悄悄对梅长风说：这次有门儿。

姚红玉也很高兴，明显话多。梅长风趁机介绍杨伯峻的情况，说当年市里搞高新开发区，是他参与筹建的，开发区的高新科技项目是他跟申市长一起抓的。姚总跟申市长有来往，自然拉近了距离。梅长风看她心情不错，说杨局长希望她尽快再到村里，把养猪场的事定下来。

姚红玉说：行，我尽量快。

美中不足的是舞蹈演员不善交流，她极力想在尔雅母子面前表现有文化、有修养，无奈文化不是做出来的。尔雅悄声对母亲说：我真想从村里找一个，起码不这么矫揉造作。姚红玉马上没了兴致。

她一敷衍，在座的都能感觉出来。尔雅说：我还有个饭局，得先走一步。

众人便跟着说：时间不早了，散了吧！

梅长风一直把姚红玉送到车旁，说：姚总，村里人都盼着您呢！

姚红玉说：放心吧，我儿子喜欢你们村。我听他的。

下午梅长风开着车回村，一路在心里感谢碌碡。他听了碌碡的话决定换房，刚交了定金，爱情、事业就都顺了。以前他不相信卜卦、算命这一套，现在命运有了转机，竟有些相信了。

回到村里，他拿了两瓶好酒去感谢碌碡。

碌碡院里乱糟糟的，到处是鸡屎。梅长风喊了一声：慈大夫！碌碡飞似的蹿出来：梅干部，是你呀！我这家可蓬荜生辉了。说完，喊老婆快出来把院子扫扫！

梅长风把手里的酒递给他：你给我治好了病，我来谢你。

碌碡得意地说：您太客气了！说着把梅长风拽进家里。

外屋放着一张八仙桌，两边各放一把官帽椅，远看像乾隆朝的。没来得及细看，梅长风又被碌碡拉进里屋。屋里的两个躺柜，都是现在的，超不过十年。墙上挂着的自鸣钟有些来历，比一般钟大，声音也响。梅长风刚一抬眼，它就"当当"地响起来。这东西现在市场上要价不低。他说：你这个自鸣钟好！

碌碡说：这种东西我们家以前多了，"文革"时一捆一捆的画填进灶坑里烧了，连青藤的画都烧。你知道青藤吧？

梅长风说：知道，不是个疯子吗？

碌碡说：梅干部不是凡人。以前来的工作队，我没跟他们说过这些，说了他们也不懂！

梅长风问：那天你说让我把房子换了，说着玩儿的吧？

碌碡说：这么大的事哪能说着玩儿。刚来你脸色晦暗，住了一段脸色好多了，说明你城里的房子有问题。你们现在住的大队部，按阴阳八卦是个吉祥地方。

梅长风说：你连这都懂？

碌碡说：我们是祖传的郎中，过去的郎中属于奇门。

梅长风问：什么叫奇门？

碌碡问：《奇门遁甲》知道吧？那本书里说了奇门的道理。奇门一共有八门，分别是开、休、生、伤、杜、景、死、惊。郎中属于奇门里面的生门。好郎中病人一进门就知道你的前世今生，病从哪里得的，应该从哪儿走，一眼就能看出来。

梅长风听得入神，碌碡却不说了，冲外面喊：炒几个菜，我跟梅干部喝几盅。

梅长风赶紧说：今天不行，我队里还有事呢！

碌碡说：我说的这些，是听我爷爷说的。我是赤脚医生，已经不算郎中了，再也入不到奇门里去。这就跟猿变人似的，早先的猿能变人，现在的猿变不成人，挺可惜的。

梅长风想，这个碌碡别看胡诌八扯，说不定真有道理。他说：不瞒你说，我住的房以前出过事儿。他把前房主喝药的事说了。

碌碡说：你结婚后，死的那个人在你家待了一年，后来投了胎。你这些年不顺跟她没关系，是因为你命里该有磨难。

梅长风说：为什么该有磨难？

碌碡压低声音说：你不是凡人。

梅长风笑了。

碌碡说：你看，你还不信。你的前生是王母娘娘的童子。原来管扫地，干得不错，王母娘娘让你浇花。你是王母娘娘的浇花童子。

梅长风想笑，怕他不高兴，忍着往下听。

碌碡又说：你对古董感兴趣，是因为前生见过这些东西。梅长风立刻不笑了，他想起了家里放的那些古董。

碌碡说：浇花时你把一个花瓶打碎了，王母娘娘把你贬到了下界，要不你现在老是到处找瓶子。像你这样的人叫童子命，事业不顺，婚姻尤其坎坷，还没有子嗣。

梅长风刚想说我有孩子，碌碡立刻说：就是有子嗣，也得让人家带走。这一下把梅长风说得呆愣在那里，好半天说不出话。碌碡收住话头，说：我看出什么说什么，你愿意信就信，不信就当我没说。

梅长风说：没事没事。你说你的，咱们就当是闲聊。

碌碡不说了，两眼看着梅长风。

梅长风问：看我干什么？

碌碡说：你这长相不错，鼻子往下都挺好。主你前半辈子坎坷，后半辈子转顺。

梅长风摸着下巴说：我下巴太方了。

碌碡说：那才好，你是有后福的人！

正聊着，江小童打来电话说杨局长找他。梅长风说：我今天找你，是想让你算算，咱们村里的事。

碌碡说：人们找我都是算自己的事，算村里的你是第一个。算村里什么？

梅长风把养猪场的事说了，问：有个企业家想把养猪场接过来，既能解决村里的困难，又能帮助裴贵父子俩，你看这事能成吗？

碌碡掐着手指琢磨了半天，说：够呛。

梅长风不信，说：姚总都答应了。

碌碡说：时运不到，她答应也没用，她也改不了命。这事就是能成，也不是现在。

梅长风低了头。

碌碡说：我们看卦的人，都是看出什么说什么，你别不高兴。我不能哄你，哄你也没用。

梅长风说：我没不高兴。今天不早了，以后再来请教你！说着要往外走。

碌碡说：你等等。他从罐子里掏出个东西递给梅长风，说：这东西你挂在脖子上，能镇邪。梅长风看是个岫玉把件，刚想说不要，碌碡说：有它镇着，养猪场的事也许有转机。姚红玉就算弄不成，也有别人投资。

梅长风估计这个把件值不了多少钱。随手拿出五百块钱扔在八仙桌上，说了声谢谢。碌碡也不客气，装没看见。

梅长风一边走一边想，碌碡算不上好医生，卦倒算得不错。他祖上也许真有些来历。

8

杨伯峻让江小童多炒两个菜,说要给梅长风庆功。梅长风说:不行不行,你们都比我辛苦,怎么能轮得着我。

黄俊涛不无醋意地说:因为你长得帅呗!

江小童听不出黄俊涛的意思,跟着说:梅老师真挺帅的!

杨伯峻说:这跟帅不帅没关系,是个态度和能力问题。

梅长风越发不好意思,说:要论这两点,我得向黄处学习。这些年我荒废了不少时间,哪比得上人家黄处?

正说着,曹志军和任海龙走进来。杨伯峻站起来请他们入座。两人说:我们吃过了,你们吃。各拉了一个凳子,坐在旁边聊。

梅长风说:你们村的碌碡,挺有本事呀!

任海龙笑了,说:有本事的是他三爷爷,早先都叫神医。他爹老郎中看病也行,妇科最拿手,女人难产都找他。听说他们家祖上是御医,那时宫里有一个汉御医,有一个满御医,他们家是满御医。听老一辈人说,当年日本鬼子找咱们八路军的兵工厂,漫山遍野搜寻,后来老郎中给打了一卦,日本鬼子按他指的方向找到了。

曹志军说:这才是胡说,哪有这回事!

任海龙说:老郎中亲口承认了。

曹志军说:没有的事。

任海龙说:"文革"时老郎中在批斗会上承认的,还有错吗?

曹志军说:那会儿斗厉害了什么都承认,还有承认自己是反革命的呢!

大家听得饶有兴味,觉得挺新鲜。

杨伯峻问：老郎中跟老裴关系怎么样？

任海龙说：原来可以，老裴争支书时老郎中没支持他，两家就不行了。有一年碌碡听说少数民族能多生孩子，想改成姓爱新觉罗，老裴没给他改。他还看死过一个孩子，差点儿吊销了行医执照。老裴也没帮他。

梅长风问：他算卦准吗？他刚才说养猪场的事还有波折。

任海龙说：算卦的话不能不信，也不能全信。什么事没波折？都有波折。

曹志军也说：看相算卦大部分是骗人的。

梅长风说：我看他家里倒有些老东西。

曹志军说：那倒是，以前还有外面人找他买古董，跟我们打听真假，我们说不知道。

几个人聊得热闹，蒋社教打来电话，通知明天县领导到插剑岭检查工作，刚放电话，老裴也打过来，说的也是县领导要来，跟杨伯峻商量怎么接待。

这是工作队第一次迎接检查，杨伯峻跟老裴商定由工作队汇报扶贫，老裴汇报村里其他工作。放了电话，又安排黄俊涛和梅长风打扫村委会大院，把办公室的桌子并到一起，布置成会议室。

第二天上午，来了八辆轿车，蒋社教先跳下车一个一个介绍，县人大常委会副主任，政协副主席，县扶贫办主任，农行副行长，土地局局长，发改局副局长，科技局局长，为首的是政府常务副县长，都叫徐县长。杨伯峻一一握手，感谢他们百忙中关心插剑岭。介绍到最后，一辆奔驰车徐徐停下，众人把目光聚集过去，见一个胖子从车里走下来。蒋社教走过去介绍说：这是咱们县鼎鼎大名的企业家周竞先生。

村干部们听过周竞的大名，喝酒吃饭也常议论，见到本人还是第一次，不知谁带头拍了一下手，大家便跟着鼓掌。徐县长一时成了配角。

周竞说：我是陪领导们来的。

徐县长说：错了，是我们陪周总！大家又鼓掌，从掌声看出来，人们更认可领导陪周总的说法。

来的人杨伯峻大部分认识，前些日子县科技局设宴欢迎他，他被周竞灌醉过，其他人当时也在场，这个哑巴亏，他得装不知道。

一清早，他让黄俊涛和梅长风买了香蕉、橘子，分几个盘子摆在桌上。领导们吃水果，他们汇报工作。

杨伯峻汇报时犯了一个错误，只提正在给养猪场联系投资，却没有说姚红玉的事。他觉得姚红玉的投资还没有定，不能端出去，万一成不了，怎么跟领导们交代？他话音刚落，徐县长立刻说：周总，你今天在这里，得给插剑岭出点力呀！

周竞没搭话。老裴把话头接过来说，徐县长说出了我们的心里话，我早就盼着周总呢，您要能来投资，插剑岭脱贫就有了把握。

陪同的领导不明就里，一齐跟着附和。有的还故意将周竞的军：周总，你给咱们县干了不少事，扶贫上可不能掉链子呀！……对呀，办一个养猪场花不了多少钱，对你就是九牛一毛。

周竞矜持着，说：我回去研究研究。

徐县长说：还研究什么，你拿点钱，村里找几个人喂猪，多简单的事。

周竞这才说：好，好。

梅长风急了。姚红玉说好了下周来村里，周竞横插一杠子，他怎么跟姚红玉说？心里急还不能表现出来，不停地看杨伯峻。

杨伯峻也觉出不对劲儿，本县的企业家愿意来投资，他作为扶贫工作队长不能反对，在场的领导一力促成，他也不能泼凉水，只好笑着说：谁投资我们都欢迎。

有人说：干脆，现在就去养猪场看看吧！

徐县长一起身，众人跟着站起来。车队很快到了养猪场。养猪场大门敞开着，司机直接把车开了进去。领导们在里面走了一圈儿，都说这么好的条件闲置着实在太可惜了！徐县长果断地说：周总，你尽快跟村里签个协议，把养猪场接过来。

周竞说：领导指示，我一定照办。

蒋社教也说：老裴，你们村要积极落实徐县长的指示，不要放过这个机会。说完一行人上了车，在村委会门口没有停，一溜烟开走了。

他们刚走，裴贵父子从沟里跑过来，往养猪场方向狂奔。梅长风说：这爷俩天天在养猪场盯着，今天怎么没出来？他转身看着车队走远的方向，自言自语：他们到底干什么来了？不像是检查工作，倒像是抢生意的。

杨伯峻心里怀疑也不能讲，他说：别管是检查工作，还是来投资，都是好事。插剑岭过去没人来，工作队来了，投资多了，这是咱们的机遇。

正说着，裴贵父子跌跌撞撞来到村委会，一进门扑通跪在地上，求工作队做主。杨伯峻上前扶起他们说：这是怎么了，有什么过不去的事？

裴贵说：他们这是要明抢啊！我宁可死在养猪场，也不能让他们得逞。

杨伯峻说：你误会了。今天来的都是县领导，他们带着企业家来对咱们是好事。

黄俊涛说：你提前给养猪场开了大门，还要表扬你呢！

裴贵说：大门不是我开的，村里事先把锁砸了。刘会计一早到我家，说要给我们算养猪场期间的账，故意把我俩困在家里。我还以为他是好心呢！说着流了眼泪。

杨伯峻安慰道：外面考察不是坏事。上次来的姚总，这次的周总，都是有实力的企业家，他们亏不了你。裴贵好像还有话说，看了看屋里又把话咽了回去。杨伯峻宽慰了几句，劝走了他俩。

回到屋里，梅长风说：杨局长，我觉着不对劲儿，这事好像安排好的。

杨伯峻看了一眼黄俊涛，说：村里也是为工作。

黄俊涛说：周竞来投资，比姚红玉有优势。他是本县的企业家，能给村里带来不少资源。今天就看出来了。

9

梅长风给姚红玉打电话，说：姚总，你先别来了。

姚红玉这一周有事，正要打电话说不能来，听他这么说，问怎么了，梅长风便把周竞等人来过的事说了。

姚红玉半生闯荡，没服过哪个人。她知道周竞的底细，无非是靠着刘铁山在县里铺了一个广场。心想你周竞有什么了不起，出了原平你算老几？想到这儿，她说：我儿子看上了你们村，天天闹着要去呢！

梅长风说：要不你晚点来好不好？

她说：下周我有别的安排，只有这周有时间。我不为难你，工作队不用管，我自己去村里直接跟裴贵谈。他们父子性子耿直，好打交道。

梅长风听出她不想撒手,一时傻在那里。放下电话犹豫了半天,躲开黄俊涛,把杨伯峻叫到外面汇报。

杨伯峻想,养猪场算不上利润丰厚的项目,周竞竟搬来了这么多领导。从调动开裴贵父子,到请徐县长点将,分明是策划好的。他是跟姚红玉有矛盾,还是老裴把他请过来的?若都不是,就是跟工作队过不去了。

看来,老裴跟周竞绝不是一般关系。一个村支书跟企业家如此默契,里面的逻辑是什么?这些话他无法问梅长风,只能沉默。梅长风问:姚红玉要来,咱们跟不跟老裴说?

杨伯峻说:他是支书,不说怎么行。上次没提前跟他说,他就不高兴。

几天后跟老裴说,老裴垂下眼皮,又突然抬起眼睛:周竞定了要来投资,咱们再找别人,合适吗?

杨伯峻问:周竞肯定能来吗?

老裴说:当着县领导说的,还能有假?

杨伯峻说:其实是姚总先来的,咱们极力给人家做工作,现在怎么拒绝?

老裴不言声。杨伯峻又说:你觉得不好出面,就由工作队接待。上次她来只是考察,什么都没说。这次我先听听她的条件,我觉得有竞争比没竞争好。

老裴说:杨局长本事大,能让两个企业家竞争。我们不行,以后就看你的了。

10

养猪场的猪死光后，裴贵父子反而放松了。

裴元庆在家睡了一个月觉，想把两年的觉补回来。裴贵睡不了那么多，天天到粮库前蹲着晒太阳。问他养猪场的事，他有时答，有时不答。家里还有存下的病猪肉，裴贵老婆用盐腌了，好长时间吃不完。

刘海翔从城里回来，对元庆说：村里早晚还得把养猪场卖出去。

裴元庆说：谁接手都得给我们钱。

刘海翔说：要是那样，就不是老裴了。

刘海翔说了以后，裴贵父子天天守在养猪场，不让人接近。漫长的守候让人疲惫。听到村里来了工作队，他们也提不起精神。刘会计通知开村民大会，裴贵是党员，带着裴元庆去了村委会。队长看着文绉绉的，不像个有主意的人，他没讲怎么反腐，没讲怎么脱贫，讲的是练气功。几天后听村里人说插剑岭不是贫困村，工作队要撤走，裴贵心顿时凉了。插剑岭完了！再过几年人心就彻底散了，只剩下老弱病残和几座山头，村干部把山卖空就彻底没戏了。

想起前几天有人鼓动他找工作队解决养猪场的问题，悟出那是为了挤走工作队，心里难受了好几天，恨自己糊涂。好在工作队最后没走，他看出这个队长还行，至少跟老裴打了个平手。

昨天，刘会计突然找他算账。他问：算什么账？

刘会计笑嘻嘻地说：你老说村里欠了你的钱，到底欠没欠，欠了多少，咱们一次算明白。

裴贵当然高兴。本来想让元庆去养猪场，刘会计说：元庆你也跟着算，别到时候你爹说对了，你又说错了。你们把所有买东西的单据拿出来，没有单据，白条也行，咱们一笔笔对。收入账也对清楚，该是你们的，一分不少你们，不是你们的，闹也没用。有工作队在，村里亏不了你们。

裴贵父子放松了警惕，听说有人去了养猪场，他们急忙赶过去，县里的人已经走了。看着大门敞开的养猪场，裴元庆要找刘会计拼命。裴贵拦住他，说：这是人家算计好的，咱们找工作队吧！

他听老一辈人说过当年怎么找八路军告状，也看过戏台上怎么喊冤，一见杨伯峻就跪下了。看着他悲恸的样子，杨伯峻手足无措。这个村不正常，群众见了领导，不该是这个样子。

裴贵得到了安慰，也仅仅是安慰。村里情况杨伯峻还不了解，无法过多表态。那些原则性的表态，裴贵不满足。回到家里，父子俩仍然不安。裴贵知道老裴跟周竞怎么回事。老裴刚让他办养猪场时，不拿他当外人。那时候他就知道，老裴在县里有靠山，是个大老板。插剑岭的山也不是一般的山，山里有宝。因为有宝，大老板才看得起老裴。

大老板后面还有什么人，老裴没往外说过。裴贵也不想知道，知道多了没好处。一下来了这么多人看养猪场，肯定是老裴安排好的，想把养猪场给了周竞。那个姚总是老裴先使出来试探底细的。

裴贵在有限的脑子里，勾画着事情的复杂，却找不到路。他想到了一个人，这个人跟他关系并不好，历史上，刘家跟裴家不是一回事，两家都出过老党员、革命者，在村里仍然不是一回事。

老裴上台时裴贵出了力，好些人记得他说过的话：一笔写不出两个裴字。这话也传到了刘家。选举后，刘丙瑞看见他就绕开了，绕不开也很少说话。刘丙瑞家后来败了，裴贵有一些负疚。他想帮老裴，帮老裴是为自己，没想到刘丙瑞后来成了那样。

出了养猪场的事，他才深想刘丙瑞为什么成了那样，他当年的自私害了刘丙瑞，也害了自己。他跟老裴掰了，成了村里的新闻。消息传到刘丙瑞耳朵里，两个人见了面开始互相说话，大部分是他跟刘丙瑞打招呼，有时候，刘丙瑞也问他一句：吃了？

他说：吃了吃了。

心里想说的话，一句没说过。走到刘丙瑞家门口，又回来了。他拉不下脸，走进去也不知道说什么。拿不定主意时，他想到了刘海翔。他让刘海翔给刘丙瑞捎个话，说想去看看他。没想到，工作队先一步来到了他家里。

杨伯峻一进门就说：老支书让我来看看你。

裴贵没听清：谁？

杨伯峻说：刘丙瑞，他让孙子给我捎话，说你有话要说，让我过来看看。

裴贵让老伴儿炒了几个鸡蛋，剩下还有几棵大葱。两个人就着大葱，吃着炒鸡蛋，喝了半瓶二锅头。他把跟老裴的来龙去脉说了，也把跟刘丙瑞的关系说了。他说，咱们村要是有一个糊涂虫，就是我！

杨伯峻宽慰道：这都是过去的事了，咱们往前看，只要村里经济搞上去，家家日子都会好起来。

杨伯峻不敢过多表态，他知道副队长不是随便给他派过来的，他在倾听。裴贵犹豫了一会儿说：周竞跟老裴不是一般关系，他们就是一回事。

杨伯峻不全相信。他看见过这种老实人，把事情想得太复杂，过度怀疑，以为到处是圈套。不过，裴贵说的跟他的感觉吻合，老裴跟周竞默契得不正常。

裴贵说他们有共同利益，真是这样，一切就好解释了。

他给了裴贵承诺，只要他还在插剑岭，只要他还是工作队队长，就一定不让老实人吃亏，所有付出都会有所回报。

裴贵第二天又把养猪场上了锁，裴元庆找出了家里的猎枪，把枪擦得黑漆漆的。他们要把气势造出去。村里人知道裴贵急了，要拼命。他们理解裴贵，当初裴贵怎么吃苦流汗村里人看见了，没人笑话他们。有人劝：老贵，算了，为这么点钱不值得。

裴贵脸色铁青，说：不是钱的事，我争的是一口气，没这么欺负人的！

时间不长传到了老裴耳朵里，他对杨伯峻说：裴贵说我欺负他了。养猪场本来就是村里的，怎么成了他的，让他管几天就成他的了？

杨伯峻想，有些事瞒不住，主动挑开说：他找过我，主要是对那天刘会计跟他对账有意见。

老裴说：我让刘会计把他稳住，来的不光是周竞，还有县、乡领导，那么多人在场他闹起来咋办？出了事乡里能饶咱们？

杨伯峻说：你担心得对，就是方法简单。

老裴说：村里哪跟市里一样，碰上这样的人就得有点儿特殊手段。他又拿出一份文件说：这是周竞昨天捎来的，你看看。

杨伯峻接过来，标题是《周竞集团支持插剑岭脱贫攻坚合作意向书》，不用说是周竞草拟的。他匆匆翻了一下，说：我拿回去让黄处长看一下。

回到村委会他又看了几遍，发现了两个问题：一是没提对裴贵父子的补偿，二是不光写了养猪场，还要附近两座山，理由是要在山上种植饲料，搞露天养殖。

黄俊涛看了，说没意见。

意向书把合作提升了高度，协议内容随之改变，以开发山区为主，养猪场成了次要的。裴贵说山上有矿，是周竞的。既然是周竞的，再定协议有什么意义？原来的协议到期了？

琢磨了一会儿，他明白了。这个意向书以支持脱贫的名义，把矿产合法化了。他刚来时老裴介绍，插剑岭附近的山都包出去了，却没跟他说山上有铁矿，只说有老板在山上养鸡，现在的意向书里也没提矿的事，其实想的还是矿。

裴贵那天说，山上最火时，整夜跑着拉矿的车，都是大吨位的。

那些车白天不敢来，夜里偷着往外运。山路被碾压得坑坑洼洼。有一次一辆拉矿的车翻了，路两边到处散落着矿石。据说这不是一般铁矿石，里面含有一种稀有元素。

杨伯峻问：没人向上反映吗？

裴贵说：村里告了好些年，有什么用？人家说，原平是周竞的天下。周竞的天下就是老裴的天下。

杨伯峻想，周竞投资养猪场是想让铁矿合法化。姚红玉答应来，是不是也意在山里？这里有特殊铁矿，她不可能不知道。梅长风皱着眉说：没听姚总说过，她最担心的是她儿子，说尔雅愿意在村里画画。

国家不允许非法开发小煤窑、小铁矿。所谓非法，是指没有采矿证。政府三令五申，仍然有矿主私挖乱采，地方政府睁一只眼闭一只眼，一是不愿影响经济，二是不愿触动地方势力。现在要把这一切变成脱贫攻坚事业，怎么行？

黄俊涛跟他看法相反，说：这个意向书有高度，有气魄。

要是向村里提出异议，必须统一思想。杨伯峻说：你想得简单了，这里面有问题。这跟咱们是两个思路。咱们想把养猪场救活，意向书是要开发山里。老裴说，村里的山承包出去了，有人建了养鸡场。现在周竞又要开发，原来的承包人怎么办？两家不是冲突了吗？

黄俊涛说：听说有个老板在山上采矿，养鸡场不过是个掩护。周竞来投资，大概也是冲着矿去的，你以为他真是支持脱贫攻坚事业，不挣钱谁干？

原来黄俊涛什么都明白。

杨伯峻说：别忘了，国家对采矿有法律规定……

黄俊涛说：不用管这些，县里都不管，咱们管什么？

杨伯峻说：咱们在村里驻着，没有责任？何况还是以脱贫攻坚的名义。黄俊涛不再说话。杨伯峻说：我想坚持一点，意向书只提养猪场，不能包括山里。开发山里是另一个项目。

黄俊涛心里不同意，也没反对。他觉得杨伯峻弄不成。

杨伯峻又把梅长风和江小童召集来，两个人都同意他的意见。

5 · 学大寨

第五章

1

清晨醒来，裴元庆揣了块玉米面饼子往养猪场跑。

外面下了雪，雪花很薄，很大，稀稀落落地飘。养猪场里不对劲儿，雪地上散落着秸草，还有脚印。这么早谁来过？这里平时没人来。昨天傍晚他跟爹离开时，大小门都锁好了，现在门锁被拧开了。他快步走到里面，看到养猪场进来了一百多只羊。

养猪场成了养羊场。

羊占了东边的两个猪舍，猪舍门敞开着，有人在里面放了秸草，有些羊跳到食槽里，把草踢到外面，乱糟糟的。

谁的羊？他喊了几声，没人答应。拿出手机给爹打电话，爹说马上就到。

他看着那些羊，有些他认识，就是本村的。过去他家也养过羊，有了养猪场，他们把家里的羊卖了。那时他们顾不上这些。

脑后有一阵凉风，他一惊，低下头闪到一旁。扭回身见羊倌冲着他笑。羊倌穿着皮袄，戴着皮帽子，嘴咧得挺大。这个羊倌他认识，是个挺精的人。有时也挺莽撞。

他问：你咋进来的？羊倌伸开手，手里是拧开的锁。

裴元庆说：这是我家的养猪场，你凭啥进来。

羊倌说：老裴让我来的，他说养猪场是村里的。他让我来，我就来。

裴元庆说：你把锁拧了，得赔我。

羊倌说：我问老裴，门锁着咋办？老裴说，砸了。我没砸你的大锁，够讲交情的了。你非让我赔，我赔也行，羊我肯定不走。

裴元庆看了看周围，上面是天，下面是地，四面空荡荡的连个评理的人都没有。两个人吵着吵着没了兴致。羊倌两只手抄在胸前，满不在乎地看着他。

羊倌今年四十了，还没娶亲，碰上这样的人谁都没办法。裴元庆想怎么办，老裴巴不得他们打一架。打得脑袋出了血，村里再解决。

羊倌说老裴让他来的，大概是真的，也可能是假的。真的老裴也不承认。老裴希望村里人打架，讲不出理就打。谁厉害谁有理。

裴元庆掂量，跟羊倌打占不了上风，羊倌天天在山里，身体健壮，脸晒得黑红黑红的。他需要一个帮手，一会儿爹来就好办了。

爹以前是个胆小的人，养猪场逼得他有了勇气。爹不是自己来的，还带了一个人。刘海翔没听他说完，便走到羊倌跟前，问：你走不走？你走不走？

羊倌被刘海翔的气势震住了，后退一步说：老裴让我来的。

刘海翔转过身问裴元庆：老裴跟你说过吗？

裴元庆说：没有。

他又转过身问裴贵：跟你说过吗？

裴贵说：没。

刘海翔说：老裴没跟我们说过，你说了不算。

羊倌说：反正老裴跟我说了。

刘海翔说：那你让老裴跟我们说，光跟你说不行。刘海翔知道老裴不会跟他们说。老裴跟他们说，他们就跟老裴打架。老裴愿意让别人打架，他自己处理。才不会自己跟人打架呢！

羊倌说：反正老裴答应了，我不走。

刘海翔一把薅住他的脖领子：你不走我把这些羊都宰了，你信不信？从家里出来时，他腰里别了一把尖刀，他把棉袄撩起来，让羊倌看。

第五章·学大寨　　151

村里人说刘海翔跟外面痞子勾着,是个敢动刀的主儿,羊倌有些怕。磨蹭了一会儿,他赶着羊走了,扬言要去找老裴。

他一走,村里几个孩子跑过来告诉裴元庆,不是老裴让羊倌来的,是裴学锋。羊倌在沟底有羊圈,每天放羊走得远。裴学锋说:养猪场闲着,你咋不占?

羊倌说:裴元庆不让。

裴学锋说:就说是村里让占的,看他让不让。

裴贵想,裴学锋是老裴的侄子,裴学锋说等于老裴说,下一步老裴恐怕还会找他们的麻烦。

刘海翔说:羊倌再来,我真拿刀捅他。捅一次他就怂了。

裴贵想,老裴是要替周竞清场。以前有人想承包养猪场,他都顶住了。那时他还有个火暴脾气,来的人看他的架势,觉得跟他拼命不值。

养猪场每来一次猪瘟,养猪户都要赔。这也帮了他。有人觉得不一定能挣上钱,再去拼命不值。不过,周竞肯改主意吗?他能退吗?不能。想想以前受的苦和累,坚决不能。你不想拼命也得拼命!

父子俩商量,以后搬到养猪场里睡,还得带上家里的猎枪。他们提着猎枪去养猪场时,有人问:这是干啥去?

裴元庆说:去养猪场。

夜里不回来了?

不回来了!

夜里冷呀!

养猪场周围都是旷野,冷风呼啸。为了省煤,他们白天不点炉子,晚上点。睡了几天夜里太冷,只好又回了家。他们天黑了才回去,不让村里人看见。

其实村里人早知道，有人算定他们坚持不了几天。刚在家睡了一天，养猪场就来了人，父子俩走过去，看见了慈建明的儿子。

闹猪瘟时慈建明帮过忙，他后来把二十多头猪赶来，裴贵不想得罪他，说：你用猪舍行，不能让别人用。

慈建明说：猪就是我的，我就养一个夏天，到了冬天就卖光了。现在到了冬天，猪没卖多少。大概是慈建明养得不对，猪长得很慢。

再一看就不对了，猪不是原来那二十几头，成了一百多头。慈建明什么时候弄来这么多，白天他们在的时候没见过，肯定是夜里偷偷运进来的。

他给慈建明打电话：咋一下多出来这么多猪？

慈建明说：猪是郝宝贵的。他说是村里让占的，你也同意，我才让他赶进来。你要是不愿意，找郝宝贵问。

裴贵给郝宝贵打电话，郝宝贵很快赶过来，一脸惊奇的样子：老裴没跟你说？

裴贵说：没有。

郝宝贵说：老裴说跟你说好了。

一听就是假话，老裴要跟他说好了，怎么会夜里偷偷摸摸赶进来？

裴贵说：他没跟我说，猪你得拉走。

郝宝贵说：实话跟你说，猪不是我一个人的，是跟裴学锋合伙买的，供应乡里的饭馆和他自己的饭馆，我知道你不愿意，这口气你咽也得咽，不咽也得咽。

裴贵说：我要是不咽呢？

郝宝贵说：不是我欺负你，我是跟着裴学锋干的，他说让我咋着我就咋着。有能耐你找他说。

第五章·学大寨　　153

裴元庆从屋里拿出了猎枪，裴贵一眼看见了，他不能拦，拦了猪就再也赶不走了。他把枪拿过来，对郝宝贵说：宝贵，我谁也不找，是你把猪赶进来的，我只跟你说。你走。

郝宝贵看出来他要来真的，说：别呀裴贵，你这是何苦。这么点事值得动枪吗？

裴贵说：我跟你没冤没仇，到了这时候你怨不得我。你给我把猪赶走，不走我就不想活了。我不活，你们也别想活好。

他把枪指向了郝宝贵。

2

姚红玉昨天就要来插剑岭，刚上车，薛健说想跟她见面。她冲着手机问：有要紧事吗？

薛健说：有，是好事。

两个人约了茶室。薛健提前去的，半小时后姚红玉也到了。薛健自己有茶室，姚红玉不肯去。他现在有女人，平时他们不来往。现在这个茶室，是以前没来过的。姚红玉看了看周围，觉得还算私密。

她坐下，问：急慌慌的，什么事？

薛健说：有一个投资项目，看你感不感兴趣。

姚红玉想都没想就说：不感兴趣。

薛健说：你先听我说完呀，是个高科技项目，生产芯片，顺利的话能成为富士康。这个过程他们经历过，当年他们从做摩托车零件，发展到做摩托车、汽车，前后不到十年。

她问：你怎么不做？

薛健苦笑了一下说：我这个样子怎么出面？我只能当隐形人。你出面，我在后面支持你。

她问：怎么支持？

薛健说：我出资金，合作也行，我自己独自出也行。

姚红玉啜了一口茶，摇摇头。

薛健说：这是个机会。我在市科技局有个铁关系，不然这种好事到不了咱们手里。

姚红玉又摇头，说：不懂的事我不做。

女人到了关键时刻，家庭、亲情占上风。她跟薛健离婚已经十六年，薛健后来又离过，外面盛传他们还有联系。她不想惹这个麻烦。

她愿意到插剑岭投资，是因为儿子喜欢。在她看来，儿子远比富士康重要。让他在村里有一个安静的地方读书、画画，更有意义。

薛健说：二十一世纪是人工智能世纪，芯片是核心的核心。卖一部手机挣的钱，还不如卖一个芯片挣得多。你到插剑岭那个小村干什么，就算养一万头猪，能有多大前途？

姚红玉问：你怎么知道我要去插剑岭？

薛健意识到说漏了嘴，说：我听别人议论。

姚红玉问：议论什么？我还没决定，别人怎么知道我要养猪？

薛健说：我是好意。

姚红玉站起来说：我的事不用你操心。她拿起手包准备离开。

薛健又说：不用担心技术问题，南方一家芯片企业想扩大产能，他们把精力集中在 7 纳米以内的芯片，这种 28 纳米芯片完全交给咱们管理，他们只派几个技术人员。

回到家，姚红玉还在想，她以前跟薛健联系都是为孩子，这次怎么突然说起了投资？薛健跟原平县的周竞来往密切，既然有芯片项目，怎么不介绍给周竞？联想到梅长风的电话，她意识到这是想把她从养猪场引出来，给别人让路。

那又是为什么，一个养猪场值得争吗？她对薛健太了解了，不会做无目的的事。想到这儿，她带着尔雅赶往原平县，在县城住了一夜，第二天到了插剑岭。

杨伯峻和梅长风到村口迎接她。几个人寒暄了一番，一起往养猪场走。

刚到养猪场门口，听见里面"砰"的一声枪响。十几个孩子从里面飞奔出来，接着是郝宝贵捂着脑袋往外跑，梅长风问：怎么回事？

郝宝贵说：出人命了！

裴贵端着猎枪从养猪场冲出来，喊：狗日的，别跑！拿枪瞄准郝宝贵。刘海翔一只手死死拽住他，一只手往上托起枪，"砰"的一声响，枪口冒出一股青烟。姚红玉脸顿时煞白，把尔雅推回车里，自己也上了车说：快走！

杨伯峻顾不上她，从车里扑下来，两手拦住裴贵，喊：裴贵，你这是干什么？

裴贵扔了枪放声大哭：杨局长，我跟他们拼了！

杨伯峻一边安慰，一边询问情况。等到搞清楚怎么回事，再回过头，发现姚红玉的车已经走远了。

梅长风打电话，姚红玉一直不接，后来接了，说公司临时有事，她得赶回市里，以后找机会再来。

梅长风解释说：姚总，这是个意外情况。

姚红玉说：小梅，你别说了。你们村太复杂，为我来这里投资，已经发生了一连串奇怪的事，既然不欢迎，又何苦邀请我？这一出鸿门宴是摆给谁看的？也许这不怪你们，至少说明你们控制不了局面，我看这事还是算了吧！

梅长风再想解释，姚红玉已经把电话断了。

杨伯峻沮丧。他事先跟老裴沟通过，老裴还答应陪姚红玉吃饭。他也跟裴贵谈过，裴贵当时情绪很稳定，想不到又出了意外。

姚红玉一走，有投资意向的只剩下周竞，岂不是同意也得同意，不同意也得同意？

按照周竞的协议书，村里要把养猪场连同周边的两座山都交给周竞，他们在山上非法开矿成了支持扶贫，这个责任工作队绝对不能承担，也承担不起。

协议书一个字都没提采矿的事，他不能以此为理由拒绝。那怎么跟老裴交换意见？正想着，老裴和二来等人已经赶来。老裴问：姚总呢？

梅长风不高兴地说：走了！

老裴一脸遗憾地说：来都来了，为啥又走了？

杨伯峻只好说：她说公司临时有事。

梅长风说：什么临时有事，裴贵一枪把人家打跑了。

刘海翔在一旁说了经过：裴贵让郝宝贵把猪赶走，郝宝贵说有本事你打死我，你就是打死我，猪也得在这儿养。他脱了帽子，把脑袋顶亮给裴贵。裴贵一怒扣了扳机，要不是我托了一下，郝宝贵就报销了。

老裴说：这事不能算完，得处理。

杨伯峻只要点头，老裴就要借着工作队整治裴贵。裴贵父子站在一旁，不服气地看着他们。

第五章·学大寨

杨伯峻转过身说：裴贵，你们先回去冷静一下。

裴贵说：不是要处理我吗？我听着，处理得公平就行。郝宝贵要在养猪场养猪，说是老裴同意的，你让老裴跟我说。他既不让老裴通知我，又不肯走。这不是欺负人吗？

杨伯峻看着老裴问：是你同意的？

老裴眼神闪了一下说：郝宝贵没找过我，现在说也不迟，养猪场是村里的，不是你的。养猪场以后交给谁管，是村里的事。

裴贵说：我们父子在养猪场流了多少汗，干了多少活儿，白干了不成？养猪场要是村里的，以前给养猪场花的钱就不能让我们出，我们凭什么出钱？

杨伯峻说：你们付出的劳动，当然应该有结果，将来跟投资方协商也会征求你们的意见。

老裴阴沉着脸，明显不乐意。裴贵也不说话。

杨伯峻又说：从现在起，养猪场还是你看管，外面来了考察的，你要热情接待，争取把他们留住，能做到吗？

裴贵说：只要能解决我的问题，我就能做到。郝宝贵的猪还在里面，得让他赶走。

杨伯峻说：我们会处理！你先走吧！

裴贵走后，杨伯峻问老裴：郝宝贵的猪是从哪里来的？

老裴给郝宝贵打电话，郝宝贵说猪不是他的，是裴学锋的。其实，这事裴学锋跟老裴说过，现在他假装不知道，让人把裴学锋叫来骂了一通，让他把猪赶走。裴学锋只好答应。

3

晚上，杨伯峻让梅长风跟姚红玉联系。姚红玉已经没了兴趣。杨伯峻接过手机说：姚总，我们工作没做好，现在已经跟裴贵谈妥，你再来他肯定配合你。

姚红玉说：杨局长，我不想去了，勉强去干，以后不定出什么事呢！

杨伯峻说：姚总，你想多了。

姚红玉说：我也接到一些电话，劝我别去你们村。事情远比咱们想象的复杂，慢慢你就知道了。

第二天村班子和工作队一起开会，传看了周竞的协议书。这个协议书大部分人看过，二来说：协议书写得挺好，不光解决了养猪场的问题，把山里也开发了！

刘会计也说不错，其他几个村干部都表示同意。只有曹志军没表态。

梅长风说：协议书没提对裴贵父子的补偿。

二来说：补偿也是村里补，跟人家说不着。

任海龙说：要是补，就得周竞补，村里哪有钱？他说完，有人说应该村里补，有人说应该周竞补，吵成一团。

黄俊涛一直没说话。杨伯峻让他先说，他说：我的意见跟你一样。

杨伯峻肯定协议书写得很周到，动了不少脑子。不过，也有一些遗憾，世上没有不经过修改就完美的合同，这也是协商讨论的意义。村干部们点头，杨伯峻又说：我看有两方面问题，一是既然收购养猪场，养猪场的前期投入就应该算清楚，具体怎么算，由投资方跟裴贵父子协商，我们也应该维护村民的利益；二是我们原来说重建养猪场，没有说开发旁边的两座山，开发山里是另一个协议的事。

会场上一片安静。老裴瞅了二来一眼，二来说：要是不包括周围的山，人家不见得接手。谁都知道养猪不挣钱。就是有一二年挣，来一场猪瘟也得赔进去。不开发山里，投资不是死赔吗？

梅长风问：下关村的养猪场办了三十多年，他们咋办的？

刘会计说：不知道，大部分养猪场都赔钱，这是真的。

刘会计的话得到了大部分人认可。杨伯峻说：我们刚来时老裴说，周围的山都包出去了，什么人包的？人家肯放弃吗？既然都有合同，你怎么赶走人家？

村干部们知道那些山以前也是周竞包的，只是没人挑破。杨伯峻问到了要害，没人回答他。杨伯峻又说：其实，多包两座山对周竞集团起不了什么作用，山上就算搞一些养殖，收入也有限，他得不偿失。村干部们以为杨伯峻不知道山里有矿，一时都不说话。

老裴只好说：我跟周总再商量一下，听听他的意思吧！

第二天裴学锋拉着老裴去了县里，周竞一听就烦了，说：不包山里，我要一个养猪场有屁用，他以为我是傻子呢？

老裴说：他们不知道山里的事。

周竞说：包括两座山我就签字，不包括让他另找别人！

他知道村里把姚红玉得罪了，没别的路可走！

从县里回来，老裴跟二来和刘会计说了周竞的话。村里很快传开了，说工作队把两头都得罪了，弄了个鸡飞蛋打。碌碡听到议论，对梅长风说：上回卜卦我跟你咋说的？这会儿都应验了吧？

梅长风称奇，真有些佩服碌碡了。

杨伯峻听了问老裴怎么回事。老裴说：我跟周竞说了不少好话，他就是不肯接手，说是伤透心了。

杨伯峻问：你没告诉他，山里早就包出去了吗？

老裴说：解释了，不行。杨局长你能力强，也许你做工作还行。要不你就找县里，让蔺永乐跟他说。杨伯峻不想找蔺永乐，说：咱们再想想办法！

老裴料定杨伯峻不会找县里，一是显得他无能，二是蔺永乐要是堵了，他就彻底没戏了。

从村委会出来，老裴碰见了裴学锋，裴学锋问：我那些猪咋办？

老裴说：先在养猪场里养着。

裴学锋说：裴贵天天催我。

老裴说：让他找工作队。要不然，让他把郝宝贵打死。你跟他说，出一条人命就好办了。

4

刘海翔飞奔而来，推开办公室门喊：裴贵死了！裴贵喝了农药！

屋里人一边往外走，一边问刘海翔。刘海翔还没说完，他们已经跳上车往沟里赶。杨伯峻在车上通知了老裴。等他们赶到时，老裴不紧不慢地赶过来。他在腊梅家，离得比较近。

进了裴贵家，看到碌碡正给裴贵灌草木灰汤。

原来，裴元庆跟刘海翔上午在外屋闲聊，裴贵在里屋，裴元庆喊：爹，你干啥呢？裴贵答应了一声，声音很微弱。当时他们也没有在意。过了一会儿老伴走进里屋，见裴贵满嘴白沫子躺在炕上抽搐，大声哭喊起来。裴元庆跑进去，他爹眼睛已经直了，地上扔着个农药瓶子。裴元庆失声痛哭。刘海翔飞也似的去叫碌碡，又跑到村委会喊人。

村里隔几年就有寻死的，解放前喝卤水，后来喝敌敌畏，再后来有了乐果，据说味道比较好闻。碌碡听老郎中说过，逢这种事别慌，让他把喝的吐出来。草木灰是解毒的，把草木灰放进水里，给寻死的人灌。一边灌一边熬绿豆汤，绿豆汤也能解毒。

喝了让他一直吐。吐完了再灌，再吐。

碌碡的三爷爷还有更绝的法儿，直接灌大粪汤。灌进去告诉寻死的人灌的是粪汤。寻死的人听了不由自主地往外吐，吐完给他灌冷水，告诉他灌的粪汤里有一条蛆，寻死的人听了不停地反胃，再吐，直到吐干净。这么救人的好处是，寻死的人以后再不寻死了，村里人也不再跟他学寻死。坏处是寻死的人好了，必定要骂救他的人。

到了老郎中，改用大黄汤，上吐下泻。来不及取大黄，就用草木灰和绿豆熬汤。碌碡看到裴贵还有一口气，让裴元庆提着他爹的腰，头朝下冲着炕外。他用一条手巾垫着裴贵的牙，把手指头伸进裴贵嗓子眼儿里搅，裴贵吐了不少，灌了草木灰汤，又吐了。

杨伯峻等人赶到时，屋里吐得一塌糊涂。碌碡让裴元庆把裴贵背到外屋，接着灌绿豆汤。裴贵已经醒了，说：碌碡，你让我走了吧！说完咬他的手指，

碌碡反手给了裴贵一嘴巴：日你娘的，我救你，你还咬我！

裴元庆喊：爹，你别再糊涂了。

地上放着个洗脸盆，吐出来的没全接住，地上淌得到处是胃水，碌碡的裤子溅湿了，屋里弥漫着一股酸臭味儿。

看到杨伯峻进来，裴元庆喊：杨局长，你得给我们做主啊！我爹这

是让郝宝贵逼死的。

杨伯峻把他拉到院里问情况。裴元庆说：那天你们说让郝宝贵把猪赶走，他就是不走。说他做不了主，让我们找裴学锋。我爹找了裴学锋，裴学锋让找老裴。找老裴，老裴连理都不理。我爹咽不下这口气，一气之下喝了药！

杨伯峻问：你们怎么不找我呢？

裴元庆说：我爹说，工作队想给咱们做主，扳不过老裴。

屋里，梅长风帮着碌碡灌绿豆汤，裴贵不张嘴，牙咬得紧紧的。梅长风撬不开他的嘴，只好让给碌碡，碌碡又想扇他嘴巴。裴贵老伴劝裴贵：你就张张嘴吧，一屋子人都是为你好，你就别为难人家了。

碌碡在一旁啐了两下，把碗递给旁边一个人：你去给我盛一碗大粪汤来，再不喝，我给他喝大粪汤。屋里人七手八脚摁住裴贵，一边做他的工作，一边往嘴里灌。

老裴退到外面，对杨伯峻说：没事，死不了！

杨伯峻想，事情是裴学锋引起的，老裴起码应该有个歉意！心里想着，随手递给老裴一支烟。老裴接了烟冷笑：他这是死给咱们看的，真想死就该夜里喝，谁都不知道。

杨伯峻起了反感，说：就是能救过来，咱们也有责任！

老裴说：没人让他喝农药，是他自己要喝的，跟别人无关。

杨伯峻看他这个态度，想应该报告乡党委，由乡里处理。他当下给蒋社教打电话，时间不长蒋社教赶过来。

裴贵已经坐起来，不说话，只流泪。

碌碡说：裴贵，有你这么傻的吗？什么事想不开，连命都不要了？

裴贵说：碌碡，你救得了我今天，救不了我明天，我真不活了！

第五章·学大寨　　163

蒋社教扶着他肩膀说：裴贵，你以前也当过干部，咋能做这种糊涂事呢？

裴贵说：我有地方说理不？我不能打死别人，自己死行吧？蒋书记，我活得憋屈。你们让我死了吧，两眼一闭我就不窝囊了！

碌碡说：两眼一闭，孩子呢？老婆呢？今天不是有我，你就真完了！

蒋社教说：裴贵，遇到问题要冷静，你也给我们一个了解情况的时间，好不好？说完退出人群走到外面。

老裴凑过来，说：碰到这种死心眼儿的人，谁也没办法。

蒋社教瞪他一眼：你是干什么的？群众死心眼儿，你也死心眼儿吗？你侄子白占人家的养猪场，搁你愿意吗？当初养猪场是你让裴贵承包的，什么时候终止过承包？给过他报酬吗？不给报酬，又没终止承包，人家当然要维护自己的权益。

老裴说：他把养猪场办砸了！

蒋社教问：是谁的责任？光是群众的责任吗？别忘了你是支书，工作没做好我冲你说，出了人命更要冲你算账，上面追究下来，跑不了你，也跑不了我。

杨伯峻说：蒋书记说得对。

老裴赔着笑，偷看蒋社教的脸色。蒋社教又骂了他几句，让他等着乡里处理意见。蒋社教走后，老裴说：我也回去了，等着他处理我吧！

杨伯峻不理他，转过身安抚裴贵，一直等裴贵情绪稳定下来，他才带着工作队离开。临走嘱咐裴元庆：照看好你爹，千万不能再出事了。

裴元庆答应着，不敢离开裴贵一步。

5

裴学锋把猪赶走了。那些猪不是裴学锋的,是他临时从别的养猪场借过来,就为了给裴贵找别扭,给工作队施加压力。

第二天蒋社教告诉杨伯峻,县领导那天来检查工作,他根本不知道有周竞,徐县长提出让周竞投资,他觉得是好事,跟着徐县长一块儿做工作。

杨伯峻表示理解。心想:蒋社教未必不知道内情,从政这么多年,哪个心里没点数,只是现在这么说罢了。

蒋社教又说:老裴后来到乡里找我,主张答应周竞的条件,说是县领导的意思。我猜出他跟你有分歧,说,杨局长是村党支部第一书记,扶贫工作队长,你不能甩开工作队,必须经过杨局长同意。他当时点了头。没想到养猪场出了事。

杨伯峻感谢乡党委支持,说养猪场的事不能再拖了,必须尽快落实。蒋社教问他打算怎么办,他说:只有一个办法,把姚红玉请回来。

蒋社教觉得很难,想到成与不成他都没责任,当下表示支持,说咱俩是一个思路,你就干吧!乡党委支持你!两个人紧紧地握手。

杨伯峻没回村,带着梅长风立刻回市里。

两个人走到县城,简单吃了午饭又动身,没想到刚出县城就开始堵。好容易上了高速,梅长风不停地摁喇叭,不一会儿前面传来消息,说出车祸了,十几辆车追了尾。

梅长风气得猛砸方向盘。

前面一辆奥迪开了车门,一个孩子站在车里往外撒尿。孩子的半个身体和一条晶亮的尿线露出车外,一只香艳的手拽着孩子,上面染着红指甲。后排一个穿戴时尚的女人从车里跑出来，奔到高速路边看了看，又跑回来。

杨伯峻笑不出来了，前面的服务区还远着呢！后面的车不停鸣喇叭，梅长风打开车门冲后面喊：叫什么叫，没看见前面堵着吗？

走了一会儿，杨伯峻问：你跟姚总联系了吗？

梅长风说：打了电话，不接。又给她发了微信。说实在的，我都不好意思再给人家打电话了，咱们干的这叫什么事儿！

到了市里，梅长风又跟姚红玉联系。姚红玉开始不接电话，过了十几分钟回电话，说她正在开一个会。

杨伯峻接过电话说：我们这就去公司找您！那边已经把电话挂了。

没有地址，梅长风用地图导航带路。到了公司门口，门卫问：跟姚总联系了吗？梅长风说联系过，姚总说正开会。门卫刚放行，他们就接到姚红玉的电话，说：我已经到了外面，有什么事电话里说吧！

杨伯峻说了村里的情况，表示希望见到她。姚红玉刚知道周竞退出了，是听一个朋友说的。现在她掌握着主动，说：杨局长，我理解你的苦心，这个项目我就算了吧！

杨伯峻说：我只想见你一面，当面交交心。

姚红玉说：我今天有事。

杨伯峻说：你先忙你的，你们公司企业文化搞得不错，宣传栏办得很生动，我们在公司里转转，等着你回来！

放下电话，杨伯峻和梅长风在公司大厅里看了一遍，随后在大堂沙发上坐着等。中午，他们出去吃了饭，再回公司，门卫不让进了。

两个人在外面转来转去，门卫看见了，说：姚总不回来，你们等也没用。

杨伯峻笑一笑，说：心诚则灵。

门卫的笑容别有意味。

第二天他们又在外面转。门卫看见，汇报给了公司一个副总，副总走到外面对他俩说：姚总今天不回来，你们回去吧！

杨伯峻说：好。仍然在外面站着。

等了几个小时，梅长风有些烦，说：杨局长，咱走吧！都是为工作，犯不着这么低三下四的。

杨伯峻说：上次是咱们伤害了人家，这口气应该让人家出。我感觉她还是想在村里投资的，只要咱们诚心诚意，总有消气的时候。

到了下午，副总走到外面说：你们进来吧！

副总带着他们参观了荣誉室、展览室，荣誉室里挂着大大小小的锦旗、奖状和各种荣誉称号，有些是给公司的，有些是姚红玉个人的；展览室里是公司的各种资质证书，产品质量认证和各种配件的样品。参观完，他们在大厅里休息了一会儿就到了下班时间。副总抱歉地说：不好意思，姚总确实太忙了。

杨伯峻说：没关系，我们今天收获很大。

两天时间什么都没干成，累得腰酸背痛。回到家严惠娟说他太笨，人家不想见，你傻等着有什么用。

杨伯峻说，人心都是肉长的，我们感动不了她，也能感动上帝吧！

第三天，梅长风一早就给姚红玉打电话，姚红玉关机。昨天她其实就在公司，窗户对着大街，见杨伯峻和梅长风在外面来回走，有些不忍，让副总把他们领到里面。

她不愿见杨伯峻，是因为没下决心。薛健又跟她联系，鼓吹那个芯片项目，她总觉得后面有内幕。尔雅想去插剑岭，她也不放心，怀疑儿子的热情能保持多久。村里那么复杂，万一遇到困难他打了退堂鼓，这笔投资还要找人管理。

看到杨伯峻这么执着，她又犹豫了。

早晨没有联系上姚红玉，杨伯峻仍然带着梅长风到了公司门口，门卫让他们进来，他摇摇头说：我们就在公司外面等吧！外面敞亮！

天有些阴，不一会儿空中飘起了雪花。梅长风到一家商店买了两把伞，两个人在雪中站着。雪越下越大，周围白茫茫一片。他们的身影在雪中影影绰绰，很快融为一体了。门卫看着他们，想这两个人不是太傻，就是太心诚了，忍不住给姚红玉打了电话。大约十点钟，一辆保时捷车在门口停下，姚红玉打开车窗说：杨局长，上车吧！

已经困乏的两个人振作起来，跟着姚红玉进了公司。

6

姚红玉跟村里的合同签得很顺利。

签合同前，成立了有裴贵父子参加的工作小组，姚红玉提出给裴贵百分之二的股份，年底按股分红。裴贵说不要股份，要现金。按一个月两千块工资算，他跟裴元庆干了两年，要十万。姚红玉给了他十二万，因为他们后来又看守过养猪场，按每人每月一千元，加了两万四。刘海翔在养猪场干了一年零三个月，给了三万。对姚红玉来说，这比给股份合算。裴贵却愿意要现钱，觉得拿到手里才是收入。

一个礼拜后钻井队来了，在东山脚下支起帐篷，拿着仪器在山上探测。裴贵听到是来打井的，邀请他们住进养猪场，又让老婆给他们做饭。

钻井队撤走后，养猪场来了另一批人。村里孩子认出来，为首穿白大褂的就是那个画画的，现在成了老板。跟在他旁边的也穿白大褂，姓韩，是技师，养猪场的技术总管。

他们把井上的水管子跟养猪场接通，一个猪舍一个猪舍地试水，管子里喷出来的水把地上灰尘冲得干干净净，猪舍焕然一新！在韩技师指导下，他们把猪舍做了改动，加了智能配料，全自动投送，图像监控等。

一切准备就绪，养猪场又进行了全方位消毒，实行封闭管理，出入人员都要从头到脚进行消杀，外人想进养猪场必须经过尔雅批准。

每天都有猪从外地运来，有时一天运上百头，有时运几十头，运来的猪都要进行检疫、消毒。尔雅投入地做着，觉得比画画有意思。

合同签订后，杨伯峻想起了刘丙瑞。这些日子，村里好些人跟他提刘丙瑞，说老人家有个瘫痪儿子，日子最难，工作队关心贫困户，应该先照顾他。

刚来村里时，他们去过刘丙瑞家，当时刘丙瑞连屋都没让进。第二天，刘海翔抬着刘根生进了村委会，刘丙瑞及时赶来把孙子打跑了，又让他产生了一丝敬意。十几天后老人突然死去，又奇迹般地死而复生，当时他们也来过，今天是第三次看望。

还没进院，狗不停地吠叫，这种吠叫不是恶意的，是快乐的叫声。刘丙瑞老伴出来拦着狗，杨伯峻打头，江小童紧跟在他身后，几个人依次而入。

屋里很黑，刚进屋什么都看不见。上次刘丙瑞假死，屋门和窗户都敞开着，屋里院里到处是人，还不觉得阴冷，这次好像进了地窖。杨伯峻摸着黑慢慢往前蹚，走到里屋往前跨了一步，说：老刘，我们来看看你。

炕上坐的两个人无声地注视他们。最里面的男子四十多岁，围着被子坐在炕角，脸白得吓人，他们在村委会见过，知道他叫刘根生。外面坐着刘丙瑞，脸上的皱纹像刀刻出来的，想朝杨伯峻展开一个笑容，努力了半天没笑出来，直视着他们。

身后"哐"的一声响，杨伯峻扭回头，见刘丙瑞老伴惊慌地看着他。柜子上放着铁簸箕，被她碰到地下，簸箕里的豆子撒了一地。这里很少来人，来了生人手忙脚乱。

杨伯峻说：老刘，我来看看你。

刘丙瑞说：我早就不当干部了。

杨伯峻说：我们来扶贫，想跟你了解一些情况。

刘丙瑞问：扶贫？扶到啥时候？

杨伯峻说：扶到你们都脱了贫，确定不会返贫。

刘丙瑞说：那就好。声音高亢有力。

杨伯峻依次介绍随行的人，老人一条腿跪起来，跟他们握手。那手干冷硬，像冬天在野外捡到的一截干树枝，扎手。

介绍江小童时，刘丙瑞说：这闺女我认识。江小童想起当时他躺在炕上，她摸着他的脉搏，一点都摸不出来。

她说：你身体好多了。

刘丙瑞说：死不了，我要看到插剑岭天晴了！

杨伯峻说：我们跟你想的一样，要让插剑岭改变面貌。

刘丙瑞老伴把地上的豆子扫到簸箕里，蹲到灶前生火，灶膛冒出烟雾，屋里人呛得咳嗽。

刘丙瑞请他们上炕坐。炕中间放着火盆，里面是没燃尽的炭火。刘丙瑞拿出旱烟，他们摆手说抽不了。刘丙瑞拿起一块炭火放到烟袋锅上，吸了几口烟点着了。江小童好奇，他的手能拿火，该有多厚的老茧啊！

水开了，女人从柜里搬出一摞碗，挨着给他们倒水。杨伯峻仔细打量这间屋子，陈设还是二十几年前的，柜上那台老式的收音机，现在早没人用了。

屋里窗户很小，最大的一块玻璃碎了，用报纸糊上，遮挡了好些阳光。他看了看墙壁，挂着冰霜。屋里气温一上升，融化的冰霜把墙面浸湿了。潮湿和寒冷笼罩着这个家庭。上次他们来，没有注意到这些。当时听说他活过来，村里人都高兴。

杨伯峻摸了摸炕席，问：炕怎么这么凉？

刘丙瑞说为了改善空气质量，上面不让用柴火做饭，乡里发的无烟煤不够烧。杨伯峻想起局里送来一车煤，对黄俊涛说：把咱们的煤给老刘送点儿。

刘丙瑞说：不行不行，我不要。村里的事偏向哪个都不行，一偏心就坏事。

杨伯峻说：不是偏心，每个贫困户都照顾。

刘丙瑞说：我是党员！不是贫困户。

杨伯峻不好跟他争，攥住他的手说：改革开放这么多年了，咱们村为什么还这么穷？

刘丙瑞说：这话问得好，以前的下乡干部来了给村里要钱，修路、安电灯，要不就是盖村委会，就是没人问这个！他们走后村里富了吗？没有！

杨伯峻说：我们该怎么做？

刘丙瑞看了他们一眼说：这话要说就长了。

杨伯峻一扭头，发现炕里面的刘根生直勾勾地盯着他，问：他一直就这么瘫着？多少年了？

刘丙瑞说：打从二十多岁起，就这么躺着，我想不起多少年了。我是个没出息的人，连个孩子都护佑不住。

杨伯峻说：你在村里有威信，都说你是好干部。

刘丙瑞说：我这辈子一事无成，好干部咋会是我这样的？我不是，真的不是！

7

刘丙瑞夜里总做梦，有时候还没睡着，梦就来了。梦跟回忆分不清楚。

那一年他三十一岁。收了秋，他们集体开进山里。这是一个前所未有的工程，插剑岭人祖祖辈辈靠天吃饭，遇上旱灾、洪水，到庙里烧香拜佛。现在不拜了，支书刘丙义说：信神不如信自己，咱们上插剑岭，挖山开渠，把山那边的河水引过来。

当时生产队歉收，家家吃不饱，上山觉得脚下没根，手里的十八磅大锤忽忽悠悠的。身体好的人腰里拴着绳子，吊在半空打炮眼。他要上去，村里人说：今天你算了，在下面吧！都看出来他身体不行，没人敢给他把钎，他给别人把钎，老觉得大锤在头顶上，不敢睁眼。

丙义走到他跟前，拿起钢钎把着，说：来吧！

扶钎的人看起来省力，其实一点不省，费的是心力。不能闭眼，这一口气得提着。锤一旦砸偏就冲着扶钎的手去了。

没把握的事丙义抢在前面。丙瑞拿起大锤鼓了鼓力气，朝着钢钎砸去。砸下第一锤,心就定了,觉得今天还行,不像想象的那么虚。他前面有十几对壮劳力在打眼,一些人在半山腰吊着。除了修渠,他们还想在山上开垦荒田。想想山上能凭空多出一片良田,脚下顿时有了力气。这情景编成歌该多么好啊!收音机里每天都唱这样的歌,可惜写的不是他们。

炸出来的石头,一多半儿修了梯田。那时男女老少上工地,男人开山放炮,女人和孩子运石头。有人远远地瞅着,说山那么大,怀疑他们什么时候才能把山凿开。丙义带着他们学《愚公移山》,愚公挖山不止,这是什么精神?这是大寨精神。

有人悄声反驳:愚公那时候还没大寨呢!

丙义说:大寨精神就是愚公精神,愚公精神就是大寨精神。这是一回事。

大寨的事他是听公社齐书记说的,齐书记是听县领导讲的。县领导说:不挖山,山就永远在那里,你就得一辈辈受穷。改天换地才有出路!

丙义说:咱们一辈辈受穷就是因为插剑岭,插剑岭挡住了雨云,十年倒有九年干旱;挡住了水脉,山那边的河水流不过来。夏天雨季到来,洪水冲垮了堤埝冲走了庄稼。他让小学老师在村口写标语:凿开插剑岭,挖断穷根子!每一个字都劲挺有力。

多年后农学家看了这一带的地形地貌,说:插剑岭给这里带来了丰沛的雨水,山岭两侧植被丰富,是植物学的宝库。他们不爱听。

他们晒得脸色黧黑,有一丝菜色。岁数大的人两腮塌陷,眼窝深凹。干活多,吃得自然多,天天吃不饱。那几年村里生孩子少,吃不饱的人没心思干那事。

有人给丙瑞介绍女人,是田家寨的寡妇。他已经到了只能娶寡妇的年龄,前面也有人说过几个闺女,家里穷,人家不愿意。媒人问他寡妇行不行？

他心一横说：行！人好就行。

介绍的人说：人好，肯定好，寡妇更好。寡妇知道咋心疼你！

那天要是不跟女人见面就好了，果然是寡妇会心疼人，介绍的人看他们有意，说了几句就走了。寡妇看了他家的房子，心里满意。丙瑞的房不好，比寡妇原来的房却强了多少倍。心里满意眼里就透出来了，看他的眼神荡着水波。

丙瑞慌了，想拉她的手，一拉就坏了事。后面的事他说不清楚，除了气喘和手忙脚乱，他什么也回想不起来。寡妇果然会心疼人。

他抡着大锤老走神，想昨天到底咋回事，是寡妇占了他的便宜，还是他占了寡妇的便宜？他腰疼，脚后跟发软。心里想着腰，大锤就偏了，等他觉出来时十八磅大锤已经朝丙义的手砸了下去。一个"啊"字还没喊出来，锤就落到了丙义手上。

看着丙义血肉模糊的手，他差点儿晕过去。丙义喊：快拿棉花来。有人撕开棉袄扯出两大团棉花，旁边一人用火柴点着，看棉花在空中燃烧。烧了一会儿，把着火的棉花朝流血处摁下去。不停地摁，火灭了就再点着，再往伤口上摁。

有人让丙义回家，他不回，说：我没事。他对还在发抖的丙瑞说：你回去吧，这个眼儿凿完就该装炸药了，留下这么多人没用。

丙瑞一直后悔，那天他若不回去，丙义应该不会出事。前面一些人把石眼凿好，返回来替换他们。接下来要填炸药，装雷管，点火，每一步丙义都得在场，别人他不放心。

村里人说：没有比丙义好的支书了，不自私，苦的累的有危险的，都冲在前面。没占过村里一分钱便宜，更别说腐败了。

丙瑞太累了，顾不上想丙义的伤，靠着被子睡着了。一排大雁从空中飞过，一只大雁掉了队慢慢落在后面，摇摇晃晃飞到他家上空，忽然从空中栽下来。他走过去，见大雁满身是血。大雁脸上是丙义的模样，眼神是丙义的，忍着疼的样子也是丙义的。

他冲着大雁喊了声：哥！醒了。心"嗵嗵"跳，爬起来看了看外面，太阳已经偏西。他听见了山里的巨响，惊天动地的爆破声天天听，今天觉得不对劲儿，村里的大傻子（现在大傻子的爹）从外面跑来，嘴里不停地喊：娘，娘！飞扑到饲养房前面呆坐的老娘怀里，说：血，好些血。

丙瑞知道出了事。大傻子人傻，在这方面灵得很。村里牲口流了产，他也会惊慌失措。有人从山上跑回村，把家里的门板卸下来，又背着门板飞奔而去。丙瑞脑子"嗡嗡"响，他想上山，走了几步坐下来。他走不动了，脑袋里尽是不好的念头。

等他能站起来，丙义已经到了跟前，躺在门板上，脑袋只剩下了一半儿，脑浆子都是土。他喊了一声：哥！昏了过去。

8

公社在山上给刘丙义开追悼会，齐书记致悼词：当山上出现险情时，刘丙义拦住众人冲上去，把生给了群众，危险给了自己。这是革命的英雄主义精神！县委决定，批准刘丙义为革命烈士。他是咱们公社的张思德、董存瑞！

丙瑞的泪早就流干了。领导让他上台发言，他懵懵懂懂上去，背后是插剑岭主峰，放眼望去，会场左右都是炸开的石头，他不知道说什么。

头天夜里，刘家族人赶到家里，告诉他，领导在山上开追悼会，是要鼓大家的劲儿，你不能说拉后腿的话。这不是你一个人的事，咱们刘家当了几十年支书，这时候不能失去组织信任。他点点头。

丙瑞说：愚公挖山不止，我们也要挖山不止。愚公说要子子孙孙挖下去，我们也要挖下去。爹死了，儿子上；哥哥死了，弟弟上。丙义死了，我上。下面发出雷鸣般的掌声。有人领着呼口号，有人围上来跟他握手。大家把丙义埋在山脚下，修了一个墓碑。说：让丙义看着我们，直到把山开出来。

追悼大会后的第三天，齐书记让丙瑞挑起支书的重任。

那时，裴家也有一个不错的人选，是老裴的叔叔。不过，齐书记看中了丙瑞，他记住了丙瑞的话：愚公说要子子孙孙挖下去，我们也挖下去。爹死了，儿子上；哥哥死了，弟弟上。刘丙义死了，我上。

有人说：丙瑞不是党员。

齐书记说：让他火线入党！

他在丙义死后的第三天入了党。他写过十几次入党申请书，跟哥哥吵过，丙义坚决不让他入，说：好多人写入党申请书，我不能先发展自家人。

现在他入了党，有了责任感、神圣感。入党意味着组织信任，有了政治生命。

丙义、丙瑞兄弟带着村里人挖了四年山，死了三个人，伤了七个。好些人不愿意再挖下去了，一拨一拨地去丙瑞家，说：再挖下去村里人就死光了。不是炸死，也得累死。愚公不是人，是神仙，他能挖成是有神仙帮他。丙瑞呀，几百口子性命在你手里！难道要让村里人都学了丙义？

丙瑞去找公社，跟齐书记商量能不能把工程停下来？

齐书记说：你在党旗下怎么宣誓的？为共产主义奋斗终身，才奋斗了几天就不奋斗了？

回到村里，丙瑞说：公社不许我辞职。我说，我们想歇两年，让村里人缓一缓。齐书记说，走到现在只能坚持。齐书记说得对，老少爷们儿，再坚持一下吧！

村里人跟着他往山里走，女人们偷偷背过身擦眼泪。男人们装着没看见。

这一年是丰收年，因为有这个工程，粮食还是不够吃。他找到齐书记，说想少交点公粮。齐书记说公粮不能少交，公社支持你们，冬天以救灾形式给你们拨一些儿粮食和猪肉。雷管和炸药由县里拨，管够。

他们在山下搭了窝棚，起码能少走些路。抡一天大锤，谁能走得回村里？到了冬天，不管公社同意不同意，丙瑞都决定撤回来。

这一年冬天冷得早，丙瑞正想带着大伙儿撤，齐书记给他们送粮、送煤来了。大车上拉着猪肉和粉条。他刚把撤退的意思说出来，齐书记沉了脸，说：丙瑞，我向你检讨，公社对你们关心不够。我也理解你，不过，撤不行。撤了没法跟上级交代，也没法儿跟群众交代。气可鼓不可泄，你一定要挺住。

丙瑞想跪下，想了想没跪，一个大队书记给公社书记下跪，传出去成什么话。他说：齐书记，为全村群众我求你，实在干不动了！粮食、猪肉你都拉回去，给最需要的人。我们只想歇一年。

齐书记说：你们歇，别的村咋办？不就都歇了？县委问我，我跟人家说插剑岭人窝囊？没志气？说我老齐没本事，没人跟着我往前走？

丙瑞没法回答。

齐书记说：从现在开始我也在工地干。你们干什么活儿，我干什么活儿。你们吃什么,我吃什么。我跟你睡在一个棚子里。行不行?

丙瑞还有什么可说的!出了窝棚,见人们眼巴巴地看着他,丙瑞眼泪下来了,挥了一下手说:晚上炖肉!

人们都不动!丙瑞把眼睛挪开了,不敢再看众人。他独自一人走到大车前,从车上往下搬东西。村里人站在那里看着他,都不动手。

齐书记也走到车前,整个人群只有他们两个在忙活,别人都站着。他们先搬了猪肉、粉条,又往下搬面粉。村里一个岁数大些的人说:都别站着了,搬吧!

那个老人大名曹鑫存,按说这么大岁数不该来山里。村里死伤的多,人不够,他带着十四岁的孙子来到工地。他一搬,村里人只能跟着搬。他搬,是因为看见丙瑞脸上有一道泪水。那道泪水别人也看见了,装着看不见。他看见了,别人就再也装不下去。每个人都在流泪,有的流在脸上,有的流在心里。他们知道,这一搬搞不好就得把命撂在山里。不能让丙瑞为难,乡里人的交情是拿命换来的。

那天晚上本来要大锅炖肉,丙瑞制止了,肉就那么几百斤,得细水长流。他让做饭的人只炖了一点儿,打饭时每个人先分两小块肉,再打菜。吃饭的人也是如此,先吃菜,把肉在菜里涮呀涮,让每一片菜叶都沾上肉味儿,才把肉吃下去。

曹老汉把肉给了孙子,说他老了,嚼不动。看着孙子吃,他心里宽慰多了。每家要出两个劳力,他儿子在山里干了一个冬天,春季从山上下来,天天咳血,开始痰里带血丝,后来是鲜红的血。人有多少血经得住天天咳?

儿子死了,他带着孙子来。丙瑞想让他们回去,他们不干,老人说:我们老的老,小的小,干不了重活干轻活,八路军里还有小八路呢!

工地上原来没有女棚,后来搭了三个女棚。丙瑞开玩笑说:咱们连女八路也有了!

男人在女人面前不能露出软弱,心再苦也得笑着说。他这份心思女人们明白,说:成立个娘子军连,你当党代表吧!公社放映队刚来工地放了《红色娘子军》,她们学得挺快。丙瑞说:行。我是你们的党代表,以后搬到你们工棚里住。

女人们唰地围上来:说话可得算数,我们都等着你呢,不来可不行啊!丙瑞落荒而逃。

回过身想一想,插剑岭人多好啊!再没有这么好的老百姓了!任劳任怨,不怕苦,不怕死,家里人病了,死了,擦一把眼泪接着干。头一天把亲人埋了,第二天就上工地。不用齐书记命名,他们就是当代愚公!

时间一长,村里女人不来例假。丙瑞嘱咐各个生产队长,让来例假的女人歇一天,女人们说:不用!我们都不是女人了。丙瑞听了难受,笑着说:你们倒省事了!

女人们说:谁说不是呢?还省了生孩子呢!

趁着齐书记去县里开会,他想让女人们回家。正犹豫,齐书记回来了。齐书记说到做到,除了到县里开会,基本在工地上,公社开党委会也在火线上。领导在窝棚里开会,丙瑞悄悄跟各个生产队说:让女人们先回村歇一歇。他再三嘱咐:别声张,悄悄的!女人们心领神会,背上行李悄悄走了。

她们其实不愿走,她们的男人在工地,说不定哪天就炸死了,心里有一个念头:死在一块儿!看到丙瑞担着那么大风险,再不走就不懂事了。

有人给丙瑞鞠了个躬,别的女人跟着鞠。丙瑞摆摆手,让她们赶紧

第五章·学大寨　　179·

走。有的女人一直到死都念丙瑞的好。说要不是他，她们活不到后来那么大岁数。

齐书记发现工地上没了女人，问丙瑞咋回事？

丙瑞装傻：什么咋回事？

齐书记说：少跟我来这一套，工地上为啥人少了？女人们呢？

丙瑞说：我让她们回去了！

齐书记说：你这是破坏农业学大寨！

丙瑞到这时候也不怕了，说：随你咋说吧，反正我让她们走了。她们是女人，累得连例假都不来了咋行？

齐书记说：例假不来有啥了不起？为了革命事业，那么多烈士倒在冲锋的路上，咱们累点就不革命了？

丙瑞说：革命也得传宗接代。愚公伟大，带着子子孙孙挖山不止，也没有说带着女人挖山不止。女人不来例假，咋能有子子孙孙，愚公一个人能挖掉一座山吗？

齐书记被他说哑了，想了想，说：丙瑞，刚才我急糊涂了。就按你说的办吧！

齐书记连夜开会，命令各村都让女人回去歇息。

即使这样，那些年女人也很少生育，因为男人们指不上。哪怕开了春撤出工地，他们也没有多余的精力了。

9

工地没了女人，精神一下子塌了。

收了工,人们在工棚里沉默不语。偶尔说话,说出来的都是一两个字:"行""好""不中"。没劲儿说话,谁都不想再撑着!

心里有一句话谁都不敢说:没有愚公,愚公是古人编出来的。

齐书记又要来一批白面和猪肉。随车拉来的雷管有问题,有时候不响。他们有了经验,遇上哑炮不急着排除,离开放炮的地方远远的,再凿新的炮眼儿。

上午的哑炮,到了下午才排除。丙瑞那天就是这么干的,他在放炮区域放了岗哨,自己另开一个炮场。太阳过了头顶,他扒开一个炮眼儿,发现还是雷管问题。他让别人离开他远一些,自己走到下一个哑炮。

雷管稍有震动就可能爆炸,连续爆破使山上的石头松了,任何一块石头滚下来都能引起震动。丙瑞猫着腰往前走,连续排除了三个哑炮,把原来的雷管扔掉,换上新雷管,再接通电线。以前爆破是用火捻,齐书记给他们带来新技术,用电引爆,在山下一摇发电机就爆炸了。

正这么想着,听见山那边一声巨响,不是他的工地,是别的村子在爆破。刚松了一口气,听见他前面不远处一声巨响,幸亏他还没有走到那个哑炮跟前,山下的人看不真切,只听一声巨响丙瑞淹没在了烟雾里。人们冲了上去,对丙瑞的关心超过了对死亡的恐惧,他们什么也不怕,只要他活着。

看到血肉模糊的丙瑞还睁着眼,人们松了口气。齐书记也松了口气,县领导多次询问工地的伤亡情况,严禁出现死亡事故。大队书记死了,他没法跟上面交代。

窝棚里的门板拆下来,拼成一个临时担架。八个小伙子抬着丙瑞往山下跑,人们已经没有力气了,只能四个人一组来回换着抬。齐书记给县里打电话,已经送到公社卫生院的丙瑞,很快被救护车送到了县医院。

消息惊动了地区领导，在他们的关心下丙瑞被送到了部队医院。事后人们说，不是这样，丙瑞捡不回这条命。他的脸上、前胸、腹部都是伤，一段肠子露在外面，抬担架的一个小伙子给他塞了回去。最严重的伤在裤裆里，一个睾丸炸飞了。大腿上有一个坑，飞来的石头把一块肉崩掉了。

半年后丙瑞从部队医院回来，养得白白胖胖的，住医院没花一分钱，连饭钱都不要。一个消息在村里传开，丙瑞不中用了。小孩子们听不懂，问啥叫不中用？大人们把他们赶开。这些孩子都聪明，他们相互转告：不中用就是干不了老婆了！

在村里这是天大的事，丙瑞每天还笑嘻嘻的，村里人产生了疑惑，这话到底是真的，还是假的？有人大着胆子问：是真的吗？

丙瑞笑了，说：真又咋样，假又咋样？我这一条命都是捡来的，还不知足吗？

工程停了，一村人从山里撤出来。丙瑞抬走的那天，村里人开始收拾东西。齐书记让大家开会，谁都不去。找人代理支书，人们都摇头：我不行，还是找别人吧！

齐书记最后找到了曹鑫存，说：您老是主动要求上工地的，您跟村里人说句话吧！

老人说：我说什么？我儿子死了，现在就剩这个孙了了。我要说话，就求你给我们放个假吧！说完，带着孙子离开了工地。老人一走，村里人都跟着下了山。

齐书记无奈地送走了村里人，觉得自己没能力，对不起组织，对不起群众。他想带着他们把工程干下来，把插剑岭的穷根拔掉。群众不理解他。

刚刚退休时他整天回忆，做梦都是开山修渠，苦不苦，苦。他依然怀念那个年代。他没有对不起群众，他跟他们一样受苦，吃在一起，住在一起，干一样的活儿。没有带着他们脱贫致富，才是对不起！

各个行业都在搞承包制，他很怀疑。插剑岭十年九旱，不把插剑岭劈开，解决不了根本问题。大寨之路才是唯一的路。

齐书记后来回到插剑岭，没人理他，想看看刘丙瑞，没人给他领路。他对丙瑞说：你哥找到了公社党委，说要向山那边学习，开山修渠，把水库里的水引过来。这事公社党委通过了，怎么能怪我？

丙瑞什么话都说不出来。不管怪谁，他都不再是一个正常人。记得他从医院出来，第一件事就是宣布暂停开山工程，先找了公社，公社不同意他又找到县里。领导不同意。他一次次地磨，直到上级点了头。

全村人都感激丙瑞，觉得他把大家救了。几年后，女人们开始怀孕，有人说：丙瑞用自己的一颗蛋，换来了村里一片孩子。没人当这是个笑话，都在点头。

10

丙瑞辞职，齐书记同意了。

公社要的是闯将，不是逃兵。他相信，县里早晚会想起这个工程的，插剑岭早晚会劈开。除非你一辈子又一辈子甘心受穷。

丙瑞心里也不好受。他以为公社会挽留他，想一想也没什么好伤感的，挽留不挽留又有什么区别？他扭头离开了公社大院。

下一任支书不好选，谁当支书都没有好办法。他的决定保全了全村人，也把唯一的路堵死了。以前累、苦，有希望，现在连希望也没了。躺在被窝里想一想，觉得自己没志气。

那时河南林县的红旗渠，河北遵化的沙石峪，都是战天斗地的典型。公社电影放映队来了纪录片，齐书记都让先给插剑岭放。有一个纪录片叫《辉县人民干得好》，里面的事几乎跟他们一样。村里人看了都不说话。还有纪录片《沙石峪》，你走到县里任何一个地方，大喇叭都在唱："沙石峪，山连山，当代愚公换新天。万里千担一亩田，青石板上创高产。"

公社让放映队反复放这些片子，看第一遍，刘丙瑞流了泪。看第二遍，眼睛还是湿润的。看到第三遍、第四遍他不落泪了，回到家低头抽烟，想自己到底对不对？

他坚持把工程停了再辞职，是因为知道村里人会后悔，他要把这个责任担起来。现在，有人已经后悔了。

两个月后齐书记找到他，说：你的事我跟县委汇报了，你是革命的后代，烈士的弟弟，不能辞职。县委需要你，你要继续带领群众学大寨。

几天前，齐书记还在大会上不点名地批判他，说他是逃兵。

丙瑞从柜子里拿出一瓶酒，院里的鸡下了十几个鸡蛋，他都炒了。他在院里种了萝卜、大葱，连切都不切就摆上了桌子。

他跟齐书记说：你以为我想停吗？你以为村里人想停吗？我早想明白了，怎么做都是个错！

看到第五遍《辉县人民干得好》时，他病了。夜里发起高烧，脑袋像裂开一样疼。身上一滴汗也不出，干烧。爬起来摸暖壶，一滴水也没有。从水缸里舀了一瓢水喝下去，觉得要死了，喊了几声，外面没有人答应。

他靠着被子坐着，听着胸口里发出尖利的鸣哮音，每当一口气上不来，他便觉得晕眩，天地倒转，云雾翻腾。他哥哥在云雾中出现了，浑身是血，半个脑袋流脑浆子，嘴在笑，问他：咱们村的山挖通了没有？

他答不上来。

又问：咱们村一亩地能打多少粮？

丙瑞说：两百来斤。

丙义说：不是说水渠修成了吗？

丙瑞回答：没有。

丙义揪住他的领子：没有？你们怎么干的？

丙瑞没法回答。

他不说，丙义也明白了，慢慢地往后退。他喊：哥。

丙义说：你没哥，我不是你哥。我也不是插剑岭人。

丙瑞问：你是谁？

丙义一边退，一边说：插剑岭没劈开，争气渠没修成，我就是一个孤魂野鬼！

他胸口发出一声长长的鸣哮，云雾散开，丙义消失了。他靠着被子，大口大口地喘息，想再看见哥哥，可惜永远看不见了！

每天早晨，家家户户第一件事就是烧水。炊烟升起，意味着新的一天开始。丙瑞家炊烟没有升起来，他没女人，烧水之类的事只能自己做，没有炊烟，意味着他没有醒来。

到了中午，还没有炊烟。村里人走到他家，看到他靠着被垛，脸上挂着微笑。他们喊：丙瑞，丙瑞。

他没答应。他正在睡梦里陪着齐书记，走在插剑岭的山道上。他们寻找着当年留下的炮眼儿和爆破痕迹。石头上面的汗渍、血迹看不到了，只有树木还在，杂草还在。

几年后，插剑岭来了一位作家，他听了丙瑞的故事后独自上山，用相机拍下了当年的工地。每一块带着爆破痕迹的石头，每一处削平的山崖，他都拍了。

作家很年轻，无法理解当年的一切，除了感动、感慨，无法评价他们。后来他在报纸上发表了一篇文章，其中写道：当年的开山工程，是他们对大山的一次亲吻。

第六章 见义勇为

6.

1

听了刘丙瑞的讲述,杨伯峻想到山上看一看。开山工程失败了,那里仍然有一种精神在。他跟曹志军和任海龙商量,曹志军说:我们跟你去。不过,你要看开山的地方,恐怕看不了。

杨伯峻问:为什么?

曹志军说:到了你就知道了。

曹志军指给他们当年施工的地方,在两山之间的山坳里,村里人想把这里打通,把山背面的水引过来。远看地势不高,到了近前实际上很陡峭。

杨伯峻想,能不能把工程再接起来,把山打通。那时的难事、险事,现在采用机械化作业容易多了。到了实地一看,他打消了这个念头。

曹志军告诉他,县里请有关专家看过,专家认为当年的做法违背科学,是在破坏自然生态。那时,县里还能请专家上山查看,现在根本不行了。

杨伯峻问:为什么?

曹志军说:山早就封了,连我们都上不去。

杨伯峻说:封了?谁封的?

曹志军说:山上有老板承包,不让别人上去。

走到山前,看见山脚下围着铁丝网,曹志军说:网是通着电的,人畜都过不去。贴着网走了一段路,看见了栅栏门。刚要进,过来两个人问他们是干什么的。

曹志军说是市科技局扶贫工作队领导,想进山看看。

对方回答:不行。

杨伯峻问：村干部也不行吗？

对方说：不管谁，都不行。

杨伯峻问：把山拦起来，有必要吗？

对方说：老板说有必要就有必要，我们听老板的。

杨伯峻要给老裴打电话，说看老裴有没有办法。

曹志军说：给老裴打电话也没用，先回去吧！

杨伯峻故意问：山上的老板是谁？

曹志军说：不知道。

任海龙更是说：村里没人问这个。

杨伯峻听出来话里有话。村里有人说，山是周竞承包的，还有人说也有老裴，他们两个人一起包的，看来是真的。他想起周竞要接下养猪场，肯定是冲着这里来的。

杨伯峻在山下仔细观察，没看到什么异常之处。除了半山坡上有几只羊和一些散放的鸡，什么也看不出来。栅栏门前面是一条土路，很宽阔。他说：看样子常走汽车。

曹志军什么也没说。

任海龙说：咱们回去吧！

当天晚上，老裴把曹志军叫到家里问：你领杨局长上山了？

曹志军没想到他消息这么快，说：杨局长说学大寨失败了，那里仍然有一种精神，想实地看看。他说了，我哪能不领他去！

老裴哼了一声，说：这肯定是刘丙瑞说的，死了好些人，算什么精神？

曹志军没接话。老裴说：你去吧，没事了。以后工作队去哪儿你跟我言语一声。曹志军答应着，离开了老裴家。

第六章·见义勇为 ·189·

时间不长，曹志军看见刘会计去了刘丙瑞家。心想，今天捅了马蜂窝！下次再有这样的事，我得躲着点。

他跟刘丙瑞比较近，除了他和任海龙，村干部里能跟刘丙瑞说上话的就是刘会计，老裴消息这么快，估计是刘会计告诉他的。这些年，老裴一直紧盯着刘丙瑞，担心的就是山上这点事。工作队这次抓住了要害。

2

县里最高的大楼是周竞集团，比县委的楼高了三层。本来设计得还高，周竞说：别盖那么高了，咱们低调点！

这个低调的大楼周竞不常去，他在县城还有一处居所，是一个大院。大门口挂着一块匾：光园。光园是民国大官僚曹锟在保定的府邸。匾不知怎么到了周竞手里，他说：挂上。

手下问：挂哪儿？

他说：挂门口！

县里的秀才们议论：周竞志向不小！这是要横跨政商两界呀！

有人说：曹锟后来一败涂地，这匾不吉利。

老裴每次到县里，周竞在公司接待，显得隆重、正规。老裴看着周竞集团大楼，羡慕地说：人比人，气死人。

裴学锋点头称是。他心里看不起叔叔，觉得没见过世面。他自己每次到县城，周竞让他到光园，他悟出周竞更喜欢他，不拿他当外人。

周竞坐在茶桌旁太师椅上，他立在一旁，周竞说：你坐。

他仍然站着。周竞又说：坐吧！给他倒了一杯茶，那个茶杯牛眼睛大，茶不够他一口喝的。

他说了杨伯峻上山的事，周竞早就知道了，说：没啥大不了的。那座山公司有承包合同，我在山上养羊养鸡，当然要圈起来。鸡跑了怎么办？

裴学锋说：杨伯峻不简单，愣把养猪场转出去了。

周竞说：我没真想要，真要轮不上那娘们儿。周竞说了自己的宏伟设想，他的开发重点根本不在插剑岭，甚至不在县城，以后会转移到重庆、成都一带。

裴学锋让他说得热血沸腾，说：我早不想在村里了。

周竞告诫他：好好跟着你叔干，我认识不少村干部，没一个比得了你叔。

裴学锋懊悔自己话多，赶紧点头称是。

周竞又说：年轻人最怕好高骛远。我年轻时没那么多想法，就是想多吃苦，多挣钱，成立公司，那是水到渠成的事。

裴学锋点头，说：工作队可能还要上山，我叔问是不是早做准备？

周竞说：有些地方不能让杨伯峻去。不过，养鸡场可以随便看，走的时候给他拿几箱子鸡蛋。学大寨的地方他也可以随便看，回头我跟山上说一声，让他们把那里的铁丝网拆了。

裴学锋问：他们要奔着矿井去呢？

周竞说：好办。让养鸡场的铁丝网拦住通往矿井的路。

本来觉得是一件天要塌了的事，周竞轻轻松松化解了。裴学锋说：周总，我叔心量比你差远了。

外面一个人匆匆走进来，说：周总，外地来了几个工人家属，跟公司要钱。

第六章·见义勇为　191

周竞问：要什么钱？

那人看了裴学锋一眼。周竞说：这是插剑岭的裴学锋，自己人，你说吧！又对裴学锋说：这是侯总。

侯总朝裴学锋点点头，说：这些人前几年来过，是为矿上事故的事。他们没提条件，只要求见老板。

周竞笑了，说：我不是老板。你随便找个人当老板吧！

侯总刚要走，周竞又说：你出面也行，别承认是老板，就算是好心人，给一些钱把他们打发走。转过身，对裴学锋说：你跟着侯总去看看，长点儿见识。

侯总上了车，裴学锋开车在后面跟着，时间不长到了乡里。已是傍晚，侯总停下车在路边一个院子门口打完电话，招手让裴学锋上车。五六个农民工模样的人被领到院子里，这些人跟领他们来的人吵起来。屋里有监控，裴学锋和侯总在手机里看着，一个农民说：我们的人好好的没了，就是死，也得让我们领回尸首吧？

领他们进去的人说：他们辞职走了，去哪儿我们不知道。我们也挽留过，他们嫌钱少非要走！

另外几个农民说：别人走都有下落，我们的人怎么没下落？

领他们来的人说：他们辞了职，这就是下落！还要什么下落？

裴学锋意识到，这些人是插剑岭山上的，好些年前听说山里出了矿难，死了人。当时谁也不敢议论这事。他问老裴，老裴沉着脸训了他一顿，不让他瞎打听。

正吵着，疤脸带人进了屋，裴学锋知道这是周竞的人。周竞拆迁摆不平的钉子户，都由疤脸摆平。进到屋里没说几句话，疤脸挥起了皮带，皮带上带着铜扣，抽到脸上火辣辣的。疤脸是打人老手，知道怎么打。想把人打死、打伤，就打胸口、打后腰，里面都是内脏，一拳致命。想把人打蒙就打脸，有一个词叫劈头盖脸，打的是你的自尊心。谁都不愿脸上带着伤出去。那些农民两手捂着脸根本来不及还手，他们一直往墙角躲，疤脸把他们从一个墙角抽到另一个墙角。六个人被打得挤在一个墙旮旯里，抱着头蹲在地上。

有人哭了，哭声越来越大。

裴学锋觉得他们挺可怜。又想，他们活该，谁让他们不识时务呢？有的人就是蝼蚁，可怜不过来。他庆幸自己是老裴的侄子，换一个家庭说不定也得到矿上打工。到时候挨打的就是他了。

侯总说：到火候了，我进去看看，你在外面等着。

说完跳下车进了屋里，裴学锋在手机里看着他们。疤脸还在挥动皮带，那些人被打得鬼哭狼嚎。侯总拦住疤脸，说：兄弟，怎么了，咋发这么大脾气？

疤脸说：他们给我捣乱，我打死他们。

侯总说：兄弟兄弟，手下留情，先跟我说说咋回事。

疤脸说：我不说，让他们说。

侯总说：你们说说，到底咋回事？那些农民不敢说，恐惧地看着疤脸。

疤脸说：你们说，到底有什么不满的。

谁都不敢说话。

疤脸说：不说算你们聪明，再胡说我让你们回不了家。打死了我偿命。我一条命换你们六条命也够了。

侯总说：兄弟你也消消气。我是路过这儿，一辈子没管过闲事，这回管管。他们几位大老远跑来的，不容易。你刚才跟他们火也发了，就让

第六章·见义勇为

· 193 ·

他们高兴点儿，一人给他们几万块钱，算是没让他们白跑，你看行不？

疤脸嘲讽地说：我没闲钱，你有，你给他们吧！

侯总笑着说：兄弟，这不是我的事。

疤脸说：不是你的事，你别管。

侯总想了想说：也行，就算我管个闲事吧！侯总对后面跟着的司机说，车里有个包，你给我拿过来。裴学锋在车里看着，见司机不一会儿提着包进了屋，侯总说：这是人家刚还我的，这账就算白要了。我一人给你们三万，再多我也没有了。说着每人递给他们三沓。

那些人满脸感激，好像看着救星一般。

侯总压低声音说：趁着我在，你们赶紧走吧！六个人明白过来，拿上钱往外走。

疤脸说：不能放他们走！

侯总拦住疤脸：兄弟，给我一个面子，他们值不得你生这么大气。

没等侯总说完，那些人已经跑远了。

裴学锋开着车回村，一路都在想刚才发生的一幕。周竞说让他长点儿见识，这回真长了，周竞手下没有笨人。跟人家一比，自己是个笨蛋！

车开到刘丙瑞家旁边，他又想起了杨伯峻。工作队上山显然是听刘丙瑞说过什么。这些年跟裴家作对的大部分是刘家人。插剑岭的病根就在刘家。跟周竞一比，村里对老家伙够仁慈的。

不管叔叔，还是他自己，都没有周竞的狠劲儿。自古说无毒不丈夫，这话不错。他把车开到老裴家，说了看周竞的经过。问了老裴没有别的事，便离开了。

回到家又想起刘丙瑞，觉得今天跟侯总学了本事，该干点儿什么。他从笼屉里拿了一个馒头，往里面包了一些鼠药，往刘丙瑞家走。

狗叫得厉害，他走不到跟前。看了看周围没人，把馒头扔了进去。后来他一直害怕，怕有人把馒头捡起来吃了。

3

傍晚，杨伯峻让梅长风给刘丙瑞家送来一筐煤，刘丙瑞坚持说他们不是贫困户，让梅长风提了回去。梅长风扫兴，说：咱们去帮他，倒好像求着他似的。

江小童想起古人不吃嗟来之食，觉得也可敬，说：这老人有骨气！

杨伯峻说：他不是有骨气，是有意见！

江小童说：咱们刚来，他能有什么意见？

梅长风说：上次我去送了一袋大米，他不要，这次又去送煤，这样还有意见，咱们怎么做才能没意见？看得出来，他俩都对刘丙瑞有看法。

杨伯峻说：他不是对咱们，是对政府，在他眼里咱们就是政府！

梅长风说：政府又没让他穷，没道理嘛！

江小童觉得刘丙瑞很怪，别人一心帮助他，他还有意见，这样的人不是坏人，也不能算正常人吧？

上次刘丙瑞死而复活，工作队开会商量怎么让他脱贫。黄俊涛提出，贫困户不是他一个，只帮扶他别人有意见。杨伯峻说：不会，一是他差点儿死了，二是他是老支书，工作队拿他当个试点没问题。

他们想了几个致富办法，一是编织，插剑岭漫山遍野荆条树，农民用荆条编筐，是不错的副业，工作队联系销路不成问题。黄俊涛又提出发展养兔，问村干部，村干部说插剑岭以前也养过，卖不出去。杨伯峻说：

我们负责找销路。跟村干部商量先找几个贫困户试一下。老裴和二来没反对。

杨伯峻要把刘丙瑞当试点，派梅长风和江小童跟他商量。刘丙瑞听了摇头说：别光照顾我，你们来了这些日子，对村里有没有打算？

梅长风说：这就是打算，先让您当个试点，蹚一条致富路。接着他把编筐、养兔等设想说了，又说：就是挣不上钱，工作队也会给你补贴。

刘丙瑞抽了一口烟，沉着脸说：我这把岁数，当不了你们的试点！你找别人吧！

回到村委会，梅长风说了刘丙瑞的态度，觉得不理解。说：这老人性格真别扭！我还没见过这样的人呢！

老裴说：这种人扶也扶不起来，他根本就不想富，愿意穷。穷就是资本，他穷，你就得求着他富，不然算你工作没做好。

杨伯峻说：我们的目标是全部脱贫，一个不能少！我们应该把压力变成动力。

老裴不再说话了，屋里气氛沉闷。

刘丙瑞老伴儿看他把梅长风堵回去，不高兴地说：人家送上来的煤你不要，死要面子活受罪。

刘丙瑞说：我宁可饿死也不要，我要的是公道，不是救济。我儿子白白瘫在炕上，要他一筐煤干什么！

老伴儿说他没别的本事，只会犟。编一个筐能费多大劲儿，你不编，我还想编呢！

刘丙瑞说：我死了，你干啥都行，我活着不行。谁让你瞎了眼嫁给我呢！

老伴儿不跟他吵,绝望的人都是这样,要跟亲近的人发泄,看着像胡搅蛮缠。炕上,儿子安安静静地坐在那里,听他们争吵。

刘丙瑞觉得自己不是东西。老伴嫁给他时他是个残废,人家没嫌弃他,还给他生了孩子。他说:我害了你,要不是我,你能过上好日子。

老伴儿说:我不后悔。

刘丙瑞倔倔地说:你不后悔,我后悔!我不该娶你。他提高声音:插剑岭不是好地方,是个害人的地方!

刘海翔回来了,他们不再吵。养猪场老板答应孙子一个月挣两千块钱,这让刘丙瑞放心不少。他盼着孙子尽快成家。

夏天,他们分开睡。他跟儿子一个屋,老伴和孙子一个屋,冬天他们睡在一起,屋里能暖和些。早晨起来她到院里抱柴火,发现猪窝那边没动静,每天她一出来猪就冲着她叫,那是要吃的。她走过去,看见猪躺在猪圈里一动不动。她叫了几声,猪仍然不动,她喊:老头子,你出来。

刘丙瑞走到外面,猪直挺挺地躺着。他用拐杖捅了捅,说:死了。

老伴问:好好地死了?

刘丙瑞说:死了,这是有人下了药。

刘丙瑞说完回了屋,想是什么人干的。工作队来了,村里应该见晴天了,有人更恨他。他不想把这件事告诉工作队,告诉他们也没有用。工作队不是公安局,公安局也破不了这种小案子。

老伴儿急慌慌地进了屋,一进门扑倒在地上,刘丙瑞以为她让门槛儿绊倒了,说:看看你,也不看着点儿。

老伴儿没说话,一直在地上趴着,好像一个累坏了的人在地上趴着歇息。他说:你咋了?老伴儿不言声。他跳下炕去扶,她一动不动。掐她的人中,没有任何反应。再掐,好像哼了一声。他喊刘海翔:快叫碌碡!

第六章·见义勇为

海翔飞快叫来碌碡，碌碡看了看，说：中风，赶紧送医院！

往医院送的都是刘家的亲戚，等到老伴儿醒来，刘丙瑞才赶到。不是他不关心，是得安置家里的儿子。亲戚们说已经把住院押金凑够了，医生诊断是脑梗，说来得还算及时，输了溶栓的药。一天一夜后老伴儿能说简单的话，胳膊腿儿能动。医生说：这老太太运气不错！

医院让再交钱，陪床的亲戚都没钱了。刘丙瑞这么大岁数没法陪床，刘海翔每天带着他来医院看。他身上只有三百多，又返回村里拿。

医院声称不交钱就不给输液，亲戚说已经回去拿钱了也不行。以前这种情况不少，家属说回去拿钱，再也不回来，医院也怕了。

两个亲戚给刘丙瑞在外面打工的另一个儿子打电话，电话通了，没有人接。已经十几年了，这个孩子拒绝回家，也不接电话。他说他恨插剑岭，不想见插剑岭的人。

有个亲戚说：找工作队吧！跟曹志军问了杨伯峻的电话，当下打。

杨伯峻刚回到市里，工作队的人已经轮休了两遍，他还没回过家。爱人严惠娟来电话说岳父身体不好，头晕。杨伯峻打算赶回去带他到医院。早晨出发，中午刚到市里，就接到电话说刘丙瑞老伴出了事。

杨伯峻问：怎么了？

刘丙瑞的亲戚说：脑梗，送到乡医院了，抢救晚了得瘫痪。

杨伯峻想，刘丙瑞家已经有一个瘫的，再瘫一个，老头子怎么活？刘丙瑞的亲戚说交不上住院费，乡医院不给治。

杨伯峻说：别急，我这就回去。本来想给队里人打电话让他们交，想到刘丙瑞可能还不了，他决定自己解决。

在家里吃了顿饭，跟爱人说了好些暖心话。严惠娟说：别跟我说这个，好像我不支持你似的。

杨伯峻说：哪里，你一直支持我，羽绒服还是你们单位捐的。

严惠娟眼圈儿便红了。

杨伯峻从家里拿了六千多块钱，乡医院说不够，他说：你们把这钱收下，先输上液，我再想办法。

下午，刘海翔带着刘丙瑞来到乡医院。他刚跟姚红玉拿了三万补偿，还清外债剩下一万三。刘丙瑞说：你攒起来吧，以后搞对象、成家都要花钱。刘海翔不答应。刘丙瑞觉得对不起孙子。自从养猪场建起来，孙子一下就懂事了。

给医院交了八千，剩下五千还了垫付的亲戚。听医院说杨伯峻也垫了钱，刘丙瑞心里不安，工作队的建议他一个也没听。他不是对抗工作队，是另有原因，一时没法跟杨伯峻解释。

一周后，医院又让交押金。杨伯峻问医院：怎么花得这么快？医院把清单打出来，让他一项一项地看。没有不合规的项目。

杨伯峻又问：不是有新农合医保吗？

医院说：咱们乡医院电脑太旧，跟县医保连不上网。

杨伯峻问：怎么办？

医院说：只能拿着发票找县里报销。

杨伯峻找到乡里。蒋社教说：这事儿不好办，全乡十三个村都有老党员、老支书，咱们到哪儿找这笔钱去。让你们工作队负担也不行，插剑岭粮库前面蹲着的老头儿，十有八九当过村干部，你管得过来吗？

杨伯峻说：刘丙瑞家有个瘫儿子！老伴儿好不了，他就更难了。

蒋社教给医院打电话，医院那边举出好些欠账不还的例子。蒋社教说：刘丙瑞不是一般群众，你们不能耽误治疗。至于费用，乡里欠不下你们的。

第六章·见义勇为

他放下电话，杨伯峻再三表示感谢。

蒋社教说：刚来时，我看见这样的事也冲动，慢慢就疲了。乡里穷，好人当不起。还是小平同志的办法对，经济上去了什么都好办。

回到乡医院，看到刘丙瑞老伴儿还没输液，问怎么回事。亲戚说：医院说在等钱。

杨伯峻找医生问：蒋书记不是打过电话了？

医生说：蒋书记又不给我们发工资，他打电话没用。

杨伯峻只好让黄俊涛凑了五千块钱送过来，又输了两天液。刘丙瑞跟老伴儿商量：这医院咱们住不起，让碌碡治吧！

老伴儿说：我在这儿住不惯，早想回去。

杨伯峻听到消息赶来，他们已经回了家。看着空荡荡的床铺，杨伯峻心里不是滋味。回来后他找乡派出所，两个民警到刘丙瑞家看了，说：猪是让鼠药毒死的，附近村里以前发生过这种事，一看就知道。

杨伯峻问：能破案吗？

民警说：说实话，这种案子没法儿破，除非破别的案子把这个案子带出来。

杨伯峻跟老裴商量，老裴说：一口猪的事，破案花的钱比猪钱都多，值不得。你就是找市里，人家也不管。

4

碌碡听到刘丙瑞老伴出院，赶紧往刘家跑。在村里当医生看病机会少，一个村才有几个病人？没病人提高就慢。现在机会来了他想抓住。前些年村里有过一个中风的,老郎中跟他说怎么治,他没好好听,这次再问老郎中,老郎中说有祖上留下的医书,你自己看。

看了书再问,老郎中态度好多了,给他讲了不少医理。路上,他迎面碰上杨伯峻,杨伯峻嘱咐道:刘丙瑞家困难,收费别太高,一高他们就不看了。

碌碡说:他困难,我也不能亏钱呀?

杨伯峻说:亏的钱你记上,以后我想办法补。

第二天好几个人找杨伯峻,说老伴儿病了,想让碌碡看。杨伯峻没明白意思,一个村民说出来:让工作队补贴。杨伯峻解释说:刘丙瑞老伴看病,不是工作队补贴,是我个人出钱。我只是答应想办法,还没有真补。

他们笑嘻嘻地说:你肯帮刘丙瑞,总不能有亲有后吧?

杨伯峻有些生气,说:难道帮助刘丙瑞老伴也有错吗?那些人只好走了。

事后他问碌碡,碌碡承认是自己说出去的,说:我以后把嘴捂严了。

杨伯峻又让刘海翔找新农合报销,刘海翔跑了几次,不是发票开得不对,就是找不到管的人,最后还是报不了。

杨伯峻只好让梅长风跑,找了县卫生局领导,报了百分之六十。这件事感动了碌碡,他给刘丙瑞老伴看得格外用心,每次开了方子先给老郎中看,老郎中点头后,他亲自煎好再送到刘丙瑞家。

半个月后,刘丙瑞老伴腿脚利索多了。碌碡嘱咐:只要能干的活儿就干,干得越多好得越快。他不这么说老太太也闲不住。病后老太太不爱说话,主要是说不清楚,不过家里人都能听懂。

杨伯峻很高兴，带着工作队又来看望他们。他一直以为，扶贫应该先从老党员扶起，想不到刘丙瑞不感兴趣，他们这次来想探探刘丙瑞的想法。

刘丙瑞老伴把家收拾得干干净净，她比没生病前略胖些，嘴有些歪，口齿不清楚，手握着比以前温暖些。杨伯峻握着她的手说：这一关挺过来了！

刘丙瑞说：多亏你们。从炕上拿起一盒烟，给他敬烟。

杨伯峻说：抽我的。

刘丙瑞举了举手里的烟袋，说：我抽这个。

刘丙瑞点烟动作很流畅。装烟，用火箸从火盆里挑出一块炭火，手拿起来放到烟锅上，再用大拇指摁一下，整套动作行云流水，一气呵成！

杨伯峻盘腿坐在他对面，说：老书记，我们来村里两个多月了，对我们的工作有什么意见吗？

刘丙瑞说：我感谢还感谢不过来，咋会有意见？没有。

杨伯峻说：既然没有，怎么不支持我们工作呢？给你送煤，为啥不要？

刘丙瑞使劲儿摇头：我是党员，没脸要。

杨伯峻说：党员有了困难，组织也应该帮助呵！那些老荣军、老烈属不都在领补助？他们为革命作了贡献，老了更应该受到尊敬和照顾。

刘丙瑞没言声，好像有话憋在心里。

杨伯峻又说：你要没意见，就接受了吧！

刘丙瑞不置可否。

杨伯峻又说：前些天我让梅长风来看你，给你提了几条建议。

刘丙瑞说：让你们操心了。

杨伯峻说：这几天我们又想了个主意。刚得到消息，城里人吃腻了猪肉，又开始流行吃驴肉，养驴行吗？我帮你联系了一家驴肉店，你养驴，他们收购，价格从优。

刘丙瑞说：我养不了！

点子是梅长风想出来的，村里几乎家家有驴，驴能干农活，又皮实耐用，很少生病，驴肉价格这几年一路飞涨，从三十二块一斤涨到了八十五块一斤。梅长风给姚红玉提建议，把养猪场改成养驴场。

姚红玉说：驴繁殖太慢，三年生两胎，不会饲养的连两胎也生不了。猪九个月就出栏，看起来价格低，实际上比养驴挣钱。不过，分到农户家养倒可以，驴能干农活，出栏慢也没关系。

杨伯峻的一个朋友俞万森，在市里开了家驴肉火烧店，叫"老驴头"，这几年生意火爆。他们把驴肉火烧做成礼品盒，串门送驴肉成了时尚。

市里人到北京、天津串亲戚，都要提两大盒驴肉火烧。有的亲戚吃了还想吃，打听地址。俞万森立刻扩大生产，给驴肉火烧起了个名字叫驴汉堡，在校园里也热销起来。他在北京、天津、保定、石家庄、内蒙古开了十几家分店，年年从内蒙古、新疆进几万头驴。

杨伯峻跟俞万森说了自己的想法。俞万森表示支持，说：这是好事，从当地买驴总比从外省进驴便宜，起码省了运费。

杨伯峻说：我们这是扶贫项目，你得比外地的价格高。

俞总说：你们有多少，我要多少，按扶贫价收购！

杨伯峻跟刘丙瑞说，刘丙瑞仍然不乐意，他的心思显然不在致富上。

梅长风说：你们老两口年老体弱，这是最适合的致富方法了。

杨伯峻也说：万一赔了，我们兜底，绝不让群众受损失。你在村里有号召力,只要你带个头,这个项目就能推开。他知道刘丙瑞自尊心强,故意把帮助刘丙瑞,说成让刘丙瑞帮助工作队。

刘丙瑞仍然不言声。他老伴儿在旁边听了着急,大声嚷嚷。杨伯峻听不清楚她说什么,猜出是愿意的意思。刘丙瑞呵斥她,不让她说。

杨伯峻看着刘丙瑞,问:这是个旱涝保收的法子,怎么不乐意呢?

刘丙瑞说:我养了一口猪,死了,派出所到现在破不了案,养驴不一样?

一句话说得大伙儿泄了气。

梅长风冲动地说:派出所破不了案,我们给你想办法,把损失补上。

刘丙瑞说:不用。

杨伯峻又动员道:猪死了是偶然事件,不会再发生了。

刘丙瑞一直低着头抽烟。烟雾罩着他的脸,觉得里面有好些内容。江小童看他们都不说话,觉得挺没意思。她看了看梅长风,梅长风一脸无奈,说:您要不愿意,我们就回去了。

刘丙瑞没有挽留。

杨伯峻觉得刘丙瑞不是因为猪,是有心里话没说出来。他说:老刘,有什么要求你就说,我们解决不了跟上级反映。看刘丙瑞还不说话,又说:国家要实现脱贫总目标,不能落下任何一户。你这个任务我们必须完成!

刘丙瑞从嘴里慢慢抽出烟袋嘴,一字一句地说:我不想养驴,也不想要你们照顾,更不想当贫困户,我只要正义!你们能办到吗?

杨伯峻诧异,说:当然能办到,就是一时办不到,也会百分之百地努力!

刘丙瑞直视着他,眼睛闪出泪光。在他身后坐着儿子,白白的脸,两只眼睛一动不动。他扭身指着刘根生说：我儿子原来活蹦乱跳的，现在残废了。他让人打成这样，打人的还在逍遥法外，不是这个，我成不了贫困户。我不要你们救助，就要一个东西，正义！

你能做到吗？

5

一九九六年，刘根生刚二十岁，是个生龙活虎的小伙子。

刘丙瑞那时早辞了职，自己开了一间磨坊。刘根生每天在磨坊里干活，他头戴白布帽，脖子上扎一条白羊肚毛巾，机器一开，磨坊里雾蒙蒙的，别人能从他身上闻到香气，有时是小麦香，有时是玉米香。他已经订了婚，打算在国庆节举办婚礼。这也是刘家的情结，要把大喜日子放在建国这一天，喜上加喜。

那天早晨来磨面的有两家，一家是杜存喜，杜铁匠的孙子，当过几年副村长。另一家是黄兴旺，也当过村干部，他们跟刘丙瑞关系都不错。

刘根生磨完面，打算到沟里洗个澡。从磨坊出来他的眉毛是白的，睫毛也是白的，胳膊挂着面粉腻乎乎的。好长时间没下雨，大沟里只有浅浅一股水。他看了看前后左右没人，沟沿上也没人，脱光衣服跳进水里。

太舒服了，身上的面粉随水流去，每一个毛孔都舒张开，尽情呼吸。河水洁净，河底的卵石、水草清清楚楚，他躺在一块石头上，看见自己的鸡鸡随水软软地漂着，想到再过几个月就要结婚，幸福感淹没了他。

"噢——"，沟沿上传来喊声，听声音是羊倌。他回应了一声从水里跳出来。爬上沟沿，他听见了一声尖叫，洗过澡耳朵灵敏，他听出是韩俊花在喊：救命呵！

寻着声音跑过去，进了院子。听见韩俊花在哭，一边哭一边哀求：求求你，别——！她又喊：救命——，声音喊出一半儿憋了回去。

他脑子里闪过一个念头：屋里有事！

他推门，发现门插着。推门的声音惊动了里面，韩俊花喊的声音更大了，他听见了另一个声音：让你喊，让你喊！是殴打她的声音。

情急之下他从外面摘掉门板，冲进去。一个男人站在炕边，手里拿着一把菜刀，刀刃冲着他。他说：是你？

那人说：你滚开，没你的事。

他看了一眼炕上，说：她怎么不动了？你把她怎么了？

那人说：你什么也没看见，听见没有。

他问：她死了？

那人回过身看了一眼，说：滚你妈的，她又不是你老婆，跟你有屁相干！说着拿刀往前逼了一步。他往后退着，说：好，好。

他不想跟这家伙拼命。韩俊花死了，拼命有什么用。这不是他老婆，他们是一个村的人，犯不着为一个人得罪另一个。门口有个水缸，缸盖上放着水瓢，铁的。他随手拿起来。对方手里有刀，手里有一个铁的东西心里踏实。他说：我走，你赶紧救她！

那人说：快滚蛋，要不我连你一块儿劈了。

炕上的人突然喊了一声：根生哥，救我！

有这一句话，他不能再往后退了。他跟韩俊花一起长大。小时候，他带着她在砖头瓦砾里捉虫子，树上掉下来的小鸟，举着大钳子的螳螂，长着触须的牵牛都是他们的玩具。草丛里虫子配对儿，牲口圈里牛羊交配，他们都感到好奇。

长到十五六岁时，两个人见了像仇人一样。韩俊花越长越俊，她有一双乌溜溜的眼睛，睫毛很长，前面的牙有些往外翘，看着挺俏皮。有一次，娘说起他们小时候的事，刘根生恼了。

娘说：你还恼，忘了你那会儿跟我说，大了要娶俊花当媳妇了？

他怎么会忘？村里人都知道，他是刘丙义的儿子，刘丙义被炸死时，他还在娘怀里。

那时爷爷奶奶还活着，二叔丙瑞还没成家，有人劝娘改嫁，娘摇头，娘那时已经有了主意。婆婆对她说：现在是新社会，你要走，我们不拦着你，把孩子留下就行。她听出来这是不想让她改嫁的意思，说：娘，我不想走，拉扯着根生过吧！

村里媒人劝她：你一个人带着孩子，又是地里，又是家里，哪能顾得过来。

她说：顾不过来还有丙瑞，二叔不能不管我们。

说媒的听出了意思，对她婆婆说：家里就一个现成的，这不是亲上加亲的好事？

村里叫叔嫂圆房，男方能省一笔钱，哥哥的子女不受委屈，对女方更是好事，家还是原来的家，只是炕上的男人更年轻，更壮实了。

婆婆愿意，只怕委屈了丙瑞。丙瑞心里还惦记着米家洼的女人，觉得不娶人家不合适。寡妇打发人来问过，丙瑞说：我哥刚死，先等一等吧！后来再跟丙瑞说，丙瑞天天在山里打眼放炮，哪顾得上。

等到工程停下来，丙瑞已经残废了，叔嫂圆房的事没人再提。倒是外村的寡妇不嫌丙瑞残疾，让人捎话：只要他不嫌弃我，我也不嫌弃他。

第二年女人嫁了过来。接亲没用花轿，丙瑞牵了生产队一头驴去接亲，两人在驴屁股后面说了一路话。一个村的人为他们高兴，只有嫂子心里不是滋味儿。

又过了一年，嫂子改嫁到了外村，走时把孩子过继给了丙瑞。丙瑞爹娘感激不尽。刘根生刚到丙瑞家时叫丙瑞媳妇婶娘，叫丙瑞二叔。又过了几年，丙瑞媳妇肚子大了，一村人疑惑：丙瑞不是不行吗？丙瑞媳妇挺着肚子在村里走，脸上满是骄傲与满足。腊月里孩子出生，眉眼跟丙瑞一模一样，村里人祝贺丙瑞：看来你还中用呀！

丙瑞谦虚：碰上的，碰上的。

有了自己的孩子，刘丙瑞媳妇待根生仍然像亲生的。根生还能记得爹娘，不过已经成了一个模糊的影子，倒是跟丙瑞媳妇越来越亲。他叫丙瑞二叔，叫丙瑞媳妇娘，丙瑞媳妇说：你叫不叫我娘都行，千万要叫你爹，你爹一颗心都在你身上。根生听了她的话，把二叔改成了爹。

长到二十多岁，娘看见他嘴唇上方长出了胡须，觉得该给他物色媳妇了。她知道他喜欢韩俊花，只是韩俊花的娘长得有几分姿色，老做让人嚼舌头的事，刘丙瑞说他们一家靠不住。他跟儿子郑重其事谈了一回，两个年轻人就疏远了。

韩俊花还在哭。刘根生说：你放了她，咱俩没事儿。

那人说：你再说我劈死你！

韩俊花坐起来忙着穿衣服。她腿是光的，上衣让人扯开了。他一看见这个，脑子里"轰"的一声：畜生，你做这种事！

那家伙拿着刀冲他劈过来，他一边拿铁瓢挡着一边往外退。他没跟人打过架，看见刀有些慌，外面的门槛绊了他一下，他仰面摔在地上又赶紧爬起来。那人追到外面，拿刀砍了他几下。他有的躲过了，有的用铁瓢抵挡住。铁瓢是光滑的，刀刃滑到了他手指上，他的手在流血。他喊：来人呀!

这一喊,那人像疯了一样追着他砍,他让过一刀,又让过一刀。他不能光躲,用铁瓢朝那个人砍过去,那人抵挡时他一使劲儿,刀飞了出去。他松了口气,现在他手里有东西,那人没有。那人想转身拿那把刀,他不停地用瓢砍着,让他无法接近。墙上立着一把铁镐,那人看见了,转身抄了起来。

他大声喊:来人呀!

韩俊花从屋里出来,一手提着裤子往外面跑。她喊了一声:根生哥!他回过身看着她,说:快跑!出去叫人!耳边有风声,再回过脸时已经无法躲开。那个人的铁镐重重地砸在他腰上。天空、房子、树都倾斜了,云彩摇晃到了脚下。

手里的瓢飞了出去,砸在房前的水桶上,"哐——"的一声。他听见了爹的声音,想:爹来了,这回好了!他晕了过去。只晕了一小会儿,再醒来听见韩俊花在哭,爹在安慰她:别怕别怕,快去喊你爹!韩俊花一边系着扣子一边往外跑,他躺在地上看了看,那个人好像跑走了。爹走过来问:你没事吧!

他说:没事。

爹问:你的手咋了?

他伸出手看了看说:没事。血已经不流了!

爹说:快起来!

他起了两下,起不来,下身使不上劲儿,

他说:爹,你扶我一把。

爹扶他的时候发现他的身子是软的,爹这才急了,喊:你咋了?起来!

他说：他打在我腰上了。

爹问：拿什么打的？

他指了指地上的铁镐。担架来了，是用门板做成的担架。村里七八个人轮换着把他抬到乡卫生院。几天后市里的记者来采访英雄人物，他以为是采访别人，想不到找的是他。

他站不起来，坐在那里详细说那天的经过，说自己好了以后再遇到这种事，还会管。记者问他身体怎么样，他说挺好，只是下身没有感觉，开始脚是麻的，现在连麻都不麻了。采访的女记者流了泪，同病房的人都背过身去。他们安慰他说：你一定能治好！

几天后他转到了县医院，市电视台也跟到县里对他进行追踪报道。报纸上登着他的大幅照片，题目是"以后再遇到这种事，我还要管"。

人们说：这小伙子长得真精神，可惜了！

他们知道他再也站不起来，只是没人告诉他。

他住了两个多月医院，坚决不住了。家里活儿多，爹天天陪床顾不了家。每月医疗费不是他们出，听起来也高得吓人。他们担心有一天会让自己出，他跟爹说：爹，我想回家！

出院那天，省、市电视台都来了，他坐在轮椅上，手里拿着一捧鲜花。他的下身没有知觉，面色很好，比原来胖些。他在轮椅上接受电视台采访，轮椅是一位企业家捐赠的。他对着镜头，记者问一句他答一句。

记者又采访企业家，人家说得比他流畅多了。企业家说，当时他正在深圳联系业务，听到这位见义勇为英雄的事迹立刻赶回来。他以前也是农村孩子，在村里也遇到过这种事，当时自己退却了。这个小伙子的事迹让他感动，他想到了王杰，想到了雷锋，想到了许许多多英雄人物。他做不了什么，愿意尽一点绵薄之力，除了捐赠轮椅，还决定把英雄聘为企业的荣誉员工，每月发五百块钱生活费，这点钱不多，是公司的一点爱心，目的是弘扬正气，让英雄感受到人间大爱。在场的人鼓起了掌！

记者又把话筒递给他，让他像企业家那样说几句，他说了两句就没词儿了。

记者安慰他说：你只会做，不会说，英雄都是这样。

他沉浸在社会的认可中，对未来生活一无所想。回到家，看见爹皱着眉头发愣，不明白爹为什么。他对做过的事不后悔。

外面不断有新闻热点，记者们很快忘了他。每天早晨，他坐起来自己穿上上衣，下面的衣服要等爹穿，有时娘想帮他，他不愿意。村里人要磨面，看爹给他穿衣服有些等不及。爹只好先去磨坊，他围着被子在炕上等着。

娘做好了饭端给他，他不吃，心想哪有不穿衣服就吃饭的。爹也着急，在磨坊开了机器就赶回来，留下弟弟在那里看守。给他穿衣服时他噘着嘴故意不配合。爹知道他不高兴，说老让人家等着，慢慢就不找咱们了。他原谅了爹。

他吃饭时爹在旁边抽烟，喷出的烟雾罩着爹。他以为爹嫌弃他，不知道爹在为他担忧。一会儿磨坊那边来了人，说机器出了问题，爹又赶过去。他也想去，爹把他推到了磨坊里，他坐在轮椅上看爹忙活。

磨坊里都靠爹一个人，弟弟不知道跑到了哪里。他在弟弟这个岁数，只喜欢韩俊花一个，弟弟喜欢好几个。爹老了不少。想起以前天天在磨坊里忙来忙去，眉毛、眼睛都是白的，他好怀念！他不觉得拖累了家，企业家每月寄来一张汇款单。那时五百块钱在村里是大钱，他觉得自己没白吃家里的。

那个犯罪的人被抓走后，还没有判刑，有人说案子从公安局提到了检察院，还没有到法院！韩庆全来过家里几次，带着韩俊花。每次来提好些东西，油炸土豆片，旺旺雪饼，麻辣薯条，那些东西挺好吃的。韩庆全说了好些感谢的话。

他说：我跟俊花一起长大，别说是她，就是别人我也要管。

爹说：你来坐坐就行，别再买东西了，挺贵的。

韩庆全说：什么东西能比命贵呀！说完给他深深鞠了一躬。爹赶忙把他扶起来。

他坐在炕上没事干，嘴里不停地嚼。吃得多拉得也多。拉一回挺费事，爹把他抱到一个带窟窿的椅子上，窟窿下面接着一个盆。开始爹抱他还不费事，后来吃胖了，爹有些抱不动他。

那些东西弟弟也爱吃，娘藏起来不让弟弟看见。弟弟一出去他就嚷嚷要吃，娘说吃完了。他说，吃完了你给我买，我一个月有五百块钱。娘就哭了，说：儿啊！娘知道你是烦的，给你，吃吧！他知道爹是他的亲二叔，娘不是，娘跟他没有任何关系。这个娘比亲娘还心疼他。

他坐在炕上发愣。想自己咋变成了这样，从小他是个懂事的孩子，现在算什么？

媳妇来过两回。这里人把订了婚的也叫媳妇。每年农忙，媳妇回娘家，农闲在他家住着，直到够了计划生育年龄再正式结婚，人们管这叫走婚。

去年，走婚的媳妇生了儿子，就是后来的刘海翔。今年，媳妇又怀上了，他还没来得及跟家里说就出了事。住院时媳妇去医院看过他，第一回流了好些泪，给他揉腿、揉脚，喂他吃饭。爹看了心里宽慰。走时说明天再来看她，等了一个礼拜也没来。又过了五六天，她来了，跟他显得生分了不少。不肯往他跟前走，远远地站着。爹躲出去，她仍然在远处站着。

他说：你来我跟前坐会儿。

她说：我待不长，今天搭了人家一个拖拉机，不能老让人家等着。

他问：你肚子里的孩子呢？

她说：刮了。你这个样子不刮咋办？

他说：你走吧，不用惦记我，我挺好的。他以为她不会马上走，想不到真走了。

爹看她走了，回到病房。他别过脸不敢看爹，想哭。心想：她变了心，后面的日子全靠爹了。他看了看爹，爹倒没说什么，只是不停地抽烟。

出院时爹让人给她捎信，她没来。半个月后她到了家里，没跟他说几句话，只是跟娘坐在一起哭。他知道这个媳妇留不住了，他不会求她。他干的是见义勇为的事，报纸上登着。他没什么丢人的，跟他散了才丢人。

她走时说了一句话：你好好养着。

他没言声。爹后来再没跟他提过媳妇的事，娘也没提。

过年时她又来了，说了好些爹娘对她好，她一辈子都忘不了之类的话，却没跟他说什么。他也没说，心里在恨她。不过，她也没提跟他分开的话，爹以为她要提的。

她走后，他冲着她背影骂了一句。

娘说：儿啊，人家也难。咱替人家想想，迈进这个家门不容易。

他问：这么说倒怨我了？

娘不再说话。他自己觉出来，瘫了以后他在家里不讲理了。

6

故事听了一半儿,县里来了电话,说领导要慰问贫困村,他们急着回到村委会。省、市、县有关领导,都要在元旦前慰问工作队,也慰问贫困户。市、县慰问的,带的都是米面油,甚至连牌子都一样。工作队怕把慰问品丢了,急着要发下去。

村里原来定的贫困户有不少问题,有一些明显是贫困户,村里没有列入,还有一些不贫困的却成了贫困户。这么多人一一核实,工作量很大,短时间做不过来。杨伯峻跟村里商量,就低不就高,给村里增加了二十几个贫困户。

外面送来的慰问品不够,杨伯峻安排梅长风和江小童到县里买,叮嘱要一样的牌子,一样的重量。他们刚走,局办公室来电话说也要来慰问。下午来了一个副局长,除了米面油,还带来了灯笼、福字和窗花。杨伯峻满心欢喜地送到村民家,听到的却是一大堆意见。他们说,所谓贫困户没几个真贫困的,倒是贫困户名单之外的家家都过不来。原以为工作队能主持公道,实际上不过如此。

杨伯峻听了很别扭。回到村委会,看见屋里还有剩下的慰问品,他问漏了谁?江小童说没漏,是刘丙瑞和另外一个老党员退了回来,坚持说他们不是贫困户。

第二天一早,杨伯峻带着工作队去了刘丙瑞家,梅长风扫院,江小童和黄俊涛擦玻璃、贴窗花、贴福字。福字一贴,屋里显得亮堂了。刘丙瑞老伴含混不清地说着感谢的话。

杨伯峻把米面油提进屋里,刘丙瑞看见了,说:坐会儿吧!

杨伯峻招呼大家坐下。他们那天听了开山修渠的故事,也知道了刘根生见义勇为，刘丙瑞没说罪犯是谁，他们也能猜个差不多。

杨伯峻问：刘根生后来没别的问题吧？

刘丙瑞好长时间不说话，杨伯峻觉得唐突，想转换话题，刘丙瑞说：你们看吧，他活成了现在这样！

刘丙瑞伸出手，用虬曲的手指罩住脸说：听说媳妇嫁了别人，他天天夜里捂着被子哭，不让我们听见。我们哭，也怕他看见。那时他脑子还明白，后来听说韩家不承认他见义勇为，发起了高烧，烧了一个礼拜就成了这样。

刘根生在他身后咧嘴笑了一下，显得很天真。

刘海翔把他抬到村委会时，他就这么笑，眼睛里闪过一丝狡黠。杨伯峻不相信他真傻，痛苦到极点的人也会这么笑吧？

你不是还有个孩子吗？梅长风问。

出了根生的事，二根就走了！说在家里憋屈得慌。他想多挣钱，给哥哥报仇！快二十年了，他没回来过。以前每年给家里打一个电话，后来连电话也没了。

江小童忍不住问：那个行凶的是谁？黄俊涛用手捅了她一下，她住了口。

刘丙瑞迟疑了，说：慢慢你们就知道了。

杨伯峻拉住他的手：老刘，别灰心！

刘丙瑞说：我不灰心！当年，我没能带着村里人改变面貌，一直不甘心。后来顾不上这些了，我想要真相。有了正义，我不在乎穷，不在乎死！

杨伯峻说：我明白你的心思了！把我们拿来的东西收下吧，跟老伴儿好好过个年。

刘丙瑞说：我不缺那一袋子面，十几年我一次次上访，卖了磨坊，卖了家具，卖了牛和骡子。你看看我现在的家，光秃秃的什么都没有，就剩下一口气，我想把这口气出了！夜里我睡不着，坐起来看我的儿子，要是连个真相都得不到，我要这点东西干什么？

刘丙瑞闭上眼睛，两只手在腿上不停地抖。杨伯峻做了个手势，轻手轻脚地往外走。刚走到门口，刘丙瑞说：你们把东西拿回去吧，我心里好受些！

7

刘丙瑞没说行凶的是谁，杨伯峻猜出来了。除了他，再不可能是别人。工作队来到村里，听到了好些跟那个人有关的事。

刘根生瘫痪一年后，那个人从监狱放了出来。

有人说他根本没进监狱，在看守所关了几天就放了，当时没敢回村，怕刘丙瑞再告，一直在外面躲着。

事情完全办妥那个人才回来。他把家里的商店改成了超市，这是他在外面学的。人们可以进到柜台里选货，看见什么拿什么。村里人不去他家买东西，宁可到沟东商店买。沟东商店没这边货多，还贵。慢慢村里人也开始来这边，有一个去，其他人陆陆续续跟着去。他的超市亏着钱往外卖，自然比沟东便宜。

那一段时间没人再去刘家，不知道跟刘丙瑞说什么，是劝他忍了这口气，还是鼓励他搞个水落石出？

案子是乡派出所办的，刘丙瑞找到所长：为啥把凶手放了？

所长递给他一根烟，说：哪是我们放的，我们交给了县里，人证、物证都是全的，也有口供。你问县局吧！

县公安局刘丙瑞一个都不认识。他说要打官司，公安局值班的说：打官司你找法院。刘丙瑞把事情说了一遍，从兜里拿出那张报纸，上面登着刘根生的照片，通栏标题很大。

值班的说：有这回事？你再说说经过。

他又说了一遍。

值班的说：你先回去，我这就跟领导汇报，有了信儿通知你。问他有没有电话，他留下了村委会的电话。

回到村里等了几天，没有消息，他怀疑村委会把电话扣下了。在他看来，这是铁板钉钉的事，他一告准能告下来。回到家对根生说：爹再出去一趟，几天就回来了。

到了县里再找公安局，问：你们给我打过电话吗？值班的不好意思，说：想打来着，一忙忘了！你的事儿我问了，案子报到县检察院了。

好心人指给他检察院的位置。听说是插剑岭的，检察院接待的科长说：我知道你们刘家，是老革命！他拿出兜里的报纸，把儿子见义勇为的事说了，接待的说：这事儿我们知道，电视上报道过。

他问：凶手为啥放了？

接待的人说：不可能吧？你先回去，我了解一下情况。

从检察院出来找了家小旅馆，他一边等消息，一边打听有没有磨坊，想看看人家怎么经营的。那时，他还想把磨坊做大，儿子成了这样，他得想办法多挣钱。

县城的面粉厂早垮了。无事可干，想起省电视台采访根生时，旁边陪着的是县委宣传部的刘部长。他找到宣传部，刘部长正好在，他说：我

第六章·见义勇为

找你麻烦来了。

刘部长说：您是老模范，有什么困难我解决，县里企业家我还认识几个。

他说：我不是来要钱，是为案子的事。公安局为啥把凶手放了？

刘部长说：你看错了吧？

他说：就在一个村，咋会看错？我来时他还在村里呢！

刘部长沉吟了一下说：一定是哪里搞错了。你先回去，我问问情况。

刘丙瑞说：我不回去，要是把凶手放了，我得打官司。

刘部长说：我理解我理解。你先听听检察院怎么说，我也找人打听一下。

第二天去了检察院，原来接待他的人找不到了，说在开会。问案子的事，人家说不知道。从检察院出来又找刘部长，部里人说：没看见，大概开会去了。

他在村里当支书时，县领导都认识，现在除了刘部长没一个人认识的。仔细回想，好像还有一个当时的副县长活着，姓谭，算了算现在也八十多了。他打听到老县长住址，一问，人家去了北京儿子家。住在隔壁的是县长的秘书，现在也成了老头儿，看见刘丙瑞端详了半天，问：贵姓？

刘丙瑞说：姓刘。

问：是不是插剑岭的？

他说：是。

那人说：你叫刘丙瑞吧？当年你可是赫赫有名的人物，我陪着谭县长去过工地，谭县长还给你戴过大红花呢！

刘丙瑞想起来了，说：你是韩主任，谭县长的秘书，后来当了咱们县的人大常委会主任。

韩主任说：就是我，这是我家，进来坐会儿吧！

遇到老领导，他把自己家的事儿说了。韩主任说：这肯定有问题，你先去找检察院，问明情况告诉我，我带着你去找县委领导。

他千恩万谢地出来，第二天又找检察院。人家说：你怎么又来了？

他说：我的问题还没解决，不来咋办？

对方说：那天接待你的人是侯科长，他出门了，你过些日子再来吧！他只好离开。

走到县委宣传部，犹豫是不是进去。看到机关里人的冷脸，不想进去，心里有儿子的冤屈，不进去咋办？进到里面一打听，刘部长果然还是不在。心想，要是一个不在还好，怎么哪里都找不到人？明明是在躲他。低着头往外走，听到有人喊：老刘，老刘。抬头一看，是刘部长在马路对面。

他走到跟前，刘部长说：我正为你的事跑呢！

心里一热，差点儿落下泪来，他错怪了刘部长。他说：我去了检察院好几次，见不到想见的人，也打听不出消息。

刘部长说：别急，先来我办公室。

他跟着刘部长进了办公室，刘部长给他倒了水，又递给他一根烟。他羞愧得厉害，给刘部长添了这么大麻烦，咋能抽人家的烟呢？拿出自己的烟，刘部长那边已经点上了。

刘部长低了头说：老刘，你再跟我说一遍经过。

他又说了一遍，上回说得语无伦次，这回有了条理。他对自己的口才满意。刘部长说：这个事挺复杂。检察院那边掌握的情况，跟你说的不一样啊！

他站起来：有啥不一样？

刘部长说：按说我不该告诉你，你这边说的是那个人要强奸韩俊花，刘根生见义勇为，他们掌握的情况是，你儿子在追韩俊花，那个人也在追，两人争风吃醋打了起来。这就不能算见义勇为了！

刘丙瑞站起来：你到村里打听打听，我儿子早就订了婚，怎么会跟他争风吃醋！

刘部长说：我还不了解你家？问题是，办案要讲证据。

刘丙瑞说：派出所说了，人证、物证都是全的，也有口供。

刘部长说：现在全变了，案卷上写着是他们两个打架，白纸黑字，清清楚楚。

刘丙瑞觉得头晕，屋子里的东西转呀转，转成了黑的，他坐下，想可不可能倒在这里，倒在这里把刘部长连累了。他让自己平静，等着窗外的天空变蓝，屋里的东西各就各位。

他对刘部长说：你见过我儿子，他是那种人吗？

刘部长说：我知道那是个老实孩子。不过你要有个思想准备，这个案子恐怕不那么容易。

刘丙瑞说：假的真不了，真的假不了。说完他站起来。

刘部长问：你去哪儿？

刘丙瑞说：我回去找韩庆全，问他到底咋回事！

8

韩庆全家的门一推就开了，"哐"的一声，他进了里屋。

韩庆全站起身，看清楚是他，立刻蹲在地上。

蹲是一种身体语言。村里人叫"圪蹴"，"圪蹴"就是认怂，天大的事，一"圪蹴"就算完事了。对付"圪蹴"的办法是不让他"圪蹴"，刘丙瑞喊：韩庆全，你站起来！

韩庆全仍然"圪蹴"着。

刘丙瑞说：你是条汉子就站起来，跟我说明白咋回事！

韩庆全说：刘书记，我对不起你！韩庆全的老婆、闺女齐齐跪在炕上。

这一跪刘丙瑞什么都明白了。他说：我儿子救了你闺女，你总不能害人吧？

韩庆全身体打了两道弯儿，说：刘书记，你打我一顿吧，打死我，我也没二话。

刘丙瑞说：这么说是真的？

韩庆全老婆跳下炕，给刘丙瑞搬了个凳子，说：丙瑞哥，甭跟这种人生气。

刘丙瑞说：到底咋回事，你跟我说明白就行。谁让你这么干的？

韩庆全说：我不能说！我惹不起人家！再说，我闺女还得出嫁，承认了那种事谁还娶她。

刘丙瑞说：那你就该坑我？

韩庆全老婆瞪了韩庆全一眼，韩庆全一连扇了自己十几个嘴巴，说：我就是个畜生，连畜生都不如，畜生都做不出我这种事。

刘丙瑞说：别打了，说吧，你得了什么好处？

韩庆全问：什么？

刘丙瑞问：老裴给了你什么好处？

韩庆全长时间沉默。

刘丙瑞又问：到底给了你多少？

韩庆全说：我不是为好处，我不能让闺女老在家里。我一辈子忘不了根生的大恩大德，就是不走这一步，根生的病也好不了！

刘丙瑞说：你要是被迫的，我也不怪你，只要你站出来还我个公道。

韩庆全又"圪蹴"在地上，说：丙瑞哥，我也是识文断字的人，这么干心里咋能好受？我真的什么都不能说，说了对你也不好，咱惹不起人家！

刘丙瑞问：你碰到什么鬼了，把你吓成这样！

韩庆全一个字也不往外吐。刘丙瑞问得急了，他说：丙瑞哥，他们不是老裴一个人，人家势力大着呢！

回到家，刘根生在哭。他问老婆咋回事。老婆说村里一个孩子来串门，不小心说漏了嘴。刘丙瑞坐在根生旁边，根生号啕大哭，说：爹，我不想活了，我咽不下这口气！

刘丙瑞能说什么？为这件事跑了一个多月，一点亮光也看不到。他跟老婆学了韩庆全的话，老婆说：势力大着呢，他说的是谁？明明是他丧了良心，跟别人有啥关系？

刘根生在旁边忘了哭泣。他跟裴学锋打斗时周围没人，韩俊花跑出来喊了他一声，不是韩俊花喊，裴学锋砍不到他。爹来了，裴学锋看到有人，起身跑了，爹把他抱起来。整个事件没别人看见，韩庆全是在骗人！

他喊：韩庆全，我操你娘！你等着，我死在你们家！

刘丙瑞爬上炕，抱住孩子，说：儿呀，别怕，有爹在，爹给你出这口气。这个官司咱们打定了！

刘根生仍然骂，骂着骂着脸憋成了青紫色，靠在刘丙瑞身上不出声了。刘丙瑞喊老婆，老婆拿来一根缝衣针，在他人中上扎了两下，一缕黑血流出来，根生的一口气终于喘出来，他说：爹，我瞌睡！说完倒头睡着了。这一睡就睡了三天。

第三天，刘丙瑞让老婆拿来一根缝衣针，他用线绳儿缠根生的手指头，一直缠到指头发紫再拿针刺，黑血从指尖流出来。十个手指头都刺完了，听见根生喊了一句：爹，喝水！老婆端来水，丙瑞一口一口地喂给他。

过了一会儿，根生又喊：还渴。

老婆又端来一碗。

喝了一半儿，刘丙瑞不让孩子喝了。他让老婆给孩子熬粥。喝了大半碗粥，孩子坐起来，问：爹，天咋还不黑？

刘丙瑞说：孩子，你睡了三天。

根生说：爹，我还想睡。

刘丙瑞不让他睡，说：你坐起来，跟爹说会儿话。该过年了，你想要啥，爹给你买。

根生说：爹，我啥也不要，身上软得厉害。

刘丙瑞哭了。他扭过脸，不让根生看见他流泪，老婆拿过手巾，在他脸上胡乱抹着。

根生说：爹，你说，我是不是活不成了。

刘丙瑞说：孩子，你挺住劲儿，咱们不怕，早晚有水落石出的一天。

根生说：爹，你要还当支书就好了，这会儿村里是人家的天下。

刘丙瑞说：什么时候也是共产党的天下，爹就是砸锅卖铁也要打这个官司，绝不能让你委屈了。

他们说话时，听见根生裤子里响，一股恶臭冲了出来，他拉在裤子里了！

刘丙瑞和老婆手忙脚乱地给他换了裤子，又拉出来。根生再没裤子，只好找来一个瓦缸，里面放上灶里掏出的草木灰，让根生坐进去。根生不停地拉，拉出来的是绿水。

老婆隔墙喊邻居，让邻居叫郎中。老郎中来了，看了一眼就明白是怎么回事，坐下给根生号脉，说：没事，没事。

刘丙瑞说：一连睡了三天，醒来就拉。

老郎中说：这是好事，拉完心火就泻出来了。他让刘丙瑞老婆切几片姜，再加上一棵大葱，熬了给根生喝。又喝了两碗，根生躺下睡着了。

9

大年初六，媒人来给丙瑞家拜年。媒人是娘娘宫村的村长，刘丙瑞当支书时在乡里开会认识的。两个人说得来。

往年都是根生媳妇拜年，现在媒人来不是好兆头。根生恹恹地不愿说话。

刘丙瑞让老婆炒了两个菜，躲到另外一间屋喝酒。他们一直没说根生的事，只说村里谁跟谁结了亲，谁做生意发了财，谁赌博一夜输了一万块。两个人小心地不去触碰敏感话题。直到走的时候，媒人才把八万块钱塞到刘丙瑞手里。这是他们当年给女方的彩礼。

刘丙瑞不收，又塞了回去。

媒人说：你不收就为难我了。

刘丙瑞说：我那儿子还想要媳妇呢！

媒人说：我跟你想的一样，现在根生不算见义勇为了，谁愿意嫁一个残废?

刘丙瑞说:钱你先拿回去,过了年我就去找县里!

媒人最后还是留下钱走了,刘丙瑞拿着钱发呆,他没有追出去,觉得媒人说得在理,谁肯嫁给一个残废呢?

春节后他找到了县检察院,免予起诉是县检察院做的。检察院拿出了韩俊花的证明,又拿出了裴学锋的口供,两个人说的完全一致,他们是搞对象,不是强奸。

刘丙瑞问:他们在派出所写的经过不算了?

检察院说:人家自己提出来改的,还有村里的旁证,也说两个人是为追求韩俊花打架,是一个完整的证据链。

刘丙瑞的手在抖,呆呆地看着办案人员。办案人员怕他出事,请他坐下,安慰他说:刘根生已经这样了,裴学锋判了刑,你孩子也站不起来。你想开些,对方同意给你们补偿,我们帮你多争取些!

刘丙瑞回答:我不要钱,要正义!

几个干警低着头不说话,他们说不出来。

回到村里,刘丙瑞找到打旁证的八个人,是他们抬着担架把根生送到了乡卫生院。刘丙瑞说:你们救了根生,我感激不尽。你们都在派出所打了证明,后来怎么又改了?跟我说个明白话就行。

几个人说法差不多:我们不想改,没办法呀!

刘丙瑞问:咋没办法?老裴逼你们了?

几个人说:老裴没出面,是律师找我们的,请我们吃过一顿饭。

刘丙瑞说:一顿饭你们就改了?

他们说:韩俊花改了,我们不改行吗?她本人说不是强奸,我们能说什么?

刘丙瑞气得想撞墙。他找到刘部长，刘部长说：我掌握的情况也是韩家改了证词，这一改对你们不利。裴学锋承认失手伤了根生，愿意出钱解决。现在就看你的了！

刘丙瑞说：想拿钱摆平我，没门！

韩主任带着他找到县委书记刘铁山，刘铁山在申诉材料上作了批示：请迅速查清此案，还当事人一个公道！

办案人员对刘丙瑞说：接到刘书记的批示，我们把全部案卷复查了一遍，人证物证都是全的，这是一个铁案！

刘丙瑞从检察院出来，一个女同志在他身后低声说：你再找女方，找别人没用。

他说：我找过，她承认了。

女同志说：为什么不让她重新做证？

刘丙瑞想再说，女同志匆匆走开了。刘丙瑞后来再没见过她，他只知道检察院里有明白人。

回到村里他又找韩庆全，韩庆全要下跪，他拦住了。他甚至想给韩庆全下跪，只求韩庆全说一句良心话。

韩庆全什么都承认，就是不改。他说：丙瑞哥，我对不起你。世上什么东西最坏？人！牲口干不出来的事，人能干得出来。这个世上我不是好人，也不是最坏的。我是没有办法。

刘丙瑞提起他的袄领子：韩庆全，你跟我耍上了！

韩庆全说：我不是耍，是跟你说实话。你想想，我要是再改两头都得不着，不是里外不是人吗？现在总算还落下了一头不是？

刘丙瑞想打他一顿，想了想没动手。韩庆全说的也对，真正坏的不是他。

企业家每月发的五百块钱停了，不是见义勇为赞助什么？没有这五百块钱，他们给根生买不起薯条、旺旺雪饼，根生也不要了，有时候刘丙瑞看他可怜，悄悄买了放在他手边，他也不吃。退婚后，他一直安安静静坐着，什么话都不说，爹娘说什么他好像听不见，或者听见了，也不明白什么意思。

大小便还是失禁，有时候看见他笑，一脸愉快，再一闻已经拉下了。家里的灶灰不够，只好跟邻居借。借多了也不好意思，虽然是一簸箕灶灰，天长日久也是人情。他们还不了这份情，只能抹泪。

刘丙瑞到市里、省里跑了多少趟，已经记不清了。他去过北京，住最便宜的旅馆，吃最简单的饭，加起来也是吓人的数目。

磨坊早卖了，他没时间和精力管，不卖也挣不上什么钱。

他还打过工，都是笨体力活儿，干一年挣下的钱上访一趟就花光了，直到老得没人再雇用他。家里没吃的，工作队拿来的米面油老伴儿想留下，他不许，他说宁可饿死也不要这些。工作队走后老伴儿跟他吵了几句，他没别的本事，骂老婆的本事还有。他说盼着饿死，饿死他不用再看这个傻儿子，不用再给他报仇。我死了，你们活着吧！我对不起你们，谁让你瞎了眼嫁给我呢！

10

这是村里最敏感的话题，谁都明白怎么回事，谁都不愿意提起来。他们眼睁睁地看着刘家衰败，没有任何办法。

因为涉及裴家，杨伯峻不愿跟村干部说这件事。有一天曹志军来到村委会，看到刘丙瑞退回来的慰问品，说：这老人，硬骨头！

杨伯峻问他对刘根生的案子怎么看？

曹志军涨红了脸：秃子头上的虱子，明摆着的。不过他很快让自己平静下来，说：刘丙瑞想把案子翻过来，也难。

杨伯峻问：为什么？

曹志军说：他在县里有什么人？给他说话的都是老干部。老裴背后是谁？人人都知道。

杨伯峻问：一个企业家有这么大本事？

曹志军说：在原平，县委书记能换，有一个人永远不会换，天天在你头顶上待着，你们城里人咋说的？那叫无冕之王。他说的是周竞。

前几天，杨伯峻找过市磐石律师事务所的安所长，他是容易市十大律师之一。杨伯峻介绍了刘根生的情况，安律师听了很气愤，同意跟刘丙瑞见一面。杨伯峻以给刘丙瑞老伴看病的名义，把刘丙瑞老两口送到了市里。

刘丙瑞述说了刘根生的冤屈，安律师听了很难过，对杨伯峻说：我经手过这么多案子，刘根生的事仍然让我久久不能平静。

杨伯峻说：刘丙瑞一家无权无势，只能依靠法律了。

安律师冷静下来，说：我有个预感，这个案子不好办，咱们要有精神准备。

安律师留下了刘丙瑞的电话，说了解一下情况再联系。

已经过去了十多天，安律师那边还没消息。听了曹志军的话，杨伯峻晚上又给安律师打电话，安律师的口气已经变了，说：杨局长，我这里还有几个案子等着开庭，忙完再跟你联系好不好？

放下电话，杨伯峻怔了半天，想安律师是真忙，还是故意推脱。他刚跟安律师说时，安律师没说有案子要开庭。恐怕另有原因吧？

刘丙瑞看到老没消息，打发刘海翔来找杨伯峻，说：我爷爷让您来家里一趟。到了刘丙瑞家，老人问：安律师不想管咱的案子了？

杨伯峻说：没有呀！

刘丙瑞问：我给他打电话，他不接。

杨伯峻说：可能正在开庭，不方便接电话。老刘，你以后别再打了，他有时间会主动跟你联系。

刘丙瑞满脸凄然，一只手放在膝盖上不停地抖动。杨伯峻看着那只抖动的手，心也乱了，他说：下次我回市里，再去问问他。

刘丙瑞像看着神一样看着杨伯峻。又聊了几句村里的事，杨伯峻离开了。分手时他再三安慰刘丙瑞，说：你放心，安律师会负责到底的。

刘丙瑞拉着他的手迟迟不肯放开，说：我心咋这么乱呢？

杨伯峻说：有我们，你就放心吧！

杨伯峻走后，刘海翔拿着手机又给安律师拨，这次拨通了。刘海翔把手机递给爷爷。刘丙瑞把手机紧紧贴在耳朵上，听到安律师说：老刘呵，这个电话你不要再打了。

刘丙瑞说：我想问问案子的事。

安律师说：你的案子我管不了，你们县也有律师事务所，你找他们吧！

刘丙瑞问：咋了？

安律师说：我这儿案子太多，忙不过来。再说，我管了你的案子，你们县的律师不愿意。我把人家的案子抢了，人家不高兴。

刘丙瑞说：安律师，我这颗心就在你这儿，你不管，我家孩子永没有出头之日，我活着还有什么意思。

安律师说：别的律师能力不比我差，你先找找他们。说完放了电话。

刘丙瑞一夜没睡，第二天要去市里，他让刘海翔找车，刘海翔不愿让他去，推说找不到。刘丙瑞拄着拐杖跑到养猪场，求尔雅借给他车。尔雅听了原委，让司机把他送到了市里。

安律师没想到他会来，匆匆从会议室出来，对他说：我正开会，顾不上跟你多说。有什么事你快说，我还得进去。

刘丙瑞一听更急了，越急越说不清楚，只求安律师别扔下案子，说：我们一家老小的命都在你身上了。

安律师有些不高兴，说：我担不起你这句话。当初杨局长找我，我是诚心想帮你的，现在所里又来了几个案子，都催得急，我再有精力也忙不过来这么多人的事。

刘丙瑞说：我多等几天也行。

安律师说：这不是多等几天，是要多等好几年，你还是早打主意吧，免得我耽误了你。

刘丙瑞听出安律师真不想管，流了泪，说：这么说，我没希望了？

安律师说：老刘，我也以个人名义劝劝你，别纠结过去，一切往前看。事情过去了这么多年，好些证据找不到了，你也是这大岁数的人，别再跑了。有些事你告也没用。

刘丙瑞听了，当下从椅子上歪下去，刘海翔上前扶他，刘丙瑞身体很重，刘海翔拽不住倒在了地上。安律师急出一身汗，两个人扶着刘丙瑞，安律师又掐人中又按胸，刘丙瑞过了好一会儿才醒来。他不说话，只流泪。

安律师说：老刘，我劝你是为你好，你别在意。只要信得过我，案子我还管，只是要等的时间长一些。

刘丙瑞从地上站起来，对刘海翔说：咱们走。说完不理安律师，扶着孙子径自离开了律师事务所。

返回的路上司机很害怕，担心再出事。一边宽慰他，一边小心翼翼地开着车，一直把刘丙瑞送到了家里。

事情很快传开了，都知道刘丙瑞到市里找律师，律师不管。刘丙瑞有心眼，没跟别人说律师是杨伯峻联系的，人们猜也猜得出是工作队，别人怎么会认识市里的律师。

裴学锋找到老裴，说：叔，咱又没惹杨伯峻，他搞咱们干什么？

老裴抽着烟不吭声。

裴学锋又说：我看这个人不是好东西！

老裴说：他奈何不了咱。经这一趟，刘丙瑞就彻底死心了。

11

听说刘丙瑞回了村，杨伯峻和梅长风一起去家里看望。路上遇到老裴，老裴皮笑肉不笑地问：杨局长这是去哪儿？

杨伯峻不想撒谎，索性说：刘丙瑞病了，我们去看看。一起去吧！

老裴说：杨局长爱民如子，我比不了。你先去，有啥事再跟我说。

杨伯峻到了刘丙瑞家，看到刘丙瑞正在炕上发呆。跑了一趟市里，他好像瘦了一圈儿，两腮塌陷，两个眼睛瞪得老大。手里拿着长烟袋，胸脯一起一伏地喘息。看到杨伯峻进来，他说：杨局长，我不告了。我的事你也别管了，我不给你添麻烦！

第六章·见义勇为

杨伯峻心里难受，他想帮刘丙瑞，没想到是这个结局，自己把事情想简单了。他说：老刘，别灰心。

刘丙瑞嘴里含着烟袋，再不说话。

杨伯峻让梅长风把碌碡叫来，给刘丙瑞把了脉，开了方子。刘丙瑞始终不说话，看来这次市里之行，让他伤透了心。

回到村委会，杨伯峻心情不平静。案子这么放下，不光伤了刘丙瑞的心，也跟村里人没法交代。全村人都在看着工作队，做事虎头蛇尾，怎么能赢得信任？

第二天一早，他开车回到市里。事先没跟安律师联系，直接去律师事务所里堵他。安律师看见他先道歉，说：实在对不起，没想到刘丙瑞身体这么差，我刚劝了几句，他就昏倒了。

杨伯峻问：咱们说得好好的，你怎么突然变了？

安律师说：不是我变，原平县好些人给我打电话，一位领导提醒我说，周竞已经知道了刘丙瑞在告状，他在原平势力很大。我问，这跟周竞有什么关系？那位领导说不清楚，只说周竞跟插剑岭不是一般关系。

我说：我不是跟哪个人过不去，做了这个职业，就要以法律为准绳，为老百姓主持公道。那个领导跟我说了好多，大意是原平县就像一个巨网，任何一个节点都能牵动整体，案子看着小，说不定能牵连到政商两界。别以为律师无所不能，社会把律师的作用夸大了。

杨伯峻问：你打算怎么办？

安律师说：为了减少阻力，我劝刘丙瑞先等等，没想到刘丙瑞晕倒了。

杨伯峻皱着眉，说：按说这事涉及不到周竞，他干吗管这些事？

安律师说：周竞在原平号称不管部部长，在原平没他不管的事，也没他办不成的事。他跟插剑岭的支书是什么关系，没人说得清。

杨伯峻问：他管，你就不敢管了？

安律师沉吟了一下，说：也没什么不敢管的，只是想调整一下节奏。

杨伯峻说：你是公众投票评选出来的十大律师，我不相信你会怕。我也同意你的意见，把案子暂缓一下。等过了年我去找县领导，争取县委的支持。

安律师说：这样最好。

杨伯峻说：我跟刘丙瑞非亲非故，按说也能躲。我到插剑岭下乡，插剑岭每一位村民都是我的老乡，他们的苦就是我的苦，他们的痛就是我的痛。你就是不管，我也不放弃！

安律师说：杨局长，你这是将我的军呢！我跟你心情一样！只是……怎么跟你说呢？光有好愿望也不一定有好结局！

7. 贫困户

第七章

1

从安律师处出来,杨伯峻想回家,突然接到县扶贫办会议通知,只好返回。到了扶贫办,暴二来已经到了,原来扶贫办也通知了村里。

元旦的慰问品引来不少告状信,县里要求重新审核贫困户名单,特别强调《户月动态收入登记表》《贫困户年人均收入调查表》务必要逐户调查,不得由村干部代填。

插剑岭的两个表,是刘会计代填的,收入也是刘会计估的,多估少估,难免有亲疏之分。杨伯峻想由工作队调查、填写,黄俊涛反对,说:村干部都弄好了,咱们再插手岂不是否定人家?杨伯峻只好作罢。

现在上级要求重新填报,杨伯峻想,天助我也!

回来跟村干部开会商量,二来说:一户一户调查,得调查到什么时候。这些数都在刘会计心里,一个村住着,各家各户过成什么样谁不知道?

杨伯峻说:县里严禁估填。

二来说:县里严禁的多了,都听他们的累死下面。

黄俊涛说:上级有要求,还是遵守吧!

老裴不咸不淡地说:我岁数大了,跑不动,你们一户一户跑吧!

黄俊涛说:裴书记您休息,我们跑。

他们分成了两组。杨伯峻跟江小童一组,黄俊涛和梅长风一组,每组配两个村干部。看到老裴态度消极,村干部们便今天有事、明天请假,只有曹志军和任海龙一直跟着工作队。

插剑岭村中心在沟口,因为紧傍公路,住的都是有头有脸的。往南一点叫沟里，住的是跟村干部关系近的。腊梅家住在这儿，她旁边是裴学锋，裴学锋媳妇桂芬跟腊梅走得近，行动做派有腊梅的味道，人称二梅，这个称呼含有某种暗示。

从沟里再往南走，树木越发茂盛，人家也越穷，叫后沟。后沟距沟口四五里，再往南还有一个自然村，叫沟底，住了十五户人家，百分之百的贫困户。

沟口石桥西原来有个戏台，二来当上村主任后，把戏台拆掉做了他的宅基地，在村边另盖了一个戏台。推倒粮库院墙，辟出一块地给了老裴，老裴把它跟老宅连在一起，盖了一个新宅，人称裴府。

戏台原址是天主教堂，1856年一位法国传教士建的。"文革"时村里人破四旧拆掉教堂，用拆下的青砖盖了戏台。戏台的用处不是唱戏，是开大会用的。批判大会、动员大会都在这儿开，也演过样板戏。

教堂两个神父跑了，戏台旁盖了两间厢房，住着两个姑子。不管是批县里的走资派，还是批公社领导，她们都站在台上低头认罪，俗称陪斗。

陪斗是因为她们不肯嫁人。一个姓陈的姑子被批不过，嫁给了裴有祥，第二年生下了裴庆，村里人不再叫她陈姑子，改叫裴庆娘，算是对她改造的肯定。那一年裴有祥三十岁了，娶个媳妇不容易。陈姑子长得白白净净，做活麻利，长年在一起生活，他感受到了这个女人的善良，不让她受一点儿委屈。

杨伯峻带着江小童和曹志军来到时，裴有祥夫妇已去世，他儿子裴庆一家住在这里。

杨伯峻问：家里几口人？

裴庆说：就俺俩，儿女都成家了。

杨伯峻问：几个儿女？过得咋样？

裴庆的妻子说：一儿一女，儿子在县城打工，在城里买了房，旁边的院子是他们的。

走进旁边的院子，见房门紧锁，窗户有些损坏，院里拴着八头牛，裴庆说是自家养的，去年养了六头，今年养了八头。

儿子的一个朋友告诉他养牛挣钱，第一年养了两头，挣了，接下来才敢多养。牛犊子从朋友那里买，一个五六千，养成了卖一万五，以前不懂，舍不得买饲料，光用玉米秸和麸子喂，长得慢，买饲料九个月就能出栏。

他们聊天时，江小童和曹志军把该记的都记下了。

从裴庆家出来，杨伯峻觉得扶贫没多难。裴庆能养牛，别人也能养。牵线搭桥的事工作队能做，销路也不成问题。

调查到沟里，情况复杂多了。

他们到的这一家姓邹，乍一看房子半新，门口停着一辆江淮汽车，村里人说他们去年买了一辆新车，比这个大，比这个牌子好。走进院里，看到偏房前放着一辆摩托，一辆电动三轮，都八成新。

女人精干，话多。杨伯峻问话男人还没回答，女人抢先答了。杨伯峻看了男主人一眼，觉得眼熟，问他叫什么。女人说叫邹进贤。

逐项问他们收入，加到一起全年八千三。五口人，人均收入不到二千，符合贫困户标准。

贫困户家能有汽车吗？能骑着摩托车跑吗？邹进贤说儿子去年出了车祸，借了摩托车往医院送饭，门口的汽车早报废了，卖废铁都没人收。儿子出车祸后不打工了，在外面跑车，今年县里经济不好，揽不上活儿。

杨伯峻问：你儿子开什么车。

邹进贤说：东风。

女人白了他一眼：租的。

来以前杨伯峻听曹志军说，门口的车根本没坏，有人出六万他们都舍不得卖。杨伯峻想起他刚来时搭乘过那辆车，开车的就是邹进贤。当时他说一个月挣八九千，现在竟成了贫困户。

问他儿媳妇干什么？女人说儿媳妇什么都不干，有个三岁孩子，整天带着孩子在外面浪。正说着儿媳妇回来了，脸黑瘦，骨感。脸上化着浓妆，眉毛精心修饰过，细，弯，长。口红涂得艳丽，不像农家媳妇。

女人当下脸就黑了，用鄙夷的目光扫了一眼。儿媳妇根本没朝这边看。女人心里不满，却不敢说了。儿媳妇进了屋，杨伯峻说：你这个儿媳妇挺漂亮！

女人不屑地说：妖精。

儿媳大概猜出在议论她，带着孩子又出去了。

杨伯峻问：家里种了几亩地？

邹进贤说：四亩多，五口人还不到五亩。

杨伯峻问：都说种地赔钱，是真的？

女人说：都赔。

邹进贤说：赶上雨水少就赔。我们种得少，打下的粮食自己吃，吃不了的喂猪。有时候用一点儿农药，也赔不了多少。

杨伯峻问：一亩地挣多少？

邹进贤说：按一斤玉米一块二，亩产650斤算，差不多能挣780块钱。其实这点儿钱也挣不上，村里谁都不卖粮，自己吃都不够，还得从市场上买呢！

杨伯峻问：种粮不是有补贴吗？

邹进贤说：到粮站卖粮才有补贴，不卖哪有补贴？

杨伯峻听懂了他的意思，这些不能算收入，家里养了两口猪也是自己家吃，不能算收入。按他们说的，实实在在就是贫困户。

从邹家出来，周围邻居冲他们笑。回到村委会，黄俊涛和梅长风也遇到了同样的问题，看着家里不贫，调查结果却符合贫困户条件。

正议论，曹志军和任海龙来了，杨伯峻问：邹进贤当过干部吗？

曹志军答：没有。

杨伯峻说：他很懂政策啊！

任海龙说：他懂什么政策，他是黄腊梅的大哥，是腊梅懂政策。

这一说大家都明白了，是老裴懂政策。

杨伯峻问：腊梅不是姓黄吗？怎么是她大哥呢？

曹志军说：老邹家孩子多，老黄家三个儿子独独缺一个闺女。有一年交完公粮哥俩在一起喝酒，老黄说想要个闺女，要不上。老邹说，我家净是丫头片子，你干了这碗酒我送你一个。老黄把半瓶酒全干了。

曹志军又说：老黄家住在后沟，跟沟口来往少，腊梅长大才知道她是邹家的闺女。她跟自己家没来往，独独跟这个大哥有感情。

有一年她到沟口，后沟人说话土，每句话后面都带一个"咧呗"，沟口的孩子学她说话："看见你娘咧呗？""知道谁是你爹咧呗？"

腊梅跟他们对骂："你知道谁是你爹咧呗！"

老邹听见吵闹想管，看见吵的是腊梅，扭头走了。邹进贤赶过来骂那群孩子：早先你们家也在后沟，才搬出来几天就欺负人！

他一骂，孩子们都跑了，站在远处喊：邹进贤，你妹妹不是你家的了。

腊梅听不明白喊什么，有人告诉她：那个后生是你大哥。腊梅也不当真，长大后想起来，跟这个大哥有了感情。她没认过亲生父母，对大哥却处处照顾。

江小童说：听着挺感人的，那也不能因为这个就算成贫困户吧？

任海龙说：老裴一句话，他说算就算。

真把邹进贤淘汰下来，杨伯峻也拿不定主意。听村里人话头，腊梅跟老裴不是一般关系，这种事在似有似无之间。你以为没有，说不定就有；你以为有，也许就没有。

杨伯峻想跟老裴商量。老裴不在家。问老裴的老婆：裴书记去哪儿了？

老婆说：去了王八蛋家。

一打听才知道在腊梅家，村里人说他在自己家还不如在腊梅家多。杨伯峻打消了找老裴的念头。你找到老裴，他坚持不肯取消邹进贤，工作队该怎么办？

2

老裴知道杨伯峻找他，故意在腊梅家等着。他不怕工作队知道他跟腊梅的关系，甚至愿意他们知道。知道了又能怎么样？

当年他才三十多岁，已经有了儿子，对老婆说不上满意，也说不上不满意，反正跟村里人的老婆差不多，能生儿育女罢了。老裴家常吃的窝头叫"一风吹"——把榆树叶子、灰灰菜、蒲公英用开水烫了，加点玉米面团在一起，蒸熟后放在手掌上，小心翼翼地捧着吃，吹一口气就散了。因为玉米面少，粘合力小。

现在饭馆里也做"一风吹",里面有白面、绿豆面、黄豆面、玉米胚芽粉、蜂蜜,吃起来香、甜、糯。那时的"一风吹"吃着苦、扎嘴,吃多了拉不下屎。

放眼一望,那时村里有穷的吗?没有,大家都一样就觉不出穷。家里的刷锅水舍不得扔,倒在食槽里喂猪。猪也好喂,倒上点泔水就能活,往泔水里撒一把糠就能长肉,没听说过闹猪瘟的。现在喂猪得买饲料,吃玉米都不好好长。

腊梅那年刚出嫁。娘家在沟底,生在沟底的人天生胆怯,一见人脸先红了。走路不走正中间,贴着路边走,看到对面来了人站到一旁,人家走过去才回到路上。

她们长得也奇怪,像山里的野果子又小又涩。出了嫁就不一样了,经过了洞房洗礼她们变得成熟,这种成熟是生理的也是心理的。第二天早晨出来,脸上仍然带着羞涩,却能够大大方方地看人。

目光与目光相接,脸倏地红了。她们脸上带着骄傲,告诉每一个跟她们相遇的人,这是一个可以过温馨日子的女人,娶了她,能让你领会女人的适意与温暖。这宣告不是对着某一个人,是对着那个时刻能遇到的每一个人。

老裴恰恰在这时遇见了她。他刚从村委会出来。村委会在沟里两间矮房里,里面有两张三屉桌,桌上一部手摇电话,电话旁捆绑着两节胳膊粗的电池,大约二十公分长,一边还摆了个大碗,是放电话用的。

公社常开电话会议,类似现在的视频会,话筒放在大碗里,全屋子都能听见。后来有了搪瓷缸子,比碗效果还好。

公社来电话找刘丙瑞,他把话筒放在桌上去叫人,见一个女人站在街口,手里拿着笸箩,笸箩外沿卡在凹下去的腰间,明媚地笑。上身穿一件水红色布衫，下身是蓝色长裤，胸脯异常饱满，把布衫子顶起来。

女人的光鲜让他惊异，这不是吃"一风吹"长大的，吃了白面馍馍。她在城里给一个亲戚看了半年孩子，气质就变了。他想朝她笑一下没笑出来，脚下一绊，差点儿跌了个跟头。她咯咯地笑，他挺狼狈，却没觉得难堪。后来，不管干什么他都愿意路过她家，想听她笑。

他那时比现在机灵，刘丙瑞前几年辞了职，李沛义也没有正式接任，是代理支书，任树堂当村长（那时叫大队长），两个人针尖对麦芒，搞不到一起。

他是民兵队长。代理支书和大队长掰手腕，他站在任树堂一边。治保主任是裴贵，嫌夹在两个领导中间不好干，不愿当了，任树堂推举他接任。治保主任相当于村里的公安部长，动硬的、来真的，要敢于亮剑。

他不亮剑，私下买好交朋友。一年后，任树堂推举他当了支委兼副村长。李沛义随后跟公社提出辞职。任树堂以为自己要当支书。老裴也这么以为，那时没人叫他老裴，叫小裴。他是任树堂推举的，任树堂当支书对他有利。

有一天腊梅从供销社买了块花布，想给自己和孩子各做一件衣服。她男人冬天打猎，家里比别人宽裕。村里人常看见她和孩子穿一样的衣服，手牵手在街上走。她不再像过去那样走路边，见了人也不躲。女人们都愿意跟她聊天，哪怕一个鞋样子，她也能别出心裁。她还知道村外的消息，有些是从话匣子里听到的，有些从绞成鞋样子的废报纸上看到的。

她知道外国有个西哈努克国王，他老婆特别会穿衣裳，颜色搭配得好！村里人问：你从哪里知道的？她说，电影里啊！

那时村里放电影都加演《新闻简报》，她看得仔细。电影里有个女人的扣子是盘的，她回家按电影上的样子用布盘出来，衣服顿时有了风致。

老裴媳妇也佩服她。老裴听媳妇说她的种种能干，想有朝一日当了支书，就让她当妇女主任。当时妇女主任是黄兴旺的老婆。

他跟她走个对面，停住脚步问：你咋那么多鞋样子？

腊梅朝他笑。老裴又说：你咋不给我做一双鞋？

腊梅笑道：你给我啥好处？

老裴想不出能给她啥好处。腊梅说：你给我家挑三挑水，我就答应你。

老裴毫不犹豫答应了，他身上有的是力气，别说三挑水，挑三十挑都没问题。就在他打算转身离开时，腊梅问：李沛义不当了，谁当支书呀？

老裴扭回身说：反正不是我。

腊梅说：我看就是你。

老裴怔住了。他刚当了支委，觉得离支书还远呢！

腊梅说：村里人都不愿让任树堂当，只是没人站出来。有一个挑头的别人都跟着。城里我看过孩子的那家，男人是供销科长，他们厂搞承包，人家就当了厂长，这会儿一步登天的事儿多着呢！

这话打动了老裴。

腊梅又说：话匣子里说要培养年轻干部，你咋听不见？过了这个村，就没这个店儿了！

老裴心里乱了，回到家吃饭筷子拿反了，尿尿对不准尿坑，两个孩子竟然叫错了名字。他一夜起来尿了五回，人有了心事尿多。村里狗叫声，蛙鸣声，猫在房顶的叫春声，他听得清清楚楚。他明白腊梅说得对，机会错过就没有了。走在街上他四处观望，恰好碰上了裴贵，他管裴贵叫哥，说：贵哥，早想跟你唠唠了！

裴贵问：咋了？

他说：我算知道你为啥不当干部了，我也不想当了！

裴贵劝他：你刚当了支委，前程远着呢！

他把裴贵拉到家里，让老婆炒了七八个鸡蛋，又买了两个午餐肉罐头，两人把一瓶原平大曲喝得见了底。裴贵听明白了，这小子不是不想当干部，是想当支书！

裴贵愿意为他出力，是因为不喜欢李沛义和任树堂。

李沛义和任树堂跟刘丙瑞一样，把生产队看得比天还大。刘丙瑞强势在嘴上，动不动瞪眼训人。李沛义是用组织手段。他不批评你，让你自我批评，在台上做检查。老裴跟他们两个比，显得温情多了。他常说：谁没点儿私心？不知道照顾别人私心的，当不好干部。裴贵觉得把他提上来没亏吃！

按老裴的提示，裴贵先串联裴家，声称：一笔写不出两个"裴"字来！裴家人都认可这话。随后裴贵又找小姓小户说：咱为啥死盯着老的，上面要的是年轻干部。裴震山不当，等着任树堂天天跟你吹胡子瞪眼吗？

老裴也不闲着，跟村里有头有脸的喝酒，说天津那边有个大邱庄，河南也有一个，早先都是穷村，现在都富了。咱傻，咱笨，照猫画虎行吧？我就不信插剑岭非得开山修渠才能翻身！

村里人觉得他有雄心壮志，有人说：改变不了面貌咱也没丢什么，起码还喝了他的酒，吃了他的菜。以前换班子都听公社的，这回咱也表一表态。

表态的办法千奇百怪，有跟公社领导毛遂自荐的（那时叫公社，几年后才改成了乡），有推举光棍汉大叫驴的，还有到公社直接闹的，第一目标是把李沛义和任树堂搞下去，很快就达到了目的。不过，公社也没打算让裴震山上台，想把刘丙瑞请回来。裴家人自然不罢休，几十个人到公社要求迁户口。这事惊动了县领导，对公社领导说，小小的插剑岭咋这么复杂，你们派人查一查。

派去的副书记是庞家佐人，村里这点事儿他闭着眼都能摸清楚，村干部得罪人太多，另一个家族想把自己人推上来。

副书记担心裴震山拿不起来。跟裴震山喝了两回酒，觉得这小子行。说起去公社闹事的人，裴震山说：这得整顿，不整顿以后动不动闹事，插剑岭就乱了。凭这一句，副书记觉得他是个当支书的料。

县领导仍然怀疑，副书记说：我工作了几十年，这点儿能力还是有的，闹事的背后肯定不是他！错了我负责。公社党委开了几次会，报给了县委。

3

老裴上了台，最感谢的不是跑前跑后的裴贵，是腊梅。她在街头朝他灿烂地笑着，成了他人生的风景。他转了运，成了插剑岭的主宰。一上台先开整顿会，公社领导讲话，强调要狠刹歪风邪气，一个到公社闹事的人做了检查。

有人还想到他家喝酒，老裴脸往下一沉，都不敢说了。他们仍然说老裴不错，不这样说就是他们错了。

上任时间不长，老裴找黄兴旺谈心，让黄兴旺老婆下来。黄兴旺同意，只是选腊梅不同意。他对这女人印象不好，太精。

腊梅也一口拒绝，老裴问：你鼓动我当，为啥自己不当？

她说：我一个女人出头露面有什么好。说着把一双鞋递给他，说：

该你了!

他想起了约定。她给他做一双鞋,他给她挑三担水,当时他答应得挺痛快,现在犹豫了。他是支书,给一个女人挑水算什么?

他说:算了吧!

腊梅看着他:当初说好的。要不你把肚子里的饭吐出来再吃回去。

老裴看她认真,提出自己的条件:我给你挑水,你得当妇联主任。

腊梅说:当初可没说这个。

老裴怕别人看见,天快黑了才到腊梅家。挑到第二担水时,不少人从家里出来看,自从当了干部,家里都是老婆挑水,现在他脚后跟发软,身上渗着虚汗。村里人冲他笑。他明白他们是腊梅叫出来的,心里骂:这个骚娘们儿!

腊梅男人站在街门口迎接他,这是腊梅的聪明之处,男人出来就把事情合理化了。他拒绝那男人接他的扁担,说:不行不行,这是说好了的!

腊梅笑得前仰后合,她男人也笑,路边所有人都在笑,一时成了笑谈。多少年后再回想这件事,笑不出来了,他们觉得滋味不对。

妇联主任一职空了一年,她说男人不让她当。老裴给她男人做工作。她男人只是笑,这是腊梅教给他的。

老裴问她有什么要求,她说只要求村里照顾她大哥。老裴随口就答应了。

公社里很快知道这个妇联主任能干,领导要求计划生育落实到人,腊梅能把每个妇女的例假掌握了,一到时间她就拿着鞋样子串门,这家女人来没来例假,她去一趟茅房就明白了。女人们奇怪,咋刚一怀上她就知道了?

插剑岭计划生育成了全县的典型。腊梅在大会上发言，稿子是记者写的，题目是《不让一个妇女计划外怀孕》。她觉得不好，改成了《做全村妇女的贴心人》。里面的好些话，她也换成了自己的。发言赢得了热烈掌声。

村里不服气的，现在无话可说。相比腊梅做出的成绩，照顾一下她哥哥算什么？那一年村里遭了雹灾，蚕豆大的雹子从天而降，勤快人家夏粮减产一半，收割慢的几乎绝收，只能靠秋粮度日。

救灾款到了村里，老裴忘了对腊梅的承诺。邹进贤家有三个轱辘的农用拖拉机，人们叫三马儿，当时运输活儿多得干不过来。村里再加一百个救济户，也轮不到他。

会上腊梅什么都没说，再开会她不去了，辞职。老裴想起他答应过腊梅。到了会上他也理亏，村里有的是困难的、残疾的、生了大病的，他张不开嘴。想了好几天他想明白了，官儿就是这么当的，要么对不起这个，要么对不起那个。公正只能在梦里兑现。

他找了个借口重新开会，先把邹进贤提出来。有人说，邹进贤开三马儿，雹子能把三马儿砸坏吗？他说：咋不能？村里遭灾，城里也遭灾，城里的灾不在明处，其实更大，也等于砸坏了三马儿。

看他气冲冲的样子，人们想到他咧着嘴给腊梅挑水的情形，都不说话了。

事后，腊梅让邹进贤送了他一条好烟，两百多块钱，在村里是天价。他能记起来的收礼，这是第一回。以前村里人送他大葱、山药，就是个心意。他觉得不是邹进贤懂事，是腊梅明白事理。

他把腊梅请回来，想给她挂个副村长，她不干。让她入党，她也不入。她说入了党你们拿党员标准要求我，我做不到。

后来，腊梅岁数大些，坚决不当了。老裴让她儿媳妇当。不过妇女这边有事还得跟她商量，再由她儿媳妇落实。

女人能干，男人往往就窝囊。老裴一去，男人赶紧跳下炕烧水。腊梅说：你放羊去吧！他就上了山。村里人开玩笑：老裴在你家干啥呢？

他说：商量事儿呢！

又问：在炕上商量，还是在地下商量？

他听出不是好话，说：爱在哪儿商量就在哪儿商量。

男人得了肝癌，从得病到死不到三个月。有人说是窝囊死的。他死后老裴有一阵子不去腊梅家了，腊梅不让他去。过些日子他又去，哪儿都不如腊梅家！在别人家待一会儿就烦了，腊梅家待不烦。腊梅家刷得四白落地，窗户也宽大，阳光进得足。窗上贴个窗花都跟别人不一样，喜气洋洋的。在她家抽一袋烟，觉得心里满满的。

有一年上面布置整党，村干部互相提意见。有人提老裴不注意身体，有人提老裴工作方法简单，杜存喜那时是副村长，上面要求意见不能重复，他实在没提的，就提了老裴爱去腊梅家串门儿。

老裴说：我去是商量工作。

杜存喜说：你有多少工作跟腊梅商量，难道只有计划生育一项工作，没别的工作了？我是管治安的，咱们村老丢羊，你咋不去我家商量？说得老裴脸都绿了。

杜存喜说完就后悔，当天晚上去老裴家，老裴不在。他猜又去了腊梅家。腊梅一见他别过脸，不理他。老裴眼睛往房顶上看。他冲老裴一笑，说：会上的话你别多心，这不是公社里要求提吗？别人提过了的不能重复提，我实在想不起别的！

老裴把眼一瞪：谁说我多心了！听蝲蝲蛄叫唤不种地了？我就是想来腊梅这儿，我天天来，明天来后天还来。

杜存喜半开玩笑地说：你咋那么愿意来呢？

老裴说：她长得好看，奶子肥，我喜欢看她，你管得着不？

杜存喜扫一眼腊梅，腊梅脸上一点没挂不住，像说的是别人。他赔一个笑，说：你说得好，是我活该！说完扭头走了。

他很冤，本来是上面让提意见，白白得罪了人。再说他也是为老裴好，老裴跟腊梅的事村里议论纷纷，这么大岁数有意思不？是不是影响了支部的威信？

刘会计在他后面发言，人家提的是老裴不注意学习，提的时候声音比他还高，唾沫星子乱飞，会散了跟老裴照样有说有笑。

过了几个月他提出辞职，老裴跟腊梅的事成了公开的。

4

杨伯峻眼前不时闪现出腊梅的脸。

想想她童年的经历，不可谓不痛。痛在她身上孕化出精明。杨伯峻想象老裴在她家的情形，她的笑声让人放松。他们真有那种关系吗？也许有，也许没有。

老裴稳稳地坐在她家炕头上，邹进贤站着。腊梅给他们倒了水，说：要不就算了吧！她指的是邹进贤评贫困户的事。

邹进贤不肯，他看重钱，更看重面子，能把公共财富拢到自己家是本事。他有个妹妹，有妹妹就有地位！要的是一种感觉！

杨伯峻想到了局里，每个人都有人生取舍，关键是你想要什么。他在最困难时想过一种闲散、平淡的生活，养养鸟，种种花草，玩玩古董。桌上的资料他连看都不看，县里报上来的项目，跟以前动辄上亿的相比是小儿科。不是大材小用，是逗你玩儿。那些日子他看了几个企业家的传记，里面的生活离他太远了，他问自己：这样混下去能甘心吗？不甘心又能怎么样？他说：我想堕落！

严惠娟把他的头揽在怀里，说：你堕落不了。

他想起母亲对他的期盼，说：看来，当个坏人也挺难的！

对有些人就容易多了，比如这个邹进贤，他在车里叼着一支烟，说家里有一辆车，一个月能挣八九千元。现在却说人均收入不到二千，是贫困户。

他本来没信心，有了这个妹妹就不一样了。杨伯峻想象他从自己家出来，往腊梅家走，一路都有人看着他。这些人同样在看工作队，看你有没有能力摆平这一切，或者让村干部摆平了。

第二天杨伯峻带着江小童继续走访，发现家家户户都锁着门，不锁门的也没大人，只有孩子在屋里玩。问大人去哪儿了，孩子说不知道。

偶尔一家有女人在，满脸冷漠，像看怪物一样看着他们。自从盘活了养猪场，村里人对他们很热情，一夜之间就降温了。江小童问家里的收入，女人说不知道。

杨伯峻说：你一年多少收入都不知道？

女人说：我说不清，你问当家的吧！

傍晚男主人回来再问，男人也说不知道。

杨伯峻说：自己家的收入怎么会不知道？是不是对我们有意见。

男人说：没意见，我没文化，不知道该咋说。

第七章·贫困户

杨伯峻说：按事实说。

男人说：啥叫事实？前面几家哪个不是按事实说的。人家一说就成了贫困户，我们一说就不是。你也别问了，问我也不告诉你，反正我们也争不上贫困户，说这些有啥用！

杨伯峻想解释，男人说：我们该吃饭了，你走吧！

杨伯峻带着江小童回到村委会，黄俊涛和梅长风也回来了。他们那边也有一些农户拒绝调查，说：你们早把贫困户定了，走这个过场干啥？贫困户的帽子我们不稀罕，爱给谁给谁吧！

实际上他已经有了主意。傍晚杨伯峻让梅长风叫村干部。老裴说家里有事，暴二来说正在乡里吃饭，刘会计和其他干部倒是来了，说起村里的谣言一脸茫然。

在村里查造谣的并不容易。村干部们不出门就知道是谁，他们不说，也有的村干部真不知道。这跟他们在村里的威信有关，也跟职务有关。

老裴可能什么都知道，他不来，是不肯配合。暴二来真不知道，也可能装不知道，他不愿得罪老裴。

杨伯峻让村干部们打听，刘会计说：打听也白打听，这种事谁会往外说呢？果然，曹志军等人打听了一天，什么也没问出来。

杨伯峻想到了刘海翔。别看他年轻，在村里有办法，对刘丙瑞好感的，对他就好感。果然，在村里转了一圈儿他就搞清楚了，说：查不出造谣的，没人造谣。

杨伯峻问：说贫困户内定了，谁说的？

刘海翔说：邹进贤老婆自己说的。以前故意跟村里人说她家如何有势力，跟老裴如何铁，老裴在上面如何有人等。村里人说这回工作队来了，他家不行了。她跟别人说工作队听她的，她家还是村里的红人。工作队做不了老裴的主。

村里人比她想得还多，说：工作队不可能做不了老裴的主，做不了肯定另有原因。人人有想象力，他们审视着杨伯峻，心里有些看不起！

杨伯峻召集群众开会，再三强调：贫困户要由村党支部和工作队研究确定，个人无权答应。不管是谁，都没这个权力。村里人听出指的是老裴。

第二天再入户调查，起码家家有人了。不过，人们的回答跟邹进贤一样。杨伯峻问：家里种了几亩地？收入多少？

五亩地。没卖过粮，打下的粮自己吃了。

养殖呢？猪，还有鸡、鸭、鹅什么的，养过吗？

养了猪，没卖过，自己家过年吃，我们这里叫年猪。五个母鸡能下点儿蛋，都给孩子吃了，大人都舍不得吃。

孩子有没有外出打工的？

有是有，挣不上钱。打三个月工，找两个月工作，给人家送过外卖，电动车得自己买，说是一个月挣三千块钱，出了差错得自己赔。刨去赔的剩不下几个。

杨伯峻问：算算一年能挣多少，能算出来吧？

男主人掰着指头算了半天，减去买电动车的钱，来回路费，再减去赔老板的钱，剩下五千多，一年就挣这点儿。

杨伯峻环顾家里，有宽屏液晶电视，双开门冰箱，房子是一排五间大瓦房，一两年前新盖的，地面是水泥预制砖，下面墙基贴着一圈儿地脚砖。每家都有摩托车。你调查出来的结果，他们就是贫困户。

再去一家，一样的笑容可掬，一样的天衣无缝。一夜之间他们聪明了，比阿庆嫂还滴水不漏。十几个以前访问过的农户来找杨伯峻。梅长凤以为要闹事，他们笑嘻嘻地说：我们不闹事，来跟你们商量，上回填的表改一改行不？

改什么？

改收入呵，没挣那么多，当时算多了！

每家的收入都反复核对过，也得到了他们认可，现在却说算多了。按他们说的再一统计，都成了贫困户。

黄俊涛那一组也有好些人要求改。杨伯峻下了决心，从邹进贤家开始复查。

邹进贤说：我家收入就这些，你不复查是这些，复查也是这些！

杨伯峻说：你家又是江淮汽车，又是摩托车，你跑运输，你儿子在外面打工，把你们列为贫困户，跟村里人交代不过去。

邹进贤说：上级政策就这么定的，我要不是贫困户，除非你把政策改了。

从邹进贤家出来，杨伯峻像打了败仗。他想到了腊梅，跟她谈一谈也许有用吧？梅长凤不屑地说：咱们堂堂工作队，去求一个破鞋？

杨伯峻严肃了：你怎么能随便说，别说没那回事，就是真有也不能由咱们往外说。

梅长凤不言声了。

杨伯峻带着江小童去腊梅家。腊梅像燕子一样飞出来，笑得极其灿烂：哎呀，我说这两天喜鹊老在外面叫，是杨局长来了。

杨伯峻进了屋，果然像别人说的，宽敞、整洁。大部分农家窗户很小，屋里阴暗，腊梅家阳光铺满一炕，墙刷得雪白，没一丝灰尘。腊梅一边给他们倒茶，一边琢磨工作队的来意。端上茶，两只手不停地在围裙上来回擦。

杨伯峻说：路过来看看你。

腊梅绽开笑容：八路军来我家，是我的光荣。

杨伯峻说：你这个提法好，盼着你能当八路军的堡垒户。

腊梅说：我当不了堡垒户，也不当钉子户！笑眯眯地把杨伯峻顶了回去。

杨伯峻便跟她说起邹进贤：听说是你亲哥？

腊梅说：杨局长连这个都知道了。

杨伯峻说了各户要求重新登记收入的事。又说：村里人都要求改填，我们的工作就进行不下去了。

腊梅扑闪着一双大眼，问：我能帮你什么？

杨伯峻说：劝劝你哥，让他配合我们。

腊梅笑着说：我刚才说了，我们不当钉子户。只是，我哥就那么多收入，也不能让他故意多报，你说是不是？

杨伯峻说：当然，要的是实事求是，如实填报。

腊梅说：这我能保证，我哥是个老实人，肯定如实填报。

江小童又向她介绍怎么一户一户访问，晚上又一户一户研究、核实，腊梅一边附和，一边坚持说邹进贤不会少报。杨伯峻看她打太极拳，只好离开了。

梅长风说：我说什么来着，对这种人不能有幻想，压根儿就不是正经人。

黄俊涛说：睁一只眼闭一只眼吧！别跟老裴闹僵了。

杨伯峻说：这不是邹进贤一个人的事，咱们没退路。我想了个办法，不知道行不行！

第七章·贫困户 255

黄俊涛说：你说！

邹进贤的儿子收入多少，咱们到他打工的企业了解。他开的车是不是自己的，卖没卖，卖了多少，到车管所查。办法虽然笨点儿，可以赢得群众信任。

黄俊涛撇了一下嘴：那得查到什么时候？

杨伯峻说：花点时间也值！

第二天杨伯峻带着梅长风去县城，在宾馆住了两天，查出了结果。邹进贤的儿子在一家私企干了四年，开始给老板开车，后来在公司运输队，月工资从最初的二千元，一直到现在的四千八。礼拜日和礼拜六还能自己揽活跑车。他媳妇也在那家企业干过，怀孕生子后回了家。

他家的汽车到车管所一查就查出来了，东风车车主是邹广义——邹进贤的儿子。另一辆江淮汽车根本没坏，更不到报废时间。车管所说他们跟别人达成了协议，六万元卖了，正在办理过户手续。

梅长风感觉打了大胜仗，一路哼着歌儿开车往回走，看见前面有一辆皮卡，对杨伯峻说：我怎么觉得这车眼熟呢？

杨伯峻说：是。

梅长风说：不会是邹进贤的吧？

杨伯峻再看，说：他家一辆东风卡车，一辆江淮农用车，没听说还有皮卡！

皮卡可能看到了他们，突然加速超了好几辆车。梅长风说：肯定不是邹进贤，岁数大的人开不了这么猛！

话音刚落，路边横向蹿出一辆水泥搅拌车，皮卡刹车不及撞了上去，后面好几辆车跟着追了尾。

皮卡车头已经撞扁，车里司机血流满面，已经昏迷。再一看正是邹进贤。

杨伯峻让梅长风把车开到皮卡旁边，求旁观的人把邹进贤抬进车里，调转车头往县城开。路上邹进贤醒来过一次，一把抓住杨伯峻的手再不松开。杨伯峻还以为他看到村里的人，舍不得离开呢！

抬到县医院急救室，邹进贤还不撒手。杨伯峻说：老邹，已经到医院了，你放心吧！

邹进贤说：是你撞的我，别想走！

杨伯峻哭笑不得，说：你不松手，医院没法给你抢救。邹进贤这才撒开手。经过医生仔细检查，邹进贤头皮上有个大口子，面部流了很多血，实际伤情并不严重。

转到普通病房后，他仍然假装认不出杨伯峻，说杨伯峻撞了他。梅长风说：你看看，这就是咱们好心的结果，硬是当了一回东郭先生。

杨伯峻说：你车上有行车记录仪，不用担心。

交警处理事故时，梅长风提供了行车记录仪，旁边另外一辆车，也有行车记录仪。两辆车的记录仪都显示，对面十字路口已经亮起了红灯，皮卡仍然往前开，车速极快。邹进贤应该负全责。

再一看，皮卡没有牌照，属于无照行驶。更让人哭笑不得的是，邹进贤还没给车上保险，全部费用都要个人负担。梅长风说：这回真成贫困户了。

腊梅听到消息赶来，再三给杨伯峻道歉，说邹进贤让车撞昏了，没认出杨局长，实在对不起。村里人都议论邹进贤兄妹不地道。有人说：这根本不是邹进贤的事，是腊梅一手弄的，幸亏有记录仪，不然有嘴也说不清。

在县医院住了七八天，邹进贤赶紧出了院。交警判他全责，住院得花自己的钱。对方的车撞得不严重，且有保险，两家便商量私了，邹进贤给了人家三万块钱，对方又到保险公司报了案，按自己剐蹭让保险公司修了。

杨伯峻那天离开腊梅家，腊梅觉得邹进贤争贫困户，得罪人太多，为一个月几百块钱不值得。她把邹进贤训了一顿，说：你从哪里挣不了几百块钱，非在村里添腻歪？

邹进贤不服气，心里说：怎么是我添腻歪，是你让我争的。

腊梅说：你去跟工作队说，咱不当贫困户了，爱给谁给谁吧！

邹进贤没找工作队，自己在外面悄悄买了一辆长城皮卡。他买皮卡是跟村里人赌气，你们到工作队搅和我，我偏要过得比你们好。我再买一辆新车，气死你们。带着气开车，不知怎么就撞上了。开始他没看清杨伯峻，心想，可不能让撞我的人跑了。等后来认出是谁，索性假装没认出来，一口咬定这人撞了他。

5

利用上午练习气功，杨伯峻说了邹进贤家的经济收入情况，在场的一致鼓掌，纷纷议论：这回的工作队有办法，敢碰硬！

重新入户调查，邹进贤老老实实地回答问题，全年收入达到了十一万四千元，其中六万二是卖江淮汽车的。杨伯峻问：确定吗？

邹进贤说：确定。邹进贤老婆不说话，脸上挂着霜。

从邹家出来，各家主动重新申报，大部分户人均年收入三千多元，最高六千多，只有两家是贫困户。

杨伯峻说：是不是贫困户我们能看出来。

有人说：看不出来的都有原因。杨伯峻问，啥原因？那人说：原因有的在脑袋里，有的在裤裆里。杨伯峻忍不住笑出了声。

邹进贤一家消沉了不少。老裴脸色凝重，刚刮的胡子，脸上青黢黢的不见笑容。村里人每天上午练气功，他不练。以前披着黑夹袄，手指夹一根香烟，在村委会院里转一圈儿就走了。现在不披黑夹袄，换成了貂皮大衣。村里人说那个大衣不光领子，内胆也是貂皮的，原平商厦卖六万多。梅长风趁着老裴抽烟上手摸了摸，皮毛很滑，拿在手里很轻。据说是邹进贤买的。

从医院回来第二天，邹进贤跟老裴说了车祸经过。他听说工作队去了车管所，急慌慌赶过去，车管所已经什么都说了。回来心里乱，不知不觉闯了红灯，车又超速，没明白怎么回事就跟横向来的车撞了。腊梅狠狠瞪了他一眼，在旁边不停抹泪。邹进贤来回看他们，见老裴不言声，觉得没希望了。

腊梅忽然说：我本来不让他再争了，这回不争也得争。

老裴说：这话咋跟工作队说？

腊梅愤愤地说：一个村的人看我的笑话，我咽不下这口气！在村里争不下来，我去乡里争，乡里争不来，我去县里争。他一下赔了三万，不是贫困户也是。

老裴说：等这股风过了我再跟工作队说。

腊梅朝邹进贤使个眼色，邹进贤说了好些感恩的话。最后说：裴书记这件夹袄披了好些年，也该换换了！

6

江小童等着老裴的反应，见老裴没新动作，她跟梅长风商量好了轮休。

任海龙家里有事，杨伯峻一个人在后沟调查。排除了邹进贤的干扰，家家户户眉开眼笑，有些人拽着他不松手，要留他吃饭，他婉拒了几家，觉得总拒绝也不好，走到任贵生家，一感动就留下了。没想到任贵生尴尬地说：杨局长，我家条件差点儿。

杨伯峻赶紧说：别给我单做，你吃什么我吃什么。

贵生老婆拌了一个白萝卜，剥了几棵大葱，每棵葱都拦腰切成两段，贵生不满地瞪了老婆一眼，说：咋不炒鸡蛋。

贵生老婆压低声音说：就剩三个鸡蛋了。

贵生用命令的口气说：炒了！

杨伯峻拦住贵生老婆，说：不用，不用。这就挺好。

贵生老婆看了男人一眼，没炒。家里实在太困难了。

杨伯峻说：这就挺好的。故意大口地吃。他在饭馆吃过窝头，那是精加工的玉米胚芽粉，里面掺了白面、豆面、栗子面。现在吃的是农家窝头，咬一口，粗糙的棒子面摩擦舌面。一吃大葱，唾液出来了。他使劲儿咀嚼，窝头很快滚到了胃里，胃里隐隐有些疼。

任贵生不停地问：吃得惯不？

杨伯峻说：我也是农家出身，小时候跟你们吃的一样。任贵生安心了些。杨伯峻自己也奇怪，这样的饭小时候天天吃，怎么现在吃不下去呢？

任贵生家两个孩子，女儿十六岁，在乡里上中学，儿子在北京一所大学读大三。任贵生说儿子腿有毛病,申请来了二胎指标。贵生老婆说:这个指标花老钱了。贵生瞪了她一眼,她不往下说了。

任贵生说:供养一个大学生,等于家里遭了四年灾!

他的话声音不高,听着像一声霹雳。杨伯峻放下碗。任贵生让他再吃,他说吃饱了。

贵生说:七拼八凑够了一年学费,想想这四年怎么熬,我头疼。我说,别念了,家里供不起你。孩子懂事,说行!

贵生哽咽着说:夜里,我听见他在被窝里哭,不敢让我们听见,哭两声,停一下,过一会儿再哭。你想想,当爹娘的心里难受不?我们俩都假装没听见。第二天我问老婆:听见了吗?她背过身抹泪说:能听不见?

我后悔不该盖房。头一年,我刚翻盖了现在的房,哪想到他会考上?十几年了村里没考上的,有的考上了中专,不上了,上了也找不到工作。等他接到录取通知书,告诉我说是个名校,我就后悔了。哪想到好事会落到我们头上!

老师答应出两千块钱。一年学费五千,还不算吃住。家里还有个闺女,也要花钱。我跟老师说:不是我驳你面子,不想让他上了。老师气得扭头走了。

任贵生说:闺女跟我说,哥哥不念我也不念了。我说,你还小,不念书干啥?她说,考上大学也不能去,念书有啥用?明天我就退学。我拿笤帚打了她一下,说:你想逼死你爹呀!

杨伯峻让贵生拿出孩子的照片,一张很小的照片,兄妹俩并排站着,女孩子很瘦弱,眉头带着倔强。是她让爹改变了主意,同时也把沉重的担子压在了爹身上。

村里原来的贫困户名单,没有任贵生。登记家庭经济情况时,任贵生也没说这些。杨伯峻想怎么才能把这些登记进去，上面发的表里没有这一项，他没法写！

他问：孩子后来怎么解决学费的？

贵生说，家里给他借了一年学费，里面还有中学老师的两千。进了学校都靠他自己，一入学他就打工，有时在校外，有时在校内，最多一天打三份工。学校放了假，他不回来，为了节省路费，也为了挣钱。

杨伯峻拿出一百块钱，说这是饭钱。任贵生快速收起来，给杨伯峻鞠了个躬，眼睛湿润了。他知道杨伯峻的意思，这不是饭钱，是爱心。他太需要了！

按调查结果，后沟有三分之二是贫困户，却只有两户进入了贫困户名单。这里没出过村干部，人们抱怨说，后沟一个干部都没有，村里发救济他们不知道。邹进贤是贫困户，他们也不知道。

原来说，沟底比他们穷。他们说不是，乡里、县里干部发救济，先考虑沟底，我们谁考虑？他们有个副村长，我们没有。

杨伯峻一家一家地访，一户一户地谈，每家都有好些心里话，他们说穷不在乎，几辈子都这么穷过来了，他们要的是公平。他们说的不公平是好些年前的事，甚至能说到"文革"，这些不公平成了包袱，压得他们迈不开步。

返回路上杨伯峻走得跌跌撞撞，原想今天把后沟调查完，明天到沟底，看来不行了，后沟还有好几户没去呢，每一家都说好半天。

江小童打电话说下午回来。这个女孩儿有点儿反常，哪有女孩子不愿回家的？梅长风硬逼着她回家，在家待了一天就要回来，出了什么事？

再有六天是春节，市里和县里都要慰问，必须尽快把贫困户名单定下来。

脑袋被撞了一下,杨伯峻捂着头看了看,四周黑黢黢的,旁边是大沟,掉下去摔不死也很难爬上来。他打开手机的电筒功能,看到脚下离沟还有半尺远,一根折断的树枝挡在面前。手机的光亮惊动了麻雀,扑棱棱一齐飞走了。稍远处有一道阴沉的光,往前走了几步,一只猫头鹰在树上朝下看他。它飞走的样子很高贵,不慌不忙的,没把人看在眼里。它不是害怕才飞走,是对人不耐烦。

举着手机往前走,十几分钟后看到了灯光。六七岁时他在村外迷过路,那些灯光给了他力量。再往前走,看到一个大号手电筒一晃一晃地走过来,是黄俊涛来接他,那是他们下乡时买的,村里没这么大的手电筒。

黄俊涛告诉他,江小童回来了。天黑,开了一半山路给他们打电话,说不敢开了。他和梅长风开车去接她。返回时他开江小童的车,梅长风开另一辆。他们也是刚到村里,没想到他还没回来。

7

沟底每户都是独立大院,树木掩映,枯草埋径,家家院里有菜园,房前屋后种玉米。这里人均土地达到一亩半,好些边边角角的地是开出来的,村里没登记。

杨伯峻站在坡上往四周看,远山迷蒙,一个冬天的积雪覆盖着山头,山腰裸露出的岩石像斧劈出来的,硬朗、爽捷,像一幅古画。大沟到了这里没那么深,沟上用原木搭了一座桥,一米多宽,九米多长。梅长风在沟边给杨伯峻打电话,说东边原来说有八户,三户已经搬到了市里。杨伯峻让他们从桥上过来,一块儿吃饭。

他们带了方便面、面包、火腿肠，还有西红柿和黄瓜，请农户帮他们煮一下面。那家男人在市里打工，女人手脚麻利，煮面时给他们每人卧了一个鸡蛋。她说她家也是村干部，她男人叫赵明杰，副村长。

杨伯峻问：现在还是？

她说：还是。

杨伯峻问：出去打工，村里工作怎么办？

女人笑了，说：不出去日子咋过？插剑岭最早出去打工就是沟底的。

杨伯峻问是谁？女人又笑了，说：我，那年我才十四岁。

她说：那时不叫打工，给亲戚看孩子，亲戚管吃管住每月给九块钱，衣服穿他们不穿的。家里人再三嘱咐，去了好好干，一个月给九块钱呢，咱不能糊弄人家。

那个亲戚脾气不好，老骂她，她去邮局寄信，就怀疑她偷了东西往家里寄。她写信说想回家，爹写信说：你表嫂跟谁都是那个脾气，人家给了那么多衣服，你咋不知足呢？

信是韩庆全代写的，口气是爹的。她知道家里指着她每月挣的九块钱。有一天，她实在忍不住跟亲戚吵了一架，从亲戚家跑出来。小区里好些人想雇她，每月十二块。原来城里缺保姆。亲戚想让他回去，她不回。说是亲戚，其实绕了好几个弯儿。

沟底好几个闺女跟着她去了市里。有一个闺女给一个男的当保姆，后来嫁了那个男人。梅长风问：男的没成过家吗？

她说：老婆去美国不回来了。她看那个老师挺可怜，就把人家的孩子当成自己的，慢慢两个人好上了。后来他们也有了孩子，两人过得挺好，就是男的比她大了十几岁。

梅长风问：你现在怎么不出去了？

女人说：结了婚我就回来了，家里有老有小，不能没人。

吃完饭他们给她留饭钱，女人坚决不要，说：给钱就是看不起我。

杨伯峻说：你还给我们卧了鸡蛋呢！

女人说：家里十几个鸡，下的蛋吃不了。

杨伯峻一直以为沟底最穷，看来不是。这里穷的只有八九户，都是因为种种原因没有出去打工的！

8

下午回到村委会。黄俊涛和梅长风拟出了贫困户名单。

晚上八点多，听到院里传来老裴的咳嗽声，刘会计先进门，挑着门帘等老裴和暴二来。杨伯峻问：别人呢？老裴说：离得太远，不用叫他们了。

杨伯峻说：这是大事，把两委班子聚齐了吧！

梅长风开着车陪暴二来去接，老裴不高兴。人们早就反映，村里的事都是老裴跟刘会计定，连村长都不知道，今天二来也积极。

两委班子一共九个人，除了沟底的赵明杰和两个支委在外面打工，其他人都到了。杨伯峻先介绍了走街串户的总体印象，除了沟口好些，沟里、后沟、沟底都存在着贫困，后沟最严重，全村贫困人口占到了百分之五十三，是个不折不扣的贫困村。

黄俊涛念了贫困户名单，对每一户做了说明。杨伯峻重点介绍了两个人，一个是后沟的任贵生，儿子考上大学，属于因学致贫，另一个是黄俊涛和梅长风调查的，那家生了四个孩子，属于超生致贫。

老裴解释说：那个女人二胎是超生，罚了款，乡里拉着集体去做绝育手术，不知道咋搞的，又怀上了。生了三胎后又做了一回手术，还是没做成，谁都不知道咋回事，村里人说她的零件是铁做的，手术刀割不动。

人们笑起来。

老裴又说：县里调查过，医生跟他们不沾亲不带故，压根儿不认识，真是怪事！

杨伯峻说：手术没成功，她应该报告。

二来说：她也不知道咋回事，压根儿没想到是怀上了。当时批评了她，好像没罚款吧？他看着老裴问。老裴肯定地说：没罚。

梅长风说：这是个超级女人。

大家又笑了，老裴也笑。只有江小童不笑。

梅长风说：还有刘丙瑞，完全够贫困户，他坚决不当。听说他在村里搞过企业，后来怎么不搞了？梅长风故意这么问，看老裴的反应。

村干部们不说话，有人看老裴，老裴冷着脸抽烟。

杨伯峻想岔开话题，梅长风又问：到底怎么回事？

老裴说：他自个儿知道！

二来说：他自个儿不愿当贫困户，咱不能强迫！

杨伯峻问：还有别的问题吗？没问题就上报了。

老裴说：有问题！看到目光集中到他身上，他才一字一句地说：名单里为啥没邹进贤？

屋里紧张起来，村干部们看杨伯峻。黄俊涛解释说：他家人均收入超过了贫困户标准。

老裴说：就算他以前超了，出了车祸也够了。

梅长风说：杨局长跟我都在车祸现场，处理结果我们都知道，让他赔了三万，光一个二手车他就挣了六万，怎么能算贫困户？

老裴说：贫困户没他不行！你们都说说。他眼睛扫着村干部们。

村干部们低着头，他们平时看不惯邹进贤，乐见老裴跟工作队顶牛。梅长风看杨伯峻一直不表态，意识到有些话他不便说，便念了一遍邹进贤的情况，说：他家年收入十一万四千元，加上孙子一共五口人，每人平均年收入二万二千八百元，车祸只赔了三万。你们觉得这个条件够贫困户吗？

没人说话。

梅长风又说：这样的人算贫困户，好些收入不如他的怎么办？

老裴把烟头往桌上狠狠一捻，说：我不管别人，我当支书就得有他！

这是在跟工作队摊牌！黄俊涛脸腾地红了，想反驳，想起崔局长的嘱咐又坐下了。

梅长风说：谁当支书都得按政策办事。看到大家不说话，他又说：要不咱们征求一下村里人的意见！让大家讨论！

老裴抬起头：征求谁的意见都不如听我的。我在这儿当了二十八年支书，村里情况我最了解。你们调查的那些都在我心里，别人说啥都没用！

杨伯峻说：那你说说，跟我们调查的有什么出入！

老裴说：我不管有没有出入，就一条，贫困户名单必须有邹进贤。

杨伯峻问其他干部：你们看呢？

在场的人不说话。

杨伯峻不打算跟老裴闹掰了，他想搞清楚老裴要干什么，是宣示他的权威，还是向村里人证明工作队听他的。众目睽睽之下，杨伯峻说：今

第七章·贫困户　　267

天先商量到这儿，散会！

老裴起身走了，没跟任何人打招呼。

二来迟疑了一下也走了，刘会计临出门回身看了看，似乎跟杨伯峻有话说。其他干部站起来道别，好像在为刚才没表态道歉，他们跟杨伯峻握手时用了力，杨伯峻也同样用了力，直到目送他们走远，他才回过身说：出乎预料！

梅长风说：他这是对咱们调查邹进贤不满！

江小童猜老裴是为了腊梅。在是非与爱情之间，她更看重爱情，觉得答应老裴无非是多了一个贫困户，上面对贫困户数量又没限制。杨伯峻说：这不是多一两户的问题，是能不能做到公平、公正的问题。我们妥协了，群众会失望。

梅长风脱口而出：把他顶回去！

杨伯峻摇头说：先征求一下乡里的意见吧！

屋外有动静，梅长风凑到窗前，见刘会计蹑手蹑脚地返回来，他挑开门帘把刘会计让进屋里。

刘会计说：我把老裴送回去了。

杨伯峻说：坐吧！

刘会计坐下，说：他就这个脾气，我给他当了几十年会计才适应。李沛义当支书时我接的会计，他上台我好长时间别扭。

刘会计是想说，他是李沛义选的人。

杨伯峻说：这就是磨合，你们磨合出来了！

刘会计说：他那点心思我知道，就是男人那点儿毛病。

他在暗示老裴跟腊梅的特殊关系。

杨伯峻说：今天太晚了，你也早点休息吧！

刘会计似乎不想走。杨伯峻一边送他，一边说：没什么了不起的，这种事我经得多了！他估计这话能传到老裴耳朵里。

9

半夜起了风，树间的鸟雀从睡梦中惊醒，蜷缩起身体。地下的小动物谛听一会儿，往地穴深处移动。遮着星光的云雾被吹走，天空一片清冷。

杨伯峻躺在床上，眼前闪现出老裴蛮横的样子——不管别人，我当支书就得有他！征求谁的意见都不如听我的。我在这儿当了二十八年支书，村里情况最了解。你们调查的那些都在我心里，别人说啥都没用！

这哪是商量工作，成了下通牒了。一个小小的村干部，谁给了他挑战工作队的底气？工作队到村里后，不断有人暗示老裴跟周竞有特殊关系。一个民营企业家有这么大本事吗？工作队妥协一次，以后都得妥协。简单顶回去也不行，需要得到乡党委的支持。

另一个屋里，黄俊涛和梅长风也睡不着。梅长风愤愤地说：杨局长太软，要我当下给他顶回去。他有什么了不起的！

黄俊涛认为，工作队不接近刘丙瑞，老裴不会是这个态度。现在老裴摊了牌，村两委班子眼巴巴地看着，杨伯峻不能软，也不好硬。硬到最后就得换班子。

杨伯峻单独跟他交换意见，流露出了这个意思，他没表态。双方搞僵了肯定得换，不换班子就得换工作队。村班子是乡党委定的，老裴当了二十八年村支书，跟乡里不定是什么关系，能换成吗？工作队不能超越上一级党委，这个牌就不好打了。

从市里派下来的工作队还没有换班子的，插剑岭第一个换，上级怎么看？崔局长几次说：插剑岭的支书工作能力强，要尊重人家。有重大问题及时汇报。

崔局长跟老裴不认识，为啥这么关注老裴？刚刚得到消息，崔局长要到下面当县长。多年的局长到县里当二把手，说明市领导不看好。新局长万一是杨伯峻呢？市委书记很看重杨伯峻。这也是刚听说的。

黄俊涛不能跟杨伯峻有分歧，这时候尤其不能。也不能违背崔局长的意图，站在他的角度各方没有矛盾最好，有了矛盾不暴露，抹平才是本事。

天已经发亮，从窗帘上缘他看到了白光。站在高处很快能看见太阳升起，好些人没这个能力，把黑暗想象得无限大。局里人认为他会来事儿，看不到他与别人目光不同，成功从来都是视野的成功，不是技术的成功！

早晨起来他精神饱满，梅长风还在酣睡。他走到院里，看到杨伯峻正对着大门口抽烟。清冽的风把烟吹散开，烟味儿挺好闻！

他问：上午怎么安排？

杨伯峻说：我找蒋社教聊聊，你们把名单整理好，我跟乡里沟通好后再报。

他问：邹进贤怎么报？

杨伯峻说：当然是按政策要求报，也把老裴的意见说明一下。

杨伯峻的办法挺高明，把球踢给了乡里。乡里不同意，群众也怨不着工作队。杨伯峻当了十几年副局长，工作还是有一套的。

10

村里人把领导之间的权斗叫掰手腕，挺形象的。比的是意志和耐力。你把对方掰下去，权就是你的，是非就是你说了算。跟工作队摊牌很冒险，老裴就这么干了，杨伯峻不敢把他怎么样。

他等着杨伯峻找他。谁找谁很关键，刚当支书他找别人，一年后他就不找人了，等着别人找他。同意他也不马上答应，让你反复找。

杨伯峻那边没动静，他打电话问乡主管领导：我们村的贫困户名单报了吗？

主管副乡长说：你是支书，你问我？

他顿了一下，说：我没在村里。

副乡长说：我也不在乡里。

平时他眼里只有书记、乡长，副乡长们对他有意见。他问：杨伯峻去乡里了吧？

副乡长说：刚跟你说过，我不在乡里。

副乡长刚看见杨伯峻去了蒋社教办公室，故意不告诉老裴。

杨伯峻一进屋，蒋社教就琢磨老裴惹了乱子。一边给杨伯峻倒水，一边想怎么应对。杨伯峻说了邹进贤的事，又说了老裴跟工作队摊牌。蒋社教笑了，老裴是什么东西他太清楚了。

他说：我有个办法你看行不行！你们先按老裴的意见报上来，算是尊重了他，到了乡里我再把邹进贤划掉。他要有意见，让他找我！

这就是乡镇领导，想的都是奇招。

按老裴的意见报群众怎么看？这个主意偏向老裴。杨伯峻说：我打算按政策报，你支持我就行了。杨伯峻不给自己留退路。

蒋社教说：也行，报上来我就批。他要找我，我就说我同意工作队的意见。

蒋社教至少表面支持了他。杨伯峻试探：老裴这人脾气不小啊！

蒋社教说：倔，我们都知道。

杨伯峻说：脾气倔没关系，问题是岁数太大了。插剑岭需要一个有朝气的带头人。

蒋社教明白了杨伯峻的来意，说：每次换届乡里都发愁，年轻的不好找啊！现在想换一个班子可不容易，换不好把村里换乱了，我们经历过。

杨伯峻淡淡地说了句：也是。

离开乡政府他心情抑郁。他跟蒋社教没谈拢，看样子还得跟老裴周旋。不过，邹进贤的事蒋社教明确表示支持。有了乡里支持，他反而不急着报了，他要把弓拉满，等着看老裴的反应。

下午，他接到了薛健的电话。一个有名的企业家，高中同学。听说他在插剑岭下乡，薛健惊讶：你怎么去了那个鬼地方？那儿的支书了不得，是个手眼通天的人物。

杨伯峻说：倒没看出他手眼通天，确实有个性。他把评贫困户的事跟薛健说了，又说：大概在村里霸道惯了。

薛健说：别跟他闹掰了。你在那儿待不了几年，得罪他干什么。听说他跟黑社会勾着。

杨伯峻说：你怎么什么都知道。

薛健说：我在原平有几个朋友。我有个建议，你想听不？

杨伯峻觉得没什么，说：想听，你说吧！

薛健说：一把钥匙开一把锁，你跟他争执属于没找对钥匙。他牛，是因为有靠山。

杨伯峻说：你是说周竞吧？

薛健说：周竞算什么，周竞后面是刘铁山，找到刘铁山一切迎刃而解。

杨伯峻说：不认识。

薛健说：在政界混了这么些年，找个认识他的人还难吗？实在不行我带你去省里，把他搞通，老裴哪敢不听你的。

刘铁山在县里负面传闻不少，杨伯峻犹豫。又想，蒋社教不打算换班子，以后还得跟老裴打交道，通过关系协调一下不是坏事。自己这一生不顺的时候多，就因为太正统，有人愿意帮忙，何乐而不为呢？

他问：你跟刘铁山熟？

薛健说：跟他熟的是我一个朋友，咱们省的副省长。有省长的面子他还尊重我。

杨伯峻笑了。他知道那个副省长，原来是市委副书记，杨伯峻对他没好印象，说：算了吧！

薛健说：你这人死心眼儿，当初听我的早提起来了，哪还用出来下乡？又劝了他半天，杨伯峻勉强答应了。

这不是光彩事，杨伯峻不想让别人知道。黄俊涛是副队长，只跟他一个人说。黄俊涛肯定不反对。

黄俊涛果然笑着说：你也懂得变通了。

杨伯峻说：这是为村里工作，没办法。

黄俊涛说：为自己更得变通。现在哪有单纯为工作的人，为自己就是为工作，为工作就是为自己。

杨伯峻隐隐不安，黄俊涛把他当成了同类，他却是被逼无奈。蒋社教态度暧昧，他只能变通一下，想一个巧办法。

两天后杨伯峻从省里回来，工作队的人眼巴巴地看着他，看他没说话的兴致，都不敢问。晚饭吃了一顿寂寞。

吃完饭他开始上厕所，一连去了三次，每次蹲好半天。

梅长风说：杨局长心情不好就拉屎。

黄俊涛哼了一声，说：他是拉不下来，要不怎么老蹲着呢？

省城之行看样子失败了。黄俊涛有点同情，也有点幸灾乐祸。别看杨伯峻是副局长，其实是个笨人，笨人教不聪明。聪明要靠自己悟。

他走进杨伯峻屋里，问：怎么样？

杨伯峻摇摇头，说：白跑一趟。

没见到刘铁山？

杨伯峻说：见了，没用。

黄俊涛想再问，看杨伯峻答得勉强，扭头走开了。

第二天再问，杨伯峻仍然不想说，有些事说明白就没意思了。他们到了省城，刚住下薛健就给刘铁山打电话：插剑岭扶贫工作队长想请你吃顿饭。

刘铁山很冷淡，说：我早不是县委书记了。

薛健说他在原平有威信，杨伯峻是慕名而来，特别想见他，请教怎么做农村工作。刘铁山说中午有安排。又问晚上，刘铁山说晚上也有事。有事电话里说吧！

杨伯峻看他端着架子，说：算了，咱们回去吧！他以为薛健事先沟通好了呢！

薛健说：你没做过生意，都像你这样一碰钉子就回头，哪个项目能做成。刘铁山见了原平人想牛一把，满足他一下有什么！明天我再约他。

到了夜里，杨伯峻睡不着。酒店有双人间，薛健以前是大老板，杨伯峻只好开了两个房间，房费加起来将近两千元。工作队一年经费才五万。

杨伯峻想，最好的节省是成功。薛健说得对，求人办事就得放下身段，低不下头不行。第二天，他跟薛健要了号码给刘铁山打，恭维刘书记在原平有威望，工作能力强，我们想请教插剑岭的发展大计。刘铁山说：我在原平工作十多年，跟那里的山山水水都有感情，昨天实在脱不开身，今天没问题。

薛健定的酒楼是高档的，一顿饭加酒水花了六千多，杨伯峻心疼，还得鼓励薛健多点菜。席间说到老裴，刘铁山大骂他不是东西，当年我支持他，我调走马上脸就变了。

杨伯峻怀疑刘铁山在堵他的嘴，想既然来了，怎么也得把事说出来。刘铁山帮不帮是他的问题，说不说是自己的事，便说了跟老裴的冲突。

刘铁山说：这事好办，跟乡里说把他换了。

杨伯峻觉得刘铁山在试探他，不敢说找过蒋社教，只说不想走那一步，毕竟是干了多年的支书，对村里也有贡献。刘铁山仰着头想了一下，说：我以前也这么想，退下来才知道以前心太软了。

薛健说：你是老领导，能不能帮着协调一下。

刘铁山说：我试试吧，别抱太大希望。

杨伯峻预感到这事已经黄了，刘铁山转了话题，说他女儿清华美院本科毕业，考上了中国美院研究生，得到了好几位美术大家的赏识。

薛健说：自古将门出虎女，基因好，天生的艺术家。

杨伯峻也夸奖刘铁山教女有方，说一些干部子女走了歪道，白白把孩子耽误了。

刘铁山说：我女儿精选了六十多幅画，想出一本画集，也就花十几万块钱，原来答应赞助的人突然变了卦。真是人走茶凉！

薛健便把眼光转向杨伯峻。

杨伯像勉强压住反感，问：刘书记女儿多大了？

刘铁山回答：二十六。

杨伯峻说：我们村里一个青年企业家，也是画家，回头我介绍他们认识一下。要是彼此有感觉，出多少画册都不成问题。

刘铁山听出杨伯峻不想出钱，马上没了兴致。薛健站起来敬酒，继续恭维。刘铁山说我下午还有事，咱们吃饭吧！

返回的路上，薛健埋怨杨伯峻反应慢，把一个机会错过了。杨伯峻说：刘铁山当了这么多年领导，身边有的是企业家愿意赞助。

薛健说：要以前不是个事，现在……他不往下说了。停了一会儿，又说：重要的是把咱们的事办了。

回到村委会，杨伯峻还在想刘铁山的话，按县里人议论，十几万块钱赞助刘铁山随便找个人就办了，除了周竞，他还有不少铁杆，今天中午故意说这些，是想证明自己在原平廉洁，还是想堵他的嘴？或者刘铁山已经形成了习惯，什么都要交换！

想了好长时间，他明白这是拒绝。

11

回到村里第二天，蒋社教打来电话，说：杨局长，贫困户名单先别报了。

杨伯峻问：为什么？

蒋社教说：你跟村干部讨论一下，统一思想再报。

杨伯峻蒙了，他们沟通过，蒋社教不同意换班子，却对邹进贤的事有明确态度，一转眼变了！

开车赶到乡里，蒋社教见了他略带歉意，说：我本来同意你的意见，现在有了新变化。

杨伯峻问：怎么了？

蒋社教说：一位老领导关心这事。

杨伯峻问：刘铁山？

蒋社教说：是关心原平，关心插剑岭的老领导。人家说了话，我不能不尊重。你先拖一拖，给我留一个转圜时间。

杨伯峻说：春节马上到了，市里还要来慰问呢！

蒋社教说：按以前的名单慰问。

以前名单有邹进贤，村里人知道岂不乱套？杨伯峻把确定贫困户名单的经过，邹进贤前后的表现又说了一遍，说：按以前的名单，村里人一定会闹事！

蒋社教皱了半天眉，说：你跟老裴做做工作。我也从中协调一下，争取把这件事办圆满，免得老领导有意见。

杨伯峻想把去省里的经过告诉蒋社教，又想，说了毫无益处，说不定还增加阻力。他说：邹进贤的事我跟村干部说过，把他列为贫困户跟群众没法交代。

蒋社教说：先缓一下，事缓则圆，没别的意思。

回到村里，一进沟口看见几个村干部。老裴神态轻松，脸上皱纹像花一样舒展，问他：杨局长又去乡里了？

杨伯峻应了一声，往村委会走。

老裴跟在后面，没进村委会，拐弯儿到了腊梅家。时间不长邹进贤两口子也去了，笑嘻嘻的。下午，老裴从腊梅家出来，貂皮大衣亮闪闪的。

暴二来来到村委会，一进门就笑。他跟刘会计说着荤段子，笑得前仰后合。

邹进贤把东风汽车停在村委会附近，下车进了超市。以前他不敢把车开回来，现在故意炫耀。他老婆和儿媳妇四处串门儿，吹他们朋友多，路子广。

很快有人传出消息，说贫困户名单乡里不让变。工作队得罪了大领导，老裴又有人撑腰了，邹进贤还是贫困户。

正议论，杨伯峻走进来，决定不再瞒着。梅长风等人听了很生气，骂道：刘铁山真不是东西，咱们就按政策报，蒋社教爱批不批，不批是他的责任。

杨伯峻说：我再跟他沟通一次，明天是最后一天，同意不同意咱们都报上去，不同意再想别的办法。

老裴以为杨伯峻会找他做工作，事先想好了怎么反驳，杨伯峻却压根儿不理他。他去了村委会两次，杨伯峻见了他不多说一句话。

抽空到乡里打听，乡干部都躲他。刘铁山告诉他蒋社教驳回了杨伯峻的意见，按说乡里不该是这个态度。看来事情没那么简单。

他给周竞打电话，周竞知道刘铁山替他说话，说：你们乡里那几个人都是势利眼，刘铁山不当县委书记了，你也别抱什么希望。

晚上，梅长风通知他开会，他说：我受了风寒，请假。放下电话，他又去了村委会。杨伯峻给他让了座。果然是研究贫困户的事。

杨伯峻说：贫困户名单咱们讨论过，大部分都统一了意见，只是邹进贤一个人有争议。不能因为他一个人耽误村里，今天咱们得定下来。

在场的人不说话。

杨伯峻一个一个地问，工作队的人都表示同意，又问村干部，曹志军、任海龙也表示同意。问到刘会计，刘会计两眼看着老裴，不说话。问暴二来，暴二来说：同意。看到暴二来同意了，刘会计说：我也同意。最后杨伯峻问：裴书记，你还有什么意见吗？

老裴说：还是原来的意见，没邹进贤不行。已经不是原来的强硬口气了。

杨伯峻说：我是村第一书记，你的意见作为保留意见，明天也报到乡里。你看行吗？

在场的人都看老裴，老裴没法回答，说行，窝囊；说不行，等于白说。他站起来走开了。

杨伯峻在他身后说：散会！

第二天，黄俊涛和刘会计把贫困户名单送到了乡里。乡里干部见了心领神会，给他们又倒茶又拿烟。从乡里回来，刘会计有些蔫儿，没说什么就走了。黄俊涛心情放松，杨伯峻问他怎么样，他一扬眉：顺利！

报到乡里的名单，很快就通过了。

消息传得很快，刘会计赶到村委会报告好消息，二来跟杨伯峻套近乎，说他早就看不惯邹进贤，仗着有个妹妹，除了老裴谁都不放在眼里。杨伯峻说了我能理解他之类的话，又说：理解是理解，该坚持的原则还要坚持！

一周后，杨伯峻看见老裴站在街口，仍然穿着那件貂皮大衣。同一

第七章·贫困户　　279·

件衣服，以前穿着挺威风，现在看着很单薄，孤零零的，样子有些落寞。老裴蹲下身子提了提鞋，再站起来脸冲着另一个方向。杨伯峻往前走了几步，老裴感觉到了，回身朝这边看，两人目光相接时杨伯峻问了一句：吃了？

老裴说：吃了。

这是村里人最平常的打招呼方式，一问一答中完成了妥协。这个人没那么强硬，更没那么强大。杨伯峻笑了一下，说：我接了县里的电话，县领导要来慰问。

老裴说：乡里也给我打电话了。

他们迈过了一个坎儿，以后就自然了。杨伯峻朝着老裴走过去，两人商量领导来了怎么接待。杨伯峻打算把贫困户集中起来开会，老裴想反对，杨伯峻说：领导跑那么多村，不可能一户一户慰问。老裴点了点头。

他以为杨伯峻会跟他解释邹进贤的事，杨伯峻一句没提，他也不问。两个人不咸不淡地聊了几句，扭头离开了。

他前前后后去了乡里三次，蒋社教最后一次才跟他见面。他刚想说邹进贤的事，蒋社教就打断他，问：有要紧事吗？蔺书记等着我汇报工作呢，我得赶紧走。

他只好说：没要紧事。

蒋社教跟他不是一般关系，他能连任村支书，蒋社教起了决定性作用。现在好像变了，刘铁山说蒋社教答应得挺好，怎么是这个态度？县里是不是有什么变化？看他匆匆忙忙的，好像真有要紧事。

刚当支书时，有些事商量不通他就摊牌。就这么定了，有意见去乡里告我！没人告他，乡领导来了他陪着吃，陪着玩儿，一年打牌输好几万，告他有什么用？后来又传出消息，刘铁山看重他，乡里干部都要敬他三分。

毕局长下乡时，想把邹进贤从救济名单刷下来，他说：要么让邹进贤上，要么我辞职！

毕局长说：你拿辞职吓唬谁？拿辞职书来。

老裴当下就写，毕局长借故走开了。

刘会计安排饭，把他们叫到一起。吃饭时刘会计悄悄告诉毕局长，老裴跟腊梅不是一般关系。刘会计用三根手指做了一个动作，毕局长笑出了声，他让老裴连干三杯，两人又成了哥儿们。谁没点儿隐私呢？睁一只眼闭一只眼就过去了。

消息很快传开了，村里人对老裴更恭敬。他走到任何一家，都敢摸女人的脸，女人红了脸，嗔怪地看他一眼。这就是他要的效果。干部当长了就明白威信是怎么回事，利益就是威信。

今天刘会计去家里找他，告诉他贫困户名单报到乡里了。他问：乡里怎么说的？

刘会计说：乡里同意了。

这个结果他想到了，心里的火还是"蹭"地蹿上来。给蒋社教打电话：蒋书记，这个支书你找别人干吧！

蒋社教说：有什么事你直说，是不是因为邹进贤。

老裴说：是，也不是。

蒋社教说：瞧你那点出息，都说屁股决定脑袋，没说鸡巴决定脑袋的。

老裴说：蒋书记，没那回事。

蒋社教说：你有也好，没有也好，我都不管。你不能跟工作队顶牛。工作队不是我派的，也不是县委派的，是市委派的。你要为别的不干我还劝你，要为工作队，我劝都不劝你。给你一天时间，想好了再给我打电话。真心辞职，我立马批准。

以前每次说不干，蒋书记都骂他一顿，这回碰到了钉子上。他转弯挺快，说：我不是跟工作队有意见，是说我这么大岁数了！

蒋社教说：这是我考虑的，只要我不通知你，你就好好干，听明白了不？

他说：听明白了。

他听出来蒋书记没打算让他下台，心里踏实了些。窝囊就窝囊吧，好在位置保住了。蒋社教说：这两天县委蔺书记要来，你给我惊醒着点儿，别捅娄子。

他一口答应。

人就是这么回事，能牛逼就牛逼，不能牛逼就低一下头。他当了二十八年村支书，低头也不是第一次！何况，谁胜谁败还不一定呢！

他今天故意在街上站着，等杨伯峻。杨伯峻跟他说了话，他也给杨伯峻递了烟，互相一点烟，气氛融洽了。街上有人朝他们看，他吸了一口烟，问：领导啥时候来？定了吗？听到明天下午来，他又说：我让刘会计下通知，贫困户明天下午到村委会开会。

他想的是，只要一开会，谁是贫困户就公开了。没评上的肯定闹，邹进贤也不会老实待着，到时候看杨伯峻怎么收拾。

第八章 闹社火

8·

1

蔺永乐下乡慰问，把最后一站定在了插剑岭。

前些日子杨伯峻打电话说想见一面，汇报工作。他知道杨伯峻遇到了麻烦。月亮湾乡有多复杂他早听说过。他问：你跟乡里融洽吗？

杨伯峻说：就是想汇报这个。

他说：我过几天去你们村。

县委书记是一个县的父母官，到哪个村，是对哪个村工作的肯定；到哪个乡，是哪个乡的机会。他一来，许多问题自然解决。

杨伯峻等，乡里也等，蒋社教天天给县委办打电话，心里琢磨蔺永乐是不是为杨伯峻来的。刘铁山过问插剑岭的事，杨伯峻是不是跟蔺永乐汇报了？

插剑岭的贫困户名单，他当天就批了。批完又给杨伯峻打电话，说上次只是想缓冲一下，没别的意思。杨伯峻想，你缓冲一下，老裴怎么知道了？

下午两点多蔺书记还没到。蒋社教跟杨伯峻商量：你面子大，问问县委办。杨伯峻拨通电话，县委办说一早就出来了，让他跟金秘书联系。

打了金秘书的电话，对方说：杨局长，我是小金。我在驻插剑岭的小康工作队干过。

杨伯峻问：你调到县委办了？

小金说：先借调。谢谢杨局长推荐我。

我推荐过吗？他跟蔺书记提过这个人，当时怎么说的早忘了。他说：谢什么，是你自己努力。

小金说：我们正在岭头村，蔺书记说晚上跟你一起吃饭！

贫困户们一点多就到了，有人练气功，有人在办公室打扑克，没到的只有刘丙瑞，他坚持不当贫困户。村干部们也来了，有人跟黄俊涛聊天，有人跟梅长风开玩笑。

老裴是最后一个到的，一进院把手里的半支烟狠吸几口扔在地上，院里霎时安静了。在他后面跟着一个人，贴着墙边走，人们看清楚那是邹进贤，嘈杂声又起。

邹进贤溜边走到墙角，原来站在那里的人都离开了。人群有些骚动，互相交头接耳。梅长风走过来。杨伯峻问：谁通知他来的？

梅长风说：不知道。一边说一边扫视老裴。

老裴望望天空，自言自语地说：今儿天气好。他的样子胸有成竹，倒是工作队这边显得有些慌乱。黄俊涛走过来问杨伯峻怎么回事？县领导带着慰问品，邹进贤万一闹起来怎么办！

杨伯峻说：不怕，到时候你念名字，按定好的名单发。

说完他走到院子中间，跟老裴拉开距离望着天空，说：咱们到村口迎接吧！两人一起往外走，其他干部跟着。

邹进贤跟了几步，看到村里人不动他又停下了。一院子人看着他，看到老裴已经走远，他索性不走了。

杨伯峻边走边聊来到公路边。一辆面包车出现了，后面跟着一辆轿车，小金从面包车上跳下来，小跑着拉开轿车门。蔺书记从车里下来，另一辆车上的蒋社教和杜乡长跳下车，站在蔺书记身后。蔺书记握住杨伯峻的手说：伯峻，辛苦了！

蒋社教赶紧介绍：插剑岭今年变化很大！

没人理老裴，老裴上前自我介绍：我是插剑岭的支书裴震山。

蔺书记的眼睛像火炬，听老裴自我介绍，火苗暗了一下，说：伯峻，

第八章·闹社火

上我的车吧，咱们进村再聊！老裴挺不自在。

杨伯峻和黄俊涛上了蔺书记的车，老裴上了蒋社教和杜建奎的车，很快就到了村委会。

工作队用办公桌拼了主席台，台下群众一齐鼓掌。

蔺书记挥了挥手，下面安静了。他对村里工作有了底，在县里当了多年一把手，有些经验只能意会，不能言传。比如这次慰问，大部分村不敢召集贫困户开会，怕有人闹事。这里的会场井井有条。

杨伯峻致了欢迎词，又请蔺书记讲话。小金把稿子递到蔺书记手里，蔺书记没按稿子念，说了几句家常话。最后一项是给贫困户发慰问品，贫困户们自动排成两队，喜气洋洋的。

杨伯峻皱了眉，他刚才安排点名领取，现在成了排队领，邹进贤也排在里面。他朝梅长风使了个眼色。梅长风喊：邹进贤。

邹进贤伸着头答应。梅长风说：你来一下。

邹进贤前面还有一个人，说：我快到了。

梅长风说：你先过来。

邹进贤走进办公室，怯生生地问：找我有事？

梅长风问：谁通知你来领东西的？

邹进贤一时语塞。是腊梅刚才告诉他的。

梅长风问：腊梅是村干部吗？

他不说话，想梅长风什么意思。

梅长风又问：是有人让腊梅转告你的吧？

他说：就算是吧！要是没我，我就走了。

梅长风说：你先等会儿，我查一下名单，昨天晚上开会来着，我没参加。

他只好眼巴巴地等着，眼睛不时朝外看。

梅长风说：老邹，你不用往外看了，该有你的，跑不了。我跟你说个事。你知道我没来这儿前，在我们单位咋回事儿不？

邹正贤摇头。

梅长风说：我还不如你在村里的地位高呢！你有个好妹妹，我啥都没有。我他妈的最大特长就是给领导添乱。

邹进贤饶有兴味地听着。这个留着长头发的工作队员跟别的干部不一样，他说的是真的，还是编故事玩儿？梅长风说：有一年，领导让我跟他去省里出差，到了省里我一不高兴，扭头回来了。领导打电话问我，你怎么走了？我说是你让我回来的。领导奇怪，我什么时候让你回去的？我说，你说你走吧！我就走了。领导说，我是让你回自己房间。

邹进贤眨眨眼，想他是什么意思。

梅长风又说：要论捣乱，我是行家里手。你别多心，不是说你，只是跟你说说我的过去。后来我就不这样了，那是年轻人的把戏，这么大岁数再这样就让人笑话了。

他一边说一边拿眼扫外面，看到蔺书记正跟杨伯峻聊天，心想：人们传得不错，蔺书记跟杨伯峻关系不一般，老裴掀不起大浪来。看到邹进贤还在听，他又说：知道容易市有个严家二少不？

邹进贤听说过，黑社会头子。

梅长风说：他才二十七岁，瘦巴巴的。那么年轻能领着几十号人在黑道儿上混，没点儿能耐真不行，市里有三个团伙，他是最大的。说完一拍胸脯说：他跟咱关系铁！

蔺书记正跟村干部们握手告别，梅长风说：你在这儿等一下，别动，我出去送送领导。说着走到院里，村干部们站在县领导车旁，蔺书记问老裴：在这儿当几年支书了？

蒋社教替他回答：二十八年，老支书了。

蔺书记沉着脸说：现在是脱贫攻坚的关键阶段，基层支部要经得起考验。说完上了车。

老裴脑子紧张地转着，觉得蔺书记话里有话，是不是说我当的时间太长了？

车要开时蔺书记说：伯峻，你跟我走！

杨伯峻刚要上车，看见后沟十几个人朝村委会走来，赶忙说：蔺书记，您先走一步，我随后就到。

看到蔺书记车开走，他松了一口气。来的人大部分他认识，为首的叫郝宝贵，后面跟着他哥哥郝宝石。郝宝石媳妇是裴学锋媳妇的妹妹。他们后边还有十几个人，大部分是后沟的，都声称是贫困户。一个老太太边说边哭，坐在了地上。

杨伯峻问：我们入户调查时，你们没有异议呀！

郝宝贵说：被你们骗了。

杨伯峻问：骗什么了？

郝宝贵说：有人比我们条件好，现在也成了贫困户。

杨伯峻问：你指的是谁？说明白！

郝宝贵眼睛往办公室里看。杨伯峻意识到他是指邹进贤，说：不是你想的那样，不够条件的我们不开口子。

郝宝贵说：不开口子，咋来开会了？他能来，我们咋不能来？别人也七嘴八舌地说：不开口子，他怎么也站在贫困户里。

邹进贤听到声音从屋里出来，喊：杨局长，你别走，我的事儿还没说完呢！

杨伯峻看看表说：今天没时间了。

邹进贤一把拉住杨伯峻：我知道蔺书记没走，贫困户要是没我，我就去找姓蔺的。他回身对着后沟来的人喊：咱们一块儿去找县委书记，你们去不？

众人互相看着，不言声。杨伯峻说：有什么意见，欢迎你给工作队提，跟县领导无理取闹不行，你要想好后果。

邹进贤说：敢说我就不怕后果！

话音刚落，梅长风一只手放到他肩膀上，肩膀被压得歪到一边。邹进贤回身找老裴，老裴早躲开了。他想起梅长风刚才提起严家二少，不敢再说别的，悻悻地离开了。

杨伯峻对后沟的群众说：你们有疑问进办公室谈。十几个人七嘴八舌地说：有人说邹进贤成了贫困户。他不是，我们就没意见了。

十几个人正要离开，后面的老太太喊：我的事儿还没解决呢！

2

乡政府是个灰色大院，墙是灰的，瓦是灰的，院里种着腿粗的白杨树，地上飘着陈旧的黄叶，这就是贫困乡。经济条件好的乡早盖上办公楼了。

蔺书记来这儿除了给杨伯峻撑腰，还想尽快把这个乡搞上去。

蒋社教各项工作抓得不错，就是经济不行。有人说他能力低，有人说他上了"贼船"。蔺永乐想起工作队刚来时的告状信，署名是插剑岭革命群众。这些信蒋社教不可能不知道吧？别看一个乡党委书记，全乡的污泥浊水都在他心里。

乡里有食堂，外面是大厅，放了五六张圆桌。一个雅间在最里面，壁挂式空调是旧的，橱柜上放着饮水机，中间的大圆桌上有烟头烫痕、小刀刻痕，服务员拿来塑料布一盖，什么都看不见了。

蔺书记刚坐下，蒋社教就拉着小金出去点菜。他从食堂拿了一条中华烟塞进小金包里，小金不要。蒋社教说：给领导是错误，给你不是错误，你是我兄弟。小金收下，提示说：蔺书记跟杨局长是老同事。蒋社教拍了他一下肩膀，以示感谢。

在中国，乡党委书记最不好当。上面千条线，下面一根针。工农兵学商、司法公安、卫生防疫都得归到乡里。下面管着十几个村，村干部哪个都不是省油的灯，说撂挑子就撂挑子。想让他们好好干得一边骂一边哄。

蒋社教知道插剑岭怎么回事，他不想动，一是吃不准上面的意思，二是不想给自己找麻烦。当乡党委书记得有心眼儿有手腕，哪怕吃一顿饭脑子也得警醒着。

等着上菜时，他向蔺书记汇报工作，先汇报扶贫，顺便把乡里几个项目说了一遍。他知道有人说他抓经济不行，想给领导扭转印象。把招商引资的经过说完，一看表已经过了半个小时，问：蔺书记，咱们先吃吧？

蔺书记说：等等杨局长。

蒋社教何等聪明，不用提示也能看出两人的感情，接下来他主要汇报插剑岭，说工作队进驻后引进了市里的大资金，把一盘棋下活了。村里各项工作都在提升，口碑特别好。蔺书记问：有什么问题吗？

蒋社教说：没有。群众对工作队交口称赞，尤其对杨局长。

蔺书记说：有了问题乡里要支持。

蒋社教说：我一定。他估计蔺书记不知道刘铁山干扰的事，自己也不提。

话题又转回到项目上，蒋社教想跟县里要钱。蔺书记说：钱的事别跟我谈，我不管钱。现在下面有八十只手要钱，要钱没有，要命我有一条。

蒋社教笑了，说：蔺书记明察秋毫，我们这点儿心眼算什么。要不出来我不要了，自己想办法。蔺书记露出笑容：这就对了！

快七点杨伯峻才赶来，见蔺书记还在等，大为感动。蔺书记问：怎么样？

杨伯峻说：没事了。

蔺书记问：出了什么问题。

杨伯峻说：沟底有个老太太守寡几十年了，闺女在外面当小姐，前年突然开着轿车回来，老太太就跟村里人说她闺女在外面当了副总，一个月挣一万多，工作队去调查时，老太太一直说闺女是副总。闺女没出嫁，工作队把每月一万多的收入算在她家，贫困户自然没有她。

今天老太太说了真话，闺女在家待了三天，后来去了哪里谁都不知道，留下的电话也打不通。至于每月一万多的收入，别说给家里，她自己有没有都搞不清。跟老太太一起找工作队的，有一户跟她情况差不多，我们都按实际情况改过来了。

蔺书记说：伯峻，你接触一下，就知道当基层干部有多难，政策条文就是几句话，执行起来千变万化，什么情况都有。

蒋社教拿起酒瓶，想倒酒。蔺书记阻止说：今天是工作餐，不喝酒了。

蒋社教把酒撤了，心里嘀咕刚才的汇报哪里出了纰漏。看蔺书记没有不悦，渐渐放了心。他低声问杨伯峻：邹进贤没闹事吧?

杨伯峻低声说：他想闹事，没敢。

说完两个人一起以茶代酒敬蔺书记，蔺书记又单独敬了杨伯峻。

吃完饭，蔺书记把蒋社教拉到身边，对杨伯峻说：这是我最信任的乡党委书记，能力强办法多，有什么困难你跟他说。

蒋社教赶忙表态：蔺书记放心，我一定当好杨局长的预备队、保障官。杨伯峻又跟蒋社教握手，两个人一起送走蔺书记。

有了蔺书记的嘱托，杨伯峻再跟蒋社教谈话放松多了。他把邹进贤刚才的情况说了。蒋社教说：邹进贤在村里嚣张，是因为有腊梅。腊梅跟老裴的那点事，我们都清楚。

杨伯峻点点头，他上次跟蒋社教谈，没说过这个。

蒋社教说：我处理这种事，一般都是睁一只眼闭一只眼。村干部哪个没问题？能拍扁了就把他拍扁，不能拍扁的想办法揉圆。都拍扁了也不行。

杨伯峻说：迁就邹进贤，会引起一系列麻烦。他把郝宝贵闹事的情况说了。

蒋社教改口说：当然不能迁就，我说的是工作方法。我给你出个主意。你找腊梅谈，腊梅一通，老裴自然就通了。

杨伯峻找过腊梅，根本不配合。不过他仍然说：这个办法好！

蒋社教得意地说：我也是逼出来的，按原则办事有时候行不通。你跟他弄掰了，换一个支书可能还不如他，时间长了你就知道了。

送走杨伯峻，蒋社教给老裴打电话说：蔺书记对插剑岭很关心，你别给我捅娄子，捅了娄子我保不了你！

老裴说：看你说的，我啥时候敢不听你的！

放了电话，蒋社教回想今天一系列操作，很满意。蔺书记来给工作队撑腰，对他也有利。

3

从插剑岭到原平县城七十多里，老裴坐在车上总有新奇感，他的车是奔驰 SUV，车后装了三箱水井坊，十几条极品云烟和各种水果、大枣、核桃、麻山药等。

七点多他们进了县政府宿舍院，前面有三排板楼，板楼后面有三个独院。中间一个比另外两个略大些，是他要去的地方。

刘铁山调到省里后，他父亲搬了进来。老裴在车里打了电话，院门自动打开。一个老人手拿遥控器站在屋门口，看着他们停了车，把院门关上。

过去这里一到过节熙熙攘攘，屋里人多到没处坐。刘铁山调走后，春节这里人仍然不少。刘铁山的父亲记忆力好，谁来过，拿了什么，跟儿子讲得清清楚楚。刘铁山逐一给来人回电话，表示感谢。

今年只有老裴来。刘铁山在省民政厅任副厅长，该退居二线了。加上和主任出了事，院里立刻冷清。

进了屋，他握着老人的手，问了家里的情况，又问刘书记。

老人说：他挺好，不像以前那么忙了。天天遛狗！

一句话说得老裴差点儿掉下泪，怪不得刘铁山说话不灵，一个天天遛狗的人能起多大作用？蒋社教没把他拿下来，已经给刘铁山面子了。他说：刘书记不调走就好了，还在原平，退了我年年把他接到插剑岭。

老人说：再好的宴席也得散。

两人聊了一个多小时，他跟老人告辞。到了院里，裴学锋要把车后面的箱子搬下来，老人拦住：别往下搬了！

他以为老人客气，说：没拿什么，都是在山上摘的。

老人看了看，说：酒你拿回去，烟我也戒了，留下反而招我想抽。我就留点儿麻山药。

老裴说：哪能让我再拉回去。

老人沉了脸，说：你要不拿回去，以后就别来了！看到老裴愣住，又缓和口气说：要是别人我一点不留，都得拿回去！

车从院里开出来，老裴感觉这个家跟他疏远了。他们不是听见什么了吧？刘铁山虽然在省城，县里的事瞒不了他。裴学锋宽慰他：这么大岁数的人，真吃不了！

第二天他给几个朋友打电话，说聚聚。人家说：你真是山高皇帝远，什么都不知道！他问：怎么了？朋友说：县土地局三个局长接受老板宴请，刚被电视台曝光。他这才悟出来，老人不收他的东西不是疏远，是比别人反应快！

第二天是腊月二十九，他去乡里请蒋社教吃饭，蒋社教说：饭就别吃了，晚上你来我家唠唠。

九点多他到了蒋社教家，让裴学锋把箱子搬进来。蒋书记好像没看见似的。他也把话题转移开，说村里的工作。他说：脱贫不能光靠工作队，应该以村里为主，让工作队配合咱们才对。

蒋书记没理睬他！

他把村里情况跟蒋社教说了，多少贫困户好脱贫，多少不好脱贫，不好脱贫的怎么办。蒋书记问了几户的情况，他一一回答。蒋书记没提邹进贤的事，他也不提，接着说下一步的打算。既然蒋社教不打算换他，他就该说点儿有用的。

他打算把后沟和沟底包给私企，让老板每年给村里交一笔钱，至于人家怎么开发村里不管，年年交钱就行。蒋社教问后沟和沟底的农户怎么办，他说在沟口安置。

这办法是听别人说的，他一听就听出了奥妙。这是一个大工程，以前山上的违规项目，借着这个机会一并成了扶贫工程。周竞想接手养猪场也是这个意思。要不是姚红玉，事情就弄成了。

上次杨伯峻不同意养猪场和山头一起谈，也有道理，两个项目离得太远。现在沟底就在插剑岭下，一并经营没什么不妥。跟工作队掰腕子没意义，掰不过不如一起合作。至于企业怎么跟工作队打交道，老板们都懂，一旦中招就好办了。

蒋社教知道他的意思，佯装看不出来。他沉思着说：这倒是个思路！

老裴说：这比一个一个脱贫利落多了，送点儿米面，送点儿油，顶什么事！

蒋社教说：你脑子动得好。

项目交给谁，老裴早想好了，这种事肯定瞒不过蒋社教，得先把这一关打通。他说：这么大的项目离不开乡里支持，老板赚钱，也不能让他亏待了咱。

蒋书记沉了脸：上次换届别人说你岁数大，我力排众议，坚持让你上。

老裴说：我知道，我知道。

蒋社教说：我用你是看重你的能力，跟亏待不亏待没关系。

他说：那是。

第八章·闹社火

蒋社教又说：你要转变思想，以后别再说这种话！

老裴说：我也不是那个意思。我是说，这事离不开乡里的支持。

蒋社教笑了，说：你回想一下，我什么时候不支持你了？

一场疾风暴雨，转眼成了柳暗花明。趁着气氛还好，他赶紧站起来告辞。蒋社教起身从柜里拿出一个提包，说：把这个拿回去！

老裴怔住了：这是什么？拉开包，脸一下涨红了。里面是钱，他原来捆成十万一捆，一共两捆，竟然没有打开过。他故意装糊涂：蒋书记，这是？

蒋社教一笑，说：我以前借你的，现在宽裕了，还给你。

钱是他三年前送给蒋社教的，装在一个包里，不过不是这个包。当时村里要换届，他提着包去了蒋社教办公室，蒋社教没客气，说：我正好手紧，算借你的。他以为蒋社教就那么一说，没想到这话现在有了用处。

他说：蒋书记，你这是拿我当外人了。

蒋社教说：好借好还，再借不难。

他说：这就是你该得的提成。

蒋社教打开搬进来的箱子看了看，见里面是一些大枣、核桃，说：别说了，包你拿回去，箱子里的东西我留下。咱们还是朋友！

蒋社教送他上了车。裴学锋一眼扫见他手里的包，车开出乡里，问：那是什么？

老裴不言声。裴学锋又问：谁的包？

老裴没好气地说：好好开你的车吧！车走了一会儿，才骂道：这个王八蛋！裴学锋已经猜出来是怎么回事，送钱也是他开车来的。

这是一个败兴的年。刚才还觉得蒋社教没拿他当外人，想不到人家在拐弯处等着他。来以前他把烟酒留在了家里，心想：以前送过钱，不用再送那么多烟酒了。想不到人家退给了他。回想蒋社教当时说的话：算我借你的。觉出了人家的高明，一边往前蹚，一边留退路，真是个人精！

裴学锋把车开进村，他提着包下了车，说：你也早歇了吧！

两人各自回了家。

4

春节后上班第二天，网上爆出消息：刘铁山被纪律审查。

县里一多半儿干部是刘铁山提的，一多半儿企业家是他扶植的。他在酒桌上有句名言：别跟我说你是企业家，我让你当企业家你就是企业家，不让你当，你就不是企业家！

县里最大的企业家周竞，以前不过是个洗肠子的，欧盟一反倾销，他的肠子都快烂了。他能成事，就是因为刘铁山！

周竞不这么想。一次喝多了，他对着一桌子人吹牛：别以为我巴结刘铁山，铁打的衙门流水的官，没有刘铁山，还有赵铁山。什么叫成功企业家？成功企业家就是不管多大的官儿都能为我所用！在场的人一齐给他鼓掌。

那天桌上跟刘铁山关系好的不止一两个，都告诉了刘铁山。一周后周竞的一个房地产项目剪彩，刘铁山又出席了。

从那以后，人们开始审视周竞跟刘铁山的关系。刘铁山扳倒了两任县长，有人猜测是借了周竞的力。最后一任县长蔺永乐岌岌可危时，刘铁山调走了，省民政厅副厅长是根鸡肋，毕竟也算提拔。周竞在县里消沉了几天，又活跃起来。

第八章·闹社火　　297

蒋社教今年本来想去给刘铁山拜年，反复斟酌后没去。前些日子刘铁山打电话说插剑岭的事，他说：刘书记放心，老裴是多年的支书，乡里一定支持他。现在去拜年，刘铁山问起来没法回答。

刘铁山当时问了县里一些情况，一点听不出异常。没想到还没有过正月十五就隔离审查了，真应了那句话：躲得了初一，躲不过十五。他庆幸自己没去。

报上的消息只有豆腐干大，人们小心地把欣喜掩藏起来，到了饭桌上就不一样了，只有一个话题：案子会牵扯到谁？

蒋社教跟刘铁山走得并不近，刘铁山看不起他。乡长杜建奎是刘铁山提的，冲他指了指报纸，问：看见了吧？

蒋社教垂下眼皮说：看见了。

杜建奎看他没深聊的意思，扭头走了。

下午二点多，插剑岭的老裴打电话：蒋书记，看见了吗？

蒋社教问：什么？

老裴说：刘书记抓起来了！

蒋社教皱了皱眉，问：你听谁说的？

老裴说：报上，微信里。

蒋社教说：我还没顾上看报呢！

年前老裴去看刘铁山的父亲，现在回想当时说的话，句句都有琢磨头。想到这儿他对蒋社教说：我想找你坐会儿！

蒋社教说：有个投资的事儿老不落实，我得去催催。老裴只好作罢。放下电话蒋社教心里还有气，老裴一个村干部竟跟刘铁山勾着，他腻歪透了。蒋社教对付老裴的办法是，见了面骂骂咧咧，处理问题尽量圆滑。老裴给他送钱，他知道为什么。送几十万，必有几百万的利益，想到背后的周竞和刘铁山，他不敢拒绝。收下后刘铁山见了他热情不少，他庆幸自己做对了。送来的钱他原封不动放在柜子里。刘铁山调走后，他一直在找机会，春节前老裴来，他趁机退给老裴，一下轻松了。

老裴这时候给他打电话，是把他当成了刘铁山的人。当初从县委办到乡里当乡长，是前任书记安排的。刘铁山当上书记后，把他从一个富乡提到最穷的乡当书记，他在外面说了好些感谢刘书记的话，故意让人以为他跟刘铁山关系密切。现在听到刘铁山落马，他心情复杂。一个挺精明的人走到这一步，只能怪不检点。

刘铁山这一页彻底翻过去了，原平县进入了另一个时代。上面不肯放弃成千上万的贫困户，派来了工作队。他在乡里工作了十几年，从乡长当到书记，看见的贫困户成千上万，心里原认为谁都没办法解决，只能交给时间。

他拿起电话，拨通了杨伯峻的手机。

他说：杨局长过年好，您现在忙吗？我想去村里看看你。

杨伯峻说：不忙，我去乡里找你吧！他觉得，有些问题可以敞开谈了。

5

听到刘铁山被抓，村里人要闹社火。不能说庆祝审查刘铁山，就说扶贫有了起色。老裴没好气地说：扶贫还八字没一撇，有什么起色？明年再说吧！

众人不干，又找暴二来和曹志军。暴二来傻乎乎地答应了。老裴知道后脸一沉：你答应你找钱去，村里没闲钱。扭头走了。

暴二来憋了口气。刘会计提醒他，为刘铁山的事老裴心里正不痛快。暴二来恍然大悟，找曹志军商量：要不算了吧！

曹志军说：你好歹也是村长，红口白牙说的哪能不算数？咱们找韩小实要钱，不过你得跟老裴说好了。

二来找到老裴，老裴说：拉来赞助就搞！他认定二来拉不到赞助。

当晚，曹志军找到韩老六，说：四叔，老裴不支持。

韩老六本名韩景泰，前面两个哥哥死了，小辈儿叫他四叔。他说：老裴越不支持，咱们越要搞！我找韩小实要钱。说完拿起手机就打。

韩小实问：要多少？

韩老六想了想说：两万足够了吧？

韩小实说：我给你打三万，往热闹了办！他也是听到审查刘铁山，心里高兴。

杨伯峻不知道村里人这些心思，只想丰富村里的文化生活，还想借着搞社火，给贫困户发一些钱。

插剑岭有个传统技艺：打鼓。相传康熙当年微服私访，看到这地方太穷，便让宫里一个师傅教会了他们鼓乐。前些年群艺馆从县志上查出来这里的鼓乐叫康熙轿鼓，申报了非遗传承项目。

杨伯峻给馆长打电话，馆长派来两个辅导老师。韩小实听说后，特意回村慰问老师。杨伯峻知道他原来是包工头，前几年成立了公司，握着他的手说：我早就想认识你，你大名鼎鼎呵！

韩小实说：一介草民罢了。

杨伯峻说：听人说，韩家的太爷爷韩金定，当年拖着一根辫子到县里请来了游锡五，咱们这一带才有了革命火种。村里的第一个党支部，就是在韩家祠堂成立的，是原平县的第一个党支部。

韩小实说：没想到杨局长了解这么细。

杨伯峻问他生意怎么样，韩小实说：房地产不做了，以前搞过塑料加工，挣不了多少钱，现在主要靠路桥！我正想请教你，怎么往科技上靠呢！

杨伯峻说：搞科技需要人才，没有专业人员插不进去。何不搞搞旅游呢？插剑岭山清水秀，旅游资源很多嘛！

韩小实摇头，说：你就是打死我，我也不回本村搞。

杨伯峻问：为什么？

韩小实说：一言难尽。当初，我是在村里走投无路，才出去打工的……还想往下说，曹志军打断他：以后再说吧，二来跟杨局长还有工作呢！

扭头一看，果然暴二来走了进来，外面还站着十几个人。杨伯峻有些尴尬，说：以后聊，以后聊。拉着手送走韩小实，又回过身看暴二来。

暴二来找杨伯峻，是为贫困户的事。这次闹社火，村里从贫困户中选了六十多个人，在村委会练习打鼓、踩高跷，每天发一百元劳务费。邹进贤跟后沟人说能领一千五，鼓动道：村里说我不够贫困户，你们都够吧？为啥不让你们打鼓？

后沟人找到村委会，说：轿鼓是祖宗传下来的，以前我们年年打鼓，今年咋没我们了。

杨伯峻解释说：这次咱们重点照顾贫困户。

后沟人说：我们比贫困户强不了多少。

杨伯峻说：我知道你们也在贫困边上，村里总得一个一个地解决。谁让你们来找的？

后沟人说：我们听邹进贤说的。

第八章·闹社火

杨伯峻说：你们说的情况村里有数，以后找机会照顾你们。

他们刚走，养猪场的韩技师找到工作队，说想再招十几个工人，杨伯峻立刻跟村干部商量，从贫困户中优先选人，选上的把打鼓名额让给别人。很快又安排了一批人。两拨人念姚红玉的好，对工作队说：咱们咋不把姚总请过来闹元宵呢！

杨伯峻让梅长风给姚红玉打电话，姚红玉一口答应了。

6

正月十五那天，姚红玉一清早从市里出发了。

村里人也一早就忙碌，演员们聚在办公室化妆。群艺馆两个老师亲自上阵，手把手教他们怎么打底子，怎么描眉勾眼。好些女人拥进屋里，进不去的在窗户上扒着看，在心里模仿老师们的动作。

很快，姚红玉来了！看到一辆精光四射的车开进村里，村里人拥出去。他们认识宝马，认识奔驰，认不出姚红玉的车。有人说：这车比奔驰还好！

司机跳下车打开车门，一个身穿皮草、面容精致的女人下了车。有人低声惊叹。姚红玉回过身往后看，尔雅的宝马越野车随后开到门口。梅长风喊了一声：姚总来了！工作队的人一齐奔出来，后面跟着村干部。

众人轮番上前跟她握手。

江小童听见喊声也跑出来，姚红玉年近五十，看得出年轻时属于绝色美人。旁边站着的小伙子彬彬有礼，正是养猪场的年轻老板。她停住脚步远远望，觉得有几分眼熟。以前姚红玉来，江小童要么回了家，要么去了乡里,她跟尔雅还是第一次见面。

尔雅也看见了她,瞟了一眼,移开眼睛朝周围看。江小童一度怀疑:这是不是我们学校那个画画的?村里人经常议论姚总的儿子,她想过可能认识。趁着尔雅转身她仔细看了一眼,确定就是他。

在学校时有人介绍见了面,两个人没往下谈。当时介绍人一走,他就动手动脚,她推说有事起身走了。介绍人说,他没有父母,是奶奶养大的。她听了有些同情,又跟他见了一次面,反而是他很冷淡。两个人后来再没见过。

她下乡前有人给她介绍对象,是个画家,她怀疑是同一个人,没见。母亲当时催她,她推说刚参加工作,不想找对象。现在这个人就站在姚红玉旁边,不时朝她看。她一回视对方立刻移开目光。看来他也认出了她。

队里人说,姚红玉从一个大款的小老婆,自己成了大款,是个传奇。想不到这个传奇人物的儿子她认识。她脑子有些乱!杨伯峻喊:小童你过来,姚总在这儿呢!

姚红玉看见她眼睛马上亮了,拉着她说:这孩子真漂亮,多大了?

江小童倏地红了脸,说了年龄。姚红玉又问她哪个学校毕业的,她怕姚红玉知道她跟尔雅一个学校,故意说:我的学历不值一提,是一所普通学校。

姚红玉转身把尔雅介绍给她:这是我儿子薛尔雅。又转身对尔雅说:看看人家,一毕业就来扶贫,多有志气!

江小童想起来了,介绍人当时说过他叫薛尔雅,没有父母,奶奶养大的。现在这不是有母亲吗?

姚红玉想让他们拉手,江小童把手背到了身后,尔雅也不伸手。姚红玉只好跟着杨伯峻往院里走。办公室演员们占着,杨伯峻把她让进自己屋，悄悄对曹志军说：你给老裴打电话，让他来一下。

曹志军到外面打电话，杨伯峻又介绍江小童，说她父亲是市委副秘书长，母亲是市卫生局副局长。姚红玉问江小童：你爸爸是谁呀？

江小童说了名字，姚红玉"哦"了一声，说认识。这轻描淡写一"哦"，让人体味到了她的根基深厚。江小童后退几步准备离开。这时，老裴和暴二来一前一后走进来，老裴伸出双手朝姚红玉奔过去：欢迎，欢迎！又是一番寒暄。想到收购养猪场时老裴的态度，姚红玉对他没有好感，但尽量显得热情。

趁着乱，江小童悄悄回到自己屋，想薛尔雅满嘴谎话，连有没有父母都胡说，她有些生气。杨伯峻那边不知道说了什么，引起一阵大笑。江小童朝外看，见演员们已经化好了妆，高跷队的绑好了跷，轿鼓队的拿起了鼓槌，只待领导发话。她赶紧走出去。

曹志军问：咱们开始吧？

杨伯峻点点头。曹志军便跑过去喊：准备！踩高跷的坐在桌子上，一扶桌子站起来。轿鼓手排成了三队，鼓槌都拴了崭新的红绸带，曹志军喊：一，二，起！轿鼓敲起来，声音震天动地，三十六面大鼓依次走出大院。

轿鼓在前面走，高跷和旱船跟在后面。

踩高跷的前面一组画的是《西游记》，孙悟空在前，猪八戒在后，中间穿插着一个女的，眉眼很漂亮，却是一张血盆大口，是白骨精。她打一下沙僧，拧一下猪八戒的耳朵，忽然把爪子伸向唐僧，孙悟空挥舞着金箍棒赶过来。白骨精逃跑时还作势要拧围观的某个小孩子，孩子们欢快地逃开了。

《西游记》之后是《铡美案》。前面是包公，后面跟着哭哭啼啼的秦香莲。陈世美上前呵斥秦香莲，包公带着王朝、马汉赶过来，陈世美当下老实了，低着头诺诺退到了后面。

这些故事都是老人们讲过的，村里人慢慢遗忘了，锣鼓声又把这一切唤回来。想起打工时遇到的坎坷、不公，悟到世上的事是相通的，想让孙悟空、包公回到现实中来。

尔雅跟着队伍来回跑，一会儿在前面画高跷，一会儿到后面画旱船，还拿着照相机照相。一些小孩子跟着他，看他蹲在地上快速勾画，几笔就画出一个，感到新奇。江小童尽量躲着他，有时遇到，两个人脸对脸装作不认识。看到村里人的快乐，她很快把感伤掩盖了。

轿鼓队和高跷队在沟口走了两圈儿，又往沟里走。每走一家停下来，舞一阵，扭一阵。到了后沟，因为时间不够，不再一家一家地停留，掉转头又回沟口。沟口的粮库前搭着一溜饭棚，里面支着几十张饭桌。

曹志军一挥手，锣鼓声停下来。他大声宣布：全体村民注意，全体村民注意，今天，咱们村的企业家韩小实请大家吃饭。全体村民都有，全体村民都有，老人和病人在家里出不来的，韩总准备了饭盒，吃不了的拿回去，算你是个孝子！

众人笑了，场上响起热烈的掌声！

7

搭饭棚的是原平县惠农流动餐饮公司，老板姓袁，原来是聚福堂的大堂经理，2016年带着后厨几个师傅开了这家公司，九辆大卡车拉着他们的全部家当。每到一处就搭出一个临时饭馆，上千人的宴席也能应付，利润是聚福堂的两倍。全县各村盖房架梁，婚丧嫁娶，高考中榜都请他们。

　　以前，插剑岭不论搞什么活动，吃饭都找裴学锋，烟酒也从他超市里买，村里人不愿组织活动也是因为这个。今年韩小实请来了惠农公司，老裴心情不悦，对杨伯峻说：我家里来了亲戚，就不陪着了。

　　杨伯峻只好说：行，忙你的吧！

　　看到老裴走了，二来等人也跟着走，只剩下了刘会计。

　　村里人见他们走了都高兴，大力碰杯，大口喝酒，大声议论刘铁山倒了台。杨伯峻和梅长风陪着姚红玉母子，另一桌黄俊涛和曹志军陪着韩小实。干了几杯后韩小实给各桌敬酒，杨伯峻把他拉到一边问：你跟惠农餐饮公司的袁老板熟吗？

　　韩小实说：熟。

　　杨伯峻说：你帮我个忙，他这个公司做乡村庆典，咱们村有轿鼓队、高跷队，庆典也能用得上，绑到一块儿岂不更好？

　　韩小实说：好主意，我跟他说。

　　姚红玉看在眼里，说：杨局长是真心为村里人操心！

　　杨伯峻说：多亏您的大力支持，我还要向您学习呢！来，我敬您和韩总一杯。

　　三个人干了杯，姚红玉一扭脸看见江小童，喊：姑娘，这边坐吧！

　　江小童拿起酒杯要离开，好几个人喊：姚总叫你，快过去呀！

　　人们意识到，姚总的热情跟他儿子有关，有人过来拽小童，杨伯峻说：姚总叫你，你就过来吧！

　　姚红玉一伸手把她拉到身边，把一个鸡腿夹在她碟子里。桌上人说：姚总这么关心你，还不赶快敬酒？江小童涨红了脸，硬着头皮敬了酒，坐在一旁不吭声。

杨伯峻猜出她对姚总的儿子没好感，转移话题说：姚总，养猪场需要我们做什么，您就说话。

姚红玉看了儿子一眼，说：我儿子有时候画画，村里提供一下方便就行。

杨伯峻说：那没问题，让梅长风陪着尔雅画。

姚红玉一直看着江小童，听了有些失望。杨伯峻本来想到了江小童，看到江小童不悦，话到嘴边改成了梅长风。尔雅一副无所谓的样子。

杨伯峻介绍了村里几个景点，看到韩小实那桌有些冷清，又赶过去给韩小实敬酒。韩小实站起来，对杨伯峻说：这回的贫困户名单，村里没不服气的。

杨伯峻意味深长地说：也不可能人人满意，好在路还长着呢！

韩小实说：这就不容易了！感谢您给村里带来了好风气。什么时候您到我公司看看，咱们好好唠唠。

杨伯峻说：一定，你有时间也常回村里。

正聊着，听到远处一个桌吵起来。刘会计说：你们喝着，我过去看看！

吵架的一方是邹进贤一家。另一方是后沟几个人，他们刚被确定为贫困户，很快又被养猪场吸收为员工，一边吃饭，一边称赞工作队办事公平，不像以前，只照顾村干部的亲戚。

一个贫困户说：真是亲戚也行，有人连亲戚也不是，沾了女人裤裆的光，不要脸！

邹进贤就在旁边桌上，他老婆一扭身，问：你说谁不要脸？

刚才说话的人说：又没说你，你搭啥茬儿？

第八章·闹社火　307·

邹进贤老婆说：没说我你是说谁？

另一个贫困户说：老邹家的，要是光彩事你抢也行。他骂的是不要脸，你往自己身上扯什么？听说过抢当贫困户的，没听说过抢不要脸的。谁要脸谁不要脸村里人有数，抢这有意思吗？

邹进贤看到老婆脸上下不来，一把薅住那人的领子，说：你拐着弯儿骂谁呢？以为我们是傻子，听不出来？

对方说：谁敢说你是傻子？插剑岭有几个比你精的？你放开我，论心眼儿我不如你，要论动手，你可不行！

旁边几个人上前劝架，表面是劝，实际上在拉偏架。郝宝贵、郝宝石看到邹进贤吃了亏，从另一个桌赶过来，说：放手，我看谁敢动老邹一个指头！

刘会计赶来，想劝阻他们，两边的人都看不起刘会计，互相揪着脖领子不放。刘会计一时拉扯不开。

韩小实快步赶过来，不紧不慢地说：刘会计，你别管，让他们打。

两边的人停住揪扯，看着他。韩小实提高声音说：我拿了钱想让你们过个好年，偏不给我这个脸，看来我是多余了！以后我也不回来了，你们爱怎么打跟我没关系。

两边的人看他生了气，赶紧松开手。

韩小实又对那几个贫困户说：这回评贫困户，工作队费了多少心思？你们不给工作队长脸，还惹事！真有本事别当贫困户，再有本事帮扶别人，不比在这儿指桑骂槐强？

几个贫困户低了头。邹进贤等人就势下台，收拾东西回了家。

韩小实回到了杨伯峻这边。梅长风说：还是韩总威信高，几句话就把事儿平息了。

韩小实说：今天我一提工作队，他们都没了脾气。这是杨局长的威信。说完又给杨伯峻敬酒。

杨伯峻说：咱们一起敬姚总吧！

姚红玉有些不胜酒力，喝了一杯，一手拉起江小童，一手拉着尔雅，要回养猪场休息。江小童跟着走了几步，悄悄挣开手，姚红玉心里老大的不舍，一直夸奖江小童。

送走姚红玉，杨伯峻回到酒桌，见大部分桌没了人，杯盘狼藉，显然都尽兴了。刚才他的心一直提着，现在松了一口气，想：这次社火，总算圆满结束了！

第九章 带头人

9.

1

一周后杨伯峻到县里开会,从扶贫办出来,见路东有一座五层大楼,挂着牌子:原平县新实建筑集团公司。杨伯峻想:这不是韩小实的公司吗?停下脚步打电话,韩小实一路小跑着奔下来,把他请到二楼。

二楼有一间会客室,里面有投影电影,韩小实给他放了一部十分钟的小片《走向世界》,片头是电脑制作的,很有气势,后面介绍公司的发展历程。看到最后,才知道他们在东南亚某国接了工程,刚在北京签了合同。

片子放完,韩小实略带羞涩地说:县电视台拍的,里面好些空话。

一个女工端来果盘,茶水。韩小实随手拿起一根香蕉递给杨伯峻,说:民企都是往大了说,往死里干,天天在生死线上挣扎。

杨伯峻敷衍道:你们打开了国际市场,路越来越宽了!

韩小实苦笑:哪有什么国际市场,北京一个朋友说他岳父是外交官,退休前在东南亚某国工作,牵线让我们考察了一趟,对方过来签了合同,到现在收不到工程款。

杨伯峻问:不会是骗局吧?

韩小实说:那个国家老换总理,想让我们垫资,我哪敢!

杨伯峻趁机说:你何不两条腿走路。

韩小实问:怎么个两条腿?

杨伯峻说:插剑岭旅游资源丰富,闲置着岂不可惜!

韩小实摇摇头说:插剑岭的事我不敢沾。过几年你们撤了,我几千万资金投进去,出都出不来。

杨伯峻听出他对村班子不放心,想起前几天见蒋社教,蒋社教主动提出，想把落后村的班子调整一下。年前他跟蒋社教说，蒋社教还说要慎重。刘铁山一审查，终于下了决心。

他说：乡里正考虑调整各村班子，还没有对外说。他忽然觉得，眼前这个人就是很好的人选。

韩小实看着杨伯峻。

杨伯峻说：插剑岭需要一个懂经济、肯干事、有创新思维的带头人。欢迎你回来发挥作用。

这话说得很笼统，什么叫发挥作用？韩小实犹豫片刻，说：我不想掺和！

杨伯峻说：不瞒你说，乡里着急，我们也着急。物色一个带头人不容易。这事我还得跟乡党委汇报。我觉得你挺合适。

韩小实沉默了半天，说：杨局长，我对插剑岭的感情说不清，村里需要我拿钱，我就拿一点，具体的事我不想管，早寒心了。

杨伯峻说：寒心就是有感情，没感情怎么谈得上寒心？有什么心里话你跟我说！

韩小实说：我这个企业家是他们逼出来的！

2

韩小实有个叔爷叫韩本彦，是韩金定最小的儿子。游锡五来插剑岭那一年他十七岁，一直渴望念书。

韩金定成家后生了四个女儿，老婆觉得对不起他，把表妹介绍过来。

表妹比老婆小八岁，天足、地包天嘴。老婆认定不能娶比自己俊的，俊了就把心拢走了。入过一次洞房，韩金定再不愿到新房，他嫌丑。老婆说：好看有什么用？能给你生儿子就行。说着把韩金定推进新房。

时间不长，两个老婆肚子同时鼓起来，村里人称羡不已。秋日的一天，她们同时嚷肚子疼，韩金定慌不迭地跑到慈家说：两个都要生了。慈济让二儿子慈思齐跟他一块儿去了韩家。

家里两个产婆蹬着小脚跑出跑进。产妇只有难产，才让慈家郎中上手。韩金定陪着慈济父子喝酒，产婆不时跑出来请教几句。大老婆顺产，比小妾早生了半个时辰，产婆报喜：恭喜老爷，是个儿子！

慈济喝下第三杯酒，又一个产婆跑进来：恭喜老爷，是个带把的！韩金定乐得胡子上都洒了酒。

慈济说：恭喜恭喜，我们爷俩就回去了！

韩金定递上礼物，说：同喜，同喜！

生到第六个儿子时，小妾得产后风，死了。慈济对韩金定说：你娶的是个送子娘娘，送完儿子就走了。

长子韩本忠是大老婆生的，是韩小实的叔祖父。韩金定把他送到县城私塾读书。韩家想成为这一带最大的地主，六个儿子至少得有一个是当官的，另一个是当兵的。官府没人不行，没枪也不行。

可惜朝廷已经取消了科举，当官的路堵了。一股军队来到原平，韩金定问大儿子愿不愿当兵，韩本忠犹豫。老三韩本义说：爹，我愿意。

韩金定问他为啥，他说：在村里待着能有多大出息？出去说不定能当个旅长！

韩金定带着他去县城投军，军头是孙传芳手下一个旅长，大大表彰了他们一番。

一年后韩本义得了疟疾，这种病当时无药可治。韩金定听到消息带着济慈赶去，韩本义已经为国捐了躯。韩金定当场昏倒了。醒来后，他把韩本忠送到瑞福堂当学徒，白吃白住，一个月挣一块大洋。

离家两百多里的天津卫有个武备学堂，韩本忠听说后想去报考，韩金定说：当初让你当兵你不愿意，现在瑞福堂生意挺好的，你又要换。

韩本忠说：武备学堂不是当兵，是当官，当官能让家里发财。

韩本彦凑过来说：爹，我去行不？他听说娘娘宫马子悦一个儿子去了武备学堂，很快就当了军官。

韩金定说：你才识几个字就想上武备学堂，先在家学！我给你请个教书先生。游锡五就这么来了。

韩本彦天天跟着游锡五。韩姓家族二十几个孩子，他学得最好。学堂办了不长时间，游锡五又办了夜校，韩金定不肯按原来说的工钱给，减了两块。游锡五不在乎。他来这里不是为挣钱，是为宣传民众。他答应继续教韩家的学堂，条件是夜校也用韩家的房子。

刘长顺、刘鑫旺是夜校骨干，也是韩家的佃户。韩金定偶尔路过夜校，听见里面除了读书声，还有一浪一浪的笑声，奇怪游先生用什么办法把这些劳力拢在了一起

韩金定纳了一房妾，生了一堆孩子后家里没什么积蓄。大儿子出徒后每月挣三块大洋是一笔巨款，他舍不得花悄悄攒着。他五十多了，天天下地干活，农忙时雇短工，给儿子和短工吃干粮，自己和老婆躲到另一个屋喝粥，短工们以为他吃什么好东西，有一次发现他吃的是野菜粥。刘长顺问：你天天吃这个？

韩金定说：我们俩活儿不重，粮食留给你们吃。

这件事传遍了全村，人们一边嘲笑他，一边感慨：要不人家发财呢！

让韩本彦接受革命道理并不难，他家是地主，过的却不是地主的日子，除了地多，他们跟村里人差不多。

游锡五说：都是一样的人，为什么你家有地，别人家没有？这公平吗？

韩本彦说：不公平。

游锡五又问：不公平是怎么造成的？指一指刘长顺说：不是他造成的，也不是你造成的，好的社会应该耕者有其田，让每个人都过上好日子。这不比有的人卖儿卖女，有的人躺在炕上抽大烟好？

游锡五说的是娘娘宫的马子悦，他娶了三房老婆，两个小老婆都抽大烟。他的儿子从天津卫回来，在县警备队当了队长，刚半年就得了花柳病。他动不动骂人、打人，人送外号马阎王。

韩本彦相信游锡五说的道理，因为爹没一天省心过，总是担心灾难落到头上。庞家、曹家原来都有地，遭遇土匪抢劫，为治伤把地都卖了。他希望游老师的社会能够实现。

游锡五到村里的第三年春天，韩本彦入了党。同一年秋天，他还娶了媳妇。

听到要发展韩本彦入党，刘长顺首先想不通，说：他参加革命，咱们还搞革命干什么？干脆让地主革命算了。

游锡五说：韩金定是地主，不等于他儿子不革命。地主是剥削阶级，不等于地主家每个人反对革命。只要对反动阶级有认识，愿意跟着革命队伍走，就应该欢迎。

刘长顺说：他家摆着楠木棺材，能真心革命？

游锡五说：我家也是地主，以后我领你到我家看看，比韩家大多了，堂屋也摆着楠木棺材，我不是照样跟共产党走？革命队伍里好些领导人是地主出身，一点儿没影响他们的革命意志。经过做工作，刘长顺不情愿地当了韩本彦的入党介绍人。

3

一九三九年日本人占领了原平全境，炮楼修到了月亮湾。刘长顺、刘鑫旺、韩本彦随队伍撤到了长兴山区。刘鑫盛成了村支部书记，他是刘鑫旺的弟弟，选择他留下是因为他为人低调，以前很少出头露面。

住在月亮湾的日伪军命令各村建立维持会。刘鑫盛选了韩家，他们是唯一的富户，日伪军信任。韩金定推托说：我老了，干不了。

刘鑫盛说：那就让韩本忠当，他在外面经多见广，最合适。

韩本忠跟瑞福堂东家的三姨太相好被发现了，东家没挑破，给了他些钱，说：你在我这儿这么多年，也该歇歇了。家里有老父亲，你也回家尽尽孝心。他走后时间不长三姨太就死了。这个过程他没跟韩金定说，只说他嫌一个月给三块大洋太少。

韩本忠说：官道上的事我不懂。

刘鑫盛说：也没什么，无非是日本人来了支应支应。

韩本忠说：你当不就挺好？

刘鑫盛说：我是鑫旺的弟弟，日本人知道了咋行？

韩本忠说：我没管过村里的事，更不行。

他儿子韩景德在外屋听见了，走进来说：鑫盛叔，没人当，我当！

韩本忠瞪了他一眼，说：没你的事儿，一边待着去！

刘鑫盛想，韩景德当就等于韩本忠当，说：景德这是给咱们村出力，就这么定了。

刘鑫盛走后，韩本忠扇了韩景德一耳光，说：你知道什么叫维持会长，是汉奸。

韩景德说：汉奸怎么了？又不是我要当汉奸，是他们让我当的。从前清那会儿咱们家就是里长，这会儿也不能把权给了别人！

他爹说：日本人败了呢？

韩景德说：日本人要枪有枪，要人有人，怎么会败？我当了，日本人依靠咱，村里人也得敬着咱。韩本忠又要揍他，韩金定拉住，说：这孩子说得对。

韩景德又说：你看看原平发了财的，哪一个不跟官府靠着。没靠山的还想找靠山呢，靠山找上门来干吗不接着。别看小小的维持会长，让给别人，受憋屈的就是咱。

韩景德当维持会长，给韩家带来不少好处。征粮、派劳工，他家全免，房子没被日本人烧过，一个瓶瓶罐罐也没砸。日本人送了他一根文明棍儿，他天天挂着在村里晃。时间不长，他在村里开了杂货店，烟酒茶糖、油盐酱醋、五金器具、针头线脑什么都卖。村里人说货郎卖得便宜，他让人在村口把着，不许货郎进来。

日本人隔一段就来，要粮、要草、要壮工。他穿着酱红色马褂，挂着文明棍儿，身边跟着两三个跑腿的，从沟口到沟底挨家挨户给日本人征粮，村里人表面恭敬，背地里恨死了他。

有一次，他到邹永贵家催粮。邹永贵也是韩家的佃户，身体强壮，特能干活。他跟韩家不见外，说：景德，我家实在没粮了。

韩景德眼一瞪说：没粮好办，跟我去一趟炮楼！

邹永贵吓得腿都软了，说：我不敢去，你替我说说好话吧！

韩景德说：把粮拿出来，这就是好话，不然算你通共！

邹永贵只好找刘鑫盛。刘鑫盛找到韩景德，说：家家户户总得留点粮，不然咋活呀！

韩景德说：鑫盛哥，这个维持会长是你让我当的，都不拿粮我咋跟日本人交代。村里没粮不假，粮去了哪儿你知道我也知道。就是我不知道，日本人也有耳目，这还是我在日本人那里保着，要不早把你抓到炮楼里了。

刘鑫盛说：你没出卖乡亲，村里人都看在眼里，你也别死心塌地为日本人做事，对付他们一下。

韩景德说：日本人傻吗？要不，你当维持会长吧！

刘鑫盛只好说：实在不行你跟炮楼里说，咱们出劳工顶替行不？韩景德跟炮楼里说了后，起了一些作用。

几个月后八路军重新占领原平，村里人要斗争韩景德，刘长顺说，目前是敌强我弱，八路军随时转移，维持会还有作用。果然，时间不长八路军又撤了。

八路军走后，日伪军把全村人逼到教堂前，问八路军兵工厂的下落。村里人不说，日本人在四周房顶架了三挺机枪，翻译官说：不说，太君杀了你们！

韩景德赶紧说：太君别动怒，我跟他们说几句。

他走到前面，叉着腰喊：你们都是木头脑袋！再不说太君要开枪了。说出来全村人都能活，活着好，还是死了好，你们还想不明白？有一个人说出来能救全村人的命，救人一命胜造七级浮屠，救全村人的命能积多大阴德？这个账还算不出来？

村里一个老汉说：景德，八路军去了哪里，你比我们知道。你不说，

第九章·带头人　319

咋让我们说呢？你告诉太君不就行了？

韩景德吓得脸都白了，赶紧对翻译官说：这话千万别翻译给太君。看到翻译官点头，他又说：他说的也是实话，村里人真不知道，夜里走的，我们都睡着了。不信你问问教堂里的人。

太君用怀疑的目光看着他们，问翻译官：你们说什么？

翻译官说：村里人说，八路军有一部分就住在教堂，教堂里的人也许知道。

日本人进了教堂，神父们瞪着蓝眼珠子，一问三不知。这些神父会说汉语，却故意叽里咕噜地说洋文。他们伸出带毛的大手，在翻译官眼前来回晃。

翻译官告诉日本人：神父说，八路军一夜之间就消失了，不知道去向，村里人也不知道。日本人问：他们是哪里人。神父说是比利时人和法国人，这一次用的是汉语。翻译官回身说：他们说是从比利时和德国来的。日本人听到有德国神父，退出了教堂。

日本人撤了，村里人说神父骗走了日本人，没人认为韩景德有功劳。

抗战胜利后，有人要把韩景德送进县衙。韩景德喊冤。他也说不出为什么冤，因为他是武委会推出来的维持会长，这个情况他哪敢说，通共比汉奸的罪名一点儿不轻。好在国民党派来的县长仍然用原来的人，他从维持会长变成了村长。

村长当了半年，八路军回来了，跟着回来的是第二大队，队长是刘鑫旺。韩景德自动下台，躲在家里不敢出来。杂货店也关了。

村里开会，他不敢参加。儿童团来家里叫他：韩景德，你咋不开会？以为还是日本人在的时候是吧？

他赶紧说：不是，不是。我不知道让不让我参加。到了会场找个角落坐下，听见后面有人喊：没粮好办，跟着我去一趟炮楼！不用问，是邹永贵的声音。

他缩起脖子听台上讲如何惩治汉奸恶霸，有汉奸行为的人要主动交代罪行，争取宽大处理。回到家跟韩本忠商量用不用自首，韩本忠说：让你别当维持会长，你不听！

几天后八路军占领了原平县城，刘长顺担任了县长。村里的武委会也公开了，武委会主任是刘鑫盛，实际是村党支部书记。韩景德找到他，哈着腰问：鑫盛叔，我的事儿咋办？

刘鑫盛故意眯着眼睛问：啥事咋办？

他说：我当过维持会长，是咱们组织指派我当的。

刘鑫盛故意问：谁指派的？

韩景德眨眨眼，不敢往下说了。几天后刘鑫盛单独跟他谈了一次话，大意是：你当维持会长跟村里人有飞扬跋扈现象，只要态度端正，肯悔改，可以既往不咎。

韩景德哈着腰说：我一定悔改。

村里人不干。女人们见了他啐唾沫，小孩子在他身后喊口号：打倒日本帝国主义！都是常事。

有一次，邹永贵在街上拦住他说：韩景德，你那文明棍儿呢？多金贵的东西，咋不挂着了？

韩景德想绕开，邹永贵又拦住：这是去哪儿呀？又去沟里催粮呀？

韩景德低着头想走，邹永贵喝道：站住！赶紧把粮拿出来，不然算你通共！

韩景德跪在地上，扇自己嘴巴子，说：我对不起父老乡亲，我该死。

邹永贵扶起他：景德，跟你闹着玩的。我要真计较你，早就报官了。

韩景德回到家，让老婆烙了几张糖饼，拿手巾包了揣在怀里去找韩本彦，韩本彦在长兴县当县委书记。

韩本彦说：我给你写封信，找刘长顺吧！

他拿着信去了原平县城，走到县政府又犹豫了。在村里，刘、韩两家是佃户与地主的关系，刘长顺跟韩本彦关系也一般，人家会管你的事吗？刘长顺在窗户里看到了他，知道他来干什么。当初让韩家当维持会长，是组织开会讨论过的，当然不能按敌我关系对待。他给村里写了信，强调要掌握政策。

韩景德不知道这些，一直灰溜溜地活着。村里孩子玩打仗游戏，一拨儿是八路军，另一拨儿是伪军，伪军前面有一个孩子带路，用一根树枝当文明棍儿，一截剥了树皮的白木棍儿当香烟，叼在嘴里，对着虚拟的人群喊话：你们都是木头脑袋！再不说太君要开枪了。说出来全村人都能活，活着好，还是死了好，你们还想不明白？有一个人说出来能救全村人的命，救人一命胜造七级浮屠，这个账算不出来？

世上没有后悔药，有也不够韩景德吃的。大大小小的运动，他都提心吊胆，有刘长顺、刘鑫盛保护，村里没斗争过他，斗争别人他也心惊肉跳。

刘鑫盛后来当了区委书记，村支书变成了刘进祥，刘进祥大炼钢铁时让铁水浇死，换成了刘进宝，他们都保护了他。"文化大革命"时，他看到一直保护他的刘长顺、刘鑫旺被打倒了，还没斗他，他就跳井自杀了。

他跳的井是村外浇地的井，走了这么远跳井，村里人说他还算仁义。

4

解放后，韩本彦调到南方某省当副省长。一九六四年他到北京开会，路过回乡探亲。那一年韩小实刚出生，他爹韩景辉是韩本信的儿子，叫韩本彦六叔，说：六叔，你想办法调回来吧！你不在，村里没人承认咱是革命家庭！

韩本彦看了看韩小实，说：这孩子长得真结实！韩小实躺在一个篮子里，瞪着乌溜溜的眼睛看他，他用手指拨了拨孩子的脸蛋儿，孩子咯咯地笑。这一笑，压抑的气氛淡了。韩本彦说：没啥大不了，革命的就是革命的，谁也抹杀不了。功是功，过是过。又问：景德呢？

韩景德从角落里走出来：叔，我在呢！他在自己家也不敢往前站。

韩本彦说：你拄那个文明棍儿干什么？日本人给的东西你还不扔了，显摆什么？

韩景德苦笑，说：我眼窝子浅。

韩本彦走后，韩家境遇没好多少。村干部管不了村里人怎么看他。偶尔有一两个老人替他说话，马上有人围攻他们：韩景德那时候对你们家好！

韩小实后来长得高大结实，聪明里还有点儿顽皮。村里分了地，他爹韩景辉想让他下地干活。他喜欢一个叫刘爱桃的女生，听人家去乡中，他也要去。韩景辉说：上大学都要政审，你念中学有啥用？白花钱！

韩小实只好找村里的小学教师，他叔叔韩景春。韩景春对他爹说：这孩子有盼头，现在右派都平了反，听说以后考大学不政审了。

到了乡中，刘爱桃对韩小实很冷淡。村里还有一个男生喜欢刘爱桃。那个男生是沟底的，每天跟爱桃结伴回家。有一天，他听见爱桃对那个男生说：我才看不上地主羔子呢，他们家是汉奸。当时他觉得眼前一黑，对学校一下没了兴趣。

退学后，他想给老郎中当徒弟。慈家哪敢沾他。那时家家户户都养猪，老郎中说：要不你学兽医吧！

县畜牧局办兽医培训班，他去报名。畜牧局要村里的介绍信。他去找老裴，老裴笑了，说：村里就一个名额，早有人了。

他问：给谁了？

老裴说：你问那么多干啥？

村里没人报名，老裴把名额作废了。

那些日子除了下地干活，他不愿出门，村里女孩儿都躲着他，大人不许跟他来往。右派平了反，地富反坏右分子也摘了帽，韩家的帽子是无形的，没有所谓戴，就没有所谓摘。帽子在人心里，摘不下来。

爹托人给他说亲，本村的别想，外村的女孩子刚开始热情，过些日子又冷了。

媒人说：现在不讲历史问题了！

女方家说：现在不讲，以后要是讲呢？他们家出过汉奸！

媒人说：他们家是革命家庭，出过大官！

女方说：再大的官儿，他够得着不？

韩小实快疯了！他看见的人影是双的，听人说话像水瓮里的声音，嗡嗡地撞脑袋瓢子。在插剑岭他永远没有前途，革命长辈离得太远，像天上的星星他够不着。

在家冥想了半个月，他搭一辆拖拉机进了容易市。这是他平生第一次坐火车，一天一夜来到韩本彦任职的省，省政府门卫不让他进。他在门口守了五天，终于见到了韩本彦。

他跪下了,哭着说在村里的遭遇,他说在插剑岭看不到前途,他想去当兵。韩本彦问:你爹娘同意吗?

他说:同意。

韩本彦犹豫。

韩小实说:我在插剑岭永远是地主羔子,韩景德的汉奸尾巴安在了我屁股上,摘不下来。村里没女人肯嫁我,从我记事韩家就臭了。他一边说一边抹眼泪。

韩本彦眼圈红了,写了三封信,一封给当时的原平县委书记,一封给村里,还有一封给了部队的一位将军。三封信把韩小实送到了部队。

进了部队的韩小实绰号"拼命三郎"。战士没有怕吃苦的,吃苦跟吃苦不一样,有人是吃苦,有人是恨苦,有人是享受苦。他都不是,是拼命。他想在部队入党、提干,想忘掉插剑岭。插剑岭的女子看不上他,他也看不上她们,他要在外面成家立业。只要他提了干,有的是愿意嫁给他的。

他当的是工程兵,抡大锤,打眼放炮,村里学大寨的情景他还记得,那时他还是个孩子。部队再苦也比村里强,起码馒头能敞开吃,还有炖肉,砸了手卫生员马上过来包扎。别人觉得苦,他觉得幸运。

他好好干班长就表扬他,干得好就嘉奖他;有一天连长知道了,连里也关注他。就像在教堂里敲钟,敲一下就能响一下,不会白敲。

排除哑炮时,他第一个往上冲。连长要自己上,他一步蹿到连长前面。哑炮响了,他把身边的战友压在身下,石块贴着他的头皮飞,差一点儿牺牲。连里给他记了三等功。他是新兵里第一个入党的,遗憾的是部队取消了从战士中提干,提干必须先送军校,他没有上完初中,显出了劣势。

部队后来有了机器，不用打眼放炮了。他拼命学技术，营里答应把他送到军校，他觉得浑身是劲儿。到了保送军校时，他跟另一个营的战士竞争，那个战士比他还吃苦，比他还优秀，人家上过高中，他被淘汰了。

连长说找机会给他转成志愿兵，他觉得那是遥遥无期的事，便要求复员了。家里人说，村里党员越来越少，年轻人想入党，老裴都压着。他是党员，回到村里早晚能当干部。

回村第一天，他把党员介绍信交给老裴，老裴看了一眼又递还给他。他问怎么了。老裴说：你先拿着吧！

他说：我怎么能拿着，这是给组织的。

老裴说：组织也不能你给就收，我们开会商量了再说。

等了一个月，老裴说这会儿正收秋，顾不上开会。

又等了一个月，老裴说事儿太多，什么时候有了时间再开会。

有一天他听到党支部开会了，兴冲冲地去找老裴。老裴说开是开了，会上研究的事太多，没顾上说你的事。他问下次什么时候开，老裴说不知道。

这中间有人给他介绍对象，他见了一面没同意。听说刘爱桃跟人订了婚，没等过门儿男方中煤气死了。死的也是他们同学，不过不是跟他竞争的那一个。他让爹找了媒人，去了刘爱桃家。

他很自信，村里人都知道他入了党，工程兵复员，有技术。没人再提他家的历史问题，村里闺女都想跟他交往。刘爱桃一见他脸先红了，满眼是羞怯。他对刘爱桃已经没有感情，有的只是回忆。能不能相中不重要，重要的是让她知道现在。他从部队开来了党员介绍信，以后就是党组织的一员。他在部队发明过几个小机器，受过嘉奖，他打算发明一种在梯田里用的小型农机，让村里人致富。刘长顺、刘进祥、刘丙瑞都想带着村里人致富，没一个能实现。毛主席怎么说的？数风流人物，还看今朝！

在场的人用仰慕的眼光看着他，觉得这小伙子行。韩家有根底，当年要不是韩金定，游锡五也来不了村里，韩家管吃管住才让插剑岭成了红村。小伙子在部队锻炼过，见多识广，这样的人回来才有盼头。这话很快传到了老裴耳朵里，他黑着脸抽烟。他黑脸时，耳朵里的肉坠儿发紫，他说：这是想夺权呀！让他来吧，我让贤了！

他这么一说，村里人不敢说话了。

村里很快出来了议论：韩家是地主，他要带着全村致富，轮得着他带吗？

当年咱们革命莫非搞错了？他们家有人参加了革命，就不算地主了？那些没有人参加革命的地主怎么办，是不是也斗错了？

韩小实找到老裴，问党员关系怎么办？这是他第十一次问老裴，老裴说：你这个关系我们不要。

韩小实以为听错了，问：不要？我是这个村的人，是正式党员，为什么不要？

老裴说：不为什么，就是不要。

韩小实问：那我怎么办？把党员关系作废了？

老裴说：你爱咋办咋办。

韩小实找到乡里。乡党委书记宋照明听他说了情况，问：为啥不接受？

韩小实说：我咋知道！

老宋说：他总要给你个理由吧？

韩小实说：老裴说不为什么，不要就是不要。

老宋拿起电话给老裴打，那时老裴还是小裴，老宋说：小裴，你们村刚回来一个复员兵,有这回事不?

老裴说:回来半年多了。

老宋说:他是党员吗?

老裴说:不知道,没听说。

老宋说:我知道,他是党员,你把他的党员关系接过来。一个党员老不参加组织活动怎么行?这是违反组织原则的。

放下电话,老宋对韩小实说:你去找他,什么也别说,抓紧把关系落上。

韩小实回村,没回家就找老裴说:宋书记让我来找你。

老裴抬起头看了他一眼,问:什么事?

他说:落我的党员关系!

老裴笑了,说:你有能耐,还找到了乡里。实话告诉你,老宋说也不行,插剑岭我说了算。

第二天韩小实把老裴的话原原本本学了一遍。老宋拿起电话又给老裴打。老裴压根儿不承认,说:没人找过我呀?你都说了话,我咋能不给他落。你让他找我吧,我在家里等着。等韩小实回到村里,根本找不到他。老婆说他去了县里,其实他就在里屋看电视呢!

反复了几次,老宋对韩小实说:总拖着也不是事儿,我给你介绍个地方,先把关系落下。

老宋介绍的是一家建筑公司,老板姓孔。孔老板听说他是工程兵,说:你在我这儿干吧,我给你一个工程队,钱肯定少不了你的。

那时每月三千元真不少,韩小实因祸得福,却仍然高兴不起来。他当了六年兵,发现插剑岭还跟以前一样,如果说改变的话,只是变得更糟了。

两年后老裴在县里见到了他，他已经成了有名的包工头，老裴说：宋书记让我给你把党员关系落了，你来家里找我吧！

韩小实说：好，好。

老裴递给他一根烟，他没接，晃了晃手里的烟说：点着呢！两个人分开了。

他没有去找老裴，他的天地已经大了！

5

刘爱桃早忘了她在初中说过的话，问：我那么说过？我咋不记得？

韩小实说：我记得。

他们领了结婚证，盖房成了头等大事。韩小实看中了沟口一块地方，村里不给，只许在原来的宅基地盖。两间房太小，他想把旁边的一块空地要上。那块地在他和韩老六的房之间，不到一间房的距离。

他提了两瓶酒找老裴，老裴说：那地方是路，你占了咋行？

他说：我们家是最后一排，那路除了我没人走。

老裴说：不行。

他说：党员关系你不让我落，我落在了外面。结婚是人生大事，你总得让我盖房吧？

老裴变了脸：你结婚就得占村里的道吗？

他说：邹进贤家也是最后一排，他占了，没人说他占道。

老裴盖房也占了道，占得还挺宽，他不想刺激老裴，没提。老裴却主动提起来：你是想说我也占了道吧？

他说：裴书记，你这么说，我就没法往下说了。

老裴说：你不说我说，我是占了道，谁让我是村里的支书呢？至于邹进贤，我出门时他盖了，总不能让他把房拆了。我占道是经过乡里批准的，你占道得经过我批准。我不同意你就盖不成！

韩小实抄起两瓶酒想砸老裴，忍了忍提着酒回来了。刘爱桃看他黑着脸，给他沏了一碗鸡蛋，端给他，说：干啥非得在村里盖，县城里有的是地方。

韩小实在县城买了一套三室两厅的房子。婚礼是在县城办的，租了三辆大巴车把村里人接去，吃完婚宴再送回来。去了的回来说：没见过那么气派的婚礼！

韩小实没觉得扳回了面子，夜深人静仍然愤愤不平。老裴不可能永远在台上，起码有死的一天。他暗下决心，要在村里盖一处房，要比老裴家的房子高大、气派。

有一天，他梦里把这话喊了出来。这一年他挣了四百多万，奥迪换成了宝马。白天跟人喝醉了，司机把他背上楼。一进门就吐，他不睡觉，不停地喊：插剑岭！我操他妈的插剑岭！刘爱桃把他扶到床上，抱着安抚他。夜里听见他在哭。那是永远的痛，不管挣多少钱，都安抚不了一颗失去故乡的心。她拍了拍他的身体，说：睡吧！

他说：我要在村里盖房！

她说：好！咱们早晚盖！盖得气气派派的！

6

杨伯峻跟韩小实喝了不少酒。他想，没这些经历，韩小实还是韩小实吗？成功都是被逼出来的，自己未必不是如此。

他问韩小实：你觉得插剑岭怎么才能脱贫？

韩小实不客气地说：插剑岭脱不了贫！

杨伯峻皱起眉头，说：三年脱贫我们一定要实现，不管有多少困难。

韩小实说：跟韩家当地主时比，插剑岭早脱贫了。插剑岭周围是大山，地是一块一块的零碎梯田。庄稼就是玉米、高粱，种一点小麦只够自己吃，永远比不了平原上的村。

杨伯峻说：庞家佐以前不如咱们，现在比咱们强。

韩小实说：那不一样。庞家佐几年前换了班子。村里人对老裴有意见，敢去乡里反映吗？刘丙瑞、李沛义多好的干部，让他们告下去了。他们怎么不告老裴？怎么不去乡里迁户口？一个村就像一驾马车，你看看拉车的是什么人，赶车的是什么人？没个像回事的班子，这个村好不了！

杨伯峻说：咱俩想的一样。

韩小实说：问题是你弄不出好班子。连年富力强的党员都没有，你去哪儿弄好班子？更别说乡里还有问题。一个乡党委书记管不了村支书，这是咋回事？

韩小实把酒杯重重放在桌上：插剑岭受穷活该！这个村有几个明白人？他们要钱时想起了我，我看不起他们。我跟别人说，我是插剑岭人，我爱插剑岭，那是我放屁呢！我爱的是心里的插剑岭，跟这个插剑岭没关系！

杨伯峻说：那就把想象中的插剑岭，变成真正的插剑岭！

韩小实摇头：游锡五来时，把道理一说村里人都跟着他走，现在来八个游锡五也不行。他们比游锡五心眼儿还多，就是不往该使的地方使。要不咋叫插剑岭呢，想起来心就流血！

多大的怨气啊！杨伯峻想，这是个难得的人才，别看宣传片做得不咋样，心里的画面比片子宏伟。他想说：你回来吧，我们把插剑岭交给你。听了韩小实的话他又怀疑，把插剑岭交给一个恨它的人，行吗？

7

老裴好长时间没去腊梅家了，他心情不好。自从刘铁山被查，他就在家里窝着。这种事在报上就是一块豆腐干，没关系的人几天就忘了，他忘不了。他知道时间不长了，得把后事安排好。哪怕接你的不是自己人，也不能是别人的人。

本来想让二来接班，二来是条枪，别人能使他，他使不了别人。三个副村长都不是党员，以前他一心想让侄子接班，不肯发展年轻的。副村长都对他有意见。

唯一可用的是刘会计，这个人太精了。精也得用，能用比你精的才是本事。一个村的当家人不能武大郎开店，店好不了，你的下场也好不了。你既得用庸人，也得用精人。再精的人你对他好，他也不会忘了你。这个道理是腊梅告诉他的。

他半个多月不露面，腊梅不踏实，问裴学锋：你叔干啥呢？

裴学锋说：病了。

腊梅问：啥病，好些了吗？

裴学锋说：就是个小感冒！他是心烦，不愿出来！

腊梅说：瞧他那点出息！

裴学锋笑：回头你说说他。

腊梅说：我咋说他？我连他的面都见不着，跟谁说去？

裴学锋说：我让他过来。

腊梅说：用不着你多嘴，我还想清静两天呢！裴学锋笑着走了。

当天晚上裴学锋去了老裴家。老裴只抽烟，不吭气儿。裴学锋说腊梅脸上没一点儿血色。老裴咳嗽起来。裴学锋没敢再往下说。

老裴问：谁往工作队跑得多？

裴学锋说：曹志军最多，任海龙也常去。这些日子刘会计也往村委会跑，倒有些奇怪。

老裴说：我让他去的。

裴学锋不再说了。老裴这才接上刚才的话题：明天我去看看她。

裴学锋说：一个女人过日子不容易。老裴轻叹了一口气，很快把烦躁掩饰了。

脚步一响，腊梅知道谁来了。老裴径直上了炕，点起一袋烟。他在外面办事抽极品雪花，在家抽种的烟叶儿。种的烟像饱经沧桑的老汉，过滤嘴烟像抹着脂粉的女人。

点上烟，他心才踏实。腊梅在灶前捡着豆子，轻轻啜泣。女人的眼泪是心脉的流溢，多大的事儿，泪一流就冲出去了。

同样是女人，老婆哭老裴听了心烦，慢慢老婆就不在他跟前哭了，两个人像两座山，彼此遥遥相对，谁也不理谁。腊梅的泪是泉水，能把硬土浇软了。你听她哭泣，慢慢心就静了，什么也不想，只集中在她身上。

她跟他一样看见了未来。一个时代结束了，一个裴家暴富的时代，一个所有跟裴家有关的人都开心的时代，随着刘铁山被审查都付诸流水。腊梅不为自己流泪，流的是他们共同的绝望。他把烟袋在炕沿上磕了磕，烟灰里还有火，他又装上一袋烟，把烟袋锅扣在刚才磕下的烟灰上，深深吸一口，才把烟袋举起来。

这是祖传下来的抽烟方法，村里有十几个人还这样抽。有些人把炕拆了，腊梅也想拆，看老裴不爱在椅子上坐，没有拆。当外面讲传统时，村里人的传统往往体现在一条大炕上，在炕上抽烟，在炕上说话，不止是一个形式，还是一种心态。他们得到尊敬的方式，也完全不是一回事。

你坐在炕上，听村里人站在地上跟你说事情，跟在办公桌前听不是一个心境。这样的日子大概不会长了。他们为失去而感伤。哭了一会儿，老裴说：没啥，下台干部多了。

腊梅点点头：你不在乎就好。

实际上他跟刘丙瑞不一样，也跟刘玉凯不一样。人家山上没事，他有一个屁股在山上撅着，那上面是屎。她说：你想一个能接替你的人吧！

他说：我想有用吗？

她说：没用也得想。

他又说：我想的人上面认吗？

腊梅说：你不放心的人不是党员，是党员又岁数合适的就一两个，不认也得认。

老裴没信心，现在个个是人精，明知道他要下台谁还接近？靠得住的是刘会计，不过，最信任的人也最危险，刘会计比腊梅知道的都多。这个话老裴不能跟腊梅说。

他说：我想让刘会计上，怕工作队不同意。

腊梅说：蒋社教不见得听工作队的。看老裴犹豫，她又说：光在家里等着不行，你找蒋社教说说！

老裴点头。他以前多次听她的，都成功了。

8

蒋社教主动约请杨伯峻：杨局长，来乡里坐坐吧，我让车接你。

工作队跟乡里关系微妙，按工作杨伯峻是村第一书记，蒋社教是乡一把手，蒋社教是领导。按级别杨伯峻是副处，蒋社教是正科，杨伯峻是领导。蒋社教不能干预工作队，又要把控大局。比如换班子的事，一个村换了，其他村换不换？

现在情况变了，他开始考虑换各村的班子，第一个就是插剑岭。这个班子他早想换，上次杨伯峻提起班子老化，他没表态。现在他有一个方案，这个方案没成型前，他想先跟杨伯峻打招呼。

杨伯峻把车开进乡政府，两个人寒暄了半天，手挽手进了办公室。茶是台湾产的虫茶，专捡昆虫咬过的鲜叶采摘，以示其环保无害。茶具也换成了新的，蒋社教似乎懂些茶道，不规范。杨伯峻品了一口，说：好茶。

蒋社教说：茶比酒好，酒伤身，茶养生，酒让人乱性，茶让人智慧。最后又补充了一句：纪委还不查！杨伯峻想笑，忍住了。

蒋社教把听到的刘铁山案子内情，跟杨伯峻说了一番，两人显得挺近。随后他说：插剑岭的班子拖不下去了，上次咱俩也议过，你现在有什么想法？

杨伯峻皱着眉头说：人不好选，我物色过，还没有发现合适的。他不想现在就提出韩小实，免得乡里有看法。

没想到蒋社教问：刘会计怎么样？

杨伯峻不想直接反对，问：你怎么想到他呢？

蒋社教说：这是个过渡人选，村里能干的都在外面打工，你就是三顾茅庐，人家也不见得回来。有的支委比老裴还大，几个副村长又都不是党员，我催过老裴，老裴说他们不写申请书，其实是他压着不发展，现在逼着他发展也来不及了。

杨伯峻点点头。蒋社教又说：选刘会计有个好处，他岁数大只能当一届，下一届咱们再选就容易了。这也算一种远虑。

杨伯峻说：你考虑得多，想得也细。不过……

蒋社教看着他。

他不说了。刘会计是老裴的第一亲信，乡里不见得不知道，蒋社教这么考虑有没有别的因素？下了几个月乡，他心眼儿比以前多了。

选韩小实对老裴是个威胁。即使蒋社教跟老裴没瓜葛，也不想把老裴抖搂出来。插剑岭出了大案他不体面，搞不好还可能烧到他身上。选刘会计有没有这方面的考虑，谁也猜不透。杨伯峻说：人虽然不好选，下点功夫还是值得的。

蒋社教说：那倒是。

杨伯峻说：这事征求一下村里人的意见吧，尤其是老党员。

蒋社教说：对对，你想得周到。

杨伯峻想自己是不是说多了？来的时候还想着尊重乡里的意见，谈着谈着，怎么谈成了这样？蒋社教选的不尽如人意，却是阻力最小的，大概是出于经验吧！不过，选择刘会计，只会是一个没有老裴的旧班子，换汤不换药。他问：刘会计肯接吗？

蒋社教说没问题，就说明跟刘会计沟通过了，甚至还征求了老裴的意见。蒋社教说：我没跟他谈过，总得咱俩统一了再进行。

杨伯峻欠了欠身体，说：我不是那个意思。

蒋社教说：你先听听村里人的意见，咱俩回头再议！

蒋社教把他送上车，脸上始终带着笑意，让他觉得笑容后面还有内容。想到村里的发展，他觉得有不同意见不说，也不是负责任。

车开到一半路程，看见对面来了一辆车，是梅长风的。他停住车，问：你去哪儿？

梅长风不好意思，说：杨局，家里有个要紧事，我明天赶回来。

杨伯峻说：不用着急，多待两天也行。上级要是来检查，我临时通知你。

梅长风鸣了一声笛，开走了。

刚开始崔局长给梅长风，杨伯峻挺不乐意。没想到这个人工作有声有色，看来用人也不能教条主义，你以为不行的，未必就不行。刘会计是老裴的心腹，环境变了，未必不能给村里做事。想到这儿，他又怀疑自己刚才结论下早了。

刘会计脚步无声无息，好像踩着影子。走进屋里，看见杨伯峻低了一下头，说：有几件事跟杨局长汇报一下。

村里的事他没跟工作队汇报过，都是杨伯峻问，他才说。蒋社教刚说要换班子，他态度就变了。他们真没有沟通过？杨伯峻问：什么事儿？

刘会计说村里有几个护林员在外面打工，出去两年了还拿着护林员补贴，防火员也有这种情况，他觉得应该撤换。

第九章·带头人　　　　　　　　　　　337

护林员都是老裴定的，其中就有邹进贤。刘会计真变了！杨伯峻问：问过老裴吗？

刘会计说：还没呢！

杨伯峻说：先听听老裴的意见吧！

刘会计又说第二件事：村里小学还剩下十六个孩子，县教育局要求停办。学校就一个代课老师，叫刘全祥。杨伯峻说：是你哥吧？刘会计叫刘全惠。

刘会计说：是我堂哥，他考了几次没考上教师证，教育局不许他教课。现在十六个孩子没地方上学，到乡里上学要走十里路，走到学校就饿了。

杨伯峻问：你有什么想法？

刘会计说：学校停办，这十六个孩子就废了。只能偷着办。你就当不知道这回事吧！

杨伯峻不肯接这个人情。上面真追究下来，责任也推卸不了。他说：县教育局让停办，就先停。让你哥准备准备，再考一次。

刘会计说：他年龄早过了。

杨伯峻说：我下午去县教育局，跟他们商量一下。

说完刘会计还不走，东一句西一句地闲扯。黄俊涛问：昨天夜里，沟里好像有人吵架？

刘会计说：慈建明媳妇跟桂枝打起来了。

黄俊涛问：为什么？

刘会计说：慈建明跟桂枝靠着！慈建明媳妇是个傻货，天天跟桂枝在一起。桂枝男人比她精，自己不敢管，把这事捅给了她，就这么打起来了。

杨伯峻问：哪个是桂枝男人？

刘会计说：郝宝石，是郝宝贵的哥哥，轿鼓队领头打鼓的。

黄俊涛问：老裴知道吗？

刘会计说：这么打还不公开了？村里靠着的多了，没这么折腾的，老裴跟腊梅靠了多少年，两家风平浪静，看看人家。

这是刘会计第一次跟工作队议论老裴的私情，谈笑间把老裴出卖了，换一个角度想，他不是跟老裴跑，是跟着权力跑。看他刚才请示工作的样子，眼睛看着你，揣度你的心思，是个很好的合作者。这大概就是蒋社教的想法吧？

正聊着，曹志军和任海龙走进来。刘会计说：你们聊，我先回去了。

返回屋里，杨伯峻把刚才说的几件事跟曹志军和任海龙说了。曹志军说：这是太阳从西边出来了！过去村里的事老裴都跟刘会计商量，我们什么都不知道。

杨伯峻转身从桌上拿起一盒烟，递给每人一支，又拿出打火机，两个人抢着给杨伯峻点。曹志军说：有人说老裴要下台了，看来是真的？

任海龙说：还有人说刘会计要上来。说完看着杨伯峻。

杨伯峻问：谁说的？

任海龙说：刘全祥说的，他说刘会计去过乡里。

杨伯峻说：乡里提出村干部要年轻化、知识化。不过，还没有具体想法，就是有了，乡里也会征求咱们的意见。他间接否认了自己知情。

任海龙说：要论年轻，现在班子里刘会计最年轻，论学历，他不知从哪儿弄了个中专学历，也是最高的。实际上换成他还不如不换。

杨伯峻问：为什么？

任海龙说：他当，村里的事还是老裴说了算，换他有什么用？就跟养猪一样，以前是养一个，换他成了养两个。

曹志军说：以前也是养两个。

杨伯峻觉得未必。刚才刘会计把腊梅的事说了出来，明显想跟老裴切割。他对曹志军和任海龙说：你们两个应该积极向组织靠拢。

曹志军说：我写过十几份入党申请，有一回老裴问我，你急着入党是不是有想法？我赶紧说没想法，再不敢写了。

任海龙说：其实是他有想法，想让裴学锋上，把裴学锋的入党申请书报到乡里，乡党委不批。后来村里老党员们一直告状，乡里让他别再报了。

杨伯峻岔开话题，说：乡里让咱们征求老党员的意见，我想开个党员会。

曹志军说：应该开，早该听听他们的意见了！

第二天杨伯峻又跟老裴打招呼，老裴说：开不开一样。

杨伯峻说：这也是乡里的意思。老裴只好同意。

9

村委会后面的大院，以前是粮库，因为亏损关了。裴学锋租了开过舞厅，市里布置扫黄，派出所故意没给他报信，他被抓起来关了三个月，舞厅随之倒闭。放出来后又在原地开了超市。

老人们每天在超市前蹲着晒太阳，一问才知道大部分是党员。看到他们颤颤巍巍走进会议室，杨伯峻问：到齐了吧？

老裴说还有两个党员在外地打工，在家的只差刘丙瑞和刘玉凯了。

杨伯峻问：没通知他俩吗？

老裴说：通知了，来不了。

正说着，刘丙瑞和刘玉凯走进来，问：开会咋不通知我们？

人们纷纷站起来迎接。刘丙瑞拿起烟袋，几个人争着上前点烟。老裴脸色很不好看。刘丙瑞坐下喘息了半天，又问：为啥不通知我？

刘会计说：老裴让我通知，我怕你身体不行，没去。

刘丙瑞说：走到村委会的劲儿我还有！以后都通知我。

老裴冷着脸对杨伯峻说：到齐了！咱们开吧！

杨伯峻介绍了县里的会议精神，又说：今天请大家来开民主生活会，听听你们对村里工作的意见和建议。大家畅所欲言吧！

长时间沉默，党员们都闷头抽烟，等别人发言。杨伯峻又说：我知道你们有一肚子话，都是自家人，有什么话敞开说吧！这样的民主生活会，咱们以后还要开，形成一个制度。谁先带头说说？

有个老汉站起来：我先说！老人七十多岁，面容清癯，双目黑亮。他说：我叫李沛义，一九六七年在部队入党，党龄五十多年了！说起工作队，在咱们村不稀奇。一九二八年咱们村就来过工作队，来的人叫游锡五，省国立第一师范毕业生，人们叫他游校长。他发展了咱们村的第一个党员，后来又在周围三个村发展党员，建立起联合党支部。插剑岭是原平县建立党组织最早的。现在咋样？他看着人们：咱们还像个先进村吗？抗日战争咱们是堡垒村，部队有了伤员送到这儿，八路军的兵工厂，就在这一带，兵工厂吃的、用的都是咱们往山上送。咱们村第一个搞土改，建立了原平县第一个互助组，成立了原平县第一个初级社。学大寨咱们也走在前面，是全县第一个开山修渠的，现在成了落后村。我想不明白，这是咋回事？

二来不满地问：谁说咱是落后村了？

李沛义说：都成贫困村了，还不落后？

另一位老人站起来：听了沛义的话我忍不住想说两句。咱们村再这样下去不行了！看看来开会的人，都多大岁数了？游锡五来时才二十六岁，刘长顺入党是二十一岁，咱们这些人气都喘不过来咋带领群众致富？老裴你比我们年轻，也是六十多岁的人了。怎么就不能有点年轻人呢？

年轻的在村里待不住。老裴说。

老人说：不是待不住，是在村里发挥不了作用。

杨伯峻问：您贵姓？

老人说：姓任，任树堂。旁边有人低声告诉杨伯峻，这是任海龙的爷爷，任海龙和曹志军都不是党员。

任树堂说：咱们村二十八年只发展了一个党员，现在外面的两个党员，是在部队入的党，复员时想转回党员关系，硬是转不回来。这么下去咋能不落后？

老裴脸色发青，二来和另一个副支书不时扫他一眼。在座的人互相议论，说屋里大部分人只剩下半口气，要把插剑岭搞上去，得靠年轻人。

老裴解释说：年轻人入了党也留不住，要么出去打工，要么搬到了城里。

一位老人问：现在村里就没合格的？我看不是。这个人杨伯峻认识，叫黄兴旺，当过副支书。他说：老黄，你详细说说。

黄兴旺说：我跟老任一个意见，还得再加上一条。以前的工作队来了帮村里要钱，拉赞助。光拉赞助就算扶贫了？我看不一定。游锡五没给村里拉过赞助，为什么咱们到现在还想他？因为他在村里建立了党支部，让村里人有了主心骨！现在连个年轻党员都找不出来，没个有朝气的班子咋脱贫？

刘丙瑞本来不想说话，忍不住说：游锡五在村里待了三年，发展了六个党员，那时候入党多容易啊！不怕掉脑袋就能入。这些年不是了，入党得看你姓什么。村里三十年只发展过两个党员，一个是裴学锋，乡党委没批准，另一个是刘会计。暴二来是在外面打工时入的党。要是找贫困原因，我看这就是。没有坚强有力的领导班子，没有新鲜血液，村里没法发展。

老裴怒冲冲地说：什么叫入党看姓什么，你说姓什么能入？

刘丙瑞说：当然应该姓党的能入，姓资的，姓贪的不能入。

老裴说：谁姓贪？谁姓资？把话说明白。

刘丙瑞说：没有人不明白，大伙儿明白着呢！

看到要吵起来，杨伯峻说：大家说的都很好，每个人说的都是心里话。今天的会先开到这儿，下次开会，咱们重点研究发展新党员。他想先把曹志军和任海龙发展进来。

老裴和二来等人起身走了。刘丙瑞一激动喘得越发厉害，任树堂扶着他回了家。别的人没走，有话要跟工作队说，看到刘会计在又不肯说。刘会计觉出了不对，临走冲大家笑笑，说：你们慢慢聊。可惜没人接他的笑容。

他走后，杨伯峻说：除了发展党员，乡里还想选拔年轻干部。你们有什么建议？人们不说话。杨伯峻又问：刘会计咋样？

黄兴旺笑了，问：咋着？看上刘会计了？好啊，我没意见！

杨伯峻说：不是看上谁了，是讨论各种方案。你们有看法敞开说！

黄兴旺说：上面都定了，能有什么看法？

杨伯峻说：咱们换个思路，把对村里有贡献的，在外面经商创业的请回来也行。这一说大家兴奋起来,说:这是个好主意,只是不知道人家愿意不愿意。

杨伯峻说:咱们学刘备,三顾茅庐呀!

黄兴旺沉默了半天,说:三顾茅庐当然好,请回来诸葛亮就行,请回来周瑜也凑合,请回来个曹操可说不过去。

马上有人附和,说:请回来地主就更坏事了!

杨伯峻皱起眉头。

黄兴旺赶紧解释:我就是有些担心,今天兴奋,有点儿说多了,你们聊吧!说完起身走了。

杨伯峻看着他的背影,问李沛义:他跟外面经商的人有矛盾吗?

李沛义说:没有。他就是那么一说,这个村谁说什么你都别当回事,都是瞎嚷嚷!当初反对刘丙瑞连任,也是这么瞎议论。老裴一上来,他们都后悔了。

杨伯峻又问:你怎么看?

李沛义说:我知道你想什么,这个人我也考虑过。只是,人家放着外面的钱不挣,回来蹚这一道浑水图什么呢?

杨伯峻说:这只是我的想法。

李沛义说:他没这意思,你怎么会想到他?

杨伯峻说:我去县里路过他公司,聊得挺投机,他懂经济。你们觉得他怎么样?咱们不能光等乡里的意见,自己也得动脑子。

李沛义说:我无所谓,怕有人想不通。

杨伯峻又问别人,大家都不置可否。

这些老党员,大部分徘徊在贫困边缘。他们盼着村里脱贫,想把老裴换下去,到了真换时又对谁都不放心。闹社火时他们对韩小实交口称赞，现在又在怀疑。

杨伯峻想起了韩小实的话：他们受穷活该！要钱时想起了我，我看不起他们。我跟别人说，我是插剑岭人，我爱插剑岭，那是放屁！我爱的是心里的插剑岭，跟这个插剑岭没有关系。

杨伯峻理解了他。爱之深，责之切。这里是革命老区，老百姓有辨别能力，他们为什么这个态度？蒋社教的意见也许有道理，让刘会计过渡一下，虽然不是最好的人选，却是最稳妥的。实在不行就按乡里的意见办吧！

10

过了一晚杨伯峻主意就改了，觉得不能退。

游锡五发展了韩本彦，我们为什么不能用韩小实？地主是个概念，韩小实是活生生的人，他的激动、怨愤都证明对村里有感情，跟别人的麻木成了对照。

黄俊涛来了，杨伯峻招呼他坐下。有人说他是崔局长的人，来监督杨伯峻的。监督又怎么样？我来帮插剑岭脱贫致富，不怕监督。平时他尽量尊重黄俊涛，工作队的一举一动崔局长肯定知道，换班子的事黄俊涛恐怕也汇报了。杨伯峻说：看来，换谁都不好办！

黄俊涛说：我来就是跟你说这件事，咱们得慎重。人选不能自己定，得跟局里汇报。

他说：有了具体方案就请示局里。

刚想跟黄俊涛讨论细节，手机响了。局里一个处长压低声音说：告诉你个惊人消息，你身边没别人吧？他看了一眼黄俊涛，问：怎么了？

对方说：崔局长调走了。他长舒一口气，如释重负的感觉，说：这有什么惊人的？崔局长没上台前，这个处长跟杨伯峻走得很近。崔一上台，他慢慢消沉了。现在他这么兴奋，可见早有是非标准。杨伯峻谢了他的好意，对方说：你从村里回来，咱们聚一聚。

杨伯峻答应着挂了，马上又来了一个电话，也是局里的，说的也是崔局长调走的事，感慨道：他是自找的，听说巡视组来巡视，对他的意见太多了！杨伯峻跟着说了几句感想。电话那边说：以后看你的了。说完断了电话。

杨伯峻冲黄俊涛笑一笑，说：崔局长调走了！

黄俊涛有些紧张：调走？去哪儿？

杨伯峻说：不知道。刚说完手机又响，也是局里的。

黄俊涛一直支着耳朵听，听到方志办，心里咯噔一下，想：这个结果……很不理想！

杨伯峻说：他是从方志办出来的，大概想利用他的专长吧！

黄俊涛听不下去了，冲杨伯峻摆摆手回了自己屋，点起一支烟靠着铺盖卷沉思。刚下乡时局里每天来好几个电话，有问候的，有请示工作的。他接电话都避开杨伯峻，怕刺激人家，刚过半年世道就变了。

崔局长调走没一个人告诉他，都是给杨伯峻通报的。初一他给崔局长拜年，崔局长没提调走的事，现在走总该告诉一声吧？你把我放在村里时说不影响提拔，我找谁兑现去？他感到像个孤儿被扔到了荒郊野外。梅长风早上请假回去了。局里人说梅长风活得失败，转眼人家柳暗花明。下一步怎么办？崔局长把他坑苦了！

崔局长调走对杨伯峻有利。人们打电话不会是听到什么消息吧？按过去，杨伯峻已经过了提拔年龄，现在好像不以年龄划线了。

外面有脚步声，他跑过去撩起门帘，说：杨局，祝贺你！

杨伯峻说：祝贺我？跟我没什么关系。

他说：其实也有关系，起码局里工作好干了。

杨伯峻说：局里的事咱不管，村里的班子怎么办，咱俩先统一认识。

他试探道：就看你怎么想了。不想费事，就让乡里定。村里有姚红玉的养猪场，还有惠农公司的合作，下一步给村里拉一两个项目，咱们的任务就完成了。

杨伯峻说：咱们走后呢？

他说：后面不是咱们想的事，该轮到别人下乡了。

杨伯峻摇头。

黄俊涛说：我说得直白，别人未必不这么想。

杨伯峻说：咱们得为这个村负责，至少要选一个称职的支部书记。

黄俊涛说：按插剑岭的情况，你选韩小实有人反对，选刘会计也有人造谣，听这些什么也干不成。正说着杨伯峻手机又响，杨伯峻摆摆手回到自己那边。

电话是霍局长打来的，问杨伯峻：知道了吧？

杨伯峻说：刚知道。

霍局长说：老崔完蛋了。

杨伯峻说：换个地方对他是好事。

霍局长说：哪里有什么换地方？免职，我是刚听说的，明天市委组织部就宣布。

杨伯峻说：不是说去方志办吗？

霍局长说：市里一个高科技项目出了事，原来说投资十二亿，实际只圈了块儿地，盖了十几栋楼，一个副市长牵扯其中，开发商交代了行贿的事，其中也牵扯到科技局。

霍局长说的项目他知道，号称是从香港引进的高科技项目，人人都能看出骗局，居然在市里通过了。崔局长拿着市领导的批示，也拨了几千万资金，还让杨伯峻分管这个项目，杨伯峻拒绝了。当时他就意识到这绝不仅仅是失误，挺为局里担心的。

看来，崔局长调走是铁板上钉钉子的事，这对他有利。黄俊涛在队里的态度会改变，以后他们能真正在一起工作，起码不会再使绊子了。

现在，最大的困难在村里。人们不接受刘会计，也不接受韩小实，还有什么人能选择？他真的想不出来。有人跟他说，可以先让老裴下来，位置空出来等着合适的人。这话的意思是由他主持村里工作，他觉得这办法不妥。

工作队不能全盘代替，这是他们下来时市委再三强调的。他决定再找村里人谈，广泛征求大家的意见。

11

曹志军一早就到了地里，他要给小麦浇返青水。

插剑岭以前很少种小麦，一九七五年县里推广种植墨西哥小麦，简称墨麦，不过那是春小麦。开山修渠停了，学大寨不能停。村里把开山炸出的石头搬到山坡上，垒起堤堰，再从其他地方挖土运到堤堰里，叫开荒造地。光有地没有水不行，得在地边打井，修整水渠，让水自流灌溉，有了水就能种麦子了。

解放前这里小麦亩产不过两百斤左右，种墨麦能达到四五百斤，干了三年，插剑岭又成了典型。容易市的记者来采访，那时没有脱贫致富这个词，刘丙瑞豪迈地对记者说：我们要让插剑岭改天换地！一年后上面布置搞联产承包责任制，开荒造地停了。

曹志军耕作的这块地，是他和刘玉凯、刘玉柱三家的，算村里最大一块麦田。解放前村里只有韩家种小麦，也只有韩家吃白面馍馍。麦田在插剑岭西山，就是曹志军现在种的这块。第三次土改时刘进祥是支书，提议把这块地分给庞家兄弟。为了这块地，当年庞家两口人死在大牢里，分给他们算是补偿。

合作化时庞四宝的兄弟、侄子都不愿入社，这块地太好了，他们舍不得放手。当时庞四宝是县委副书记，骑着骡子回到村里把弟弟、侄子骂了一通，庞家的六七户终于入了初级社。人民公社时这块地归了第三生产队，庞家在四队，为这郁闷了好长时间。搞大包干时三队抓阄，这块地被刘玉凯、刘玉柱、曹志军三家抓上了，以前各家分着种，刘玉凯兄弟俩岁数大了干不了活，才让曹志军帮着种，给他分一半粮食。

车开到地头，杨伯峻下车打量这里。经了冬的麦田刚刚返青，远处有几只大鸟在飞翔。

随着气候渐渐变暖，曹志军从前年开始按照县农业局的指导，试种冬小麦，一亩地能收两季，亩产提高了百分之四十。最近两年他一直种冬小麦。

曹志军正给小麦浇返青水，井是种墨麦时打的，井口破旧，水仍然很足。浇水前撒化肥，用的尿素是容易市生产的。杨伯峻接过化肥袋，弯着腰撒。这活儿看起来轻松，干一会儿就觉得腰酸腿疼。

曹志军说：你先歇会儿，剩下的我来！

第九章·带头人　　349

杨伯峻把袋子给了他。曹志军并不弯腰，胡乱撒，杨伯峻想，现在的农民远不如过去认真了。

他来地里，是想跟曹志军商量换班子的事。

正月十五闹社火是曹志军联系的韩小实，两个人看着挺亲近。杨伯峻想不明白，怎么一说把韩小实请回来，村里人就反对。他本来打算让韩小实当书记，曹志军任村长，一个主外，一个主内，必须把曹志军的思想摸清，才能下决心。

井边停着一个小拖拉机，人称三马儿。柴油机和抽水机在三马儿上，碗口粗的水流喷涌而出。水渠跟井一样，也是学大寨时修的，个别地方用水泥修补过，杨伯峻拿着铁锨在田埂间来回走，不断调整流向，有时水冲开田埂就赶紧堵上。

这时的麦苗最好看，有一种丝绒感。水流所到之处，化肥随之渗入地下，麦苗像三四岁的孩子正长身体，只要是吃的就往嘴里塞，枝枝叶叶都是笑意。杨伯峻停下脚步回首看，插剑岭村在山峦间隐现，这个村有漫长历史，现在还在发展、生长，需要人呵护！

它需要生长动力，这个动力必须是内在的，给它选一个当家人多重要！工作队该不该替它选？应该。问题是你的选择必须符合它的意愿。眼前的曹志军是个合格人选，韩小实可以是一个过渡，也可以一直干下去。这是个不错的组合。他跟着水流在地里来回走，琢磨怎么跟曹志军开口。

快中午时一多半儿地浇完了，他们坐在地头休息。柴油机熄了火，四周安静下来，远处的云絮一层层铺开，就像他们现在的心情。曹志军递过一支烟，说：村里都是山地，解放前只有韩家有这么平整的地，这地翻开是黑土，肥得有油性，现在老施化肥，没有以前好了。

杨伯峻说：什么年代了，你还老是韩家、刘家，插剑岭为什么不能是一家？

曹志军说：村里人忘不了过去。我一个人忘，别人也不会忘。

杨伯峻说：你跟韩小实处得不错嘛！

曹志军说：过去他们有钱，现在还是他们有钱。他赞助，村里人当然感谢。让他指挥我们干这干那，我心里不乐意。

杨伯峻问：为什么？

曹志军说：这块地以前归过曹家，那时曹家还没让土匪抢劫，遭了劫匪把地卖给了庞家。庞家后来死了两口人，他们恨韩家。那时村里好些人种大烟，韩家告了官，庞家一家五六口被抓进去，一个村发财的路让他们堵死了。

杨伯峻说：种大烟是犯罪，什么朝代都是。

曹志军说：村里人不这么想，他们得过眼前的日子，想多挣点儿。那时村里没有不恨韩家的。可恨的是他们也种，提前把自己种的罂粟刨了才告官。

杨伯峻头有些大，这是多么久远的事，还记着！

曹志军说：韩家那时心狠着呢！八路军撤退后，他们又得了势，村里好些人交不起地租，欠下的就成了高利贷。欠一次，十年二十年还不清，多少人让他们逼得熬不下去。

杨伯峻想：他们还生活在另一个时代，没把心思放在发展上。再一想也能理解，祖祖辈辈住在一个村，每家的脾气秉性清清楚楚，做过好事还是做了坏事，亲近与疏远，感激与怨恨，通过血液一代代传下来，他们忘不了。

他说：几辈子的事记着干什么？他会做生意，有经济头脑，能给村里引进项目。这么多年一辈又一辈，插剑岭最大的愿望是什么？不就是致富吗？他能把自己的公司搞好，就能把村里搞好。

曹志军不置可否，他对韩小实印象很好，人家没对不起过他。如果让他选择，他仍然愿意选择刘家。可惜刘家几十口子没一个能拿得出来的，老裴一上台就盯着刘家，不给他们任何机会。

老裴怎么发财村里人清楚，只是没人说。过去刘丙义兄弟俩学愚公挖山，不知道挖的是一座宝山。村里人也不知道，老裴知道。山上开矿的跟他勾着，他靠吃矿发了财。村里收的那点承包费他也贪了。

曹志军本来不想说这些，不知不觉说了出来。杨伯峻递给他一支烟，他接过来，扭过身用衣襟挡着风把烟点着。杨伯峻说：既然不赞成韩家，你说一个人，我听听。

他说不出来。村里没有合适的，合适的都出去打工了，也不是党员。游锡五来的时候村里都是大字不识的庄稼人，除了干农活什么都不懂。游锡五让他们入了党，成了村里的领路人，后来有的当了县长、县委书记，有的成了省级干部。现在竟找不出一个领头的来！

他知道杨伯峻想培养他，他不是党员，不可能当支书，也不可能当村长。村长都是副支书。他跟杨伯峻说这些，只是心里痛快，这些话憋了好些年了。他说：我说错了你别计较。你说要让韩小实回来，我不踏实。他是做生意的，咱们周边的山里都是宝，到了他手里比在老裴手里厉害，我就是怕，村里人都怕。他要是贪了，比老裴还厉害。刚说要让韩小实回来，我挺高兴，总算把老裴换下去了！再一想就睡不着了，他给村里人赞助，帮这个帮那个，到底为什么？他们家本来就是地主，比别人会剥削，村里这些天一直在议论，大伙儿都不踏实。

杨伯峻琢磨着他的话，这担心不是没有道理。

12

老裴经历过换班子,知道自己怎么上来的,就知道别人能怎么上来。他观察着村里人,除了刘会计,似乎还没人行动。幸亏他没发展党员。暴二来原来在一个建筑队,怎么入的党是个谜。二来给他送了好些东西,声称永远跟着他。他一直等着韩小实这么表白,韩小实不表态还找了乡里,他一下火了。韩小实后来去了县里,没想到这家伙发财了!

有人告诉他,杨伯峻去县里找了韩小实,这让他紧张。村里谁接手都行,韩小实不行。村里人不知道山上怎么回事,韩小实懂。村里能跟他较量的就是这个人。

韩小实给村里捐过不少钱,他还是不屑。韩家人病的病,死的死,从一个大户变成了小户,支持他们的不多。

裴家也有对老裴不满的,关键时刻能站在一起。老裴找了几个亲戚过来,说:插剑岭谁接班都行,不能让地主家的人接,他上来插剑岭不是变天了吗?

跟老裴聊天的就是两三个人,离开他家三个变成了六个、六个变成了十几个,一潭静水,扔一块石头涟漪便一圈圈地扩散开。

韩家的糗事不断被翻出来,听的人哈哈大笑。地主就是地主,过去剥削现在还是剥削,不剥削韩小实的钱怎么来的?让他像祖上那样剥削本村人,不行!

有人说:韩家为革命作过贡献!

马上有人反驳:你替地主说话,韩小实给了你多少好处?村里不知不觉形成一种共识,替韩家说话就是得了韩家的便宜。

再往下传得有鼻子有眼,说韩小实给杨伯峻买了一套房,韩小实公司里有杨伯峻女婿的股份。消息一传开，村里人不再去村委会串门了，做气功稀稀拉拉的。杨伯峻感到村里人在疏远他，他在局里落选时，人们见了他也是这样。

刘会计来了，杨伯峻问：村里怎么回事？

刘会计问：怎么了？

杨伯峻说：见了我好像有话想说，又不说。

刘会计听到人们说杨伯峻三顾茅庐，知道工作队没打算提他。他吞吞吐吐地说：我什么都不知道，只是听别人瞎说。

杨伯峻给他倒了一杯水：你坐下说。

刘会计说：人们说你想把韩小实请回来，这可使不得，打不着狐狸还惹一身骚。

杨伯峻说：你说说为什么使不得。

刘会计说：村里人说得不好听，有人说，闹社火韩小实出赞助，就是为了跟工作队搭上关系，还说他给了工作队好处，把工作队拿下了！

杨伯峻怔了一下：什么好处？

刘会计说：送了你一套房。

杨伯峻气笑了：好呵，房在哪儿？我先去看看。

刘会计接着说：你女婿有韩小实公司的股份。

杨伯峻又笑了，说：我闺女还小，哪儿来的女婿？

刘会计说：村里人就这个素质，给我造谣的也不少，说我是老裴的人，得了老裴的好处。我当会计当然听老裴的，别人当支书我也得听。不听行吗？咋叫老裴的人？

村里的议论杨伯峻听到过，说二来是聋子的耳朵——摆设，老裴的家刘会计能当一半儿。他在屋里来回踱步，想这个村是怎么回事？

刘会计又说：有人说，工作队想让我接班。杨局长我真不想干，我一辈子安分守己，哪有争权夺利的想法。

杨伯峻在屋里来回走，没有回答他。刘会计看他踱来踱去，说不下去了，说：您先忙着，我去地里了。

杨伯峻送到门口，目送他走远。村里需要一个能致富的班子，二十八年发展了一个党员，把这个村耽误了！杨伯峻打算跟乡里再谈一次，最好是韩小实，实在不行，哪怕选刘会计也可以！

拿定主意，他来到刘丙瑞家。推开门，看到院子刚清扫过。农具、杂物放置在墙角，用苇席遮挡着。鸡窝新修过，外面抹着新鲜白灰，鸡窝门口放着一盆水，七八只鸡正在饮水，一只公鸡警惕地望着他。窗花是江小童贴的，红色还没褪去，玻璃亮堂，窗花显得愈发明艳。

刘丙瑞老伴站在地上，嘴有些歪，眼神迟钝。这已经是最好结果，她还能做饭，干家务。碌碡在给她治疗，杨伯峻让碌碡先别收刘丙瑞的药费，记上账。碌碡懂杨伯峻的意思，刘丙瑞要付钱，他坚决不收。刘丙瑞对杨伯峻感激不尽，说：让你费心了！

杨伯峻说：我们有个想法，来征求你的意见，咱们村是不是该换班子了？

刘丙瑞一边点烟一边说：这话在点儿上，没个好班子，脱贫也不能长久，你们一走还得返贫。你抓班子对，当年游锡五也是抓班子。

杨伯峻说：有人提出刘会计。

刘丙瑞坚决地说：他不行。他后面是老裴，村里人肯定不愿意。

杨伯峻问：我正考虑韩小实，统一不了思想。

刘丙瑞说：村里永远统一不了思想，过去能统一，现在人心散了，各有各的心思。曹家想让曹家人当，裴家想让裴家人当，几大家都想推自己的人。

杨伯峻问：那怎么办？

刘丙瑞说：只要符合大多数人的利益，就按你想好的办。

杨伯峻问：村里人为什么不认可韩小实，他有什么问题吗？

刘丙瑞说：没问题，一点问题都没有。他没干过，咋知道他有问题。村里人对韩家不感兴趣，不只因为他家是地主，也不只因为韩景德那点儿事，一两句话说不清楚。不过这都跟韩小实无关。

杨伯峻问：怎么个说不清楚？

刘丙瑞说：根子在以前，有人反对韩小实是因为不了解他。光说他以前受气不行，受气的人翻过身来了不得，村里人都挤对过韩家，这一辈没挤对过，上一辈也挤对过。人们有些怕！

杨伯峻问：怕什么？怕他打击报复？

刘丙瑞说：怕搬走一个老裴，再来一个老裴。他跟老裴一样，强势。强势的人了不得，不强势干不成事。村里有人不敢选他，就是怕！我跟你说说土改的事吧！

13

插剑岭搞过三次土改。第一次是在一九三二年八月，当时成立了中共原长中心县委，管辖原平、长兴、望定三县，游锡五任第一书记。各村组建了农民自卫队，最好的武器是长铳，灌一回火药打一枪，打出去的铁砂是个扇面，村里人叫扫帚枪。

插剑岭从沟口到沟里，到处写着"打土豪，分田地"。写标语的是韩本彦，人们疑惑地想：土豪不就是你自己家吗？

回到家韩本忠问他：你在墙上写什么呢？打土豪，分田地！谁是土豪，分谁的地？

韩本彦说：有些事你愿意不愿意都得来，主动把地分给穷人，这叫明智。俄国的托尔斯泰就是这么干的。

韩本忠说：甭跟我说洋人，你跟爹说吧！

自从前年大病了一场，韩金定就不愿跟人说话，也不再背着粪筐拾粪，倒是愿意去教堂里跟比利时神父聊天。神父说：耶稣的十二个门徒里有一个犹大。回到家韩金定问韩本彦：你知道什么是犹大不？

韩本彦摇摇头。

韩金定说：犹大就是叛徒。放着好好的日子不过就是犹大。韩本彦觉得爹在骂他。他大着胆子走进爹屋里，把农会让他写标语的事说了。他说：土地革命是历史潮流，咱们不如主动把地分给穷人。

韩金定没言声，心想游锡五怎么回事，明明是请来教儿子念书的，生生把儿子教成了赤色分子，比康有为还可恨！这些年，他每次去县城都能听到新鲜事。在瑞福堂东家的堂屋里，他尝过福寿膏，吃了腾云驾雾一样。在妹夫家他见过女人不裹脚，蹬着大脚巴丫子在屋里乱走。他妹夫的弟弟上了北洋陆军速成学堂，把一个德国教官请到家。洋教官留着翘胡子，瞪着蓝眼睛，一眼看上了递茶的丫头片子。叽里咕噜说了半天，要娶那个丫头当太太。都是新鲜事！

打土豪，分田地。这话跟孙文说的"平均地权"一样。孙文也是大户人家出身，现在成了首领。儿子这是想学孙文，拿祖宗挣来的家业换前程，不是犹大是什么？

游锡五在夜校讲课，他站在外面听，想游锡五的爹娘知道孩子在外面说这些，多生气！什么叫天下大乱？这就是天下大乱！学生们念书念糊涂了，拿着大清的天下闹着玩儿，生生把大清整垮了。

他知道赶不走游锡五，让一个后生安分守己的办法是娶老婆，折腾老婆就不折腾韩家了。他把媒婆叫来，媒婆问：你这是操的哪门子心呢？

他说：操咱们村的心。

媒婆说：谁家闺女嫁给他，不是让咱坑了吗？我下不去手。

韩金定笑了，说：你救救插剑岭吧！

腊梅的太姥姥当时十四岁，是村里最漂亮的。媒婆去了她家，把游锡五的前程夸了个如花似锦，女方竟然同意了。嫁一个城里来的教师爷，比嫁庄稼汉强。这个教师爷还能呼风唤雨，撒豆成兵。穷人们听他的话眼看就要成气候。为啥不同意？同意！

媒婆又找游锡五，满以为游锡五会眉开眼笑。没想到他沉着脸说：我早成家了！

媒婆说：成家算什么，娘娘宫的马子悦娶了三个老婆呢！

游锡五铁着脸说：那是封建余孽，革命者不纳妾。说完把媒婆赶走了。

韩金定听了跌足叹息，后悔把游锡五请来。外面传来的消息都是革命，维新已经不时兴了。他在瑞福堂见过一个大户，儿子也是革命党，据说跟游锡五是一拨儿的，眼看革命成了潮流，他不敢得罪！

他对韩本彦说：官府通缉革命党呢，你让我省省心吧！

韩本彦说：官府今天通缉这个明天通缉那个，革命党越来越多。用不了几年大中华就是革命党的天下！

韩金定强自镇静，说：你想分咱家的地，我能答应！不过，列祖列宗不答应！他们都在天上看着呢！你参加革命党我不管，只求你甭折腾祖宗就行。

第二天县保安团发生了兵变，起因是奉军一个营从外地窜到原平，要枪、要布、要粮。县长让县里的商人拿钱，瑞福堂不肯，奉军把瑞福堂砸了，抢走了店里的粮食、布匹。

保安团兵士要找奉军报仇，团长说：谁敢出去我毙了他！薛大队长站在他侧后方，掏出枪先把他天灵盖儿打崩了，说：有种的跟我来，拼了！

奉军看见店铺就抢，看见摊贩就砸，兵头管束不住只好跟着一块儿抢。那些抱着金银财宝的奉军哪还有战斗力，被保安团打死几十个，丢了一百多条洋枪撤出了县城。

听到打死了保安团长，县长要治薛大队长的罪。薛大队长索性把县长也抓了，秘密派人跟游锡五联系，让他回县里主持政务。

游锡五赶回县城，召开了原长中心县委临时会议，决定成立原长县军事委员会，他任军委书记，刘长顺任副书记。建立原平县临时苏维埃政府，刘长顺任主席。成立原长红军游击队第二十七军第一师第一大队，对外称原平保卫团，他任第一大队司令，薛大队长任副司令。

从保卫团拨出五十条枪，将插剑岭一带的农民武装改编为第二大队，刘长顺任司令，刘鑫旺任副司令。在长兴县成立第三大队，对外称长兴保卫团，在望定县成立第四大队，对外称望定保卫团。

三个县广泛进行革命宣传，没收地主、教堂的土地，分给贫雇农和少地的中农；没收地主豪绅及一切反革命的粮食、财产，分给贫苦农民。废除苛捐杂税。取消高利贷，焚烧契约债据。夺取地主及一切反革命的武装，武装工农。取消官盐店及盐巡，将农民积极分子征召为红军游击队战士，建立苏维埃政权。

临时苏维埃成立后，游锡五料定敌人会反扑，带着五十多条枪回了插剑岭，准备一旦县城坚守不住，就将第一大队撤到插剑岭一带进行游击战争。

第二天他们召开了农会第一次大会，游锡五在会上讲话，他问台下的人：父老乡亲们，你们平时在地里干活，苦不苦？

台下回答：苦。要不咋叫受苦人呢？

他接着问：你们富了吗？过上好日子了吗？

台下没人说话。

他又说：年年月月受苦，天天下力气干活，不能过上好日子，说明什么？台下不说话。他又问：你们说为什么？

台下有人说：命不好。

他说：不是命不好，是制度不合理。你们天天下苦力干活，地不在你们手里，打了粮食得交给地主。地主不干活却过好日子，合理吗？

有人偷偷看韩金定，村里大部分人租他的地，还有一些人租教堂的，游锡五说的地主就是他！韩金定低着头，额上冒着汗珠子。台上韩本彦正襟危坐，心里不是滋味。他让爹主动交地，爹不肯。他跟组织汇报了情况，表态说：我一定站在贫雇农一边，绝不跟剥削阶级站在一起。现在他满脸正义，不看爹，只看那些给他家干活的人。

游锡五说：咱们插剑岭一带是北方最贫苦的地区。革命的第一目标是让耕者有其田，让每个受苦人有田可种，打下的粮食不用交给地主老财，自己吃饱、穿暖。你们愿意不？

台下爆发出掌声、口号声：打倒地主阶级！打倒土豪劣绅！游锡五从县城带回来的五十多条枪烘托着气氛！

口号声一落，韩金定不慌不忙地走到台上，台下鸦雀无声。他今年又病了一场，坐在炕上气都喘不过来，慈济让他每天用黄芪熬汤，吸黄芪的蒸汽，吸了半个月气喘明显见好。现在他内心惊慌，外表镇定。

他满脸严肃地说：各位乡亲，我说几句。我们家地多，不过我爱听游老师的话，愿意把地分给乡亲！你们原先谁种我的地，地就是你们的了！地租我不要。今年不要，明年、后年都不要。你们有吃有穿，我积德增寿。

韩本彦舒了一口气，他的工作没白做。台下人也舒了一口气，最高兴的是刘长顺，他一直担心斗争不起来，现在省事了！

韩金定又说：我们家有三条快枪，也交给你们，算我为革命出一份力。村里人一起欢呼，有人还上前搂抱他。

游锡五颇感意外。想象的斗争场面没有出现，群情激昂变成了搂搂抱抱，革命没有燃起烈火，反而出现了和解。这是坏事，还是好事？他上前扶韩金定坐下，对他表示肯定。

插剑岭党支部研究下一步行动。刘鑫旺认为，韩金定不但没有帮助革命，反而使革命行动更难、更复杂了。他交的是往外出租的土地，自己种的没交。他说要把地交给佃户，却不是平均分配，这让下一步工作增加了难度。

有人问：那该怎么办？

刘鑫旺说：把韩家的地全部收回来，在村里平均分配，韩家只能分一份。

刘长顺不同意，说：韩家主动交出土地，是革命行为，再惩罚就把他推向了反革命一方。

刘鑫旺说：咱们可以肯定他的革命行为，地不能少交，原先的革命目标不能减半。另外，他家远远不止三条快枪，应该再到他家搜查。

第九章·带头人　361

刘长顺说：他不是阶级敌人，随便搜查说不过去。

刘鑫旺说：他是地主，怎么不是阶级敌人？你的阶级立场有问题！这是右倾机会主义！

游锡五让他们冷静，说：你们两个说的都有道理，又都不完全对。我看可以先去他家做做工作，说不通再想别的办法。

刘鑫旺仍然气哼哼的。

游锡五自己也困惑，省委说要分地给贫雇农，并没有说地主主动交了地怎么办。他们是敌人，还是革命者？至少不该是敌人吧？

村里人的态度发生了变化，不再认为韩家是革命对象，也不想韩家剥削过他们，反而想韩金定的好处：这个地主给村里请来了一位教师，不但让他们识字，还让他们走上了革命道路。他收留慈家，让村里人有了郎中，生孩子不再死人。他出面做媒，把米家洼杜铁匠的儿子招赘到村里，牲口钉掌不用再到月亮湾。就连他买的几条枪也有用，土匪不敢来抢劫了。

游锡五想了一夜想出了对策，把工作重点转移到娘娘宫村，在那里开一个轰轰烈烈的大会，马子悦肯定不肯就范，插剑岭没有掀起的革命高潮会在娘娘宫掀起来，这对做通韩金定的工作也有帮助。

第二天，农会通知所有干部、积极分子去娘娘宫村，给那里的贫雇农助威。游锡五派人通知马子悦开会。马家大院回答他们的是两声枪响，一个队员被打掉了一根手指，鲜血直流。

刘鑫旺带着人包围了马家大院，这是一支以插剑岭自卫队为主建立起来的农民武装，有六十多条枪，其余是长矛、大刀。有些农民手里端着枪，还没学会瞄准，像打扫帚枪一样瞄着马子悦家。

马子悦请来的是有名的炮手，双方互放了一阵子枪，自卫队员被打伤一个。刘鑫旺红了眼，他让队员用三条扫帚枪同时瞄准马子悦的炮手，几枪过后，马子悦的炮手栽到了墙下，他们挥舞大刀冲进了院里。

马子悦被五花大绑押进会场，农民们声泪俱下控诉他的罪行。几十年来，马家打死了五个人，逼死了三个，霸占了七个妇女。一个雇农控诉时突然气绝，急忙掐人中才缓过来。台上高呼：打倒马子悦！打倒地主阶级！台下响应声直上云霄！

有人要给马子悦点天灯，游锡五制止了。刘鑫旺带着人冲到马家，搜出了地契、债据和没有来得及藏起的账本。马子悦吓得两腿筛糠，裤子都尿湿了。

这时，敌人突然包围了村子。游锡五事先接到情报，说官军韩惠清部开进了原平县城，保卫团抵抗了一天，边打边撤。游锡五估计敌人要休整几天，即使攻打插剑岭，也有两天路程才能到达。没想到敌人来的是骑兵，韩惠清的骑兵一营接到马子悦的求援信立刻上马。

没有经过训练的农民军伤亡很大。他们刚撤到插剑岭，敌人就追上来，只好又往山里逃。走到半山腰游锡五点了点人数，剩下了三十多个，他和刘长顺没事，刘鑫旺受了伤。一个队员背着刘鑫旺撤退，韩本彦带着几个队员在后面掩护。这一带的村子不敢停留，只好往长兴县转移。在那里，他们跟薛大队长带领的第一大队汇合到了一起。

插剑岭被敌人占了。刘家四十多口人被从家里赶出来，第一天挤在教堂，后来借住在别人家。骑兵营长住在韩金定家，韩金定小心地伺候他们。他知道这些人惹不得，他既是地主，也是共匪家属，游锡五顶多要地，这些人能要他的命。

骑兵营在山上搜了三天，临走把好些房子点着了，村里燃起熊熊大火。

韩金定让几个儿子帮着救火，这让村里人生出感动。到了秋天，村里人没有主动交租，家里已经一无所有，想交也交不起。他们还记得韩金定说过，以后租他地的不用交租，今年不交，明年、后年也不交。不知道这话还算不算，他们太想有自己的地了。

韩金定也没拿定主意。几个儿子都说该收，今年不收明年咋办？惯下毛病再想扳回来就难了。犹豫了半个月他找到刘长顺的爹，问：你还种我的地吗？不种，明年我就收回来了。

刘长顺的爹知道他什么意思，说：老东家，不种地吃啥？

韩金定问：今年的租子咋办？

刘长顺的爹说：宽限一年吧！

韩金定说：我想宽限，村里来了一个营的人马，吃我们家喝我们家，我咋活？这些人马是你们招来的。你们不闹革命他们能来吗？

刘家遭了一场大火，家里真没粮，只好四处借。村里人看他借粮交租，知道韩金定主意改了，各家都想办法把租子交了。到了第二年春天没吃的，他们只好再跟韩家借。

第一次土改失败了！

14

第二次土改是在一九四〇年。

这一年原平县第一大队开进了插剑岭，跟着来的是八路军115师独立团，聂荣臻创建了晋察冀边区抗日根据地，独立团的一个营驻扎在插剑岭。

说是一个营,跟过去的一个营远不是一回事,人马相当于半个团。原平县城驻扎着日伪军韩惠清部一个团,人数还没有他们一个营多。刘长顺带走的二大队也回来了,撤走时不到三十人,现在是四五百人的队伍。游锡五调到晋察冀边区任财政部长,刘长顺接替他担任县委第一书记。这个职务不再是秘密,是公开的。

村里人赶到沟口迎接他们,韩金定也站在欢迎队伍里。

刘长顺跟他握手,问:身子骨还好吧?

韩金定回答:半口气了!

大儿子韩本忠在一旁扶着他。刘长顺问家里人是不是都好。韩金定一一回答,眼睛不时往队伍里瞟。刘长顺知道他看什么,说:韩本彦调到了外地。

韩金定问:去哪儿了?

刘长顺说:详细我也不知道。韩本彦一年多以前去延安培训,是秘密。刘长顺不能说出来,只说:他挺好的,你放心吧!

刘长顺在村里住了三天,转移到米家洼。刘鑫旺带着第二大队转移到娘娘宫。跟着主力部队来的,还有八路军的被服厂、制鞋厂、钢铁厂、地雷厂、硫酸化工厂和修械所。地雷厂跟着刘长顺去了米家洼,制鞋厂和被服厂去了娘娘宫。

这是插剑岭最耀眼的时刻,教堂旁竖起了两个炼铁炉,怕日本人看见烟雾,他们白天睡觉,晚上干活。教堂的高墙挡住了炼铁的火光,废铁扔进炉子,不一会儿化成了红色铁水,战士端着长长的勺子接了铁水,倒进翻砂模具里,一个时辰后扒开砂子,里面是一颗颗手榴弹,填上炸药就能爆炸。

杜铁匠的两个徒弟穿上了军装。年轻人看了眼热,找到领导要求参军。领导不批准，还把带头的慈弃智批评了一顿。

慈弃智是慈济的孙子，老郎中的三叔，也是老郎中的师傅，医术远超老郎中。他还是村里的第十一个党员，后来被开除了党籍。

村党支部书记是刘鑫盛，村里的事由他和刘进祥、庞四宝张罗。外来的人多，粮食短缺。八路军一边从外面运粮，一边和群众一起上山挖野菜。看到战士们靠野菜充饥，有人想起了韩金定：韩家收那么多租子怎么不拿出来？

他们还记得刘长顺撤走后，韩家挨门挨户催租的情形。有人找刘鑫盛，要求完成以前没有完成的土改。这是个严肃的政策问题，上级已经把韩家列为开明绅士，是抗战可以团结的力量，韩家还是革命军属，刘鑫盛拿不定主意。

入秋来了一场雹子。轰隆隆的雷声在头顶滚动，孩子们两手捂着耳朵，眼见鸡蛋大的冰雹往下落。鸡被砸得四处乱跑，躲闪不及的被砸个半死，伸着一条腿在雨里抽搐。高粱、玉米七零八落，红薯和山药被砸光了叶子，南瓜上砸得都是坑。大人们跪在灶台前祷告，求老天爷留一口饭吃。

冰雹过后是大雨，两天一夜几乎没停。山洪下来，冲毁了刚刚遭过雹灾的庄稼，村中大沟里的水跟沟沿持平，不时看见野猪、狍子在水里挣扎。

上级指示开展救灾运动。毁坏的庄稼尽量抢救，抢救不了的抓紧抢种，荞麦、圆白菜、甜菜疙瘩、烟叶，能长什么种什么。到了冬天，一棵菜叶也能救命。

租地时说好不论天灾人祸，再大的灾害也照常交租。有一部分人是"半种地"，就是韩家除了出土地外，还出牲口和种子，打下的粮食一半归韩家，秸秆跟着牲口走，也归韩家。这样的户遭了灾不光没粮食，连烧柴都没有。

上级关注灾情，在各根据地开展"减租减息"运动。原来写"打土豪，分田地"的地方，换成了"二五减息，支援抗战"。

韩金定到沟口迎接队伍，回到家就病倒了。下雨那天，院里的牛让冰雹砸得乱蹦，他冒雨把牛牵进屋里。韩本信刚埋怨了几句，他已经歪倒在太师椅上。

慈济也病了，慈弃智过来把了脉，冒雨回家抓了药赶到韩家，韩金定已经昏过去。醒来他让韩本忠替他参加第二天的大会，嘱咐道：会上说什么都别反对，能答应的当下答应，不能答应的说回家商量，千万别反对！

到了会场上，韩本忠听到减租百分之二十五，远远比他预想的少。经过上次土改他有了经验，不但答应减租，还答应拿出粮食、废铁交给八路军兵工厂。他说：抗战人人有责，有钱的出钱，有力的出力，我们也要出一份！

村里人还记得上次的事，没人鼓掌。刘进祥说：韩家积极支援抗战，态度很好，让我们以热烈的掌声表示欢迎！村里人勉强拍了两下。

日本人大扫荡时八路军撤走了，减租减息并没有落实，村里人交不了的租，都变成了韩家的高利贷。为了便于工作，村党支部让韩家出面当村里的维持会长，韩本忠不肯，没想到韩景德自己愿意，还跟翻译官混成了朋友。

刘丙瑞对杨伯峻说：韩家人缘差，表面是因为韩景德当过汉奸，根子是因为韩金定善变，村里人记住的都是他们说了不算，变脸太快。

杨伯峻说：韩小实那时还没出生呢！

刘丙瑞说：村里人评价的是一个家族，李家正直，不近人情；刘家忠厚，有点窝囊；慈家心眼儿多，有主意。只有韩家说不清，他们是红是白？是地主还是富农？是汉奸还是军属？没法儿下结论。

这么说，你也怀疑？

刘丙瑞说：我不怀疑，我不是相信他，是相信工作队，相信县委。只要组织定了的，我就拥护！我老了，干不了多少事，只要是你说的，我就跟着干！

杨伯峻握住他的手！两只手摇啊摇，好长时间不分开！

第十章 10. 刘会计

1

  半夜里刘会计腰有些痒，用手挠了几下，越挠越睡不着。眼前一幕幕都是村里的事。老裴想让他接班，他的心一直悬着，落不了地。

  天快亮了他喊老婆：你过来，看看我腰里咋回事？

  老婆看了看，问：你干啥来着？

  他说：没干啥，咋回事？

  老婆迟疑地说：不像好病！

  老婆就是这样，不知道还以为她开玩笑，其实是当真的。村里人管这叫欠火，意思是饭没蒸透，差几把火。他说：不是好病也是你招给我的，你看见啥了？

  老婆说：起了好些水泡，一溜子都是。

  刘会计用手摸了一下，疼得厉害，爬起来去找碌碡。老婆在他身后喊：你要是，我也得治。刘会计想踹她一脚。

  碌碡看了一眼说：你这是火缠腰，西医叫带状疱疹。

  刘会计说：别人也得过，人家不痒呀？

  碌碡说：什么都有个别情况。都知道癌症疼，腊梅的男人得了肝癌都不疼。别人疼，你痒，才说明你是干部。你跟别人一样就当不上官了。

  碌碡话里有话。慈家跟老裴不是一路。老裴发动村里人倒刘丙瑞和任树堂时，老郎中暗中反对，从那以后两家面和心不和，碌碡对刘会计也没啥好印象。

  现在碌碡看着他的火缠腰，说：你这个病是从心上得的，听说老裴要下，是不是该你上了？

  刘会计否认：好端端的起了一堆闲话，我能不上火吗？你赶紧给我点儿药吧！前几天他还挺有信心，听到杨伯峻看上了韩小实，火才上来。

碌碡说：吃汤药，还是吃西药？

刘会计问：汤药快，还是西药快？

碌碡说：西药快，好不利索。过些日子还犯。

刘会计说：我先吃西药。

碌碡给他拿来两盒阿昔洛韦，说：当了支书，我保你当下就好，升官治百病，比啥药都灵！

刘会计说：听说工作队要把韩小实请回来，以后咱们村是地主的天下。韩家过去是地主，现在是地主兼资本家，游锡五一辈子算白干了！

慈家当年逃难是投奔韩家的，碌碡也跟韩小实关系不错。前些年碌碡想买一件同治的梅瓶，跟韩小实借过三万块钱，韩小实眼都不眨就借给了他。听到韩小实回来，还有比他心情好的吗？他说：什么叫地主兼资本家，人家是民营企业家。

刘会计赶紧说：是。我没当这当那的心思，老裴当支书，我听老裴的，明天换成别人，我听人家的。不管谁当，我都把账管得好好的。

碌碡说：不想当将军的士兵不是好士兵。

刘会计说：我就不想当将军！说完转身走了。

他走远后，碌碡从柜子里拿出个罐头瓶儿，喊外面一个孩子：你拿着这个瓶子，捉点儿蜈蚣来，一块钱一条。

孩子问：要几条？

他说：越多越好，找二十条我给你二十一块。孩子欢天喜地走了。二十块钱对贫困家庭是一笔巨款。刚才刘会计给了他好印象，他愿意把病治好了。

他现在对治病挺上心，治病没有下台一说。老裴有权时招人恨，下

第十章 · 刘会计

了台结局好不了，还不如他这个土医生。听到刘会计要接老裴，他失望。刘会计哪是接班的料？有人说这是老裴运作的，你让我下台，就得安排我的人。工作队不知道内情，答应了。

那几天刘会计见了村里人特别和蔼，不笑不说话。村里岁数大的见过老裴没当支书时的殷勤劲儿，说这路人真上了台，脸立马就拉下来了。有人找碌碡：你跟工作队来往多，也不反映反映，让他上来把插剑岭毁了！

碌碡说：我自家的事忙不过来，操哪门子心！

老郎中告诉他，慈弃智死前写过一本书，还留了几本日记，说的都是自己家的事。老郎中一直想把慈弃智的案子翻过来。工作队一来，他催着碌碡找杨伯峻，现在又想让碌碡看慈弃智写的东西。

碌碡翻看那些日记时，发现了几本医书，都是线装的，一个是手抄本。他把两种书摆在桌上，一会儿看慈弃智写的回忆录，一会儿看祖传医书。医书放置多年，字迹漫漶不清，用的是繁体字，好些字不认识。不过古人的医理吸引了他，他过了任性的年纪，觉得该做点正事了。

他给梅长风治好了感冒，又算了一卦成了朋友。他家老东西不少，说起古董头头是道，把梅长风吸引住了。杨伯峻让他给刘丙瑞老伴治病。他一边给老太太开方子，一边针灸。开始几服药效果不明显，找老郎中问。老郎中让他看书。他说：书里都是老字，不认识。老郎中扔给他一本四角号码字典，说：不认识问字典。

字典他也不认识。他只会用汉语拼音字典，不知道四角号码字典怎么查。他二十多岁时老郎中肯教他，现在没那个精力，说：不会查看前面的说明。

在家憋了半个月，他学会了查字典，看医书方便多了。

古人把瘫痪称为痿症,也有人叫痹症,还有人叫中风。看起来症状差不多,其实不是一种病。按现在的分法,有脑出血、脑栓塞、脑血管痉挛,也有重症肌无力、肌营养不良、多发性肌炎,还有强直性疾病、风湿性关节炎、类风湿关节炎、痛风、骨性关节炎等。不是一种病,病因往往近似,大致分为肝阳上亢、风痰瘀阻、气虚血瘀、肝肾阴虚等,治法各不相同。即使同一种病,也分很多类型,脑梗死就有阴虚内热、肝阳上亢、痰阻血瘀等几种,这跟西医完全不同。

碌碡治刘丙瑞老伴时,发现古人用一个治痹症的方子治疗中风后遗症,开始理解不了,慢慢悟出刘丙瑞家阴冷潮湿,气血瘀阻,跟痹症病因一样。他按着那个方子给刘丙瑞老伴开药,效果不明显。问老郎中,老郎中说:你路子对,剂量不够,好郎中要敢下虎狼之药。让他把附子、桂枝、细辛的量增加了两倍。这是他第一次重用附子,心里直打鼓。自己亲自煎药,看着老太太服下去,又守候了一个多小时才离开。

五服药后老太太行动利落多了,老郎中让他把附子减量,他问为什么,老郎中说:冲开寒凝的脉络后,稳住就行。又吃了十几服,老太太越来越好。刘丙瑞逢人就夸他的医术。

杨伯峻找到他,说:插剑岭有郎中是个优势,你要把祖上的医术继承下来,以后咱们搞成一个集旅游、养生、医疗为一体的村。

碌碡回到家跟老郎中说了杨伯峻的话,老郎中说:拿酒来。看得出老人很高兴,喝了两杯酒,又说:老柜子里有个小本子,布封皮,你给我拿来。

碌碡回家找了半天,没找到,正要跟老郎中说,想起纸箱子里放着准备扔的东西,一翻果然有。老郎中说:里面都是祖上传下来的秘方,有六十多个。翻到其中一页,说:你给刘丙瑞家试试这个。

碌碡看了说：这方子跟我用的方子道理一样。

老郎中说：幸亏我记性好，这些方子就算传给你了。你要背过，记到心里，还要搞明白里面的道理。

碌碡不再看慈弃智写的东西，天天抱着线装书和手抄本看古方。刘丙瑞老伴行动越来越自如，说话越来越清楚。刘丙瑞一家人感谢，说他快赶上老郎中了。

2

刘会计以前不是老裴的人。

村里刘家是大姓，实际上是三个刘，刘丙瑞是一个，刘玉凯是一个，他家算一个。他们这个刘跟刘玉凯沾点儿远亲。他姥姥家是本村的，他爹有倒插门的意思。

村里的老会计是他表舅，他小时候爱看表舅打算盘，表舅结账时他站着看，加减乘除都学会了。开山修渠表舅落下了肺气肿，刘丙瑞有意让他来村委会帮着记账，表舅在旁边指点。表舅死后，李沛义代理支书，让他接了会计。

老裴上了台想换他，无奈找不出能打算盘的。他也机灵，会看老裴的眼色，老裴慢慢打消了念头。

对他的信任是一点一点增加的。山上的人最初跟村里订过合同，那时承包人还不是周竟，是外县一个富户。合同规定每年交村里五万块承包费。当时谁都没想到山上能挣大钱，五万都是壮着胆子要的。

有一次老裴碰到了山上管账的，问：你们一年挣多少钱？

管账的是个女人，不知道他是村干部，说：好的时候一天挣十五万。

老裴问：一年？

女人说：一天，把我手都数酸了。

老裴要求修改合同，开矿的说：那是半个月的钱一天交来了。

老裴说那也够多的，原来的合同得改。开矿的说：改什么，你说再要多少，我就给你送多少。老裴听出话里有话，不再言声。

晚上，开矿的提着包到他家。老裴瞄一眼提包对老婆说：你领着孩子们出去玩会儿，顺便把刘会计叫来。那时村里没电话。

刘会计来了。开矿的唠了几句闲话，要走。老裴问：合同的事咋办？

开矿的说：这个矿我们投进去五百多万，到现在还没挣回来，我每年给你加点儿，合同就别改了？又指了指提包，说：今年加的钱都在里面，我先走一步。说完扭头走了。

老裴和刘会计送走他，回到屋里都不看那个提包。老裴抽着烟问：咋办？

刘会计说：你说咋办就咋办！

老裴抽了一阵子烟，说：他这么一弄，咱反而不好说话了。

刘会计说：就这么着吧！关系不能弄僵了，僵了人家去别的村了。

老裴说：也是。

两个人都不提那个提包，心里想的是提包。过了一会儿老裴的老婆带着孩子回来了，刘会计说：我回去了。

老裴说：这钱你点点，记到账上。

刘会计说：别人不知道。意思是不用记账。

老裴说：那也下了账。刘会计答应一声扭头走了。他走后老裴数了数，一共二十万。

三天后老裴又催刘会计下账。刘会计说：没合同、没单据，账没法儿下。再说这账不记没事，记了反而有人说三道四。

老裴不愿落一个把柄在他手里，说：你再建一个新账，这个账就咱俩知道。

刘会计回到家另建了一个账。老裴问他：建了没？

刘会计说：没，建不是给自己找麻烦吗？

老裴想了想，说：要不这样，这钱你拿走点儿，咱俩分头存到银行里。村里用钱时咱们再拿出来。刘会计推辞了几句，答应了。

晚上到了家里，刘会计拿了五万。老裴让他再拿点儿，他说：太沉，我抱不动。

后来山上每年送钱，老裴叫他，他要么有事，要么说：我着了风，烧得厉害。事后老裴不提，他也不问。有时老裴想跟他说，他主动把话头岔开了。

老裴想，他是个难得的好会计，可惜我这个支书当到头了！数了数村里的干部，只有他接班合适，两个人在一条绳上拴着呢！

3

刘会计不敢躺平，只能侧着睡，翻身得先坐起来。他用手机照，见右边也起了水泡。

一个白天他都在注意工作队。看到杨伯峻去了乡里，他给乡里一个干部打电话，问：韩小实去了吗？

那人说：没有，听说韩小实不愿回村，老裴跟蒋书记推荐了你。

一听这话，他疼得更厉害了。第二天中午觉得前胸发痒，解开衣服，见胸口也有了水泡。他问后背的泡是不是一样，老婆说：后背的泡连成了一片，你赶紧去县医院吧！听说前后的泡一贯通就活不长了。

他骂：放屁。起身去了碌碡家。

碌碡正擦一个青花梅瓶，看到他笑了。说：我知道你该来了。

刘会计说：你咋给我治的，疼得更厉害了。脱下衣服让碌碡看，问：听说泡一贯通就不好治了？

碌碡故意说：差不多。这病先在表皮，接着往里走，发展到内脏就完蛋。

刘会计半信半疑。

碌碡说：我让你吃中药，你偏要吃西药。西药治标不治本。

刘会计说：那我吃中药！

碌碡说：现在吃中药也晚了，得手术。

刘会计真怕了，说：要手术我去县医院做。

碌碡说：手术不大，把泡挑破，放出来坏水儿。刘会计问用什么挑。碌碡拿出针灸的针，说：这个。刘会计放了心。

八仙桌上摆着一个梅瓶，刘会计疼得顾不上看。碌碡随手把梅瓶放进箱子里。刘会计问：那是什么？

碌碡说：跟你说你也不懂！让他坐在八仙桌前把脉。问：口苦不？

刘会计咂了咂嘴：苦，嘴里老不得劲儿。

又问：耳朵响不？

刘会计说：也不是响，发闷。

碌碡继续把脉，问：多长时间没行房了？

第十章·刘会计　　377

刘会计抬起头看他，说：问这干什么？

碌碡半开玩笑地说：你要不说实话，看不了。

刘会计说：大概有一个月了。

碌碡说：那我就放心了，这病传染。

刘会计说：我腰上疼，跟那有什么关系？

碌碡问：下边痒不痒？

刘会计说：不痒。

碌碡说：再不吃药就该痒了。你这个病起初是肝胆实热上炎，肝火憋着出不来在腰里烧出了泡。再发展下去，肝经湿热下注，阴囊、小便处都会起泡。刘会计被说出一身冷汗：赶紧给我开药吧！

碌碡说：幸亏你来得不太晚。从桌上拿过处方纸，纸上印着：原平县中医院处方签。一边摇头晃脑一边写：

  龙胆 9g 黄连 6g 黄芩 9g 大黄 3g 栀子 9g 泽泻 12g
木通 9g 车前子 9g 当归 3g 生地 9g 柴胡 6g 甘草 6g
三剂水煎服

里屋靠墙摆着一溜儿中药柜，三服药抓好，刘会计要走，碌碡说：别走。举了举手里的针灸包：还没手术呢！

说着搬来一个电炉子，上面放了一片青瓦，瓦烧热后他从瓶子里拿出十几条虫子，放在瓦上烤。刘会计问：这是什么？

碌碡说：好东西。我想办法给你找的。

刘会计说：这不是蜈蚣？

碌碡说：蜈蚣归肝经，以毒攻毒，通络止痛，治肝火上炎。你看着，不能焙糊了。

刘会计用木片不停翻搅。碌碡拿针把水泡一个个挑破，用吸水纸把黄水吸干。焙好的蜈蚣加冰片碾碎，用香油搅拌均匀，抹到挑破的泡上。刘会计觉得好受些。

第二天提了两瓶全兴大曲，又找碌碡。脱了衣服，看到前胸的泡也溃破了。

碌碡说：你让我看，就得信我。

刘会计说：信。

碌碡说：我们家过去专治杨梅大疮，也是以毒攻毒。内服外用，一治一个准。说着给他把泡一一挑开，抹上自制的药。刘会计问多少钱，碌碡拿过算盘噼里啪啦打了一阵子，说：去了零头，给一千一吧！

刘会计说：这么多？

碌碡说：你去县医院，这点钱打不住。

刘会计想了想也是，给了他一千一百块钱，说：你跟工作队说说，别让我干了。我这个身体别说是支书，连会计也当不了。让我回家得了。

碌碡说：别的我能跟工作队说，这话不能说。挺好的前程，我给你破坏了，我成什么人了？

刘会计放了一大半心。说：我真不想管村里的事，是非太多。

碌碡说：谁让领导看上你呢？真当上，你的病就好了。

刘会计说：我也奇怪，怎么就瞄上我了？

碌碡逗他：肯定是看出你有能力，听说韩小实不想回来，非你莫属了。

刘会计眨巴着眼，说：我没那个心思，咱们村的人也看不上我。

碌碡说：你知道为啥看不上你？

刘会计问：为啥？

碌碡说：你跟老裴走得太近，反对老裴的人都反对你。刘会计看着他。碌碡又说：想上去就得跟老裴摘开，摘不开反对的肯定少不了。

刘会计怔了一会儿，说：他是支书，我是会计，咋摘开？

4

晚上，老裴悄悄来到村委会。江小童请他屋里坐。他说不用，我拿点儿东西就走。杨伯峻去了县里，他想趁机把公章拿回去。

进了办公室打开抽屉，见小康村证书赫然在里面！这个证书的复印件附在告状信后面，谁拿就是谁告的状。到了他抽屉里，难道是他告的？

从办公室出来，他问江小童：这两天谁来过办公室？

江小童说：没人。

又问：一个都没有？

江小童想了想说：刘会计进去过，抱了一摞账本走了。

上一次有人写匿名信，说插剑岭贫困村是假的，他怀疑过二来，也怀疑过韩小实，还想到了刘家的人，就是没想刘会计。信里提到他跟腊梅的事，他以为是一个嫉妒腊梅的人。

他想到了黄桂枝——裴学锋的小姨子，桂芬的妹妹。有一年他路过她家，她站在门口喊：二叔，进来坐会儿吧！他进去了，那娘们儿风骚，两个眼睛不停地挑逗他。到了他真动手时又装蒜：二叔，别，你是长辈！

他去了一次再不去了。她站在门口喊：二叔，你谁家都去，咋不来我家看看呢？

他说：等闲了吧！

她说：你啥时候才能得闲？眼睛里满满的恨意。

他不理她，径自走了。

她后来跟慈建明好，是故意给他看的。有没有可能是她干的？这姐妹俩是从外村嫁过来的，在村里靠谁不知道吗？总觉得她不至于这么糊涂。

倒是那些他不怀疑的人，见了他都躲。连班子里的人也别扭，要么没话可说，要么话说不完。忠心耿耿的是刘会计，不光补了窟窿，还天天往他家跑。怎么会是他呢？

回到家他给刘会计打电话，刘会计不接，又拨了一次接了。他说：你来一趟。

刘会计说：我腰疼得厉害，去不了。

老裴扔了手机在心里骂：看来真是他干的，这小子翅膀硬了！

村里有两套账，一套是给上面看的，另一套只有他和刘会计知道。刘会计把账本抱回家，他觉出了风险。他在插剑岭没低过头，现在这口气得忍下。正生闷气，听见外面叫门。老婆开了门，刘会计先进来的是脸，然后是身子，咧着嘴问：您老有事？

老裴笑了一下，说：没事。

刘会计说：没事你急慌慌地叫我。

老裴说：你咧着个嘴干啥？

刘会计说：腰里起了一溜儿水泡，疼得钻心。一夜一夜睡不着。

老裴问：这算个啥球病？

刘会计说：碌碡说叫带状疱疹。

老裴说：这病疼，死不了人。

刘会计一笑。老裴常跟人这么说话。刘会计说：我还以为上面来了人，要是没啥事我就回去了。衣服一碰到肉就疼。

老裴打消了问他小康村证书的念头，挑破了不好。

出了门，刘会计觉得不对劲儿，叫我啥意思？碌碡提醒他不能跟老裴太近，他早就不想近了，就是远不了。

回到家想起有一笔账没下，腰又疼起来。老婆熬好的药他一口气喝了，躺在床上一幕幕想过去的事。村里有人恨透了老裴，想把老裴拱下去，每次都弄不成。老裴的根子在县里！周竞是刘铁山扶起来的，刘铁山能下台，周竞永远不倒。得罪老裴就是得罪周竞。跟老裴也不能像以前那么近，想不出这个分寸怎么拿捏。

想了一会儿他睡着了，见老裴坐在对面，点着他脑门儿说：你当了支书也是我的人，我叫你上台你就上台，叫你下台你就下台。腰里猛地疼了两下，他醒了，不知道是真疼，还是梦里疼。奇怪的是醒了再不疼了。

老天爷在梦里提醒他，惹不得老裴。

有些本事是天生的。他表舅在村里当会计，经常一边算账一边喝酒，他从家里拿一把花生，放在桌上。十几颗花生够表舅喝一顿的。表舅说：你也抿一口！他摇头。表舅教他背珠算口诀：三下五去二，二一添作五……

表舅对他娘说：你这个孩子行，有眼色。

娘问他跟表舅干什么了，他说我见舅喝酒就给他拿几颗花生。娘听了炒下一笸箩花生，让他看见表舅喝酒就送过去，一次拿十个花生。他问为啥？

娘说：拿的花生多，喝酒就多，哪有那么多钱喝酒？

他后来知道，表舅喝酒不花自己的钱。

酒是零打的，供销社放着一个酒坛子，表舅每次打二两，记账。最后谁算账不知道。当会计原来这么实惠！他问：舅，为啥让你当会计？

表舅说：我有眼。老天爷不打勤的，不打懒的，专打不长眼的。长大后他知道光有眼还不够，还得知道该看谁，眼睛盯错了人也不行。

现在他有两只眼，一只看工作队，一只看老裴。老裴在梦里说：我叫你上台你就上台，我叫你下台你就下台。此话不假，他拿着老裴的把柄，老裴也拿着他的把柄，掰了对谁都不利。

第二天老裴给他打电话，让他跟山上的人见面。山上每年给村里一笔钱，也给老裴一笔，给老裴多少，他不知道。有时候老裴分给他五万，有时候分给他八万。

现在老裴让他跟山上的人见面，啥意思？山上的人再给钱，让他接着？这种事现在谁敢沾？他跟老裴说：我去不了，腰疼得厉害。

老裴说：碌碡说治好了。

他说：听他吹牛。他要是治好了，我干吗天天找他。

老裴说：那我告诉他们，往后推几天。过了几天，老裴又给他打电话，他说腰还疼，让别人去吧！老裴知道他为什么不去，越这样老裴越不放心。老裴后来不再给他打了，估计这钱不要了。

他每天去碌碡家涂药。蜈蚣有毒，有毒的东西躲着也不行，说不定还有好处。表舅说不打勤的，不打懒的，专打不长眼的。

过了十几天，腰里的病基本好了。他跟碌碡说腿疼，有时候右腿疼得站不住。碌碡让他脱了裤子，把两条腿仔细看了，问他肉皮疼还是里边疼？他说里边疼，有时候好像也在外面。碌碡突然拍了他腿一下，他不动。问疼不疼？他说不疼。疼的地方在里面。

碌碡让他穿上裤子，他穿了一下腿哆嗦起来，喊：疼！碌碡再摸又不疼了。碌碡想了半天，说：你去大医院看看吧！

刘会计说：大医院我看不起！

碌碡说：这病我们祖上叫骨痨，说白了是骨癌。

刘会计听了瘆得慌，觉得腿真疼了。碌碡说：你要信得过我，我给你治。说着又给他开了方子：

生鹿角12g　巴戟天18g　仙灵脾9g　狗脊12g　杜仲12g　白术12g　制草乌6g（先煎）羌活4g　茯神12g　枣仁18g　磁石60g（先煎）三剂水煎服

吃了一次腰又疼起来，让老婆看，老婆说腰里长出新肉的地方红了一大片。他让把剩下的药倒了，老婆说：多可惜，喝了吧！

他说：药不对症就是有毒，你想毒死我呀？

老婆赶紧倒，他又嘱咐老婆别说出去。心想，自己也是糊涂，病本来是自己瞎编的，真吃还不吃出病来？

正想着老裴来了电话，让他带上账本去家里。他问：啥事儿？

老裴说：没事儿就不能来了？

他说：不是那个意思，我得有个准备。

老裴说：咱俩把村里的账对一对。他抱着账本去了，老裴不提账的事，问他找没找过乡里。

他说：没找。我不想当。

老裴说：你不想当村里有的是想当的，该找还得找。

他问还有事吗？老裴说没事了。他要抱着账本走，老裴说：账先留下，我闲了看一看。刘会计没说什么，扭头回了家。

到家他还想，老裴看账什么意思？

5

老裴发现这不是他要的那一套。他要的是那本私账，拿来的是公开的那一套。他拿起电话，说：你来一下。

刘会计赶过去，老裴把那套账递过去，说：你把另外一套拿过来。

刘会计答应得挺爽快，实际上再没去过老裴家。

打电话催问，刘会计说：我腿疼得厉害，走不了路，过几天给你送去。

当初韩小实转党员关系，乡领导催他，他嘴上答应就是不办。刘会计也用上了这一招。只要拿着账他就不敢发作，刘会计看准了这一点。他们没撕破脸，彼此有了戒心。

刘会计不明白老裴为什么。这本账只有他俩知道，没了账，他担心好些事落到他头上。怕老裴不再给他，他想去县城复印一份。第二天，他跟梅长风说去县里看病，搭车到了县城，梅长风说：看完病打电话，我来接你。

走到县政府那条街上，看见一家门店写着斗大的"复印"，里面没人。他喊了一声，一个三十多岁的男人从电脑后面抬起头，手里拿着一本《股海观潮》。

男人小眼睛，门牙往外龇，脸上浮着鬼气。他拿出账本问：能复印吗？

龇牙说：这得拆开。

刘会计把带子解开，一张张复印了又穿在一起。眼睛不时瞅着门外，怕进来熟人。

复印完要二十五块钱，他问：多少钱一张？

龇牙说：一块。

他说：别的地方没这么贵。

龇牙说：身份证、账本、发票都贵。他不再还价，把账装进兜子里。

从复印店出来往四周看，没见熟人。到了县医院要挂号，想起自己腿压根儿不疼，挂什么号？在街上闲逛了一会儿，给梅长风打电话，两个人在县城吃过饭，开车往回走。

回到家，老婆刚从地里回来。里屋柜门虚掩着，一只袖子在外面，柜子里面已经被翻乱了。再看另一个大衣柜，翻得更乱。他问老婆：你开柜子来着？老婆说没有。他紧张起来，衣柜里面账本平时用老粗布包着，放在衣服下面，现在没有了。

他喊老婆：咋回事？

老婆慌了，说：不是我弄开的，我没动过。

他说：你没动过，我也没动过，谁动的？

老婆说：我回来时门锁得好好的。说着看窗户，说：这不是，窗户也好好的。突然喊：天呀，遭了贼了！

刘会计制止她：别喊！

老婆愣了：为啥？她觉得遭了贼应该让全村人知道。

刘会计厉声说：别喊！看看丢了什么？

大衣柜里放着六万块钱，在最下面一层，她蹲下去摸，说：钱好像还在。又摸了摸，说：硬的，钱在！刘会计让她拿出来看，果然没丢。

贼不是冲着钱来的。他猜出了是谁，不能说，尤其不能跟老婆说。

娶这个老婆时他还没当会计，老婆长得还可以，就是不灵醒。他觉得娶一个比自己聪明的老婆不是好事，现在证明，娶傻的也不是好事。

贼想偷的不是这本账，偏偏赶得巧，他拿着要偷的账去了县城。他让老婆把钱收起来，给杨伯峻打电话：杨局长，你来我家一趟！

杨伯峻问：怎么了？

刘会计说：我家让人偷了，你们都来吧！

杨伯峻转身叫上了黄俊涛和梅长风。对江小童说：你在家守着，有事给我打电话。

江小童正看书，她对加缪的书着迷。加缪写道：

> 我们的命运就摆在我们自己面前，我们挑战的就是自己的命运。不是出于骄傲，而是因为清醒地意识到超出我们可控范围的生存条件。我们有时也会对自己产生怜悯之心。这是我们觉得唯一可以接受的同情；在您看来这种情感几乎无法理解，没有一点阳刚之气。然而我们当中最勇敢的人才有这样的体会。我们觉得清醒的人可以被称得上阳刚，力量不应该脱离清醒。

加缪的话她似懂非懂，只是悲哀，当人家在想这些深奥问题时，她还在一个偏僻村子里为杂事忙碌。刘会计说他家丢了东西，能丢什么？他们丢了最宝贵的，就是自我，和自我的阳刚之气，可惜他们没有察觉。她对自己的这个理解很满意。

杨伯峻赶到刘会计家，看了几个纷乱的柜子，说：别动，保持原样！他给县公安局打电话，一边报案一边想，是刘会计自己干的，还是别人？一个多小时后刑侦人员赶到了，提取了屋里的脚印、指纹，临走问刘会计有什么损失。

刘会计说：没损失。

干警说：没损失你报什么案？

刘会计说：村里的账没了。

干警看了他一眼，不再说什么。

送走刑侦人员，杨伯峻说：你们两口子休息吧，晚上注意安全！刘会计老婆听了害怕，抓着刘会计不放。杨伯峻走到门口，刘会计喊：杨局长，你等等！

杨伯峻站住，问：有事吗？

刘会计看了看黄俊涛和梅长风，没说话。黄俊涛拉起梅长风往外走。梅长风说：杨局长还没走呢！

黄俊涛说：咱们到外面等。

刘会计本来不想说，老婆的情绪感染了他。村里的账丢了，对老裴是好事。发现偷去的不是想要的那一套，能善罢甘休吗？兜里的账反而成了烫手山药。

杨伯峻说：有什么事你说吧！

刘会计说：偷账的人不是为那套账来的。杨伯峻怔了一下，听明白了。

刘会计说：我把这套账交给工作队，我不想拿着了！

6

插剑岭到了夏天就像古人写的西湖，浓妆淡抹，各有姿态。彩虹一步不落地跟着老裴，气喘吁吁地问：爷爷，你想去哪儿？

老裴说：快到了。

又爬了一个坡，见前面有一块巨大的方形岩石，远看像一个官印。传说苏东坡当知府时出来游玩，把官印丢在了山里。

彩虹刚从县里回来，爷爷就带她来到这里。她想，好好的爷爷怎么带她上山，听人说，他要下台了，大概心里有好些话吧？

老裴问：你能爬到石头上不？

彩虹摇摇头，说：爬上去上面还是没路。老裴领着她走到印石后面，石壁光滑得连个坎儿都没有。老裴往上一指，她看出了名堂。有一根老藤从悬崖上垂下来。藤很细，仅能承受一个人的重量，老裴揪住老藤，脚踩着凸出的岩石一点一点地爬上去。

彩虹在下面喊：爷爷，你下来。

老裴说：你上来。

彩虹说：我上不去。

老裴从腰间解下绳子，抛下来让彩虹拴在腰上，老裴在上面拽，彩虹手脚并用爬上去。上面是一片开阔地，足够停五六辆汽车。山崖上面有这么大一块空间实在难得，仔细看有人工修成的痕迹。彩虹感慨。老裴把她带到一片灌木前，发现这里隐藏着一个山洞。

洞口不大，进到里面别有洞天。一只小动物从里面跑出来，彩虹一哆嗦躲到老裴身后，小东西回过身朝她丢一个暧昧眼神，让她觉得这东西成了精。她问：这是什么？不像是狐狸。

老裴说：山里叫不上名字的东西多了。当年韩庆全的闺女韩俊花光着身子到处乱跑，有人在他家房后看见过这个东西，沟底一个老太太在他家烧了几道符，韩俊花才好了。

第十章·刘会计　　389·

彩虹听了害怕。她听人们说，韩俊花让山里的貉缠上了。

洞很深，走了三十多米眼前突然开阔，空间变大。洞里静得出奇，连喘息都有回声。他们停下四处看，光线幽暗，似有似无。适应了一会儿，眼睛渐渐能看清前面的石壁。原来这是个能容纳几百人的洞穴，洞顶垂下来的一个个石柱摸上去异常坚硬，彩虹知道这叫钟乳石，按说南方才有。

越往里走越阴森，几乎没有亮光，耳边隐隐有流水声，彩虹拿出手机，打开手机的手电筒照着路，惊起了洞顶的蝙蝠，扑棱棱到处乱飞。往上看，见上面一个挨一个密密麻麻都是蝙蝠。她头皮发麻，毛孔紧闭，问：爷爷，还进吗？

老裴说：怕啥？

她说：不会有蛇吧？

老裴说：有蛇也不怕。你看，前面有亮光了。

往里走渐渐明亮。前面洞顶有一个口子，光线射进来形成一个光柱。光线下面摆着乱七八糟的东西。老裴指了指前面一个土台子，彩虹走到跟前看出上面是一台机器，已经锈蚀斑斑。再往里走散放着好些东西，有些是木材，上面长着细长的蘑菇，伞张得挺大。她问：这就是传说中的兵工厂吧？

老裴说：八路军在这里造手榴弹，也造步枪和子弹。外面的平台上还修过山炮呢！我是听我爷爷说的。

孙女问：你的爷爷我叫啥？

老裴说：你叫祖爷爷呗！他叫裴文才，刘鑫旺当党支部书记时他是副书记。要是活到解放，至少是市一级领导。可惜被人告密，让日本人打死了。

彩虹问：谁告的密？

老裴说：也是咱们村的，不跟你说了，说了也没用。

彩虹撇撇嘴，她猜出了是谁。村里人说慈家出过一个叛徒。

从洞口出来，老裴让彩虹照相。他说县里知道这个洞口的没几个，一定得把洞口照上。咱们家是地地道道的红三代。

彩虹把照片发到朋友圈。一共九张，有的是爷爷爬山的，有的是爷爷坐在石头上休息的，还有一张站在洞口朝远处瞭望。

很快收到了一百多个点赞。有人留言：我小时候听说插剑岭打过仗，出过英雄！革命者的血不能白流，贫穷对不起革命先烈！咱们县是革命老区，把腐败分子都挖出来，原平县才能改变面貌。

彩虹拿着手机让爷爷看。老裴说：你的朋友太单纯！彩虹问：怎么？老裴说：腐败分子哪能都挖出来，不可能。

彩虹说：我才不信！

老裴说：家家户户养猫，照样还有耗子。以前人们说老鼠过街，人人喊打，老鼠还是灭绝不了。大熊猫能灭绝，老鼠灭绝不了。

彩虹不服气：为啥？

老裴说：因为它不该灭绝。

彩虹问：为啥不该灭绝？

老裴说：老天爷觉得它不该灭绝。该灭绝，地上早就没老鼠了。彩虹有些难过。越是该灭绝的东西越灭绝不了，这也是个规律吧？

正说着裴学锋来了。爷爷说：玩你的去吧！

她离开了。

过了一会儿，她听见屋里有扇耳光的声音，进到屋里，看到裴学锋在哭。爷爷气得腮帮子都青了。看她进来两个人都不说话。爷爷冲她摆了摆手，她退了出去。

在门口听了一会儿，里面没有声音，她离开了。

裴学锋走了。爷爷说没事，她说：明天我想回县城。她不想在村里了。

爷爷说：明天咱们还上山，爷爷有话跟你说。

彩虹在前面走着，脚步沉重，明显不如昨天欢快。老裴后悔打裴学锋，想：这孩子好容易回家一趟，把她的兴致败坏了。

昨晚裴学锋提着一包账兴冲冲赶来，他沉下脸问：谁让你拿的？

裴学锋说：你跟他要了几回，他不给。我看他跟着梅长风去了县城，他家的破锁我一只手都能开。

老裴说：这不是我要的那套。

裴学锋说：我里里外外找遍了，只有这个。柜子里还有一包钱，我没动。

老裴说：你还不如拿他的钱，现在明摆着是冲着账去的。

裴学锋说：瞅他哪天不在家，我再去！

老裴站起来给了他一个耳光，说：还想再去？工作队一个电话就能把公安叫来，刘铁山在时我能捞你，现在行吗？

裴学锋捂着脸把账收起来，说：好汉做事好汉当，我等着公安！

裴学锋走后老裴问老婆：村里来过外人没有？老婆说下午来了两辆警车，停在刘会计家门口。他想：好日子到头了！

彩虹见爷爷打了裴学锋，感觉出了事。她一路闷闷地走，问：爷爷，昨晚干吗跟他发那么大火？老裴"哼"了一声，说：他欠揍！

山势连绵，老裴带着孙女彩虹上了一个陡坡。这里比插剑岭主峰还险峻，山上树木葱郁，野草茂盛，荆花如繁星闪烁，蜂蝶扑面而来。周竞的矿就在这一带，已经停了工！

周竞是妹夫介绍的，当时他身上还有股肠子味儿。妹夫告诉他：这不是一般人物。他看不出来。周竞看他傲慢，伏到他耳边说：听说你家有个案子？

裴学锋打残了刘根生，他正四处找人，想把裴学锋保出来，说：我正焦心呢！

周竞问：想不想把案子翻过来？

他说：想呀，听说周老板有这个本事？

周竞不跟他说案子的事了，说山上应该怎么开发！他听出来周竞想承包山上的矿，说：你说迟了，那座山早包出去了。

周竞说：我有办法让他转给我，原来给你的承包费，我照给，包括给你个人的。

他有什么不乐意的？

他问彩虹：你说这山该不该开发？

彩虹说：把山都挖空了有什么看头？

他说：你以后又不在村里。

彩虹说：出了国的都回来寻根呢，把自己的根挖了算什么？

他想说：没钱要根有屁用！又把话咽回去了。

他带着彩虹爬的这座山，在插剑岭主峰东边。插剑岭到处是这样的无名山峰。当年，八路军的兵工厂由村里负责后勤，为了保密，村里人不能直接进山洞，只能送到这儿。每天半夜女人们开始做饭，民兵把饭送过来，村里人不知道山上有一个巨大的兵工厂，从官印石一直连到这里。

老裴带彩虹看的就是八路军的物资交接点。山上垂下瀑布，瀑布后面是个山洞，八路军把那个洞打通了，另一个出口通向插剑岭主峰。这地方暴露的原因至今没人知道，成了历史谜案。

第十章·刘会计 393·

一个老板说要在这里投资五千万，老板举着一根手指说：你拿一百块钱，我给你百分之十的股份。他动心了，想就写裴彩虹的名字！

他没有要那个老板的股份，因为周竞后面站着刘铁山，他不敢得罪。想到这儿他喊：彩虹，爷爷问你，人有多少钱就够花了？

彩虹说：把外面的好地方玩遍了，大概三十万就够了。我同学跟旅行团去了一趟日本才花了两万。老裴笑了，说：真够省的！

彩虹说：爷爷，外面说你有几千万！

老裴问：谁这么说？

彩虹说：我一个同学，说是外面传的。

老裴说：那爷爷不成贪官了。

彩虹笑了：我才不信呢！说完站起身跑到前面去了，老裴跟着她往前走。前面是山涧，几个孩子在那里玩耍。彩虹跑了几步，跳到山涧中间的大石头上。涧边的人纷纷站起来走开。

彩虹看了看说：是沟底的人，看见咱们都走了。

老裴冷笑，说：他们都是蝼蚁、虫子！想想这些人也挺可怜，一年又一年干活。有一天老得干不动活儿了，才知道一生白过了。你不能跟她们一样。

彩虹问：村里咋办？

老裴说：村里什么时候都富不了，愚公也不行。有人天生的穷命，十个杨伯峻也帮不了他们。工作队从外面拉点儿钱，修修路，建个养猪场。四面的大山搬不走，插剑岭还是插剑岭，该怎么穷还怎么穷！

彩虹有些难过。插剑岭是个光荣的地方啊！怎么能永远富不了呢？

前面就是瀑布，到了雨季就像李白写的：飞流直下三千尺。水流从几百米处砸下来，震得耳膜嗡嗡响，溅起的水花弥漫成雾，脸上能感觉出水的压力。衣服不知不觉打湿了。老裴问：看见流水后面有什么吗？

彩虹说：流水后面是山，山崖上长着树和杂草。

老裴说：水流后面有个洞口。

彩虹说：太小了，看不清。好像顶多有一个孩子高。

老裴说：人能爬进去。到了里面略微大些，人能弯着腰走。

彩虹说：咱们上去看看。

老裴说：上不去。上面都是青苔，滑得很。官印石的洞口跟这儿通着，外人很难找到。他回过身指着远处说：那边坡上有一棵树，叫消息树。有人在那儿站岗放哨，有一天消息树放得晚了，等他们发现敌人，已经到了跟前。

彩虹看着他。

老裴说：被包围的三个人，有一个叫裴文才。他们没多少子弹，敌人越来越近，子弹在他们身边飞，敌人想抓活的，找出山里的地下兵工厂。他们一边还击一边往瀑布后面看，见洞里的人已经收起了垂下的绳子，敌人没有发现洞口，他们放了心。

老裴述说时有了神圣感，想那一代人是怎么回事，他们太傻了。韩本彦跟家里吵，要把地分给村里人。那是个出傻人的时代，现在有这样的人吗？他沉思着。过了一会儿，彩虹问：后来呢？

他说：子弹打完了，他们端着刺刀跟敌人拼命。两个被鬼子捅死，裴文才被抓住。鬼子绑他时，他把一个鬼子的手指咬断了。

彩虹激动起来。

他说：鬼子拷打了三天，放出狼狗咬他，他看着狼狗撕他腿上的肉，破口大骂，最后死在了监狱里。咱们裴家是革命家庭！打江山时有咱们一份儿！

7

碌碡帮刘家做了一个轮椅。

以前企业家捐过一个，刘根生站不起来，刘丙瑞一气之下砸了。现在想用，只好再修复。幸好轮椅的轱辘还在。

轮椅扶手上带刹车，推着就是拐棍儿，城里人叫助步器。刘丙瑞老伴儿用了几天，后来活动自如，用不着了。杨伯峻说：刘根生能用。

碌碡说：他病的时间太长了，站不起来。

杨伯峻说：你努力一下，治不好也不留遗憾。

碌碡摸了摸刘根生的脚，冰凉。悄悄用手掐了一下，刘根生猛地往回一抽。心想，大概还有希望。问刘根生疼不疼。

刘根生说：不疼。

回到家琢磨了半天，想不出刘根生为什么骗他。问老郎中，老郎中说他不是骗你，是骗自己。你就按你的想法治，治好是你的本事，治不好是他的命。

在家看了两天书，觉得刘根生的病跟心情有关。用现在的话说，既有生理原因，也有心理原因。第二天跟刘丙瑞闲聊，刘丙瑞说有一次他跟老伴出去，回来发现刘根生倒在了靠墙的地方。老两口觉得奇怪，问刘根生：你是不是站起来过？刘根生摇头。问怎么到了墙边的，刘根生什么都说不出来。

村里人说，刘根生是有东西附体了。

碌碡把给刘丙瑞老伴用过的方子做了加减，给刘根生吃，没什么效果。

老郎中说：这种病咱们祖上治过，你从祖上留下的本子里找。

发现了一个方子。按着方子根据脉象做了调整，又吃了十几服药，觉得刘根生的脚热了些。老郎中说，热就是效果，再吃。

把药量略略增加，又吃了几天，效果仍不明显。碌碡对杨伯峻说：这个方子要是无效，我真没办法了。

杨伯峻说：得病如山倒，去病如抽丝，先吃半年药再看。碌碡点头。杨伯峻想了想，又说：除了吃药，能不能再用些别的办法。碌碡想到了针灸，回到家看书，发现古代就有用针灸治疗偏瘫的。

老郎中说：咱们祖上用过一种火针，扎上针后，在针柄上点燃艾草，对寒凝湿滞有奇效。你不妨试试。

连吃药带扎针，刘根生腿部有了感觉，说胀得慌。消息在村里传开，好些人到刘丙瑞家看，见碌碡一手托着他的脚，让他蹬，他说蹬了，实际上脚没动。一副木呆呆的样子，看了不免失望。

治了半个多月，仍然没好转。刘丙瑞鼓起的希望，渐渐消沉下去。看到碌碡天天忙碌，也不好意思拒绝他，只是等着、看着。

碌碡每天治完就回家看书，慢慢悟出，仅仅驱寒祛湿不能打开病人的经络，病人的愿望更重要。如果病人心已死，再好的药也帮不了他。他换了一个思路，通过扶正、强心，改变刘根生的精神状态。跟老郎中商量后，在原来方子上增加了补中益气的成分，十几服药后刘根生脸色好转，再一摸脚，温热更明显了。

有一天，刘根生说想到外面看看。碌碡扶他起来，把他抱到轮椅上。在轮椅上坐了一会儿，他说想到外面转转，碌碡问他想去哪里，他说：我想上山。

碌碡推着他往外走，走到大沟旁他让碌碡站住，呆呆地往沟底看。那天他就是在这里下水洗澡，从水里出来，听见了韩俊花的呼救声。

那天不洗澡就好了，洗了澡，耳朵听得格外远。韩俊花的叫喊声差点儿要了他的命。他看着那条大沟，不觉流出了泪。碌碡问他怎么了，他说：人要能重活一遍多好！

碌碡问：再活一遍，你还救她吗？

刘根生不说话。

碌碡说：有些人不值得你救。

刘根生说：那谁知道，该救还是要救吧？现在说什么也晚了！

碌碡推着他，一直走到村外的山脚下。他看着上面的山路，说：人没了什么，才知道什么宝贵。我要是还有腿脚，想到山上看看。

碌碡问：为啥？

刘根生说：出事前几天我来过这里，想给你采药。这边山上的那个人是咱们村的，他身边站着好些人，我都不认识。他们不让我们过去。我说，这山是我们村的，凭啥不让我上？那个人说，这山我们承包了，是我们的山。

碌碡看着他。

刘根生说：我问他，你啥时候承包的，拿了多少承包费？那个人说，我凭啥告诉你，你算老几？我说，我是这个村的，就能问。那人说，你又不是村干部，跟你说不着。再胡打听，小心砸断你的腰！我听了，当时腰就不得劲儿。

碌碡停下脚步，问：是裴学锋？

刘根生微微地点头，几乎看不出来。

碌碡又问：后来呢？

刘根生说：后来韩俊花喊救命，我啥都没想冲了过去。我的腰真让裴学锋砸断了，你说，这跟山上的事没关系吗？我想了几十年，想不明白这两件事有没有关系。裴学锋是不是故意的？

碌碡想，说是故意的，谁信？真相就是一个模糊的影子，谁都看不清楚。他说：别想这些了，没用。

刘根生问：那我想什么？

碌碡说：想怎么能好，什么时候能再站起来！站起来就是胜利！

刘根生哭了，泪水顺着腮边流。

碌碡说：别哭，我给你用的是我们家的祖传秘方。慈济、慈思齐、慈弃智用这个方子治好过五十九个病人，加上你，是第六十个。多吉利的数。五十九个病人的事都在本子里写着，我以后一天给你讲一个。今天，先给你讲韩金定的爷爷是怎么治好的。

刘根生说：别讲了，我不听。我知道治不好，治好了还会有人害我。他们不想让我站起来，也不想让我爹把案子翻过来。这些年，我看见村里人都不是人的样子，是一副副骨头架子，里面没有心肝，也没有脾肺。他们说话就是吹气。你一口我一口地互相吹，把衣服上的土都吹起来了，尘土在他们脸前翻腾。这些话我没跟别人说过，今天跟你说了，你别说出去。你说出去，我的死期就不远了。

碌碡说：你怕啥？人到了这时候没啥可怕的。要是怕，也是他们怕你。

刘根生说：怕我才要害我。

碌碡说：你知道我不光看病，还会打卦占卜。我号你的脉，能看见你的以前，也能看见你以后。我看见了你以前的冤屈，也看见了你以后的日子。你将来的日子好着呢！

刘根生问：你看见什么了？

碌碡说：我看见你在山上挖药材，你跟别人说，碌碡治好了我的病，没要我钱,他的药材我包了。我在山上采药,采不上的我种,种不了的,我拿种的药跟别人换。

碌碡又说:我还看见,咱们村的山都成了自己的,承包人走了,村里人自己经营。山上种着各种药材,还养鸡、养羊。到了夏秋季节,树上结满了果实,红的是桃,黄的是杏,紫的是李子。桃杏摘完了,熟了的就是山楂、柿子。遍山的鸡、羊不用人管,自己找食吃。没人偷,也没人祸害它们。你说这是不是好日子?

刘根生问:你看见了?

碌碡说:看见了。从工作队一来,我就看见了。我还看见老裴的脸是四方的,脸的上下左右都是直的,你说这为啥?他的脸在墙里面,墙把脸框住了。

刘根生好半天不说话。他听明白了,不敢相信。村里人说碌碡是个神仙,没人真相信他的话,倒是外面有人信。有些话偏偏就让他说准了,你不信也得信。

他们在山脚下一直聊着,聊到天黑,碌碡才推着他回家。

8

杨伯峻去乡里汇报刘会计家的失窃经过,刘会计交出的账本也给了蒋社教,上面一笔笔账记得清清楚楚。没想到,一个穷村竟然有三千多万黑账。

这么大数额让蒋社教吃惊。老裴给过他二十万,他还了,担心这笔钱记在账上,一笔笔仔细看过,心才放松下来。杨伯峻奇怪他看得那么仔细,觉得他认真负责。

蒋社教从桌前站起来,来来回回在屋里走。本来想让刘会计接班,出了这种事不能再提了,他向杨伯峻表示:我看错了人,刘会计不能用!

杨伯峻不是来听道歉的,他汇报了村里人对韩小实的担心。蒋社教说:有担心不奇怪,只要定下来了,群众都能接受,关键是把人选对!

杨伯峻说:我再跟韩小实谈一次。一是打消他的怨愤情绪,二是在村里建立一套制度,约束村两委班子。这套制度,要由他主持制定。

蒋社教说:你想得够周全了。

从乡里出来,杨伯峻直接去了县城。先给蔺永乐打电话,蔺永乐说正在参加北片六县县委书记、县长会议。杨伯峻赶紧断了电话,开车转到韩小实的公司。

韩小实一见面就笑:祝贺你!老裴的事揭开了,以后工作就顺利了。

杨伯峻想,知道得这么快,看来他在村里有根基。

最近几天杨伯峻跟村里人分别谈话,商量把班子定下来。原来对韩小实有顾虑的,他都做了工作。大部分人接受了韩小实。现在,他要再跟韩小实砸实。

韩小实办公室有半个会议室大,老板台上摞着好些书,都是四书五经之类,有一些根本没打开过。一本《毛泽东传》放在中间,看样子常翻。

屋子中间用绿植摆出一个造型,旁边是茶桌,韩小实按了上面的按钮,一个穿中式对襟袄的姑娘进来沏茶。杨伯峻品了一口,说:好茶。心想,现在保不了密。韩小实离插剑岭几十里,村里的事能立刻知道。不用说,也知道他来干什么。

既然乡里同意了,就应该尽快把班子定下来。让韩小实答应不难,难的是说服他给自己戴上紧箍咒。即便韩小实答应，能不能落实也是问号！

还没开口，韩小实就让人安排饭。杨伯峻说：聊完我还有事，不吃了。

韩小实说：我有心里话跟你说。咱们遵守八项规定，不下馆子，就在办公室。看杨伯峻不再反对，他让人搬进来一张八仙桌，四凉四热摆到了桌上。柜里有茅台，看了杨伯峻的脸色临时改成二锅头，两个人在办公室喝起来。

杨伯峻不想马上聊村里，说起了童年，说小时候村里一个老羊倌喜欢他，给他讲过好些村里的事。大了回想，老羊倌说的就是历史。又说：你那天给我讲的，也是历史，听了很有感慨。

韩小实问：感慨什么？

杨伯峻说：毛主席说，一些阶级胜利了，一些阶级消灭了，这就是历史，这就是几千年的文明史。套用他老人家的话，一些人成功了，一些人失败了，这就是历史，这就是中国的乡村史。老羊倌当年给我说的就是这些。

韩小实看着他，想他要把话题往哪里引。

杨伯峻说：再仔细想，咱们这就算成功了吗？

韩小实说：我从来不以为自己成功。看着挺红火的企业，一个失误就可能破产。不过，我也不能算失败吧？我们家失败，我没有。

杨伯峻说：你没有，你们家就没有。

韩小实说：那谁失败了？刘丙瑞？还是他们？他指的是老裴之类的。

杨伯峻说：我觉得，成功与失败得拉开距离看。那些跟不上时代的人才失败。到了这个岁数乡党委没忘记你，用人时能想起你，说明失败的不是你。我来这里扶贫，是因为跟局长关系一般，好些年前我有机会提拔，上面没提拔我，提拔了他。我确实有情绪。就这么点儿事，两个人别别扭扭的。他把我派来扶贫，正合我的心意。

韩小实说：你跟我不一样，我在村里受欺负。

杨伯峻说：应该提拔的，没提拔，不叫受欺负吗？

韩小实说：我靠的是自己！自己给自己杀出一条路！

杨伯峻说：我爱听你这么说！你那天的话我也爱听。你说，我是逼出来的企业家。这个逼字说得好！

韩小实说：我感谢改革开放！

杨伯峻说：我喜欢这个逼字，老羊倌不这么说！他说谁的日子过好了，谁没过好，他看着谁家发了，谁走了下坡路。这就是历史！他的历史是被动的，看不到进取心。我不赞成被动，人应该主动创造历史。

杨伯峻站起来，在地上来回走。过去他一夜一夜睡不着，想本来要提拔他，为什么变成了崔局长。有人愿意给他出钱，让他往上面跑。他不肯。他怨恨上级，怨恨主抓科技的申市长，怨恨局里那些疏远他的人。他想自己做错了什么，没错。绝对没错。哪怕你没错，仍然有人要反对你。这就是竞争，这就是生活。派到插剑岭，有被排挤的感觉。没想到得到了一个新天地，有了一个平台，他追求的不光是脱贫，是让这个地方有人性，有人文气，有道德秩序。脱贫是自然而然的事。

他说：为你的事我费了不少心。村里开始统一不了想法，对你有疑虑。后来我明白了，他们不是怕能人，是怕一个没有约束的能人。

韩小实看着他。

杨伯峻说：他们担心来一个能人，脱了贫，却跟希望的不是一回事，公平、正义、廉洁仍然遥遥无期。用他们的话说，养肥了一口猪，又来了一口猪；赶走了一只狼，又来了一只狼。你能理解他们吗？

韩小实点头：能，我也这么想过。

杨伯峻接着说：你想在村里盖一处房，结婚、成家。你只要求占半间房的地皮，村干部都不答应你。你能忘记这些吗？你忘不了！后来这些年，村里每上来一个干部都在沟口盖房，不用说老裴，二来和二来以前的村长都是。你上了台，是不是要挑最好的地段盖一处宅院？你有条件比他们盖得气派！

韩小实摇头，说：我以前那么想过，现在不了。城里有家，我盖房干什么？

杨伯峻说：这就对了。你吃过苦，受过委屈，这样的人不能忘本。不过，不能把希望寄托在人品上，要靠制度。制度是什么？制度就是笼子，把权力关进笼子里，村里人才能放心。

韩小实听明白了，这不是来劝他上任的，是要给他定规矩。他说：杨局长，你怎么知道我愿意上任呢？

杨伯峻说：我当然知道。因为你跟我一样，想要的不是权力，是公平，是谁也不欺负谁。我在农村长大，受过委屈，不管后来做什么工作，本质上仍然是农民。我理解村里人想什么！

韩小实问：他们想什么？

杨伯峻说：他们就是像游锡五说的那样，想公平，没有人被欺负，人人能过上好日子。这些想法永远不过时。

韩小实说：我们家原来是地主。

杨伯峻说：地主又怎么样？不管地主还是雇农，都是农民。农民的理想是一样的，只不过雇农变成了地主，把原来的理想忘记了。你跟他们不一样，你记得过去的委屈，记得别人对你的打压。你有文化，能做一个理性的人。

什么是理性的人？你是不是理性的人？韩小实问。

他说：我过去不是，现在开始是了。理性的人就是不被私欲控制，在私欲之上有更高的东西，有人叫理想，有人叫神性。村里虽然艰苦，我每一天都是愉快的。我不再像以前那样苦闷，这就是神性，神性一旦被焕发出来，就是幸福的。

他一边在屋里走，一边跟韩小实说着这些。韩小实看着他，猜想他到底什么意思。这个人有好些心里话，没人能理解他。或者，他本来不想说这些，酒控制了他。酒是好东西，能让人敞开心扉。

杨伯峻坐下来端起一杯酒，说：我知道你公司干得不错，现在村里需要你。插剑岭是你长大的地方，吃过苦的地方，被逼走的地方，它需要一个领头人。这是我个人的想法，不代表组织。不过，我已经向组织推荐了你。

韩小实摇头：不行不行。

杨伯峻问：为什么？

韩小实说：谁说插剑岭需要我？

杨伯峻说：我说的，我知道他们需要你。

韩小实说：我听到的消息不一样。有人怕我回去，说插剑岭以后是地主的天下了。

杨伯峻说：是有人这么说过，不代表插剑岭。插剑岭需要一个有经济头脑的带头人。你怎么样？能不能答应我？

韩小实哭了。他端着酒杯，本来想跟杨伯峻干了，听到这话泪水突然涌出来。他说：对不起，我去一下卫生间。

他在里面待了好长时间，走出来说：这些年我还没这么失态过。

杨伯峻说：我理解。

韩小实说：我不能答应。让我心静几天吧，公司离不开我。村里那个状况我回去也干不成什么，你们在好一点，你们一走又会回到以前。

杨伯峻放下酒杯：你太不够意思了！我这么说都打动不了你，你心真硬，不跟你喝了，我走。他站起来准备穿衣服。

讲道理没用，只能用这种办法激他。韩小实呆呆地看着他穿衣服，忽然拉住他：你先坐下，吃完饭再走。

杨伯峻说：你不答应，饭我就不吃了！这些日子我在忙什么？就是忙这个。解决不了班子的事，我哪有心思吃饭。

韩小实说：乡里不会同意。

杨伯峻说：你不用管，只要你表一个态，剩下交给我。

韩小实说：那好，我答应！

杨伯峻坐下想：酒真是好东西！没有酒今天什么都谈不成。他问：你上任后，打算怎么做？

韩小实说：没想过，我原来不想干，也不相信你能弄成。

杨伯峻说：村里需要制度，让制度打消人的顾虑。这个制度要由新班子制定，以后一切都是公开的，透明的，村里的收入、开支清清楚楚，每个人都可以质疑，可以查询。村里的事不能一个人说了算，村里一切不能都是我的。你能做到吗？

韩小实说：我在公司就是这么做的。

9

周竞又要约韩小实吃饭。县里人对周竞趋之若鹜，韩小实知道他有背景，却有意疏远，只是没让周竞察觉出来。看到电话是周竞打来的，韩小实没接，想了一会儿又把电话打回去。

周竞说：小实，你现在牛了。

韩小实说：我有什么牛的？

周竞说：市里的干部看上了你，你要被重用了。

韩小实说：周总，在咱们县你是头牛，我就是九头牛身上的一根毛。刚才正洗手，一看是你的电话赶紧回过来。

周竞很满意，说：中午我请你吃饭吧！

韩小实说：哪敢，我请。

周竞说：别管谁请谁，中午聚一下。

韩小实畅快地答应着。既然这顿饭逃不掉，就得想办法吃好，起码不能吃坏了。周竞定了县宾馆8号雅间，7号雅间县长接待市发改委主任。据说除了蔺书记，8号雅间没人敢用。这就是实力。

韩小实进到里面，有人帮他脱外衣，扶他走向主宾位。桌上的人随着周竞站起来鼓掌欢迎，周竞一伸手把他按到主位上，韩小实有些受宠若惊。

菜已经点好了，桌上摆着窖藏四十年茅台，倒在杯子里微微泛黄，有些挂杯。韩小实说：喝这么好的酒？我今天见世面了！

周竞说：美酒敬英雄嘛！实话说我以前对你了解不多，现在知道，原平英雄也就咱们两个。

韩小实赶忙站起来：周总要说别的，我还敢接，跟我喝酒论英雄，我哪有胆子！

周竞说：不是我说你英雄，领导三顾茅庐把你请出来，你就是英雄。

韩小实想，要借这个机会稳住他。稳住他，老裴就稳了，稳住老裴，村里就稳了。想到这里，他说：工作队确实想让我回村，我没敢答应。

周竞问：为什么？他得到的消息是，韩小实答应了。

韩小实说：我哪有那个能力？再说我的公司麻雀虽小，也离不开人。

周竞说：工作队看得起你，你就答应了吧！

韩小实说：插剑岭是什么地方，八路军住过，汉奸也待过，出过省级领导，也出过造反派头头，村里人服过谁？我不是找着栽跟头吗？

周竞听他说得也像真的。老裴肯定保不住了，只能拉住韩小实，别人接班更没把握。他说：你跟我说真心话，我也跟你掏心窝子。这事不能推，蔺永乐是父母官，你得罪工作队就等于得罪蔺永乐，以后生意还怎么做？

韩小实好像被他的话打动了，沉默了一会儿，说：你说晚了，我早回绝了。

周竞说：杨伯峻还会找你，他找不出更合适的人。

韩小实狐疑地看着他，说：周总，我就不明白了，你怎么也想把我往前推？

周竞说：大城市的房地产快走到尽头了，我得给自己留条后路。下一步的热点是农业，你看看美国农业就知道了，稳赚不赔的行业。我想早早布局。

韩小实知道他盯的是山上，怕那个屎屁股露出来。他说：你说的也对，中国农业早晚也得走集约化道路。

周竞说：这条路只能你领着走，你当支书对村里有好处，对我们做生意的也有好处，你就干吧！不瞒你说，我在上面有些办法，有了事能帮你。

韩小实站起来把一大杯茅台灌下去。

世上的事说难也难，说容易也容易。一杯酒下去，他似乎成了周竞的人，周竞成了他的靠山。村里原来反对他的人，很可能不再反对，谣言也好，非议也好，将会慢慢消失。

借着酒劲儿他表了态：插剑岭欢迎有实力的企业家投资，周总能来我们求之不得，一定做好服务！

韩小实有些喝多了，茅台不上头，他觉得不是真茅台。周竞也喝多了，搂着韩小实肩膀说：你是我的亲兄弟，在插剑岭，反对你就是反对我！

从县宾馆出来，好些人看见他们搂着肩膀称兄道弟。韩小实心里没醉，他跟周竞表面难舍难分，心里却想赶紧离开。回到公司他喝了好些茶水，回想在酒桌上说了什么，有没有说错话。

没有。他一句都没说错。杨伯峻跟他说过的那些话，他记在心里。插剑岭想要的是什么？公平、公正，没有人作威作福，没有人欺负人。他被别人欺负的时候，就是这么想的！

周竞也没醉，送走韩小实他就给老裴打电话：妥了！

老裴听了没头没脑：啥妥了？

周竞说：韩小实已经拿下。他觉得在原平没有做不到的事。

老裴对他的话不感兴趣，韩小实能不能拿下跟他有什么关系？反正他也要下台了。仔细一想，也不是没关系，周竞的一切都跟他有关。想到这里，他说：好，好！在原平，没你周总摆不平的！

10

现在万事俱备，只欠东风。

东风就是选举。选举前,蒋社教代表乡党委跟韩小实谈话。韩小实感到了组织的温暖,这种融入队伍的感觉当老板没有。

乡党委派了一位副书记参加选举会,宣讲选举的意义、纪律。除了老裴,党员们都到了,包括在外打工的。大家依次投票,唱票时杨伯峻凝神细听,直到韩小实全票当选才踏实。

韩小实做了一个热情洋溢的发言。他从刘长顺、韩本彦谈起,一代代人有一个梦想,让插剑岭过上好日子!我韩小实有一点儿在经济领域打拼的经验,一定尽全力让村里尽快脱贫!想起杨伯峻的话,他又说:还要接受群众监督,做到廉洁自律!

党员们热烈鼓掌!接下来,工作队准备村委会选举,杨伯峻忽然接到局办公室通知,明天上午开全局干部大会,工作队全体参加,不能请假。

黄俊涛问:什么会这么急?外面传说崔局长要调走,他正猜测是不是这件事,梅长风的话又让他不舒服:是不是杨局长要扶正了?

第二天回到局里,人们都朝工作队迎过来,拉着杨伯峻的手嘘寒问暖,彼此心照不宣。刚坐下,一队领导进入会场,崔局长走在最后面,坐在最边上。市委组织部常务副部长韩惠先宣布,马明宇同志任科技局局长,众人热烈鼓掌!好些人一边鼓掌,一边看杨伯峻。

散了会,局里人分成两拨儿,一拨儿向新局长靠过去,一拨儿朝杨伯峻围过来。崔局长跟前没有人。杨伯峻打了招呼想离开,听见马局长喊:伯峻!他只好站住。

马局长手牵手把他拽进办公室,说了经过,中心意思是:他在长兴县当了四年县长,没想来这儿,希望他别介意。

杨伯峻说:村里脱了贫,我也该退休了。

马明宇说：老兄高风亮节！

新局长这是谦让的意思，想到黄俊涛和梅长风、江小童还在等他，杨伯峻告别马明宇，上了车，四个人商量什么时候回村，又接到局办公室通知：明天上午局领导班子开会。

临来他们还准备办一件事，从原平到容易市的国道不经过月亮湾，杨伯峻跟县里提议：把国道往北偏一点，就能带动插剑岭周围五个乡的经济发展。下午杨伯峻去了市发改委，发改委主任答应和他一起跑省里。

第二天局领导班子开完会，马明宇又单独征求杨伯峻的意见，问还有什么困难，杨伯峻说有困难再汇报。

黄俊涛和梅长风、江小童已经先回到村里。看黄俊涛情绪低落，梅长风也不愿说话。江小童找不到话题，一个人回到屋里读加缪：

> 深刻的情感，如同伟大的作品，比其有意表达的意义，总是涵盖得更多。内心始终不渝的活动或反感，继续存在于办事或思想的习惯中，这种恒定性所导致的后果，心灵本身全然不知。伟大的情感带着自身的天地，或可喜的或可悲的，遨游于世，以其激情照亮了一个排他性世界，在那里又找回了适得其所的氛围。

这是在说杨伯峻吗？多么像！她想，应该让黄俊涛看看这一段。所谓深刻的情感，以前觉得很遥远，现在发现真实地存在着。她愿意沉浸在书里，不然，这些熟视无睹的事例她理解不了，也就找不到意义。

11

杨伯峻刚回村，碌碡就来了。

一进门笑着说：有一个好消息，还有一个坏消息，你们想听哪一个？

杨伯峻说：好的坏的都听，先说好的吧！

碌碡说：刘根生站起来了！

杨伯峻蹦起来：真的？奇迹！说完要去看刘根生。

碌碡说：现在还不能去。

杨伯峻问：为什么？

碌碡说：他是背着我们站的，连家里人都不知道。

杨伯峻问：你怎么知道？

碌碡说：我从门缝里看见的。他扶着墙，两条腿直打哆嗦，站了不到半分钟就倒在地上。过了一会儿他爬到了轮椅上，我走进去，他跟什么也没发生一样。

杨伯峻问：能站起来是好事，为什么瞒着别人呢？

碌碡说：这就是奇怪之处。刘丙瑞说他以前也站起来过，也瞒着家里人。刘丙瑞还以为他鬼魂附了体。

杨伯峻想，刘根生的事恐怕还有隐秘情节。他问：坏消息是什么？

碌碡说：二来要竞选村长！他说我是现任村长，又没犯错误，凭什么不能竞选？村里也有人支持他。

杨伯峻和乡里研究时考虑过二来，他跟老裴不一样，老裴岁数大了，后来又发现有经济问题。二来年富力强，村里的黑账压根儿不知道，不许他竞选理由不充分。是他提出不参选的，说当村长这些年不能出去挣钱，不划算。杨伯峻跟他谈过一次，他说得很坚决。时隔几天就变了。

杨伯峻说：没人反对他参选。

碌碡说：这会儿他正四处拉票，声称比曹志军票数多。

把曹志军推为村长候选人，杨伯峻跟韩小实商量过，两人又一起征求了乡党委的意见。打算先把曹志军选为村长，过了党员预备期，再增补为党支部副书记。

想到这里他问：韩小实这两天在村里吗？

碌碡说：他回公司了。二来四处拉票，他大概也知道。

杨伯峻又问：你觉得二来能选上吗？

碌碡说：裴家人大概会选他，不是冲着他，是冲着老裴选的。不怕你笑话，我也悄悄卜了一卦，卦象挺奇怪，我功底浅说不清楚。

杨伯峻笑一笑把话题岔过去了。他不愿意附和封建迷信的东西。

晚上，韩小实回到村里。他原来的老房子还在，只是太旧了。最初确实想在沟口盖一处房子，至少不能比老裴的房子小，杨伯峻跟他谈了后，他把念头打消了。杨伯峻建议他把房子重修一下，他摇着头说：在老房子里住着好，忘不了过去。

杨伯峻问他村里这几天有什么变化，他说：二来要参选，是老裴在后面鼓动的，支部选举前老裴就往前推他，说裴家人都支持。他跑了几家，都很冷淡。这几天听说他又不选了，跟郝宝贵、郝宝石几个人往前推邹进贤。邹进贤还没拿定主意。

看到韩小实知道的比碌碡多，杨伯峻放心了。

第二天，邹进贤找到村委会，问：杨局长，村长是一个候选人，还是几个？

第十章 · 刘会计　　413

杨伯峻说：候选人没有名额限制，符合条件就行。

邹进贤说：你看看这个。说着递上一封三十多户签名的推举信，推举他为村长候选人。杨伯峻平淡地收了信，说：好，村里研究一下。

晚上工作队召集村干部开会，研究邹进贤的事。

梅长风说：候选人虽然不限名额，也不能谁想竞选就竞选，符合条件的才可以。比如，参加竞选的起码得不自私，真心实意给群众办事。咱们调查每户收入时，邹进贤弄虚作假，欺骗村里，这样的人怎么会真心实意给群众办事？

杨伯峻说：不让他参选，他也不服。

韩小实说：让他参选，他也选不上。

黄俊涛说：那怎么这么多人推举他？

韩小实说：这就复杂了。

听说邹进贤给这三十户送了不少东西，没有证据，在会上不便说出来。杨伯峻说：这三十户也不见得真心拥护他，既然他提出来，咱们就同意，免得给他落下话把儿。

黄俊涛也说，应该给他个机会，选不上他就死了心。

最后定了两个候选人，一个曹志军，一个邹进贤。

村委会选举比支部选举复杂，村委会是全体村民投票，要提前印制选票。工作队刚在县里印了八百五十张选票，邹进贤又找到工作队，说不想参选了。

杨伯峻问：为什么？

邹进贤说：家里人不愿意，嫌耽误家里活儿。

杨伯峻说：你要求竞选，还有三十多户人推举，怎么说变就变呢？

黄俊涛说：选票都印好了，你一变还得重印，这笔印刷费谁出？

邹进贤发了一会儿呆,说:那我再想想!

昨天腊梅把他叫到家里骂了一通,说:二来不竞选,往前推你,你也不动动驴脑子,给人家当枪使。

邹进贤说:二来讲裴家支持我。

腊梅说:他又不是裴家的,咋知道?听说你找了三十多户推举你,咋找的?

邹进贤说:我给每户送了一袋大米、一袋白面。

腊梅说:你跟工作队要求当贫困户,这会儿又给人送大米,到底贫不贫?我这些年帮了你多少,吃过你一袋大米吗?

邹进贤被骂得一声不吭。腊梅又说:以后少跟二来混,什么好东西!邹进贤离开腊梅家,犹豫了半天,才来找杨伯峻。

选举前,韩小实再一次问邹进贤:到底参选不参选?

邹进贤又改了口,说:选!

村里人知道他要竞选,见了面叫他邹村长。他开始扭捏,后来竟答应。人们议论:邹家的聪明都给了腊梅,她哥连她一半儿的心眼儿都不够。

还有人说,要是刘家出来竞选就好了,可惜刘根生身体不行。马上有人说:我就选刘根生,找个瘫子当村长也比邹进贤强。

到了选举那天,邹进贤早早去了。杨伯峻让人在村委会大院划了四个投票区,每个区设一个投票箱。全村三百一十三户,逐一通知了一遍,还跟在外打工的联系,要求赶回来投票。到了时间仍然有人没到,杨伯峻让任海龙等人再打电话。

江小童查了村里的户口册,全村十八岁以上有七百九十六人。选举前江小童点了一遍名,来的人打钩,没来的画叉。有的家庭大人不来让小孩儿来，工作队说这是选举，十八岁以上才有选举权。十六个孩子不够岁数，被他们赶回去换了大人。选票一发下去有些乱，韩小实台上说话，下面吵成一片。

杨伯峻见几个人在会场上来回跑，问他们干什么，说是替别人代填选票。村里有的人上过小学，实际一个字都不会写，确实填不了。还有人不认识上面的名字，江小童只好一个一个地念。

填写选票时，有人不按主家意思填写，有人站在一旁，逼着主家选邹进贤。主家一生气把选票撕了，说我谁也不选了！

还有人故意什么也不写，全部画叉，弄成了废票。在第四选区，黄兴旺看到郝宝贵来回乱窜，斥责他不是来选举，是来捣乱的。

郝宝贵说：捣乱不捣乱，你又不是村干部，轮得着你管我？

黄兴旺一气之下要揍他，郝宝贵说：你过来试试，老棺材瓢子不想活了！黄兴旺抡着拐杖走过去，梅长风赶忙拉开了。

工作队维持好秩序，指导大家排队投票。计票过程漫长，老人们眯着眼睛打盹，年轻人说笑打闹，女人们一直看着办公室，议论谁最有可能当选。看到结果迟迟不公布，一个老人说：一个村的票咋数这么半天，来回数四遍也数出来了。

过了一会儿，监票人出来宣布：本次选举应到796人，实到724人，共发出选票724张，收回724张，选举有效。接着清了清嗓子，又说：曹志军得票317张，刘根生得票239张，邹进贤得票106张。无效票62张，其中有两张撕毁的票。

三个人票数都没过半。邹进贤听到自己才一百多票，有些扫兴。听到都没有过半，又打起了精神。

杨伯峻讲话，说：今天选举反映了群众的态度，村党支部和工作队会确定下一步方案。具体办法研究后再公布，现在休会。

村里人散去，曹志军垂着头说：杨局长，我给你丢人了！

杨伯峻说：你票数最高，没过半数是我们工作没做好。

韩小实也说：以前没组织过选举，以后就有经验了。

乡里得到消息，派人来了解情况。县委组织部和扶贫办不知怎么知道了，也打来电话要情况汇报。梅长风说：插剑岭这回名声出去了！

县、乡两级不好意思批评工作队，把矛头对准村里，韩小实一上任就四处做解释。看到韩小实压力大，杨伯峻主动找蒋社教承担责任，说：我工作没做好，主要责任应该我负。

蒋社教问：邹进贤一百多张票怎么来的？

杨伯峻说：他花钱给一些人送了大米、面粉，老裴也在背后推波助澜，还有郝宝贵、郝宝贵兄弟俩帮他拉票，跟二来走得近的也投了他。

蒋社教问：一个残疾人怎么也得了好多票？

杨伯峻说：候选人里没有刘根生，是群众自发选的，主要是怀念刘丙瑞执政时的廉洁。还有人被郝宝贵逼着给曹志军画完叉，郝宝贵一走开又给邹进贤也画叉，或者胡乱填写，出来了六十多张无效票。

最让杨伯峻被动的是，曹志军不肯再参选了。韩小实谈了几次，杨伯峻又找他谈，仍然打退堂鼓。村里一时找不出合适候选人，杨伯峻很着急。他一着急就便秘，一连三天拉不下来，肚子憋得难受，清早一个人开车去了县医院。在门诊大楼前，看见蒋社教。杨伯峻简单通报了情况，蒋社教说：插剑岭的担子比别的村重，最好还是让曹志军上，咱们找不上更合适的。

杨伯峻说：正给他做工作。

蒋社教说：他不想选，大概是顾忌刘根生，你让刘丙瑞跟他谈谈。

一句话点醒梦中人。回到村里，杨伯峻立刻找刘丙瑞，进了门，看到一家人正围着轮椅，鼓励刘根生站起来。

刘根生说：不行，我怕。

碌碡说：我看见你站起来过，这会儿怎么不敢了？

刘根生说：我怕！

碌碡说：我明明看见你站起来过。今天你必须站起来，我忙了这么长时间，一分药费都没收你的，你不站起来对不起我！

看到杨伯峻进来，碌碡又说：杨局长为你操了多少心，今天他来了，你好好表现一下，让领导高兴高兴！

刘根生扶着轮椅一点点往起站，碌碡两手捏着轮椅的刹车，一条腿顶着轮椅，坚持不扶他。他脸憋得通红，两条腿直打晃。过了一会儿终于站直了。

屋里人兴奋地拍手。刘丙瑞老伴在一旁擦眼泪，泪越擦越多，索性坐在地上号啕大哭起来。刘丙瑞握着杨伯峻的手说：要不是工作队，我儿子站不起来。

杨伯峻指着碌碡说：你感谢大夫吧！

刘丙瑞又冲着碌碡鞠躬，说：碌碡，我们一家忘不了你！

看到刘根生两腿打哆嗦，碌碡扶他坐下，说：第一天别站得时间太长，一点点地增加腿劲儿，过几天就能练习走路了。

看到大伙儿高兴，杨伯峻说了来意，希望刘丙瑞劝劝曹志军，刘丙瑞说：你放心，他肯定听我的。

刘丙瑞把曹志军叫到家里谈了半天，曹志军终于同意了。

12

第二次选举前,村里先召集村民小组开会,强调选举纪律,不许私下串联,不许拉票贿选,不许强迫别人投票,发现贿选立刻取消候选人资格。请他们向本小组的群众传达!

听到刘根生能站起来,选他的呼声更高了。工作队只好让刘丙瑞出面做工作,说:他身体承担不了,你们选他把票分散了,反而给组织添乱。大家都点头。

过了一天,裴贵找工作队,说邹进贤送了他两张购物卡,接着其他几户也反映邹进贤找过他们,有的送米面有的送卡。收了米面的听到还有卡,说邹进贤看人下菜碟,主动找工作队反映问题。

邹进贤不承认卡是他送的。杨伯峻说:要是一家一户反映你,可能是诬陷,现在有七八户反映,不承认就说不过去了。

邹进贤说:这是阴谋,目的是不让我选。

卡是县商场的,梅长风拿着卡到商场调查,确定卡是五天前买的,微信付款,微信号就是邹进贤,邹进贤只能承认。怕他以后抵赖,让他写了检讨书,签了名。邹进贤要求在大会上别提贿选,说他是自己退出竞选的。

选举那天杨伯峻给他留了面子,说:邹进贤因为种种原因,要求退出竞选,我们尊重他的选择。

曹志军几乎全票当选,他代表村委会班子讲话,没有豪言壮语,只突出韩小实,说村委会要在工作队和村党支部的领导下开展工作,韩小实是土生土长的知名企业家,相信他能让插剑岭脱贫致富!

工作队考虑到刘根生上次票数很高,安排他和任海龙当了副村长候选人，还从沟底和后沟各挑选了一个副村长，四个人都顺利当选。群众听到刘根生的名字，鼓掌特别热烈。

刘根生听到掌声站起来致谢，脚下没站稳，一屁股坐在地上。碌碡赶紧上前扶。刘根生不让他扶，自己抓着轮椅站起来，看到他摇摇晃晃、努力站稳的样子，掌声淹没了他的声音。

第十一章 三把火

11·

1

选举结束,韩小实沿着大沟走着,心里说:插剑岭,我回来了!

韩家一直灰溜溜的。从小到大他感受着村里的冷漠,近几年在外面被人称为企业家,回到村里仍然是个边缘人。每次回村,司机把他送到沟口,他下了车沿着沟往村里走,觉得又亲切又陌生。今天才感觉这是自己的村子,这条路是自己的。

听到他当了村支书,一些熟人打电话祝贺,有人说得很直白:开矿的都发了大财,插剑岭够你干的!没人认为他是为工作队的信任而来。他说:我不在本村搞项目。看人家不信,他也懒得再解释。倒是周竞说得含蓄:祝贺你,需要我帮忙就说话,咱们有生意一起做,有饭一块儿吃。他不缺这口饭。刚刚签了两个合同,一个是原平通往容易市的国道,一个是康欣大桥,总投资八千万,拿下这两个合同至少两年有活干。

他图什么?没得可图,要的是回村的感觉。退伍时他看望了韩本彦,官至省部级的堂叔离休了,住在一座独栋小楼里。他想让堂叔给县领导打个招呼,安排个工作。堂叔说:我一退,说话也不灵了,你好好做人总能得到承认。

现在他成了插剑岭的当家人,挣多少钱都买不来当家作主的感觉!他能把公司做起来,不信搞不好一个村。他对杨伯峻说:你看得起我,我就试试。年轻人起来,我再交给他们!

他带着杨伯峻来到康欣大桥工地。杨伯峻意识到,他或许心有遗憾,因为这是一种牺牲,他问韩小实:刚上任就后悔了?

韩小实说:没有,不后悔。

杨伯峻说:你不后悔,村里人却在担心。你知道他们最担心的是什么?

韩小实说:他们什么都不用担心。

杨伯峻说:他们想的是插箭岭周围都是大山,山里有矿,有的是发财机会。走了一个老裴,会不会再来一个老裴?

韩小实说:一百个放心,我不会!

杨伯峻说:你怎么让他们放心?

他说:我的公司不跟村里发生任何经济来往,不在这里投资,也不承接村里的工程。哪怕村里人请我,我也不来。

杨伯峻想,这就好,公司跟插剑岭切割清楚,免去了口实。他需要的是一员战将,不是这个将领的财产。

韩小实说:我接任就定一个制度,村里的政务、财务完全公开,花的每一笔钱有来源,有去处。重大事项村干部开会商量,再开村民委员会讨论,每个家族出一个代表。至于我自己,不给村里贴钱,也不占村里的便宜。

他们沿着河边散步,河两岸山峦依次展开,视野开阔。河床中间有一道浅浅的水流。雨季洪水顺流而下,河水能涨到胸口以上。这里过去有一座木桥,"文革"时修成了水泥桥。规划中的康欣大桥是一座斜拉桥,跟通往深圳的高速公路汇合,成为大动脉的一部分。

杨伯峻心情舒畅、脚步轻捷。韩小实肯对他承诺,是信任,也是回报。他为改选做了很多工作。刘会计交出了秘密账册,一切真相大白,这对韩小实是有利的,插剑岭将进入一个新时代。

村里人见到韩小实很殷勤。三顾茅庐的故事都知道,他们对新班子寄予希望。除了刘丙瑞兄弟俩,谁上台都没这么顺利过。看着村里人的笑容,韩小实由衷地感谢杨伯峻。

2

裴学锋是下午四点被带走的。

警车开走后老裴从家里出来，看见桂芬哭得肥肉乱颤，老裴说：回去吧！

桂芬号啕：叔，你不能不管呀！

老裴说：管！说完扭头走开了。

他看见杨伯峻去了刘丙瑞家。刘根生能走了，村里人跟过年似的。四十多的人才学会走路，有什么可高兴的？

不管他多想得开，也难以排解。他低着头往家里走，走到一半又调转方向往沟里走，想跟腊梅唠一唠。腊梅撩起门帘把他让进家，脸一直冲着墙壁。待了好一会儿她才拿起暖壶，给他沏了一壶茶。炕桌已经摆上炕，老裴像往常那样盘腿坐着。她把烟灰缸和云烟拿过来，他拿起了烟袋。这里跟他的家一样，他的财产在家里，精神在这里。

他抽烟时她一直倚着柜子站着。沉默了好久，他说：你咋不问我？

她说：问啥？

他说：他们都上台了！

她说：早晚有这一天，谁都一样。

他说：我惹谁了？插剑岭没富，他们能弄富吗？杨伯峻来了这么长时间，不就建了个养猪场，村里得着了什么？

他拍着炕桌骂杨伯峻，骂蒋社教，骂韩小实，骂所有能想到的人，包括他的侄子。他说：韩小实是什么东西，地主！他要不出去当兵，我让他一辈子抬不起头！杨伯峻跟他穿一条裤子！蒋社教也不是好东西，我给过他钱，刘铁山一调走他就退给了我！

女人在柜边抽泣。他停了骂，拿起烟袋。点烟时他的手哆嗦，划了好几根火柴才点着。女人说：你当了二十八年，也该换换人了。

他说：我当一百年！

女人说：那你先活一百年。过了一会儿她又说：想活一百年就别生气，刘丙瑞、李沛义都当过支书，后来都不当了，又不是你一个。

老裴不再说话。

女人开了电视，又倒上水。说：你看会儿电视，我做饭。

女人做饭时老裴盯着电视，实际上什么也没看见，脑子里都是刘会计和裴学锋，坏事就坏在他俩身上。

女人端上菜，又开了一瓶五粮液，说：你喝着，我下完面就过来。过了一会儿，她走过来跨坐在炕边，给老裴倒了酒，又给自己倒上。男人活着时老裴也在这里吃饭，男人回来了男人陪，男人不回来她陪。老裴说她做的饭好吃。男人死后，老裴来得越发勤，有一回他喝多了，晚上不走。她说：夜深了，你回吧！

他说：不着急。

她说：你不着急，我还着急呢！白天干了一天活儿，早乏了。他站起身往外走，走到门口突然回身抱住她。

她推开了他。老裴说：你怕啥？

她说：不怕啥，我有男人。

老裴说：不是死了吗？

她说：在我心里活着呢！老裴松开了手，挺扫兴的。

村里人说她男人窝囊，一辈子活在老婆衣襟底下。老裴不信比不了一个死去的人。男人活着时他常来，没见她在意过，现在咋变了？

他好长时间不去她家，两个人在街上看见也躲着。她躲开的背影打动了他，让他在深夜里心痛。他又来到腊梅家，他们像以前一样闲聊。他再没有非分之想，觉得这么着也挺好，两个人相好，又干干净净的，没有负担。

他喝着酒，跟腊梅说刘会计的事。腊梅问：你咋知道证书是刘会计塞进去的？

他说：除了他没人进过办公室。

腊梅问：你问的谁？

他说：工作队那个小丫头，刚毕业的学生，还没学会编谎呢！

腊梅说：要是别人去了她没看见呢？

老裴说：村干部才有钥匙。

腊梅没再说什么。老裴琢磨出来怀疑错了，万一不是刘会计呢？不过，他不后悔，到了这时候，后悔有什么用？他跟腊梅喝了好些酒，说了一肚子话，觉得把想说的都说了。吃完饭他要走，腊梅拦住说：别走了！

轻轻一句话听着像炸雷。他猛地抱住她，搂了好半天才说：我还是回去吧！

女人嗔怪地说：这么大一盘炕还睡不下你？

这是他第一次在这儿过夜，有些感动。腊梅身上热乎乎、肉滚滚的。他很激动，想哭。太激动反而什么也干不成，腊梅不埋怨他，只是搂着，陪他一直到天亮。

清早回到家，老婆没问他去了哪儿。她猜出来了，不想问，也不想管。当了二十八年支书，他没有一个贴心人，包括老婆。老婆不是不敢管，是把他放弃了。儿女都在外面，侄子被抓。刘丙瑞在找律师，背后肯定是杨伯峻。裴学锋案子太多，一时很难放回来。他还有谁？只剩下了这个老婆！别人家老婆熬成了老伴，他的老伴成了路人，两个人平时谁也不理谁，多看一眼都觉得腻歪。

没腊梅，他的家不会这样。他离不开腊梅。蒋社教刚调来时村里人告他，蒋社教想改选。他急得团团转，腊梅问：你不是认识刘铁山吗？

他说：周竞领我去过一回。

腊梅说：周竞能借刘铁山的力，你为啥不能？

几天后他去了县委大院，对门卫说：我是刘书记的朋友。

见了刘书记，他一句不提要求，只说村里的工作。刘书记说他素质高，其实是腊梅教的。后来他不去办公室了，直接去刘书记家。一个村支书能在县委书记家进进出出，消息很快传开了。乡里再没找过他麻烦！

刘铁山调走时他想去送，腊梅说：别去。

他问：为啥？

腊梅说：他心情好不了，你还是躲着点儿好！

他问：提拔到省里了咋会心情不好？

腊梅说：这还不明白，官大了，权小了。

他问：乡里对我会不会变？

腊梅说：一朝天子一朝臣，时间长了肯定不一样。

一大半事让腊梅说准了，这就是他离不开她的原因。

第二天他又来到腊梅家，想弥补昨天的遗憾。敲了敲门，没人应。给腊梅打电话，腊梅说她去了亲戚家。当时他没想什么就回了家。

过了几天他又来腊梅家。大门仍然关着，给腊梅打电话，腊梅没接。他明白，腊梅不是去了亲戚家，是把这个门永远关上了！

返回时，他觉得一个村的人在看他，就像当年看他给腊梅挑水。村里人早明白了，只有他不明白。他想起那天腊梅铺好了炕，两个被窝挨着，枕头贴着枕头，当时他心里多热啊，觉得这一辈子值！哪想到人家是跟他告别呢？

3

刘根生一早来到村委会，他不用别人推轮椅了，用两只手扶着轱辘走。

他也是副村长了。杨伯峻跟他谈话，说他的任务是治病，身体好了再工作。他是个急性子，恨不得马上健步如飞，也恨不得村里立刻变样儿。新班子成立了快一个月，韩小实还没拿出具体措施。新官上任三把火，他比韩小实还着急。

他问：杨局长，咱们到底咋办，天天这么耗着哪行？

杨伯峻也着急，韩小实上任后起草了一系列规章制度，正请大家提意见。村里的经济还没有着落。杨伯峻问，韩小实说我正找项目。在别人看来他是老板，找个项目很容易，其实不是那么回事。

杨伯峻说：根生，你先治病，身体好了再帮韩小实。

刘根生叹了口气，说：我天天练，还是不行。

杨伯峻说：我岳父得过一次脑梗，开始也走不了。家里人不让他坐轮椅，逼着他走，慢慢身体就恢复了，能跟正常人一样活动。

刘根生摇摇头，能站起来了，他反而没了信心！

杨伯峻在市里联系了一家康复医院，让梅长风带着他去看。医生给他全面检查，制定了康复计划。他问了问花费扭头就走。杨伯峻给妻子打电话，问能不能帮着在公司申请一笔资金。妻子没答应。周竞不知道从哪里得到消息，说愿意出钱。刘根生得知后倔倔地说：用不着！后来又跟刘丙瑞说，刘丙瑞也不愿意。

周竞又找韩小实，韩小实知道怎么回事，说：算了吧，这么多贫困户你帮得过来吗？事情不了了之。

村里刚换了会计，韩小实着手发展新党员，第一批八个人写了入党申请书，年纪最大的六十二岁，最小的十七岁。人们说：总算能申请入党了！

村支部讨论决定，先发展曹志军和任海龙，两人的入党志愿书报到乡里。有人问：能不能从在外打工的人里发展党员，把他们吸引回来。杨伯峻说：这是个好主意，不过吸引人还得靠项目，没项目回来了也待不住。

这一说韩小实沉默了。他找商界朋友聊过，都认为应该走城镇化道路，插剑岭的贫困户大部分在沟底和后沟，把那里的农户搬到沟口，自然就脱了贫。贫困户原来住的房子还可以搞成旅游民居。

只是这么多人搬迁，钱从哪里出？

把沟口公路两侧扩建成小城镇，不是一时能做到的。他想让县里的老板到插剑岭投资，把农户从土地上解放出来，老板们都不接话茬儿！后来才知道人家认为插剑岭是周竞的地盘，不想得罪人。

迟迟没有举措，村里人渐渐显出不满。曹志军忍不住对杨伯峻说：韩小实到底打的什么主意，也该跟咱们通通气吧？

杨伯峻说：他比咱们着急！

两个人找到韩小实，韩小实说：我这些日子一直在想办法。想发展先得有人，一个村老的老小的小，谁当书记也发展不起来。

杨伯峻说：想让外面的人回来，就得有项目，能在村里挣钱。

韩小实说：目前一时找不到大投资，只能考虑一些小项目。我想了两个办法，一是扩大养猪场，二是在沟底搞一个养牛合作社，组织村里人养牛。裴庆有经验，让他张罗这个事。

杨伯峻有些失望，说：这都是小打小闹。

韩小实说：投资是冲着利润来的，不挣钱待不住，挣了钱村里人议论就多了。

县里的企业不敢来，是怕动了周竞的奶酪。这个情况他不想跟杨伯峻说。最近周竞让人给他带话，说有一个合适的项目愿意到村里投资，他没有接茬儿。周竞醉翁之意不在酒，他看得很清楚。

杨伯峻说：养牛也不错，我跟裴庆了解过，没风险。至于扩建养猪场，咱们得一起找尔雅。不管怎么说，班子有行动，村里人才有信心！

第二天，他带着韩小实和曹志军一起找裴庆。裴庆两口子正铡草，看他们来还以为是催缴管理费的。韩小实说明来意，他松了口气，说：我养了八头牛，脱贫任务完成了。

韩小实说：想让你带着别人脱贫。

裴庆说：我又不是干部。

韩小实递给他一支烟，他勉强接了。

他心里算账，养一百头牛，光买小牛得花七十多万，他拿不出来。看他不言声，韩小实让他先去沟底看看。大部分住户都走了，剩下的十四户将来要搬到沟口。这么多空院子闲置着岂不可惜。

裴庆说：好些房都快塌了，维修得花多少钱！

韩小实说：村里打算成立一个养牛合作社，每家养十头牛，沟底十四户就能养一百多头牛，相当于一个小型养牛场。咱们的目的是把壮劳力吸引回来，让每家增加收入。

裴庆说：只要不用我出钱，我就跟着干。

杨伯峻说：我们想让你当个领头的，带着大家干。

裴庆推辞了几句，最后答应了。

村里召集沟底的群众开会，征求大家意见。人们不知道什么叫合作社，问：是不是又要搞合作化了？韩小实解释了半天，好些人仍然有疑虑，只有六户答应加入养牛合作社。

曹志军和任海龙等人有些失望，杨伯峻鼓励他们说：六户也不少，当年跟着游锡五干的还不够六户呢！

韩小实也说：这六户挣了钱，别的户就养了。

六户人家养六十头牛，裴庆自己养二十头，八十头小牛需要五十多万元。韩小实找了原平信用社，老总答应贷款，韩小实让自己的公司做了担保。

一些打工的听到消息回了村，不少人找韩小实，说也想养牛。韩小实说：你说晚了，我们就给六户贷了款，没法增加了。

村里越不答应，人们越要争，后沟和沟里的人纷纷找韩小实。这一来沟底的人也改了主意，都想养牛。

杨伯峻跟韩小实商量：沟底还有一些空院子也可以当牛圈。这么又增加了九户，再增加就困难了。韩小实对村里人说：实在没地方了，明年再说吧！

有人不满，说：请回来一个企业家，以为他多大本事呢，想养个牛都不行。

杨伯峻说：养牛不行，让你养猪。他又给养猪场打电话，尔雅刚从外面回来，杨伯峻把他请到村委会，说了想让养猪场扩大产能。韩技师以前就想再建一个种猪繁育中心和饲料加工厂。尔雅当时跟村里说，老裴说没有空地，这事就放下了。

韩小实说：养猪场两边就是山坡地，足够你们用的。

尔雅说：老裴说给了诚兴公司。

韩小实看了曹志军一眼，问：有这回事吗？

曹志军说：我不知道。谁都没见过诚兴公司的人，也没见过合同。

韩小实说：我查一下，没有合同，我们就把地给你。十年内不收土地使用费，但是有一个要求，必须从本村招工。

尔雅说：那没问题。

尔雅走后，韩小实翻了村委会的几个抽屉，没找到合同。刘会计被纪委叫走协助调查，刚放回来，听到村里来电话吓出一身冷汗，茫然说不知道有这回事。杨伯峻又给老裴打电话，老裴开始说记不得，后来又说诚兴公司曾想收购养猪场，没谈成。

韩小实在县里打听，谁都不知道有这个公司。

尔雅开着车回了市里，跟姚红玉汇报。

养猪场的第一批猪要出栏，恰好赶上价格一路下落。尽管对养猪的盈亏周期有一定了解，一上来就赔钱，终究不是好事。姚红玉不高兴地说：行情这么不好，还扩建干什么？

尔雅说：行情越不好，越得抓种猪。养猪场不用自己的种猪，等于把一半利润给了别人。

姚红玉说：我那时从外面买猪仔，一样挣钱。

尔雅说：你那时养猪稳赚，现在市场忽上忽下是个高风险行业，不把产业链补全，抵抗不了风险。

姚红玉消了气，问：得投多少？

尔雅说：韩技师估计得三百多万。

姚红玉说：这么大投资，以后得先跟我商量。

尔雅说：你说过养猪场规模越大效益越好，趁着村里支持，我还想再建个饲料厂！饲料除了自用，多余的出售，能带动村里种植玉米。

姚红玉觉得这个稳赚不赔，同意了。

回到村里，尔雅又找杨伯峻和韩小实。杨伯峻说：行情确实低迷，不过最近开始回升了。市第一冷冻厂厂长是我的亲戚，回头我帮你联系，争取一个好价格。

尔雅一高兴，答应饲料厂建成后只从本村收购玉米，收购价比市场略高。

4

养猪场被姚红玉收购后，周竞好些天阴着脸。听到韩小实要当支书，他又约韩小实吃饭。韩小实上台就得抓经济，恐怕首先得发展旅游。他想占一个先机。

村里一改选，他就约一家旅游公司老总吃饭。老总姓罗，以前见过几面。第二次吃饭他才谈了自己的想法，双方合作成立一家旅游公司。

罗总说：周总大名鼎鼎，我们求之不得呀！

周竞说了一番宏伟设想，罗总听了摸不着头脑，想：我就是干旅游的，干吗要在当地再成立一个旅游公司。周竞说新公司由他出资百分之五十一，由罗总担任董事长，他派一个下属出任总经理。

罗总意识到他想控股，又不愿公开露面，打算把这边推到前台，就说：我只能派一个副总，还是你们出任董事长吧！

周竞没反对，说：我想在原平一带发展旅游，重点在插剑岭。

听周竞说出插剑岭，罗总才明白是个坑，赶紧说：我们公司业务重点不在村里，我手下也没有得力的人。我给你介绍一个，让他跟你合作怎么样？随即将侯总介绍给他。

侯总以前就是周竞的手下，常驻东南亚销售肠衣，原平人不知道他。前几年他曾出去单干过一段，现在是周竞的一个部门经理，对外说是公司。这些情况罗总都知道，却假装不知，故意把他们两个人往一块儿捏。

周竞不满意，回到公司又想这未必不是个办法。新公司在容易市注册，侯总出任董事长兼总经理，罗总派了一个快退休的担任副总，实际上并不管具体事。

注册手续办完，周竞对侯总说：明天，咱们一起到山上看看。

清早，他们和主管矿井的副总开车走另一条道上了插剑岭。这个矿侯总以前来过，知道是个生钱的洞。他一度想管这个矿，跟周竞说，周竞没答应，他便生了单干的心。在外面栽了跟头回来，在周竞面前一直赔着小心，看到周竞不计较，心里充满感激。

矿井早已停产，设备需要定期维护。侯总不明白周竞为什么带他上这儿来，也不敢问，只是看周竞。

周竞告诉他，新公司主要做乡村旅游，业务就是插剑岭一带。

侯总说：太小了吧？他觉得这里做不大。

周竞说：我想开发的不止是山上，还想把插剑岭开发出来，建一个旅游小镇。他把整个设想说了一遍，只字没提眼前的铁矿。侯总脑子很活，却没有能力把两件事联系起来。

周竞对山上各个景点都很熟，居高临下指指点点，宛如下一盘大棋。侯总开始附和，后来跟着激动起来。周竞给他定的薪水不低，他愿意把公司做好。他以前在东南亚卖肠衣，收入并不高。

碌碡正在山上采药。远远看到几个人在半山坳里，他隐约认出是周竞，心想：周竞来这儿干什么？都说周竞是这儿的老板，以前从没有来过。当下打电话跟梅长风说了。

梅长风对杨伯峻说：我带几个村干部上去看看。

杨伯峻摇头，觉得这层窗户纸先不捅破为好。

梅长风说：要不，让韩小实去。

杨伯峻又摇头。纪委还没有审查老裴，村里不便操之过急。老裴的问题一查清，其他问题将迎刃而解，用不着打草惊蛇。

5

《原平县志》记载，一九二八年七月游锡五来到插剑岭，跟他一起来的还有两个人，一个叫普凯，美国农学家，另一个是崔玉俊，普凯的学生，也是原平县人，祖父当过原平知县。

普凯想在北方做农业调查，崔玉俊便把游锡五介绍给了他。他们坐的马车是木制车轮，外包铁皮，铁皮上钉着密密的铁钉。车腹下挂一个陶瓷油瓶，俗称鸡腿瓶。每到中途休息，马车夫取下油瓶往车辖辘里加油，类似给汽车加机油。马车上有一个轿房能遮挡风雨。

这种车一匹马拉足够了，游锡五用了两匹。轿房是新的，两匹马额头拴着新买的红缨子，足够耀眼。一进村，他们看见一个妇女在村中心跳神。那是腊梅的太姥姥，大名江乃花。这里人得了病一是找慈家开方子，二是找江乃花跳神。找慈家看病贵，跳神花钱少。慈家只能看病，江乃花除了看病还能消灾。

跳神就是和神对话。第一步先由江乃花把天神请下来。神从天而降并不落地，由江乃花向神供献祭品后缓缓落下，江乃花叩拜，询问天神这家犯了什么罪，触怒了何方神灵，天神上天庭询问后再返回来答复。如果下来的神仙恰好就是那个降罪的，就可以减少这个步骤，直接询问如何挽回，江乃花按照神的指引，引导病家赎罪。

能跟天神对话的神婆全县不超过十个，月亮湾经江乃花治过的病人不计其数，神经错乱者大部分是她治好的。得这种病的往往家庭富裕，西医统称为癔病，现在则称为抑郁症。江乃花怀揣一根磨得雪亮的铁针，一番手舞足蹈后朝天翻白眼，嘴里念念有词，跟神聊了一会儿，掏出铁针照着病人肚子扎去，病人经此刺激，立刻就正常了。

这些乡间陋习让游锡五羞愧，普凯却看得津津有味。事后他告诉游锡五，在南方也看到过类似场景。

崔玉俊是个身材高大的小伙子，他们住在韩家。韩家的女人互相咬耳朵，说崔玉俊的中分式发型好看。岁数大的女人问崔玉俊年龄，有没有成家，崔玉俊一一回答。

游锡五是来宣传革命的。崔玉俊想帮助农民改进生产技术，中国落后是技术落后，革命解决不了这些问题。他认为宣传革命，不如帮助农民育种。他从北平背来几十斤白马牙玉米种，这种玉米棒子穗大，籽粒饱满，吃起来口感也好。到了秋天，产量提高百分之二十六。他还带来了烟草种子，产量也提高不少。

韩家有骡马九匹，驴十二头，耕牛十七头，这么多牲畜仍然不够用，因为长得瘦小干不了多少活儿。崔玉俊要求到牲口市场挑选健壮公畜，单独喂养，培育种畜。这一时成了笑谈。哪个人得意了，村里人就说：该让崔先生单独喂你！韩金定也把这当成了笑话，不过他的几个儿子认为可行。韩本彦跟着崔玉俊去集上买牲口，韩金定不肯出钱，崔玉俊自己出钱垫付。

这里施肥只施一种肥，不知道改良土壤。土壤里某些营养素过剩，某些营养素长期缺乏。崔玉俊给农民讲粪肥和草肥的区别，讲钾对植物的作用，豆科植物为什么能够固氮，也讲如何发酵粪肥，跟草肥结合使用。

他八岁跟着祖父去了安徽，南方水系遍地，种子播撒到哪里，水跟到哪里。插剑岭十年九旱，一家一户很难兴修水利，韩家也做不成什么。

白天他们教孩子，晚上给农民上课。农民夜校吸引了很多人，天刚擦黑时，游锡五教农民们识字，接下来崔玉俊教他们育种、施肥。大部分农民是韩家的佃户，对韩家有利。韩金定没有赶走游锡五，也是因为舍不得崔玉俊。

到了深夜，游锡五讲孙中山，讲列宁，讲俄国十月革命。他告诉村里人，人与人应该平等，土地是天下的土地，应当耕者有其田。这些话比育种还吸引人。

那时，每家每户都穷得惊心。除了韩家，所有人家都是低矮的土坯房。韩家窗户大，中间镶了一小块玻璃。村里其他人家窗户很小，上面糊了一层麻纸，隐隐透过来一点阳光。夏天窗户吊起来，燕子能自由飞翔出入。冬天屋里进不来阳光，异常潮冷。房上没瓦，为了保暖房顶铺上秸草，再盖一层牲畜粪压住。土匪侵扰，很容易放火点燃。

有的农民穷得没有被褥，拥着柴草睡觉，这是崔玉俊无法想象的。他们想到刘长顺家看看，刘长顺不让。有一次他们路过进去了，刘长顺脸腾地红了。他十三岁的妹妹还光着屁股，看到他们进来慌忙钻进被子里。村里两三个孩子穿一条裤子的不少，出院才穿裤子。大部分家庭愿意让女孩儿嫁到婆家当童养媳，少了一口人吃饭。十四岁出嫁是最大的。

刘长顺的难堪他们看在眼里，游锡五把自己的裤子送给了他。刘长顺眼泪都下来了，他豁出命也要跟着游锡五干。游锡五认为，农民暴动应该马上进行，再不能拖延了。

崔玉俊觉得革命无益于提高技术。游锡五说：仅靠改进技术解决不了贫困，没有土地，农民永远翻不了身。插剑岭百分之五十二的地集中在韩家，还有百分之十四在教堂，自耕农连百分之三十都不到，即使提高了技术，得利的也是地主。至于改良，康有为已经证明走不通。他给崔玉俊算了一笔账，现在的地租比合理租金高了百分之四十，农民越种越穷。

崔玉俊说：不合算可以不租嘛！

游锡五说：土地在地主手里，佃农没有定价权。我是地主家庭出身，比别人看得明白。土地是租来的，农民不可能改造土壤，地主意愿也不强。他们下一年还不一定能租上，怎么会给别人的地改良土壤？至于兴修水利，更谈不上了。

崔玉俊把他的苦恼写信倾诉给老师，问美国怎么解决这些问题。普凯回信说，美国的大型农业公司不适合中国，中国农业人口多，大公司会让农民失业，成为流民。中国应该把农民联合起来，搞农业合作社，地主以土地入股，农民以劳力入股，没有老板，没有雇工，合作社的管理者由农民选出，定期改选，这就保证了成员的平等。

这些往事韩小实是听韩本彦说的。退伍前，他在韩本彦家住了三天，想让堂叔给他找工作，却听了一肚子故事。回到村里，他不断回想堂叔的话，觉得有道理。

他要搞的农业合作社跟五十年代不是一回事，跟普凯说的也不一样。它不是公司，是以具体项目形成的农商结合体，既包括生产也包括销售。

当年韩金定曾想辞掉游锡五，把学校交给崔玉俊办。崔玉俊拒绝了。韩金定又跟他探讨怎么发家，韩金定的目标是赶上娘娘宫村的马子悦。

马子悦手段太狠，早晚遭报应。他说：你在外面见多识广，给我想一个办法。

崔玉俊想起了农业合作社，他说：现在的地租制度使农民越来越穷，不少半租户会成为完全佃户，土地会越来越集中。

韩金定问：你不就是说地都到了我家了吗？

崔玉俊说：是这个意思。

韩金定说：那是好事啊！

崔玉俊说：对你是好事，对别人不是！

韩金定说：我为什么要管别人？

崔玉俊说：农民不能富裕，地主也不可能长久。就像你说马子悦，早晚要遭报应。

韩金定皱起眉头。

崔玉俊说：在农业合作社，以前的佃户变成了合伙人。跟地主不再是雇佣关系，他们都是平等的。

韩金定想了想说：你绕了半天就是一个意思，地是我的地，佃户比以前挣得多，还想管我。对不对？

崔玉俊一时不知该怎么解释，说：效果就是这样！

韩金定笑了，说：你这是给我出主意呢，还是坑我呢？

崔玉俊说：按这个办法你家挣得更多。土地以合作社经营，可以进行技术改良，土壤改造，种地不再完全依赖人力，大量采用机器。种种好处，是你想象不到的。

如果韩金定采纳了，后来就不会被定为地主，几十年后韩金定明白过来——年轻人比他有远见。

韩金定没听懂的道理，游锡五听懂了，他认为无论公司还是合作社，

第十一章·三把火　439

都没有改变一个现实：土地集中在少数人手里，农民没有土地。合作社即使选举，选出的仍然是地主。原来的地主不过是改了名字，成了农场主。

崔玉俊跟着普凯去过美国，他说：美国人行，为什么到了中国就不灵呢？

他们从早饭一直争论到晚上。韩本彦在一旁听，觉得他们说的都有道理，哪一种办法都比现在强。韩本彦后来跟韩小实说起合作社，替自己家惋惜，由于贪念，他们错过了跟上时代的机会。办农业合作社的念头，就这么在韩小实头脑里形成了。后来他想投资办一个大型农业公司。无论跟哪一级干部说，人家都不反对，也不会热心支持。有的干脆说：你的步子太快了！

他问：怎么做就不快？

对方回答：跟周竞学，做周竞那样的企业家。

找一个官员做后台，把利益结合到一起，这就是周竞！他学不来。

他做了一个梦。梦见韩景德在院子里走来走去，狗一直狂吠，鹅张着翅膀扑过去。韩景德拉住他，说：叔跟你有话说！他往屋里走，走到门口见韩景德还在原地，问：你咋不进来？

再看韩景德不见了。他醒了，问碌碡这是什么梦，碌碡说：狗冲着他叫，鹅冲着他扑，说明家禽、家畜都没把他当成自家人。

韩小实松了口气。碌碡又说：韩景德算什么，他跟你没多少关系！

八九岁时，他看见堂叔在村子里逛。家里人拿"死不了的"代替他的名字。吃饭时找不到他，问：那个死不了的呢？再大一点儿，听人们说他是汉奸，他见过电影里的汉奸，跟自己家的不一样。

家里的汉奸从来不跟人说话。他有老婆，还是当汉奸前娶的，老婆比他大五岁，他原来看不上，后来却没有离开他。他有一儿一女，女儿嫁在本村，难产死了。儿子为了躲开家庭，招赘到了外面，跟他没有来往。

这个给家族带来厄运的人，除了吃饭、干活，就是在角落里发呆。韩小实九岁时跟着村里孩子到山上玩，见他在山上呆坐。村里孩子啐一口唾沫，离开了。

韩小实见他对着一棵树说话，一个人要多闷才会跟树说话呵！韩小实悄悄跟着他，走到一片枯草丛堂叔停下来。草长莺飞时节出现枯草不正常，下面不会埋着枪吧？堂叔朝他招了招手，他走到跟前，见堂叔把枯草扒开，七八只小兔子挤在一个窝里，兔子还没睁眼，堂叔拿出一只捧给他，他不敢接。堂叔说：拿着吧！他捧起兔子，心里升起巨大幸福感，回过身看着一起来的孩子，想让他们知道他手里有什么，那些孩子已经走远了。他把小兔子抱了一会儿，放回窝里。堂叔说：你看，它们是一个爹娘，小时候就这么挤在一起，长大了谁也不认识谁……

6

刚刚上任不久，饭局上韩小实结识了一位新朋友，是容易市一家旅行社的老总。韩小实随口问道：旅游业好做吗？

罗总说：开始大部分都赔钱。

韩小实问：那你为什么还做？

罗总说：我们进入这一行早，坚持下来了，越到后面利润越高，后期没有大投入，都是收益。

韩小实想，村里要的就是长期收益。

罗总又说：旅游业最大的好处是能改变人。旅游业发达的地方，人的眼界开阔，素质提高，管理容易。现在到处讲城市化，旅游业是一个城市化的行业。

这话打动了韩小实。插剑岭有丰富的旅游资源，除了云生崖瀑布，还有两个较小的瀑布。云生崖瀑布后面有一道峡谷，俗称"一线天"。通往"一线天"的路上还有官印石、东坡桥、抗日边区印刷厂、八路军兵工厂等革命遗迹，既是绿色旅游，也是红色旅游。初算下来，这些景点能把游客留两到三天，两天的餐饮、住宿、旅行能形成一个可观的市场。县委县政府制定了三年脱贫规划，其中就有由财政提供资金，对自然环境好、脱贫难度大的地方进行整体搬迁。他觉得沟底和后沟的民房都可以改造成农家乐旅馆。

罗总说：你们还可以在农家乐里搞养殖，养马，养驴。驴肉涨到八十块钱一斤，游客上山用驴和马，游客骑着，房东拉着，玩的是情调。几天后接到罗总微信，赶回县城吃饭，韩小实问：能不能介绍一家有实力的公司到插剑岭投资？

罗总说：干吗请别的公司，你自己搞多好！从房地产转到旅游很简单嘛！

韩小实说他上任时承诺不介入村里工程，罗总其实早就知道，说：韩总是大情怀，有一家旅游公司也在寻找项目，回头我约他跟你见面。

雅间里坐着一个穿浅色西装的年轻人，扎一条银灰领带。看到韩小实进门，他站起身。韩小实没把他当成老板，冲旁边一个中年男子道歉：对不起，一进市就堵车。站在另一边的罗总指着年轻人介绍：这是风景之华旅游公司的侯总。

韩小实一时尴尬，说：这么年轻，我还以为是老板的司机呢！

中年男子一笑，说：我是司机。众人跟着笑。

侯总说：我也不年轻了，明年就四十。

两个人握手，谦让了半天。罗总不得已坐了主位，说：风景之华总公司在天津，侯总是容易市分公司的掌门。我说了插剑岭的情况，侯总很感兴趣。

韩小实问：侯总能在我们村投多少？他想摸一下对方的实力。

侯总说：投一两个亿没问题。口气很平淡。

韩小实介绍了插剑岭的旅游资源，侯总问这些红色遗址归县旅游局还是文物局管，下一步哪里审批。韩小实愣住了，说：我真不懂这些。侯总便举了几个例子，跟村里谈得好好的，上面突然冒出一个婆婆，把事儿搅黄了。

韩小实听他有些历练，不敢小看。侯总又问村里情况，韩小实说：村里刚换了班子，第一书记是市里来的，我是刚选的支书。

侯总说：太好了，这是有利条件，我想尽快去看看。

韩小实立刻回村布置：第一，改善村容村貌，路要扫净，灯要擦亮，路灯坏了换新的；第二，街边的健身器械还是毕局长安的，坏了赶紧修，修不好的拆走；第三，戏台重新刷漆，坏了的台口、台阶都修好，吊灯换新的。

任海龙自言自语：一个老板来，跟上级检查似的。

韩小实说：上级给不了咱一个亿。

任海龙问：写不写欢迎标语？

韩小实说：写，把气氛造足！

村里还没准备好，侯总就来了电话，问明天去方便吗？

韩小实说：为了迎接你，我们正搞大扫除呢！

侯总说：我也是农村长大的，扫除什么？我明天就去。韩小实只好组织人打扫街道，第二天一早在沟口等候。

侯总下车时，韩小实估计村里还没清扫完，带他先去了养猪场。路上介绍说：这是我们今年引进的项目，他们也打算追加投资，下一步建成北方最大的种猪基地和饲料基地。

侯总要进养猪场，刘海翔让他们先消毒。韩小实给尔雅打电话，说：这是我带的客人，也是企业家。

尔雅说：我进去都得洗澡、消毒、换工作服！染上猪瘟，所有猪都得宰杀，这个后果承担不起。

侯总说：那就算了。

一行人返回沟口，街上已经扫干净了，所有尿旮旯都垫了新土。从沟口走到沟里，从沟里走到后沟，侯总一边走一边照相，不停称赞。韩小实心情越来越好！到了郝宝贵家附近，一股呛鼻的尿臊味儿扑面而来。侯总问：这是哪来的味儿？韩小实脸腾地红了，眼睛往别处看。侯总又问：这是谁家？

任海龙说：这家姓郝。

侯总问：是不是叫郝存喜？

任海龙怔了一下，说：这是郝存喜的孙子，郝存喜早死了。

侯总"哦"了一声走进院里，四下打量。宝贵媳妇疑惑地看着他们，韩小实说：这是侯总，来考察的。

侯总问：你们在这儿住多长时间了？

宝贵媳妇说：这就是我家。

侯总问：你们两口子住了多长时间。

宝贵媳妇说：我一嫁过来就在这儿。

郝宝贵从屋里走出来，问：你打听这个干什么？

侯总说：没事，随便问问。

院子又脏又乱，厢房和牛棚里的粪便好几天没清扫，踩踏后一股发酵味儿。苍蝇、蚊虫到处乱飞，杂草扔得到处都是，有的来不及铡直接喂了牲口，掉到地上的被牛踩成了粪肥，一些颗粒饲料，胡乱撒了一地。

侯总问：院里怎么养了这么多牛？

郝宝贵装作听不见。

韩小实红着脸说：我们搞了个养牛合作社，每家养十头牛，正在沟底维修牛圈，下一步都转到沟底。从郝宝贵家出来，侯总忽然指着旁边的大沟说：你们看这沟像什么？

众人说不上来，侯总问：像不像伤口！

在场的人说这比喻好，称赞侯总有文化。

侯总说：这条沟以后要进行规划，把伤口治好。沟两边的树木要请人设计，乔木、灌木、绿草、花卉相互搭配，事先设计好图案，形成高低错落的景观。

韩小实说：对！对！

侯总说：南方为什么美，因为水多呀！咱们这里的水应该利用起来。南方是小桥流水，没这样的大沟，这么深刻的伤痕他们没有。这条沟往上还是你们村？

曹志军说：往上是沟底，再往上就进了山，都是我们村的。

侯总说：这条沟的景观能一直做到山里，直通山里的主要景点。

任海龙忍不住说：那钱花老了。

侯总说：干就干大的，小打小闹不行。大就是广告，大就是吸引力。

说完又往上走。韩小实说：太远了，开车吧！

侯总说：走着好，两边的景观我都想看一下。

韩小实想，看来是真心来投资的！

7

杨伯峻和梅长风上午还在村里开会，中午就到了县城，先到扶贫办，后找教育局，把事情都办完，下午回到市里。

严惠娟表弟是市第一冷冻厂厂长，这个冷冻厂是外贸冷冻厂改制的。表弟当副厂长时曾找过杨伯峻，想从科技局要点科技扶持资金进行技术改造。崔局长那时刚上台，杨伯峻分管农村处，觉得市属企业不归农村处管，就推了。现在养猪场有了困难，想起了人家。他让严惠娟约表弟出来吃饭，表弟倒也不介意，一口答应。

席间杨伯峻向他介绍插剑岭养猪场，问能不能建立合作关系，把猪卖给他们。表弟问：有多少猪？

杨伯峻说：最近有两百多头猪要出栏。

表弟听了一笑：才两百多头？还不够我们塞牙缝呢！我们的冷库是十五万吨的，八条屠宰生产线，一年屠宰七千万头猪。

杨伯峻听了咋舌，说：老弟厉害呀，今天我算找对人了！

严惠娟赶紧说：你姐夫在插剑岭扶贫，你帮帮他。

表弟大大咧咧地说：没问题，符合质量要求就行。

杨伯峻说：质量没问题，你可以严格把关，就是价格……能不能优厚点！

表弟沉吟着说：适当照顾，尽量让你满意吧！

杨伯峻说：那太好了！说完两人干了一杯。

表弟说：你把我的电话给他，让他们跟我直接联系。

杨伯峻没想到这么顺利，再三表示感谢。

严惠娟不停地夸奖表弟顾家，对亲戚们好，说：咱们家的人都沾你的光了。

表弟被夸得晕晕乎乎的，嘴里正谦虚，杨伯峻手机响了，韩小实在电话里说：杨局长，报告你个好消息，侯总明天要到咱们村考察！

杨伯峻嘴里应着，眼睛一直没离开表弟。挂了电话，表弟邀请杨伯峻明天到厂里参观，严惠娟用手捅了一下杨伯峻，替他答应：好呵，让你姐夫也开开眼，向你们学习。

第二天上午，杨伯峻和梅长风一块儿到了冷冻厂，看了一条屠宰生产线，参观了一个冷库。冷冻厂完全是现代化管理，屠宰、分割、包装、入库、出库、温度调节都由电脑控制，看不到几个工人。表弟办公室墙上有一个巨大显示屏，厂里每一个角落的情况都能看到，是个千真万确的科技型企业。

杨伯峻后悔当年没帮表弟，跟梅长风感叹：当年这是个开不出工资的企业。

梅长风说：要不叫天翻地覆呢！

正说着，韩小实又打来电话，说侯总到了村里。杨伯峻赶紧跟表弟告辞，两人开车回到原平已经是中午，在路边小店吃了饭，又往村里开。杨伯峻打电话，韩小实说侯总已经上了山。

梅长风说：估计咱们赶到，人家也该走了。

杨伯峻说：那咱们也往回赶，哪怕只握一握手，也要让人家看到诚意。

车开得飞快，到了插剑岭山下，沿着通往矿区的路又开了十几分钟，看到侯总一行正在云生崖瀑布前指指点点。韩小实给他们做了介绍，侯总说：我们刚从一线天过来，太美了！

杨伯峻介绍说：这里叫云生崖瀑布，据说是北方第六大瀑布。第一大瀑布是长白山天池瀑布，咱们排第六。这个瀑布还是红色纪念地，抗日时好几个战士牺牲在这里。

看到侯总不太相信，曹志军说：就在瀑布前的水潭里，咱们战士对着东边的日伪军射击，鬼子悄悄从西边包抄过来。三个战士打完子弹，又拼刺刀。两个当时就牺牲了，另一个被敌人抓住，死在了监狱里。

众人一时沉默。

杨伯峻说：景点建好后，咱们在水潭边竖一个碑，把他们的事迹刻在上面。

一行人继续往上走，又看了两个景点，傍晚回到乡里。

工作队在一家饭馆宴请侯总，请蒋社教出来作陪。侯总对蒋社教说：我们想把插剑岭做成一个集旅游、休闲、革命传统教育为一体的项目。把大沟两侧做成休闲区，刘家、韩家的老房子我们都收回来，恢复成抗日战争时的样子，八路军领导住过的院子，也征集过来统一使用。

蒋社教称赞，说：你们想到乡里前面了。

侯总又说：大沟两侧的民房我打算拆掉，离大沟远一些的可以保留，建成农家乐旅馆，由公司和农户合作经营。

任海龙问：原来的住户咋办？

侯总说：在沟口建一批安置房，五层楼建两排，能安置90户。优先安置革命家庭。

杨伯峻想得到乡里支持，希望侯总多说点儿，问：沟底呢？

侯总说：沟底有两个办法，一是我们收购，原有住户搬到沟口；二是合作经营，房子产权归农户，公司负责内外装修，改造成农家乐旅馆，利润分成。

大家都觉得很不错。

侯总又说：我们还想在沟口建一个饭店和会议中心，把市里、县里的会议或培训吸引过来，开会期间能到红色遗址参观，接受革命传统教育。

杨伯峻乍一听很高兴，细一想又怀疑。一是投资过大，担心侯总实力不够；二是看不到利润点在哪儿，按侯总说的规模，十五年不见得能收回投资，赔钱还要干的事，十有八九有问题。

他不能当面质疑，说：侯总气魄就是大！

他一说，别人也跟着称赞侯总年轻有为！侯总说：我只是这么设想，还得跟总公司汇报，由董事长拍板！

送走侯总，众人去了蒋社教办公室。刚一坐下，蒋社教就说：这个侯总咱们不了解，按他说的，不光插剑岭翻了身，别的村也能跟着沾光呢！

侯总夸夸其谈时，韩小实觉得这个人以前见过，想不起来在哪儿见的。听别人怀疑，他也说：我搞企业出身，听了也有点儿打鼓。他还建会议中心，咱们县能有多少会议，总不能让县委常委会到插剑岭开吧？

任海龙也说：按他说的，投资一个亿都打不住，哪个公司能往山里投这么多钱？

梅长风说：不是骗子吧？

黄俊涛说：他骗什么呢？骗一两顿饭？顶多下次总公司来人，咱们再准备一顿饭。

第十一章·三把火　449·

屋里人都不言声了。

杨伯峻说：骗倒不见得是骗，也许是个思路问题。只是他们大公司赔得起，咱们可输不起，别把咱们的脱贫计划耽误了！

晚上回到家，韩小实睡不着。想起早年周竞一个项目举行开工仪式，刘铁山出席，这个侯总也在场。侯总当时不是贵宾，是周竞的手下。想到这里，他出了一身汗。

他还没当支书，周竞就约他吃饭，声称支持他回村工作。投资是好事，干吗不大大方方站出来，要找一个代理人呢？他想跟杨伯峻汇报，又犹豫。一是他不能确定侯总就是周竞的亲信，二是没有摸清周竞的意图，早早跟工作队说了反而引起误会。周竞说支持他回村执政，他也不愿意得罪周竞。

村里人知道有企业家来考察，好些人到工作队打听消息，梅长风把侯总的设想跟村里人说了一遍，听了都很高兴。

刘根生坐着轮椅来找杨伯峻，问：这么大的事咋不告诉我？我也是村干部呢！

杨伯峻拍拍他肩膀说：先配合碌碡治病，身体好了，有的是工作。

刘根生每天练习走路，轮椅成了他的拐棍儿，每天早晨扶着轮椅在院里练站，累了就在轮椅上坐一会儿。

碌碡仍然给他开方子。火针暂时停了，改成艾灸，灸过后腰下面热乎乎的，脚下有了些力气。只是他仍然站不长，站十几秒两条腿就打哆嗦。他一般不愿意出门，今天听到消息摇着轮椅来，想让村里给他点儿工作。

杨伯峻找不到他能做的事，便让他了解群众反映。他反馈回来的都是满意，说工作队给村里选了个好班子，连暴二来都称赞。

众人兴奋，韩小实反而很淡漠。心里觉得这事有点怪，怎么连暴二来和刘会计也在说这个项目有前途呢？

他让公司一个副总暗中打听，没发现侯总跟周竞有什么交集。周竞正在参加县里一个工程的竞标，对插剑岭的事一不打听，二不关心。房地产进入低潮，房地产企业纷纷转到路桥工程上，周竞也在转型。

经过县里多方努力，新修的国道将从插剑岭经过。韩小实的公司参与了竞标，跟他们竞争的有七八家企业，其中就有周竞。以前，周竞一竞标其他企业主动撤出，现在刘铁山垮了，其他企业都不撤，竞争日趋激烈。

韩小实派公司一个副总主管竞标。副总无意中听说，侯总祖上就是插剑岭人，这个消息让韩小实震惊。侯总究竟是周竞的人，还是另有背景，实在想不明白。韩小实是土生土长的插剑岭人，知道村里有两家姓侯，没有听说他们有在外创业的，想不出侯总祖上是哪一家。

又过了一个多月，侯总拿出了方案，跟上次说的完全不是一回事，不再提红色旅游村了，开发重点也不在村里，变成了有矿区的大山。韩小实拿着方案向杨伯峻汇报，杨伯峻说：周竞想接管养猪场时，就想把山上的矿区包括在里面，咱们没同意才请来了姚红玉。侯总这个方案当然不行。

韩小实说：我也是这么说的。

杨伯峻说：上次咱们看过的那条线路，当时他很感兴趣，怎么又琢磨起另一条线路呢？矿区山上没有红色遗址，也没有景点，他图什么？

韩小实想说侯总和周竞有特殊关系，又咽回去了！

村里有人听到消息，说：人家来投资是好事，韩小实为啥不同意？

他们找到刘丙瑞和刘根生。刘丙瑞说：要我也不同意。问为什么，刘丙瑞说：他们想搞的不是旅游，是想把矿拿下来，当然不能同意。

村里人说：矿早就不让采了，要那个矿有什么用？还不如给了他们。

刘根生背着爹找到杨伯峻，主张答应姓侯的。正说着刘丙瑞赶来，冲刘根生发脾气：你不好好在家治你的腿，来这儿掺和什么？

刘根生说：我也是副村长。

刘丙瑞举起拐杖要打他。杨伯峻拦住说：老书记消消气，根生是好意，他只是不了解情况。说完冲梅长风使了个眼色，梅长风推着轮椅，把刘根生送回了家。

刘丙瑞说：我早就想找你。咱不能答应他们，那个矿里不定有什么见不得人的。他们在山上经营了那么多年，最怕的就是让人看见真相。

杨伯峻说：我明白。

刘丙瑞又说：有些事不能老裴一下台就算了，得查，一查到底才能给群众一个交代。

杨伯峻说：你放心吧！县纪委也不会同意。刘根生的案子，安律师正在调查，听说也有进展了。

8

韩小实参加竞标的，是国道容易市至省城段。公司的日常业务他交给了副总，决策仍然是他。这是他跟杨伯峻事先讲好的。这次竞标他本来想交给副总，副总说：现在不少房地产商都转到了路桥，咱们不多抓些项目，以后更难。你再忙也得回来。

经过两轮竞争，剩下了他和周竞及另一家企业，实力相当。他了解到周竞暗中给那家做工作，让人家退出，那家老板不肯。刘铁山在时都为周竞让路，现在不想再让，说：我们都快发不出工资了，周总家大业大，给我们留一口饭吧！

周竞毫不手软，让常务副县长出面做工作。那家自知惹不起，最终还是让了。

韩小实让副总重写了竞标方案，降低了标的，想通过正常渠道把工程拿下来。方案提上去，迟迟没有回音。副总说：韩总，杨伯峻跟蔺永乐是老同事，他说话比谁都灵。你得抓紧呵！

韩小实刚要找杨伯峻，周竞打电话约他吃饭。他略一迟疑，周竞说：我不叫别人，就咱们两家。韩小实只好答应。

地点在县里的三羊开泰，周竞带了一个副总，韩小实也带了副总。本以为周竞要叫县里哪个领导，没想到真只有他们两家。

韩小实带了两瓶剑南春，怕周竞拼酒，故意拿了低度的。周竞带的酒比他好，茅台镇特供酒，说是部队一个少将给的，在家里放了十几年。韩小实没端酒杯就想好了，周竞逼他退可以答应，提一个条件，下次再有竞标得周竞让。

周竞不提竞标的事，问他村里工作怎么样？韩小实不由感慨：比搞企业难多了！

周竞说：村里人对你期望很大啊！

韩小实想，他倒什么都知道！话锋一转，赞赏周竞做事有气魄、格局大、生意四面开花，刘铁山在时是县里的领军人物，刘铁山下去依然是第一标杆。意思是不该跟小公司争利。

周竞说：你这是批评我呢！

韩小实忙说：绝无此意。

周竞又说：我接受你批评，这次竞标我想好了，你们公司上，我不跟你争。另外一家公司我去疏通，让他们撤下来。咱们互相争来争去弄得标的很低，对谁都没好处。

韩小实猜不透他啥意思。

周竞说：咱们的对手是政府，现在成了企业互相竞争，政府得利，这个局面得改改。竞标的三家都是民营企业，应该互相支持嘛。明天我就跟主管领导说，我也撤。我们两家一撤自然就是你的。

韩小实本来想说：撤也是我撤。怕周竞随口答应弄成事实，只是听着。周竞说：我早有这个意思。以前不能说，万一你走不到最后呢？让给别人我不甘心。

韩小实想，让一个猪蹄，必定想得一个猪头。他说：不敢，你是民营企业的老大，跟你同台竞争是我们的荣幸！

周竞说：你放下公司回村里任职，这是牺牲。我这也是支持你。

话题转到村里，韩小实更不敢接了。他不再说竞标，说副总如何能干，能力甚至在自己之上，副总听得心里发毛。周竞看他不往下说，也不再说。饭很快吃得没了意思，只好草草结束。

回到家韩小实给周竞打电话：周总安全到家了吧？

周竞说：到家了，谢谢韩总关心！这个电话没打出感情，反而打出了生分。事后周竞加紧活动，工程最后落到了周竞手里。

副总抱怨：到嘴的肉白白丢了。

韩小实不是滋味，宽慰道：失就是得，得就是失，太大的人情咱们不敢接。说完驱车返回村里。

刚到村委会，周竞就让侯总打电话问他们提交的开发方案村里研究过没有。韩小实说议论过，大多数人不同意。他把村里的意见详细说了一遍。

侯总没说什么，几天后又打电话说：我晚上去家里看看你。这种话韩小实以前也跟别人说过，知道什么意思。他说：我家里没人，有什么事电话里说吧！

侯总说：我想当面跟你汇报一下方案。

韩小实说：我搬到了村里，有什么事你现在就说！

侯总说：那就再找机会。

第二天晚上韩小实刚回到县里，侯总没打电话直接敲门。韩小实老婆开门，他便提着一个包挤进屋里。韩小实装没看见，跟他握手，告诉他：我上任后定了制度，村里的大事都要经过村民委员会，村里人觉得你们选的线路没什么景点，难以吸引游客。

侯总说：这是总公司的意思。

韩小实说：这么做明显亏损，你们亏损，村里也好不到哪里去。我看这条路走不通。

侯总说：我们老总有战略考量，他是从全局着眼的。

韩小实说：你让他亲自来一趟，把咱们上次选的线路走一走，他就明白了。他料定周竞不会出面。又说：还有，原来说要在村里搞一些投资项目，这个方案怎么没有？

侯总说：这不就是在村里投资吗？

韩小实说：原来说要恢复当年的红色景观，把农民夜校恢复起来，建村史馆。

侯总解释说：方案做不了那么细，把山上的景点定下来，其他配套设施很快能跟上。我们大老板最关心山上，一再说这关系到全局。

韩小实问他这个全局是什么，侯总说：我一两句也说不清。

又聊了几句，侯总起身告辞，故意把包留在屋里。韩小实拿起包追到楼下。侯总说：没别的意思，看你挺辛苦表达个心意。

韩小实说：为村里辛苦我心甘情愿，东西你拿走！

侯总又把包塞给他，说：这是我个人的，跟公司没关系。

韩小实再次推开，说：咱俩都做生意，社会的事都明白。我现在当了村支书，上有纪委，下有群众，你要再坚持咱俩就没法来往了。

侯总说：跟你说实话，这是大老板安排的，想跟你交个朋友。

他以为韩小实会问大老板是谁，韩小实不问，只是说：不行。过去我是老百姓，老百姓恨的是什么，我还没忘呢！

侯总提起包上了车。

回到屋里，老婆问：是不是把他得罪下了？

韩小实说：得罪也没办法。先是周竞让标，后是侯总送钱，他们图的东西可不小。

回到村里，韩小实说了经过，杨伯峻问：侯总跟周竞是什么关系？

韩小实说：县里没人说过他们有关系。倒是有人说侯总是插剑岭人，我想来想去，想不出村里有这么个人。

杨伯峻说：村里姓侯的不就两家吗？

韩小实说：这两家都没有人出去。除非像腊梅那样，她哥哥姓邹，她姓黄。村里除了她，也没有听说再有送了人的。

杨伯峻觉得奇怪。

韩小实又说：我倒是听到一个消息，说侯总跟姚红玉认识，以前还合作过。杨伯峻觉得更是天方夜谭，他说：过几天我回局里开会，抽时间跟姚红玉见一面，问问情况。

阿宁 著

太行赋

下部

中国青年出版社

12 · 第十二章 新项目

1

薛健过得很惬意，常年只做一件事：喝茶。

容易市区的茶室多如牛毛，他很少去，只去城北最偏僻的一个茶楼。茶楼上下三层，他在最上面一层有个专用雅间。陪他喝茶的不过三五位，其中一位是茶楼女老板。

离茶楼不远是一家四星级宾馆，里面有游泳馆。每天洗漱完毕，薛健到宾馆吃早餐，吃完在茶楼喝一杯红茶，再到游泳馆游泳。一次游完一千米，回到茶楼休息。

这样的生活基本不跟外界接触，别人很难找到他。茶楼三层不对外开放，楼梯口竖一块牌子：谢绝光临。只有几个特殊客人能到三楼，都是他的知己。

茶楼女老板风姿绰约，跟他亲昵中又保持着距离。

姚红玉没特殊事情不来这里，薛健也不愿有人来。他们有时见面，也不在这里，另外约地方。当年他们离婚是因为薛健的秘书，姚红玉觉得这个女老板眼熟，仔细看不是一个人，倒有几分相像。她不嫉妒，只是心里不舒服。

他们唯一的联系是孩子。不过这一次约见不是为孩子的事。昨天，杨伯峻约她一起吃饭。席间谈起一个姓侯的老板要到插剑岭投资，目标瞄的是山上的矿井。这个侯总刚冒出来，谁都搞不清他的背景。姚红玉心里知道怎么回事，不能跟杨伯峻说破。

听杨伯峻的口气，猜测侯总是周竞的代理人。姚红玉想，他是周竞的代理人，周竞还不知道是谁的代理人呢！

她没有跟薛健预约，走到茶楼附近才给薛健打电话说：我到你茶楼门口了。

薛健没犹豫，说：老夫老妻的，上来吧！

姚红玉直接上了楼。走到三楼楼梯口，一个小姑娘想拦她，薛健站在走廊里打了个招呼，小姑娘闪身做出请进的手势。

进了雅间，薛健把一个杯子单独煮了会儿，随后倒了一杯茶。姚红玉没喝，问道：你不是退隐了吗？

薛健说：当然！

姚红玉说：又想重出江湖？

薛健说：没这个意思。

姚红玉说：我看你手伸得挺长，都伸到插剑岭了。

薛健说：我做的事都是为了善后，把能收的摊子都收了，能清的账都清了。不欠别人的，也不让别人欠我的。

姚红玉说：你怎么打算我不管，劝你离尔雅远点儿。

薛健说：这跟他有什么关系。

姚红玉说：他在插剑岭办养猪场，现在已经走上了正路。我费了不少心思总算把他调整好了。现在他每天过得挺充实，一边画画，一边跟韩技师学技术。

这些情况薛健并不知道，皱着眉说：好！好！

他还提出再建一个种猪繁育中心和一个饲料加工厂，我都同意了。现在正在筹备施工。他有了自己的事业，咱们最好别打扰他。姚红玉说。

薛健说：我不打扰，我盼他好。

姚红玉说：你派去的那个侯总，要在插剑岭投资搞红色旅游村。

薛健说：不是我派的，我不知道。

姚红玉说：算了吧，你怎么不知道。我对你太了解了。

第十二章·新项目

薛健说：我真不知道，大概是周竞干的，跟没跟我说过，我忘了。现在老忘事。好像跟我说过，我没反对。

姚红玉说：村里人议论，侯总真正想买的是山上的铁矿，这种左手倒右手的事你做它干什么，有意思吗？

薛健皱着眉，说：每次见，你就没说过让我高兴的事，就算我左手倒右手，肯定有倒的道理。我不管你的事，你也别管我的事好不好！

姚红玉说：别影响尔雅就行。

薛健说：我不出面，谁都不知道后面是我，怎么会影响他。

姚红玉说：尔雅以后可能到山上发展，如果发生冲突，他知道了会怎么想？他从小到大受的刺激够多了。

薛健沉默了一会儿，说：具体情况我不知道，回头问问周竞吧！

从茶楼里出来姚红玉气冲冲的。薛健的态度她事先想到了，心里还是愤恨。女人一想到孩子，理智很难占上风。她为尔雅难过，这个孩子要经受这么多事！

昨天跟杨伯峻吃饭，她答应了解情况，现在该怎么答复？她想帮这个工作队长，这人有正义感，对工作负责。问题是怎么帮他？

薛健看样子不肯退让。所谓不知道不过是推脱。年轻时薛健就这么做事，过了几十年没有新招法，还是老一套。

2

姚红玉刚走，周竞就到了，两个人差点儿撞上。

薛健平时很少见周竞，这次周竞直接来茶楼，他以为有要紧事。茶楼老板看他神色有异，给他们换了茶，默默退出雅间。薛健问：你怎么来了？

周竞说：想你了，路过看看。说着动了动身子，座位压得吱吱响。

薛健皱了皱眉，问：有急事？

插剑岭的老裴天天给我打电话，下了台不服气，又怕纪委找他麻烦。他想见见你。我没答应。

薛健诧异：他怎么会知道我？

周竞说：我跟他说我上面有一个大老板，没说你的名字。

薛健放了心，说：纪委找谁的麻烦，我也没办法。

周竞说：他知道不少事，稳住他最好。

这话像在威胁。转念一想，见一见也没什么。不过薛健不这么说，而是说：你安慰安慰他就算了，我不想见这种人。

周竞说：关键是想出下一步的办法，他才能安心。

薛健说：你不是在村里有安排吗？

周竞说：有。

在插剑岭搞旅游他跟薛健说过，注册了旅游公司他没说，觉得没必要什么都说。想不到薛健消息挺快，仔细一想也正常，薛健哪是一般人！

他最困难时认识了薛健，肠子卖不出去，厂区里飘着臭烘烘的大肠味儿。租别人的冷库每天花不少钱，资金吃紧，他天天跑银行，见了主管行长想叫爹，越这样越贷不出款。第一次见面他就跟薛健诉苦，薛健不动声色地听着，突然问：什么是生意？

他说：是呵，什么是生意？

薛健说：生意就是政治。

他愣了。

第十二章·新项目

薛健又说：做生意就是做政治，你天天围着银行转，没用。

看看人家这格局！仅这一句话就让他顶礼膜拜。他说：是，是，做得好的老板上面都有人。

薛健摇头，说：政治是政治，跟上面有人不是一回事。

那时他跟现在不一样，性格收敛，懂得示弱。他谦卑地听着薛健训示：您说得太对了！不过那也需要在政界有人，可惜，县领导我一个不认识！

时间不长，薛健带他认识了县长刘铁山。按着薛健的指点，他跟刘铁山成了哥儿们。没有薛健，他是原平县一个土财主；有了薛健指点，他在政商两界来回蹚，成了首屈一指的企业家。

他对薛健感激涕零。时间不长薛建被抓，他担心火烧到自己身上。跟薛健来往的人一个也没出事，人家把事情自己扛下了，据说连老婆孩子都没连累！

从监狱出来，薛健再不能到台面上。刑期没满，他有天大本事也使不出来。周竞原来是他的木偶，转眼成了主角儿。县里人都知道周竞是大企业家，没人知道后面还有一个老板，他说也没人信，还有比这顺利的吗？

薛健的实力远超想象。有薛建输血，他干的都是大生意，银行追着给他放贷。过去他天天缺钱，现在张嘴就是一个亿、两个亿。薛健的不少政治资源到了他这里，连县领导都议论他有多大背景。他很快意识到不是他依赖薛健，薛健也依赖他。两个人的关系成了互相的，他一下有了平等感，还有比这命好的吗？

他在薛健面前依然谦恭，只是有些事跟薛健说，有些事不说了。

薛健现在忽然问，他才说：我派了一个人去村里，想搞旅游，为这还注册了一家旅游公司，可惜韩小实不配合。

薛健说：在原平，还有敢不买你账的？

周竞说：韩小实跟我们不一样。我们想挣钱，他想证明自己是插剑岭人，还想证明他跟韩本彦是一路人。他上了台，插剑岭什么事都要经过村民委员会，村干部成了跑腿的。

薛健笑了一下，说：开始都这样，长不了。

周竞说：长不了也不行，这么下去老裴等人心就散了。

薛健看出周竞的意思，鼓励道：凡事盛极必反，工作队已经埋下了隐患。我当年不明白这个道理，没有及时收敛。

周竞说：薛总，我跟你不藏着不掖着，现在心里像火燎一样，咱们再不行动，山上的事早晚发作。

薛健皱起眉头。

周竞又说：我给韩小实做了不少工作，这小子是条泥鳅，得再想办法。看薛健不言声，他又说：杨伯峻我见过几次，不像有多大本事的。

薛健跟杨伯峻初中一个班。杨伯峻跟别人不一样，他想的东西很奇怪。韩小实想证明自己是插剑岭人，他想证明这个世界公平。他笨的时候挺笨，不过你千万别相信他笨，聪明起来也比别人聪明。这次本以为能把他从村里撤回来，想不到市委书记站在了他一边。

年轻时薛健就知道他行，前半生他确实干得不错，不到四十岁就当了副局长。当时薛健想把他拉过来，他不肯。韩小实跟他差不多，这俩是一类人。薛健不想告诉周竞，他刚刚在杨伯峻面前栽了面儿。他带着杨伯峻到省里找刘铁山，刘铁山不肯出来。他说：我答应了人家，你总得给我个面子，跟他一起吃顿饭吧！刘铁山勉强答应了。这事弄得挺恶心，让他在杨伯峻面前信用扫地。

刘铁山自从调到省里，跟以前大不一样。不过，有插剑岭山上的事，两人想断也断不了。刘铁山出事，薛健有预感。他经过了一次审查，对这类事比别人敏感。刘铁山说调到省里是他要求的，他才不信呢！当时他以为调到省里，刘铁山的事就软着陆了，看得出来刘铁山灰了心，那种骨子里的落寞他能感觉出来。

周竞的担心他也有，不然就不会想把杨伯峻从村里撤回来，可惜没弄成。有人说杨伯峻笨，那是他们不了解。短短几个月杨伯峻把一个村理顺了，这不是能力是什么？他比任何时候都担心山上，有的癌症都能治好，山上的事恐怕没治。

越是这样，他越要在周竞面前表现得轻松。他岔开话题，问：毕局长跟你什么关系？

周竞说：跟这种人谈不上关系，给他点儿利益，在他眼里就是好人。

薛健说：一个小卒，用好了能将死老帅！

周竞说：抽时间你来一趟原平吧，看看原平的变化，也见见他们。

周竞想把他弄到前台，他不能出面。他得鼓励周竞，不能让周竞觉得被利用，他说：我这个身份不便行动，等等再说吧！

周竞想，你的刑期早满了，有什么不能行动的。薛健在上面有不少铁关系。当年他把事情独自担了起来，不是铁关系的，也成了铁关系。薛健能站出来，他们就安全多了。

什么是恐惧？恐惧就是你不知道前面是什么，一个挺大的黑洞，不知道有多深。人有时候不受理智控制，恐惧会驱使你。他们要提前做一些事。他想让周竞先做，自己看一看。他说：韩小实不算什么，只要杨伯峻还是工作队长，肯定有麻烦。

周竞说：我知道。

他又问：那个老裴不能光闲着吧？他在村里不是有一些人吗？起码裴家人支持他吧？还有那个村长，都是有能力的人。

说到这个程度足够了，周竞能听懂。自己是个隐形人。现在是，以后也是。

3

杨伯峻又回到市里，这次不光要见姚红玉，还特意带来了碌碡和刘根生。处在风暴中心的杨伯峻感受不到外面的变化，他想给刘根生检查一下，看看机能恢复了多少。怕路上发生意外，让碌碡跟着。

昨天一到市里，他立刻去见姚红玉。他问姚红玉知道不知道侯总，姚红玉摇了摇头。问侯总的公司，她说：这个公司好像是刚刚挂牌的，我前些日子刚听说。

他把村里的困难说了。姚红玉说：你说的侯总我不知道，不过，我认识的一个人可能知道怎么回事。明天我帮你问问。

杨伯峻说：韩小实刚上任，村里都等着他烧三把火呢，这个项目拿不下来，村里人对新班子就失去了信心。

姚红玉表示理解。

侯总以前是薛健的秘书，当时她还没离婚。她离婚后侯秘书辞了职。薛健从监狱放出来时，侯秘书已经去了周竞的公司，长住在东南亚某国，偶尔回国。

姚红玉无法告诉杨伯峻这些，只是说：他不合作，有的是公司干，插剑岭有那么好的旅游资源还怕没人开发吗？

有她这句话，杨伯峻踏实多了。

第二天局领导班子开会。马局长到任后又调来一个副局长，这个会主要是见面会，研究日常工作。散会后，杨伯峻马上赶到市第一医院，梅长风和碌碡正推着刘根生做检查。刘根生嫌恢复得太慢，医生却对他能站起来称奇，问怎么治的。

碌碡把自己的治法说了，医生说：我小时见过给骡马扎火针，给人还是第一次听说。中医很神奇，可惜培养一个好中医太难了。碌碡不好意思地说：我也不是好中医。家里传下来几本老书，我用的法子都是书里的。

从医院出来，看见姚红玉的车正往医院里开。他们停下脚步，姚红玉摇下窗玻璃，说：稍等一下，我有个事跟杨局长说。

他们跟着车往医院里面走。停下车，姚红玉问：刘根生治疗得怎么样？

杨伯峻说：医生说已经是奇迹，只是走不了路。常年在炕上，腿部肌肉退化了，想恢复肌肉就得做康复治疗。花钱多，他不愿意做。

姚红玉说：钱我出。

梅长风和碌碡一齐看刘根生，说：还不感谢姚总？

刘根生摇头说：谢谢姚总，算了吧，我不想在这里治。

他们刚看了几个康复病人，都大汗淋漓，有的病人一边做治疗一边哭。刘根生说：碌碡治得挺好，花钱少一样治大病。

碌碡说：我可一分钱都没要过你们家的。

姚红玉说：这钱我出。

碌碡说：您别给刘根生一个人出，给我进一批药吧，全村人跟着沾光。

姚红玉答应着，对杨伯峻说：昨天你说的旅游项目，我帮你联系了一个投资方，明天中午咱们一起吃饭。

杨伯峻喜出望外，说：太好了！

他安排梅长风和碌碡带着刘根生回村，自己在市里接着办事。村里不敢拒绝侯总，是因为没有合适的投资方。姚红玉出手相帮，介绍的企业应该不错，解决刘根生的医疗费用，也是意外收获。

晚上杨伯峻回到家，才知道岳父又病了，严惠娟在医院陪着。

第二天上午想去医院，忽然想到科技局联系着不少企业，何不动员他们一下。总让姚红玉赞助，他也不好意思。到局里找几个处长商量，处长们说：来找咱们局都是要钱的，让他们出钱不现实。再说，局里支持多的企业，都是崔局长的关系，我们插不上手。

杨伯峻想，局里这些年扶持的企业，没有一家经营好的，反而都是窟窿。新来的马局长忙着搞调研，还没有拿出新举措。昨天，马局长在会上表扬了工作队，工作敢碰硬，救活了养猪场，引进了新项目，村里局面有了改观，暗含着批评各处室的意思。这一表扬让杨伯峻压力更大，新项目还在半空中悬着，得想办法尽快落地。

中午他早早到了酒店。服务员问点不点菜，他说：等人齐了再说。服务员给他倒了一杯茶离开了。呆坐了二十分钟，姚红玉带着一个年轻男子进入雅间，介绍说：窦总，窦鹏飞。两个人握了手，姚红玉又介绍：这是杨局长，市科技局的，现在是插剑岭的第一书记。

杨伯峻说：我们是插剑岭扶贫工作队。

姚红玉说：窦总以前做化工，前几年从原来的企业出来，有志于农业，对旅游业也感兴趣，我给你们牵个线，你们谈谈。

两人又握了手，杨伯峻介绍了村里的旅游资源，说：村里的想法是，把沟底和后沟的农户搬到公路两侧，沟底建成旅游区，以红色旅游进行革命传统教育为主，结合绿色旅游把经济带起来。

杨伯峻滔滔不绝地讲，窦总不时回过头看姚红玉一眼。姚红玉问了一些问题，给人的感觉是她在考虑这个项目。杨伯峻又说：本来有一家企业想投资，他们思路不对。插剑岭山上有一个铁矿，上级主管部门明确指示不允许开采，这个矿还有别的问题，村里也不想触碰，他们却想扔下主要旅游景点，在矿区一带搞旅游，不知道是怎么想的。

窦总说：大概他们有硬关系，能开采。

杨伯峻说：村里不想涉及这个矿，双方谈不拢。窦总有意，是对我们的最大支持，什么时候你到村里，我陪你上山看看。

窦总看了一下姚红玉，说：我抽时间去。

那顿饭吃得简单，花了不到四百块钱，杨伯峻抢着结了账。吃过饭送走窦总，又跟姚红玉去了一家茶室。

这个茶室姚红玉常来，不等茶艺师进来，姚红玉自己泡了茶，杨伯峻没有单独跟一个女人在这种环境里待过，四目相对，有异样的感觉。姚红玉眉目精致，肤质白皙细腻，举手投足颇有姿态。杨伯峻不敢多看，定睛望着眼前的杯子。姚红玉给他倒了茶，他端起来还有些不自在。不过，想到村里的事很快把这些忘了，他说：姚总，这个窦总年轻有为呵！

姚红玉笑了一下说：你想说他不像个老总，对吧？

杨伯峻说：不像有那么大实力的老总！

姚红玉抿了一口茶，说：你放心，你们村的项目他肯定能做下来。

她没有告诉杨伯峻，窦总是她手下一个部门经理。不过，她正打算在市里注册一家公司，让他成为真正的老总。薛健自己不出面，让姓侯的替他在前面，她为什么不能让小窦站出来？

她没想真拿下这个项目，只想改变一下游戏规则。

杨伯峻问：他们公司实力够吗？

姚红玉说：这有什么够不够的，可以从小处做起，一步一步来，几年时间就形成了规模。他实力要不够，还有我呢，你怕什么？

杨伯峻听明白了，是姚红玉在帮他。他说：我相信他，更相信你。

想到姚红玉为村里做了这么多事，杨伯峻觉得也应该帮助人家。下午他找到局里的农村处处长，说：我们村准备搞一个种猪繁育中心，这是个有科技含量的项目，还要搞一个饲料加工厂，研究适合北方的饲料，这算农业科技吧？

处长说：当然算。特别是种猪，号称猪芯片，是农业科技的重点。

他说：能不能在你这里立个项，扶植一下？

农业处以前是他分管的，处长是他的铁杆，说：没问题，新来的马局长对工作队很支持，你让养猪场做一个方案，我尽快报上去。

杨伯峻本来想去看岳父母，听了他的话，无心再在市里待着，给严惠娟打了一个电话，自己开车回了村里。

韩小实等人正在等他，杨伯峻把姚红玉介绍新公司的消息说了，大家喜出望外。韩小实自言自语：又是新公司，以前都没听说过。

梅长凤说：公司就像街上的饭馆，天天有倒闭的，天天有开张的。

曹志军说：怎么也比侯总的公司强吧？

黄俊涛说：这是好事，又有一家公司来考察，消息很快能传出去。

杨伯峻也是这个想法，说：咱们准备一下，尽快请窦总过来。

没过两天侯总就知道了，打电话问：听说你们又找了新的投资方？

韩小实说：侯总消息真快，不是我们找的，是人家听说后找我们的，还没来考察呢！

侯总说：不跟我们谈了？

韩小实说：没那个意思。你原来的方案村里人挺赞成，后来是你们变了。

侯总说：我电话里跟大老板说了村里的意见，这几天再找机会单独跟他汇报一次，你们等我几天。

韩小实说：没问题，辛苦你了。

梅长风等人坐在旁边。韩小实放下电话，梅长风做了个鬼脸，说：他顶不住了！

韩小实说：两条腿走路，总比一条腿好。

第二天杨伯峻跟尔雅商量，把种猪繁育中心项目单独写一个报告，报到市科技局，尔雅不屑地说：你们就爱天天做总结、写报告，一点意思都没有！

杨伯峻把帮他们争取科技扶持资金的想法说了，韩技师赶紧说：这是好事，我马上写！

尔雅说：我不缺资金，用不着扶持。

韩技师拉了他一下，说：办企业哪有不缺资金的，越多越好。

尔雅这才说：那就写吧，下一步我们还要聘请科技人员呢！

杨伯峻说：我岳父是农大教授，他退休了，学生还不少。回头我让他帮着联系几个专家。

尔雅说：要一流的，我高薪聘请。

这时韩小实打来电话，说侯总已经转变态度，答应尽快再提交一个方案。

杨伯峻悬着的心放下了，跟尔雅聊饲料厂。韩技师说南方有些企业一直在研究饲料，咱们都是买人家的。南方的气候跟北方不同，不完全适合。我们想自己加工，有一个自己的饲料厂就方便多了。

三个人一直商量到晚上，杨伯峻回到村委会。

4

两天后插剑岭来了个老人，自称崔玉俊。

崔玉俊活到现在得一百一十岁，这老人哪像？不过他说的事情是崔玉俊的，还拿出十几张照片，跟县党史办保存的完全一样，里面的矮胖子是游锡五，高个子是崔玉俊。

陪着老人来的是他儿子，说老人痴呆，常把崔玉俊当成自己。一九五八年老人随着崔玉俊来过村里，当时他还是个不到十岁的孩子。

杨伯峻和韩小实陪着老人把村里每一个角落都看了。韩小实指着他家老房子位置上翻盖的一处院子说：你父亲当年就住这个院，后边的院子是他给牲口配种的地方。

老人问：你怎么知道？

韩小实说：我爷爷叫韩本信，是韩金定的第五个儿子。

老人握着韩小实的手说：我爸爸说，没有韩家，就没有后来的革命暴动。

韩小实想起自己的经历，眼睛湿润了。

老人说他爸爸在这里遇到了爱情，那个女人叫李原平，为了他后来没有结婚。村里人说插剑岭没有叫李原平的，肯定是别的地方发生的事，他记错了。

老人说：我爸爸不会记错。

杨伯峻说：我们想在插剑岭农民夜校原址建一个纪念馆，把您拿来的照片翻拍、放大，陈列起来。不光是对革命，对农业的贡献也应该包括进去。搞革命的目的不就是为了让老百姓过好日子？大家都赞同说，现在就安排专人搜集遗物。

老人说：我家里还有一些老东西，都捐给你们。游锡五家也有，再不搜集就散失了。

杨伯峻问还有什么，老人说还有皮包、提箱、钢笔和一些仪器、试管。想了想又说：还有信件，有些是他跟游锡五的通信，有些是李原平的信，还有一小袋高粱种子，准备送给插剑岭，没来得及送他就死了。

这件事村里都知道，崔玉俊"大跃进"那年回来过，好些人围着他问这问那。他穿的春福尼外套是立领的，里面穿着雪白的衬衫，夏天领扣也不解开。裤子上有一道笔直的裤线，裤脚不沾一点脏东西。女人们说：看看人家这衣裳穿的，天天给他洗，心里也愿意呀！他一直被女人们关注，过了几十年也不例外。

村干部领着他看了高产田，他问亩产多少，在场的干部看刘进祥。刘进祥说：跟县里报的是一千一百斤。

崔玉俊问：实际产量呢？

刘进祥说：不到一千斤。

崔玉俊问：到底多少？

刘进祥说：八百多斤。

崔玉俊说：到不了八百斤。

村长曹玉虎说：外面还有亩产一万多斤的呢，报纸上登的。

崔玉俊说：那是水稻。小麦最高三千二百斤，也是报纸上登的。

曹玉虎说：咱们是老根据地，他们能"大跃进"，咱们也要"大跃进"。

崔玉俊说：老根据地的地也是地，该打多少粮就是多少粮。

刘进祥说：再给我们点种子吧，下次你来我保证达到一千斤。

崔玉俊说：种子我给，也不能达到一千斤。

事后，他想这话是不是说错了，怎么能怀疑报纸呢？怀疑也不该公开说啊！过去他不相信游锡五能成功，不相信共产党能打败国民党，不相信抗美援朝能胜利，不相信在中国会出现集体农庄，最后证明他都错了。现在他就肯定对吗？

晚饭是在刘进祥家吃的，曹玉虎等人挤在炕边看他吃。

崔玉俊问：你们怎么不吃？

他们说：我们去食堂吃。

第二天，崔玉俊要求去食堂吃饭。食堂给他做了二菜一汤：菜是黄花炒鸡蛋，水萝卜拌大葱。汤是西红柿鸡蛋汤。饭是棒子面傀儡。

崔玉俊问：以前打傀儡都掺着菜，现在光用棒子面？

刘进祥说：现在日子过好了，都吃面傀儡。

崔玉俊问：真的？

刘进祥说：这两年谁家都没吃过菜傀儡。

崔玉俊走后，他们在碗下面发现了一块钱，刘进祥老婆也在炕席下发现了一块，上级规定一顿饭交二毛五，一块大大超出了标准。村里人议论，明明留钱时他们阻止了，他是什么时候把钱塞进来的呢？

老人揭开了谜底：我放的，我爸爸让我偷着放到炕席下面，碗下面也是我放的。我爸爸说，村里日子比以前好点儿，没说的那么好。

回到北京，崔玉俊写了一份热情洋溢的报告。粮食产量他打了问号，其他一切令他欣喜，这份欣喜没来过村里的很难体会。

他第一次来插剑岭，到处是神仙。玉皇大帝、观音菩萨、太上老君、女娲娘娘、黄龙真人、赵公元帅、关帝爷、三仙姑、铁拐李、尉迟恭、风伯、雨婆、桥神、山神，每家各供奉各的。有的人家还贴着耶稣像。现在这些神仙都不见了，江乃花的女儿（腊梅的姥姥）成了宣传队员，村里人请她跳神，她说：有病找三郎中。问为啥？她说：神仙跟着我娘走了，我叫不回来。

村里开展卫生运动、除四害，打麻雀，清除尿旮旯。原来茅房跟猪圈连在一起，人拉屎猪吃，人畜传染。现在茅圈分开，猪粪人粪都积了肥。每个生产队都有饲养房，大牲畜集中饲养。普凯说过，欧美的农场、苏联的集体农庄牲畜都集中饲养，集中防疫，集中繁殖。现在的饲养房只做到了集中饲养，别的还做不到。不过有了第一步，就能迈出第二步。

刘进祥陪他到地里，分散的地连成了片，玉米是成片的玉米，高粱是成片的高粱，山药是成片的山药。这为他预想的机器耕作打下了基础。松散的农户凝聚成集体，要做什么全村都做什么。说打苍蝇都打苍蝇，说灭老鼠都灭老鼠，说打麻雀，麻雀不敢在村里待。村里的苍蝇、老鼠、臭虫、麻雀果然就少了。后来说麻雀对农田有益，不打麻雀，麻雀又回来了。

早这样，中国不就强大了吗！

崔玉俊给游锡五写了长信，历数他们的几次争吵。他说：事实证明你是对的。革命成功，才能进行大规模经济建设，才能对农业、工业进行集体化改造，才能集中精力搞发展。他预言，中国农业腾飞指日可待！

他不相信水稻亩产一万一千斤，小麦亩产一千斤他也不相信，更别说三千两百斤了。报上为什么那么登？他觉得必有道理，只是这道理他不懂罢了。村干部走后，他问刘进祥：你说说，亩产一千斤是怎么回事？

刘进祥说：我也想问你呢，一万一千斤是真的吗？

他说：咱没看见，不能说人家是假的。

刘进祥说：我也这么想。

崔玉俊问：抗战胜利时蒋介石多少军队，共产党多少军队？你相信共产党能打败国民党吗？反正我不信。共产党是创造奇迹的党，我不相信，却不敢不信。你告诉我实话，一亩地到底打了多少粮食？

刘进祥说：六百一十斤。

崔玉俊激动起来：那也了不起啊！北方的地打六百斤，全国要增产多少粮食！吃不了的卖给国家，挣了钱买衣服，买肉，买点心，送孩子上学，共产主义不远了！老刘，你们这个成绩很不简单！

刘进祥说：这六百斤咋来的？三亩地的肥施到了一亩。天旱时，一个生产队的劳力不浇别的地，先浇这一亩。县技术员天天在地里转悠，发现虫害，全村劳力拿着镊子，一个虫子一个虫子往下捏。北方这么多地怎么做到？种子也是县里给的，只给了这一亩。

崔玉俊愣住了。他以为自己错了，现在发现没错。那是谁错了？

第二天崔玉俊来到炼钢厂。村里人在八路军炼铁炉原址垒了一台小高炉，炉里用耐火砖砌了，外面接一台鼓风机。到处都在炼钢铁，各地急缺耐火砖，刘进祥找到当年养伤的一个营长，现在是某军区副司令员，拿着人家的条子才搞到。

家家的废铁锅、废铁锹、废铁铲子都拿出来，村里人眼里哪有废东西，村干部做工作也同意了。穷的人家只拿出一个顶针，慈家拿出来的最多，三百多斤，光秤砣就四五个。公社领导又从别的村调。别的村说：我们的高炉也快建成了。领导说：全国一盘棋，插剑岭炼出钢也有你们的功劳。

他们欢快地把劈柴、木炭、焦炭、废铁依次投入炉中，杜铁匠拿着打火机，全村只有他有打火机，轻轻一按，"咔"的一声炉火点燃了，高炉冒出浓烟。杜铁匠用绳子一拉，柴油机"突突突"响，鼓风机呼呼地往炉里吹风。人们紧张地看着炉里，炉火从原来的红火，渐渐变成白色，过了一会儿，火焰中心微微发蓝，炉顶蹿出来的已经不是虚火，是白炽色的光焰了。

刘进祥威风凛凛地站在炉前观察，发出指令。实际上他什么都不懂，需要不时跟杜铁匠商量。杜铁匠被任命为炉前班长，身上穿着浸湿的棉袄，头上扎着浸湿的毛巾，毛巾烤干了，旁边人立刻递给他一个新的。村里造手榴弹时，他在化铁炉前帮过忙。凭经验他判断温度差不多了，炉里的废铁正在熔化。

刘进祥召集起轿鼓队，十六个壮汉每人一面大鼓，鼓槌子一律系着漂亮的红绸，后面跟着唢呐、笙、二胡、锣和镲。一出钢，他们就要敲锣打鼓到县里报喜。当炉顶的烟筒看不到红光，只是一片白炽时，杜铁匠喊一声：起！几个汉子垫着湿布抬起铁杠，炉身倾斜，红色钢水缓缓流出，周围一片欢呼。

杜铁匠用长勺接了钢水，倒进准备好的沙模里。刘进祥问他怎么样，他不说话。凭着钢水的颜色、热度，他感觉异常。冷却后的成品果然发灰发暗，他用铁锤敲了敲，声音沉闷喑哑，根本不是钢。

村里人围着他问：不是钢吗？你再好好看看。

杜铁匠说：再看也是铁，用这种铁都打不了铁锹。

村里人问：八路军炼出来的为啥是钢？

杜铁匠说：八路军炼出来的也是铁，造手榴弹用不着钢。

刘进祥说：别急，想想问题出在哪里？

杜铁匠一拍脑袋，说：坏了！村里人问怎么了？他说不该把秤砣放进去。秤砣里包着铅，怎么能炼出钢来？刘进祥说：找出原因就好，明天再干！

为了看村里炼钢，崔玉俊晚走了一天，他盼着村里成功，成功就改写了历史，中国遍地钢厂，赶美超英不是问题。

第二天凌晨，任家媳妇生了个大胖小子——任海龙的小叔叔，请他起名。他说了超英两个字。任超英，多好听的名字！孩子的爷爷欢天喜地走了。

杜铁匠第二次炼钢先把收来的废铁进行拣选，怀疑有铅的都扔出去。炼出来的仍然不是钢。他说，大概温度不够。刘进祥问：怎么才能让温度再高？杜铁匠说：再加一个鼓风机试试。村里没有鼓风机了，鼓风机要靠柴油机带动，也没有柴油机。刘进祥说：咱们跟县里求援。

崔玉俊假期到了，跟村里人一一告别。没有炼成钢，村里人觉得对不起他。他鼓励他们：肯定能炼出来！到时候我再来看你们。

回到北京不久，他收到了村里的来信。他走后的第三天，县里送来了鼓风机，点着火不久高炉有一个地方发红，刘进祥问怎么回事，杜铁匠说大概耐火砖坏了，得赶紧停火。刘进祥有些舍不得。犹豫之间红的地方就大了。刘进祥让杜铁匠关鼓风机，自己上前抢修。他想把炉里的火掏出来，降低炉内温度。走到跟前高炉恰好爆炸，一股铁水喷溅到他身上，人当场死了。尸体烧得剩了半个，跟熔化的铁水完全焊在一起，后来是带着铁下葬的。

杜铁匠抱着尸体哭得死去活来，刘进祥完全可以自己关鼓风机，让他抢修，关键时刻把他支开，救了他一命。

崔玉俊给游锡五写了一封信。几天前，他刚刚给游锡五写过信，推崇在插剑岭看到的一切，现在变得伤感、悲观。他重新思考跟游锡五的分歧，上一封信他认了错，现在又觉得对许多问题还要重新认识。

他没有收到游锡五回信。游锡五不同意"大跃进"中的做法，质疑放卫星，质疑吃食堂，受到上级批评，他无法解答崔玉俊的问题。崔玉俊却以为游锡五不同意他的观点，不愿意跟他来往了！

两年后，崔玉俊自杀了。自杀原因不清楚。他要求离婚，女方不同意就离不成。所里人知道有一个外地女人给他写信，大部分人认为他死于感情纠葛。他妻子没有否认，也没有肯定。到了晚年，妻子说那个女人的确给他写过信，根本没有谈情说爱的内容。只是说如果不是遇到他，就不可能摆脱旧家庭，走上革命道路。崔玉俊对她这份感激莫名其妙，觉得自己一介书生，只懂农业，对革命没有作出过贡献。

崔老爷子拿出一张照片，那是一张全家福，崔玉俊和妻子坐在椅子上，中间是他。他们背后是一张条案，上面摆着鲜花。这是照相馆的道具。他们脸上的笑容是真实的，那是他五岁时照的。

崔老爷子说，父亲给游锡五写了三封长信，有的没有寄出，有的退了回来。他在某刊物发表的一篇文章受到了批评，说他对农业发展现状不满，表面上肯定农业战线取得的成就，实际上在否定人民公社。所党委书记跟他谈话，提醒他要对思想深处的右倾意识深挖根源，这显然在暗指普凯。他和所长都是普凯的学生，两个人都感到不被组织信任了。

1949年8月，普凯跟随司徒雷登回到美国，毛主席发表了著名的《别了，司徒雷登》，普凯便被列为对新中国不友好的人。他给两个学生写信，对新中国多有抱怨，却对蒋介石政权进行了赞美。所长和崔玉俊被审查了将近两年。据说正是所党委书记保护，他们才被列为可以继续使用的人，他却认为书记在排挤他。

他们再也收不到普凯的信，哪怕是请教学术问题也收不到回信。崔玉俊认为普凯是一个对中国，对共产党都很友好的人，他没有说普凯一句坏话，这自然引起了有关领导不满。

新中国像一棵幼苗，对外界风霜异常敏感。整个西方世界对新中国是敌视的，他们当然要敏感、警惕。崔玉俊一方面苦恼，一方面又对发生的一切感到新奇，鼓舞。就是在这个背景下，他带着儿子回到了插剑岭。

第三次土改后，村里一些人按照崔玉俊的办法管理土地，他们打井、修渠，把牲畜粪和人粪尿堆在一起，还增加了草木灰、灶炕土，使肥料成分更加全面，肥力提高。

他们感到木犁笨拙，南方早就使用铁犁了，至少是使用木头套着铁皮的犁铧。八路军在时，部队的工匠给刘长顺的犁包过铁皮，这技术看起来简单，杜铁匠父子也能包，可用不了几天就脱落了。

有人问刘进祥，能不能让崔玉俊回来。刘进祥给崔玉俊写了信，没有回音。他们不知道崔玉俊正在接受审查。现在崔玉俊突然回来，简直是从天而降啊！短短几天，崔玉俊对插剑岭给予了肯定，这一方面是组织不断谈话的结果，另一方面也是由衷的。妻子天天为一段莫须有的感情跟他争吵，所里人又在疏远他，他产生了一个念头，到插剑岭做一个农民。妻子坚决不同意，她咬牙切齿地说：你死了这条心吧！我为什么跟你去山沟里。

他说：要不咱们离婚，各走各的路。

妻子说：门儿都没有，你敢离我就死给你看。

插剑岭传来的也不是好消息。深夜里他睡不着觉，一遍遍闪过高炉爆炸、铁水倾泻到刘进祥身上的情景。他得了一种奇怪的病，全身疼痛，到医院却查不出原因。医生说他的疼痛是神经性的。

第二年，插剑岭遇到严重旱灾，一半儿的地颗粒无收。旱灾是大面积的，全省都在抗旱，报纸上，广播里，都是各地抗旱胜利的消息。第三年雨水很好，就在村里人庆幸时，老天突然下了八天大雨，百年未遇的洪水把县城淹了。家家户户没粮，韩家、庞家都给他写了信，信是由会计代写的，描述了连续大雨的情景和家里老人孩子的饥饿。信里说：食堂糟蹋的粮食太多了，要是存起来，也不至于饿成这样。

他给每家寄去二十块钱，心里责备自己，一个学农的，怎么会对明显的错误产生出欣喜之情？怎么能相信小麦亩产一千多斤？怎么还跟所里同事介绍插剑岭的食堂？甚至相信农民可以炼钢？他觉得插剑岭没有错，集体农庄（在他看来，合作化、人民公社就是一种集体农庄）、改良土地、兴修水利都是对的。他跟着普凯到过美国农场，农场主是普凯的弟弟，他还听所党委书记介绍过苏联的集体农庄，那时他就得出一个结论：不管苏联还是美国，土地交给一家一户干不成大事；把农民组织起来，进行集体化生产才是正路。怎么到了插剑岭就不灵了？

没有人知道他为什么自杀。妻子晚年说：他就是不想活了！

5

崔老爷子还没走，侯总就来了，带来了设计团队的经理，把山里所有景点都看了。这个经理确实是内行，提了不少建议。

第二天侯总又来村里，韩小实说：我们希望公司把村里当成开发重点。

侯总这次说法变了，说：当然了，游客在山上游览完，吃、住、养全在村里。

韩小实不解，问：养是什么？

侯总说：养生呵！出来的人都是为了健康长寿，村子美丽、宜居，他们多住，咱们就挣了钱。

韩小实心里算账，一天来一百个游客，村里人每天能增加一万五千元收入，分到后沟和沟底各家，收入相当可观。

杨伯峻说：你上次说，还要在村里修建一些设施。

侯总说：我们想把整个村子当成景观，家家都是风景，处处都是画面。刘、韩两家的老宅，我们打算按旧样式修建，建立一个系列革命旧址，一部分游客就住进去，多有意义！只是大老板不知道听了什么人的话，没有点头。现在他也同意了。

杨伯峻感谢他的努力。

侯总说：村委会后面我们想建一座医疗大楼和一个会议中心，以后也能当剧场和电影院用。在场的人都不说话。他们还记得，上次侯总说在沟口建，现在改成了村委会后面。村委会后面原来是公社粮库，全村的黄金地段，老裴当支书都没敢占，现在是村里老人们晒太阳的地方，难道都给了他们？

侯总看大家没反应，继续往前走，每走到一个地方说一番设想，周围聚集了不少村民，有人听了他的话说：比游锡五想得还好！这得花多少钱？

侯总说：钱不是问题。

碌碡站在人群里，不高兴地说：这个规划好是好，对我有点儿不利。

侯总转过身问：怎么不利？

碌碡说：你建医疗大楼，谁还找我看病？

有人说：那不正好，你倒腾古董呗！

周围一片笑声，碌碡脸腾地红了。在人们的笑声中，有个人低声说：这个现代化农村是你们的，不是我们的。在场的人"唰"地回过头，原来是郝宝贵。

侯总说：怎么不是你们的？

郝宝贵说：半个村子你们都占了，我们住哪儿？

一些人附和：对呀，我们住哪儿？

侯总说：公司在沟口一带盖安置房。

问：沟口有那么大吗？

侯总说：把公路北开发出来，比路南条件还好。

这意味着公路北也成了公司的，村里人不言声。崔老爷子忽然说：这也不是我爸心目中的农村。人们把目光转向他。

杨伯峻问：你爸那时怎么想？

崔老爷子说：我爸想发展农业，把插剑岭建成农场，你们是搞旅游业。不种地吃什么，都不种地粮食从哪儿来？跟外国买？有一天不卖给咱们怎么办？

大家都沉默了。崔老爷子又问：听说过管仲灭楚的故事吗？

村里人摇头。

崔老爷子说：战国时，齐国征服了其他国家，只剩楚国没拿下。齐王用了管仲的计谋，派人高价到楚国买鹿，楚国的人不种地都到山上打猎，说用打猎挣的钱去齐国买粮食更合算。一年后楚国发生了大饥荒，齐国不卖给他们粮，国家乱了，齐国趁机灭掉他们。

设计经理说：我们不是放弃农业，是要发展农业。以后土地要请专人设计，按画好的图种地，到了夏秋季节，庄稼组成一个个五颜六色的图案，又壮观又美丽。这叫景观农业。地里打的粮食除了人吃，养猪场也要收购。以后家家户户有肉吃，粮食消耗就少了。

侯总又带着设计经理往养猪场走。梅长风说：养猪场就别去了吧？去了也进不去。

设计经理说：我们想把养猪场也搞成一个景点，你们搞的猪跳水、猪游泳都是新鲜事，肯定吸引游客。

黄俊涛说：那就把尔雅叫出来商量一下。

尔雅拒绝了侯总的建议，摇着头说：所有养猪场都是封闭式管理，搞旅游不行。

侯总问：为什么？

尔雅说：一旦发生瘟疫，全部猪都得宰杀、掩埋，损失不可估量！这是谁都输不起的。

侯总说：你修一道玻璃幕墙，把游客隔开不就行了？再建一个消毒通道，游客先消毒，后参观。

尔雅说：那么折腾，还能剩几个游客？

侯总等人面露遗憾，又聊了一会儿，他们起身返回市里。

他们走后，崔老爷子也要走，杨伯峻让梅长风把他送到市里的火车站。

6

侯总提出第一个开发方案时自信满满，觉得除了投资大，没有任何问题。他第一次挑头做事，想干一个漂亮的。周竞看了沉着脸问：你这一套没跟村里说吧？

侯总说：说了，村干部挺感兴趣。周竞冷着脸不语。侯总看他不悦，解释道：这个方案能长期盈利。

周竞起身走开了。尾随着走了几步，周竞回头骂道：谁让你跟村里这么说的，是我同意的？还是董事会讨论过？猪都比你聪明！

侯总莫名其妙，不停地认错。几天后周竞又搞出一个方案，让他交给村里。侯总回到屋里，实在看不懂。按着周竞的方案，简直是往里白白扔钱。侯总想把这个方案撕了，比画了一下不敢撕，又扔到桌上。半夜醒来拿起方案看，这一次看出了门道。周竞的深谋远虑是他们比不了的，人家想的压根儿不是挣钱。山上的事侯总知道一些，还参与过，他意识到刘铁山一倒，周竞跟以前不一样了。

明知道这个方案村里不会同意，侯总还是交给了韩小实。韩小实问他为什么变了。侯总说：这是总公司的想法。

韩小实说：谁的想法也不可行。

拖了一个多月，村里还没有动静。韩小实见了他远不如以前热情，想再跟周竞汇报，看到周竞黑着脸，他鼓不起勇气。听到有一个姓窦的要去村里投资，他壮着胆子告诉了周竞，周竞问：姓窦的什么来历？

侯总说：搞不清，有人说她跟姚红玉认识。

周竞找人打听了一下，果然背后是姚红玉，他想这娘儿们为啥跟我过不去。姚红玉是薛健的老婆，有人说是假离婚，薛健出狱后没有复婚，反而又搞了几个。上次薛健说他们有个孩子，是不是意味着他们仍然有共同利益呢？

周竞不敢惹姚红玉，跟薛健说，薛健问：村里什么态度？

周竞说：村里不同意我原来的方案，又找了这个姓窦的。

薛健想了想说：先把项目拿下来，别让外人伸手。

周竞说：小侯以前搞过一个方案，跟铁矿不沾边，被我否了。

薛健说：铁矿的事以后再想办法，只要进去了总有机会。周竞答应着，薛健又说：村里的事只能靠小侯，你想办法调动好他的积极性。

周竞回到公司，跟侯总改变了态度，说：上次我跟你发了火，后来一想，还是你的方案可行。我事儿太多，一时没想周全。

侯总赶忙说：我们想的哪儿有您周全？

周竞说：既然谈不下来，咱们就让一步。你跟他们再谈谈，说明咱们仍然有诚意。侯总听了自然受鼓舞。

听到村里的天平倾向于侯总，窦总给姚红玉打电话，姚红玉说：你先干别的事，看看他们最后能不能谈成。

放了电话，姚红玉又去了薛健的茶楼。薛健知道她这几天要来，准备了一款适合女性喝的药茶。看到姚红玉进来，他拿出茶说：这个比小罐茶好，补气养血。

姚红玉没理他。泡好了茶，薛健又说：怎么又不高兴？这么大岁数，早过了生气的年龄了。

姚红玉说：你上次答应我了。

薛健说：我答应什么了？

姚红玉说：答应让你的人撤出。

薛健说：我没答应过，也不可能答应。再说他现在也不是我的人，跟着周竞呢，我不过是参与了投资，总得挣些钱是不是，光一个茶楼一年得花多少。

姚红玉哼了一声。

薛健又说：知道我为什么要在插剑岭投资吗？

姚红玉说：你们在山上有屎，屁股擦不干净。

薛健说：说那么难听干什么？你以前知道，我父亲的母亲不是亲生的，他的生身母亲不知道去了哪里。这几年我才搞清楚。

姚红玉看着他，问：这跟插剑岭有什么关系？

薛健说：有关系，这是我在插剑岭投资的主要原因。当年跟着游锡五来村里的，还有一个大学生叫崔玉俊。我父亲是崔玉俊的后代。

姚红玉好半天不说话。她等着薛健往下说，薛健却不说了。姚红玉说：你说得太有情节了，好像文人编的。

薛健说：编都编不了这么复杂。崔玉俊在村里时，跟韩金定刚娶的年轻媳妇李金凤来往密切，韩金定怕丢丑，不愿意张扬，找别的理由赶走了崔玉俊。

一九二八年农民暴动时，李金凤离开韩家跟着农民起义军上了山，改名叫李原平。我父亲就是李原平的孩子。

姚红玉不错眼珠地看着他。发现他眼睛里有泪花。

薛健说：你放心，我不会去插剑岭。这个项目建成后我也不去，对外它就是姓侯的企业，顶多有人怀疑他后面是周竞，没人知道我。只要你不说出去，尔雅也不会知道。我死后你说不说，什么时候跟他说，我不管。

姚红玉点点头。

薛健又说：这个项目如果跟尔雅发生冲突，我让周竞让步。这你放心了吧？

姚红玉迟疑地说：这要算孝心的话，我应该成全你。

从茶楼里出来，姚红玉仍然疑惑。薛健父亲是一个乡镇干部，老实憨厚，家里的身世很简单，怎么成了崔玉俊的后代？她刚刚听说游锡五身边有一个叫崔玉俊的人，别的什么都不知道。薛健嘱咐她不要跟别人说，她只好把疑问存在心里。

不过既然答应了薛健，她很快就让窦总退出了。

7

侯总草拟了一份合同交给村里。

合同里藏了不少玄机，韩小实是干企业的，一眼能看出来。两个人讨价还价了半个月，才算定下来。侯总无奈地说：你是个老江湖！

韩小实说：屁股决定脑袋，我得替村里人着想。

合同书拿回村，杨伯峻和黄俊涛等人反复传看，没发现漏洞。给村里人的拆迁补偿额度反复商量过，每户的回迁面积争过多次，都不比当下的标准低。周围各村对韩小实说：你们定这么高，我们以后怎么干？

回迁房除了面积，还有施工质量、配套设施、小区绿化，连栽什么树种什么草都写了，韩小实有把握在村民委员会通过。村民委员会一个片区两个代表，加起来二十多个人，听到商量拆迁，一下来了六十多个。梅长凤和江小童从学校搬来凳子，仍然不够坐。有人站在桌边，有人靠墙蹲着。

韩小实一边念合同一边解释，念完谁都不说话。韩小实说：大家看还有什么遗漏。有人交换眼神，有人扒在耳边商量。韩小实又问：有什么补充的没有？

墙角有个声音不高不低：没补充的！

顺着声音看去，见邹进贤扶着墙站起来，一手攥着帽子，一手比画：这个合同压根儿就不行，还补充什么？

韩小实愣了：哪儿不行？

邹进贤说：我不说了，反正我不同意，剩下你们说吧！

屋里一片嗡嗡声。看样子不少人有同感。韩小实觉得奇怪，这么周密怎么还有意见？他喊：静一静，一个一个说，老杜，你想说什么？

杜存喜说：按这个合同，插剑岭就不叫插剑岭了，成了姓侯的旅游村。

韩小实不明白他想说什么，问：旅游村有什么不好？咱们村的人还在这儿，出去的人能回来在家门口打工。原来是空心村，现在成了实心村。

有人跟着说：叫不叫插剑岭没关系，别坑了咱就行。

韩小实问：怎么坑咱们了？

黄兴义说：咱们村这么多地、房子、景点都让侯总白用了，四分之一的宅基地占了，后沟和沟底都成了开发商的，咱们落下什么了？

杨伯峻紧张起来，提意见的都是老党员、骨干，不像是故意闹事。挺好的事，他们为什么不满？半个月前村里人还担心这个项目谈不成，现在又改变了态度。为什么？是村里的工作不到位？还是有人在背后搞小动作？

大部分人还在沉默，只是听别人嚷嚷。杨伯峻意识到，群众对资本有畏惧，害怕被资本控制。想到韩小实以前的身份，有这个担心也不奇怪。他看着韩小实，听他怎么解释。

韩小实说：咱们落下的不少！被征用房子的人家，一分钱不花改善了住房，以前是平房，以后住楼房。五八年怎么说共产主义的？楼上楼下，电灯电话。楼房得有水电暖一系列配套设施，光一个供水塔就得花不少钱，都是公司投资。大沟两边要建成休闲区、观赏区，沟沿两侧是回廊、长椅、草坪、花坛、亭台楼阁，这不都是村里的？外面人观赏，咱们不也观赏？以后还要在村里盖宾馆、修戏院、建医疗中心，看病方便了，休闲方便了，娱乐也方便了！不都是收益？

有人反驳：老院子能养鸡养鹅，养羊养狗，夏天还能在树底下唠嗑儿，楼房憋得慌！

有人说：亭台楼阁是给旅游的人看的，插剑岭本来就风景如画，他们不开发也一样好。

最后站起来的是郝宝贵，他说：盖宾馆我们能白住吗？戏能白看吗？找碌碡看病能少花钱，去他们的医院一分不少拿。村里人没得多少实惠，钱都让外人挣了！

韩小实给他们算了一笔账，开发商投入上亿元，光利息是多少？钱一时收不回来，挣什么钱？

杜存喜说：韩书记，不挣钱他们干什么来了，学雷锋来了？

众人附和：对呀，有拿这么大一笔钱学雷锋的吗？

韩小实说：旅游业投资大，见效慢，挣的是长线。再说投资有收益，也有风险，咱们不能光看收益！

村里人问：以后挣了钱怎么办？一点没咱们的吗？

韩小实说：怎么叫没咱们的，公司用工优先用本村的，以后家家户户到公司里上班，这个也是收获。

邹进贤说：我从老房子搬到楼上，一分钱不挣，还得花钱装修，掏电费、水费，我不干。

一个老人也说：我们老两口儿往楼上搬家，搬不了。

有人附和：得让他们出搬家费！

这就有点不讲理了。韩小实说：你们回去先考虑一下，算算账，下次咱们再议。

村里人不走，说了好些难听的。

众人散去后，曹志军靠在椅子上好长时间不说话，突然来了一句：多一事不如少一事！再看别的村干部，也是一脸沮丧。

杨伯峻注意到他们情绪不佳，说：这么议论议论是好事，前期讨论充分，后续矛盾少，咱们该民主了民主，该集中了集中，不能有人反对就不做工作！

8

散了会，村里一部分人找暴二来，一部分人去了刘丙瑞家。碌碡正给刘根生扎针，看到碌碡拿着火不停地在针上烤，烤一下，刘根生肉哆嗦一下，众人觉得新鲜。他们听老辈人说过慈家扎火针，今天第一次看，算是开了眼。

有人问：根生，烫不？

刘根生说：觉不出来，有点儿麻。

有人说：碌碡的手艺越来越好了。

碌碡心里得意，做出不在乎的样子说：这有什么，就是一层窗户纸的事儿。话题转到村里的项目上，刘根生问：你们会开得咋样？

人们七嘴八舌：不咋样，大伙儿都不愿意。

刘丙瑞不言声，在炕上坐着抽烟。刘根生想坐起来，碌碡赶紧摁住他说：别动，你身上还有针呢！

刘根生说：好容易有人来投资，为啥不愿意？搅黄了你们才高兴？

人们想起刘根生也是副村长，说：你该去跟工作队说说，这么可不行，插剑岭以后成了外人的了。

刘丙瑞吐了一口烟说：插剑岭什么时候也是插剑岭人的，成了别人的，不可能！

咋不可能？当初，老裴把山包出去，现在山是谁的？咱们连上都上不去。碌碡想上山采药，能随便去吗？这话引起好些人共鸣。刘丙瑞没反驳，心想那是过去。

碌碡起了针，刘根生在炕上坐起来。碌碡让他把衣服穿好，防止着风。刘根生说：不行，我得去找杨局长，跟他好好说说。

有人鼓动他说：韩小实比老裴还厉害。韩小实见过世面，把咱卖了，咱还帮着人家数钱呢！听说姓侯的跟韩小实原来就是一伙的，韩小实不敢出面，找了姓侯的当替身。哪一天他不当支书了，村子就成了他家的。

刘丙瑞问：你听谁说的？

那人说：裴家人说出来的。

刘丙瑞问：老裴？

那人又说：不是，老裴的亲戚。

刘根生说：不至于吧？韩小实跟姓侯的原来都不认识，刚有人介绍他们认识的。这我知道。

那人说：不认识能把这么大一笔生意给他？投资一个多亿，过去韩金定在村里最富，也就是一百八十亩地，现在韩小实要把全村都吞了，多大的胃口啊！

刘丙瑞说：这不可能，不是那个时候了。刘铁山、老裴都下去了。工作队不会让任何人胡来！这我敢断定！

聚到暴二来家的人说得更复杂。他们说周竞和韩小实是多年的交情，一起做生意，韩小实沾过周竞不少光，这一次回来当支书，就是来报答周竞的。这个旅游公司前台是侯总，实际老板是周竞和韩小实。

暴二来证实说：我就见过他们一起吃饭。

郝宝贵问：你咋不找杨伯峻说。

暴二来说：找杨伯峻有什么用，找就找乡里，找县里。告也别告杨伯峻，告韩小实。还得说工作队好，说咱们拥护工作队。

郝宝贵和邹进贤等人点头，商量到县里告状。有人问：写告状信行不？二来说：你见过谁写匿名信管用了？告就去县里，怕的人别去。

邹进贤说：我不怕，你去我就去。在场的人都说不怕，第二天真要去县里，又说家里有这样那样的事，走不开。

二来去找老裴，敲了半天门老裴才出来，说：你咋又来了？

二来说：你是老书记，我是老村长，咱俩是一根绳上拴着的蚂蚱，有啥不能来的。进到屋里，不等老裴问，就说商量好去县里告状，有人又缩回去了，咱们村心不齐。

老裴说：心齐不心齐关键在你，你铁了心，肯定有人跟着。

二来说：看他们推三阻四的样子，我也没劲儿了。

老裴说：没把握你就甭张罗，张罗半天又不去，以后谁还信你？我这一辈子别的本事没有，就一条，认准了的事就干到底。

二来知道他跟周竞不是一般关系，说：我们告韩小实，周竞那边没事吧？

老裴说：告谁不要紧，关键是告什么事。告的是村里的旅游项目，告谁上面也得来查，查不到我，也查不到他周竞。周竞想拉韩小实，韩小实让不让他拉还不一定呢！

二来说：你要这么说，我也不顾忌了，刚才还怕你不高兴呢！

从老裴家出来，又找邹进贤等人商量。他没提老裴，只说：那天说得好好的，到了时候你们都躲。这回谁都不能怕，要出头一起出头，去的人越多越好。

邹进贤说：谁说我怕了？我不怕！

郝宝贵等人听他这个态度，也说不怕：咱们一起去，看他韩小实能怎么样？

当天晚上，腊梅不知道从哪里听到风声，打电话让邹进贤到家里。一进门就问：听说你们要去县里告状？

邹进贤说：你咋知道的？

腊梅说：你以为诡秘，不出半天就传开了。邹进贤出了一身汗。腊梅又说：我以前就跟你说过，少掺和村里的事。

邹进贤说：我估摸对老裴有利，就答应了。

腊梅说：沾老裴的事更不能掺和，躲得越远越好！

邹进贤说：挑头的是二来，不是我。他们天天找我商量。

腊梅说：你也不想一想，二来为什么找你？还不是拿你当成老裴的人。

邹进贤说：对呀。

腊梅说：你啥时候成了老裴的人？你不是，我也不是。

邹进贤反应不过来，一个劲儿眨巴眼。

腊梅又说：你也不是韩小实的人，也不是工作队的人。你就是你。

别人以为咱们跟老裴一回事，不是。我以前就跟你说过，你咋听不明白呢？

邹进贤被抢白了一顿，猜不透她的意思。村里人都说她跟老裴有事儿，现在她咋这么说？以他的脑子想不透这些。他低着头往自家走，忽然明白腊梅说得对。腊梅跟老裴再好也不是一家人，跟他才是一家。他后悔没听腊梅的话，不知道明天该怎么反悔。

正想着，前面蹿出一条黑影，吓得他站在那里不敢动，想前面是真的有人，还是鬼影。过了一会儿，摸黑又往前走了几步，觉得后面也有动静，扭过头往身后看，感觉脑后袭来一阵冷风，还没有来得及回身，一记闷棍打在后脑上，他连声音都没喊出来，就栽到了沟里。

不知道过了多长时间，他醒过来，听见沟沿上有人走动，几束手电光在空中晃来晃去。他老婆站在沟边喊：进贤，进贤——

他答应了一声，几个人喊：在沟底呢，在沟底呢！慌慌张张地下到沟底救他。

他们把他从沟底抬上来，问他咋回事，他一时说不清，也不敢说。心里怀疑是周竞知道他们要到县里告状，派人干的。这种事，村里以前也有过，刘玉柱就是因为到县里告状，让人打了。据说就是周竞的人干的。

腊梅慌慌张张地赶到家里，问了经过。看她这么着急，邹进贤心里有了暖意。他明白不该掺和村里的事，出了事倒霉的是自己。

杨伯峻等人听到消息赶来，还叫来了碌碡。邹进贤一边说一边流泪，声称有人要害他。碌碡给他把伤口清洗了一遍，上了药用绷带包住，问：谁想害你，你在村里得罪谁了？

他说：我不知道，就看见一个黑影在后面跟着我，我去哪儿他去哪儿，我不走了，他绕到后面给了我一下子。

韩小实问：看清是谁了吗？

腊梅打断他说：别听他说胡话，他没看清路摔到了沟里，哪里有人害他？

杨伯峻听她这么说，安慰了几句告辞了。

干部们走后，腊梅数落了邹进贤半天。邹进贤真后悔了。他的日子本来挺好，儿子在外面打工兼跑运输，自己在乡里给人拉零活儿，又有个妹妹在上面罩着，过的是上等日子，现在白挨了一闷棍，图什么呢？

他是不甘心。老裴下了台，别人看他的眼神都不一样。这不是钱的问题，是在村里的地位问题。以前瞧不起的人比他得意，他的不满按捺不住。身上的伤不轻，告状是无法参加了。不过，他这一棍子挨得也值，给二来上访增加了有力内容。县里刚刚布置严打，挖黑社会根子。听到插剑岭有群众因为要反映问题，被黑社会打伤，县公安局很快派来了干警。这回腊梅不再阻拦，反而鼓励他大胆说。他坚称是因为要到县里反映问题，被人打击报复。公安人员问他反映什么问题，他说反映韩小实。

公安干警很重视，把他带到了县里。他这一辈子没住过宾馆，一住觉得成了人物。他煞有介事地介绍村里的情况，分成几派，早先谁家是革命的，谁家是反动的。来查案的都是青年人，没听过这些，低着头不停记录。

最后他总结说：韩小实是什么人？他们家当年是大地主。这次来插剑岭投资的侯总，根本不是真正的老板。给村里的投资，也不是侯总个人的，侯总没那么多钱。这是韩小实跟外面人勾结，想把插剑岭据为己有。

公安人员问他外面的人是谁，这一次他学精了，不说别人，只说韩小实知道。

平时到处跑车拉货，他听了不少故事，把这些故事移植过来，偷袭说得有声有色。他说，他跟村里几个人商量来县里反映问题，晚上就遭到了偷袭。一个身材高大的人一直尾随着他，他光注意了后面，没想到旁边还有一个，这个人中等个儿，不胖不瘦，把他打倒后还回过身看了他一眼。当时他抓着一根树枝，想站住，手一滑掉到了沟里。

公安人员觉得他描述的这个人很难确定是谁。终究是一个恶性案件，不管是谁，应该先建议乡里让韩小实停职，等候查案结果。

蒋社教跟杨伯峻商量，杨伯峻说：韩小实怎么会做这种事？再说，他们要到县里告状是秘密商量的，别人根本不知道，韩小实怎么会袭击他？

蒋社教问：作案时韩小实在哪里，跟你们在一起吗？

杨伯峻想了想，说：没有，那天没开会。

蒋社教说：能不能找到人，证明韩小实案发时不在现场？

杨伯峻想了半天，摇头。

蒋社教说：找不到就尊重查案组的意见吧！让韩小实休息几天，他这些日子太累了。

杨伯峻不同意，说：乡里这么决定，不妥吧？我保留意见。

蒋社教跟韩小实谈话，韩小实问：用不用把我关起来配合调查？

蒋社教说：你说哪儿去了，就是让你休息几天。

韩小实说：我公司里还有好些事呢，谢谢你们放我一马。不想让我干了也明说，我接着办我的公司。

蒋社教说：没那个意思。

韩小实说：查出来是我干的，到公司里抓我，我等着。说完扭头走了。

第二天，韩小实写了辞职信，一份给乡党委，一份给杨伯峻。

韩小实辞职的消息很快在村里传开了，人们议论纷纷。有人说韩小实肯定要下台，有人说邹进贤挨打是老裴布下的苦肉计，就是为了拿下韩小实。各种消息传到村干部耳朵里，曹志军等人消沉了不少。

杨伯峻急得嗓子冒烟，赶紧把村干部召集到一起打气，他不能否定查案组，也不能说县里不对，解释说让韩小实停职是为了保护他。咱们村大方向没错，引进大资金没错，开发旅游没错！定了的工作要接着干，让群众坚定信心。

散会后他又给侯总打电话，亮明村里的态度。

周竞前两天告诉侯总：插剑岭有好戏看了。侯总问怎么回事。周竞说：韩小实当不长了！侯总对后来发生的事一点儿不意外，他对杨伯峻说：我听村里的。

杨伯峻说：村里不变，一切按原计划进行！

9

下午，局办公室打来电话，让杨伯峻回局里。杨伯峻问有事吗？办公室主任说：马局长没细说，只说让你赶紧回来。杨伯峻把村里的情况说了，问：正是关键时刻，我能不能晚回去几天？

办公室主任叹了一口气说：杨局长，你这是何苦！人家好些人巴不得早早回来，现在局里给你机会，你怎么还不抓住？

杨伯峻听出了问题，问：什么意思，莫非局里想把我换下来？

办公室主任自知说漏了嘴，说：我可什么都没说。你要是不回，我这就跟马局长汇报。

第十二章·新项目　　497·

杨伯峻说：那你替我请示一下。几分钟后办公室主任又打来电话，说：马局长说了，你必须赶回来，有要紧事。

杨伯峻想，马局长一直挺支持工作队，这次是哪儿来的一股力量，想把他调回去。又想，他到插剑岭下乡是市委杨书记亲自过问的，马局长可能不知道这个情况。

回到局里，马局长跟他谈话，问他村里的情况。他详细汇报了，马局长说：叫你回来，是因为巡视组在咱们局巡视，发现了一些问题。其中，也有涉及你的，这些日子你先别去村里了，跟巡视组说清楚。

杨伯峻想，局里的问题百分之九十跟崔局长有关，我有什么说不清楚的。第二天一上班就找巡视组组长，组长在市里开会，说：咱们另约一个时间吧！看到局里的工作他也插不上，只好扭头回了家。

严惠娟正在外面出差，电话里听到他回来，说：我爸天天念叨你，你赶紧抽空看看他。杨伯峻一边答应，一边问了岳父情况。严惠娟听他语气喑哑，问：你怎么了？

杨伯峻说了办公室主任透露，想把他从村里调回来。严惠娟说：插剑岭是个是非之地，我巴不得你回来呢！放下电话，开着车往家里赶。

杨伯峻正在沙发上有一搭没一搭地看电视，看到严惠娟回来，说咱们一块儿去看你爸。严惠娟说：不着急，先跟我说咋回事，马局长不是对你挺好吗？

杨伯峻说：看样子不是马局长的事，好像是巡视组的意思。

严惠娟说：别管是谁，能回来最好。

杨伯峻苦笑了一下，说：你说得容易，一个村的老百姓等着我呢，怎么能干了一半儿就扔下人家。

严惠娟说：你又不是插剑岭人，让你下了几天乡就真成父母官了？

杨伯峻说：你不懂。

两个人一边争执，一边赶路。到了岳父家，两人不再争吵，做出恩爱的样子，一块儿凑到老人跟前。问候过了，岳父看着杨伯峻说：你怎么又回来了？

杨伯峻说：局里有事，把我叫回来的。

岳父便劝他：你岁数也不小了，局里应该派年轻人到村里锻炼。

杨伯峻说：是，是。

岳父说：你不在家，惠娟一个人在家连个说话的人都没有。你不能光为了自己进步，不管自己的家。

杨伯峻说：好，我跟领导说一下。说完朝严惠娟递了个眼色，离开了岳父家。返回的路上，两个人又吵。杨伯峻说：你爸说我光为了自己进步，不管自己家。这是你跟他说的吧？

他心里知道不是严惠娟说的，故意那么说。

严惠娟说：对，就是我说的，我看你就是这么回事。

杨伯峻说：你说是，我就是。行了吧？回到家里，两个人谁也不理谁。

第二天见到巡视组长。巡视组组长说：你们局有几笔科技扶持资金，群众反应很大。我们跟崔局长谈，崔局长说这几个项目都是你抓的。说完拿出一份材料，递给杨伯峻。杨伯峻草草看了一眼，冷笑说：这几个项目都是崔局长抓的。局里开会时，他安排让我抓，我说，我分管的是农业处，高新区根本不是我分管的，为什么给我，他没有再说话。会议记录上却写的是我，其实我根本没管过，不信你跟班子里别的人调查，看看是不是这么回事。

巡视组长问：不是你分管高新区处吗？

杨伯峻说：那是我下乡扶贫以后，他想把我撤回来，让我管高新区，实际上我一天没管过。这几个出事的项目都是我下乡以前的。

巡视组长看他很激动，不再谈这个话题，问了他局里一些情况，两个小时后示意他可以走了。

巡视组长让他再等一天，又跟局里其他人分别谈过，才通知他可以返回村里。

他刚回到局里那天，村里传出消息，说他因为重用韩小实犯了错误，被市领导叫走了，工作队长的职务也被撤了，上面要再派一个新队长。有人甚至说：杨伯峻走了，又撤了韩小实，最后还得老裴上，插剑岭又要变天了！

梅长风心乱，找碌碡卜卦。碌碡掐着手指头算了半天，说：咱们村黑煞星来了！

梅长风问：什么意思？

碌碡说：你想想，邹进贤让人打了，韩小实靠边站了，这不是有煞星是什么？这个煞星你认识。你是王母娘娘的浇花童子，他是王母娘娘的值守。他不知道你在这儿，现在知道了，怎么也得给你个面子。这些日子你最好别出门，免得跟他冲撞了，真结了仇，以后就不好办了。

梅长风说：我不出门哪行，村里还有工作呢！

碌碡说：等他走了，你再干工作不迟。

梅长风让他说得心里发毛，一趟趟地到村口，盼着杨伯峻回来。

杨伯峻心急如焚，正要动身回来，市委组织部通知他到部里，也是询问村里情况，重点问怎么发现的韩小实，以前是不是有来往等。

杨伯峻听出组织部听到了负面反映，说：我跟韩小实以前不认识，村里人给我介绍他的情况，说他懂经济。他过去在村里受压制，前任村干部说他叔叔是汉奸，其实，那个人谈不上汉奸，是个有毛病的人。他还有个叔爷是老革命，退休前是南方某省的副省级领导。韩小实自己在部队表现不错，立了很多功！说他回来是地主上台，那是胡说。组织部领导嘱咐他要慎重，遇事三思而行。听出来对他还是信任的。

回了村，村干部们不等通知就聚到村委会。杨伯峻知道他们想什么，立刻开会布置工作。

村里人担心把旅游项目拖黄了，当初对这个项目都意见不小，没想到真要黄了他们比谁都着急，纷纷找工作队，找村干部。问韩小实什么时候能回来，旅游项目还搞不搞了？杨伯峻利用这个机会，让村干部和工作队的人分头找群众座谈，说前景，谈利弊。

众人听了点头，却打不起精神。杨伯峻看得出来，韩小实不回来，大家心里就不踏实。他找到韩老六，问韩小实那天去过哪里。韩老六说他那天没见韩小实，听说韩小实找过任贵成、任贵生兄弟。

杨伯峻问：找他们做什么？

韩老六说：任贵成不正经干，先是报名养牛，后来又说不养了。韩小实去了解情况。没找到任贵成，去了任贵生家。

杨伯峻问：哪个任贵生？

韩老六说：家里有大学生的那个。

杨伯峻想起在他家吃过一顿饭，是个老实人。问：找任贵生是为养牛的事吗？

韩老六说：是。

杨伯峻找到任贵生，任贵生说那天韩小实找他，是打听任贵成去了哪里。任贵生说：我不知道，我们是亲兄弟，平时连话都不说。韩小实问为什么，任贵生说他要供两个孩子念书，这个弟弟不但不帮他，还借了钱不还。任贵生老婆找他说理，别人都帮我们，你是亲弟弟，就算不帮也该把借的钱还一还。任贵成说，我要能帮你，还用跟你借钱？任贵生老婆又说，没多有少，还一半也行。任贵成说，我借了十几家，别人都不催我，你们是亲哥亲嫂还逼债。

说到这里，任贵生气得流了泪。他说那天韩小实劝了他半天，还借给了他一万块钱，不让他往外说。

杨伯峻问：这是什么时间的事？

任贵生说：韩小实是晚上九点多来的，快十一点走的。

杨伯峻算了算，正是邹进贤出事的时间。他问：你记的时间准吧？

任贵生说：准。他说时间不早了，我还看过表，差五分十一点。

杨伯峻站起来，说：太好了。这个时间邹进贤在沟里出了事，韩小实在你这里，就证明跟他没有关系。

任贵生听了也高兴，说：我记的时间肯定准，我能证明。

杨伯峻第二天去了县里，先找有关领导，最后找蔺永乐，说：我保证韩小实不是嫌疑人。蔺永乐跟管政法的领导通了电话，让他回村等消息。

两天后蒋社教打电话通知杨伯峻，公安局查清楚了，袭击邹进贤的是光棍大傻子，动机不明。可能是听村里人说过邹进贤种种不好，暗地里跟着邹进贤。大傻子的娘听到韩小实为这个下了台，自己找查案人员说明情况，家里还有大傻子拿的那根木棍，也交给了查案组。

案子查清楚了，韩小实肯不肯回来还不知道。杨伯峻估计难度不小，他跟蒋社教商量：咱俩到县里把韩小实请回来吧！

蒋社教反应也快，说：这事是我的错，解铃还须系铃人，咱们一起去。

两人到了县城，跟韩小实介绍了案子的情况，蒋社教说：小实，案子查清楚了，事实证明你是清白的，我代表乡党委，请你回村里继续工作。

韩小实脸上挂着霜，说：案子查清楚对村里是好事，不过，跟我无关，我早跟你们交了辞职信！

蒋社教赶紧说：那可不行，乡党委没同意你辞职，你还是插剑岭的支书。

杨伯峻说：你是全体党员选举出来的，怎么能轻易辞职呢？插剑岭的群众离不开你。

韩小实说：蒋书记，杨局长，你们不用安慰我，我不是赌气，是真心辞职。我一个人顾两头，公司的事受影响，村里的事也干不好，曹志军和任海龙已经入了党，让他们干吧！

杨伯峻说：曹志军和任海龙的能力不能跟你比。一个村找一个好带头人不容易，今天蒋书记来请你，说明乡里高度重视，也代表我们大家的意思。

韩小实说：谢谢两位领导，干了这一段我明白自己能力有限，管理企业和当村干部不是一回事，还是另请高明吧！

杨伯峻和蒋社教又跟他谈了两个小时，从党性、事业、村里的发展，各个角度都谈了，又谈起游锡五、韩本彦一生受到的挫折，鼓励他继续干。韩小实仍然不答应。

返回乡里，蒋社教有些沮丧，说：都怪我当时考虑不周。

杨伯峻说：这怎么能怪你？要是怪，咱俩都考虑不周，咱们慢慢打动他。

回到村里，看到不少人聚在村委会等消息，看到他下了车，都围上来问：韩小实什么时候回来？这么多事儿等着他呢！

杨伯峻想，以前光想自己给韩小实做工作，怎么没想到群众呢？让他看到村里人的这份热切，比蒋社教出面更有说服力。

他说：韩小实不干了！

下面一片叹息声。杨伯峻说：我跟蒋书记劝了半天，他不答应。现在只有一个办法，咱们大家一起请他。

村里人听到韩小实不回来，很失望。听到杨伯峻说要靠大家，都看着杨伯峻，说：我们该怎么办？杨书记你说话吧！

杨伯峻说：你们盼着韩小实回来，得让韩小实感受到，知道你们是真心需要他，拥护他！

裴贵说：我们就是真心拥护他。

杨伯峻说：得让他知道。

裴贵说：那咱们一起去县里请他，他不回来，咱们不走。

任贵生说：我认得他们公司，明天就去找他。几十个人齐声说：杨局长，你领着我们，咱们一起去！

几个家里有车的说：开我们的车，一辆车挤七八个人没问题。加上工作队的车，差不多够了。

杨伯峻说：明天咱们就去！

到了傍晚，刘丙瑞、黄兴旺等人听说了，也找到村委会，说要去请韩小实。杨伯峻考虑他们年纪太大，身体不好，说：不用都去，你们在村里也可以做工作。你们去找韩老六，让韩老六给韩小实打电话，把你们的意思转达给韩小实。

晚上，十几个老人找到韩老六家，每人提着一篮子鸡蛋，说韩书记这些日子太辛苦，这些鸡蛋给他，让他补补身子。刘丙瑞抓着韩老六的手说：小实这几个月不容易，他比我们那时候干得好，我是真心佩服他。咱们村终于选出来一个好书记，是大家的福气，你把我的话带到，让他千万回来。

韩老六更愿意让韩小实回来，说：放心，我一定把你们的话带给他。说完拿手机拍了大家的照片，当下就用微信发给了韩小实。

韩小实看到十几个老人站在韩老六家，地上的十几篮子鸡蛋，一个挨一个地摆在那里，当下眼睛就湿润了。他跟韩老六说：四叔，你给乡亲们说，看到你们的这份心意，我挺感动。我一定慎重考虑你们的意见。

刘丙瑞听他并没有答应，拿过电话说：小实，你是我们全票选出来的支书，你这个书记比我有办法，比我当得好。咱们村大，什么心思的人都有，不过，绝大多数群众都拥护你，盼着你回来。你可不能辜负大家的心意！

黄兴旺也接过电话：小实，咱们村离不开你。现在有工作队在，是咱们村脱贫致富的好时机，你这时候不干谁最高兴？称了谁的心？如了谁的意？谁达到了目的？你千万不能打错了主意！

十几个老人轮着跟韩小实说，最后是任树堂说：小实，你是我们看着长大的，我们知道你的性格，你不是肯服输的人，你没怕过谁，咱们村的经济还没搞上去，你不能丢下我们！这是我们这些老党员们的共同心愿！

一番话说得韩小实眼泪都下来了。不过，他还是没答应，只是说：我记下你们的话了，再考虑考虑！

放了电话，刘丙瑞说：看来，小实这回是真伤心了！

杨伯峻说：他伤心不怕，咱们齐心协力，把他的心暖过来！

第二天，杨伯峻从乡里借了一辆大巴，加上几户村民的车，拉着村里人去了县城。韩小实一夜没睡，看到杨伯峻带着五六十号人来到公司，不由得跪在了地上，说：老少爷儿们，韩小实当不起你们这么请呀！

杨伯峻说：小实，群众眼睛是雪亮的，谁为他们做了工作，付出了心血，他们看得清楚，也永远不会忘记。

看着外面站着的乡亲，韩小实终于说：杨局长，我服你了。你放心，我一定继续努力工作，把咱们村搞上去。你们先回，我处理一下公司的事，明天就回村里。这次我把公司的事安排好，回去就投身到工作中。

杨伯峻让来的人排着队跟韩小实握了手，随后回了村。怕韩小实再变，他自己留在县城，准备第二天陪韩小实回村。

第二天一早，杨伯峻给黄俊涛和曹志军打电话，让他们组织村里人到沟口迎接，又告诉蒋社教，请蒋社教也到县里，两个人一起陪韩小实回村。

韩小实一到沟口，看见村里人在路边等他，男男女女，老老少少，几乎全村人都到了。他的车一停，村里人一齐鼓掌，车门一开，村里人扑上前把车围了起来。

韩小实不停地给村里人合掌致谢。人们纷纷上前跟他握手。任贵生站在后面，看见他下车，扒开人群走到前面，抱着他哭起来，好些人跟着抹眼泪。韩小实眼圈也红了，杨伯峻让他跟村里人说几句话。

他大声说：我当初回来当支书，是杨局长动员的。这次不想干了，不是有情绪，是觉得自己能力不够，不是当支书的料。

有人喊：你是最好的支书！……你要不是，就没有是的了！

韩小实说：既然你们看得起我，我就好好干，不把咱们村的经济搞上去，我不回县里！

10

几天后,韩小实召开了两次村民委员会,第一次介绍项目的发起,跟公司的谈判过程,第二次把侯总的项目经理请来,给村里人算账。按公司的算法,首先要修一条从山脚通往兵工厂旧址的悬空索道。从索道下来,还需要有一条通往其他景点的简易公路,这两项要花三千多万。云生崖瀑布、一线天、官印石、东坡桥、娘回头等景点的环境优化,修建安全设施,购买各种设备要花一千五百万。八路军兵工厂遗址、边区抗日根据地印刷厂遗址要进行加固、复原,需花费两千多万。总之,不算村里的开发,光山里就要七千万。在场的人听了直咋舌。

从山里返回村里的路,要修成双车道的,这得几百万。大沟两侧的休闲区、观赏区,要花几百万,主要是给大沟两侧斜坡做硬化,栽种观赏树木、种植草坪、摆放花坛、花池,修建亭台、回廊,安装休闲长椅。后沟和沟底建设农家乐旅馆,基本用老房子,但修缮房屋、美化环境也要花费不少。

给搬迁户盖新民居,原来打算建两排楼,最高五层。一摸底,那些搬到城里的也要房。他们看好插剑岭,认定房产会大幅升值,公司只好再加盖一排。盖三排楼加上补偿款,又要花一千五百多万。

村里人说:你们是按城里的算法,村里盖房花不了那么多。

项目经理说:个人在村里盖房成本低,公司跟城里花费一样。钢筋、水泥,价格跟城里一样,运到村里还增加了运费,工人的工资在城里干和在村里干一样,成本怎么会低?另外,我们还要在景点和村里建十几个公厕,这些都没算进去。

村里人听了都不说话。沉默了一会儿,有人问:你们能挣多少?

公司方面又把收入账算了一遍，大致情况是：加上支付银行利息，十五年后能收回投资就不错。这么一算，村里人说：这不是亏本生意吗？口气里带着疑问。

项目经理说：这个项目对我们也合算，我们可以把以前的旅游项目跟插剑岭的项目联合经营，能增加游客量。村里人听不懂，项目经理说：说白了就是在这儿亏的钱，在别的地方能挣回来。

韩小实解释道：公司投资是拿出现金，收获的是资产。看有人还听不懂，又说：这就好比你家里盖房，钱花出去了，房留下了。

两次会后，村里的谣言消失了。村干部和工作队又一家一家做工作，问同意不同意跟公司签合同，大部分人表示同意，只有一小部分人说：别人同意我就同意。等于留了一个尾巴。

看到没人明确反对，韩小实跟侯总签了合同。签完合同送走侯总，杨伯峻在村委会请村干部吃饭。菜是江小童和黄俊涛炒的，酒是梅长风买的，韩小实等人一齐敬杨伯峻，杨伯峻说：你们别敬我，今天是给你们庆功，咱们一起喝个同心酒吧！

说完几个人碰杯，一饮而尽。

一杯酒饮下，曹志军扭身抱住韩小实，肩膀抽动起来。看到他哭，几个村干部跟着哭，杨伯峻的眼睛也湿润了。

13 · 大傻子

第十三章

1

姚红玉心里很别扭。薛健说他祖辈跟插剑岭有渊源，俨然成了革命后代。听到韩小实要跟侯总达成协议，她又怀疑是不是真的，他们在一起生活时，没听说他有个叫李原平的奶奶。薛健说，他奶奶虽然是老革命，却有些不合时宜，受过多次处分。他父亲也没有见过她，只是听人说她打听，有个孩子是不是还活着。

别人不知道侯总的底细，姚红玉知道。薛健原来有两个秘书，当年她听到风声从县里开车赶回公司，侯秘书在门口拦着她，她问薛总在吗？

侯秘书说：刚出去。

她走到楼下又返回来。侯秘书说：薛总去了市政府。她推开他走进办公室。看到薛健在沙发上坐着，女秘书趴在他腿上哭。

她问怎么回事。薛健说：你都看见了。

她扭头离开公司，侯秘书在后面送她，解释说：我看见薛总走了，不知道什么时候回来的。她没理他。

薛健出事后，侯秘书率先辞职而去。公司里人说，谁辞职他也不该辞，薛总对他最好！薛健从监狱出来，侯秘书跟他来往频繁，姚红玉有一次忍不住问：你跟他拉扯什么？薛健摆手说：是我让他辞职的。侯秘书去了一家乡镇企业，企业老板叫周竞。

听到侯秘书来投资，姚红玉嘱咐尔雅把种猪养殖基地建起来，饲料加工厂以后再说！她想把饲料加工厂建到别处，交给尔雅管理，这里留给韩技师。尔雅问：不是说好建两个吗？地都征了。

姚红玉说：我让你先建一个，你就建一个。

尔雅说：干脆，两个都别建了。

姚红玉听他赌气，也生了气，让韩技师停工，把挖掘机撤走了。村里看到他们停工，问韩技师怎么回事。听到娘儿俩闹矛盾，杨伯峻给姚红玉打电话，请她来插剑岭一趟。

姚红玉不能跟杨伯峻说侯总的事，更不能说薛健，只说自己资金紧张，饲料加工厂要等资金宽裕了再说。尔雅满脸不高兴，他知道母亲不缺资金。杨伯峻不能显出着急，笑着请姚红玉母子俩在村委会吃饭，说：我们这儿的江小童，菜做得好。

姚红玉还记得江小童，她看了尔雅一眼答应了。

江小童做菜时，梅长风打下手，一边干活，一边跟江小童说扩建养猪场多么重要。姚红玉投资越多咱们越安全，投得少，意味着随时能撤走资金，以前的工作就白做了。江小童也怕姚红玉撤走，一边做菜一边想怎么打动姚红玉。

最能打动她的是儿子。只要夸她儿子，她心情就好。养猪场扩建，能安排不少人上班，意味着不少家庭脱贫。江小童下决心留住姚总。

吃饭时，杨伯峻让她坐在姚红玉身边，介绍她如何能干。江小童说：杨局长，您就别说我了，咱们这里最棒的不是我，是红玉牧业的老板。

从小到大，尔雅没听人说过他棒，都说他怪。他跟江小童还没有正式说过话，几次想说江小童都躲开了。现在听到江小童夸他，颇感意外。

在学校时江小童挺傲，别人说她是秘书长的女儿，他觉得她挺古板。

闹元宵时，姚红玉领教过江小童的孤傲。她喜欢自尊的女孩儿，当年她也是傲的，遇到了薛健，比她大十几岁又有家室，她却不傲了。一切都是命。

听到一个女孩说儿子优秀，母亲倍感欣慰，说：他有什么棒的！

江小童说：能把企业管理得井井有条，在这么短时间就扩建新厂，这不是能力？

姚红玉点点头。自己的儿子自己知道，尔雅从小就是个聪明孩子。夜深人静，她感谢薛健给了她一个聪明孩子。光是她的基因，尔雅不可能这么聪慧。

她说：那是你们工作队支持他，没人支持，他什么也干不成。

江小童说：杨局长也不是谁都支持啊，是看好他。养猪场扩建，进展多快，村里人都说，薛总是个当老总的料！

姚红玉脸上开了花，她搂了一下江小童说：这孩子真招人喜欢，你们工作队都是能人。杨伯峻借机跟她说起建饲料加工厂的意义，村里人的企盼。说得姚红玉有些回心转意，杨伯峻又给她算了一笔账，两个厂同时开建投资并不很大，得到的收益却很丰厚，一加一远大于二。养猪场好像一个巴掌，建了饲料加工厂，又多了一个巴掌，过去讲孤掌难鸣，再加上种猪繁育中心，就是好几个巴掌，打出来的是组合拳。

韩小实说：我做了十几年企业，最难的是产业链，以前什么都跟别人进，只挣一道利润，遇到哪个环节出了问题，产业链就断了。

江小童补充道：按这个速度发展十年，养猪场就是大企业，插剑岭也能出一个刘永好！

姚红玉说：既然你们热心，我就按原来的计划进行。上次多亏杨局长帮助，尔雅跟市冷冻厂建立了关系，人家给的价格相当不错。尔雅，你要多跟工作队汇报，听取领导们的意见。

尔雅不停地点头。他知道母亲想让他多跟江小童接触。

2

从那以后尔雅天天来村委会，先看望杨伯峻，再看江小童。后来索性不找杨伯峻，直接找江小童。尔雅提起以前有人给他们介绍的事，江小童说：你记错人了吧？

尔雅沉吟了一下，说：没记错，就是你。

江小童说：我不记得。

江小童心里烦，又不能不理，有时便躲到梅长风屋里。她看加缪的书，也拿给梅长风看，跟梅长风说西西弗斯的故事，梅长风说：这就跟买古董一样。

江小童问：怎么一样？

梅长风说：买一个不是真的，再买，还不是真的。

江小童听不明白。

梅长风说：上去了，下来了。又上去了，又下来了！看江小童懵懂的样子，他说：算了，说了你也不明白。这书你没有看懂。

正说着尔雅来了，敲江小童的门。江小童冲梅长风摆手，不让他言声。尔雅敲一会儿门没人答应就走了，一边走一边踢地上的石子，不耐烦的样子。梅长风在窗户里偷看，问江小童：人家来找你，你躲什么？

江小童说：我不想理他，有时间还想看书呢！看西西弗斯比听他吹牛好。

梅长风说：他是不是在追你呀？

江小童说：你再胡说我可走了。

梅长风说：多好的小伙子，条件不错嘛！

江小童"嚯"地站起来，跺了一下脚走了。黄俊涛说：梅长风，你又惹江小童不高兴。

梅长风说：尔雅家多有钱，就算是追，也是好事！

黄俊涛说：当然是好事，稳住姚红玉对咱们都好，早早脱了贫咱们就能回去了。梅长风想了想，不言声了。他觉得黄俊涛这么想不对劲儿。

尔雅不认为江小童在躲他。那天吃饭，要不是她做工作，母亲不可能改主意。她跟母亲说了好些佩服他的话，他以为都是真心的。

白天，江小童尽量躲到外面。侯总的项目正在进行，村里在大沟两侧做了宣传牌，介绍公司概况和项目整体规划。杨伯峻说群众哪怕有一点儿怀疑，也要解释，不能因为签了合同就放松工作。

尔雅走到沟边，看到江小童正画宣传画，抄起画笔帮忙，江小童想谢绝，张了张嘴没说出来。

这种画容易画得匠气，尔雅画得随意自然。村里孩子围着看，女人们也指指点点，说他画的跟真人一样。江小童再看，画上的人真有几分韩小实的模样。

一连画了两天，江小童跟尔雅没了隔阂。尔雅到住处找她，她不好意思再躲。看到她屋里的书，尔雅要借，她也没拒绝。借书，还书，交往了几个回合，尔雅提出要给她画一张像。她犹豫了一下，尔雅便把她摁在椅子上，先画了一张素描，回到养猪场又根据素描画了一幅油画。

画面中的江小童娴静、姣好，有知识女性的端庄气质。小童把画挂在墙上不时端详，觉得那不是画，就是活生生的自己。尔雅不光能经商，还有艺术家禀赋，可惜有些怪，一般人很难发现他的优秀。

当初，别人给他们介绍时，说他没有父母是个孤儿，她还很同情他。她当时拒绝，是因为他性子太急。到了插剑岭，发现他母亲竟是有名的企业家，这让她有受愚弄的感觉，不愿理他。现在，她对他的反感消失了。

两个年轻人交往日益密切，工作队的人看在眼里。杨伯峻觉得这不是坏事，都到了找对象的年龄。插剑岭能促成一段姻缘，也是好事。尔雅有点怪，不过哪有没缺点的人呢？艺术家总要跟常人不一样。

　　画过一幅油画，尔雅又想带着江小童上山，说画一个大自然中的女孩儿更有意义。江小童说：我在村里还有工作。

　　黄俊涛说：你这点工作我们就干了。

　　江小童说：那怎么行？

　　黄俊涛事后劝道：你跟着尔雅画画也是工作。他是投资方，调动好他的积极性对工作有利。别人想找这样的人可惜没有，你有这个条件还不利用好？

　　这话听着不舒服，又说不出哪儿错。黄俊涛和梅长风都鼓励她，她只好时不时跟着尔雅上山。夏天的插剑岭美不胜收，不知名的山花随处开放，漫山遍野流淌着清新气息。脚下山涧淙淙而去，她在山涧附近蹦蹦跳跳地走，尔雅跟在后面不断地勾画着速写，各种动态的女孩儿画了满满一本子。他让江小童看，江小童没想到他画得这么生动。

　　她知道自己算不上美女。气质是读书积累来的，书是最好的美容品，她在任何女人面前都不气馁。在大自然面前，她是一个有活力的人，这是尔雅给了她自信。尔雅随身带着颜料，她看着他坐在一块石头上，把眼前美景收纳到画面里，觉得很了不起。

　　尔雅想跟她做一些亲昵动作，她警觉地躲开了。她不想跟他太亲密，后来尔雅再找她上山，她都借故推辞了。尔雅很苦闷。

3

刘铁山的问题公布后,报上又登出了和主任的消息,开除党籍,撤销职务,移送司法机关。这证实了以前的传言,审查他是奔着刘铁山去的。

说来他有些冤,查出的六百多万受贿款中,最大一笔是两百万,原本不是给他的,是想通过他送给刘铁山。行贿方当时有一个项目需要一百二十亩地,知道他是刘铁山的心腹,托他把钱转给刘铁山。和主任拿到钱,没给刘铁山。

时间不长,县里批准了这家企业的用地,和主任看到事儿办成,自己把钱收了起来,现在成了他的受贿款。这件事成了饭桌上的话题,说想不到还有敢啃刘铁山骨头的,和主任一脸憨厚,胆子却够肥!

这家企业越做越大,后来跟刘铁山有了直接来往,据说老板有一次提到托和主任转送钱的事,刘铁山脸色陡然一变,说:批给你地是为了县里经济发展,没人转送过我钱!老板诺诺点头。

老板找到和主任问怎么回事。和主任说:你傻呀,刘书记能跟你当面承认吗?你天天在社会上混,连这点儿规矩都不懂?老板让他弄得疑疑惑惑的。

时间不长,刘铁山让他到乡里任职,说:你总在我身边不好,乡镇工作是门基础课,你得补上,不然以后不好重用。他知道刘铁山不信任他了,仍然表示感谢。

刘铁山调走后,他找到接任的蔺永乐说:刘书记看不上我,才把我调开了。

蔺永乐半笑着说:人们说刘书记最信任你!

他说：外面不了解情况。

过了些日子他又找蔺永乐谈心，说：我在县委办就对刘铁山有看法，要不他也不会把我赶到下面。蔺永乐打起了哈欠，他赶紧打住，说自己不适应乡里工作，想回县委办。

蔺永乐问：县委办位置满了，怎么安排你？

和主任说：只要能回来，副职也行。

蔺永乐把他调到了扶贫办。和主任意识到，县里人把他划到了刘铁山线上，他再表白，领导也不可能信任他。

杨伯峻跟蔺永乐说起这件事时，蔺永乐一笑，说：把他调回来是因为他能力不行，干不了什么事！这像是否定了人们的传说。

蔺永乐又说：为假贫困村的事，我让他跟你一起调查，也是有想法的。

杨伯峻说：明白，调查出什么结果都是刘铁山的人查的。

蔺永乐不喜欢这么直白，转移话题说：他最大特点是能喝酒，刘铁山喜欢他也是因为能喝。让他回扶贫办，算是发挥他的长处。他调回来后，那个乡的工作很快上去了，等于救了一个乡。

杨伯峻问：刘铁山的案子你事先知道吗？

蔺永乐摇头：不知道。下面人有种种议论，过去叫民间组织部，现在叫民间纪委。那是一种民意，我只是听，什么态度都不能有。

杨伯峻又问：案子公布后，工作顺了吧？

蔺永乐说：那是肯定的，过去总觉得暗处有一股劲儿，跟你顶着，都跟你说对对对，工作却推行不下去，挖出一个老虎，工作一下就顺了。

杨伯峻想，插剑岭也应该尽快打开局面！

4

杨伯峻跟蔺永乐聊天时，梅长风在县城里四处转。

穿过县政府前的中心广场，进入老县城。城墙早拆了，城门还在。城门往南是北大街，再往前走八百米过了十字路口叫南大街，南大街也是八百米，整个老县城也没多大。

再往南行走不远是县一中，这里早先是教会学校，建国后教会的人跑了，改成县中学，后来有了二中，这里就成了一中。一中对面是县中医院，以前是一所小学，游锡五当年是这个小学的校长，一九五八年小学搬到了别的地方，这里成了医院。

医院规模不大，一楼有四个诊室，其中一个写着专家门诊。梅长风走进去，迎面看到木头架子上放着一盆文竹，跟平常看到的文竹不同，层层叠叠披垂下来，颇为繁茂。架子的木头也不是一般木头，属于乌木。屋里没病人，一个白发老者在看报，他说：你这个花盆架子，少说也得五千块。

老头儿说：病人送的。中医跟西医不一样，你拿着刀做手术，不见红包不下刀，多恶心。中医都是看好了病，病人回谢，几万块钱的镯子我都收过。

梅长风说：您是老专家了，贵姓？

老头儿说：免贵姓翟，您看病？

梅长风说：我是下乡的，没事儿走到这儿，进来看看。

老头儿说：哦。是暗访的。

梅长风赶忙摇头：不是不是，闲着没事进来转转。

老头儿说：怕什么，你暗访老百姓欢迎。刘铁山的事就是暗访出来的，你要是暗访，我请你喝酒。

梅长风说：我真不是暗访，跟你一样，也盼着有人暗访。我进来是想问问，咱们县有什么名中医吗？

老头儿说：你这话问的，让我咋回答你？

梅长风赶忙说：对不起，我是问，除了您还有没有名医？

老头儿说：我也不是名医。现在哪还有名医，都是吹牛。过去叫吹牛，现在叫炒作，一回事。

梅长风问：村里呢？

老头儿想了想说：过去有，现在早没了。

梅长风说：插剑岭有吧？

老头儿说：插剑岭有个慈家，其实不姓慈，姓什么谁都不知道。有人说他家姓爱新觉罗，跟大清皇上一支，我看也是吹牛。要是跟皇上一个姓，哪还用跑到深山沟里，犯了天大的罪顶多俸禄没了，也用不着往外跑，你说是不是？

梅长风点点头，问：他家医术怎么样？

老头儿说：有的病行，有的病不行。看跌打损伤，他们家是头一份儿。看皮肤病也行，早先外面有得杨梅大疮的，坐着大车找到他们家，吃半年药准好。别管什么样的疮，他们都能治。要按现在的说法，有的疮就是皮肤癌，他们也能治。

梅长风想了想，认识的人里没有得皮肤癌的。

老头儿说：那还是他爷爷、太爷爷那一辈儿，后来就不行了，学了点儿皮毛。当下他们家接生最行。早先，谁都不愿让男人接生，现在不一样了，人们不在乎这个。他们家倒有了用处。

梅长风说：我认识他们家一个人，叫碌碡。

第十三章·大傻子

老头儿说：那人不行，不好好看病，搞邪门歪道。

梅长风说：不少人找他看风水。他说过去的郎中都会打卦看相、看阴阳宅。

老头儿说：哪有这回事！郎中天天给人算命，还怎么看病？

正聊着，进来个五十多岁的妇女，声称自己嗓子里有东西堵着，说不出话，吃不下饭。老头儿一边给她号脉，一边问：你这不是说话挺好的？

病人说：一阵儿一阵儿的，昨天一句也说不出来。

老头儿问她找没找过西医，病人说：找过，西医拍了片子，说没事儿，我还是难受。

老头儿给她开药时，外面又来了十多个病人，有的路都走不了。梅长风看出老头儿真是名医，说：翟大夫您忙着，我先走了。

老头儿说，闲了常来，仍低头号脉。梅长风到别的诊室转了转，发现都很冷清。

离开中医院，梅长风拐到东边一条街上。马路两边都是摊位，人头攒动，比县政府前还热闹。市场最外面是卖鱼卖肉的，还有粉条、豆腐、红薯干和各种小吃。再往里走是卖布卖服装的，过了服装是儿童玩具，有电动枪、电动汽车，还有无人机，摊主现场操控，无人机在各个摊位上空盘旋，有人当下喊：我买一个！

无人机在空中飞了一圈儿，落到摊主手上。围观的人鼓掌，喊的人问摊主：多少钱一架？

摊主说：一万二。

问：能还价不？

摊主说：最低一万零八千。

喊的人说身上钱不够，九千行不？摊主不干，一时僵在那里。

梅长风问摊主一天卖几架？摊主说：半个月卖一架就不错了。

梅长风说：那你天天这么试，不是赔了吗？

摊主说：有它，别的货卖得多！

梅长风朝摊主伸出大拇指。走到县城边上，看见了卖驴的、卖羊的。再一看还有人卖猫、卖狗，猫在大大小小的笼子里，笼子个个精致。旁边还有一个摊位，专给动物洗澡。

再往外面卖各种宠物，乌龟、蜥蜴、蜘蛛都有。一问，比市里便宜不了多少，让人觉得这个县不用扶贫，早就富了。

再往外走他兴奋了，原来这个县也有古物市场。古物市场外围是旧书摊，不少人蹲在地上翻阅。梅长风看到一本《知识青年手册》，里面既有农业知识，也有手工业技术，还有生理卫生、新婚必读，是个杂货店。梅长风扔下书往里走，迎面都是瓷器，各种瓶子、罐子，有康熙款的，雍正款的，还有宋元的。接下来是铜炉，大明成化的、大明宣德的，没有一件是真的。一个摊位摆着十几个铜镜，都粗鄙不堪。走到最里面，见一个摊位没人，既然都没人看守，想必也没有真货，一抬眼发现地上摆着一个鸡缸杯，外面蒙着尘土，却掩饰不住内在气质。刚要拿起鸡缸杯看，斜对面摊位的人走过来，说：好眼力。

梅长风问：你是摊主？

摊主说：闲着没事，玩呗！

梅长风拿起鸡缸杯，猛一看对路，细看露出了破绽。摊主说：上回有个懂货的，给我二十万，我没卖。

梅长风想起以前买过不少这方面的东西，摊主说的都是这样的话。他放下鸡缸杯问：这东西在你手里几年了？

摊主说：我们家祖传下来的。

梅长风问：你祖上挺有钱呀？哪个村儿的？

摊主说：这东西现在是个东西，早先不值钱，我们家是插剑岭的。

梅长风问：哪个插剑岭？

摊主说：月亮湾乡的插剑岭，有个慈家知道吧？

梅长风问：你姓慈？我怎么没见过你？

摊主怔了一下，赶紧说：这摊儿不是我的，我是替慈家看摊儿。慈家过去好东西多了，现在这点儿东西，都是"文化大革命"没砸的。

梅长风问：这些东西，是慈家哪一个的？

摊主说：听你意思，跟他们也认识。

梅长风故意说：岂止是认识。

摊主便说：对不起，失敬失敬，没听我师父说起过。

梅长风问：你师父是哪一个？

摊主说：碌碡。我是个睁眼儿瞎，我师父看我没啥本事，把摊子交给了我，让我混口饭吃。我们插剑岭穷，穷就得想办法，鸡有鸡道，狗有狗道，猪往前拱，鸡往后刨，都是为了上下两张嘴。

梅长风笑：怎么成了两张嘴？

摊主笑：下面的嘴也得喂饱了不是？

梅长风哈哈大笑，站起身说：你这话倒也有几分道理。心想，这个碌碡以前真小看了他。说完跟摊主道别，转身离开了。

正走着接到了杨伯峻的电话，两个人一起回村。路上杨伯峻告诉他，明天得回市里，安律师要向他介绍案情，马局长也有事要跟他商量。

梅长风说：我家里也有事，我跟你一起回去吧！

梅长风刚接了冯大宽一个电话，说在熟人家发现了一件北宋定窑的葵花口剔花大碗，熟人买时只花了三百。卖家以为这是一件隋末邢窑的碗。冯大宽认定是定窑，自己不便买，以帮忙的身份介绍给梅长风，让梅长风买下来，价格估计一千五百左右。到了那家，梅长风也认识。卖主外号老谦，以前在自来水厂上班，常年请病假玩古董。

老谦给他们倒了茶，并不往外拿东西，三个人闲聊。冯大宽说起一个姓胡的中学老师，好挣钱的时候辞了职搞收藏，这些年不好挣钱，老婆跑了。梅长风听了有些坐不住。冯大宽想起他以前也是，忙说：幸亏你回单位上了班，现在有公职，有家。

老谦问：你下乡的村有没有老货？

梅长风说：一个穷村，没有。

老谦说：越是穷的地方越有。只要碰上以前的大户，说不定就有好东西。

梅长风想起碌碡，说：还真有一户，祖上是京城的名医。两个听的人把身体直起来，说你跟他聊聊。

梅长风说：在京城里当名医的是他爷爷的爷爷，到了他这一辈，连看病的本事都快丢光了。那小子不务正业，整天给人看风水、算卦。

老谦说：祖上留下一件，就够他们吃一辈子。说着把定窑大碗拿出来，说这就是早先一个郎中家的。冯大宽看他放稳了，从桌上拿起来，把玩了一会儿，又放在桌上，用眼睛瞟梅长风。他把玩时，梅长风已经看得差不多了，看他放下，伸手从桌上拿起来，一上手觉得轻飘飘的。定窑的特点是薄，有薄如纸的说法。薄了就轻，据说故宫博物院一个八寸葵花口定窑深盘，还不足六两，这是指过去十六两一斤的小两。不过，他以前见过的定窑，却轻不到这个程度。心想，老谦常年在古董市场上串，未必没见过定窑。

冯大宽说：邢窑到后来也做得精巧。

这是为了迷惑对方。梅长风没往下接，说：做工差些，不规整。说完放在桌上。

冯大宽说：太规整就不是民窑了，除非官窑。

老谦说：那时候不可能个个规整。规整的官家挑了去，留下的总有缺陷。这碗釉施得极薄，且不均匀，还有施不到的地方，即便是定窑也卖不上价。不过，三千元对定窑来说实在不高。没想到对方一上来就要两万。

冯大宽说：你一个邢窑的东西，怎么能到两万？

老谦说：这是邢窑里最好的。定窑是老虎，邢窑是猫，定窑的技术是跟邢窑学的。就它这个薄，到了专家那里，比一般定窑还有价值。

梅长风来以前就不想买，乐得谈崩了。冯大宽一点一点往下压。对方要的是虚数，很快降到了五千。

冯大宽看梅长风，梅长风说：这种大碗我去年见过，当时二千，我没买。一句话说得老谦怯了，把价格落到三千。冯大宽给他眼色，梅长风从身上拿出两千拍到桌上，说就这些了，答应就成交，不答应就算。

他想把这件事搅黄了。

老谦沉默了半天，说：算了，看大宽的面子我让你了。

这比预想价格贵了几百，梅长风已经说出口也不能收回，眼看老谦用一张旧报纸把碗包起来，心里直打鼓。

离开老谦家，冯大宽埋怨他沉不住气。梅长风说他明天还要赶回村，不想再磨了。

5

回到家，梅长风先给杨伯峻打电话。杨伯峻说在市里该办的事都办完了，问他怎么样。梅长风说：我家的事也办完了。两人约定明天一早出发。

放下电话，看到霍丽娜坐在沙发上不说话，问：你怎么了？

霍丽娜问：你回来办什么事？

梅长风说冯大宽叫他有事。

霍丽娜说：我恶心。

梅长风以为在骂他，说：是，是。

霍丽娜说：你去吧，我明天自己去医院。

梅长风看她真要看病，就说：那我不回去了，明天跟你去医院。你不是怀孕了吧？要是怀孕就生下来。

霍丽娜白了他一眼。

第二天去医院化验，不是怀孕。医生让她去消化科，开了一系列化验单，B超单，让明天空腹再来。

霍丽娜说：不是怀孕你就走吧！

人家都在下乡，你老在家影响不好吧？

梅长风说：没事！

第三天抽完血做了B超，怀疑胆总管有问题。B超大夫在报告上写了个占位，又在旁边画了问号。梅长风冷汗都下来了，回B超室问什么是占位。

B超大夫说：问门诊！

出了门，霍丽娜跟他要报告单，他不给。霍丽娜说：我的检查你为什么不给，我有病你不让我知道，是不是想害我？

梅长风递给她。霍丽娜看了不说话，梅长风领着她到了门诊，大夫看了半天，说：等化验结果出来再看吧！霍丽娜偷偷抹泪，说：这下你称意了。

梅长风说：我称什么意？

霍丽娜说：死老婆比离婚好，离婚得分家，死了你达到了目的，还不用分财产！

梅长风说：每回都是你要离婚，我什么时候三心二意过？

霍丽娜又笑了，问：我是不是有点儿不讲理？

梅长风说：你自己说吧！

霍丽娜把脸靠在梅长风的胳膊上，别人看着就像一对恩爱夫妻。

化验结果出来，肿瘤标志物很低，医生说：这是炎症。梅长风仍不放心。

医生说，不放心再做个CT。做了CT，还是没事。梅长风松了口气。

第二天正要回村，忽然接到冯大宽的电话，让他把定瓷碗拿过来。梅长风问干什么。冯大宽说：有人一万块钱要了。

到了冯家，他问什么人要。冯大宽说：这你就别管了，就当是我要的吧！说着给了他一万块钱。随后问：你们村有个叫慈继业的吧？

梅长风说：就是我前天跟你说的那个人，都叫他碌碡。

冯大宽把一个纸箱子递给他，说：你把这个交给他。

梅长风问：什么？

冯大宽说：一个梅瓶，元青花。

梅长风说：好家伙，我先看看。一看箱子还封着，问：卖给他的，还是跟他买的？退货的事我可不管。

冯大宽说：你交给他就行，别让村里人看见。

回到村里，村委会只有江小童在，梅长风问别人去哪儿了？

江小童说：杨局长为养牛的事去了后沟，刚走不一会儿。

梅长风一抬头看到尔雅在江小童屋里，说：你们聊。转身去了碌碡家。

碌碡看他搬着箱子进来，说：放地上吧。把箱子打开，里面是一个青花梅瓶，透明釉白里闪青，青花发色浓艳，色浓处有黑褐色斑点，跟元青花的特征一样。

碌碡拿着瓶子来回看，说：没错，是我那个。

梅长风问：元代的？

碌碡说：你掂一掂分量，胎体厚重，清代的东西没这么沉。再看上面的纹饰，画的有十几个层次，繁复茂密，你看看画的是什么？

梅长风看了，说：萧何月下追韩信。别的我说不上来。

碌碡说：人物上面是杂宝纹，缠枝牡丹纹，蕉叶纹，下面有松、竹、梅、龙凤、花鸟、缠枝莲、水禽、瓜果、游鱼、海马、异兽，画了这么多繁而不乱，层次分明。只有元朝才这么致密，蒙古人的特点就是一个实在。

碌碡每说一个特点，梅长风都逐一在上面对照，觉得大开眼界。说：今天有眼福，见着真东西了！

碌碡说：我小时候家里有七八个呢，哪里拿它当回事儿过！在北平那时候，我祖爷爷看好一个病人，人家就送他一个。病人还得说好话，家败了，没银子，只剩下这东西了！

梅长风说：你说得我都想当郎中了！

碌碡说：要不是康有为，我现在是北京人。说着把梅瓶提起来放在八仙桌上。

梅长风围着梅瓶从不同方向看，发现青花发色确实跟清三代不同，不只浓艳鲜亮，还有沉厚意味。画面留白处釉面闪亮，有玻璃质感。人物神态栩栩如生，萧何的焦急，韩信回头一瞥的狡黠，都表现出来了。他玩了十几年古董，第一次看到真正的元青花，感到莫大幸福！

当初领导安排他下乡，冯大宽说：这是个发财机会，在偏僻山区收上一件好东西就能让你翻身。想到这儿，他问：这东西挺贵吧？

碌碡幽幽地说：低于八百万不卖。

梅长风再看，越发觉得好。心想找人借也借不出八百万，眼睁睁的好机会可惜了。又问：这东西怎么到了冯大宽手里？

碌碡说：他一个朋友想买，凑不出这么多钱。

梅长风心想，这个元青花难道是真的？八百万的东西能这么随便让人捎来捎去？不过，他确实挑不出毛病！

碌碡说：过去，我们家出去的东西多了。我爷爷说，早先谁帮了我们，我们就给人家一件东西。韩家帮我们最多，我们给的更多，不过他们也没留住，土改时都分了。村里人也不知道贵重，老裴家分过一个康熙的青花大罐，他爹喝醉了跟他娘闹气，拿起来就砸了。要放到现在，那个罐子得值几千万。

梅长风让他说得一脸惊异，说：你家这么多老东西，有没有外面的人，比如收古董的找过你？

碌碡说：来找我的都是看风水、占卜打卦的。有一年，老裴领着一个四十多岁的人来找我，递给我一个纸条。我问，这生辰八字不是你的吧？

那人说：一个跟我亲近的人。

老裴拽了拽我，说：别多问，看出什么你就说什么。我估计那是刘铁山的。

梅长风看着他，问：你怎么知道？看出什么来了？

碌碡说：谁不知道老裴跟刘铁山的关系。我当时就看出来不好，有老裴在旁边，我都拣好听的说。他们走了我告诉老裴，跟那个算卦的人远点儿。

老裴问：为什么？

我说：多粗的树都有倒的时候。

老裴指着院里的老槐树问我：它什么时候倒？

我说：它且倒不了呢！

老裴说：我让它明天倒，它明天就得倒，你信不信？

我还怎么说？赶紧给他说好话。现在怎么样？刘铁山倒了，他这个支书也当到头了。

梅长风说：你看他现在怎么样？

碌碡说：你看他的脸了吗？他的脸方方正正的，好像有四堵墙围着。

梅长风问：什么意思？

碌碡说：脸在四堵墙里是什么意思？裴学锋进监狱他能保出来，他进去了没人保。他盖房时让人看风水，人家跟他说，左边有流水的，叫左青龙，右边有路的，叫右白虎，前边有池塘，叫前朱雀，后边有山陵，叫后玄武。说这是盖房的四大局，这样的地方盖房最好。他现在住的地方，正好都符合。那个地方原来是陈姑子的家，陈姑子的男人裴有祥跟他还是远亲。他非把人家赶走，自己占那里。

那地方原来是教堂占的，教堂里的两个姑子一个嫁了人，一个死在里面，死了的姑子身上都是怨气。他非要占，好得了吗？再好的风水都抵不过善心，失了善心，青龙白虎守着也没用。

梅长风说：说得有理。

碌碡说：自从他在那里盖了房，就没省心过。他侄子被抓了好几次，他老婆闹病，头疼起来一夜一夜睡不着，喊得跟鬼叫似的。他不愿意在家里，天天躲到腊梅家。有一回，他问我怎么办？我跟他说，你最好把村里的官辞了。

他笑，说：我辞了，你也当不上。

我说：实在不行还有一个办法。沟有沟神，路有路神，今年七月十五，跟你院子离得近的各路神仙，不妨都拜一拜。有咱们的神仙护着你，外国神仙说不定就走了。他听了我的，一直当到了现在。要是不听我的，早下台了。

说着把元青花箱子搬到了里屋。

透过门，梅长风看到里面有不少老货，估摸冯大宽可能早跟碌碡认识，怪不得当时老劝他下乡呢！

6

杨伯峻在局里办完事，又找安律师。刘根生的案子迟迟没有进展，安律师说县法院连案卷都不给。主管法官说：案卷肯定在，搬家不知道压在了哪里。找了一个月仍然找不到，这就不是找不到的问题了。

安律师想宴请法官，法官反而托人给安律师打电话，劝他不要管这个案子，说这案子是上面说过话的，你最好别沾。

安律师一时犹豫，刘丙瑞听后栽到了地上，弄得安律师很后怕。

跟杨伯峻谈过后，安律师又拾起案子。县法院仍然不肯配合，不断有人打电话威胁。杨伯峻说：我也接过一些电话，越打电话，越说明这个案子有问题。

安律师拿起手机又联系法官。法官说：你别老打电话了，你要的案卷我找了，找不到。我手里不是你这一件工作，实在抽不出时间找。

安律师冲杨伯峻做了个无奈的手势，问杨伯峻能不能通过县领导，给法院领导打个招呼。杨伯峻说：试试吧！

从律师事务所出来，一路想法院的事怎么办。为修路他刚找过蔺书记，也不能事事都找主要领导，想起市委办苏副主任老家是原平的，便找他商量。

苏副主任看他进来，指着屋里一个人说：巧了，江秘书长今天也在。江秘书长听说他是杨伯峻，热情握手，说：你大名鼎鼎啊！

杨伯峻说：我有什么大名鼎鼎的。

江秘书长说：杨书记在会上说过你，敢于坚持原则，责任心强。小童跟着你，我们两口子都放心。

杨伯峻想起尔雅常去找江小童，问：小童有对象了吗？我这个队长关心一下她个人问题。

江秘书长说：还没有。

杨伯峻说：也该谈朋友了，不知道你们在这方面有什么要求。

江秘书长说：我没有，尊重孩子的选择。不过我代表不了她妈。

杨伯峻便说了尔雅：小伙子学美术的，是个画家。他母亲是企业家，家庭条件不错，他不光有艺术天分，管理也是一把好手。我看小伙子好像也有这方面的意思，常去找小童。我提前跟您打个招呼。

江秘书长沉吟了一下，问：他父亲是谁？

杨伯峻说：不知道，听说他母亲离了婚。

江秘书长说：咱们市里有个老板叫薛健，因为经济犯罪判了十年，服刑前跟姚红玉离了婚。你说的小伙子可能就是薛健的儿子。

杨伯峻问：你说的薛健，是不是从五九三厂辞职的？

江秘书长说：是。当年五九三厂要开除他，找到我，我找了一个领导，给他办了辞职手续。要不是我，他就被开除了。

杨伯峻问什么事。

江秘书长说：他偷了厂里的设备，在外面搞加工。

杨伯峻说：这个人我也认识，跟我是中学同学。成了大款后还请我们全班同学吃过饭。尔雅不像他，是个书生。他是姚红玉拉扯大的，受母亲影响多。

江秘书长说：你及时告诉我太好了，我回家跟她妈说一下。

江秘书长走后，杨伯峻又跟苏副主任说案子的事。苏副主任说：县法院我倒认识一位副院长，打个招呼试试吧！

离开市委办，杨伯峻要回家吃饭。严惠娟电话里说：我们加班，中午不回去了，你自己在外面找点吃的吧！本来想去看岳父母，因为没饭吃，好像去找饭似的，反而不好意思去。梅长风说他爱人病了，杨伯峻只好自己回村。

黄俊涛见他一脸憔悴，问：你怎么了？他说没什么。黄俊涛说：那就是累了，休息吧！晚上一个人躺在床上，想到幸亏遇见江秘书长，把尔雅追江小童的事说了，不然将来又是麻烦。

杨伯峻对薛健实在没有好印象。他在局里得意时，薛健还没做大，有各种事找他办。当时他不反感薛健，觉得这个人聪明。社会上到处是聪明人，看到他们成功了，羡慕的人很多。

他跟薛健交往有一个原则，吃饭可以，绝不收钱。薛健几次给他钱，最后一次是外面传说他要当局长，薛健拿来十万块钱说：现在提拔都得跑，这点钱你先拿去用，不够我再想办法。

他说：你这是什么话，难道我这个副局长是跑来的吗？

薛健愣了，说：你这人怎么这样？我又没说你跑过，钱你拿上，算我给嫂子和大侄女的，行了吧？

他说：别说了，赶紧拿上钱走，再说就是侮辱我了。

事后他有些后悔，觉得说重了。有一次他到崔局长办公室，看到薛健在，两人有些不自然。

办公室主任告诉他，崔局长能提拔成局长，薛健出了大力。杨伯峻问：他怎么有这么大本事？办公室主任意味深长地说：钱能通神啊！那是个大老板。

过了一年，传来薛健被捕的消息。崔局长脸色不好。半年后薛健被判了十年有期徒刑，崔局长神色从容多了。外面一天一个关于薛健的消息，有的说他供出了这个，有的说他供出了那个，官场人心惶惶，随着薛健的宣判终于沉寂下来。

他庆幸没要那十万块钱，要了睡不着的就是他了。心里怀疑过，崔局长怎么升上来的？有人说省领导说了话，要真是薛健运作的，崔局长的关系也不过如此。所谓成功并不需要特殊背景，无耻是最管用的通行证！

崔局长被免职后，仍在局里挂着。离任审计刚过，又接到了新的投诉，组织正在核实。杨伯峻一去局里，同事们就跟他说这些。

在崔局长手下当了多年副职，他的滋味一言难尽。尔雅如果真是薛健的儿子，他也不希望江小童找尔雅。前些日子薛健介绍他认识刘铁山，

第十三章·大傻子

说能帮他把村里理顺,他鬼迷心窍地相信了,结果到现在还反胃。江小童找这么一个公公,怎么能幸福?

7

给碌碡送去了元青花梅瓶,梅长风回到村委会。杨伯峻问他家里怎么样?梅长风说没啥事儿,问:崔局长怎么还不任命?不会有什么事吧?

晚饭是江小童做的,大家正在吃饭。黄俊涛低着头装没听到。杨伯峻说:听说又有人告他,他的离任审计还要再搞。

梅长风说:局里老有人告他,我看他过不了这一关。说完看黄俊涛。

黄俊涛有些恼火,说:你看我干什么,跟我有什么关系?

梅长风说:我没说跟你有关系,你就在我跟前坐着,我一抬眼就看见了你。说完冲杨伯峻眨眨眼。

杨伯峻赶忙说:你们猜我在市里见到谁了?

梅长风问:谁?

杨伯峻说:江小童的爸爸。

江小童看梅长风和黄俊涛打嘴架,正尴尬,马上跟着转移话题,说:我爸平时忙得顾不上回家,我妈一天一天见不着他。我也好长时间没见他了。

杨伯峻说:回去看看吧!个人生活有什么想法,也早跟家里商量。

江小童红了脸,说:没想法。

黄俊涛说:小童你要不回,我就先回去。我家里正好有点儿事。听到梅长风说崔局长的事,他想回去打听一下。

第二天黄俊涛回了市里。尔雅来约江小童上山画画。江小童说：我有事。你们公司那么多人，让他们陪你去。

尔雅说：那些俗人跟着我，把我的感觉都破坏了。

他们走后，杨伯峻带梅长风去了刘丙瑞家。杨伯峻知道他惦记案子，说：我在市里见了安律师，案子他正在办，让你别着急。

刘丙瑞说：着急了十几年也没用，还着急什么！话里带着伤感。

刘根生趴在炕上，碌碡正给他扎针。从后脑勺到脖子、后背，一直到臀部，密密麻麻扎了几十根银针。针灸是一门艺术，小小银针在碌碡手里上下抽提、左右捻转，如陀螺一般。随着他的操作，刘根生的腿一抽一抽的，整个过程看着很享受。梅长风问：根生，你什么感觉？

刘根生说：麻、胀、酸。腰里酸麻得越来越厉害，腿上感觉差。

碌碡说：原来扎着跟木头似的，后来知道疼了，现在有了酸麻感。看来他神经恢复了。

梅长风问：怎么不扎火针了？

碌碡说：经络通了就不用火了，火针是没办法才用的。说着把几个针感不明显的针点了火，很快又吹灭了。

起了针，碌碡让刘根生先躺一会儿，自己给刘丙瑞把脉。刘丙瑞身体比以前硬朗了不少，现在很乐意让他看。

梅长风觉得他眼前有两个碌碡，一个是占卜、算卦，藏了好些古董，神神道道的碌碡，一个是能给村里人看病的碌碡。人们说他的医术比不了他爹。梅长风眼见刘丙瑞老两口吃他的药身体好了，刘根生也在好转，说明他医术不差。

给刘丙瑞开完方子，碌碡让刘根生坐起来。刘根生起身，很舒适的样子。碌碡说：你走两步试试！

刘根生一点点挪下炕，扶着炕沿站着，全屋人看着他。过了一会儿，他两条腿开始哆嗦。杨伯峻往前跨了一步，想扶他。

碌碡说：别扶，让他自己走。他能行。根生，你往前迈。

刘根生说：我腿没劲儿，迈不开。

碌碡说：你腿这不是挺有劲儿，这不都迈出去了吗？就这么迈，步子再大一点儿。

一步、两步。刘根生突然瘫了下去，碌碡抱住他，把他抱到炕上。

碌碡说：今天不错，迈了三大步。刘丙瑞没说话，脸上是激动的神色。刘丙瑞老伴在悄悄抹泪。刘根生出了一身汗，大口喘气。

杨伯峻拍拍碌碡的肩膀，伸着大拇指说：不错！说完冲刘丙瑞摆摆手，要离开刘丙瑞家。碌碡也说：我也该走了。老两口站在门口送他们，不说话，一直凝望着。

梅长风说：碌碡，这么治下去，你跟你爹一样，也是名医。

碌碡说：我不想跟我爹一样。我爹一辈子小心翼翼，夹着尾巴做人。我不想这么活。我想活得自在些，病能看点儿，卦能算点儿，什么都会点儿，什么都别精通。

梅长风问：为什么？

碌碡说：什么东西精通了都累。我爹给人看完病，回到家还看书，一熬一个通宵。他看了一辈子病，一共挣了几个钱？我要像他可冤死了！

走到碌碡家门口，梅长风跟着碌碡走进屋里，想：自己来这里以前跟碌碡想的一样。觉得少付出、多挣钱就是最好的职业，钻进古董行，就是看中了这一行付出少、挣钱多。三年不开张，开张吃三年，每天喝喝茶，串串市场就把钱挣了，比上班儿强。他跟领导请病假，游走在各个古董市场间，不但没挣上钱，还赔了不少。前前后后娶了三个老婆，跑了两个，现在这个也差点儿跑了。碌碡给人算卦，看阴阳宅，没有任何风险。他家里的古董不是买的，是传下来的。玩古董的都这么说，还有各种故事。不过，的确没见他到外面收过古董，也许是真的吧？不买就没有风险。现在他又给人看病，也没有风险。

进了碌碡家刚坐下，碌碡又拿出元青花梅瓶，说：我知道你想再看看。

梅长风大为感激。他拿着梅瓶爱不释手。一见这种东西，就知道钱有用，进了古董行挣多少钱都不够用。

碌碡还有不少好东西，他想多看几件，不好意思直说。古董这一行，人家不拿出来的东西最好别问。他说：守着这么多古董，你还有心情学医？

碌碡说：要不我爹不喜欢我呢！现在年岁大些，我也想看医书，我们家祖传的本事，不能在我手里绝了！

他拿出一本医书让梅长风看，说：这本书启发我想出了刘根生的治法，我是现用现学，离融会贯通远着呢！

梅长风突然想到了尔雅，他问：你看养猪场的年轻老板怎么样？

碌碡说：他家里有钱，有钱什么都好办。

梅长风说：他挺能干的，养猪场办起来了，现在又在扩建。

碌碡说：那不是他能干，是他妈能干。养猪场也不是他管的，是韩技师替他管。他妈有魔法，能让韩技师卖命。韩技师管完了猪还要管他，还不能让他觉得在管他。

梅长风问：他将来怎么样？你能看出来吗？

碌碡问：你问这个干什么？

梅长风说：他好像在追江小童，你算算能成吗？

碌碡问：有他的八字吗？问出生辰八字我才能算。有人说算卦是骗人的，不是，那是一门科学，给谁算都不能马虎，说得准不准，起码我自己信。自己都不信，咋让别人信？

带着碌碡交给的任务，梅长风回到村委会。时间不长江小童回来了，她神色沮丧，一脸疲惫，身上还沾了好些土，好像摔了一跤。不一会儿，听到屋里传出哭声。梅长风走到跟前，哭声又没有了。他敲了敲门，问：小童你没事吧？

江小童说：没事。

看她不开门，梅长风走开了。不一会儿江小童出来做饭，梅长风感觉她刚才哭过，她是跟着尔雅出去的，发生了什么？

8

毕局长到处找周竞。到了公司，门卫问：跟周总约好了吗？

毕局长想，我是工商局副局长，见老板还用约吗？说：都是周总约我，不用我约。

门卫听他口气不小，说：要不你给周总打个电话。

他说我没电话。门卫看他连电话都没有，认定他是胡吹，不理他了。

到周竞家找，周竞不在。周竞这样的老板很少回家，外面不定有多少会所，也不定有多少女人。县里人说他至少有两个秘密地点，没电话找不到他。

毕局长退休后跟谁都不来往。老婆跑了，他觉得灰溜溜的。别人给他介绍过几个，人家看不起他，他也看不起人家。前一个老婆跟商人跑了,他想,再找我找个女商人,挣回这份脸面来。

有人给他介绍了一个美容店老板,店面不大也算商人。听说他是工商局副局长,女方很愿意。一问年龄,比他小十六岁,见了三次面就睡在一起。这些日子他正张罗结婚,听周竞说,县里在追查小康村弄虚作假,弄得他心里七上八下的。他跟别人打听,人家看出他紧张,故意说:现在好几年以前的案子都查,有的人受贿,退了休都查出来了。

他心里更毛了。在家里反复想,这件事不能坐以待毙。插剑岭有人搞他,他就告插剑岭。他在家写了几封告状信,想拿给周竞看。几天后他又到了公司,见还是那个门卫,转身就走。门卫追着他喊:喂,喂,你贵姓?

他说:姓毕。

门卫说:周总知道你来过,让你在门口等会儿。一刻钟后周竞开着车回到公司,在大门口落下车窗,喊:毕局长!

毕局长像听到咒语一样,几步跑到车前,说:周总,你好难找啊!

周竞说:上来。

毕局长上车前先看了门卫一眼,说:我是周总的朋友,以后别拦我了。

门卫冲他行了个礼,他上了车。

周竞说:这个门卫刚来,不懂规矩。毕局长再迟钝也知道周竞不会轻易跟人说这种话,有些受宠若惊。到了办公室,周竞亲自给他倒茶,又让下面送果盘。周竞看得起他,他反而拘谨。从兜里掏出打印好的告状信,说:我写了个东西,你看看行不?

周竞故意不看,问:听说你要结婚了?

毕局长说:这么大岁数,结什么婚,就是往一块儿住。

周竞说：别呀，你不当回事，人家女方可当事。一定要办，大办，我去喝你的喜酒。

在原平，婚礼上有了周竞，规格就上去了。这是给他面子。这两天他跟女老板正闹别扭，起因是女人让他参加一个叫"三昧欢迎你"的集资项目，好些退了的局长、副局长都参加了。女人说得天花乱坠，他不接茬儿。最后他说了实话，没钱。女人看他确实不像有钱的，马上不再跟他睡觉。周竞现在提办婚礼，毕局长不敢接，说：这个年龄结婚没意思，不如自己过。

他跟女老板的事早传开了，两人闹矛盾周竞也知道，故意那么问他，心里说：开美容店的有几个良家妇女，傻子才干这种事。

毕局长怕他再问，说：你看看我写得行吗？

周竞拿起来一目十行地看了，说：你当局长每年都看这种东西，还用我帮你看？

毕局长说：我当局长真没看过，工商局是信访大户，我不管信访。退了这些年，社会好些事我都不懂。你是有真本事的，给我把把关。

周竞说：插剑岭最近出了事。村里人对韩小实不满，商量着告状，让韩小实知道了，其中一个叫邹进贤的商量完回家，在路上让人打了一闷棍。村里进驻了公安，正在追查凶手。

毕局长忍不住说：好，好！

周竞说：人差点儿被打死，好什么？

毕局长说：我是说公安进驻好，肯定能查出凶手。

周竞说：上面让韩小实下了台，杨伯峻也停了职。现在，一切都看查案结果，结论可能是正面的，也可能是反面的，就跟咱们家蒸馒头，看着熟了，还差一把火。

毕局长说：吃就吃个熟的。

周竞说：你写的我扫了一眼，觉得不行！

他问：咋不行？

周竞说：你写这个想干什么？这是你死我活的斗争，一闷棍没打在要害上，反过来就要被调查。你写的这个连闷棍都算不上，顶多是挠痒痒。

毕局长说：我主要说小康村的事。

周竞说：看来你真没管过信访。杨伯峻是市里的干部，县里有权任免他吗？省、市领导批下来，县里才能管。你也不能提小康村，反腐是热点，写别的不是挠痒痒吗？

毕局长点头。

周竞说：你还得打听打听，村里人反映的是什么，别重复，没点儿新鲜玩意儿，领导懒得看。

毕局长觉得周竞比官场的人还明白。他又写了一封信，绕开县里，直接给省、市有关部门寄。寄完告状信，他去找女老板，对方说不想跟他来往了，以后各走各的路。前些日子他还挺苦恼，那时苦恼是因为不跟他睡觉，现在断了反而无所谓。他一下轻松了。

9

插剑岭绝大部分人看不起暴二来，暴家在村里是小户，靠巴结老裴当了村长，实际上是老裴一个打手。他不怕得罪人，村里有几个跟他一起打过工的，搞拆迁时他们替老板打架，现在替老裴打。老裴也不亏待他，让他当了村长，在沟口盖了房。

村里也有说他好的，比如大傻子一家。大傻子看见他就傻笑，暴二来偶尔也停下来跟他说几句，都是吃了吗、你娘干啥呢之类的。

有人奇怪：大傻子咋跟你那么热乎？

暴二来说：你甭以为他傻，谁对他好心里明白着呢！

村里的五保户原来没有傻子一家，傻子娘种地勉强够吃。后来她种不了地，几个亲戚帮她种。抓小康村建设那年，乡里让把老弱孤寡一律列为五保户。刘会计把傻子一家列上了。当时五保户一个月发一百六十块钱，半年发一次。

刘会计已经做好了表，暴二来看见了，说这么做太费事，不如一次把五年的表都做出来，让他一次都签了字。

暴二来拿着表来到傻子家，拿出一百块钱递给傻子娘，说：我在外面打过工，日子比你宽裕，拿上吧！

傻子娘那时聋得不太厉害，听明白了，对他千恩万谢。

暴二来说：不用谢，咱们沾着亲呢！傻子的祖奶奶叫暴桂花。

暴二来跟她认亲戚，傻子娘感动得拿衣襟擦眼睛。大傻子站在旁边嘿嘿地笑。暴二来拿出一沓表格，让大傻子一次把五年的手印儿都摁了。

第二年五保户补助费涨到两百五十元，暴二来还是半年给一百，最近两年五保户的补助涨到了每月七百一十三，暴二来改为半年送两百。傻子娘一直以为这钱是暴二来给她的。

她听人说五保户有补助，看见乡领导来就要钱，说村里没给过他们。刘会计知道怎么回事，跟蒋社教说：给了，每次领他们都摁了手印儿。这娘儿俩一个傻，一个聋，领了他们早忘了。

邹进贤等人在郝宝贵家商量告状，暴二来看到这些人一会儿一变，觉得靠不住。后来邹进贤再叫他，他说家里有客。邹进贤等人在屋里商量，他在街上溜达，想不出点事告状也不灵。当年能告下来刘丙瑞和任树堂，是因为几十号人要求迁户口。这会儿村里要是再出点事，死一口人，上面肯定重视。

正想着，见大傻子从对面走来，他问：傻小子，你娘干啥呢？

大傻子说：在家呢！

暴二来脑子一转，说：我给你说个媳妇吧，你说，谁家的闺女好看？

大傻子低头憨憨地说：都好看。

暴二来拉住他的手，说：要我说韩俊花最好看，她这会儿嫁不出去，他爹韩庆全正发愁呢！

大傻子不住地点头，咧着嘴笑。

暴二来又说：你跟韩俊花是天生一对，地造一双。你没成家，她也没成家，就是等着你呢，你说对不对？！

大傻子笑得哈喇子都流出来了。

暴二来说：我跟韩庆全说了，韩庆全又不愿意。

大傻子眼睛直了，问：为啥？

暴二来说：邹进贤多嘴，不让韩庆全把韩俊花嫁给你。这小子不是东西，谁的好事他都破坏，我真想夜里趁人看不见，拿棍子给他背后来一下，让他别再坏别人的事！

这话大傻子记得牢。邹进贤去了腊梅家，他在大沟西边的树林里等着。邹进贤从腊梅家出来，他跟在后面，邹进贤听见后面有动静，刚停下脚步就挨了一闷棍。

暴二来对村里人说，邹进贤跟人商量告韩小实，回家的路上让人打了。村里人首先想到了韩小实。公安人员来了，让韩小实停了职，杨伯峻也跟着受连累。暴二来觉得自己比老裴强，村里人说他是老裴的一条枪，这事儿他比老裴干得漂亮。他以前在外面给房地产老板打工，比这精彩的都干过！

几天后杨伯峻从市里回来，找到了韩小实不在现场的证据。公安人员跟村里人反复谈话，再找嫌疑人。有人反映大傻子在大沟边转悠过，他们听了没在意。傻子娘听人说韩小实被撤了，觉得不对劲儿，夜里问大傻子那天拿着棍子干什么去了。

傻子说了经过。傻子娘别人的话听不清，傻子的话能听明白，找到杨伯峻把傻子的话说了。杨伯峻跟着她在家里找到那根棍子，上面还有一片褐色，派出所说可能是血迹，拿到县里一检测，果然是邹进贤的血。

公安人员问傻子为什么，傻子说：他不让我娶媳妇。

村干部们听了都笑，说：大傻子是真傻。

傻子娘不傻，知道是暴二来指使了大傻子，不过她觉得暴二来对他们家好，老给她送钱，不肯把暴二来说出来。

10

来到养猪场后，尔雅常做跟猪有关的梦。他想把梦里的猪画下来，试了几次没画成。他的特点是越画不好，越想画，永远画不到理想境界，他才能一直画下去。养猪干了两个月他就懂了，渐渐失了兴趣。

有一天他梦见进了猪舍。低下头，见自己两条腿细细的，脚分成了两半儿，每只脚都穿着两只精巧的皮鞋。这个梦大有意味。表面上你养猪，实际上猪在同化你。女工庞海燕说：这算啥梦，把自个儿梦成猪了！

他说：猪关在猪舍，咱们关在养猪场，一样。

他背起画夹找江小童。江小童是个有难度的女孩儿，有时欣赏他，有时候又不爱理他，摸不清她什么意思，他反而越来越有兴趣。哄了半天，江小童才答应跟他出来。

山里空气甜丝丝的，植物根须在地下蔓延，草丛里有各种生物，昆虫、蜥蜴、蝎子，还有老鼠。这一带有好几个老鼠品种。有的体型很大，有的小巧可爱。还有蛇和刺猬，它们都是吃老鼠的。各种叫不上名的种子不断萌发，不同的绿草钻出地面，往上看，树木顶着很大的树冠，遮蔽着阳光。

走到崎岖地方，他拉江小童的手，江小童没有躲，他觉得今天有希望。他带着她来可不光是为了画画，他提前看好一个地方，那里没人经过，是亲热的好地方。

记得临近毕业时他们约会过。当时他太性急，有些蛮横，她气冲冲地走了。事后她再不接他的电话。这一次他沉稳多了，做足了前面的功课，不断铺垫，让她一点点增加好感。人们常说水到渠成。他觉得渠修得差不多了。

走到一个地方，他们坐下。江小童说：这地方真好。侯总打算建的景点，我看都不如这里。

他们左边是一道瀑布，很细小，因为细小人们才没发现它，或者发现了没有重视。崖壁陡峭，阳光照射的地方发白发亮，瀑布经过的地方是阴影，形成一个图案，像一把宝剑。插剑岭的剑就是指这里吧？

崖壁转角处有一个凹角，阳光把石壁照得热乎乎的。他领着江小童走到里面，席地而坐。眼前有一棵矮小的柏树，正好遮挡住凹处，外面看不到他们。他在那里跟江小童说办养猪场的艰难，说他小时候很少见父亲，父亲偶尔出现也是一闪而过，后来父亲消失了。十几岁时别人告诉他父亲进了监狱。他问母亲，母亲背过身子悄悄流泪。他小时候跟奶奶在一起，跟母亲没多少感情。他不知道怎么跟母亲相处。他交往的女孩子都跟母亲不一样。别人给他介绍过不少，有的听说他家有钱主动追求他。他对这类女孩儿没兴趣，他喜欢的女孩儿是有独立精神的，不靠别人，自己闯天下的那种。后来别人再给他介绍对象，他就说自己没有父母，免得她们打听他的家庭。

江小童明白了，怪不得当时他说自己是孤儿。

他说，他的心一直是漂泊的，办了养猪场，心有了安放的地方。现在，养猪场已经稳定，心又没了着落。他渴望有家，有一个地方安置自己的心。这个家就是画画，眼睛看到的一处处风景就是家。

他说这些时，江小童有些不安，眼睛越过崖柏枝叶往外看，外面一个人也没有，山里安静得只有尔雅的声音。尔雅紧紧抓着她，一边说话，一边试图搂抱她。她挣开他，站起来说：咱们该走了。

他说：我想在这儿给你画一幅画。

她说：你以前画过了。

他说：这里没人，你把衣服脱了，我给你画一幅裸体画好不好？她本能地摇头，站起来准备走。他拦住说：裸体最能体现女性的美，画裸体才能表现美妙的曲线，表现身体的超凡脱俗。你这么漂亮，不画太可惜了。

江小童说：谢谢，不用。

他说：世界名画好些都是裸体。他拿出手机，让她看手机里保存的世界名画，一幅幅裸露的身体健康、圣洁，有天堂般的感觉。他差一点说服了她，那些画太美了。他说：你看看，这些都是艺术品，干净、圣洁，一点都不肮脏，我只想表现你的美，没有坏意思。

江小童被他弄得迷惑起来，她问：你画过多少圣洁的裸体了？

他怔在那里，不知怎么回答。

她又问：你是不是都这么说，让她们相信了你。

他说：没有，我没画过别人，想画的就是你，只有你才是最美的。

江小童甩开他往外走。尔雅抱住她，嘴吻到她脸上，唇上。她紧闭嘴唇，牙齿咬得紧紧的。尔雅想解开她的衣服，手往她怀里伸，她快速推开他。没想到自己劲儿这么大，差点儿把他推了个跟头。

尔雅有点儿恼羞成怒，想把她摁倒在地上。她说：你要再敢这样，我以后永远不理你，你信不信？尔雅犹豫了，她快速跑到柏树外面。

几个年轻人突然出现，喊：这里有一个瀑布！本来想追赶的尔雅停住脚步，她快速离开，好像在奔跑。尔雅在后面喊，她不理睬，一直走出山里。

尔雅后来追上了她，跟她解释、道歉。她什么都没说，只是快速地走，拣人多的地方走，一直走回村委会。一进宿舍她就哭了。

一连几天，尔雅给她发微信，她不回。一回到村委会有了安全感，她的愤怒消失了，涌上来的是委屈。如果不来插剑岭，她会经受这些吗？她想回家。

尔雅又来找她，她没开门。梅长风帮着叫门：小童，你没事吧？

她在屋里回答：没事，我有点儿不舒服。梅长风朝尔雅做了一个鬼脸，尔雅离开了。

梅长风喊：小童，出来吧，他走了。

她仍然不出来，心里下了决心，再不理他。他们不是一回事，他甚至跟别的男人都不是一回事，他想要什么她知道。如果这就是爱情，她宁可不要。

　　尔雅也淡了。他干吗这么低三下四？说到底他就是想占有，画画是占有，性也是占有。没有性，他又需要她什么？从一开始他就没爱过她，只想寻求安慰，当然，也想安慰对方，彼此拥抱取暖。

　　他崇拜的大师都很自由，没有负疚感。他们是伟大的画家，也是爱情赢家。他独自上了山，找到一块阳坡地坐下，画远处的山峦。江小童的形象挥之不去，他觉得山里好孤单。他身边需要女人。没有女人，眼前的山脉、树木没有了内在精神。他试图忘记江小童，忘记养猪场。他用铅笔画出素描稿，感到不满意，又画了色彩，仍然不满意，整整一天他看什么都没意思，包括自己的画。

　　晚上回到养猪场，他对着画皱眉。女工们偷偷趴在窗户上看。这是个不像老板的老板，画得真好，跟真的一样！她们的赞叹他听见了，招手让她们进来。七八个女工笑着走进屋里，说：老板，你这么有才，老妈怎么舍得让你来这里？

　　他说：我妈知道我想画画。

　　那你怎么只画山，从来不画人？

　　他拿出江小童的肖像，说：这不是我画的人吗？

　　她们看着，说：这是工作队的。老板，你是不是看上她了，你要是看上了，我们去给你说。

　　去去去，我要睡觉了。他赶走了她们，听着她们嘻嘻哈哈地跑开，一丝痛苦贯穿了全身，心好像要窒息。他在床上躺下。体内有很多力气没有使出来，脑子里涌动着各种意念。他绷紧全身肌肉，挺起腹部，觉得身上很舒服。

　　他干吗非要画她？山上可画的东西太多了。狐狸、野兔、狍子，放在画面里都有看头。他还可以画这些女工，她们围在他身边一边看一边笑。她们赞赏他，崇拜他。在她们的鼓励下，他天天上山，离养猪场越来越远。扩建的事有韩技师管，要紧的事晚上跟他商量，他鼓励韩技师做主，说：你定了的都是我的意思，是咱俩共同决定的。

　　他在这一带有了名声，都知道插剑岭有个会画画的老板。有时他迷了路，就随便进入一个村。村里人听他说是插剑岭的，都很热情。

　　他一连几天不回养猪场，晚上母亲给他打电话，他跟母亲说养猪场的情况，扩建遇到的问题，这都是韩技师刚跟他在电话里说过的。母亲以为他还在场里，后来知道他在外面画画，也不管他。她知道不可能把他拴在养猪场，能成为画家也是插剑岭的功德。

14 · 山野情

第十四章

1

这一天尔雅走进一个小村，吃饭时才知道这里叫沟底，也属于插剑岭。他出来画画总是避开插剑岭，怕碰见江小童。现在，他放心地在沟底睡觉、吃饭。这里跟沟口隔得很远，人们对沟口还没有对外村了解得多。

因为隔得远，他们说话没有负担。这里人记性特别好，好些沟口人忘记的事他们还记得。比如他们告诉他，有一年在老裴家门口放着一个襁褓，男孩儿，兔唇，一眼能看出是老裴的。

尔雅问：谁放在他家门口的？

他自己明白。

他问：后来呢？

他们说：后来老裴的老婆抱着孩子上了山，在山里挖了个坑，埋了。

活埋了？

有人说孩子早死了，也有人说活着埋了。

尔雅问：什么时候？

老早老早以前了。老裴再凶，也不敢惹他老婆。老婆抓着他的把柄，要不他早离婚了。马上有人反驳说：孩子根本没埋，给了老裴的哥哥，已经养大了。

夜里，尔雅眼前出现了一个襁褓，在空中围绕着他旋转。他想把这个孩子画下来，题目叫《被遗弃的》，他要画出孩子的天真、纯净、无辜、无助。

回到村里，他观察老裴家的大门，想象老裴女人一清早看见襁褓的惊愕、困惑。她后面有一个男人，脸上露出惊惧。他不想把男人画得跟老裴一样，想画成普通人。这不是某个男人的危机，是男性的危机。他不想把画往社会层面引，想画出人性高度，觉得那样才有艺术性和生命力。

最初他只画了一个门楼，刚勾出雏形，女工们就在身后议论：这是老裴家的大门！

他问：怎么能看出是老裴家呢？

谁家能有这么气派！

他把画撕了。女工们以为他生了气，不敢来看了。他重新画，想画一个襁褓中的孩子，安详、恬静，睁着好奇的眼睛。他没有画孩子的嘴，担心一画上兔唇人们会想到那个孩子。

女工们问，你咋不画嘴呢？

他说：不能画嘴，一画嘴他就活了。

女工们听过画龙点睛的故事，说：画嘴就是点睛。

他在深夜给孩子画了嘴，用手机拍了照，又用颜料把兔唇盖住了。他把画收起来，另外画了一张。这次的孩子是沉睡的，表情有些惊惧，好像在做噩梦。襁褓里的孩子会做梦吗？他觉得会，正常孩子不会做，这是个命运特殊的孩子。

记得小时候母亲抱起他喂奶，他总担心母亲把他扔下，他跟这个孩子有相通之处。他见过别的母亲喂奶，孩子吃着一个乳房，抓着另一个。他不是，他紧紧抓着母亲的衣服。母亲对别人说，他老抓我的衣裳，好像怕我把他扔了。

父亲过些日子就会回来，到跟前摸一摸他的脸蛋儿。他一看见父亲就哭，母亲赶过来抱起他。有一次他看见父亲亲吻母亲，他没有哭，而是笑了。他相信襁褓中的孩子有情感，有思维。那些事好像昨天发生的，他记得清清楚楚。

他照例画了孩子的兔唇，又用颜料覆盖了。手机里有三幅没画完的

第十四章·山野情　　553

画，三个孩子几乎一模一样，他躺在床上拿着手机在心里完善他们。有一天，他发现这孩子跟自己小时候很像。他还保存着小时的照片，惊惧的眼神跟画里一样。

画家画的都是自己，或者是现实的自己，或者是理想的自己。想通这个道理后他又到山里。短短几天，山上的树已是深绿，漫山遍野被绿覆盖着。他带着颜料，直接在画布上画，从上午一直忙到午后。背包里装着面包、香肠，还有油炸蚕豆、带鱼和小瓶二锅头，吃完饭他继续画。他忘记了兔唇孩子，忘记了童年。为什么不画那些有生命力的？大自然是最好的医生，能医治一切。

画累了，他躺在山坡上想交往过的女友。那时，他在学校旁边租了房子，有一张大床，床上扔着画纸、碳素笔、颜料等。他跟那些女孩子匆匆躺下，快乐只是一瞬间的事，后来他们不再联系。他不知道什么是爱。

他不在乎女人。心里有一块空间，有一处痛，只靠画画填充不满。能填满的是什么，他不知道。他侧过脸，感觉泪水流出来。阳光照着他的眼睛，眼前一阵模糊，过一阵子又清晰，看见一个影子一闪而过。

他坐起来，不远处有个小兽回头看他。第一次见到它是在养猪场，嘴里叼着一个幼崽匆匆而去。有人说它叫貉，一丘之貉的貉。

那个貉要是他的母亲多好！

2

江小童在家里待了一天，就回来了。

母亲几乎天天打电话，套她跟什么人接触。嘱咐她刚参加工作，不着急找对象，找也回市里找，不在外面找。她说没找，母亲仍然不停唠叨。

到了家里，母亲继续套她在村里的生活。她说：妈，你好像审问似的。

母亲便问她，是不是跟养猪场的老板常来往。

她说：常来往怎么了？我是扶贫工作队的，当然要来往。

母亲说：工作来往我不管，不能有个人来往。

她说：他来找我，我不知道他要说工作的事，还是说个人的事。我也不能一律拒绝人家。

母亲说：听说，他还让你陪他画画？

她问：谁跟你这么说的？母亲不说。娘儿俩吵了起来。

晚上父亲回来，被母亲叫到屋里说了半天。父亲出来极力显得轻松，一边吃晚饭，一边跟她闲聊。父亲每天都要到九点后才下班，她跟母亲早吃完了。她坐在一旁陪父亲，母亲坐在离他们老远的地方看电视。

吃完饭父亲把她叫到里屋，问她在村里的情况。父亲问的都是工作队的事，不问她个人生活。她却哭了。父亲说：哭什么？爸爸相信你能处理好个人问题，你们这一代比我们强，受的教育多，社会知识也多。

她说了尔雅总是纠缠，她很苦恼。

父亲说：这种事女孩子都会遇到，自己拿定主意就行。你要问家里的意见，我们希望你不要看外在条件，找一个真正志同道合的。

父亲又说：什么叫志同道合？就是三观一致，有理想，有爱心。你说的这个小伙子我没见过，听说他家庭很复杂。这种孩子性格都不好，古怪。市委办有一个这样的人，乍一看不错，时间长了发现不好相处。当然，还要看你的感觉。

第十四章·山野情　555

无论工作还是生活，感觉很重要，我跟现在的市委书记感觉很好，他心里想什么，不用说我都知道，挺好配合。跟以前的市委书记就不行，摸不清他心里想什么。

父亲以前不跟她说这些，她说：我跟杨局长也是这样，觉得他一切都是敞开的，跟别人就不行。

她听出父亲不愿意让她跟尔雅来往。父亲轻易不说话，凡是说了话的，都是要紧的。她跟母亲很难沟通，本来跟母亲的想法一样，却往往弄得不愉快。

第二天，她跟母亲说要回去。母亲有些后悔，说妈不是唠叨你，是怕你走错了路。

她开着车走了。倒车镜里看着母亲的身影，不禁有些酸楚。母亲忙忙碌碌一辈子得到了什么，她不像市卫生局副局长，像一个为家庭操碎了心的主妇。

母亲是怎么知道尔雅追她的？她想问梅长风。没想到梅长风一见她回来就找杨伯峻请假，说家里有急事。

黄俊涛说：梅长风家老有事，是不是又闹离婚呢？

江小童心里一沉，局里人对梅长风评价不高，她却觉得这人挺好，没那么多心眼儿。平时他爱找碌碡算卦，肯定心里有事儿，自信的人不会对算卦感兴趣。

梅长风已经回到市里。他这次回来想跟前妻见一面，倒不是跟前妻有什么，主要是想见孩子。离婚后前妻去了深圳。这是个能干女人，生意做得风生水起，只是还在单身。身边的男人换了一个又一个，钱越挣越多。几天前她打电话说想跟他见一面，梅长风没答应。他跟现在妻子过得挺好，不想给自己惹事。前妻说孩子也要回来，他才答应了。

还没有上路，梅长风就在饭店订了雅间，开着车回到市里已经十一点，他没有回家，直接去了京味一品。前妻一个人坐在里面，他问：孩子呢？

前妻说：孩子没回来，他们学校有个比赛活动，他想参加。

他问：你让孩子一个人在家里？

前妻说：有人陪着他。

他问：谁？

前妻说：这你就别问了，是我的私生活。

前妻说得那么从容，他知道又是谎言。跟她一起生活时，他总是说谎，一万块钱买的古董，他说三千，要不就说别人送的。离了婚，女人开始说谎，比他的谎大、谎圆。谎越大生意越多，一路说成了老板。

没见着孩子，他有被骗的感觉。前妻已点了菜，他也不好意思走。前妻给他倒了一杯茶，递上一张精致的名片，上面写着：深圳市惠风科技培训有限公司总经理浴风。

梅长风不无讽刺地说：我记得你叫骆梅花，啥时候变成浴风了？

前妻说：骆梅花只有你知道，深圳人知道的是浴风。

梅长风说：听着像多大名气似的。科技培训有限公司，培训什么？

前妻说：我们培训职业经理人，说白了就是老板。

梅长风感叹道：老板都是你的学生了？

本来想跟前妻逗一逗，霍丽娜不知从哪里听到消息闯了进来。她一进门就问：老公，你啥时候回来的？我还想去接你呢！

梅长风出了一身冷汗，看她没有翻脸，马上说：刚回来，正好我以前的同事来了。说完介绍说：这是我以前的同事，现在是深圳的大老板。

浴风笑一笑，冲着霍丽娜点点头。

霍丽娜说：欢迎欢迎。我参加你们的饭局可以吧？

浴风说：当然可以。坐吧！

霍丽娜说：那我们两口子一块儿敬你一杯。

浴风说：我喝不了酒。

霍丽娜说：喝不了也得喝，不喝就是看不起我们两口子。你是从改革开放前沿回来的，一定要敬你。

喝过了酒，霍丽娜又说：听说深圳那边的人干事业都不结婚，愿意跟谁好就跟谁好，是真的吗？

浴风一脸尴尬。

本来是两个人的尴尬饭局，现在变成了三个人，味道更不对了。骆梅花没等菜上全，接了一个电话提前告辞，说：我生意有个紧急情况，得去处理一下。你俩慢慢吃。说完，一溜烟儿走了。

霍丽娜的笑脸没了，耷拉着脸大口吃菜。梅长风说：算了，别吃了，回家吧！

霍丽娜说：我愿意吃。我在家里天天当老妈子，有人请过我吗？我他妈的今天就吃了。

吃完饭，服务员拿着账单让梅长风结账。

霍丽娜拦住，说：你跟深圳来的老板吃饭，还得自己结账？大饼卷手指头，自己吃自己呗？

梅长风说：她走了，我不结账怎么办？自己付了账单。

霍丽娜说：你当时就该拦住她，她那么有钱，她不结谁结？

梅长风知道她是嫌跟骆梅花见了面，说：我让她骗了，她告诉我带着孩子来，不然我跟她吃什么饭？

霍丽娜说：谁知道你们怎么回事！说不定她后悔了，想跟你复婚呢！

梅长风说：你看你老公这个没出息劲儿，人家会复婚吗？要是能复婚，当初就不离了。

霍丽娜说：我没看出你没出息，你挺有出息的，一个人好几个老婆，家里一个，外面两个，今天跟这个吃饭，明天跟那个睡觉，谁比你有出息？倒是你这个老婆没出息，人家甩了的，我还拿着当宝贝。

两个人吵了一路，一直吵到家。本来想在家多待两天，看到气氛不对，梅长风第二天回了村里。黄俊涛问：这么早就回来了？

梅长风说了家里的事，说：不回来怎么办？

黄俊涛说：想跟前妻见面就该瞒住家里，怎么把消息露出去了？

梅长风也奇怪霍丽娜是怎么知道的。他没跟任何人说过，一定是骆梅花说出去的。这么一想问题就大了，她回来到底想干什么？

他说：一会儿我找碌碡算算，看看犯了什么煞。

到了碌碡家，碌碡正收拾药箱。这种上世纪六七十年代的药箱，外面是皮革面，里面一层层放着听诊器、注射器、体温表、针灸盒以及各种常用药。药箱旁边是一本《赤脚医生手册》，看到梅长风来，他把书扔到床下。另外一本来不及扔，把药箱放在上面压住。

梅长风说了回家的事，说：我是不是遇到了什么煞星？

碌碡说：这跟煞星没关系，按过去的说法，昨天是个鬼日，压根儿不宜出门。就是王母娘娘下了凡，也得避着这个日子。

梅长风说：我想问问，我老婆咋就知道了，找得那么准？是不是姓骆的算计我？

碌碡算了一会儿说：可能是你老婆无意中发现的。不过，你前妻这时候来找你，大概是遇到了难处。

梅长风沉默，说：我看她也不像春风得意的样子。我们两个还没说什么，我媳妇就闯进来了。

碌碡说：以前说看相、占卜是迷信，其实是科学。要我说应该叫占卜科学，古代就有的。

梅长风笑了一下，提起他的药箱，看到下面压的书是《古瓷辨伪指南》，拿起书若无其事地翻着，问：你还看这种书？

碌碡说：这种书没用，书上一写出来，人人都明白了，还有什么用？

梅长风笑了一下，说：我在县城古董市场看到一个古董摊，说是你的，卖的都是你们家的东西。

碌碡说：那人我见过，我都不认识他。

梅长风说：他说是你的学生。

碌碡说：我哪有这种学生？易经八卦，风水占卜，过去医家都要学，我们祖上从没往外露过。当年刘丙义领着人开山修渠，我爷爷给他算过，说山太高，挖不了。刘丙义让他回去背一遍《愚公移山》。我爷爷不敢说了，跟着他上了山。

梅长风问：后来呢？

碌碡说：后来应了卦上说的，刘丙义送了一条命，刘丙瑞炸飞了一颗卵蛋。这是科学，不信行吗？实话跟你说，我为什么敢给刘根生看病，早算出来了，他将来能站起来，能走路。治不好的病，我当然不治。过去的郎中，一眼就能看个八九不离十。

梅长风想，前几天他还说不一定能治好，该信他哪一句？不过刘根生确实有了好转，他还算有些本事吧。

3

周竞刚从公司出来，就遇上了毕局长。他让车停下，问：咋回事，听说你的对象跟你吹了？

毕局长说：是我跟她吹的。过不到一块儿，我想找个过日子的。

周竞说：也对，回头我替你物色。

毕局长想起插剑岭的事，说：上回从你那儿出来，我把信写好了，第二天寄了出去。

周竞问：寄走几天了？

毕局长说：八九天了。

周竞算了算，估计刚摆到领导案头，他说：再有十几天就该有批示了。特别是反腐的信，实名举报的，不出半个月就来人。

毕局长想过实名举报，信里内容是道听途说的，哪敢写自己名字。他问：听说韩小实又官复原职了？

周竞说：算不上，压根没撤过他，怎么叫官复原职？当时让他停职，他自己要求辞职。群众的举报没落实，只好让他回来。

邹进贤刚被打时，周竞以为是老裴让人下手的。老裴跟腊梅的关系他知道，谁也不会想到老裴身上。一闷棍把韩小实搞下去，还带累上了杨伯峻。他说：这苦肉计挺好！

老裴怔了一下，说：不是我。

周竞从乡里问了两个人，也说不是老裴。查来查去，查到了一个大傻子，又说不出明白话，没法往下查了。

这件事他知道得晚，没利用好。这回毕局长出手，他觉得应该积极协作。毕局长告了什么，他没细问，开始想让老裴等人跟着告，又觉得村里人终究是村里人，配合不到地方。

跟毕局长分手后，他把车开到县委大院。前些日子他拿到县里一个路桥项目，当时想把项目让给韩小实，算是给插剑岭新支书一个见面礼。韩小实不肯接这份好意，他便故意把标的往下压，让韩小实拿不上。现在中了标，又觉得这个项目像鸡肋，按合同算下来有点儿利润，上上下下一打点，没多大意思。

县领导现在不敢要钱，他仍然得把钱打出来，主管的徐县长是多年的哥儿们，一直是这么过来的，改了规矩不合适。今天来他想让政府把标的往上提一提。徐县长听了摇头，说：招标是公开的，标的县里人都知道，怎么给你往上提？

周竞说：这个标的不挣钱。

徐县长说：不挣钱你接它干什么，投标数是你写的，又没人强迫你。

他嘿嘿地笑。

徐县长说：改标的的事你别想，你以为还是以前吗？像这样的工程都有纪委跟着，全程监督。给我一百个胆子也不敢。

他说：算我跟你开个玩笑。

徐县长说：这玩笑少开！工程质量还得保证，出一点问题我都不放过你。你不看看现在是什么时候，刘铁山多深的根基，到了这时候一样没用。

周竞脚步沉重地离开办公室，楼里有人跟他打招呼，他面无表情地敷衍几句。出了大门径自走到车前，看到对面过来个熟人，弓着腰说：周总办事儿来了？

周竞说：串个门。

周竞是胖子，这人也是胖子。周竞胖得结实，这人胖得虚；周竞黑，这人白；周竞走路不喘，这人喘得厉害。

白胖子职业是串古董，周竞的一多半古董是跟他买的。看他在大院，周竞问哪个领导爱好古董。白胖子说：原来爱好的现在也不敢了，连看都不看，我的东西只能往你那儿送了。

周竞说：我的钱是自己挣的，不怕。

白胖子说：那我晚上去你那儿？

周竞说：来吧！我等你。

他这么痛快答应，是因为插剑岭工作队也有个玩古董的，说不定能做点儿什么文章。

4

沟底是个世外桃源，这里人不知道蒋社教，只知道老裴，连村长是谁都不知道。尔雅告诉他们，老裴早下台了，村长换成了曹志军，上一任村长是暴二来。他们问：暴二来啥时候当过村长？他爷爷有历史问题。

尔雅问：什么历史问题？

他们说：当过日本人的伪村长，这种人的孙子咋能当村长呢？

尔雅说：当伪村长的是韩家的人，那时不叫村长，叫维持会长。

他们说：不对吧？不是叫村长吗？就是叫村长，错不了！

尔雅笑了。沟底像一个老人，当下发生的事他们不知道，以前的事也记不清。这里的人分成两类，一类人格外迟钝，好像生活在很久以前，话题还是人民公社和吃食堂，他们怀念吃食堂的日子，说都知道这种日子长不了，那也愿意吃啊！

第十四章·山野情　　563

那时，沟底的人走一个时辰去村里吃饭，回来又是一个时辰。走得快，饿得也快！一顿饭感觉白吃了。村里同意他们自己建食堂，大师傅是赵明杰的爷爷，他年轻时让土匪掠走，给土匪做过一年饭。生产队存的粮很快吃完了，赵明杰的爷爷带着人上山挖野菜，有的野菜吃了拉不下屎。他们跟村里提意见，说粮食都让大师傅偷吃了。赵明杰的爷爷一气之下不做饭了，食堂就是这么垮的。尔雅在灯下饶有兴味地听着。沟底早就通了电，仍然有人点油灯，他们交不起电费。爱说旧事的，往往是这一类人。

另一类人家里电灯通明，他们聪明、能干，做人仍然不失本分。这是些常年在外打工的人，要么有了孩子，要么老人岁数大了，不再出去干活。他们见识过外面的世界，知道该过什么样的日子。

尔雅常来的这一家，女人原先在外面，现在回来了。男人赵明杰还在外面。尔雅常听人说赵明杰和他爷爷，沟底发生的事大都与他们家有关。尔雅想听他们说吃食堂，想画一画吃食堂，多么有历史感的画面。生活是荒诞的，也是沉甸甸的；是传奇的，也是童话。沟底那时有三十多户，在一起吃食堂是不是挺温馨？可惜他一直没见过赵明杰。

赵明杰妻子是个精干女人，宽敞的院子收拾得干干净净，院子东边长着一棵瘢痕累累的枣树，树叶在阳光下摇动，天空一派蔚蓝！

枣树下是个碾盘。刚到母亲家时，母亲从奶奶家拉来一个碾盘当茶桌，他画的第一幅画就是碾盘。这个碾盘要比那个大很多，能并排躺下四个人，碾子他试了试，推不动。一头驴拴在碾杠上，碾盘上有草料。别人家草料撒得到处都是，她家不是。驴吃完，女人很快扫干净了。

这是个有魅力的女人。村里女人要么素面朝天，要么嘴唇涂得血红。她化淡妆，身上有淡淡的香气，尔雅觉得也许是体香。这念头一出来，身体马上有了反应。

女人大概三十多岁。她咯咯地笑,说哪里还有三十岁,四十一了。他吃了一惊,说不像,看着就像二十八九的。她又笑,说今年虚岁四十一,周岁四十。

他问:你孩子怎么那么小?

她说是二胎,大女儿在县城念高中。

她的皮肤白皙、细腻,腰仍然称得上苗条。臀部没有下垂,力量感十足。腰不松,紧绷绷的,腰与胯之间有一条弧线,楚楚动人。脸颊、手臂、肩膀都是阳光晒出来的颜色,丰满结实,洋溢着沉着、欢乐。多么适合画画啊!学校里的模特没有这么健康的肤色和肌肉,也失去了质朴。她们躺在模特台上想的是每小时挣多少钱,眼前这个女人多有表现力!

江小童不让他画。他为什么不画一画这个女人?他从包里拿出本子,一边聊着天,一边随手画。他画了院里的枣树和树下的碾盘。那头驴被女人牵进偏房,通过门能看到驴的屁股和尾巴,还有两条后腿。他问:你叫什么?

女人说:你问这干什么?

他说:不知道怎么称呼你呀!停了一会儿,又问:我该叫你什么?

她说,村里人叫我赵明杰家的,都这么叫。

他说:我不这么叫,我叫你名字。

她说:我姓李,李来群。

他说:听起来是男人的名字。

她说:名字是没出生起的,那会儿韩庆全的爹还活着,是小学老师。他死了,韩庆全才当了老师。让他起名时我爹送了半口袋玉米,他是按男孩儿起的,生下来是个丫头。我爹不愿意。

她眼里有了泪光。她跟一般乡村女人不一样,感情丰富、细腻。她说：我爹不愿意重起名，韩庆全的爹说重起得再拿半口袋玉米，我爹说为一个丫头的名字不值得。尔雅几笔就画出了她的泪光。

她说：你别画我啊！

他说：没有，我画的是你们家院子。他不断向各个角落望去，只在收回目光时看她一眼，画完一张，很快把本子翻过去画另一张。他画了十几张，画里都有一个女人，各种角度，各种动作，各种姿势。她走到本子跟前，一页一页地看，说：你画得又像又不像。

他说：这就对了。画画不是照相，妙在似与不似之间。

她说：你天天来我家画吧，画我也行。我喜欢看你画画。你画的一看就是我，不过比我好看。

他说：你是个有天赋的女人。

她说：我知道你想画什么，我这里有的是你想画的。她从屋里拿出笸箩、笊篱、布老虎枕头，还有她给孩子蒸的带红点的馒头。他把那些东西摆在碾盘上，用照相机照了下来。

他说：我肯定还来。

他离开时，她站在街门口送他。她把手搭在眼眶上朝山下瞭望，这个动作是城里女人没有的，多像他的奶奶啊！

5

一辆宝马车开到村委会。孩子们跟在车后面跑。车停了，他们等里面的人下来。有孩子想凑到车窗上看，车门一开又跑开了。

下来的是个白胖子，双下巴，小眼睛，脸上肉有横丝。孩子们不敢往前。江小童正在扫院子，问：你找谁？

胖子说：这儿有个叫梅长风的？

小童喊：梅老师，找你的。

梅长风不认识他，问：你是？

胖子说：冯大宽的朋友，老冯让你领我看个人。你上车说吧！梅长风疑惑地跟着上了车，见冯大宽就在车里。梅长风挥拳要打，冯大宽冲他挤了挤眼。梅长风住了手，想：他们要干什么？

他问：你想看谁？

胖子说：我找碌碡。

到了碌碡家，冯大宽仍然不下车。梅长风知道古董这一行规矩多，也不多问，带着胖子进了碌碡家。碌碡看见他们并不惊讶，站起来问：你们是？

胖子自我介绍：我是慕名而来，听朋友说你这里有元代的东西，想看看。

碌碡说：你是说梅瓶吧？不在这里了。

胖子说：我就看一眼，价格合适我就买。

碌碡说：有人定了，货也不在我这儿。

梅长风见箱子还在墙角，也不说破，看胖子。胖子问：那边出多少钱，付了吗？我出的比他多。

碌碡正焙蜈蚣，把电炉子关了，问：你出多少？

胖子问：那边出多少？

碌碡说六百万。梅长风想，碌碡前几天还说卖八百万，一下降了这么多！

胖子沉吟，说：先看货。

碌碡问：外面还有人吗？

胖子说，就我一个。碌碡进里屋提了梅瓶出来。胖子拿手电筒对着瓶子看了，又放在自然光下，拿着放大镜反复端详。问：我能不能用手机录？

碌碡说：录吧！

胖子把视频发出去，不一会儿收到回复。问：这东西是哪里来的？

碌碡说：不知道，没听我爷爷说过。

梅长风问：不是你祖上看病得的吗？

碌碡说：那是老人们闲聊说的，也不专指这一件，以前家里这类东西多了。

胖子还在犹豫，拿着放大镜反复研究。

碌碡提起梅瓶：看不上我就收了。他要往屋里提。

胖子说：我要了，回头给你钱。

碌碡笑，说：我不认识你，你跑了我到哪里找你。

胖子拍了拍脑袋，说：也是。你有POS机吗？

碌碡拿出POS机，说：我不成器，把家里的老玩意儿卖光了。

胖子刷了卡，碌碡把东西放进箱子，塞了好些报纸。送胖子时因为冯大宽在车里，梅长风没往车前走，拉住碌碡问：你不是说低于八百万不卖吗？

碌碡说：赶紧出了手，我就省心了。

梅长风说：你亏了两百万。

碌碡说：这东西要是拿去拍卖，上千万也是有的。只不过那种钱不是咱们挣的，让别人挣吧！

梅长风替他惋惜，碌碡说：我一分钱没花家里多了六百万，有啥可惜的。明天让孩子打碎了可惜不？我小时候打碎过好几个，那会儿也不知道可惜。

正说着，刘根生摇着轮椅来了。碌碡对梅长风说：别提刚才的事儿。

刘根生问：你家来了好些人，干什么的？

碌碡说：来跟我打听个人，差点儿把蜈蚣焙糊了。说着继续焙蜈蚣。梅长风在旁边看着。

刘根生趴在床上，让碌碡给他扎针。他后背有了肌肉感，针扎下去有些吃劲，不像以前肉是暄的。碌碡说：我正要去你家。

刘根生说：老让你跑了，今天我也出来锻炼锻炼。

梅长风说：这样最好，越费力气，越恢复得快。

今天行针时间短，碌碡明显心不在焉。瓶子卖得那么便宜，他是不是后悔了？冯大宽为什么不从车里下来？梅长风脑子飞转着。

回到村委会，他给冯大宽打电话：你搞什么鬼？偷偷摸摸躲在车里干什么？

冯大宽说：我回头再跟你说。

几天后梅长风回到市里，冯大宽递给他二十万，说：这钱是分给你的。

梅长风惊讶：为什么？

冯大宽说：你那天领着胖子买梅瓶，人家谢你。一行有一行的规矩，古董行没有白用人的。

梅长风想了想收下了，回家告诉霍丽娜，霍丽娜已经忘了骆梅花的事，说：碌碡挣了钱，碌碡给你提成才对，怎么花钱的倒谢你呢？

梅长风说：大概因为他买得便宜吧？少花了两百多万呢！

霍丽娜说：这钱不能要。跟你过了这么些年，头一回看见你挣钱，我心里不踏实。你还是退了吧!

梅长风不敢惹她生气,拿起钱去退。冯大宽不要,说:这是你跑前跑后劳动所得,怕什么?又不是你要的,人家自愿给的。

回家后,霍丽娜说:你跑的那点腿能值二十万吗?不定咋回事呢!你趁早退了,我不跟着你担惊受怕。

回到村里,霍丽娜又追问他。梅长风说:行,我肯定退!

他这个媳妇没前妻本事大,好处是把钱财看得轻,挣了不高兴,赔了也不着急。不过他想留下这二十万,这些年他玩古董赔了不少,也算个补偿。

6

梅长风回到队里,杨伯峻才回家。说是轮休,谁多休谁少休,就靠一个自觉。办法是当领导的少休,你休息得少,别人就不好意思多休。

杨伯峻刚回市里就接到通知,局领导班子开会,本以为又是巡视审计的事,到了才知道是个业务会。散会后马局长把他叫住,解释说上次叫他回来,是巡视组接到举报,反映局里支持的一个项目韩小实是大股东,是你推荐的。杨伯峻回想,当初他的确推荐过这个项目,不过他那时还不认识韩小实。巡视组也很快查清,两个韩小实同名同姓,不是一个人。

杨伯峻心里感慨,向马局长道了谢。

回到家严惠娟还没回来,只好自己做饭。晚上九点严惠娟下班,到家已经累得话都不想说。两人一夜无语,第二天一早杨伯峻去医院,推着老岳父去CT室做检查,八点四十刚返回病房,黄俊涛来电话说姚红玉一会儿要来。他有个预感,姚红玉来跟尔雅有关,立刻开车往回赶。

他刚到村里,姚红玉车就到了。姚红玉这几天给尔雅打电话,尔雅情绪不高。问韩技师,韩技师说尔雅前几天带着江小童到处画画,情绪挺好,后来江小童不理他了。

姚红玉匆匆赶过来,一进院就找江小童。

江小童想躲,但看到队里人都出来迎接,只好走到外面说:姚总好。姚红玉上前拉住她的手说:这孩子,我一进院就到处找你。

黄俊涛说:你看看,我们这么多人都抵不住一个江小童。

姚红玉说:今天我请你们,咱们到县城找个饭馆。

杨伯峻说:村里就有饭馆,我们请姚总!

姚红玉说:当然是我请,要不咱们到乡里!

姚红玉请工作队,村干部也不能撇开,当下给韩小实和曹志军打电话。上车前看见任海龙,杨伯峻说:海龙,上车!任海龙推说有事。韩小实说:你那点事能有姚总来的事大?快别啰唆了,赶紧上车吧!

一行人开到乡里,兴旺饭馆只有一个雅间,乡里已经订了。杨伯峻给乡里打电话,求他们把雅间让出来。蒋社教说:姚总是贵客,当然应该紧着你们。

说完他和杜建奎很快赶来,先敬了姚红玉,又敬杨伯峻。姚红玉让他们留下,蒋社教看出姚红玉意在江小童,推说乡里有客人,走了。

他俩一走,话题都围着江小童。黄俊涛夸江小童懂事,梅长风说江小童对自己要求严格。村干部看他们夸,不知道什么意思,很快明白了,也跟着夸。说小童不像领导干家的孩子,现在很少有这样的年轻人了。

江小童一扭头看见尔雅冲她笑,像吃了苍蝇。她想离开,又不愿扫大家的兴。人们这么夸,是为了让姚红玉多投资,自己走开大家的工作都白做了，只能忍着。

夸完工作，大家又夸江小童会穿衣服，搭配到一起很有气质。现在年轻人动不动在手腕上弄个镯子、手串儿什么的，小童从来不戴。姚红玉拉住小童的手，说：这孩子的手长得好，一看就是美人手，再配上个手串儿才好呢！说完掏出一个南红手串，说：你戴上试试。江小童想把手抽回来，姚红玉已经把手串儿给她戴上，举着她的手说：好看吧！

众人齐声说好。梅长风打远一看，珠子红艳如锦，细、糯、润、匀，知道是上等的水料，心里估算了一下，少说也得三万。再看江小童涨红着脸，手串儿戴也不是，摘也不是，两眼只看着杨伯峻。杨伯峻不好表态，拒绝姚红玉脸上下不来，收下又担心不好收场。

黄俊涛知道杨伯峻担心什么。江小童是江秘书长的女儿，江秘书长是市委书记的左膀右臂，处理不好就被动了。他故意说了一句：小童，你好福气！姚总这是拿你当孩子一样心疼呢！江小童当下把手串摘下来，说：你也是孩子，你戴吧！本来想把手串摔过去，怕姚红玉不高兴，走过去递给黄俊涛。姚红玉倒没显出什么，尔雅脸上有些挂不住。说：妈，你也是，好好的送人家这干什么！

姚红玉说：我喜欢小童，想跟她交个朋友。这话把事情的性质降了一级。她自己也觉出刚才太冲动，江小童不好接受。又加了一句：我在云南买了好些手串，送了不少人，他们都喜欢。

黄俊涛还拿着手串，一看江小童的脸色不敢递回去。递还姚红玉，也让姚红玉不好下台，便在手里拿着。南红珠子近看有火焰般的纹理，格外妖娆，拿在手里沉甸甸的，很压手。举起来冲着光线，个个都很通透。他说：这些珠子个个透光，你们看看。顺便给了旁边的韩小实，韩小实看了一眼，说了句：我不懂。又递还给黄俊涛。

黄俊涛只好又拿起来，不知道该推给谁。杨伯峻看出处理不好伤人，不是伤江小童，就是伤姚红玉。他伸出手说：我看看。拿着看了半天，他说：这珠子比珍珠还漂亮，我拿回去让我爱人开开眼，姚总，你同意吧？

姚红玉知道他在解围，说：好，好，你爱人喜欢，我也送她。

江小童暗自感激。韩小实转移话题，说起饲料厂建成后需要原料，一个村的玉米远远不够。

尔雅说：第一期的设备投产，年产达400万吨饲料，一天产一万多吨，原料中百分之八十是玉米，全县产的玉米都不见得够。

在场的人低头算账，明知是块肥肉，可惜嘴小。韩小实笑着说：姚总，你要信得过我，就交给我们村办。

姚红玉说：你有什么办法？

韩小实说：我有两个想法。一是在全县推广玉米种植合作社，县领导肯定支持；二是成立一个收购公司，到各地收购玉米，解决厂里的后顾之忧。

姚总担心他没这个能力，说：这事不急，反正还有时间。她觉得可以把一部分收购业务交给村里，先试试，不行再想别的办法。

杨伯峻知道她担心什么，韩小实在商界摸爬滚打了二十年，到了村里经商没帮手。他的公司有搞供销的，上任时他承诺公司不跟村里发生任何关联，现在也不能把公司的人调过来。不过韩小实倒显得很有信心，说：姚总，你就交给我们吧！

几个人商量了一会儿，趁着气氛热烈姚红玉结束了饭局。分手时又拉着江小童聊，江小童不失礼貌，一直把她送上车。

7

母子俩回到养猪场。尔雅埋怨妈妈不该给江小童送东西，姚红玉说：送个小玩意儿，又不算是表示什么。尔雅没再反驳，姚红玉找韩技师问了一些情况，很快回去了。

工作队的人聚到杨伯峻屋里，加上几个村干部，一起讨论成立玉米收购公司。梅长风说：这事稳赚不赔。一斤玉米就算挣五厘，四百万吨玉米是多少？

韩小实说：别说挣五厘，挣半厘也行，就怕姚红玉不肯给咱们机会。

黄俊涛说：这个机会要抓住。说完看向江小童。

梅长风顺着他的目光，也看江小童。说：小童，姚总喜欢你，你得多想办法。见江小童脸色不对，改口说：我没别的意思，是让你正常做工作。

江小童站起身：什么叫正常做工作？什么叫不正常！我看是你不正常！说完扫了黄俊涛一眼，回了自己屋。

梅长风一脸尴尬地看着杨伯峻。

杨伯峻扭开脸不理他。众人见状不知道说什么好。过了一会儿韩小实起身告辞，大家也都起身。杨伯峻沉着脸说：小梅，你留一下。

梅长风呆立在那里，看着杨伯峻，以为要跟他谈江小童的事，没想到杨伯峻问：你这几天见过碌碡吗？

梅长风说：前天去过他家。

杨伯峻听说外面有人找梅长风，好像是古董贩子，便说：我不反对你跟碌碡来往。不过，一不要影响工作，二别给自己找麻烦。

梅长风说：杨局长，我影响不了工作。因为古董，我两个老婆都跑了，跟现在这个结了婚，我就没敢买过老东西。

杨伯峻说：我只是提醒你，看起来是小事，说不定能引来大麻烦。

梅长风想说用不着提醒，没好意思说出来。杨伯峻又说：以后别再跟江小童开玩笑了，女孩子对这类事都很敏感。

梅长风说：是，我以后不开了，你看我这张臭嘴，自找无趣。杨伯峻本来还想说，看他带着情绪只好算了。

梅长风走后，杨伯峻走到江小童屋里。江小童说：他们开什么玩笑我不在乎。我知道该找什么样的，不会拿自己作交换。听得出来她还是有情绪的。

杨伯峻说：他们没恶意。

江小童问：杨局长，你说什么是真正的爱情？

这话问住了杨伯峻，他跟妻子过了半辈子，两个人也吵，不过比别人家吵得少，他不知道这是不是爱情，只是觉得爱人尽职尽责、通情达理。他说：爱情是个挺玄的词儿，以我的体会，彼此负责，通情达理就是爱情吧！

看到江小童不解，他又说：按现在的说法，就是三观一致。

江小童想起父亲也这么说。她欣赏尔雅的才华，两个人在一起又别扭，说到底是因为三观不同。她说：杨局长，我明白你的意思了，跟我想的一样！

杨伯峻看她情绪正常，放了心，扭头回了自己屋。晚上吃饭时，不见了江小童。来到村里后，大部分是江小童做饭，梅长风刷碗。现在到了吃饭时间，发现没人张罗。他问：小童呢？

梅长风说：不知道。

黄俊涛说：下午来过我屋里，把借给梅长风的书拿走了，又还了借梅长风的书。

梅长风看到书里夹着一个信封，里面是一封辞职信：

杨局长：

感谢您和队友对我的帮助。经过反复考虑，我决定辞职。我对谁都没意见，只是觉得不适应。梅长风、黄处长，对我帮助很大，我也谢谢他们。

我走了，等着听你们的好消息！再见！

江小童

杨伯峻出了一身汗。问：她说什么没有？

黄俊涛说：没说。我跟她说现在是关键时刻，跟姚红玉搞好关系对村里脱贫有利，对她也有利。姚红玉是著名企业家，这样的家庭不是百里挑一，是百万里挑一。她不一会儿把书送过来了。

这话说得确实不妥。杨伯峻看了一下表，说：她自己开车不安全。小梅，你跟我去追，劝不回来也不能让她自己走，咱俩送她回家。

村干部们也要跟着找。杨伯峻说：你们不用去了，她肯定不想让别人知道。

梅长风车开得快，到了县城，很快看到前面是江小童的车。江小童开到县里觉得饿，停下车吃了饭。母亲肯定不同意她辞职，要逼父亲想办法调她离开工作队。这也是她不情愿的。正想着，听见旁边鸣笛，梅长风在车里冲她笑，做手势让她停车。她不停，梅长风超到她前面停下车。

看到杨伯峻下了车，江小童只好停下。杨伯峻走到她跟前问：小童，你怎么了？有什么难处吗？

江小童低着头说：没有。

杨伯峻说：有什么委屈跟我说说。

江小童挺起脖子说：没有，我想到外面闯一闯。

杨伯峻说：要是没委屈，先跟我回村吧，这么晚开长途挺危险的。遇到突发情况，你一个人处理不了。

江小童说：这条路我开过好多次了，没事。说完又要上车。

杨伯峻拦住她，说：那是白天，现在天太晚了，你还想走，明天我们把你送回去。

梅长风也说：小童，我什么话伤了你，给你道歉。咱们局都知道我不会说话。今天杨局长还批评我呢！

杨伯峻又说：也不能光怪梅长风，是我工作没做好让你受委屈了。

江小童一下哭出了声。杨伯峻知道这一哭就好了，在旁边等了一会儿给梅长风做手势，把江小童扶上车。梅长风开着江小童的车，杨伯峻开自己的车，一前一后回到村里。听到杨伯峻和梅长风还没吃饭，江小童立刻下厨，做着饭想起今天的事，又蹲下哭起来。

杨伯峻一边吃饭，一边安慰。她慢慢安静了，觉得杨伯峻和梅长风都是好人，只有黄俊涛阴阳怪气。她说：杨局长，我其实挺愿意在村里的。

杨伯峻猜她怕家里知道，说：那我就不跟你父母说了，有什么想法你跟家里商量。

江小童松了口气，说：谢谢。这回她才放松了。

吃完饭两个人又谈了半天，看到江小童情绪稳定了，杨伯峻回到自己屋。

第二天，村里女人们断断续续来看江小童，有的跟江小童请教画鞋样子，有的拿着自己的剪纸，让江小童挑毛病。说江小童心灵手巧，一看就是大户人家出来的。

江小童笑，说：我算什么大户人家。

女人们说：不一样，从小见过世面。

女人们走了，江小童品出了滋味。明白村里人知道了她要走，是在挽留她。看来村里的女人们欢迎工作队，也欢迎她。

8

养猪场派刘海翔到外面培训了两次，回来成了助理技师。

有人对裴元庆说：海翔不是跟你好吗？人家成了技师，你咋还喂猪？

裴元庆再见着海翔不爱说话，海翔问：你咋跟我不高兴？

裴元庆说：你现在是大红人，不敢高攀。

海翔说：咱俩原来一样，我出去学了技术，才进了化验室。

裴元庆说：你高中念了一年，我高中毕业，为啥不让我出去学？

海翔说：我哪知道！

裴元庆说：我没那么贱！

刘海翔说：你贱不贱跟我有屁相干！

两个人吵翻了，谁也不理谁。

事后刘海翔想，以前别人看不起他，裴元庆跟他在一起玩，姚红玉收购时还替他争工资，现在不能对不起人家。想到这儿他去找尔雅。

到了尔雅门口，看到裴元庆在外面，问：你咋不进去？

裴元庆说：一帮女的在里面呢！

刘海翔趴到窗户上，见里面七八个女工嘻嘻哈哈地笑。推开门，女工们不出声了。裴元庆站在门外，尔雅问：外面是谁？

海翔说：裴元庆。

尔雅问：怎么不进来？

海翔转身喊：薛总让你进来呢！

裴元庆磨磨蹭蹭走进来，海翔说：薛总，裴元庆比我学习好，我高中念了一年，他是高中毕业。

尔雅听不懂他说什么，拿着画笔在板子上调油彩。母亲走后，他听说江小童要辞职，对江小童死了心，每天画画。他问：你想说什么？别让我猜你的心思。

海翔问：元庆能不能出去学习？

尔雅说：这种事别跟我说，找韩技师。

海翔往前推了推，裴元庆挪了半步，说：我找韩总，他不理我。

看到尔雅没反应，海翔又说：元庆想多给咱们养猪场作贡献，让他出去学学吧！

尔雅瞪他一眼：以后别老叫养猪场，牌子上怎么写的？红玉牧业公司。

海翔说：是，红玉牧业。

尔雅又说：过几年咱们就是红玉国际牧业集团。

海翔说：对，对，这是公司的形象问题，也是定位问题。

尔雅上下打量裴元庆，问：你想出去学？

裴元庆说：想。

尔雅说：先把衣服脱了。

第十四章·山野情

女工们脸一红扭头走了。裴元庆不明白尔雅啥意思，看刘海翔。海翔示意他脱，他把外衣脱了。尔雅说：再脱。

裴元庆又脱了几件，尔雅还让脱。裴元庆不愿脱了，悄悄问海翔什么意思？

海翔也不明白，说：薛总，再脱就脱光了。

尔雅说：就是让你脱光。海翔只好把窗帘拉上，让裴元庆接着脱。

裴元庆低声说：我不脱。行就行，不行就拉倒，没这么耍巴人的。

尔雅回过头看他，问：不脱？

海翔说：薛总，我脱行不？

尔雅上下打量他，说：你脱也行。

海翔说：我先脱，让他适应适应。说着把衣服都脱了，只剩下裤头。

尔雅一笑，说：脱还不都脱了，留个裤衩子干什么？

海翔朝元庆笑了一下，脱下裤衩攥着拳头摆了个 Pose。尔雅让他拉过凳子坐下，说：放松，侧一点身。海翔稍稍侧过身，摆了个姿势。

尔雅说：好了。

他拉过另一个画架，把油画笔换成炭条。裴元庆站到他身后，见他几笔勾出了轮廓。

轮廓很简单，一点点地添加。骨骼的支撑，肌肉的起伏，身体的沟壑都画了出来，接着画海翔的脸，舒朗的眉宇，清隽的气质，甚至被殴打落下的疤痕都惟妙惟肖。最后还画了海翔两腿间的牛牛，元庆笑了。

海翔说：元庆，你笑什么！我可是替你坐在这儿的。

元庆忙说：没笑啥，我是说画得真像。

尔雅说：光像也不对，又像又不像才好。

元庆说：薛总，你娘让你来养猪场太屈才了。

尔雅瞪了他一眼，扔掉画笔愤愤地说：不画了，你们走吧！

海翔看他生气，穿上衣服带着元庆离开了。

裴元庆还糊涂，问：怎么了？

海翔说：说了让你叫公司，你还叫养猪场！你问为啥让我出去学，不让你去，就因为你猪脑子！

裴元庆懊悔不迭。

第二天晚上两人又去，尔雅不理他们。没有江小童当模特，尔雅觉得笔下找不到感觉，看谁都不顺眼。海翔说：薛总，我那张还没画完呢，我再脱了吧！

尔雅指了指凳子让他坐下，又开始画。海翔又说：薛总，让元庆也脱，把我们两个都画上。我们俩最好，画到一起是个纪念。看尔雅没反对，挤了挤眼说：快脱！

裴元庆脱了衣服凑到海翔跟前，尔雅把左侧灯光打开，两个人互相依靠着。

尔雅渐渐找到了感觉，有了笑意，他说：你们这个组合很好，别再动了。他一边画，一边说：当模特看起来简单，其实不易。关键是两个人要有交流，跟画家也要有互动，这才是活的。江小童没受过训练，画前的感觉却对。他又想起了江小童。

裴元庆觉得尔雅挺随和。问：老板，画完让我出去学习吧？

海翔说：瞎问什么，老板自有安排。

尔雅说：我可以向韩技师建议，他听不听就不知道了。裴元庆还在发愣，海翔赶紧捅他，说：谢谢老板！

外面有脚步声。海翔知道是女工们，赶紧把门插上。外面推了推，又转到窗户上。海翔一回身，听外面喊了一声：妈呀，光着呢！爆发出一

第十四章·山野情　　　　　　　　　　　　　　　　　　·581·

阵大笑。裴元庆的牛牛翘了起来。尔雅几笔把它雄赳赳的样子画了下来。

尔雅把画收了，裴元庆想看，他说：没什么好看的！

裴元庆心里嘀咕，说：他是不是画我的牛牛了？

海翔说：他都是画好看的，你那东西又不好看。

第二天两个人找韩技师，韩技师说：老板没跟我说过。

裴元庆说：白让他画了半天，还不行。

海翔说：他是老板，韩技师哪能不听他的，咱们再拱。

晚上两个人又去找尔雅。尔雅屋里总有一些女工来画像。女工们一见元庆就笑，一个女工用食指和拇指比出一寸长的距离，元庆红了脸，事后对海翔说：我不想出去学了。海翔说：不想学？你想一辈子喂猪？两个人又去找尔雅。

海翔说：薛总，我知道山里有个地方能画，狍子、狐狸到处跑，还有叫不上名字的生灵。

尔雅拿出笔记本，问：有这种动物吗？

海翔说：这是貉，早先可多了，大的带小的，一群一群在山上玩儿。有的貉两条腿能站起来，朝太阳作揖，老人说拜太阳的貉都成了精，至少三百岁。

尔雅说：咱们明天去。

海翔说：我明天不休息。

尔雅说：我让韩技师安排你俩轮休。

海翔问：元庆学习的事怎么办？

尔雅说：我跟他说说。

打那以后，尔雅天天到山里，刘海翔说貉能朝拜太阳，引起他极大兴趣。他相信动物成精的说法，没有生活，吴承恩写不出《西游记》。

貂在他脑子里不断变化，有时坐在办公室，眼前就出现了一个围着头巾的貂，藏在门后朝他媚笑，他也回一个笑容。看到他无端地微笑，韩技师觉得这孩子不正常。姚红玉聘请他时说得清楚，不能光管企业，要照看这个孩子，他答应了。他又不敢跟姚红玉多说，说多了怕弄巧成拙。

养猪场天天忙，尔雅的心思却不在经营上，他在山里看到不少人，貂却没看到，便觉得那些人是貂变的，拿着笔记本不停地画，画出来的貂是人形，或者人是貂形。他不断尝试，想画一组画，题目叫《插剑岭印象》。

画出来的没有达到效果，他便扔了画笔发呆，怀疑江小童带走了他的天赋。

9

有一天，尔雅绕过山里的瀑布往西走，远远看到山下有一个小村，顺着路走到下面，认出那是沟底。从山上往下看，沟底更美，树木掩映的人家，院里晾晒着红红绿绿的衣服，他都画下来。他觉得自己就是莫奈、塞尚，或者什么也不是，是和莫奈、塞尚站在一起的尔雅。

他回过身，看见石头后面露出一张狐脸，细看不是狐，是貂。貂也看到了他，这些貂刚出窝不久，不懂怕人。它们看人还有些好奇，一只貂后面又出来一只貂，接着是两只、三只，他欣喜不已。

他拿着手机不停拍照，貂好像配合似的摆出一个个造型。拍够了，他拿出笔记本画速写，貂与貂的亲情关系要靠手感把握。母貂出来了，是他以前看到过的那只，它成熟得更像一个母亲了。他们交流着眼神。一只小貉跑到母貉前面，母貉低下头舔舐着它，画着画着，他眼睛湿润了。

母爱是永恒的。中学课本里的《郑伯克段于鄢》他几乎能背下来，不理解里面的母亲。自己母亲不是这样吧？对一个满心事业的女人，孩子是负担。不然母亲为什么把他送到奶奶家？他想画貉，就是为了画眼前母子融融的情形。

他还记得母貉叼着小貉跳上墙头的情形，它回过身看了一眼。眼神里的警惕、眷恋打动了他。今天没白来，这些日子的寻找太值得了。

躺到李来群炕上，他还没搞清楚危险是怎么发生的。腿疼得厉害。他站的地方离野猪窝不远，窝里有几只小野猪。觅食回来的大野猪看到他立刻扑过来，他被冲倒了，大野猪的獠牙在他屁股上狠挑了一下，整条腿疼得蜷曲起来。

他拄着树枝往山下挪，每一步都钻心地疼。李来群把他背回家，问他伤在哪儿？他指了指屁股，李来群把他裤子脱了，用手把血水挤出来。柜子里有一瓶烧酒，她沾了棉花用酒冲洗。酒浸到伤口，他疼得打哆嗦。他不敢喊，疼得厉害还是喊了。李来群说：你这么喊，人家以为我要害你呢！

尔雅流了泪。李来群不再冲洗了，他还在无声地哭。李来群眼圈儿红了，给他擦眼泪，忍不住把他抱在怀里。她肥硕的乳房顶在脸上，似乎闻到了奶香。他尽情地哭，好像把多少年的委屈哭出来了。

他在她家住了一周，这一周他大部分时间关着手机。母亲没给他打电话，韩技师打过，他告诉韩技师他受了伤，已经快好了，业务的事回去再商量。韩技师没敢告诉姚红玉。

伤口已经不疼了，他仍然不想离开。李来群家的大炕热乎乎的，踏实又舒服。他跟李来群在一条炕上睡，李来群在炕头，他在炕尾，中间隔着一个孩子。夜里他睡不着，在炕上辗转。李来群睡得很香，轻轻的鼾声在屋里响着。有时李来群翻一个身，鼾声停了，过一会儿鼾声又起。他想：这个女人这么放心？不怕我爬过去吗？

过了一天，他问李来群。李来群说：有啥怕的，敢让你在这儿睡，就不怕你。

他问：不怕村里说闲话？

李来群说：谁没闲话？村里老裴闲话最多，日子过得最好。

尔雅问：听说你扇过老裴一耳光，是真的吗？

李来群笑了：你连这都听说了？不假。

尔雅问：为什么？

李来群笑着说：欠揍呗！你不老实，我也揍你。

李来群干家务，他不停地画，她的各种姿态、动作画遍了。他包里带了好几个本子，背上还背了画夹，画够了速写，他把画夹拿过来画李来群的像。李来群择着豆角，手里活儿不停。他问她：你把衣裳脱了，我画，敢不敢？

李来群没说话，一直沉着脸。尔雅以为她生气了，不敢再往下说。李来群忽然说：等孩子睡了吧！

夜里，李来群把孩子哄睡着了，把衣服脱下来，问：我坐着，还是躺着。

尔雅给她摆了一个半躺的姿势，她安静地躺在那里。尔雅很激动，手不停地画着，嘴里说着谢谢！他的艺术天赋回来了！

她身体白皙、丰腴，一对乳房很松软，腰部的凹陷极有意味。尔雅入迷地看着，喉头有哽咽的感觉，想哭！李来群说：你不画我就穿上了！

第十四章·山野情　　585

尔雅低下头画。他眼睛里不再是色情，是美。那是健康的美，她宽大的臀部让人踏实。跟这个女人在一起很安全。

脑子里江小童一闪而过，跟江小童在一起他有些胆怯。怕什么，自己也说不清。越害怕，越想伤害她。眼前的女人不是，睡在她炕上很踏实。他不知道什么叫爱情，每个人都追求爱情，谁也说不清爱情是什么。

爱情是一种安全感。你受了伤，躺在她炕上，有这样一条炕你什么都不怕。李来群光着身子爬到他跟前，看他的画。她一眼看到了腿间，脸上飞起一片红晕。说：你什么都会画！

他们的拥抱那么自然，她紧紧搂着他，丰满的胸把他的脸挤歪了，出不来气。他也紧紧拥抱着，宁可停止呼吸。他爱上了她，比对江小童爱得强烈。养猪场不重要，母亲也不重要。拿养猪场换这个女人的炕头，他不觉得吃亏。他不想当企业家，也不想当画家，想踏踏实实过日子了。

10

韩小实心情不错，村里几个项目都在顺利进行。签了合同后，侯总已经派人在山里勘察地形，大沟两侧也在画线，准备开挖地基。

养猪场进展更快，种猪繁育中心地基已经挖好，计划中的实验楼在起墙，实验楼前面打算盖两个小型猪舍。说是小型，加起来也能容纳一千头猪，比有的养猪场还大。饲料加工厂稍慢一点，也已经平整好了土地。本来可以更快，尔雅天天上山，这些事都靠韩技师一个人操心，拖慢了进度。

队里原来分工负责养猪场的是黄俊涛和江小童，黄俊涛回市里打听崔局长的情况，一连待了六天。想去看崔局长，一直联系不上。给崔局长爱人打电话，倒是接了，说：你要没什么事不用来，他身体不好，不愿意接待人。

黄俊涛说：身体不好我更该去看看。

女人说：让我们清静清静不行吗？把他堵了回来。

科技局换了局长后，气氛不一样了。过去局里人对他多亲热，现在就有多冷淡。冷淡也不是公开冷淡，见了面还很热情，敷衍几句就走了。人人都躲着他。

他不想回村。自己是副队长，不回来不行。梅长风是一般科员，过去动不动撂挑子请病假。他是局里的后备干部，想提副处，不上班怎么行。勉强回村一直打不起精神。杨伯峻让他分管养猪场，他也不愿跟尔雅来往，偶尔见了面也不谈工作，只是打个招呼。尔雅对他冷淡倒不是故意的，是找不到共同话题。

梅长风把这一切看在眼里，对江小童说：黄处原来跟打了鸡血似的，干工作主动，待人热情，现在好像不是一个人了。

江小童对他没好感，说：我觉得这个人挺没意思。

精神状态最好的是韩小实。随着工作全面铺开，压力减轻了，过去对他的各种议论也消失了，街谈巷议都是称赞。养猪场又从村里招了十几个工人，经他协调给的工资都不低，不少人念他的好，说：到底是企业家，比别人有能力。还有人对杨伯峻说：村里这个班子选对了。

大家说：历届班子要论人品，刘丙瑞第一；要论能力，韩小实最棒。听到这些议论，杨伯峻没有高兴，有些忧虑。

他刚刚从沟底回来，在那里见到了梅长风。梅长风把他带到一个农户附近，说：你看。

他定睛一看，院里的人好像是尔雅，本来想过去，再一看，尔雅已经转身不见了。

梅长风拉着他离开沟底，伏在他耳边说：杨局，我想了好几天，这个事必须跟你汇报，出了事咱们就被动了。

杨伯峻问：怎么了？

梅长风说：尔雅住在那家一个礼拜了。

杨伯峻看着他：这有什么？

梅长风又说：那家男人……在外面打工！

杨伯峻皱起眉头：你的意思是说，他跟女人住在一起？梅长风点点头。杨伯峻想这就麻烦了，万一出了事怎么跟姚红玉交代？沉默了一会儿，问：确实吗？

梅长风说：沟底人都这么议论，我也是亲眼看见的。

杨伯峻让他别声张，就当没这回事，以后找机会告诉姚红玉。当然不能直接说，最好是让姚红玉自己发现异常。

回到村委会，召集工作队开会。叫不叫江小童，杨伯峻犯了难。想到上次江小童辞职，觉得应该让她知道。刻意瞒她，好像她跟尔雅有事儿似的。江小童听他说了尔雅的情况，低着头不说话。

沉默了一会儿，黄俊涛说：这是人家的私生活，咱们不该管吧？咱们是来扶贫的。

杨伯峻说：也不能那么说。尔雅出了事，姚红玉还会再投资吗？咱们也应该尽到责任。

在场的人都沉默了。

江小童低头听着，脸涨得通红。她说不清是什么滋味。姚红玉走后，她跟尔雅再没见过面，也没发过微信。两个人从来没说过谈，也就无所谓散，一切都跟她无关。只是尔雅的自暴自弃让她难以接受，她能不在乎感情，不能不在乎他的毁灭。

黄俊涛说：其实这也正常，有钱人哪个没这种事。一个想睡，一个愿意让睡，跟咱们有什么关系？

这话引起江小童反感，她压抑住冲动，说：我头疼，先回屋了。

杨伯峻说：你休息吧！

回到自己屋，她脑海里不断闪现出跟尔雅在一起的情形，觉得自己非常失败。前些日子父亲还跟她说尔雅的事，父亲说找对象要志同道合，三观一致。尔雅竟然跟一个农村妇女发生这种事，还是两个孩子的妇女，什么意思，是故意给她看的吗？破罐子破摔？这已经不是作风问题了。她庆幸自己没跟他在一起。

凭着直觉，她觉得姚红玉给村里投资要生变。这是一个巨大损失，脱贫要大大延迟。面对失败她束手无策，心里涌上悲恸，不知道该怎么办，只是不停地哭。

她觉得自己有责任，没把感情问题处理好，给工作队添了麻烦。杨伯峻说：这怎么能怪你？要是怪，也只能怪我。养猪场你以后别去了，跟梅长风把养牛合作社搞起来就行。

江小童问：养猪场怎么办？

杨伯峻说：我们慢慢想办法，也许事情没那么严重。即使尔雅真有那回事，姚总也不见得把投资撤回去，毕竟她已经投出去了。

11

尔雅的事姚红玉还不知道，老裴就知道了。暴二来告诉他，他还不相信，说：沟底人胡说吧？

暴二来说：他们一直替赵明杰压着，现在压不住了。

老裴说：一个挺精干的小伙子，不聋不傻的，这是图啥？

暴二来说：山珍海味吃腻了，想吃一口窝窝头。停了一会儿又说：城里人都这样，爱尝个野味儿。赵明杰老婆那东西抹着蜜，吃着可香甜了！

老裴笑了一下，很快收回笑。他觉得这种玩笑太低级。暴二来没多少成色，大事不能跟他商量。老裴一直没拿他当过自己人。

暴二来走后，老裴想叫裴学锋，想起裴学锋被公安局带走了，只好给邹进贤打电话。邹进贤慌慌张张跑了来，老裴问，邹进贤开始不说。过了一会儿又问，他才说：是真的，沟底早传开了，连后沟人都知道。

老裴问：他这是图啥呢？

邹进贤说：图啥就不好说了，听说他追江小童，江小童不理他，是做给江小童看的吧？

老裴脑子紧张地转，想：这事得告诉周竞，说不定有用。

邹进贤看老裴的脸色，说：别管图啥，工作队这是摊上事儿了。江小童不是一般人，她爹是市委的大官儿，她娘也是领导。尔雅他娘是大老板，他爹也不是等闲之辈。这两家要是掐起来，杨伯峻好受不了。

老裴沉着脸不言声。邹进贤说：往大了闹吧！越大越好，县里、市里都嚷嚷开，谁的脸都没地方搁。江小童家饶不了杨伯峻，蔺永乐以前支持工作队，以后就难说了！

老裴点头。

邹进贤又说：姚红玉也不干，人家把孩子交给工作队，现在成了这样，这钱不是白投了吗？比赔钱还让人闹心呢！

老裴说：有新消息你告诉我，没事多跟暴二来聊聊。他故意没提腊梅，却一直想让邹进贤提。看到邹进贤没提的意思，他又说：你回去吧！

看着邹进贤的背影，想腊梅这些日子怎么过来的。他不好受，腊梅也好受不了。只是这女人心大，什么事都能搁下。

他问别人尔雅图啥，自己图啥都说不清。他当支书，给了腊梅一家多少好处！下了台腊梅比别人变脸快。要是年轻，他想把大傻子的娘睡了，这么一琢磨他倒能理解尔雅了。

第二天，儿子把他送到了周竞那里。

周竞也想跟他聊聊。昨天周竞打电话约薛健来原平，薛健答应了，老裴来得正是时候。

到了周竞那里，见屋里有个白胖子，腰围比常人大了一圈儿，肚子带尖儿，像怀了七八个月的身孕。周竞胖却走路带风，这胖子走路得挪，不过眼神很犀利，盯着老裴看了半天。

周竞没给他们介绍。白胖子看出他们有事，跟周竞道了别扭头走了。

老裴说了尔雅的事，周竞没有任何反应。老裴知道他听进去了！在一起这么多年，脾气、秉性早摸透了。看到周竞不感兴趣，他说：我跟你聊几句，到街上买点东西就回去了。

周竞的态度让他意外。以前裴学锋传话，周竞什么都跟他们说。自从他下了台，周竞也疏远了。

离开周竞，儿子带着他在街上吃饭。正要回村，周竞来电话说下午市里来一个朋友，晚上一起聚聚。

第十四章·山野情　　591

那天吃饭只有他们三个，周竞说朋友姓薛，他也跟着喊薛总。薛总话不多，一晚上的话大部分让别人说了。养猪场的事，韩小实的事，老裴想起什么说什么。有时候忘了哪个人，周竞一提醒，他又开始滔滔不绝。

他说了尔雅和李来群的事，当笑话说的。薛总听得挺认真，不过也没表示什么，连惊讶都没有。他不知道尔雅跟薛总什么关系，只是想跟人聊天，他好长时间不说话了。

薛总是下了台的大官吧？吃完饭他问周竞，周竞说：什么大官，他是做生意的。

他想，那就是大老板。大老板跟大官越来越像了。周竞说什么是生意，生意就是政治，他听了佩服得五体投地。周竞说这话不是他说的，是上面一个大老板，是不是这个姓薛的？仅凭这一句话，就不是一般人。

事后回想，薛总一句都没问工作队的事，也没问杨伯峻。也许，人家对插剑岭没兴趣，那周竞留下他干什么？

吃完饭他要回去，周竞说：我安排了宾馆，这么晚走不安全。

在原平，周竞的朋友怎么会不安全？不过周竞说了，他就在宾馆住下。他没让儿子回家，在宾馆里陪他。他说，一个人在这里睡不着。

儿子躺在旁边他也睡不着，想怎么落到了这个境地？要是从一开始就不当村干部，是不是比现在好？想来想去明白了，这就是他的路！最好的结果是工作队不来，没有工作队他就没麻烦。

工作队今天不来，明天也得来。这就是命。世上的事就是这样，你再强也有能尅你的，除非你赶走工作队。隐隐觉得周竞跟他想的一样，留下他就是这个目的。

12

老裴在宾馆里辗转反侧时，薛健也在宾馆，不过不是一个宾馆。县城的宾馆司机就能登记，不用他的身份证。除了周竞，没人知道他在这里。

他没想到有人看见了他。这人是姚红玉的手下，人们叫窦总。姚红玉派他了解玉米种植情况——她担心饲料加工厂将来原料不够。

薛健走进宾馆时，窦总刚在前台登记完，一扭身看见了薛健的司机。再一看，后面跟着老板的前夫。薛健不认识他，他认识薛健。他想，姚总肯定在意这事，走到外面给姚红玉打电话。姚总让他先别管玉米的事，看看薛健去干什么，跟谁来往。

他答应着。姚红玉又说：他要去插剑岭，你马上告诉我。

窦总在电梯口徘徊。薛健进了电梯，他也跟进去。薛健的司机摁了三楼，他登记的房间也在三楼，就在薛健斜对面。

薛健没发觉有人盯着。周竞让他住光园，他没去。周竞目标太大，一举一动有人注意。晚上十点多周竞又来了。他说：这么晚你还出来？

周竞说：让你先休息一会儿。我也不想早出来，县里没不认识我的。不过，我还得再跟你聊几句。韩小实立足未稳，现在有一件事牵涉到杨伯峻手下一个人。他把元青花梅瓶的事说了。

薛健皱着眉问：你怎么知道瓶子是假的？

这事他以前一点不知道，周竞好些事只让他知道一点，不跟他全说。他不想再谈这个话题，说：我明天就回去了。

周竞说：在县里转转吧！我让下面人陪着你。

薛健说：一个县城有什么可转的？全国的县都差不多。

周竞说：你去插剑岭看看。

薛健想，这是想把我往坑里拽，说：不去。

周竞说：现在是盛夏，旅游旺季。

薛健仍然摇头。尔雅在插剑岭，他答应姚红玉不去打扰他。这个儿子只在他心里，见了面反而更加疏远。

周竞说：梅瓶的事一发作，对杨伯峻肯定是个打击，只是……

薛健问：只是什么？

周竞说：光这一件事不行，不知道上面有没有人过问。

薛健说：这没问题，我去省里一趟。

他觉得答应周竞，对周竞是个鼓舞。至于是不是真去，他现在是打算去的。他没理由不去。不管他们彼此有多少算计，山上的矿在那里，共同的利益在那里，风险也在那里。他逃不掉。他后面还有一大串人，救周竞就是救自己，救自己就是救这些人。

他说：我在省里有一个关系，从来没麻烦过。

周竞手在抖，把手放进裤兜里，还是抖。他不想让薛健看出他激动，平静地说：朋友都是麻烦出来的，越麻烦越近。没啥不好意思的。

薛健说：什么是生意？生意就是政治。

周竞的手一下不抖了，他觉得很踏实，眼前也明亮了。他看了一下表，说：时间不早了，你早点休息！我回去了。

薛健也看了一下表，凌晨一点。他站起来送周竞，走到门口，跟周竞握了一下手他就返回了。周竞的手使了劲儿，他也使了劲儿。

薛健有点很兴奋，想跟人喝酒、说话。有些话没人可说，除了老婆、儿女谁都不能说。现在老婆没了，儿子有，跟没有差不多，心里话只能跟自己说。

酒桌上老裴说了尔雅的事，他难受极了。平时他很少想尔雅，别人不提，几乎忘了还有这个儿子。听到老裴拿尔雅当笑话说，他好痛，感觉心在嗓子眼儿里。

这孩子小时候挺聪明，怎么做这种傻事？一个挺帅的小伙子，会画画，能当老板，他妈为他花了不少心思。他应该找高学历、工作体面的，市里的美女任他挑选。怎么会跟两个孩子的农村娘儿们睡在一起，疯了？

周竞叫他，他不想来。周竞说插剑岭下台的支书来了，说了点儿尔雅的事，你过来听一听。看样子老裴不知道他跟姚红玉的关系，酒桌上说这些事毫不遮掩，就像茶余饭后跟村里人聊闲天，把细节描述得活灵活现。还调侃说：那娘儿们的东西抹着蜜呢！说完干笑了几声。

心好像裂开了，往外淌血。他感觉出了破裂，那种痛无法形容。周竞拿眼睛余光扫着他，又转过头看老裴，他都感觉到了。他没显出异常，大风大浪都过来了，他挺得住。周竞用这种方式告诉他，肯定没安好心。他不能表现出慌乱，更不能显出难过，他甚至都没再问什么，很快把话题转移了。想想也没什么了不起，一个老女人玩了儿子，儿子也玩别人。这些要不了他的命，要命的是山上那些事。李来群坑不了他，能坑他的是工作队。

他在屋里踱来踱去，告诉自己这是个机会。好些事靠自己不行，得靠天。天就在头顶上，上面有神仙看着他，罩着他。他不能太谨慎了，大不了再进去一回，判个十年八年也比窝囊着强。

回去后他要先见江秘书长。有江小童在工作队，江秘书长肯定支持杨伯峻。江小童出了事，江秘书长还是原来的态度吗？这是个关键人物，能影响市委主要领导。过去他见江秘书长不难。从监狱里放出来后他没再露面。不过，想见他肯定能见到。只是，他该怎么开口？怎么把话题引到这上面？

他给江秘书长打电话，打了五遍才接的。他故意口气严肃，很神秘：江秘书长，我是薛健。

江秘书长愣了一下，说：哦，好久没你的消息了。

他说：我挺好的，出来了。现在也收了心，不做生意了。以前的钱还有，足够我后半辈子花的。想想原来真傻，何苦冒那个险！

他听见电话里江秘书长跟别人说话，似乎是布置工作。他说：你忙，我不多打扰你，就跟你说一句话，咱俩得见个面。

江秘书长说：我抽不出时间。

他说：有要紧事，是插剑岭的事，跟你家姑娘有关。我是为你家孩子打的。

停了几秒，江秘书长说：真不行。这几天省委领导来，有什么事你电话里说吧！

他说了尔雅跟李来群的事，说：这事全村嚷嚷遍了，很快会传到外面，全县都知道。

江秘书长沉吟了一下，说：这跟小童有关系吗？

他说：小童跟尔雅谈着，你不知道吗？

江秘书长忽然想起来，问：你是说养猪场那个年轻老板吗？

他说：对，对。

江秘书长说：好像是姚红玉的儿子吧？

他说：对。

江秘书长说：那不就是你儿子吗？

他说：所以我才给你打电话。这个事情咱们得处理好呀，你不想让孩子出什么意外吧？

江秘书长说：我没法跟你见面。你已经尽心了，谢谢你。

江秘书长把电话挂断了。他愣在那里，知道江秘书长心情不好，谁听了心情都不好，没想到是这个结果。本以为会见他一面，他再说插剑岭的事，老裴的事。他还想说说刘铁山、蔺永乐，刘铁山是有腐败问题，可是原平县在他手里发展了，出了周竞这样的企业家，这些成绩就一笔勾销了？

他看不出蔺永乐比刘铁山强在哪里，看不出原平的经济有起色，看不出杨伯峻比别人出众，除了养猪场，工作队在村里有什么成绩？

养猪场是毕局长下乡时建的，杨伯峻不过是把它转让了出去。转让的那个人也没什么了不起，是我的前妻，她的资产还是我留的。

江秘书长不肯见面，这些话没说出来的机会，只能憋在心里了。

13

江小童跟着梅长风来到沟底，她知道这是杨局长的好意，让她躲开养猪场，免得再见到尔雅。他们负责的养牛场原来有沟底的六户报名，听说有贷款又增加了九户，大部分是后沟的。后来沟里一些人也要报名，韩小实已经跟农商行贷了两次，再贷不出来，只好让他们先等一等。

梅长风问杨伯峻：让小童找找她爸爸行不？

杨伯峻一时拿不定主意。晚上趁着江小童跟他谈心，说：有韩技师在，养猪场垮不了，你跟梅长风全力以赴抓养牛吧！他不好意思直接说让她找父母，只让她跟梅长风一块儿跑贷款。

梅长风带着她找了县农业银行，主管副行长拖了好长时间才见他们，听到是市科技局扶贫工作队的，给他们倒了一杯水。梅长风说想给养牛合作社贷款，副行长说需要了解一下情况。几天后再找，再不肯接电话了。

梅长风对江小童说：杨局长把养牛合作社交给咱俩，咱们连贷款都跑不下来，太丢人了。你爸、你妈都是领导，让他们支持一下行吗？

江小童说：我爸不让我靠家里。

梅长风说：你爸不让你靠家里，是说你个人。咱们是为老百姓谋福利，他肯定支持。

江小童给爸爸打了电话。父亲沉吟着说：我联系一下，回头告你消息。

第二天市委办一个处长给她打电话，说：江秘书长正开会，让我转告你，尽快跟县农行庞行长联系，这是庞行长的电话，你记一下。

庞行长听到他们在县城，说：来吧！我到楼下接你们。一见面非常热情，请他们在食堂里吃饭。

行长热情，主管副行长也有了积极性，第二天把信贷员派到了插剑岭，江小童和梅长风带着信贷员在沟里一户一户地考察完，信贷员又提出要到沟底看看。江小童和梅长风只好陪着去了沟底。

走到李来群家附近，信贷员问这家是不是养牛户，梅长风说：是，不过他们已经解决了资金。

信贷员问：怎么解决的？

梅长风说：从农商行贷了款。

信贷员说：从农商行贷款的也看看，了解一下效益怎么样。

江小童只好陪着往李来群家走。一进门，看到尔雅袒胸露怀坐在炕上，脑袋后面的马尾辫没扎，头发随意披散着，好像刚刚睡醒。

炕上散放着他的画，有山里的风景，院里的写生。一幅李来群的肖像挂在墙上。信贷员拿起一张画看，问尔雅：你画的？得到肯定回答后又说：画得不错。问养牛的情况，李来群回答，信贷员记录。江小童一直低着头记。尔雅很尴尬，炕上的速写有的是李来群的半裸体，他用脚踢了踢，想用别的画盖住。

李来群一脸坦然，信贷员问她家里的情况，她一五一十地介绍，信贷员问：你是贫困户吗？

她说：不是。我们不多养，就养四头。

信贷员说：别人家都养十头！

李来群说：我不为挣钱，为了让他画画。她指了一下尔雅。

信贷员没问完，江小童就离开了。她不能走远，站在院里想：这是什么女人啊！简直没有廉耻！

尔雅大概画了这个女人的裸体，他肯定说这是为了艺术，说大师的作品都是裸体。他拿出手机让女人看，里面都是裸体画。女人满足了他，让她脱衣服，她就脱。听着尔雅刷刷的画画声，她产生了占有欲。不是尔雅占有她，是她占有尔雅。想到炕上的画，江小童感觉这一切已经发生了！

江小童以前把扶贫看得神圣，觉得像杨伯峻那样才有意义。爸爸争取来的贷款用到这些人身上，让她不只怀疑扶贫，还怀疑人性。她同情他们，却发现他们没有想象中美好。

信贷员从屋里走出来，尔雅从窗户里往外看，目光里是胆怯、犹疑。江小童扭回头跟着梅长风走，李来群说着再来之类的话，她没有理睬。

耳朵里发出一阵巨响，江小童站住，手紧紧拉着梅长风。梅长风问她怎么了？她没说话。巨响过去了，天旋地转。她捂着前额等待眩晕过去。好一会儿才回答：我没事儿。

信贷员看她脸色惨白，说：今天访问的农户不少了，我们回去跟领导汇报。行里一直在寻找支农项目，你们这里条件都具备，估计很快能批下来。

梅长风高兴地挥着拳头在地上蹦。回到村委会跟杨伯峻汇报，杨伯峻表扬江小童，江小童却揪心地想哭。她丢下梅长风和杨伯峻，回了自己屋。

尔雅不一会儿发来微信，说他在山里受了伤，不得不在农户家休养。利用养伤画了不少画，觉得收获很大。江小童一生气把他拉黑。过了一会儿，又觉得不该把情绪带到工作上，又恢复到通讯录里。尔雅很快来了好几条微信，江小童看都没看就再一次拉黑。

爸爸打来电话，问银行有消息吗？江小童说信贷员来过了，估计问题不大。爸爸说：看到你工作有起色，爸爸比什么都高兴。我们这辈子就是这么过来的，没想过金钱、地位，只是兢兢业业地完成工作任务，做对社会有用的人。

她说：我知道！

爸爸听出了不耐烦，说：我们不能跟你一辈子，希望你把个人问题处理好，没有合适的不妨等一等。宁可等也不能走弯路。

爸爸是不是听到了什么？她说：你放心吧！

爸爸又说：工作不忙了回家休息几天。爸爸忙过这一阵，也去村里看你。

她脱口说：你别来！

爸爸说：怎么了？

她说：我很快就回去了。

她不想在这儿干了，想离开插剑岭。她对他们没意见，只是想走得远远的。爸爸没再说什么,挂了电话。

挂断电话,她又留恋起爸爸的声音,浑厚、沉稳,一听就心里踏实。她真的有些想家,想看见老爸。爸爸没正常下过班,常常晚上十点钟才回家。每次听到脚步声,她都有别样的感觉。

妈妈的电话又打来了,一上来就让她回家。江小童说:我们是轮休,还没轮到我呢!

妈妈说:你跟领导请个假,说家里有事。

她问什么事。妈妈说:别管什么事,我想让你回来。我已经跟你爸爸说了,让他给你调一个单位。

这本来是她希望的,现在却产生了强烈抵触。她不由提高了声音:为什么?我觉得在这里挺好!

妈妈冲她发脾气,说了好些对她不满的话。放下电话,她哭了起来。不知道为什么哭,只觉得心里憋屈。哭了一会儿,她意识到是因为尔雅。看到一个活生生的人堕落,她仍然难过。

她不愿意出屋,不想跟别人在一起,更不想听见村干部戏谑的笑声。

梅长风说:你以为他们笑就不痛苦了?没有不难受的。

书里是怎么说的,荒诞是希望的反面。杨局长、梅长风,包括自己,还有尔雅的母亲,都在往大路上引导尔雅,他却宁愿走另一条路。他们几乎接近成功,现在听到的却是一片嘲笑声。

> 诸神判罚西西弗斯,令他把一块岩石不断推上山顶,而石头因自身重量一次又一次滚落。诸神的想法多少有些道理,因为没有比无用又无望的劳动更为可怕的惩罚了。

这就是惩罚，是对别人也是对她的惩罚。杨局长和她，还有工作队里的人，都不过是一个个现代西西弗斯。插剑岭不是一个正常村落，它是一块巨石，尔雅和那些贫困户一样，是巨石的一部分。他们在这里做的一切，都是无用又无望的劳动。她想永远离开这里！

14

刘海翔爱上了庞海燕。

初夏的一天傍晚，海翔从尔雅画室出来，庞海燕往里进，两个人撞了一下，他感受到一股热烘烘的气息，火焰一下被点燃了。

爱情就像一层窗户纸，一旦捅破很快一览无余。庞家大人想让他们早点结婚，托李沛义找刘丙瑞，刘丙瑞说：他不嫌弃我孙子，我有啥不高兴的！

李沛义说：自从进了养猪场，你这孙子忒有出息！

刘丙瑞说：我同意，你们跟他爹说吧！

刘根生更愿意。这一年他从炕上站起来，能坐着轮椅在院里活动，现在儿子又要结婚，都是好事。他说：爹，你当家。只要他愿意，我没意见。

刘海翔反而拿不定主意。他怀疑海燕给尔雅当过模特，海燕坚称只让尔雅画过脸，没画过身子。海翔仍不放心，偷偷溜进尔雅屋里翻出好些裸体画，画的不是庞海燕，是沟底的李来群。

裴元庆说：这光屁股的不是赵明杰老婆吗？

刘海翔"嘘"了一声，把画放回原处悄悄退出来，嘱咐裴元庆别往外说。没想到裴元庆第二天就跟一个女工说了，事情很快传遍了全村。

韩技师知道再也瞒不住了，赶紧给姚红玉打电话，姚红玉说：只要他看得上，从村里找也行，我的户口现在还在村里呢！

韩技师告诉她，李来群有两个孩子，大女儿在县城上高中，她一听腿都软了。当下开车往插剑岭赶，一路懊悔把尔雅放出来。到了沟口，看到一片灯光，心略略安定了些。韩技师正在村口迎接她，姚红玉让韩技师给尔雅打电话，尔雅不接，她便要到沟底找人。韩技师说：你一找更把事闹大了！

她气得骂韩技师：让你干什么来了？我跟你说过多少回，养猪场挣多挣少我不在乎，要紧的是看住这个小祖宗！

韩技师让她骂了半个小时，一声不吭。她又说：我气昏了头，这事哪能怪你！你给他发个微信。

韩技师说：天这么黑，他匆匆赶回来，路上出个事儿更不好！

姚红玉说：我怕他在外面住着，跟人家真有那个事！

韩技师说：早有了，估计得一个多月了。

姚红玉气得踢了他一脚，扭身哭起来！

第二天，尔雅听到姚红玉来了，心"咯噔"一下，惶惶看着李来群说：我妈来了！

李来群比他镇定，说：你回去吧！

尔雅说：我妈怎么突然来？是不是有人跟她说了？

李来群说：爱说什么说什么，我都不怕你怕什么？

到了养猪场，见姚红玉的眉吊梢着，他问：妈，你怎么来了？

姚红玉拉着脸不言声，他想转身，姚红玉突然问：到底怎么回事？

他问：什么？

第十四章·山野情　　603·

姚红玉举着一张画说：这是谁，昨晚在哪儿睡的？

尔雅一下恼了，说：你乱翻我东西干吗？抢回画要走。

姚红玉厉声喝道：站住，你把话说清楚！

尔雅扭回身说：这有什么不清楚的，她给我当过模特，我画过她。画家都画裸体，我在学校就画过。

韩技师劝道：都消消气，画画不算错，你妈说的也不错。她不是专业模特，在学校是平常事，在村里就不是了。

姚红玉说：人家有丈夫，有孩子，有好好的家。你画了，人家老公知道了怎么办？

尔雅说：大不了离婚，我娶她！

姚红玉抄起扫帚要打，尔雅索性说：我爱上她了，你不找我，我还想跟你说呢，我要跟她结婚。

姚红玉喊了句：你敢！

尔雅说：你看我敢不敢！

姚红玉抚着胸"啊"了一声滑倒在地下，再看，脸色已经大变。韩技师拿出速效救心丸塞进她嘴里，过了几分钟，听到姚红玉长舒一口气醒过来。韩技师做手势让尔雅赶紧走开。

韩技师扶姚红玉躺下，姚红玉心区仍然痛，眼巴巴地看着韩技师，说：老韩，我活着还有啥意思？说着流了泪。

韩技师说：别想那么多。

姚红玉说：挣钱有什么用？挣多少能替我消这个灾！

韩技师说：没事。有我呢！明知道这话没用，姚红玉还是觉得宽慰，紧紧抓着韩技师的手不放。

劝了几句，韩技师又找到尔雅说：别说你妈，哪个父母听了也生气。

一会儿跟你妈道个歉，哄哄她。

尔雅说：我怎么哄她？除非我不结婚。

韩技师说：你腿不瘸，眼不瞎，为啥娶带两个孩子的？你们家这条件什么人娶不上？

尔雅本来没想娶李来群，姚红玉一生气，他反而放不下李来群了，觉得这才是真正的爱情。他说：幸福不幸福跟几个孩子没关系，心灵不相通，条件再好也没用。我爸我妈条件都挺好，一辈子幸福吗？

第二天吃早饭，姚红玉让尔雅跟她回市里，尔雅说：养猪场还要扩建呢，我离不开！

姚红玉说：养猪场交给韩技师，你别管了。

尔雅梗着脖子说：我不走！

姚红玉说：我是董事长，以后这里由韩技师管。

尔雅说：不让我管养猪场，我也不离开插剑岭。我在这儿画画。你给我钱，我就花。不给我钱，我自己在这儿种地、养牛。我们两口子自己养活自己。

看到又要吵，韩技师赶忙打岔：有什么事下午再说，一会儿有人拉猪，耽误不得。母子俩不欢而散。

杨伯峻每一天都在担心。他最担心江小童，青春期的女孩子不懂自己的感情。看她天天躲在房间哭，他的心揪着。每次听到哭声，他都会想办法跟她谈话，安慰她。江小童内向，怎么安慰都不肯吐露心思。她说只担心村里工作，怕养猪场受影响。

杨伯峻说绝对不会。他一直在想怎么把尔雅和李来群分开。生硬了不行，把事情挑破也不行，搞不好反而刺激尔雅下决心。他想找尔雅，韩技师说尔雅在山里画画。韩技师不提，他更不好提了。

他又考虑该不该跟江秘书长打招呼？正想着，江秘书长给他打来电话，问村里的工作情况，工作队有没有困难。

江秘书长跟他不熟，也不分管扶贫，怎么问这些事，会不会听到了什么？尔雅的事，村里人开始知道的不多，他嘱咐梅长风别跟村干部议论，怕把事情扩散了。后来村干部们也知道了，天天在村委会议论。他让梅长风别表态，沉住气。

实际上最沉不住气的是他。江秘书长来了电话，他便主动说：我正想去市里跟您汇报工作。

江秘书长马上说：我也想见你一面。

下午他赶到市里。江秘书长有好几项工作等着，仍然接待了他。他汇报得挺详细，说：尔雅有一段时间常去村委会，跟小童来往比较多，不过很快就冷淡了。我看两个人别别扭扭的，不再让小童管养猪场，和梅长风一起抓养牛合作社。

江秘书长问：小童同意了？

他说：当然同意，还说感谢我呢！

江秘书长松了口气，说：谢谢，让你操心了。

他说：这没什么，是正常工作安排！

江秘书长说：工作中有什么需要我帮助的，你就说。

他说：贷款的事你已经帮了，村里人都感谢小童！

江秘书长说：我相信你，小童交给你，我放心。

看到江秘书长很满意，他想，看来江小童这边稳住了。

心里刚踏实了些，姚红玉来了。他正琢磨把尔雅和李来群分开的方案，还没来得及做，就听到姚红玉跟尔雅吵翻了。他带着韩小实赶到养猪场，姚红玉见了他们勉强挤出一个笑容，说：杨局长，养猪场怕是办不成了！

这是他最怕的，忙问：怎么了，我们哪里做得不好吗？

姚红玉说：跟你们没关系，是我自己的原因。她说了尔雅的事，说：这个孩子得跟我回家，不能在这里了！

杨伯峻道歉：我们没照看好，出了这么大事。

姚红玉说：这孩子从小没跟我，他奶奶死了我才接过来，哪能怪你们！

杨伯峻说：姚总，你千万别着急，别逼他分手，逼也不会听。最好冷处理。

姚红玉问：怎么冷处理？

杨伯峻说：这么大的孩子你总不能把他绑起来。处理婚恋的事别简单化，万一孩子想不开，激出什么事就不好了。

姚红玉沉默不语。

杨伯峻又说：这种事外人也许好说话，我们跟尔雅谈谈，不行了再想别的办法。

看姚红玉点了头，杨伯峻和韩小实带着尔雅去了乡里。三个人进了一家饭馆，点了几个菜，要了一瓶白酒，一边喝酒，杨伯峻把事情的经过问清楚了，包括李来群家的情况，几个孩子，男人在哪里打工等。杨伯峻问：除了能当模特，她还有哪里出色？

尔雅想了半天，说：干活利索，善解人意。

杨伯峻说：这也不是什么了不起的优点。

尔雅说：她是个普通女人。

杨伯峻说：既然是普通女人，何必这么执着呢？只要别跟她来往，我们给你母亲做工作，让你还在这儿。

尔雅扬起眉：那怎么行！我成什么人了？

杨伯峻说：男人以事业为重，我们还盼着你建成北方最大的养猪基地呢！

尔雅说：我来这儿不是为了养猪，以前是为艺术，现在是为爱情。就算我妈把我开除了，我也不离开她。

杨伯峻哭笑不得，说：你是正牌大学生、画家，父母是知名企业家，干吗找一个比自己大十几岁，带两个孩子的？就算你母亲同意，别人怎么看你？

尔雅说：我爸就比我妈大十七岁，老家也有两个孩子。我妈能找比她大十几岁的，我怎么不能？

杨伯峻说：你妈是女的呀！

尔雅说：凭什么男的能找比自己小十几岁的，女的不行？谁规定的？

杨伯峻一时怔在那里，心想是不是遇到伟大的爱情了。他说：你要这么说，我就什么也不说了。咱们喝酒。

剩下的酒喝着没滋味，三个人匆匆散了。乡里没人查酒驾，他们把尔雅送回了养猪场。杨伯峻说：韩总，咱们这是见到真正的爱情了。

韩小实说：这事咱们恐怕管不了。

杨伯峻说：管不了也得管，姚红玉要不真把养猪场撤走了。

韩小实问：怎么管？

杨伯峻说：做不通他的工作，咱们做女方的工作。我想起一个人，当年管计划生育，很会做人的工作。

韩小实知道他说的是腊梅，说：她跟老裴什么关系？老裴都让她耍了，能帮村里？

杨伯峻说：她跟老裴有特殊关系不假，不过也是个聪明人，不见得不答应。

腊梅听了来意，笑着说：老裴下了台，村里人都觉得我没用了。杨局长信得过我，我就试试，办成了别高兴，办不成也别埋怨！

杨伯峻说：我来村里这么长时间，对你有所了解。办成了我们感谢，办不成无所谓。以后你有什么困难，只要在政策范围之内我们尽量照顾。

腊梅说：我也不一定行，试试吧！

两天后腊梅给杨伯峻打电话：说通了！

杨伯峻大喜过望，激动得忘了说谢谢。

腊梅说：你跟姚总说，李来群不再跟她儿子来往了，更不会嫁给他。

杨伯峻问：确实吗？

腊梅说：她男人明天就回来，以后在家里养牛，不出去了。

杨伯峻再三感谢，腊梅说：你知道我有个哥哥，没啥出息，麻烦你们照顾照顾。他就想当贫困户。

杨伯峻说：贫困户是有标准的，我们争取在别的方面照顾他。

放了电话，杨伯峻让梅长风把姚红玉接到村委会，姚红玉两个眼都哭肿了。听杨伯峻说解决了，还不相信。杨伯峻说：她男人都回来了，你还担心什么？她要是不想断，怎么会把她男人叫回来？姚红玉终于放了心。

正聊着，局里通知杨伯峻：工作队明天全体回单位开会。过了两分钟，市委组织部又打来电话，让他明天上午到部里。杨伯峻心"嘭嘭"跳起来！

第十五章

15 · 韩庆全

1

接了市委组织部的通知，杨伯峻问：会议内容是什么？我准备一下。

组织部说：是个小范围会议，不用准备。

杨伯峻说：明天上午我们局也有会。

组织部的人说：你先来部里，我们已经通知了科技局。

杨伯峻估计跟扶贫有关，当晚写了汇报提纲。第二天开车去市里，路上给安律师打电话，问中午能不能一起吃饭。安律师说：中午我约了人，下午请你喝茶。

八点半到组织部，工作人员问：你找谁？

杨伯峻说：不是通知开会吗？

工作人员说：哦！把他领进小会议室。

屋里有五个人，都是组织部通知来的。问什么事，他们也不知道。过了一会儿，工作人员叫走一个，十几分钟后回来了，兴高采烈的。问什么事，不说，摆摆手走了。很快叫到杨伯峻，工作人员领他进了一间办公室，常务副部长韩惠先在屋里。

韩部长说：今天把你叫来，是就科技局的班子了解情况。

杨伯峻说：我正在下乡。

韩部长说：我知道。

杨伯峻说：马局长刚上任，情况好多了。他把局里情况说了一遍。

韩部长问：你能不能从班子里推荐一个人选？

杨伯峻说：马局长刚上任就换吗？

韩部长说：只是考察，马局长也快到年龄了。

杨伯峻说：我觉得应该从年轻干部中选。这么先把自己排除了，说了几个年轻处长。

韩部长不动声色地说：有人向组织推荐了你。

杨伯峻紧张起来，摇头说：我可不行。

韩部长问：为什么？

杨伯峻说：再过五年我就该退休了。

韩部长笑了：民政局刚任命的局长，比你还大几个月呢！你就没想法？

杨伯峻说：没想法，扶贫呢！

韩部长说：这不影响。

杨伯峻说：我想把扶贫做到底！我们村刚上路，正要劲儿呢！

韩部长说：以你的能力早应该提，有人为你抱不平。我看你倒挺平静的。

杨伯峻说：以前也不平静，现在很平静。

韩部长问：为什么？

杨伯峻说：以前看到局里的状况，心情不好，具体就不说了。我也是人，也要想自己的前途。他随手拿出烟，看到韩部长没抽又放回去。

韩部长说：你抽吧。

他摇摇头说：十八大后我心情好多了，扶贫给了我用武之地。我现在就盼着年轻干部别走我的老路。这是我的心里话。

韩部长点头，说：你这个态度我赞赏。说实话，我也不是提拔快的。

杨伯峻说：您是十几年的老副部长了。

两人会心一笑。

韩部长又问：现在的副局长中有没有符合条件的？

杨伯峻说：甘局长业务能力不错，要是让我推荐，他算一个！

韩部长说：真不想自己？

杨伯峻摇摇头：前几年我还想呢，现在不想了。

从部里出来，他琢磨，韩部长再三提示，好像我还有希望似的。马局长刚上任两个月就要调换吗？开了一会儿车明白过来，一定是马局长有更重要的职务。当时为了查案，需要把崔局长调开，临时让马局长过来的。韩部长大概是同情我，作为部里的二把手，韩部长说话有分量。自己提甘局长，大概把一个机会错过了。

2

下午，杨伯峻在茶室跟安律师见面。

安律师一脸疲惫。杨伯峻说：你脸色不好。

安律师说：昨晚只睡了三个钟头，有的案子你想象不出来的复杂。不接，觉得对不起社会，接了就要承受压力。

杨伯峻歉疚地说：我又给你加压来了。

安律师摆摆手说：刘根生的案子还不算最复杂的，只是接了不少匿名电话。有不少朋友让我别管这个案子，表面是关心，实际是替别人说话。他们各有各的背景。

杨伯峻想：自己跟安律师一比还不算难。自己有组织支持，安律师却要独自承受。

他问进展怎么样。安律师说：你找了县法院领导，案卷我拿到了，仔细看发现少一个案卷。我约见法官，他说管这个案子的人已经退休，去了广州。他当时刚调来，跟着老法官工作。问他为什么少了一卷，他说，我不知道，我接手没动过这些案卷，连在哪里放着都不知道。

安律师问：你后来怎么找到的？他什么都不说。再问，眼圈儿都红了。

杨伯峻问：眼圈儿红了？

安律师点点头说：肯定还有咱们不知道的情况。

杨伯峻问：只凭现有的案卷没法进行？

安律师说：关键证据都在那个案卷里。我觉得这个案子后面有背景。

杨伯峻问：你怎么有这个感觉呢？

安律师说：从给我打电话的人感觉出来的，有些人很有社会地位，怎么会为一个村干部说情？老裴下了台，不可能有这么大能量。

杨伯峻说：那更该把案子查清了。

安律师说：我也想查清，拿不到完整的案卷做不到。杨伯峻觉得他想推，说：安律师，咱们必须坚守良知，尽到社会责任。

安律师说：那是肯定的。

杨伯峻说：面对压力咱俩都不能退，也无处可退。我再想办法，争取拿到完整的案卷。

安律师说：群众投票给了我一个十大律师称号，我也不想让群众失望。越是想做好，越是难。

杨伯峻点点头。

两人分手后杨伯峻回了家。严惠娟在加班，他独自躺在沙发上想刘根生的案子。老裴下了台，刘铁山被立案调查，阻力到底从哪儿来？种种阻力让他想到一个人，只是找不到这个人的理由。

晚上七点半，严惠娟回家。两个人还没说几句话，梅长风打来电话，说：杨局，祝贺你啊！

杨伯峻诧异：祝贺我什么？

梅长风说：听说组织部跟你谈话了，要提拔你。

杨伯峻说：哪有这回事，马局长刚来。

梅长风说：也许让你到别的局，有说人社局的，有说财政局的。

杨伯峻说：我哪儿也不去，就在插剑岭！

放下梅长风的电话，局里又有人打电话，说市委组织部到局里考察了。杨伯峻问：考察什么？

对方说：你是真不知道，还是装呢？

杨伯峻说：我装什么，真不知道。

对方说：考察你！不是表功，我发自内心说了不少好话。

严惠娟在旁边面露喜色。他放下电话，严惠娟说：组织也不能一点温暖不给你。

杨伯峻说：要是年轻几岁我还兴奋，到了这把年纪，还不如提年轻人。我早跟村里人说了，脱不了贫我不走。

严惠娟当下就沉下脸，说：你不在乎，我还在乎呢！

杨伯峻低了头，想：插剑岭怎么办？局里再派一个副局长，熟悉情况也得好长时间。他想找韩部长再谈谈。第二天赶到组织部，韩部长还在跟人谈话，他等了一个多小时才见了。

听了他的意见，韩部长说：你下乡的情况部里知道，我把你的意思跟领导汇报了，怎么安排服从领导。市委要考虑全局，你不要多想了。

杨伯峻一路开着车，心里越发乱。回到村里，黄俊涛等人见了他笑容可掬。梅长风问：杨局，定了吧？

杨伯峻问：定什么？

梅长风说：定什么我也不知道，反正我们都高兴。

杨伯峻说：不是你想的那样。

黄俊涛听他这么说，心想要不是为升迁，谁会这么一趟趟往市委跑。自己跟错了人，以后没机会了。

杨伯峻跟到他屋里说：我又找了组织部，跟领导说不离开村里。黄俊涛想，不想离开还用去市里？一个电话就解决了。他说：杨局，你要是高升了，别忘了咱们的交情。

杨伯峻看他还没有想开，只好换了话题。两人聊了一会儿村里的情况，杨伯峻回到自己屋，想村里换班子后工作顺多了，隐隐还有阻力。刘根生的案子是关键，自己一直不愿找蔺永乐，现在看不找也不行。

他给蔺永乐发了微信，两个人约好时间他去了县里。听到他说的情况，蔺永乐皱起眉头：这个案子有这么复杂？

杨伯峻说：我不想打扰你，不找你解决不了。

蔺永乐说：你先回去，我跟政法委那边了解一下，案卷必须全部拿到，这是起码的要求！杨伯峻又汇报了几句，离开了县委。

3

三天后安律师带着助手来到原平县法院，法官从包里拿出卷宗，说：你要的都在里面。安律师草草翻了一下，说：不容易呀！

法官说：你以为我容易？说不能给的是上面，说要给的也是上面。他们就是一句话，挨骂的是我们。

安律师说：咱们彼此理解！

安律师想多聊几句，对方却不肯多透露信息。安律师只好离开县法院，回到市里。当晚把所有案卷重看了一遍，他想搞清楚这个案子到底怎么回事。一个简单的强奸未遂案，其中一个主角是报纸、电视台都报道的见义勇为人物，怎么突然反转了。案卷里的证据相互矛盾，有的证据页没有办案人员签字。还有一个地方，竟然把办案人员的名字刮去了。

几天后，他又开车来到原平县城。法官板着脸说：别问我，我什么都不知道。

安律师说：把你知道的跟我说说！比如，这个案子已经审了，为什么又重审。我看了一下，里面没有重审的手续，这是谁定的？

法官说：我在案子审理后期才进组，你要问详细情况得找当时的人，我们都是按领导意图办的！

安律师问：哪个领导？

法官说：哪个领导不知道。院里肯定有知道的，你问领导去。

按着法官留下的电话号码，安律师给主要办案法官打了电话，对方说：我退休了十几年，你说的事记不清了。你问法院领导吧！

安律师想再说，对方挂了。

安律师想，恐怕还得从村里了解。第二天开车来到插剑岭，让杨伯峻领着看望刘丙瑞。

听到门响，刘丙瑞老伴迎到院里，一激动差点儿摔倒。她紧紧抓着杨伯峻的手，不看安律师。她还记得安律师不愿接这个案子的事。

杨伯峻说：你手太凉了，多穿点儿。

刘丙瑞老伴儿喘息了一会儿，说：不冷。抓着杨伯峻的手领进屋，一直交到刘丙瑞手上才松开。她的嘴角略略往下歪，不仔细看不出来。

刘丙瑞攥了半天杨伯峻的手，拉他上炕。杨伯峻说：安律师来看你，我陪着他来的。

刘丙瑞松开杨伯峻，又握住安律师的手，说：你费心了。

安律师说：上次让你着了急，我来给你道个歉。

刘丙瑞摆手说：不说这个，不说这个。你是有难处，迫不得已的，我知道。

安律师说：我刚拿到全部案卷，里面有些地方仍不清楚，想再问问你们。

刘丙瑞抽着烟，两个腮凹下去，深吸一口，缓缓吐出来，说：一会儿刘根生回来，让他跟你说。我知道的就是以前说过的。

杨伯峻问：刘根生在哪儿？

刘丙瑞说：在碌碡家，我让人叫他回来。

杨伯峻说：我们去找他吧！刘丙瑞说不用。说着给老伴使了个眼色。老伴走了。

安律师说：案卷里有很多疑点。我想问问，除了韩俊花的事，刘根生以前跟裴学锋有矛盾吗？

刘丙瑞说：没有。村里人都看不惯裴学锋，具体矛盾没有。

安律师说：裴学锋是强奸未遂，刘根生只是去阻止，没必要往他的要害处打，总觉得这里面还有事儿。刘根生跟你说过全部经过吗？他们俩是不是都在追韩俊花？

刘丙瑞说：刘根生有对象，那会儿都怀了孩子，不会再追韩俊花。别的矛盾我真不知道，就是有矛盾，根生不跟我说，也要跟他娘说。

正议论，刘根生摇着轮椅回来了，看到安律师想站起来，没站好又跌回到轮椅上。安律师上前握了手，问他跟裴学锋以前有没有矛盾，刘根生说：有。

刘丙瑞问：你咋没跟我说过。

刘根生说：我那时年轻，有些事没往一起想。岁数大了，躺在炕上想过去的事，听村里人说山上如何如何，才想起一些蛛丝马迹。

刘丙瑞问：你该早说。

刘根生说：我不敢说，怕给家里再惹祸。我以前也能站起来，别人说我瘫了，我就瘫着，怕他们知道再祸害我。

刘丙瑞睁大了眼，看着刘根生。

刘根生说：我出事的半年前一个人到山上，那天磨坊里没人磨面，我想到山上散散心。碌碡要一种草药，我在一个山洼里见过。走到那儿，看到开了好大一片蓝花，我挺高兴，那些花下面就是碌碡想要的。

我站在那里往四下看，半山腰上有一些人干活。稍前站着一个人，背着光，隐隐约约觉得是裴学锋。我用手遮住阳光看，就是他，后面还有好些人。我想起村里人说过，山上包出去了，承包人说要在山上养羊，我想，大概是养羊的吧？

我往山上走，裴学锋走下来拦住我。说：这里不能上。

我问：为啥不能上？

裴学锋说：这个山头有人承包了。

我问：你承包的？

他说：不是。

我说：不是你承包，你凭啥不让我上？

裴学锋说：不凭啥，就是不能上。

我说：我偏上。

我推了他一把往上走，他还拦，两个人推搡起来。山上又下来几个人，我挺憋气，这是村里的山，他们凭啥不让上？我从地上捡起一块石头，摆出拼命的架势。他们看我这样，也不敢动手了。

裴学锋两手叉着腰看我，喊：把他的腰打断了，出了事算我的！

他们拿棒子朝我挥舞，我躲开了，说：裴学锋，我又没挖你家的祖坟，你凭啥打我？

裴学锋说：你敢坏我们的事，我打死你。告诉你，再来让你有来无回！

刘丙瑞老伴说：这些事你咋不早跟家里说？

刘根生说：爹那时候说，别惹裴家的人，我怕爹知道了骂我。别人不往山上跑，我去干什么。我不该给家里惹事。我在炕上躺了好些年，听说山成了裴家的，他们说包给外面人，实际上是裴家。我想起了裴学锋的话，夜里醒来耳边都是他的喊声，把他的腰打断！把他的腰打断！我看着爹一趟趟上访，觉得一个家让我给弄败了。我跟爹说，咱认命吧！反正我也是这样了，别说告不下来，告下来我也是这样。爹不认命，说我不信！我问，你不信什么？爹说，我不信这不是共产党的天下！磨坊卖了，家里值钱的东西卖了。爹一天天变老，家一天天往下穷，这都是因为我！我本来定了亲，女人都怀了孩子。她走了，留下了海翔，我不光害了爹娘，把海翔也耽误了。

刘丙瑞说：孩子，你甭这么想！是你爹没本事！

刘丙瑞在炕上跪着，对安律师说：我是快死的人，这孩子是我放不下的！你冒着风险接了这个案子，是刘家的恩人，我一辈子忘不了你，也忘不了杨局长。

外面传来几声爆响，好像在放炮仗。杨伯峻想，不年不节的谁在放炮？刘铁山抓起来那天，家里有炮的都放完了。

村里一个小伙子跑进来，喊：裴学锋放出来了！看到屋里有一个不认识的，赶紧闭嘴。

刘丙瑞问：咋回事？

小伙子看着他们，不说。

刘丙瑞说：没事，你说吧！

小伙子说：裴学锋回来了，在超市门口放了好几个二踢脚，这是给村里人听呢！暴二来赶到超市，他们正喝酒！

杨伯峻匆匆跟刘丙瑞告了别，留下安律师继续跟刘根生谈。他赶回村委会，看到聚集了好些人。人们议论纷纷：怎么又把裴学锋放出来了，他到底有没有事？

4

尔雅听了侯总的旅游开发计划，到市设计院请来设计师，把红玉牧业三个厂的景观重新做了设计。一边施工，一边栽种绿植。机械化施工看不到人，几台铲车来回穿梭，工地一天一个变化。尔雅心情一好又想起了李来群。她那微微凸起的肚子，丰腴的前胸，浑圆的臂膀，在他身上有了记忆。一静下来，那份温暖想忘也忘不了。他怕母亲生气，只是管不住自己。

一连给李来群打了三个电话，对方都不接。过了一会儿回电话说，男人以后不出去打工了。

他问：咱俩的事怎么办？

李来群说：我有两个孩子，有老公。

他问：我呢？

李来群说：你好好干事业，一个四十岁的女人不值得你惦记。

他说：没你我受不了。

李来群说：以后有你中意的女人。说完把电话挂了。

他想：她把我甩了！长这么大，都是他甩别人，没让人甩过。他愤怒、焦虑，在屋里走来走去，背起画夹要去找她。

韩技师拦住：你去哪儿？

他说画画。

韩技师说：外面有两个工地在施工，你离开了哪行？

他说：你盯着吧，我顾不上这些了。说完扭头就走。

韩技师赶紧告诉杨伯峻，杨伯峻说：李来群老公在家，没事。我们这就赶过去！

放下电话，杨伯峻要去沟底，梅长风说：我跟黄俊涛先去，万一处理不好你再出面。

他俩走后，杨伯峻心里仍没底，又给韩小实打电话。韩小实说：我这就过去。

尔雅到了沟底给李来群发微信，李来群不理。尔雅又发了几条，李来群回复说正跟老公铡草。尔雅走到她家附近，见一个精壮男人提着铡刀，坐在地上喂草的正是李来群。

赵明杰后背对着街门，没看见他，赵明杰的弟弟在外面看见了，给赵明杰打电话。尔雅看到一个提着铡刀的汉子气冲冲走出来，正不知所措，黄俊涛和梅长风赶来把他带走了。

韩小实赶到时，尔雅已经躲到山里，找了一块平整石头躺下，看天上的白云。阳光把石头炙热了，源源不断的热气流贯到腰间。他有些伤感，觉得自己太单纯。世上有些东西靠钱解决不了。韩技师不放心，不断给他打电话，他只好返回养猪场。

5

怕尔雅再去沟底，杨伯峻让梅长风天天在沟底盯着。

养牛合作社成立后，养牛户不断增加，已经达到了三十多户，梅长风又跟县农行多要了一些贷款。裴庆从县畜牧局请来两个技术员。他们原以为养牛添草喂料就行，没想到饲料有配比，一岁以下一个比例，快速生长期一个比例，育成期一个比例。公牛是公牛的喂法，母牛是母牛的喂法，母牛又分孕育期、哺乳期。饲料里除了玉米粉还要加预混料、麦麸、豆粕、盐、苏打、瘤胃素等。喂青饲料的加钙和维生素，搞不好就加错了。牛圈要定期消毒。农民舍不得花这些钱，合作社统一出钱，统一防疫，他们自然愿意。

合作社刚成立也没钱，村里账上还有八九万，到银行一查没那么多。刘大计刚接任会计，不懂清账。杨伯峻请来了乡里的财务，初步清账又查出好些问题，一并交给县纪委。

为了解决资金缺口，韩小实想把贷款扣下集中使用，养牛户不干，说：贷款是我们签字画押的。

任海龙解释道：牛犊子买了，饲料拉来了，预防针打了，消毒剂发了，这不都是合作社垫付的？交给合作社，大家都方便。

郝宝贵说：早知道养牛这么麻烦，还不如不养。

任贵成附和：我一辈子没打过预防针，也活到了现在，一个牛打什么预防针。听说过闹猪瘟的，没听说过闹牛瘟！

任海龙一生气说：咋没有牛瘟？你不同意就别用贷款了！

任贵成等人也不示弱：不用就不用！当下联络了十几个养牛户找杨伯峻退社。

杨伯峻很着急，把任贵成等人安抚走了，召集村干部想办法。

任海龙说：办法不少，有了钱都是办法，没钱都不是办法。说完眼睛看着韩小实。一个支委说：韩书记，你是大企业家，这点钱还不是毛毛雨？

韩小实不吭声。

杨伯峻不赞成让韩小实出，说：过去他给村里出过不少赞助了。

韩小实说：我跟村里有约法三章，现在让我出也可以，得先把支书辞了。他这么一说，别人都不说话了。

杨伯峻说：贷款是梅长风和江小童联系的，合同是一家一户签的，扣下统一使用确属无奈。山上还欠着三年承包费，你们谁跟任贵成做做工作，让他们先别退，容咱们从外面找资金。

任贵成背后可能有人指使，几个村干部都不言声。杨伯峻又问：谁有办法？

梅长风不慌不忙地说：我试试吧！

黄俊涛不解地问：你有什么办法？

梅长风诡秘一笑，说：我没办法，知道一个人有办法。

黄俊涛问：谁？

梅长风说：碌碡。

黄俊涛不屑地一笑，说：他给人算卦还差不多。

梅长风当下给碌碡打电话，问：碌碡，求你个事儿行不？

碌碡说：咋还说求呀？除了借钱，干什么都行。

梅长风把任贵成闹事的经过说了，说：你劝劝他，搞养牛合作社对大伙儿都有好处，搅散了，吃亏的是贫困户。

碌碡说：行，这事儿交给我吧！

时间不长，任贵成打来电话说：我们几个商量好了，不退社了。按领导说的办。

大伙儿惊奇地看着梅长风，梅长风一脸得意。碌碡以前跟他说过，任贵成跟我最老实，让他干啥就干啥。他当时以为碌碡吹牛，没想到是真的。

过了几天，他到碌碡家聊天，见桌上摆着个鼻烟壶，随手拿起来。碌碡说：这东西有个讲究，你看，瓶子上画满了描金花卉，叫大金花鼻烟，瓶子还得是溜肩膀的，俗话叫美人肩，这才是真货。

梅长风拿着看了半天，问：为什么非要美人肩？

碌碡说：这是乾隆朝从法国进口的，原装货，当年瓶子就是溜肩膀，不是溜肩的都不是真货。过去有句话，黄金易得，好烟难求。

梅长风问：放到现在多少钱？

碌碡大大咧咧地说：说多少是多少。有明白的人二十万也是它。碰上不懂的，敢给你几百块。

梅长风说：要我看，几百块都多。

碌碡说：你不会，你起码得给我五千。这是在夸奖梅长风。

梅长风问：你们家还有多少老东西？

碌碡说：这是刚在风箱后面看见的，不知道谁藏在那儿！

梅长风想，这肯定不是他家的。怀疑他倒卖古董，却看不见他到外面收东西。

碌碡说：我就干这么几件事，看病、算卦、卖家里的老东西。我们不指着种地，种地相当于城里人健身。

他说慈家有个规矩，每代只出一个郎中，郎中得照顾族人。你把老祖宗的本事继承了，就得照顾家。他学会了看风水，打卦占卜，看阴阳宅。他的儿子考上省医大，学制五年，每年学费七千多，其他几家还有念初中、高中的孩子，都得他帮着。他说：要不是家里有传下来的老东西，我挺不过去！

正聊着，看见一辆警车停到门口。两个警察走进屋里，问：谁是慈继业？

梅长风没答话，眼睛看碌碡。警察盯着碌碡，问：是你吧？

碌碡说：是我。

警察说：跟我们走一趟吧！

碌碡说：我什么都没干！

警察说：看看你屋里这些瓶瓶罐罐，还说什么都没干？梅长风看着他被带走了，有不祥的预感。

6

胖子两只手捧着元青花瓶子，小心翼翼地进了屋，周竞正浇花，用手指了指茶几。胖子把瓶子放下，垂手而立。

周竞拿起瓶子来回看，说：这画工多好，怎么说是假的？

胖子说：这是高仿里的精品，一般人看不出来。

周竞说：你说假，人家服吗？

胖子说：肯定不服。别说他们，我都不服。我买了高高兴兴回到家，咋看都是宝贝，觉得不该是这个价。起码五千万，上了拍过亿的可能性都有。冯大宽说，这是郎中家传的，他不知道市场行情。我想，他再不懂市场行情，也听别人说过。冯大宽说，他一个村民见过什么，六百万在他眼里就是天价。

看我犹豫，冯大宽给我介绍了北京一家鉴定机构。我去了。专家拿着放大镜看了半天，说：这是大开门的东西，保真。我问：既然大开门，你怎么还看了半天？专家说：我这不是为客户负责吗？必须万无一失。

专家在电视里当过嘉宾，我看过他的节目。他说真，我就以为是真。

刚想抱着瓶子回家，旁边一个人冲我挤了挤眼。我看出他有话。他在前面走，我在后面跟着，拐过一个胡同口那人站住，说：元青花不可能这个价，北京这么多鉴定机构，怎么不再找几家问问。

我问：你为什么帮我。

他说：我在这儿上过当，没声张。正在搜集他们的证据。我给你留一个电话，鉴定出假的，你告诉我。

我想，多找几个地方没坏处，又找了一家机构，鉴定师看了，说：你再找别的地方看看！我问：是真的吗？鉴定师说：不敢说。不敢说就是假的意思。

我问：能不能给我出个鉴定书，鉴定费你说多少是多少。鉴定师说：我眼力差，不敢收你的钱。去年我鉴定一个东西是假的，买主事后找到我，说他买的东西上了拍，一千三百万成交了。东西明明是假的，硬是能成交，我还怎么说？以后再不敢说了。

第二天我又找了一家鉴定机构，人家明确说是高仿。我不信。鉴定师从柜子里拿出一个瓶子，跟我的一模一样。他说：你去景德镇走一趟就明白了。

周竞两眼望着瓶子，问：你打算怎么办？

胖子说：我去找碌碡，让他还回我那六百万。

周竞说：到手的钱人家肯退？

胖子说：不退我去法院告他。一个冯大宽，一个碌碡，两个人都跑不了。

周竞说：你一找反而打草惊蛇。碌碡家的东西满打满算也值不了几十万，他一跑你到哪里找他？

胖子说：那咋办？

周竞说：我把你这个瓶子买了，你看怎么样？

胖子张着嘴呆了半天，说：周总，你是有大本事的人。我这点儿脑子转不过来，你这是什么操作？

周竞说：瓶子我买下，对你绝对是好事。不过，我随后就到公安局报案告你。你不用怕，造假贩假的不是你，你也是受害者。告下来好说，告不下来，六百万也到了你手里，受损失的不是你。我替你挨一回坑，你有什么不愿意的？

胖子恨不得给他跪下，说：太感谢了。您的大恩大德我永世不忘。

周竞说：瓶子我留下，你给我个账号，明天我让财务给你打钱。

胖子写账号时手哆嗦，生怕周竞变卦。说：周总，你在咱们县是什么分量，我们告，告不下来；你告，一告一个准。

他想问周竞为什么这么做，不敢问。周竞是他的大客户，从他手里买过不少东西，他要价很高，也有一些是假的，周竞当真的摆在屋里。周竞是他的大福星。

胖子走后，周竞拿着瓶子来回看，觉得瓶子挺好。世上哪有什么真假，好些假的，现在都是真的；好些真的，人们也以为是假的。东西如此，人也如此。

暴二来前些日子来看他，说碌碡卖了一个瓶子，帮着他卖瓶子的是工作队的，这人常年不上班，在外面倒腾古董。现在是杨伯峻的左膀右臂。

他的目的不是抓碌碡，是想把梅长风抓起来。梅长风一抓工作队就臭了。

7

一个多月前，冯大宽在原平古董市场上认识了一个贩子。看他摊前没一件像样的东西，冯大宽说：档次不低呀！

贩子听出是讽刺，说：知道碌碡吧？东西是他的，我是他徒弟。

冯大宽问：哪个碌碡？

贩子说：插剑岭的。

冯大宽想起梅长风说过，问：那你认识梅长风不？

古董贩子刚见过梅长风一面，说：太熟了，那人懂瓷器。

冯大宽说：他懂，我比他还懂。

古董贩子定睛看他。冯大宽说：他进这一行还是我带的呢！

古董贩子换上笑脸：那我见着师爷了。

冯大宽摆手说：这个市场我来过，以前规模小，还有点真东西，现在一件真东西都见不着！

这话周围人不爱听，古董贩子尴尬，拿出手机给碌碡打电话。说了几句，把手机递给冯大宽。

碌碡说：我听梅干部说过你，久仰久仰。

冯大宽说：我也正想认识你，有个合作的事咱们聊聊。

几天后，两人见了面。冯大宽说：初次相见挺投缘，我想托你办件事。我有件老东西，想在你家放一下。

碌碡脑子一转：怎么想起我呢?

冯大宽说：你这个家最合适，像个有老东西的。

碌碡一听就明白了，说：丢了坏了我可赔不起!

冯大宽说：那东西不值钱。有人可能要去你那里看看，你就说是家里传下来的。

碌碡故意问：为啥?

冯大宽说：原来想放在梅长风那里，他是工作队的，不方便。

碌碡聪明透顶，说：我没问题，我老婆知道了不乐意。

冯大宽说：事成后有你的好处，有什么不乐意的?

碌碡问：卖什么价儿?

冯大宽说：要价八百万。

碌碡有些慌，问：啥东西这么贵?

冯大宽说：一个元青花瓶子。

碌碡知道是假的，犹豫。

大宽说：六百万成交，多了归你。六百万卖了分你两成。

碌碡一算能得一百二十万，大着胆子答应了。他觉得今年挺顺，治好了刘丙瑞的老伴，刘根生也能扶着轮椅站起来。村里人见了他眼光都不一样，俨然就是成功者。他给自己算了一卦，说有一笔外财，不正应在这个瓶子上吗?瓶子不一定能卖出去，就是卖出去，买主找来也可以说自己不知道真假，祖上说是真的，我就以为是真的。大不了把钱再退给买主。他没想到有个大人物盯着他，就想让他发财呢!

8

听到碌碡被带走,杨伯峻挺着急。刘根生刚治了一半儿,以后谁给扎针?村里人头疼脑热的也离不开碌碡。他给县公安局打电话,接电话的说领导不在,具体情况他不知道。杨伯峻想开车去县公安局,安律师来了。

安律师反复看案卷,发现了突破口。他问杨伯峻:刘根生受伤那天七八个人往乡医院抬,能不能见见他们?

曹志军说:有两个在外打工,村里还剩六个。六个人一齐叫,还是一个一个叫?

杨伯峻说:一个一个叫!谈完别让他们走,在旁边等着,防止走漏消息。

最先叫来的是黄兴义,黄兴旺的哥哥。杨伯峻跟他握了手,鼓励了几句。

安律师让他说说经过。他说:那天听见喊声,我是最先跑过去的,后面还跟着别人。韩俊花半敞着怀,说裴学锋要祸害她,不是根生就让他欺负了。刘根生躺在地上,他爹抱着他喊,快叫老郎中!

一会儿老郎中来了,看了一眼说:赶紧送医院吧!

门板是从韩家卸下来的,我们抬着一路飞跑,跑不动就换几个人,一点儿没耽误。公安局问情况,我们按事实说的。刘根生听见韩俊花喊救命,跑到韩家遇见了裴学锋。我们赶到时裴学锋刚从院里跑出来,韩俊花在后面哭。

安律师问:后来为什么改了证词?

黄兴义问:改过吗?

安律师说：改过。你看看，上面还有你的签字，手印。这个是不是你签的字？

黄兴义看了半天，说：是我签的。

安律师说：你第二份证词和第一份证词不一样，第二份证词说，刘根生和裴学锋都追求韩俊花，两个人在韩俊花家遇上，言语不和打了起来。

黄兴义问：我是那么写的吗？

安律师说：你再仔细看看。

黄兴义拿着证词看了半天，低下头说：我忘了咋回事，时间太长了。

安律师说：证词是你说的，办案人员记录的，你在每一页都签了字，按了手印。两次的证词不一样，怎么变的？你肯定有过思想斗争，怎么会忘？

黄兴义沉默了半天，说：想不起来了。

看着黄兴义头上的汗珠子，安律师不再问了，说：慢慢想，有能想起来的一天。这关系着刘根生一家的命运，你知道分量！

黄兴义低声说：刘丙瑞是个好人，有些事我们没办法，做不了自己的主。

杨伯峻说：你这么说就说明有良知。别着急，慢慢回忆。

曹志军又叫来一个，杨伯峻让黄兴义到旁边屋休息。黄兴义冲着新来的人点点头，后面的人也冲黄兴义点头，看来他们关系不错。

安律师跟他们分别谈了话。第一天谈了四个，第二天又谈了两个，这些人的口径差不多，都说字是自己签的，只是时间太长记不清了。看来他们事先商量过。

办案遇到阻力是常事，好几个人统一口径的也不多。案子本来事实

第十五章·韩庆全　　633

清楚，现在却成了死局。想到接案子时那么多人打电话，安律师理解他们，他们都是普通农民，承受不了那么大压力。

刚开始，安律师觉得这是裴学锋搞的假案。从刘根生提供的情况看，又觉得是蓄意报复案，裴学锋不是过失伤人，而是故意伤害。能把案子推翻重审，说明后面不止一个老裴，还有懂法律的人出谋划策。

杨伯峻看到不能突破，在屋里转来转去，忽然问：不是说外面还有两个抬过担架的吗？

曹志军说：他们俩胆子更小，都是前怕狼后怕虎。有一个在县城私立中学看门房，叫刘立成，是刘大计的爹，刘玉凯的侄子。你开村民大会他本来回来了，想参加会，在家里犹豫半天不敢出来。

杨伯峻问：选举呢？

曹志军说：选举他也回来了，他老婆不让他来。咱们让刘大计当会计，他还不让当，说怕给家里惹是非。

杨伯峻想了想，说：他犹豫就是有话要说，很可能就是一个突破口。他不敢出来，咱们明天去县城找他！

第二天，韩小实开车，让刘大计领着去县城。

刘大计很兴奋，刚进县城就给刘立成打了电话。听到儿子来了，刘立成从宿舍跑出来，看到车里下来的是几个干部，笑脸慢慢收回去。杨伯峻走上前说：我是咱们村扶贫工作队的杨伯峻。

刘立成说：我知道你，杨局长。

杨伯峻开玩笑说：知道怎么不请我们进屋，不欢迎？

刘立成说：不是不是。我知道你是好人，进来吧！

进到屋里，刘大计说：爹，杨局长跟县委蔺书记是哥儿们，他俩一个级别，都是县级领导。要不是工作队来了，韩小实当不了支书，我也当不了会计。

杨伯峻摆摆手，说：我们这次来，是想跟你了解情况，希望你能支持。

刘立成笑容消失了，有些拘谨不安。这是个五十多岁的汉子，脸色黧黑，脸上皱纹密布，两手满是黑褐色的纹络和膙子。他垂手站在那里，杨伯峻请他坐，他看了看凳子坐下，两手交叉放在腿上，背挺得笔直，腿不由自主地抖动。杨伯峻介绍说：这位是安律师，市磐石律师事务所所长，市里评选的十大律师。

刘大计补充说：也是县级领导。

刘立成站起来，朝安律师躬了躬身体，返身时瞪了刘大计一眼。

杨伯峻说：你坐。他又坐下去。

安律师说：我们是为刘根生的案子来的，当年你们抬着刘根生去乡医院，后来县公安局找你们做过笔录吧？

刘立成问：啥叫笔录？

安律师说：就是让你们做证，你们都写了证词。一年后你们又做了一次证，把证词的内容改了。第一次做证是你自己写的，有签名，有手印。第二次证明是别人写的，也有你们的签名和手印。

刘立成点点头。

安律师问：两次签名都是你自己签的吗？

刘立成说：是。

安律师问：为什么两次内容不一样，到底哪个证词是真的。

刘立成沉默了几秒，说：第一次。第二次证明是假的。

安律师和助手坐直了身体。安律师问：第二次为什么是假的？有人强迫你吗？

刘立成说：那时谁敢说真话？有了工作队才敢说。我回过村里几次，就等着你们找我，我自己不敢去村委会，怕他们知道。

杨伯峻松了口气，问：当时谁强迫你们？

刘立成说：也是个律师，姓雷。他说这案子上级说了话，要重查。我们听出老裴在上面找了人，雷律师拿出证词让我们按手印。我们不按，也不敢说不按，说要再想一想。雷律师不停地讲大道理，说要服从领导，服从县里大局。领导关心肯定有原因，上面定了你们扛着也没用。我们低着头不说话。过了好长时间，有人说饿了，要回去。雷律师说，不签字的不能走，签了字，按了手印我请你们吃饭。几个人你看我，我看你，都不想签。他不停地催，有人被逼不过，站起来气冲冲地签了。看见一个签，别人也跟着签。我是最后签的，别人都签了，我不签也不行。从那以后，刘丙瑞再不理我，刘家好些人也不理我。我找雷律师想把证词改回来。雷律师骂了我一通，说，证词早交上去了，你以为想改就能改？你改来改去，没一个人说你好，里外不是人。

杨伯峻说：还有良心呢，良心能好受吗？

刘立成说：要不我几次回村呢，你们一来我就打听消息，等着你们找我。这几十年我没一天好受过，好像有一把剑，刺在心里。那天我们本来一直顶着，雷律师说，韩庆全一家都改了证词，你们还在这里犯傻。我不信，说他们改了，不可能吧？雷律师拿出韩庆全和韩俊花写的，我们顶不住了。韩俊花自己说不是强奸，我们说强奸有什么用？黄兴义先签的，他签完别人也跟着签。签完字又按了手印，每人给一百块钱。那会儿干一年也攒不下一百，领完钱还请我们去乡里吃饭，我们都吃了。不吃白不吃，咽着泪吃的！

安律师递给他一沓纸和钢笔，问：能不能把刚才说的写下来？

刘立成说：能。他拿起笔很快写好了。写完看了一遍，又改了几个错字。他说：我愿意写，写了签字、按手印都行。不过，你们最好给我保密，谁都怕他们。

杨伯峻说：刘铁山都抓起来了，怕什么？

刘立成说：裴家的后台不止刘铁山！

刘大计说：越怕，他们越欺负人。

杨伯峻说：他们下场比刘铁山好不了。再大的苍蝇，也是苍蝇！又问：你跟黄兴义几个关系怎么样？

刘立成说：能交心。工作队来，是他告诉我的。

杨伯峻说：你跟他们通个消息，把今天的情况告诉他们。

看到刘立成答应了，杨伯峻站起身说：想不到你们这么胆小。

刘立成犹豫了一会儿，说：谁都胆小，这个村没不胆小的。你知道刘玉柱吧？

杨伯峻想起刚来时去过刘玉柱家，问：是不是那个一身伤疤的老人？他说他身上开着花，我们听不懂，后来知道他有一身伤疤。

刘立成说：那是打的。我们村山上有铁矿，早先是国营的，后来卖给了私人。

杨伯峻看着他。

刘立成说：那个矿品位不高，后来说里面含一种稀缺元素，价格一直往上涨。县政府发了公告，禁止私人开采，山上的人仍然不停止！他们在坑道用的木材是从周边山上砍的，十几年前有人告他们盗伐林木，省林业厅来查过，没有下文。村里人都气愤，又给省领导写了信，这一次告的是非法采矿。省领导批给了一个啥厅来着？

曹志军说：国土资源厅。

第十五章·韩庆全

刘立成说：对，是国土资源厅。厅里发了五个停产通知，他们还开采。

曹志军说：当时看坑口的人说，有本事你们告去！看你们本事大，还是我们本事大！

杨伯峻问：后来呢？

曹志军说：村里人后来又给省领导写信，已经退休的谭县长帮把信送到省里。省里派来了由国土资源厅、环保厅、林业厅组成的联合调查组，还有电视台和报社记者，摄像机把矿井里面都录了，在全省曝了光。省政府跟着下发了停产通知，消息登了报纸，上了电视，各大媒体都有。

刘立成说：那会儿领头告状的就是刘玉柱，老党员，当过副村长。村里人看了电视到他家庆贺，有人把消息透给了老裴。几天后刘玉柱到月亮湾赶集，走到一个玩具摊前拿着坦克问，多少钱？

摆摊的说：五块。

刘玉柱想给孙子买一个，掏钱时旁边的人故意顶了他一下。他从地上爬起来，问：你干什么顶我？那人脸上有一道疤，说：你碰我干什么？刘玉柱说：明明是你把我顶倒了，怎么成了我碰你！那人说：就算我顶了你，怎么着吧？

刘玉柱想跟他理论，扭头一看，四五个汉子朝他围过来，刘玉柱说：算了。

带疤的说：你算了？我还不算呢！你叫我一声爷爷就算了！

刘玉柱说：小伙子，我最少比你大三十岁，叫你爷爷你敢答应吗？

带疤的说：敢，叫吧！刘玉柱想离开，带疤的一把把他拉回来。刘玉柱说：你把我顶倒了，我算了，你还不干！有你这么不讲理的吗？

带疤的说：你打听打听，我老疤什么时候讲过理。一拳打在他脸上。

刘玉柱被打蒙了，嘴里有东西。一吐，是一颗牙。再吐，是鲜血。他赤手空拳，从地上抄起一条枪，还没有来得及还手，旁边四五个汉子一起围过来，把他手里的枪抢下来。那条枪是塑料的，没什么用。

村里赶集的赶过来劝架，带疤的一手叉着腰，一手指着他们说：给我滚远点儿，多管闲事连你们一块儿揍！

有人低声说：这是有名的疤哥！周竟的亲戚，身上好几条人命呢！人们都不敢上前了。

四五个人围住刘玉柱，你一拳我一脚。刘玉柱抵挡了一会儿，终究年纪大了，被他们踢倒在地。想爬起来，疤脸一只脚踏在他身上，手下人拳脚像冰雹一样砸在他身上。

刘玉柱双手抱着头蹲在地上。他想：护住头，不能让他们打死，打死就没处说理了！打了一会儿他昏过去，两只手松开了。

有人喊：别打了，再打出人命了！

疤脸又踢了他几脚，把五百块钱摔在他身上，说：再多管闲事打出你肠子来！

村里人上前把他扶起来，他站不住，头晕，眼睛什么也看不清。脸上的血和泪流在一起，他觉不出疼痛，只觉得全身上下发木，胳膊、腿不是自己的。他的魂魄飘移到了身外，好像在天上。刘家世世代代没遇到过这样的事，当年土匪只是抢东西，没这么殴打过。

村里人扶着他回家时，我也扶着他，觉得心里憋得慌，自己没出息。每个人都觉得羞愧，我们眼睁睁看着一个秉持公理的人被殴打，自己不敢站出来！都恨自个儿窝囊！

在家养了半个月伤，刘玉柱到乡里、县里告状，他脱下衣服让人看他胸前、后背的伤，伤疤一个挨一个，像一簇簇花朵。接待他的人都不好

第十五章·韩庆全　　639

意思，他不讲述人家也知道怎么回事，带疤的人有什么后台，人家知道，他自己不知道。接待的人低着头记录，完了让他签字，几天后再去问，人家都躲了。

他县里、市里都告了，没结果。想再告，家里人说：算了，告也白告。他说：就白让他们打了吗？家里人说：不白打咋办？刘丙瑞告了多少年，告出啥结果了？他想了几天决定不告了，山里的事也不管了！

从那以后没人敢议论山上的事，不论山上发生什么，都当没看见。山上粗一点儿的树被砍光了，没人管，没人问。他们连山上两个字都不愿说，非说时就往上指一指，要不就指指老裴家的方向。

山上停工了半年，又开始挖。时不时能听到放炮声，拉矿石的车在山路上穿来穿去，矿老板打算修一条小铁路，把挖出来的矿石用轨道车送到山下。来拉矿的都是十几个轮子的重型卡车，进山的路被压得坑坑洼洼，各村有意见，人家敢议论，插剑岭人不敢议论。没人愿意像刘玉柱那样挨打。

不知道山上什么时候停产的，村里听不见炮声了，也没人到山上看。除了孩子，很少有人上山，就是孩子们上山，大人也再三嘱咐躲着矿上的人。你问我们为啥这么怕，我们不想跟刘玉柱一样，挨打不怕，挨了打没处说理，这才怕。

刘丙瑞告了多少年，有什么用？我们几个早商量了，就看你们来不来县城找我。你们来，就是真心想给老百姓做主。不来，我们说了也没用。

杨伯峻拉着他的手，说：我明白了。你放心，工作队就是给老百姓做主的，我们也想好了，你今天要是还不说，我们就去市里找另外一个。你们有委屈，就是我们的委屈。你们受欺负，就是我们受欺负。

刘立成两手抱拳,给他道谢。杨伯峻跟刘立成握了手,留下刘大计照顾老爹,自己带着安律师等人返回村里。

晚上,杨伯峻让曹志军把黄兴义叫来。这一次黄兴义主动说了经过,他说:我知道刘立成要跟你们说实话,韩庆全家改了,我们咋能不改?人家才是受害者,我们这里替他得罪人,他却跟刘根生变了脸。雷律师给了我们一百块钱,给了他多少谁知道?

抬过担架的几个都重写了证词,说:我们知道早晚有这一天,时候不到,着急也没用!

送走他们几个,安律师松了口气,说:案子总算有了突破。

杨伯峻说:咱们再找韩庆全,他才是关键。

安律师要去韩庆全家,曹志军说:我跟你去!

韩小实说:我也去,人多了声势大!

杨伯峻想了想说:都别去了,把韩庆全叫到村委会,省得别人干扰!

9

韩庆全家原来有一条狗,死了。韩庆全说不养了,韩俊花没狗夜里不睡,韩庆全老婆只好又抱来一条小狗。

狗招跳蚤,韩俊花被咬得满身疙瘩。狗大了,她天天在狗窝前说都是我害了你之类的话,把狗当成了刘根生。韩庆全怕跳蚤,躲到外面睡。听说沟底建养牛合作社,他也想参加。裴庆心里腻歪他,没答应。正想找韩小实,听见曹志军隔着墙喊他,说韩小实让他去村委会。他还以为是说养牛合作社的事。

进了村委会，看到两个陌生人在。安律师已经来了几天，没人告诉他。曹志军介绍说：这就是韩庆全，韩俊花的爹。听曹志军说韩俊花，他知道坏事了。村里没人提韩俊花，提她都是为过去的事。

安律师给他讲了有关法律知识，又讲了刘根生案子的情况。他有些紧张，两只手抠裤子上的窟窿。杨伯峻说：安律师来是为搞清真相，以前说错了没关系，现在按事实说就行。

韩庆全想站起来，杨伯峻手一压，给他讲了一番政策，他又坐下了，两眼不停地眨。

安律师说：你回忆回忆当时的情况！

他低着头想了半天，说：想不起来。

安律师的助手说：这种事能想不起来？这是关系你女儿名誉、命运的事，怎么会想不起来？

安律师摆手：让他慢慢想。

他低着头，脸憋得通红。安律师数他额上渗出的汗珠子。小汗珠像魔术一样慢慢变大，再汇集到一起，一滴滴流下来。

杨伯峻嘱咐梅长风，安律师问话时别插话。看到韩庆全的样子，梅长风忍不住说：擦擦汗。递给他一张餐巾纸。

韩庆全更慌了，接了餐巾纸一脸无望地说：你看我这记性，咋就想不起来呢？

杨伯峻说：不可能想不起来，一个闺女让人家糟蹋了，你能忘？你是她亲爹不？你这个闺女快五十了还跟着你，你们心里好受？我们知道她嫁过人，后来离了。这是怎么造成的，你心里没个数？

韩庆全一只手捂着脸，脸上的五官七扭八歪。他说：我不是好东西！刚说了一句，忽然不说了。怕说漏了嘴。

安律师有经验，引导他说：那天你怎么知道出事的？谁告诉你的？

韩庆全说：我背着一口袋麦子去磨坊。磨坊是刘丙瑞开的，我把麦子放下，去供销社跟人聊天。待了一会儿听见外面喊，出人命了！

奔出去听说是俊花，赶紧往家跑。进了院，见俊花蹲在地上一边哭一边吐，早晨吃的都吐了。我扶她，她指着地上的刘根生说：快救根生哥！

刘丙瑞怀里抱着根生，一连声地喊人。根生身上都是血。村里人都来了，有人叫来老郎中，老郎中给他敷了药，说：赶紧往乡医院送，晚了来不及了！

卸了我们家的门板把根生放在上面，几个人抬着往乡里跑。我跟了几步，他们让我看俊花。我有一个儿子，一个闺女。不待见儿子，闺女就是我的命根子。村里人说我闺女长得俊，待人也仁义，谁能娶她是一辈子的福气。

刘丙瑞家跟我们前后院。两个孩子同岁，从小到大跟亲兄妹似的。刘丙瑞嫌我们家是地主，不同意，就这么把孩子耽误了。说到这里韩庆全不说了，沉浸在回忆中。

安律师问：后来呢？

他说：我一想起刘丙瑞就恨，要不是他，两个孩子成了多好。什么都不怨，就怨他。他们家红，看不起我们。

安律师打断他，问：派出所找你调查过吗？

他说：来过。

安律师问：你当时怎么说的？

他沉默了一会儿，说：忘了。

安律师说：我看了你写的证词，你写的那些，是韩俊花告诉你的？

他说：是。

安律师说：韩俊花也写了证明，跟你写的一样。韩俊花正在家里梳头，裴学锋进来了，要糟害你闺女。你闺女反抗，大声喊。刘根生听见喊声来了，跟裴学锋打起来。对不对？

他不言声。

安律师说：这是你亲笔写的证词，还签了名。韩庆全三个字写得挺清楚。

他低着头，不知道怎么回答。要说对，安律师必定问他为什么把证词改了。他用手捂着脸，不想让安律师看见。

安律师说：韩俊花跟你写的一样。案子到了县里，你的证词就改了，成了裴学锋跟韩俊花搞对象，刘根生也想追俊花，两个人因为吃醋打起来。韩俊花跟你改的一样。你跟我们说说这是怎么回事。你什么时候改的？怎么改的？

安律师每问一句，他脸抽搐一下。他捂着脸，仍然抽。过了一会儿安律师又问：你后来日子过得怎么样？

他说：烂糟糟的。

俊花嫁出去不到三天，米家洼那边把她送回来。半个村的人看热闹。他在街门口拦着，不让闺女进门。米家洼的人说：你闺女我们送回来了，你不要，就让她在当街站着。说完扭身要走。他拉住，说：我闺女是明媒正娶的，凭什么刚过门就送回来？她干下啥丢人事儿了？

米家洼的人说：我们娶媳妇干啥？传宗接代！不传宗接代要她干啥？

他说：才过门，咋知道不能传宗接代？

米家洼的人说：问你闺女去，说了我替你脸红。他松开手，看着米家洼人一路走远。

他回身进了门。俊花站在街外，手里提着个包袱。他不说话，俊花不敢进家。他坐在炕上一直抽烟，想这是咋回事？米家洼那边是不是因为裴学锋？他们说俊花不能传宗接代，难不成裴学锋把她糟蹋了？

老婆悄悄把俊花接进家。他想骂人，想打人。闺女受了委屈，再打骂不是往死里逼她？他让老婆问咋回事，闺女除了哭，啥也不说。

第二天媒人来了，说米家洼当初给了三万块钱彩礼，加上买东西一共花了三万八，人家让我来要！

他说：人娶走了，还想要回彩礼？

媒人说：人不是给你送回来了？总不能让他们人财两空吧？

他说：这就奇怪了，我闺女好好嫁过去，凭什么送回来？

媒人说：你是真不知道，还是装糊涂？你闺女嫁过去不跟人家同房，腰里扎了三根裤腰带，还揣着剪子。人家娶的是媳妇，不同房叫啥媳妇？教堂里的姑子嫁人都不像她这样！

他怔在那里，怪不得说不能传宗接代。

媒人把三万块钱和送来的东西拿走了。俊花一连几天不说话，娘问什么都低着头，问多了就哭。有一天她娘问：那天你是不是吃了亏？她知道娘问的是什么，不言声。她娘又说：裴学锋要祸害了你，咱不能饶了他！

她听了这话抬起腿往外跑，她娘在后面喊了几声由她去了。过了一会儿听见外面喊：有人跳井！他头皮炸起来，趿着鞋往外蹿。她娘跟在后面。赶到井边，俊花已经捞上来，旁边的杜存喜和碌碡在喘息。俊花湿透了，脸上挂着一缕缕头发，从上到下滴答水。她娘抱着她一连声地喊：好闺女,娘以后不问你了!你咋这么想不开呀!

他说的这些不是安律师要问的。案子的关键是,裴学锋跟韩俊花是不是恋爱关系,刘根生是不是见义勇为,他跟韩俊花为什么改了证词!

一到这个关节他就不说了。安律师见过证人犹豫、反复,到他这个程度的也少有。是害怕还是另有隐情?怕的又是什么?看到问不出来,杨伯峻让曹志军先把韩庆全送回去,说:一时想不起来没关系,明天接着谈。

韩庆全低着头走了。

杨伯峻在屋里来回走,想怎么办,村里有没有能跟他说得上话的,请他们做做工作。韩小实说:没人跟他说得上话,压根儿没人理他。按说,他过去跟我借过钱,我刚才给他做工作也没用。

这个工作不该让村干部做,杨伯峻想起黄兴义和刘立成,他们更有说服力。晚上,他带着梅长风去了黄兴义家,黄兴义说:我试试吧!不一会回来了,说韩庆全低着头什么都不说。

杨伯峻和梅长风又去找刘立成,刘立成说:看见这种人我心里有气,不想理他。

杨伯峻说:想想刘根生和刘丙瑞,你就愿意去了。

刘立成说:领导让我去,我去,就怕我憋不住骂他。

过了好长时间刘立成才回来,说:这小子根本就不叫人,我把他骂得头都低下了,还是不说。还跟我说,他家的事不用我管。这是什么东西!

10

第二天韩庆全一早来到村委会。工作队和安律师正吃早饭，杨伯峻让他吃饭，他说在家吃过了。搬了一个凳子，坐在一旁。

安律师递给他一支烟，他接过来点了，他戴了一顶蓝帽子，帽檐中间往下塌。嘴里的烟冒出来被帽檐挡住，眼睛流了泪，是被烟熏的。

吃完饭把他领到办公室，安律师给他倒了一杯水，他几口就喝了。看起来他比昨天放松，也许黄兴义做工作起了作用。杨伯峻问：回去想了一夜，想起来了吗？

他摇摇头。

他能主动来村委会，还算有进步。安律师想迂回一下，说：再跟我说说你家的日子，后来的生活好吗？

韩庆全低了头，好长时间不说话。抽了半支烟，他接着往下说。

韩俊花一跳井，井里的水不能吃了，村里人人恨他。有人当面骂他缺德，说地里十几口井怎么不去跳，偏要在村里跳。也有人叹息，说韩俊花毁了！这比骂他还难受。

再没人给他们提亲了。后沟光棍儿不少，瘸腿的、瞎眼的，他们都肯娶，就是不娶韩俊花！说不想有这么个老丈人。

一天，韩俊花路过刘丙瑞家。刘丙瑞正在市里上访，家里只有刘根生娘儿俩。俊花想进去看看，站在门口迟疑着。刘丙瑞老伴见她来，扭身躲进了西厢房。她心一横走进家里，见刘根生靠被垛坐着，白白胖胖的像个大娃娃。她情不自禁地喊了声：根生哥！上前拉根生的手，没想到刘根生一下倒了，嘴里一个劲儿喊叫。她想把他扶起来，怎么也扶不起。根生围着的被子散开，下体露出来。这不像男人的东西，像一截肠子。再往下看，屁股上糊的到处是屎，还粘在了那截肠子上。大人的屎跟孩子不一样，一股腐败味儿。

她愣住了，刘丙瑞老伴走到她身后，一开口吓了她一跳：看见了吧，他天天就这么活着。不是他，你就让裴学锋糟蹋了！

她跳下炕，想走。

刘丙瑞老伴站在门口堵着她：你说你跟裴学锋搞对象，他为了争你跟裴学锋打架。你啥时候跟裴学锋搞过对象？亏心不！我们哪里对不起你了？让你这么害他！

刘丙瑞老伴质问一句，向前跨一步，白发像通了电，根根竖起来：你这么缺德就不怕遭雷劈？夜里走路，没看见厉鬼跟着你？恶鬼都恨你这样的，说你是人高看了你，人里没你这样的。你等着，我早晚有死的一天，刘丙瑞也有死的一天，死了哪儿都不去，就住在你们家。你家的柜子里、灶火旁边、被窝筒都是我待的地方，我让你几辈子不安生，不信你等着！

刘丙瑞老伴哆哆嗦嗦伸出手指，手指头瘦硬干枯，上面布满皱纹，指甲老长，藏污纳垢，黑黢黢的直指眼窝。她想解释，刘丙瑞老伴一阵破口大骂。她哭着跑回了家。到了家躲在墙角打哆嗦。她娘问她怎么了，她不说。娘给她熬了一碗红糖水，红糖是刚买的，用红糖水沏鸡蛋补人，慈家老爷子天天这么喝。她娘一口一口喂她，好半天她才哭出声来。她跟娘说了在刘家看见的情形，说：怪不得天天有东西跟着我，是鬼报仇来了。她抱住娘说：你看，门口有个黑影。

她娘回过头问：哪儿？

她说：一闪就不见了，肯定是来听咱们说话的。要不我嫁给刘根生吧，不嫁他饶不了我，就是他饶我，鬼也不饶我。你看，鬼又来了。

她抱住娘，娘也抱着她，娘儿俩抱着哭。

傍晚，韩庆全从地里回来。俊花娘问：该不该让俊花嫁给根生？

韩庆全骂道：说啥胡话呢！人家肯娶吗？这会儿他们不是想娶她，是想把真话问出来。我能说吗？我说了，县里人信吗？裴家能饶了我吗？

俊花娘把这些话说给俊花，她再不跟娘说话了。她跟狗说话，跟猫说话，地上有一个蚂蚁，她也能唠半天。有时看见娘听她说话，她抱起狗走开了。

安律师用眼神鼓励韩庆全说下去。

韩庆全说他请过好些人给俊花看病，请碌碡，碌碡说看不了。请老郎中，老郎中说：这不是郎中能治的病。

他问谁能治？

老郎中说病从哪儿得，就从哪儿治。让她得病的人就是治病的。他说不清谁让俊花得了病，裴学锋？还是刘根生？

俊花的病一时重一时轻，轻了能帮她娘做针线活，补着补着裤子，说这条裤子根生穿着合适。她娘不能劝，一劝又开始胡说了。容易市的医院也去了，药挺贵，吃了不管事。县中医院有个翟大夫，吃了药见效，停了药就不行了。一服药三十块钱，他们吃不起。实在没办法只好去沟底请神婆子。

裴学锋在沟口开舞厅，沟底的李秀香跟一个外地老板好上了。公安查舞厅，李秀香一夜不见了，有人说跟着老板去了南方，有人说死了。她娘疯了一样到处找，找着找着开了天眼，身前五百年，身后五百年的事都能看见。

村里原来没人信，怪的是她给人看病比慈家还灵，你的病咋得的，啥时候能好，说得清清楚楚。有人说这是腊梅的太姥姥转世了。

韩庆全领着俊花去了她家。她让俊花坐在屋中间，前后左右都点上香，她闭着眼对着俊花念叨，身上一哆嗦一哆嗦的。她说天上有个神仙看上了俊花，要下凡，玉皇大帝不许，那个神仙没事就在这一带天上飘！俊花的魂附不了体，又上不了天，在半空飘着。

韩庆全问咋办？

她说：我法力小，跟玉皇大帝说不上话，不过我能请山神给玉皇递话，山神一年见玉皇一回，你等着吧，他从天上回来俊花就好了。这一年不能得罪山神，多敬山，少上山祸害。

安律师问：后来呢？

韩庆全说：过了半年多，俊花真比以前好了。发疯少，跟她娘能唠半天。

安律师不无嘲讽地说：那就再找神婆子，让山神多跟玉皇说几回。

韩庆全说：不行。李秀香的娘在山上摔了个跟头，天眼又闭上了，再找不灵了。

安律师说：神婆子看不见，我能看见。我告诉你咋回事。

韩庆全抬起头看着他。

安律师说：那天在你家发生了什么，你闺女跟裴学锋是不是搞对象，刘根生怎么救了她，你跟我们说清楚。你没说假话，玉皇知道；说了假话，玉皇也知道。你给刘根生一个公道，你闺女的病就能好。老郎中说得对，病是从哪儿得的，就从哪里治，你想想是不是这个道理？

韩庆全伏下腰，两手抱着头。安律师看见眼泪落在地上，地砖一会儿湿了。过了好半天他说：我不瞒你，全告诉你吧！

那人也是个律师，姓雷。他找韩庆全不是为案子，是给俊花介绍对象。我问介绍哪里人。雷律师说是米家洼的。

介绍的那个后生个子矮小，像个病秧子。家里出了大事，我哪还敢再挑人，不缺胳膊少腿就谢天谢地了。相亲后一连好几天没音信，我找雷律师。雷律师说：男方问题不大，就看你的了。

我说：我也同意。两家下了定金，彩礼多少都定下来，我就踏实了。

雷律师说：你原来打证明说裴学锋糟蹋你闺女，刘根生去救她，这么打不行。

我问：咋不行？

雷律师说：你想想，谁愿意娶糟蹋过的。

我说：他想糟蹋俊花，刘根生来了，救了她。

雷律师说：你那么说，人家要往深里想，还是以为糟蹋了。这证明你得改！

我说：不行，刘根生是为救俊花，咋能改！再说证明早交了，想改也改不了。

雷律师说：你答应改就能改。我是律师，法院有咱们的人。

我没答应。

雷律师说：你证明刘根生见义勇为，他也站不起来。改了能救你闺女，总比两个人都毁了强。

我站起来，要往外走。

雷律师又说：刘根生救俊花是想让她过好日子，你说对不？

我说：这事村里人都知道，抬着刘根生去乡医院的就有七八个人。

雷律师说：只要你改，我有办法让他们改。你都改了，他们凭什么不改？你才是韩俊花的爹。

我良心过不去，再说也太便宜裴学锋了。

雷律师说：你改了能救两个人，裴家也感谢你。老裴是支书，在村里能罩着你，有好处都是你的，谁也不敢欺负你。

我站住脚，回身看着他。

雷律师又说：老裴答应给你三万块钱，我让他再多给点儿，五万怎么样？村里谁家能拿出五万来？这么好的事你还犹豫什么！这是老天给你家的机会，你放过就太傻了。

我教了十几年书，不会写字了。写几行错了，撕了重写。再写几行，又错了，再重写。写了好几遍写对了，骂自己是王八蛋。

过几天雷律师又来了，说光你改不行，俊花也得改。我跟俊花说，俊花不肯。我只好天天跟俊花唠叨，把雷律师的话学给她。俊花后来也改了，雷律师给了我五万块钱，嘱咐我不要说出去。说出去老裴饶不了我。

安律师问：钱还在吗？

韩庆全不说话。

安律师说：这也是证据。

韩庆全说：钱没了。

安律师问：花了？

韩庆全哭了，说：钱我怕别人知道，塞进了墙缝里。我不想看那些钱，看了心乱。俊花疯了后我想起这些钱，想拿出来给她治病。钱是闺女的，得花在闺女身上。没想到，没想到……他失声地哭。

安律师问：怎么了？

他说：没想到让耗子咬烂了！商店，信用社都不收，废了！韩庆全失声痛哭。

安律师想踢他一脚，忍了忍没下手，从包里拿出一沓稿纸，说：把你刚才说的都写下来，一句别落！

韩庆全没动。

安律师没催他，只是等着。

过了半天，韩庆全还不动。他不像在平复情绪，倒像是犹豫。安律师说：把你说的记下来，良心就安宁了。以前写假话老写错，写心里话不费事，按着心里想的写，对得起救过你们的刘根生！你还有什么顾虑的？

韩庆全说：闺女疯了，钱废了。村里谁都看不起我，贫困户都不评我。

安律师说：这叫遭报应！你还犹豫什么？

过了半天，韩庆全抬起头问：白写吗？

安律师怔了一下，忍不住发了火：你他妈什么意思，想让我给你钱吗？白日做梦吧！我是有良知的律师，事实不是用钱买的。你刚才说的我都录了音，不写也抵赖不了！

韩庆全无奈地看了看安律师，只好低头写。

证词终于拿到手，安律师觉得这一次没白来。插剑岭是个多复杂的地方，有你想不到的，没有它不会发生的。他克制着厌恶把韩庆全送走。

回到办公室他无端地想吐，杨伯峻走到他身边，扶住他的肩膀。他说：上亿的案子我都办过，从来没有对人性丧失信心。

杨伯峻说：今天也别丧失信心！

安律师说：我觉得恶心！

杨伯峻说：这就是人生。人一生什么都得经历，最终看到良知就是最好的结果了！

16 · 第十六章 承包人

1

裴学锋一进院就喊：老叔，我回来了！

要以前他早就来看老裴了。这次放出来是周竞找的关系，他先去看周竞，周竞嘱咐他：去看看你老叔。他答应着。听说村里来了两个律师，才来了。

老裴站在院里发呆。他整天不出院，也不跟人来往。听见侄子喊，扭头往里屋走。裴学锋跟在后面，进了屋垂手站在一旁说：他们问我，我什么都没往外说。

老裴想骂他一顿，忍了。那天跟周竞商量，要相互配合一起告状，裴学锋回来得正是时候，他离不了这个侄子。

裴学锋又说：我跟公安局说，我看不惯刘会计，想教训教训他！问我账本在哪儿，我让桂芬给了他们。

老裴"哼"了一声，说：以后动动脑筋，少惹事！

裴学锋说：咋是我惹事？是刘会计想害咱们。

老裴闭着眼听，后悔那天打了裴学锋一耳光，反而把事情弄坏了。他问：周竞跟你都说啥了？

裴学锋说：让我有事多听你的。又说上面要提拔杨伯峻，让咱们行动！

老裴想，杨伯峻一提拔就离开了，我巴不得他能提拔！说：行动啥？甭听他的。

裴学锋知道他怎么想的，说：村里来了两个律师。

老裴抬起头看了他一眼，问：啥时候来的，我不出门，不知道。

裴学锋说：来了好几天，找了好些人，这两天正找韩庆全呢！

他问：你听谁说的？

裴学锋说：律师就在村委会住着，天天叫人问话。把几个抬担架的都找了。

老裴想，这不是小事。现在他下了台，还能在家里待着，吃老婆做的饭，真把案子翻过来，连家里的饭也吃不成了。

不过他也不怕，他倒霉，有比他还倒霉的，顶多一起落网罢了。他说：韩庆全胆小如鼠，谅他不敢胡说八道。

裴学锋说：有工作队在，没胆子的也有胆子了。

老裴突然发了火：你不是有能耐吗？不是不吃亏吗？你的能耐哪儿去了？这会儿跟我说有什么用，我能把韩庆全嘴堵住？裴学锋脸涨得通红，低头听他训斥。

算算你这些年给我惹了多少事，不是你，我能走到今天这一步？算了，我管不了你，你爱怎么着就怎么着吧！

裴学锋让他骂出一身汗，心里明白，他这是急了，捅到了他肺窝子上。他说：甭指着杨伯峻能调走，他调走，工作队还在，再来一个说不定比他还难弄。

老裴不言声。

裴学锋又说：周竞说咱们不能死等着，该有点儿行动。

老裴说：你还是先把自己的屁股擦净吧！

裴学锋说：擦不净，能擦净就不怕他们了。他试探着问：要不，我找一趟韩庆全？

老裴说：你看着办。我老了，以后的事都靠你自个儿。我还能活几天，怕不着他。

裴学锋站起身：老叔您歇着吧，我走了。

看着裴学锋的背影他想骂街，骂给谁听？他想起了腊梅，以前有了难事跟腊梅商量，现在跟谁商量？这个世界没有可依靠的。周竞也不是东西，光指使别人，自己躲在后面。

县里人说周竞是个洗肠子的，老婆的手在水里泡烂了。他当时看不起这个人，周竞附在耳边说能把案子翻过来，他不信。哪想到一个洗肠子的这么大本事，裴学锋真出来了！

他到县里请周竞吃饭。周竞说：我请吧！饭还没吃完，就让司机把账结了。

他真感动了，主动邀请周竞承包荒山。周竞大笑，说：你们山上那个矿井，我准备买下来，还想再开两个矿井，不过你记清楚，这事跟我没关系！

眨了半天眼，他才反应过来，说：谁干都是支持插剑岭发展！

几天后，勘探队去了。村里人问：咱们啥时候把山包出去的？村长黄兴旺问他咋回事。他说：我不知道。

黄兴旺说：那不行，我去把他们赶走！

他又拦住，说：别急，我打听打听情况。

他去了县里，问：我们山上咋回事？

周竞反而疑惑：怎么了？

老裴说：合同还没签呢，怎么就在山上施工了！

周竞说：那天不是说好了吗？

老裴说：总得有个合同呀！

周竞说：合同顶屁用，你是支书，你的话就是合同。

老裴说：那也要有个条文，不然乡里知道了不干。

周竞说：乡里我负责。我那天跟你说过，这不是我的事儿，我不知道让谁跟你签合同。你要是怀疑，我带你去见见刘书记。

他问：哪个刘书记？

周竞说：刘铁山呗！

老裴眨了眨眼：莫非是刘书记的？

周竞说：我没那么说，让你认识认识，以后好支持你工作。

他不知道是喜是悲，跟着周竞去了。县委大院太大了，走了半天才走到县委办公楼。这是他第一次见这么大的官，周竞带着他穿过前楼，他才知道后面还有一个楼，那才是大领导办公的地方。

进了书记办公室，刘铁山站起来跟他们握手。那手好宽大，好暖和。刘铁山说：听说插剑岭搞得不错。他听了一下放松了。

刘铁山问插剑岭的情况。他说：我们是穷村，十年九旱。原平县第一个支部是在我们村建的，老百姓太穷，穷了才革命。现在，我们懂得了靠山吃山，正在开发荒山。

他想试探刘铁山的反应。刘铁山打断他，说：插剑岭过去穷，革命精神在。不能把革命精神丢了。周总你是本县的企业家，要多帮助插剑岭。

周竞说：是是。

刘铁山又说：我还有个会，不跟你们聊了，还有别的事吗？

周竞说：没有，就是带着他来认识认识您。说完他们离开了。

想了好几天，他才明白周竞是借刘书记压他。腊梅说：他能借刘书记的力，你为什么不能？这是好事！

他想，腊梅说得对。一个月后他又到了县委大院，门卫拦住他，他说：我是插剑岭的裴震山。门卫打了个电话他就进去了。

后来他不去办公室了，直接去刘书记家。一个村支书能在县委书记

第十六章·承包人

家出出进进，县里很快传开了。乡领导见了他明显比以前热情，什么事儿都好商量了。

山上的事没人再问了。没人知道他跟周竞怎么回事，也没人追问裴学锋为什么能放出来。村里人见了都讨好，不会讨好的也躲着，人们说这是有大本事的人，谁也不敢惹他。

裴学锋比他还牛，威风盖过村长。人们说插剑岭是裴家的，老裴将来不当支书也是裴学锋当。这个侄子比他敢干，手段比他还狠！

哪知道短短几年来了工作队，村里变了！裴学锋说得对，不能指着杨伯峻调走，新调来的一样难弄。他们不能忍，这是你死我活的时候，忍也忍不下来。

2

拿到韩庆全的证词，安律师又把韩俊花叫到村委会，引导她回忆那天的情形。刚说几句她就显出惊恐，一点点往外退。退到院外，听见声音又吓得往屋里跑，外面晃动的人影、走过的牲畜、飞的苍蝇、爬的蚂蚁都成了厉鬼，到处跟着她。她尖叫一声缩到墙角再也不动了。安律师只好让村干部把她送回家。

安律师说：可惜，一个好好的人。

杨伯峻说：愚昧害了她。

安律师说：她爹写证词还想跟我要钱呢，愚昧到什么程度！

游锡五第一次来插剑岭是什么样？杨伯峻看过一张老照片，十几个人挤在教堂大门前，有老有小还有女人。穿得破破烂烂，腰里扎着草绳。

一个老人衣襟上挂着棉花，眼神空洞。他们麻木，愚钝，却不会有韩庆全这样的念头。前者愚昧得单纯，后者愚昧得复杂，是进步了，还是退步？阿Q都比韩庆全强！

安律师想起刘根生说的山上那个地方，问是不是那里有矿？韩小实和曹志军说离矿还老远呢！安律师想，不是矿为什么不让别人去？他想跟助手到实地看看。杨伯峻担心安律师安全，说：我跟你一起去！刚要出发，韩庆全急匆匆来到村委会。

杨伯峻问：有事吗？

韩庆全说了句有事，就哭了。

杨伯峻说：先别哭，把事说明白再哭不迟。

韩庆全说：裴学锋找我。

杨伯峻问：说什么了？

韩庆全说：问律师找我干什么？我说律师没找我，是工作队找我，问我脱贫的事。他说我扯谎，骂了我一顿。

杨伯峻说：这有什么好哭的。

韩庆全说：他，他手里拿着一把刀！刀尖从裤子里扎出来。你们可千万不能说我全说了呀！

杨伯峻说：别怕，他拿着刀也没啥了不起，不敢怎么样你，你放心吧！韩庆全仍然满脸惊恐。

杨伯峻说：记上我的手机号，有事打电话，我马上赶过去。

韩庆全说：裴学锋什么事都干得出来，杨局长，我要是死了，我这一家老小都靠你了。说着要跪下磕头。

杨伯峻扶起他安慰道：别怕，他再狂只是一个人，村干部加上工作队有十几个，他不敢把你怎么样，乡里有派出所，县里有公安局，都是你

第十六章·承包人　　661

的依靠，我一个电话就叫来了。

韩庆全走后，杨伯峻跟村干部商量怎么保护韩庆全。裴学锋放回来后，杨伯峻找过乡派出所，派出所说人一直在看守所，怎么放出来的我们不知道。给公安局打电话，公安局说现在有规定，超过羁押期限就得放人。

村里人说，把他放回来早晚得出事。果然，现在又拿着刀威胁群众。曹志军说：没了靠山，量他不敢把韩庆全怎么样。

梅长风说：别说他没靠山，没靠山怎么能放出来？

韩小实说：这几天让村干部们都来村委会，准备点铁锹、棍棒，发现情况一起过去。

杨伯峻想了想说：我去趟派出所，先跟他们打个招呼。

杨伯峻和韩小实开车去乡派出所，曹志军陪安律师上山。想起刘立成说的那些事，杨伯峻嘱咐他们一定注意安全，要是有人把守就赶紧回来。曹志军答应一声，领着安律师走了。

到了乡派出所，所长分析说：虽然把他放回来了，他的案子还在查，包括他那年容留小姐卖淫，听说已经查实了。他自己什么都不知道，还不到铤而走险的时候。

杨伯峻点头。

所长又说：这小子不傻，挺精的。你们两个不用出面，在旁边屋等会儿，我把他叫来骂一顿他就老实了。

打了个电话，裴学锋慌不迭地开车赶来。所长问：把你放回来几天了？

裴学锋翻着眼算了半天，说：快一个礼拜了。

所长问：让你回来干什么？

让我回忆过去的事，交代问题。

所长问：你回忆了吗？

裴学锋说：回忆了，回忆不起来。

所长训斥道：回忆不起来好好回忆，别胡思乱想。你跑到村民家里胡说八道什么？别以为你放出来就能为所欲为，一举一动都在我眼里，你的案子还没结，可大可小，表现好我们知道，表现不好也瞒不住别人。

裴学锋不停地点头。

所长又说：以后一天给我打一个电话，汇报你的行踪。再敢到别人家胡闹，小心我收拾你。听明白了吗？

裴学锋哈着腰说：听明白了。

所长说：听明白就走吧，倒了霉别说我没提醒你。

裴学锋说着谢谢，开车走了。杨伯峻和韩小实从另一个屋过来，所长说：这小子态度还挺好，过几天我再到村里转转，压压他的气焰。

杨伯峻和韩小实要请所长吃饭。所长说：来这里应该我请，过几天我到村里，你们再请。杨伯峻便约定在村里等着他。

3

安律师带着助手出村时间不长，发现后面跟着两个人。他们一路往山里走，两个人一直跟在后面。曹志军让安律师坐下歇会儿，后面的人也找了块石头坐下，不时往这边看。

他们又往前走，后面的人也走。

曹志军说：这俩人好像在跟着咱们。

安律师问：是你们村的？

曹志军扭头看了半天，说：不认识。

安律师说：跟着又能怎么样？虽然这么说，心里也有些紧张。又说：他们两个人，咱们三个。

曹志军说：先别往刘根生说的地方去了，换一条路，到了前面再绕过去。

三个人换了路线，后面的人果然没有了。

安律师说：这是大白天，没什么了不得的，一会儿咱们从前面绕回去。到了前面岔路口，看到后面没人，又往要去的地方绕。走到路口，见前面有三个人挡住路。

一个戴帽子的人喊：去哪儿？

曹志军说：我是村长，到山上看看。

戴帽子的人说：村长也得站住，那边一会儿要放炮。

曹志军说：这时候放什么炮，山上的矿早停了。

戴帽子的人说：放什么炮我不知道，只知道不能过。

安律师说：算了，不让过我们不过了，往别的地方去。说完拉着曹志军扭头往回走。刚走几步，戴帽子的喊：站住，你们是干什么的。又对安律师说：我看你不像村里人。

曹志军说：我是村长，这是我请来的客人。

戴帽子的人说：山上有重大工程，我们得问清楚。一低头看见安律师手里提着包，问：你手里拿的什么，我看看。

安律师把包抓牢，说：不让过我们走。拨开他的手往回走，转过身发现有人堵着路，正是刚才跟着的两个人。他包里放着韩庆全和几个村民的证词，给曹志军和助手使了个眼色，想绕开他们。

几个人把他们围住，说：你手里的东西我们得检查。

安律师说：你有什么资格检查。

戴帽子的人说：你走到这个地方就得检查。不检查今天别想走。看到对方人多，安律师等人也没有硬闯。

安律师的助手包里有根电警棍，拿出来说：我们是公安人员出来办案，你再往前，我就不客气了。那边的几个人互相看了看，不敢再往前靠近。

两边对视着，谁也不退让。正僵持，看到尔雅带着刘海翔等人从旁边经过，曹志军喊：海翔，我们在这儿！

尔雅一有空闲就想李来群，浑身难受。他以为爱上了李来群，经过上次惊吓，又觉得李来群根本不爱他，两人不过是做了欲望的俘虏。他内心充满了失败感，没心思管养猪场的事。韩技师每天累并快乐着。

他的情况韩技师不敢告诉姚红玉，发现异常只能跟杨伯峻说。杨伯峻趁着养猪场轮休，把刘海翔和裴元庆叫到村委会询问，他们说的跟韩技师差不多。姚红玉来插剑岭投资是为儿子，儿子正常，她有信心，儿子出了问题她心神不宁。想让尔雅回归正常，最好让他成家。想到这里，杨伯峻问刘海翔：养猪场有没有合适女孩儿，长得漂亮，又明白事理的。

刘海翔说：养猪场哪有，咱们县也没有配得上他的。

杨伯峻问：没别的办法？

刘海翔说：我想过，想不出来。

杨伯峻让他们回去动脑筋，说：海翔，这事关系着扶贫的成败、插剑岭的兴衰。你们两个都出点儿力，没事多陪陪尔雅！

杨伯峻这么看得起，刘海翔很感动。他和裴元庆天天去看尔雅，尔雅想画画了，他们就脱了衣服让他画。有时画着画着，尔雅突然不画了，扔了画笔在一旁发呆。刘海翔说：薛总，我知道你想什么。

他想说：你是不是又在想沟底那个娘们儿？话到嘴边咽了回去，说：你肯定又想画山上的貉了，我见过这么高的貉，那天下了雨，太阳刚出来，貉两条后腿直立着，两个前爪拜着太阳。成了精的貉才会拜太阳，能成精的最小五百岁，那只貉胡子、眉毛都是白的。今天天好，我们跟你去山里转转，说不定能看见它。

尔雅再单纯，也明白是在宽慰他，他答应了。上次让野猪挑了一下，这次他多了个心眼儿，各自拿了一把铁锹。走到门口，遇到一个工人刚喂完猪，听说他们要上山，小伙子也要去。尔雅说：给你们带班的打个电话，他批准了再跟我走。

带班的当然批准。四个人一块儿往山里走，刘海翔一路上说着貉的故事。他说成了精的貉能附体，附在女人身上，女人狐媚，附在男人身上，男人会来事儿，挣钱多。不过，貉不能老附在一个人身上，附一些日子就走了。

尔雅问：我是不是让貉附了体？

刘海翔说：一直聪明的人不是附体。附了体的聪明一阵子，貉离开又跟以前一样了。

这么说，倒能解释李来群为什么变心。尔雅说：别再说貉了，说点儿别的。

刘海翔便说，腊梅男人到山上打猎，打死过野猪，野猪有两百多斤，肉不如家猪好吃。离大猪不远有个猪窝，窝里有十几只小野猪，他把小猪装进口袋里，背回了家。腊梅想把野猪当家猪养，天天煮了胡萝卜、山药拌着糠喂它们，喂了一个多月，野猪都长大了。

尔雅来了兴趣，问：后来呢？

刘海翔说：后来只剩下一只。有的死了，有的跑了。它们野性大，不肯在圈里待着。

尔雅问：野猪能不能跟家猪交配？

刘海翔说：当然能，生下的猪更壮。以前就有老母猪跑到山里，一跑好几天，回来生下的小猪带着花纹，那就是跟野猪配了。要不我领你找腊梅问问。

正聊着，裴元庆说：你看那边干什么呢？好像打起来了。

刘海翔说：曹志军要吃亏。他们是山上的，老欺负村里人。

尔雅说：过去看看！

四个人冲到曹志军旁边，喊：你们是哪儿的，敢来插剑岭撒野。

看到刘海翔等人拿着铁锹，那边的人扭头走了。尔雅要追，安律师说：算了吧！劝尔雅等人也回去。

走了时间不长，看见一辆车开到山脚下，一个人跳下车往这边跑。刘海翔眼好，说：这是裴学锋，大概是他们叫来的！

裴元庆说：早就说他跟开矿的是一伙儿。

裴学锋抬头看见是他们，扭头往另一个方向去了。

曹志军说：快走！带着尔雅等人加快了脚步。

进了后沟心才踏实，再往前走，看见黄俊涛和梅长风迎面赶来，说：杨局长怕不安全，让我俩来接你们。

几个人说了上山经过，慢慢往回走。到了后沟，村里不少人朝他们聚过来，说：裴学锋往山里去了，放回来这些天他老上山。

黄俊涛说：我们是来脱贫的，他干什么咱不管。村里人不爱听这种话，刚要离开，看到两个警察从沟口走过来。

第十六章·承包人 667

梅长风认出是抓走碌碡的两个。村里人也认识,说:他俩又来了,这回要抓谁?

梅长风听着心里打鼓。两个警察擦肩而过,梅长风刚松了口气,两个警察又返回来,走到他跟前问:你是在这儿下乡的梅长风吧?

梅长风说:是。

年轻警察说:局领导请你去一趟!

梅长风紧张了,问:我跟你们工作有关系吗?

年岁大的警察递给他一支烟,说:局里有个案情分析会请你参加一下,到了你就知道了。

黄俊涛一时不知所措。梅长风冲他摆了一下手,说:你跟杨局长说一下!说完笑了笑跟着警察走了。黄俊涛觉得他故作镇静。

到了大路口,见警车在路边停着,两个警察跟着梅长风上了车,黄俊涛眼巴巴看着警车开走。一个村民走过来问:梅干部咋了?

黄俊涛说:请他开会讨论案情的。

消息很快在村里传开,说工作队出了事。好些人盼着抓裴学锋,带走的是工作队的人,他们难以接受,说:公安局让人买通了!

头一天村里还平静,第二天不少人拥到村委会,要求把梅长风接回来。他们说:梅干部是杨局长的左膀右臂,插剑岭离不开他。他要是不回来,我们到县政府要人。

黄俊涛拦住他们,说:想哪儿去了,什么事儿没有!梅长风去县公安局开个会,是局长请他去的,过几天就回来。

4

黄俊涛在外面跟群众解释时，杨伯峻给县里打了十几个电话，公安局接电话的说局长不在，他发了脾气，局长终于接了电话，解释道：我们叫他来询问情况，没别的意思。

杨伯峻问：怎么两天还不回来？

局长说：情况没说清，说清就回去了。

问：什么时候能说清？

局长说：这不好说，估计很快。

到了第三天下午，梅长风还没消息。再打电话，局长死活不接了。给梅长风打电话，关机。杨伯峻只好给蔺永乐打电话。

蔺永乐也没接，一小时后回电话说，刚才在开会。杨伯峻问梅长风的情况，蔺永乐当下询问公安局，回复杨伯峻说：梅长风跟碌碡的案子有牵扯，不过他介入不深，公安局很快就给县委汇报，你也来听一下。

杨伯峻开车去了县里，临走嘱咐黄俊涛和江小童坚守岗位，不能再出事。让安律师跟着他一起离开了村里。

上了国道，安律师奔高速回市里，杨伯峻往县城方向开。

一路上杨伯峻肚子绞痛，看到一个公厕停下车。别人腹痛拉肚子，他是便秘。公厕很脏，蹲下又拉不出来，憋了一脑袋汗。刚有点儿便意，手机响了，一看是梅长风，他一边蹲着，一边接电话。刚一接，那边又断了。

他赶紧回过去，梅长风说：杨局长，我什么事没有。

杨伯峻问：听说你涉及碌碡的案子。

梅长风说：他们搞错了，碌碡的事我什么都不知道。

杨伯峻说：我正往县里赶，一会儿去看你。断了电话又蹲了一会儿，总算拉出来，肚子里痛快多了。

到了县城先去看梅长风。县公安局不许探视，说案子还没查清楚。杨伯峻来了火，说：我是插剑岭扶贫工作队的队长。

民警说：你找我们局长吧！他说让见，我马上放行。杨伯峻气冲冲地说：我刚才还跟局长通过电话。民警说：你让他给我们打电话。

杨伯峻打了电话，局长不接。只好再找蔺永乐，蔺永乐请他在食堂吃了饭，说：你先住下，明天公安局给我汇报，咱们一块儿听。

吃饭时，杨伯峻汇报了村里的情况，蔺永乐问：要是让你来原平县任职，你愿意吗？

杨伯峻定睛看着蔺永乐，说：怎么会让我来原平？

蔺永乐说：我这儿缺人，一是想找跟高科技企业有联系的，二是熟悉扶贫工作的。不过，要是平调就委屈了你。

杨伯峻想他什么意思，提拔我？说：我岁数大了，给县里做不了多少事。想再往下说，蔺永乐已经给县委办打电话，让给杨伯峻安排住处。

刚到宾馆，妻子来电话说，老爸刚送进医院，家里乱成了一锅粥。

杨伯峻说：爸不是一直在医院吗？

严惠娟说：他不肯住了，昨天接回家的，今天一早又在卫生间栽倒了，刚做了CT，正在等结果。严惠娟问他能不能请假，他说不行。

严惠娟哭了，说：爸到现在都昏迷着，医生报了病危。

杨伯峻叹了口气，说：梅长风还关着呢，明天能不能出来还不知道，他一出来我就回去。

刚放下电话，黄俊涛又打过来，说霍丽娜来了，她给梅长风打电话，一连三天打不通，自己开车找到了村委会，追问梅长风为什么关手机。

杨伯峻接过电话，听出霍丽娜什么都不知道，怀疑梅长风作风有问题，说：你想哪儿去了。霍丽娜说：那他为什么关手机，你让他开手机，我有要紧事。

杨伯峻说：我们两个人都在县里开会，会上不让开手机。你先放下电话，散了会我让他给你打回去。霍丽娜这才走了。

第二天，公安局长给蔺永乐汇报说，我们接到报案，县里出了一起文物诈骗案，作案的是插剑岭的慈继业。杨伯峻说：村里人叫他碌碡，不是抓走好些天了吗？

局长略带歉疚地说：他供出了市里一个文物贩子，叫冯大宽，冯大宽又供出了梅长风。

杨伯峻问：梅长风参与诈骗？

公安局长说：我们正调查，冯大宽说梅长风拿了二十万赃款。我知道他是扶贫工作队的，犹豫了一段时间，决定以开会的名义把他请出来。

杨伯峻说：梅长风以前喜欢古董，跟爱人打过几次架，已经不再参与了。

局长说：关键是他收了钱，分到赃款性质就变了。

杨伯峻问：碌碡怎么说的？

局长说：慈继业说是梅长风把瓶子送到他家的，详情冯大宽知道。我们提审了冯大宽，他说他跟梅长风商量好，自己不出面，由梅长风把瓶子转交给碌碡，买方还价时，他再从旁边协助碌碡。

杨伯峻问：我能不能亲口问问他。

局长看了蔺永乐一眼，说：按规定不行。不过，杨局长要去我只能同意。只是你们见面时得有值班人员陪着。

5

公安局长答应了，也给下面安排下去，严惠娟又打来电话，说：爸要不行了，你赶紧回来。村里有天大的事，也先回这边。杨伯峻跟公安局长说明了情况，开着车往市里赶。

走到一半路程，黄俊涛打电话说霍丽娜又来了，一进院就骂，说工作队都不是好东西，跟梅长风合伙骗她。

黄俊涛说：梅长风真在县里。

霍丽娜说：在县里哪儿？怎么不接我的电话。杨伯峻答应让他给我回电话，怎么不回？开会再忙，能忙到连电话也没空打吗？就是半夜也能打一个。

黄俊涛只好跟杨伯峻汇报。

杨伯峻说：我正在高速上开车，到服务区我给你打回去。电话里听见霍丽娜尖声哭骂，有一辆车在后面鸣笛，杨伯峻赶紧把电话断了。

开到服务区，霍丽娜已经知道了怎么回事，骂道：杨伯峻你什么东西，我男人在里面关着，你开车回家。你知道看你老婆，怎么不知道他也有老婆。

杨伯峻一直听她骂。

江小童在一旁说：杨局长有要紧事。

霍丽娜说：我跟杨局长说话你插什么嘴？他有要紧事，我的人不要紧吗？我家里好好一个人让他们关起来，我找谁去？

杨伯峻说：有什么话你跟我说。

霍丽娜放声大哭，说：跟你说有什么用，以后我靠谁？才结婚三年他就关起来了。你让我支持他工作，我听你的，把他支持进了局子里。你不把他弄出来我跟你没完。我的家没了，你家也别想好！

杨伯峻说：我这两天一直在跑梅长风的事，公安局长我找了，县委书记也见了。刚才我家属来电话说我岳父不行了，我必须赶回去。

霍丽娜不再言声。

杨伯峻说：我回去看一眼就返回。梅长风没大事，说清楚就能放出来。

霍丽娜说：我再也不让梅长风下乡了，没下乡好好的，下半年乡成了罪犯。

杨伯峻只好给黄俊涛和江小童打电话，让江小童陪着她，给她安排好食宿。

放下电话又给公安局长打，求他行个方便，允许梅长风给家里报个平安。你们要不放心，可以让干警在旁边守着。

公安局刚答应，严惠娟的电话又打过来。杨伯峻说正在高速上。严惠娟说：你快一点儿，爸要不行了，就等着你呢！

杨伯峻赶到时，岳父正在弥留之际，严惠娟喊：爸，你看谁来了？伯峻看你来了。岳父睁大了眼，嘴唇动了动什么话也说不出来。再看，头已经歪到了一边，监护仪的心率成了一条直线。

严惠娟弟兄姐妹四个，一个在外地，三家人扶着运尸车把老人送进太平间。

岳父被放进了抽屉，杨伯峻感慨人生的空茫。岳父参加过抗美援朝，在自来水厂当过厂长，在市政管理处当过书记，是省先进工作者，在市委大礼堂做过先进事迹报告。抽屉缓缓推上，就是一生的句号。

杨伯峻父母是农民，许多革命道理是岳父给他讲的，他的人生信念

第十六章·承包人　　673

源自老人。前些日子岳父对他说：人舍得下脸，低得下头，提拔机会就多。最难的是把事情做成，哪怕管自来水，管好了也不易。你得把下面每个人放在心里，替他们着想。这么着一天不难，一个月不难，长年累月就难了。

梅长风还在公安局，杨伯峻想着岳父的话，心思烦乱。严惠娟看出来了，问：梅长风怎么样了？

杨伯峻说：说他参与文物诈骗，收了二十万赃款。他爱人到村里闹了两天，刚才我在高速上还接了她一个电话，把罪过都甩到我身上。

看到杨伯峻满脸忧戚，严惠娟说：要不你先回村吧，爸火化你再赶回来。

杨伯峻想了想，说：不管了，咱们家这是丧事，什么事也没这个大，我已经够尽心尽力的了。

严惠娟看他坚决，说：也好！

到了晚上杨伯峻又说：要不我先回去，跟梅长风见一面就回来，我怕霍丽娜再出事！

严惠娟说：这么晚你回去也干不成什么，明天一早走吧！

杨伯峻犹犹豫豫地答应了。他给黄俊涛和江小童发了微信，约好第二天上午九点在县公安局门口见面。

6

裴学锋以五个不同身份写了告状信，本来不想跟老裴说，周竞说：那怎么行，一定要他点头才行。

老裴眼花，说：我眼看不清，你念吧！

裴学锋看了看窗外，蹲到他脚前一封一封地念。第一封落款是插剑岭革命群众，写的是杨伯峻收受企业家韩小实巨额贿赂，把村里大权交给地主分子韩小实。韩小实勾结外来投资，把周边的大山据为己有，美其名曰搞旅游开发，实际是私分村里的资源。

老裴点点头。

第二封信落款是一个老党员，写的是邹进贤等人商量反映韩小实的问题，韩小实知道后指使人偷袭他们，邹进贤头部受重伤。杨伯峻包庇韩小实，把事件栽到一个傻子身上，案件不了了之。

老裴也觉得不错。

第三封落款是插剑岭第五村民小组，写的是杨伯峻跟寡妇腊梅来往密切，有人看见他凌晨四点从腊梅家出来。村里好些事由腊梅做主，村里人都知道。

老裴哼了一声，想：这是他们以前告我的。

裴学锋解释说：越这么写，他们越不会怀疑咱们。

后面的两封老裴没听，说：你跟周竞说一声，挺好。让他抓紧。

裴学锋说：他没闲着。梅长风被公安局带走就是他弄的。

老裴说：你听他哄你！

裴学锋说：他才不会跟我说这个。买碌碡东西的那个胖子，我在他那里见过。听他打电话，是跟市里一个叫什么大宽的文物贩子商量好的，我开始还以为他要骗那个胖子，没想到把梅长风抓起来了。

老裴说：这些信你赶紧发出去。

裴学锋说：我一会儿去县城，明天再去附近的县分着往外寄。

裴学锋走后，老裴觉得不对劲儿。哪儿不对劲儿他说不清，只是心烦意乱。到了晚上他琢磨明白，让他不安的不是杨伯峻，而是裴学锋。一个年轻人对告状这一套这么熟练，他的本事从哪儿来的？这个侄子有些看不透。

半夜睡不着，想起家里还有告他的信，蒋社教当时把信给了他，他一直没扔，从被窝里爬出来，翻出那些信一封一封地看。看完，他把信都点着了。烧完的灰烬落在地上，边缘还有一丝火。他对着灰烬发愣，想腊梅到底怎么回事，好了半辈子，可能也没好明白。再想侄子、儿子，还有老婆，哪个能摸得透？他们也未必摸得透我。摸得透摸不透，一辈子都得这么活。就像这些纸，纸不要紧，要紧的是上面写着啥。写啥也没关系，点着了都是灰。关键是最后谁点，谁看，这才是最要紧的。

这个道理明白得有点晚，走不到那儿你就想不到，想到了就是路尽头。他不想让不喜欢的人点这把火，别管裴学锋写了什么，他都得认。他跟侄子是一体的。

7

江小童一清早跟着霍丽娜来到县城。昨天夜里她在单人床旁搭了一块木板，两人睡在一起。杨伯峻嘱咐她安慰霍丽娜。安慰的办法是倾听。霍丽娜从小父母离异，父亲一手把她带大。头一个丈夫外遇，她一气之下打胎离了婚，熬了八年才遇到梅长风。本以为找了个公务员，没想到梅长风的工资都买了坛坛罐罐。

江小童安慰道：梅长风跟我说，怕你生气再不玩古董了，我觉得他这回是冤枉的。

霍丽娜不太信，情绪还是缓和了。听到杨伯峻明天一早赶回来，霍丽娜有些感动。早上看到杨伯峻，先给他道了歉。

杨伯峻说了句我理解你，立刻跟公安局长联系，要求见梅长风。

局长过了一会儿回电话说：你们进来吧！

局长尊重工作队，没把梅长风关进看守所，在局里安排房间让他写情况说明，由一名民警陪着。

杨伯峻和霍丽娜进去时，他正发呆。桌上放着一份快餐，里面是一小碗米饭，一荤一素两份热菜。已经放凉了。霍丽娜上前给了他一个耳光，杨伯峻和值班民警忙拉开，她仍然不停地哭骂。梅长风低着头不说话，等她哭够了骂够了，杨伯峻才问梅长风怎么回事。

梅长风说他什么都不知道，冯大宽让他给碌碡捎一个瓶子，他就捎了，当时也怀疑那东西是不是假的。古董这一行有规矩，看出假的也不能随便问。那个瓶子确实精美，唯一不对的是价格，碌碡卖了六百万，他当时还说卖亏了。

值班民警说：你跟冯大宽利用碌碡，一起给买主设套。这是冯大宽交代的。

梅长风急道：他胡说，我什么都不知道！

民警说：不知道你怎么拿了人家二十万？

梅长风愣了，说：我是拿过二十万，是冯大宽给我的。

值班民警说：你没有合伙诈骗，他为什么给你？

梅长风说：古董这一行有规矩，帮忙的都有好处。我以前给人帮忙，也给好处。价格低的起码要请一顿饭，不是说卖了假的才有好处。再说，我老婆让我退给他，我也去退过。

民警问：退了吗？

梅长风说：退过，他不要。

民警说：不要说明什么？说明你们压根就是一伙的。

霍丽娜听到这儿说：那二十万早退了！我退的。

杨伯峻问什么时候退的。霍丽娜说：我让他退，他没退成，他走后我直接打到了冯大宽卡上。

杨伯峻问：你怎么知道卡号？

霍丽娜说：梅长风跟他借过钱，还钱时我让他用卡还，就为了留个凭证。我记着卡号，梅长风回村我就打过去了，家里有银行转账凭据。杨伯峻让她回市里，赶快把凭证送过来。傍晚她就送来了。

第二天提审，冯大宽承认收到过二十万退款，梅长风对诈骗并不知情。审讯人员问：你为什么诬陷他？

冯大宽说：他是工作队的，县里肯定从轻处理，我们也能从宽。

杨伯峻听到消息放了心。本来要回市里，也不回了，在门口等着接梅长风。

梅长风出来时原先的一头黑发变成了花白色，一见杨伯峻抱着抽泣起来，在场的人眼圈儿都红了。

霍丽娜要他回家，他说：我得先回工作队，不是杨局长，我这冤枉吃定了！

回到村委会，村干部们赶来看望他。梅长风羞愧，干部们说这不算什么，不放你出来我们也不信你是那种人。咱们村好些人要去县里接你，不信你问黄俊涛。

黄俊涛不住地点头。

韩小实说：今天我请客，咱们在乡里的饭馆给梅干部压压惊！

大家一致同意。席间轮番给梅长风敬酒，说梅长风为村里办了事，立了功，是工作队的好队员，杨局长的好助手！梅长风开始显得很消沉，看到大家这么热情，心也渐渐热了。道歉说自己给村里惹了麻烦，对不起大家，保证以后再不跟玩古董的人打交道了。

霍丽娜听了一直哭，别人劝她：梅干部给你下保证了，别哭了。

韩小实说：这两天有人说工作队要撤走，村里人都担着心。现在证明梅干部是清白的，插剑岭又过了一关，咱们再敬工作队一杯！

杨伯峻跟着一饮而尽。干完杯中酒，想起了自己家还有一摊子事。当着别人不便给妻子打电话，走到外面问家里怎么样？

严惠娟说：我小弟赶回来了，刚去了太平间，明天上午遗体告别，十一点火化。问村里怎么样，杨伯峻说梅长风出来了，我马上回家。

饭没吃完杨伯峻就要走。江小童看着杨伯峻匆匆离去，心里一阵苦涩。她本来不想在这儿干了，看杨伯峻天天奔忙，一时说不出口。妈妈给她打电话，说爸爸答应给她调工作，调不成大不了重新就业。江小童觉得这时候离开很不合适。桌上人吃着饭，说杨伯峻是个好领导，这回考察不知道能不能提拔成。

江小童想，工作队经历了这么多事，杨伯峻一件一件扛过来了。他比刚来时瘦了不少，脸色憔悴。忽然想起加缪的书，里面有一段写道：

> 他凭紧绷的身躯竭尽全力举起巨石，推滚巨石，支撑巨石沿坡向上滚，一次又一次重复攀登；又见他脸部痉挛，面颊贴紧石头，一肩顶住，承受着布满黏土的庞然大物；一腿蹲稳，在石下垫撑；双臂把巨石抱得满满当当的，沾满泥土的两手呈现出十足的人性稳健。用没有天顶的空间和没有探底的时间来衡量这种努力，久而久之，目的终于达到了。但西西弗斯眼睁

睁望着石头在瞬间滚落山下的世界,又得把它重新推上山巅。
于是他再次走向平原。
……

跟杨伯峻多么像呵!
她想:别管外国还是中国,都有这样的人,他们看重意义,要给活着找到理由!他们活得苦,活得累,却比庸庸碌碌之辈有分量!

8

办完丧事,杨伯峻给安律师打电话。
安律师听说他回来了,要请他吃饭,说:我有要紧事跟你说。
第二天上午,杨伯峻先到火车站送严惠娟的弟弟,随后去了预约的饭馆。安律师比他去得早,正在雅间等他。一见面,他发现安律师眼睛是红的。杨伯峻问:你怎么了?昨晚没睡好?
安律师说:又接了一个案子,一直看案卷到凌晨两点。我看这个案子,又想到你们村,觉得那天我们在山上遇到几个人,不是偶然的。我在村里的一举一动大概都有人注意。这个人不见得是裴学锋。
杨伯峻"嗯"了一声。
安律师说:我回到市里,下午接到好几个匿名电话。
杨伯峻淡淡地说:接这类电话不新鲜。
安律师说:这次不一样。以前劝我别管闲事,这次让我看好老婆孩子。以前只说案子,这次说要让我死无葬身之地!

杨伯峻神色凝重：你怎么回答的？

安律师说：我跟他们说，我没想介入插剑岭的事，只是尽律师的责任。有人委托我，我就要按律师的职责行事，对得起这个职业！

杨伯峻说：那天你和曹志军去的地方，离矿很远，按说用不着阻拦你。

安律师说：这就是我要问你的。山上那个矿，刘根生出事前后是一个承包人吗？

杨伯峻问：这有什么区别？

安律师说：威胁我的人还在关注这个矿，我想知道是谁，为什么？

杨伯峻想，以前因为反映偷挖盗采，刘玉柱差点让人打死，现在矿已经停采多年，为什么还要严加把守？派人把守的到底是谁？

他说：刘会计说换过承包人，每年都交承包费。他交出的账上有的年份能收上百万元，有的年份几千块。我问他为什么，他说过去的事记不清了。

安律师说：他不可能忘！那个地方到现在还看得那么严，肯定有问题！

杨伯峻问：你估计是什么问题？

安律师沉吟片刻，说：办案要靠证据，办出的案子必须铁证如山。我同时认为，办案也需要律师的想象力，就像作家需要灵感。

杨伯峻点点头。

安律师说：咱们想想，什么东西能让对方不惜伤害别人也要守住秘密？

杨伯峻想了想说：你是说，那里还有一个矿井？

安律师说：一个矿井不至于，能触动他们神经的只有一个东西。

杨伯峻说：什么？

第十六章·承包人

安律师说：人！……或者说是人命。

杨伯峻一时沉默。他想过这些，却没这么具体。安律师推断如果是真的，那就不是一般的工作阻力，村里发生的一连串事件，就是一场生死斗争。

下午回到家，严惠娟还在沙发上独自伤心。杨伯峻抓住她的手，两个人依偎在一起。过了一会儿她问：你知道爸这回怎么发病的吗？

杨伯峻说：我正要问你呢。

严惠娟说：几个月前家里来了一个人，说是你的朋友，跟爸说的好些话带着威胁。这些话一直闷在爸心里，没多久他就病了。

杨伯峻问：怎么不早告诉我？

严惠娟说：爸不让告诉你，怕影响你工作。一开始他连我都没告诉，自己在家生闷气。爸住院后那个人又去过医院，跟爸说了什么爸没跟我说，我觉得爸的死跟这些有关。

杨伯峻说：我让医院调出监控，看看是谁。

到了医院，一个副院长出来接待他，说：我理解你的心情，不过，医院的监控不能随便给人看，引起纠纷我们要负责任。

杨伯峻说：那我怎么查？

副院长说：政法和公安部门有权调用监控，你找他们吧！

杨伯峻跟公安部门没联系，从医院出来，想怎么往上找。正在琢磨，接到市委组织部通知，让他到部里，说：韩部长找你。

杨伯峻赶到部里，韩部长正笑容可掬地等他。两个人先握手，韩部长倒了水，问他村里的进展。杨伯峻把换班子以来的情况做了汇报，重点说了最近发生的事。

韩部长问：听说一个告状反映问题的人，被打了？

杨伯峻把邹进贤被袭击的过程汇报了。

韩部长问：一个傻子为什么打他？

杨伯峻说：我们也奇怪，各种证据都证实是傻子干的，傻子的娘也证明了。

韩部长疑惑地看着他。

杨伯峻说：县公安局派了一个侦破小组，他们查的，村里只是协助。

韩部长沉默了一会儿，说：我给你个建议，抓紧跟市委杨书记见一面，把村里情况汇报一下。

杨伯峻问：一个村的工作，有必要跟市委书记汇报吗？

韩部长说：当然有必要！……我只是建议。

看到杨伯峻犹豫，他又说：人一生机会不多，可能就几次，要抓住啊！

韩部长说得很明白了，一定是村里的事影响了他。组织部上次考察对他有利，现在可能发生了变化。韩部长想帮他。

他说：我给杨书记写过信，当时有人想把工作队撤走，我不同意。杨书记接见了我，给了我很大鼓励。这次，我不想再打扰杨书记了。

韩部长说：市里收到不少匿名信，都是针对你的，你觉得正常吗？

杨伯峻说：总不能不让我当工作队队长吧？

韩部长说：那倒不会。

杨伯峻说：那我就不找市领导了，我不怕，也不想升迁。既然有这么多匿名信，我得赶紧回村。

韩部长说：也好。

杨伯峻没跟家里打招呼就上了高速，半路想起严惠娟，又给她打电话。

第十六章·承包人　　683

9

他没回村，先到县委见蔺永乐。

蔺永乐说县委也收到了匿名信，是上级转来的，省、市领导都作了批示。前天他到市里开会，市委杨书记问插剑岭的情况。他说：村里换了班子，工作大有起色。

杨书记问：你了解情况吗？

他说：了解，前几天我还见过杨伯峻。

杨书记说：你派人到乡里了解一下，不要只听一个人的。

蔺永乐当时还奇怪，听说杨书记很支持杨伯峻，怎么突然改了态度？回到办公室，一眼看到桌上堆着十几封信。

十几年来，插剑岭经常有告状信，指名道姓告工作队还是第一次。

杨伯峻说：告状信上的事大部分是以前查过的。梅长风的事已经查清，是市里一个文物贩子诬陷他，公安局审问时录了音，也有笔录，上面有冯大宽的签字。上次邹进贤遭袭击，县公安局派了查案组，要是我们自己查，现在真说不清了。

蔺永乐说：省领导作了批示，全省上千个扶贫工作队，你们是第一个被告的。省、市领导都非常重视，县里也打算派调查组。

杨伯峻说：我赞成！

蔺永乐又问：第五村民小组是什么人？

杨伯峻苦笑说：第五村民小组就是黄腊梅那个组，他们叫沟里，一共有三十多户。信上说的那些事以前就告过，是告老裴，这回不知怎么弄到了我头上。

蔺永乐笑了一下，说：你分析一下，为什么这么多匿名信。

杨伯峻说：换班子都没这么大反应，现在成了这样……估计跟安律师介入刘根生的案子有关。安律师是我介绍来的。

蔺永乐恍然大悟。

杨伯峻又说：裴学锋前几天还拿着刀威胁韩庆全。安律师想上山，也差点儿出了事。要不是有人接应，他们可能回不来。

蔺永乐点点头，说：你顶住压力，不能后退！

杨伯峻说：安律师正在取证，打算把山上承包的事查清楚。

蔺永乐说：不能犹豫，越拖事越多。裴学锋过了羁押期限，只能暂时放回去，尽快把山上的事查清，下次一块儿审问他。

杨伯峻跟蔺永乐谈话时，江小童打来电话，说刘大计跟黄俊涛吵起来了，要辞职。杨伯峻匆匆跟蔺书记道别，急着赶回村里。

这个乱子很意外，刘大计是刚选的会计，小伙子确实有性格，杨伯峻刚来就领教了。不过他也是个正直的人，有几分单纯。黄俊涛平时处理问题很稳重，怎么会跟他吵起来？杨伯峻一边开车，一边问江小童怎么回事。

江小童说：村里有十几个五保户，两年多没领救济金。刘会计在任时故意拖着不给，五保户们也不敢要。老裴下了台，新选的刘大计对账务不熟，以前留下的账又乱，天天憋得满头大汗，把五保户们的事忘了。

五保户们在村委会前陆续聚齐。进了办公室，看到刘大计正在桌前平账，有三万多块钱，不知道错在了哪里！他一遍遍地算，数额就是对不上。

听了他们的述说，刘大计说：账还没弄清，我没法给你们发钱！回去再等等吧！

问：等多长时间？

刘大计说：我不知道，啥时候弄清啥时候算，你们走吧！

五保户们听他这么说一下来了火。这些人平时挺老实，越是老实发起火来越不受控制。一个五保户上前扯着刘大计的衣服说：这钱是国家发给我们的，你给弄哪儿了？又想把我们支走，安的什么心？好像刘大计把救济金贪污了。

刘大计还没来得及解释，另一个五保户上前抢过算盘，说：我们等了两年，早就等够了，不给钱我把你的算盘砸了！

刘大计是财贸中专毕业，在村里算高学历，专业也对路，偏偏在账上不开窍。看到算盘被抢走，他说：你砸，你砸，我正不想干了！

另外几个五保户抢过算盘，不让砸。有人要抢刘大计的账本，刘大计知道账本比算盘要紧，裴学锋被抓走，就是因为偷了村里的账。他两手抱着账本喊：来人！有人要抢账了！

江小童从屋里跑出来，站在旁边保护着他。

昨晚吃完饭，梅长风和霍丽娜回了市里，村里只剩下黄俊涛和江小童。刘大计看了看黄俊涛的屋，没一点儿动静，喊了几声，仍然没有喊来黄俊涛，倒是江小童坚定地跟他站在一起！

五保户们看到江小童出来，也没再抢，都知道江小童是大领导的孩子，平时待人和善，不愿意为难她。江小童劝了几句，把他们劝走了。

刘大计走进黄俊涛屋里，看到黄俊涛明明在，却不出来劝解。他心里不高兴，带着气问黄俊涛能不能把乡里会计请来，帮着弄账。

黄俊涛说：我跟乡里会计不认识，你找韩小实，他跟乡里熟！

刘大计又找韩小实，韩老六说：韩小实的公司施工时摔死了一个人，刚接了电话，赶回县城了。听到出了这么大事，刘大计不好意思再打电话，又回村委会找黄俊涛。黄俊涛不耐烦地说：总找乡里帮忙怎么行，我就是想请，也给你请不来！

刘大计是直性子，带着气说：这么多五保户追着要钱，账上又没有，这个会计我干不了，你找别人吧！

黄俊涛说：这我可不敢答应，等杨局长回来，你跟他说！

刘大计把账本和算盘一股脑儿摔给黄俊涛，说：这个会计不是我要当，是你们请我当的，你是工作队副队长，队长不在我就跟你说。这个会计我不干了，你爱找谁找谁！

江小童听到刘大计发火，赶过去把他劝开了。

杨伯峻回到村里，刘大计立刻找他辞职，说：我没当过会计，实在干不了，你们再找一个人吧！我不伺候这个。

杨伯峻说：村里都说你干得挺好。

刘大计说：好什么，有了难处你们不管，我一开始答应是冲着工作队，工作队这个态度我干着有什么劲儿？还是领导呢，我看他还不如个群众。

杨伯峻安慰了他半天，解释说黄俊涛这些日子工作太累，心情不好，有什么你别计较。又问了他一些账务的事。刘大计说：这个烂账，乡里的会计都理不清，我一天会计没当过，怎么能弄得明白！

杨伯峻说：你没当过，咱们村谁当过？刘会计当过，让他回来当吗？黄队长态度不好，不是跟你，他肯定也是发愁。

劝了半天，总算把刘大计稳住了。

刘大计走后，杨伯峻想起霍丽娜那天来村里，黄俊涛具体事什么都不管，还是江小童安抚了霍丽娜。江小童对他也很不满意。今天又发生了这样的事，杨伯峻觉得应该跟他谈谈。

自从崔局长下台，黄俊涛就情绪不高。杨伯峻在，他干工作，杨伯峻不在，他躲事儿，村干部都不愿意找他商量工作。这么下去怎么行？吃完晚饭，杨伯峻邀他一起散步，黄俊涛勉强跟着出来，两个人往村外走。

杨伯峻不能直接提刘大计，问五保户们怎么回事。黄俊涛说：我不知道。当时我不在村委会，刚回到屋里，刘大计就找我说不想干了。我劝不住他。

他把责任推得干干净净，杨伯峻没法往下接着问，正不知怎么开口，黄俊涛忽然问：杨局，你的事定了吧？

杨伯峻问：我回去是给我岳父办丧事。

黄俊涛说：办完丧事不是没回来吗？

杨伯峻说：我去见了安律师，后来组织部又找我。

黄俊涛说：我说的就是这个，看来你的事落实了！

杨伯峻说：你想哪儿去了？跟你猜的正相反，黄了。

黄俊涛看着他：黄了？黄了你这么轻松？

杨伯峻说：这有什么不轻松的，我本来就没想法。

黄俊涛"哼"了一声。

杨伯峻把市委收到很多匿名信，韩部长建议他找杨书记谈谈，蔺永乐要派人来调查等都说了。

黄俊涛心情顿时大好，一个月来的压抑随之而去。他并不盼着杨伯峻倒霉，甚至替杨伯峻可惜。这个以工作为乐的人，按说早应该提了，提不起来是因为固执。他真的同情杨伯峻。他争副局长，杨伯峻提局长，两个人也不在一条赛道上。

他说：昨天见到乡里一个干部，握手时告诉我县里要派人来，你们提前做做准备。原来是为这事。

杨伯峻嘱咐他：这事别再告诉别人了。

黄俊涛答应着，却没当回事。提拔这种事保不了密，黄了更瞒不住别人，他不说局里也有别人说。杨伯峻又说起五保户们的事，没直接批评他，鼓励他大胆负责，多承担责任。

黄俊涛说：你也别劝我，我心情好不了！你都这样了，我还有什么希望！

杨伯峻把嘴边的话咽了回去。

回到宿舍，黄俊涛对梅长风说：杨局提拔的事黄了。口气里有些惋惜。

梅长风刚从市里回来，从床上坐起来问：不可能吧？不是都考察过了吗？

黄俊涛说：他刚跟我说的。

梅长风说：这不公平，杨局长不找上面，我去找。

黄俊涛说：你去不是添乱吗？人家还以为是杨局长指使的呢！

梅长风不再说话，心想：我找不行，让江小童找。她爸爸是市委秘书长，上次为贷款，打一个电话就解决了。

第二天，黄俊涛说家里有事，提前回了市里。他想探探杨伯峻的事黄了，他还有没有机会。他走后，梅长风钻进江小童屋里说：杨局多好一个人，太不公平了！找到写匿名信的人，我非把他掐死！

江小童沉默半晌，说：别人无所谓，杨局长提不了真挺遗憾的。我也觉得不公平。

梅长风说：光遗憾有什么用，你想想办法。

江小童听明白了他的意思，立刻起身找到杨伯峻说：杨局，我想回家一趟。

黄俊涛刚走，江小童再回去不合适。杨伯峻说：按说你也该休息了，黄处刚走，你等几天不行吗？

江小童说：我有急事，去一天就回来。

杨伯峻只好同意。

县调查组来了好几天，晚上住乡招待所，白天找群众谈话，匿名信里写的那些事不难查，没几天就搞清楚了，只有大傻子打人的事问不出来。每次问为什么，大傻子都说：他不让我娶媳妇！

邹进贤怎么会不让他娶媳妇？再说，他说不让娶就不能娶了？问大傻子的娘，老太太说话光打岔儿。问县公安局的办案人，办案人说：我们问过多次了，这娘儿俩一个聋，一个傻，什么都问不出来。

他们调查时，杨伯峻带着刘大计到了乡里。乡会计看到杨伯峻来了，放下手里的工作帮着刘大计一笔一笔地记账。他说：这账为啥不好记？以前太乱，理不清前面，后面谁也没法记。有两个办法，一是把以前的账封起来，重新立一个账；二是找上一任会计把过去的账捋一遍，不然老有问题，每次都得翻以前的老账，越查问题越多。

杨伯峻觉得不能封，封了把问题掩盖了。他说：那就把以前的账彻底弄清！

10

回到村里，杨伯峻让任海龙叫刘会计。

五保户们听说杨伯峻回来了，一齐聚到村委会。杨伯峻问他们：没领到钱，为什么不早找村里？

一个五保户说：找了，暴二来把我们骂了一顿，说再找把我们的五保户撤了。

五保户们都是老实人，胆子小。杨伯峻注意到大傻子娘儿俩今天也来了，眼睛来回看着别人，自己不说话。工作队刚来时，大傻子娘说没领过救济金，看来是真的。

杨伯峻说：以后有了问题大胆说，你不说我们怎么知道。

刘大计说：到现在账还没弄平，你们说啥都没用，还得再等几天。

五保户们很失望。村里有人说杨局长要调走，这几天县里来人就是查他的。还有人说杨伯峻得罪了领导，别看老裴下了台，上面还有人撑腰！把裴学锋放回来，就是个信号。这么一说，村里好些人忧心忡忡，担心老裴再上来。

刘会计被县里带走取证，很快放了回来。他家还有三亩地，不能不种，每天清晨出去，要么中午人们吃饭时回来，要么太阳落了山回家。偶尔有人看见，他早早躲开了。他躲人，村里人也躲他。

任海龙通知他到村委会，他问：啥事？

任海龙说：去了你就知道了。

村委会这地方他以前每天进进出出，现在成了别人的。当支书是一个美梦，这里是梦升起的地方。两个多月没见，杨伯峻瘦了不少，脸蜡黄，没有一点血色。管一个村不容易，管插剑岭更难。杨伯峻让他跟刘大计一起对账，他一口答应。

他跟老裴很少见面，偶尔见了谁也不理谁。乡党委给了他开除党籍处分，已经报到了县委。贪污的款让他退回，他哪里还有钱，早花光了。

杨伯峻一开口，他就把村里设私账的过程说了。他说：村里的收入都在那套秘密账本里，老裴提出设这个账的，账上记了什么，老裴也不看。好些账他记了，却告诉老裴不用记，老裴就认为没记过。实际上他不但记了，还记得很细。老裴有心计，他也不是省油的灯。

杨伯峻问：山上的矿以前谁承包？

刘会计说：前前后后四个人。最先承包的是老裴女婿那个村的村长，他们在这边承包，那边也给老裴女婿好处。村长下台后，老裴想收回来。村长不干，给老裴送了二十万块钱，老裴给了他五万。这些账他都记下了，老裴不知道。

杨伯峻问：后来呢？

后来把村长赶走了，又给了一家，每年给老裴多少钱，他不问，老裴也不说。村里不知道换了承包人，以为还是原来的。过了两年多，老裴认识了周竞。老裴当时说不是周竞承包，是周竞介绍过来的人。到底是不是周竞，我就不知道了。

杨伯峻说：这是三个人。还有呢？

刘会计说：还有就是现在的人，据说原来的承包人不干了，自己找了一个下家。当时上面已经开始治理，没人愿意承包。不知道这个下家是干什么的，除了老裴，村里谁都没见过。

杨伯峻问：有承包合同吗？

刘会计说：有。

杨伯峻问：在谁手里？

刘会计说：在谁手里不知道，我那里有一个复印件，我悄悄复印的。上面写的承包人我没见过，也没听说过。

杨伯峻想起工作队刚来时，市、县、乡收到过告状信，上面也附着小康村复印件，是不是刘会计干的？杨伯峻让他把复印件拿来。

从村委会出来，刘会计觉得好些人看他。他贴着墙往家里走，拐过一个墙角，一个人突然出现在他面前。裴学锋说：刘会计，你挺忙呀？

刘会计说：我不是会计了，不忙。

裴学锋问：又去工作队了？跟杨局长说什么了？

裴学锋说着低头看一眼裤兜，刘会计顺着他的目光往下看，见裤兜里顶出一个尖利东西。刘会计看出是刀，心里陡然升起反感，故意笑着说：学锋，我还以为那是鸡巴呢！

这是拿他的威胁打岔玩儿，裴学锋瞪了刘会计一眼。刘会计说：你别瞪我，你叔跟我是一条绳上的蚂蚱，不是我在前面挡住，他早不在村里待着了。

裴学锋说：我心里挺憋屈！

刘会计说：谁不憋屈？你在我家柜子里翻了半天，我翻你的柜子行吗？我还憋屈呢！说完扭头上了大路。他觉得不该躲村里人，自己跟他们一样，也是受害者，躲他们干什么？

在柜子里找出复印件，他去了村委会。杨伯峻看到合同上乙方是郝存财，问：郝存财是哪个公司的？

刘会计说：没公司，就是个人。

杨伯峻再往下看，也不是承包铁矿的合同，是承包了一千亩荒山，修建生态养鸡场。

杨伯峻说：不是说山上有矿吗？

刘会计说：以前的合同也是承包养鸡场，后来又养羊，没人承包过铁矿。铁矿在这一千亩山地里。以前的合同都是五百亩，后来改成一千亩。实际没一千亩，五百亩多一点。

杨伯峻问：郝存财是哪个？

刘会计苦笑了一下，说：我不知道。

杨伯峻看他的样子是知道的，故意不说。他对刘会计说：不说没关系，我慢慢查。

刘会计说：不是我不说，是说出来怕你不信。郝存财就是咱们村的。

杨伯峻问：谁，我怎么不知道？

刘会计说：村里人叫他大傻子，也有人叫他大叫驴。他爹是近亲结婚，他一生下来就半傻，四十多了还没成家，夜里他娘搂着他睡觉。

杨伯峻问：他怎么成了承包人。

刘会计说：村里好些人没身份证，办回来的证在我抽屉里压着，有人出去打工才跟我要，大傻子娘俩都没要过。

杨伯峻问：身份证还在吗？

刘会计说：暴二来拿走了，说是给了老裴。我刚看见合同也没想起大傻子，后来才想起来。老裴把好些人的身份证拿走了，有的人出去打工，跟我要身份证，我找不到，只好再到乡里重办。

杨伯峻问：真正的承包人到底是谁？

刘会计说：老裴说叫诚兴矿业，老板是谁我也不知道。

杨伯峻拿着复印件来回看，忽然问：我刚来时有人寄过告状信，里面也有一个复印件。

刘会计脸白了一下，说：老裴怀疑过我，不是我！

杨伯峻说：你先跟刘大计对账吧！有事给我打电话。

第二天派梅长风到县工商局查诚兴矿业公司，工商局已经改成了市场监督局。工作人员在电脑里查了半天，说：不是在本县注册的，你去市里查吧！

梅长风回了市里。

杨伯峻带着曹志军去了大傻子家。大傻子穿了件新衣服，脸洗得很干净，说要去外面相亲。傻子娘耳朵背，今天明显比以前听得清楚。一见杨伯峻就说：我想给他成个家，我跟不了他一辈子。

杨伯峻问：你儿子叫什么？有大名吗？

老太太听明白了，说：有，有。

杨伯峻问：叫什么？

老太太愣了半天：我忘了！

杨伯峻说：没大名，怎么给他找对象呢？登记结婚还要看身份证呢！

老太太扶着脑袋想了半天，说：想不起来了，看我糊涂的。

杨伯峻说：想不起来没关系，身份证上写着呢！老太太听不见，杨伯峻又大声说了一遍。

老太太在柜里找了半天，说：他没身份证。

杨伯峻说：人人都有身份证，他怎么没有？以前办过吗？

老太太说：办是办过，没给我们。

她跟刘会计说的一样。

杨伯峻说：你再回忆一下，不可能没给你。

老太太想了半天，说：就是没给，我要过。刘会计说有的办回来了，有的还没办回来。我们娘儿俩都没身份证。

杨伯峻问：你后来怎么不要？

老太太说：不要了！反正我是这个村的，谁敢把我撵出去！

杨伯峻问：你儿子是不是叫郝存财？

第十六章·承包人　　695

老太太拍着大腿说：就是。你看我这记性。

离开大傻子家，杨伯峻很累。这么喊着说话太耗力气。

曹志军说：我都累得慌，别管怎么，今天她还能听得见，以前光打岔了。这个老太太，她想听见的话就能听见，不想听见的就听不见。

杨伯峻笑了一下，说：这叫选择性耳聋。

刘大计跟刘会计对账时，发现傻子娘儿俩已经领了救济金。不光领了今年的，二〇二六年的都领了。他没言声，等到杨伯峻回来，他喊：杨局长，你来看一下。

杨伯峻拿着一叠表，见每一页郝存财三个字都写得四仰八叉，说：现在是二〇一八年，离二〇二六年远着呢！说完看刘会计。

刘会计不言声。

杨伯峻问：刘会计，这是怎么回事？

刘会计说：这个钱实际没领。

杨伯峻问：没领怎么会签字？

刘会计说：签字是签字，实际没领。大傻子不会写字，字是别人替他签的。

杨伯峻问：手印也是别人摁的？

刘会计说：手印是他摁的，错不了。

杨伯峻说：怎么摁这么多？

刘会计说：图个方便。找他摁一回太费事，得跟老太太喊半天。

杨伯峻是农村长大的，这种事在村里不新鲜，好些村干部都这么干。他年轻时也替别人签过字。不过，今天的事他觉得没那么简单。又想，一个月两百五十块钱，刘会计能看上吗？他在县里交代出来的，哪个都比这个数额巨大。

曹志军走到跟前，说：杨局，这事不对。大傻子娘以前找过乡里，说没领过钱，刘会计让蒋社教看她摁的手印。现在查出摁了这么多手印，肯定有问题。

晚上，杨伯峻又把刘会计叫到村委会，说：你以前是会计，账上出了任何问题你都有责任。傻子娘儿俩的救助金是怎么回事？

刘会计低着头不说话。

杨伯峻说：你不说我就让公安局问。我问还是公安局问，性质不同。你想好了！

刘会计说：杨局长，这么点儿钱值得吗？

杨伯峻说：值得。一分钱的问题也是问题。

刘会计说：你非问，我就说实话，这事儿是暴二来弄的。字是他签的，手印是他让大傻子摁的。钱他领走了，给没给大傻子，我不知道。

杨伯峻明白了。

韩小实处理完事故回来，杨伯峻跟他商量怎么办。韩小实说：县里来了调查组，最好让他们一起问，省得以后说不清楚。

杨伯峻立刻给调查组打了电话。

调查人员跟他们一起去了大傻子家。杨伯峻说话声音很大，差不多像喊，老太太刚跟五保户们找过村里，杨伯峻一喊她都听明白了。

杨伯峻问：暴二来让没让你们签过字。

老太太说：签过，不会写字，摁的手印。

杨伯峻又问：摁了手印每月给两百五，给了吗？

老太太迟疑了半天，说：给过。说是他个人的钱，他家日子好，帮帮我。

第十六章·承包人

杨伯峻问：给了多少？

老太太说：一百。

杨伯峻问：一个月一百？

老太太说：有时候半年给一百，有时候一年给两百。

杨伯峻和韩小实互相看了看，说：你的救助金以前每月一百六，二〇一三年七月以后，每月两百五。他让你们摁了手印，没给你吗？

老太太没听清，杨伯峻又大声说了一遍。

老太太涨红了脸，说：没给，天地良心他没给，我还以为他是好人呢，年年照顾我们。

县里调查人员说：这事一般人做不出来！太恶劣了！

老太太哭起来，说：这个遭天杀的，该雷劈的，生了孩子没屁眼儿的，我穷成这样他还坑我，缺德到家的东西。我傻儿子打邹进贤，也是他教的。

在场的人以为听错了，呆呆地看着她。

杨伯峻问：怎么回事？你慢慢说！

老太太说：暴二来跟我儿子说，想给他说媳妇，邹进贤给破坏了。还说，要是我，就在后面给他一棒子。我这个傻儿子就真去了！

调查人员想起大傻子说，他不让我娶媳妇！当时理解不了，现在恍然大悟。

杨伯峻让村干部叫暴二来。

暴二来不承认没给傻子钱，说：他都摁了手印，我怎么没给他？没给他咋会摁手印。

傻子听了拿起棍棒要揍他，村干部赶紧拉开了。暴二来吓得两腿发抖，两眼盯着大傻子。傻子一动，他就往杨伯峻后面躲。

杨伯峻让人叫来刘会计，对他俩说：大傻子把2026年的手印都摁了，难道你们把五六年后的钱也发了？

暴二来结结巴巴没法解释。刘会计说：二来，我一直给你瞒着来，现在瞒不住了，你说实话吧！

暴二来只好承认了，说其他五保户的钱他也想扣，是跟刘会计商量好的。

刘会计涨红了脸：胡说！他啥时候跟我商量过？又说：不过我也知道他想干啥，没管。他是村长，我咋管他？

回到村委会，杨伯峻和调查组又跟暴二来谈话，问他为什么让大傻子袭击邹进贤。暴二来说：邹进贤是个滑头，每次说去县里告状，到走的时候又变了。我让大傻子给他一下，村里人肯定怀疑韩小实，没人怀疑我！

杨伯峻问：老裴知道吗？

暴二来说：他是后来知道的。

调查组让他写下经过，签字，摁手印。说：你贪的钱，必须退给五保户。

刘大计算了一下，从二〇一三年七月到现在一共五年，傻子娘俩每年六千元救助金，五年三万。从二〇一二年九月到二〇一三年六月，每月一百六十元，一共九个月，二千八百八。两笔钱加起来，一共退三万二千八百八十元。

暴二来急赤白脸地说：我还给过他们钱呢！

韩小实笑着问：你当时咋说的？

暴二来说：我说我个人帮他们。

韩小实说：既然你说个人帮的，当然不能再要回去。

第十六章·承包人

暴二来走后，调查人员握着杨伯峻的手说：今天无意中解开了谜团，可喜可贺！事实证明，插剑岭两委班子经得住考验，是个好班子，工作队赢得了村里人的信任，是优秀的工作队。我们这就向县委汇报！

村里人听到消息，拥到村委会来看望工作队和杨伯峻。

11

江小童回家第一天没见着爸爸，妈妈以为她已经辞了职，忙着给她做好吃的，说：你爸回来让他给你再安排工作。

江小童说：我不想回来，在村里能学到好多东西。

母亲说：那些东西学了没用。让你爸给你找个事少的单位，读点儿书，适应适应机关生活。老在村里也影响你找对象，岁数大了就不好找了。

江小童拿了一本书，躲到自己房间。她盼着爸爸赶紧回来。

那天江秘书长加班到凌晨，在办公室睡了。第二天晚上才回家。看到爸爸带着一脸倦容，她单刀直入说：爸，我回来是为杨局长的事。

爸爸问：杨局长有什么事？

江小童说：听说他提拔的事黄了，有人告他。

爸爸一脸严肃，说：我都不知道，你怎么知道的。杨伯峻跟你说的吗？

江小童说：梅长风听黄俊涛说的，黄俊涛有点儿幸灾乐祸！

爸爸叹了口气，说：你刚参加工作就接触这些负面的东西，对成长不好。这个年龄，应该关心的不是谁提拔，谁不提拔，而是怎么在复杂环境中找出关键节点，打开工作局面。

江小童说：我说的就是关键，杨局长提不起来，我们都没积极性。

爸爸说：我不管干部，无权过问干部任免。

江小童说：爸，这不是帮杨局长，是帮插剑岭。我们村刚有起色，我妈打电话让我回来，我本来想答应她，看到杨局长这么难又不想回来了！

爸爸沉默片刻，问：你这么佩服杨局长？我倒挺奇怪，他有什么特别之处，让你们念念不忘。

江小童想了半天，说：他是个纯粹的人。

爸爸问：什么叫纯粹的人。

江小童说刚到村里，有人把一个瘫子抬到杨局长屋里，杨局长眼都没眨。我们第一次开村民大会，去了三十多个人，村干部都看我们的笑话。现在怎么样？村里人都成了他的朋友。入户调查，有的村民骗我们。杨局长到县里查清了邹进贤的收入，局面一下打开了。还有，村干部开会确定贫困户名单时，老裴给杨局长难堪。杨局长没跟他硬顶，过些日子把他换了下来，工作一下就顺了。这就是纯粹的人，纯粹的人就是一心为工作的人。

江小童又说梅长风被抓，杨伯峻嘴上起了泡。那天他岳父进了ICU，第二天又去世。他在县城里接梅长风，在市里办丧事，回到村里布置工作，市里、县里、村里来回跑，累得脸蜡黄，村里人都担心他。说着江小童哽咽了。

江秘书长没见女儿为别人流过泪，小时候，她为要玩具哭，为要新衣服哭，现在变了，懂得为别人难过，成了一个有思想、有感情、有追求的人。

第十六章·承包人　　701

江小童又说：前些日子，我还想离开插剑岭。妈妈天天催，让我回家。她说你答应把我调回来。

爸爸说：我没答应过，也没反对。

江小童说：我现在不想回来，就跟杨局长在一起。我觉得他是当代的西西弗斯，就像那个推着石头上山的人。

父女俩正聊着，梅长风打来电话：小童，咱们村的事解决了！傻子娘知道暴二来贪污了她家的钱，说出暴二来指使大傻子偷袭邹进贤。现在真相大白，调查组回去跟县委汇报，你也不用跟你爸爸说了，赶紧回来！明天我想去市里了解诚兴公司的情况。

听到这个消息，江小童禁不住流下热泪，当下就要回村里。母亲说：这么晚了，明天一早回也耽误不了事。

17 · 老郎中

第十七章

1

梅长风找到容易市市场监督局，才想起没带介绍信。他给杨伯峻打电话，杨伯峻说我让黄处给你送去。

黄俊涛带着介绍信刚走，杨伯峻手机又响，看到是个陌生号码，他不接。对方反复打，只好接了，一个沙哑的嗓子问：是杨局长吧？

杨伯峻问：哪位？

对方说：这么快就把我忘了？你的老同学薛健。

薛健刚得到消息，调查组向县委通报了情况，蔺永乐向市委杨书记单独作了汇报，杨伯峻又过了一关。

山穷水尽，转眼又柳暗花明。薛健奇怪，杨伯峻用了什么法术，有什么背景？这个电话必须打。他们是发小，自以为很了解，现在发现并不了解。上次他带着杨伯峻去省里找刘铁山，想给杨伯峻一个打击，结果老裴下了台。后来他再没跟杨伯峻联系过，怕杨伯峻不接电话，今天特意换了个手机号。

前几天，他去省城见了一位副省长，当过容易市委副书记。周竞和老裴都在行动，他不能闲着，找省领导聊聊插剑岭的事，没什么不妥。副省长早把插剑岭的矿忘了，薛健提醒才想起来，那个矿有他的股份。他不高兴地问：你跟我说过吗？

薛健看着他笑。

副省长说：我没答应过你。他语气坚定。

薛健想，我给你分了多少利润，你都收下了！他岔开话题说：插剑岭扶贫工作队出了好几次事，再不过问要捅大娄子！

这话像是威胁，副省长听出来了，说：我跟市领导打过招呼，既然是小康村，就把工作队撤出来！

薛健说：他们没撤。

副省长问：为什么？他知道没撤，故意这么问。

薛健说：县里说小康村是假的，插剑岭就是贫困村。您是副省长，杨伯峻是副处级，您还真奈何不了他！

副省长沉着脸。

薛健说：要是刘铁山还在县里就好办了。

从省城返回的路上，薛健接到了周竞的电话，知道暴二来为了两百五十块钱，把一盘好棋毁了。

听到是他，杨伯峻问：有要紧事吗？

薛健说：没有，想跟你聊会儿。听说你们村出了事？

杨伯峻说：出什么事？我怎么不知道。

薛健说：没事就好。

杨伯峻说：上次你带我去找刘铁山，没过两个月他就被抓了。出事的不是插剑岭。

薛健略显尴尬，说：我也没想到。我跟他认识好长时间了，那人其实挺好的。

杨伯峻说：好怎么会被抓？好的标准是什么？

薛健回答不上来。这是另一个杨伯峻，他有时会这么说话，把书生气的一面呈现出来。他不是书呆子，只是有些书呆子气。

想再说点儿什么，杨伯峻把电话挂了。

2

尔雅这个名字，是刘铁山起的。

刘铁山是市发改委的科长，发改委那时叫计委。薛健说老婆生了儿子，麻烦领导给起个名儿。刘铁山正拿着一本《诗经》，随口起了尔雅。薛健说：这名字好！塞给刘铁山一万块钱，说是起名费。刘铁山收了。

薛健后来找他办事，他没卡过，就这样还觉得欠了薛健人情。后来，薛健给的钱越来越多，他反而不当回事。薛健出事时他是市委副秘书长，夜里失眠，白天谈笑风生。血压高就是那时落下的。领导把他派到原平，他不知道跟这件事有没有关系。

在原平当了几年县长提成书记，觉得上面对他还信任。提拔他的领导成了省领导，市里领导自然对他另眼相看，他一下就放开了。

一天晚上，他在办公室批文件，听见有人敲门。他以为是秘书，说：进来！

外面正下雪。进来的人戴着皮帽子，围巾捂得严严的，一进门先跺脚，身上的雪落到地板上。他以为是上访的，问：你怎么进来的？

来人穿貂皮大衣，蹬名牌皮鞋，不像上访的。他问：你哪个单位的？

对方解开围巾，摘了帽子，说：我是薛健啊！

本来想上前拥抱，想到对方是个判过刑的，他又坐下了，说：快坐！说着拿起电话：我来客人了！

秘书很快沏了茶，又上了果盘。

他问：够年限了？心里算了一下，觉得不够。

薛健说：还早着呢，保外就医。

刘铁山问：生活有困难吗？

薛健说：没有，实话跟你说，我底子还厚着呢！……你上边得罪过什么人没有？

刘铁山想了想说：没有。

薛健说：再想想，我觉得不对劲儿。

刘铁山又想了一会儿，说：想不起来。

薛健说：审问我时，老问我跟你的关系，审的人是个大高个儿，外地口音。

刘铁山皱起眉。据说办案人员是从外地借调来的，是谁不重要，重要的是谁安排这么审的。看来有人怀疑他。他问：都问什么了？

薛健说：什么都问，我一个字没说！

刘铁山这回听明白了，他是表功来了！他想到了讹诈，站起来走到薛健身边拍拍他的肩膀，说：别看你说得轻松，在里边吃了不少苦吧？

薛健说：不算什么。我还不死心，想再大干一场。

刘铁山问：还在服刑期，你能干什么？

薛健说：我以别人的名义。你这里有个周竞，知道吧？

刘铁山说：搞肠衣加工，当地人俗称洗肠子。现在不太景气。

薛健说：我们两个合作，想在山里开矿！

刘铁山耸耸肩。私自采矿违法，县里一直睁一只眼，闭一只眼。不是他不管，是前任遗留下来的问题，涉及各方利益，他不想触动。他说：经了这么大事，好好休息吧！

薛健说：我不是歇着的人。麻烦你关照一下周竞，他的业务一多半儿是我的。

薛健走后，刘铁山想这家伙怎么找到这儿的，楼下有人值班，三楼还有秘书,他怎么能进来?他问一楼谁值班,秘书说是办公室的和副主任。半年后,他把和副主任调到了乡里,秘书也换了。

他没跟周竞说过薛健,周竞也没提,好像谁都不知道这个人。有一天周竞跟他说起插剑岭,说:那个村的支书很能干,我陪你看看吧!我们在那儿开了个矿井!

他当然不去。薛健说他跟周竞合作,矿无疑也是薛健的,他躲还躲不及呢!周竞接着说了裴学锋的案子:县委宣传部给刘根生弄了个见义勇为,太荒唐了。人家搞对象算错误吗?刘根生吃醋跟裴学锋打起来,怎么能叫见义勇为呢?

薛健让周竞来找他,肯定是村里给了他们方便。他把县公安局长叫到办公室。局长姓梁,大大咧咧的,张口就说:周竞说你要找我,真让他说对了!

他没接这个话茬儿,问案子怎么回事。梁局长说:小案子,我没亲自管。领导关心,我让他们立刻汇报,明天给你回话。这个局长什么都明白!

时间不长案子翻了过来,梁局长一句没提他。后来,县人大常委会韩主任带着刘丙瑞找他,他才知道是刘长顺的后代,他安慰了刘丙瑞,答应让公安局彻查此案。他的批示韩主任看了,老干部们都很满意。

这个批示没起作用!现在的干部多精呵!梁局长那句话看着莽撞,周竞说你要找我,真让他说对了。实际是在试探。他没反驳,说明周竞跟他有特殊关系。

3

江小童一回村就要求再分管养猪场。

不光梅长风摇头，连黄俊涛都说不能让她再去了。

杨伯峻不愿意打击她的积极性，又担心安全，说：养猪场最近还算顺利，韩技师认真负责，尔雅也情绪稳定。我发愁的倒是养牛，好些问题没解决，你跟梅长风先把养牛搞出眉目，以后再去养猪场。

江小童坚持要去，说：你们放心，他吃不了人！他不是坏人，插剑岭有救，他就有救。

杨伯峻惊讶：小童，短短一个月你就变了。

江小童说：我觉得尔雅这种人，可以看成一块石头。它在山脚下也是闲置着，把它推到山顶境界就不一样了，状态也不一样。推到山顶必须一直扶着，别松手，手一松就要从山顶滚落下来。只能再往上推，一直推呀推，推到山顶。就像加缪说的，这就是意义。这是好些人活着的意义！

她想，这跟杨局长一样！人为什么读书，为了在迷惑中找到答案，或者找到通往答案的路。她跟尔雅在学校第一次分手时——那还算不上分手，她产生了厌倦。她不知道往后的日子怎么样，路在哪里。她拿起书，原来世界上好些人跟她一样，被失败感控制着。

> 大家已经明白，西西弗斯是荒诞英雄。既出于他的激情，也出于他的困苦。他对诸神的蔑视，对死亡的憎恨，对生命的热爱，使他吃尽苦头，苦得无法形容，因此竭尽全身解数却落个一事无成。这是热爱此岸乡土必须付出的代价。
>
> ……

以前觉得杨伯峻傻，现在知道那不是傻，是必须走的路。在走投无路时，人必须走出一条路。她应该重回养猪场。

杨伯峻说：你说的书，我倒也想看一看。

4

刚跟江小童聊完，严惠娟打来电话，说：今天在医院碰到一个人，我想起来就是他去医院看过爸，我没惊动他，悄悄照了几张相，你看看认识不？

杨伯峻看了一惊，说：照得很清楚。

严惠娟问：这人是谁？

杨伯峻说：我的同学。

严惠娟问：什么单位的？

杨伯峻说：没单位，前些年刚从监狱放出来。

严惠娟懊悔不迭，说：我太大意了，他说是你的朋友，我就相信了！

杨伯峻安慰道：他是经济犯罪。不是提前释放，是保外就医。

薛健最近老给他打电话，想跟他见面。他说抽不出时间。现在他想知道，薛健跟岳父说了什么。

几天后，薛健又打电话约他，他答应了。

他正想回市里。梅长风去了市场监督局，根本查不到诚兴公司，工作人员说压根儿没这个公司。他想自己去查。

薛健回想自己的一生，从办养猪场、建汽车厂，到后来开矿，都抓住了关键人物。他面前又坐着一个关键人物，是他的同学，高中时两人并不亲密，但不妨碍他想让杨伯峻为他所用，成为他的工具。

搞定杨伯峻不容易。十几年前他想帮杨伯峻运作成局长，杨伯峻不买账，恰好有人介绍他认识了崔局长，两人成了铁哥儿们。他本来不想理杨伯峻，没想到对方到了插剑岭。有些人是注定绕不过去的，现在他只能打交道。

他特意定了个高档饭店，这里价位奇高，他想让杨伯峻结不起账。一个工薪阶层花半个月工资请一顿饭，他量杨伯峻不会抢。没想到，杨伯峻借着出去接电话，把账结了。

他说：你看你看，说好是我请嘛！

杨伯峻说：哪好意思让你请。

他说：你是觉得我没钱了？实话告诉你，我现在就像一条大鱼在水里潜着，我能看见别人，别人看不见我。该挣钱了我还挣钱，只是不像年轻时那样在人前显贵了。

杨伯峻说：挺好。

薛健问：你们村怎么样？

杨伯峻说：战争年代是个堡垒村，现在是个贫困村。

薛健说：你跟年轻时一样，活得太认真，当初科技局局长本来是你的，你不听我劝，你要听我的就没崔局长什么事了。

杨伯峻说：我不后悔。

薛健说：老同学，你一去插剑岭，我就替你捏着一把汗。

杨伯峻问：为什么？

薛健说：你已经知道了，还问我干什么。

杨伯峻说：我当然不知道，我怎么知道你要说什么。

薛健说：插剑岭有剑，不知道会扎到谁身上，那个村的人都带着伤。那里还是个无底洞，深不见底。裴震山就是个深不见底的人。

杨伯峻说：他早下去了。

薛健说：我知道。下了台就算了，穷寇勿追，把他逼急了没好处。

杨伯峻说：没人再理他，他下了台跟谁都不接近。他不影响村里工作，村里也不找他麻烦。

薛健说：别把他仅仅看成一个家族，我知道些底细，那是一个集团，他后面的人你扳不倒。

杨伯峻问：你是说周竞吗？

薛健说：周竞算个屁，你知道的人都不算什么，不知道的才是人物。我后来不愿经商也是因为这个，前台是我一个，后面一长串，有了好处是他们的，有了风险我一个人扛。

杨伯峻想问，老裴后面的人，你也算一个吗？他没问，既然薛健不挑破，他也不挑破。他说：我都不知道你想说什么。

薛健说：那个律师不是你请去的吗？

杨伯峻问：你怎么什么都知道？

薛健说：我儿子就在那个村。给你们投资的是我前妻，其实还是我老婆，不在一起睡了。养猪场老板是我儿子。有我儿子在，我盼着插剑岭清净些，你们出了事也影响他。

杨伯峻索性问：你觉得能出什么事？

薛健说：算了，不喝了。跟你喝酒没劲，我都快喝醉了，你还那么清醒，这个酒怎么往下喝？干了杯中酒咱们吃饭。

杨伯峻不肯放过他：你看过我岳父？

薛健怔了一下：我去看熟人，偶然碰上的。聊了一会儿才知道是你岳父。他早出院了吧？

杨伯峻说：死了。

薛健说：死了？太可惜了，岁数不大嘛！

杨伯峻说：你那天跟他说了什么？

薛健说：就是跟你说的这些。告诉他插剑岭是个有风险的地方，深不见底。你不能太认真，太认真了碍别人的事。除非你后面有更大的背景。你就是有更大背景，这边也要弄个鱼死网破。世界这么大，各有各的本事。你岳父告诉你了吧？

杨伯峻说：没有。他是个活得认真的人，怕动摇我。

薛健摇摇头，想有什么老丈人，就有什么女婿，跟这种人说没用。

他招手让服务员上主食，两人很快吃完了饭。临出门，他搂着杨伯峻肩膀说：家里有难处告诉我，咱们班死了七个，我后悔没帮过他们。你有困难，我一定帮。

杨伯峻说：我知道。你已经看过我岳父了。

薛健说：你是个直性子，一路凭实干上来的，我今天请你就是想跟你说一句话，多一个心眼儿，给自己留条后路，别让家里人担心你。

杨伯峻说：谢谢，谢谢。

薛健又说：记住我的话，我不害你。说完拉着杨伯峻的手走出雅间。

杨伯峻想，这算什么？威胁过岳父，还想威胁我吗？

5

返回的路上梅长风开车。梅长风平时衣冠不整，今天脸刮得干干净净，穿一件花格子衬衫，条绒西裤。杨伯峻说：嚯，你这一身都是名牌。

梅长风说：假名牌，霍丽娜买的。

看来这次跟老婆亲热得不错，满面红光，跟从公安局出来时判若两人。杨伯峻问：霍丽娜不跟你闹了？

梅长风说：我不沾古董，她还闹什么？碌碡放回来我再算一卦，看看是不是转运了。

杨伯峻皱起眉。碌碡被抓二十多天，村里人病了没医生，刘根生也没人管。碌碡老婆一见他就哭哭啼啼。他问：碌碡算主犯吗？

梅长风说：我什么都不知道。他跟冯大宽怎么说的，东西怎么来的，我都不知道。

干预办案不应该，主动给公安局提供线索不算错误。杨伯峻约梅长风一起去碌碡家问问，梅长风答应着，车已经进了县城。

两个人在县城吃了饭，又去扶贫办取了几份文件和表格。从县城出来，还没开到月亮湾，一辆霸道车冲他们高速驶来。眼看就要迎面相撞，霸道车打一下方向盘，梅长风闪了一下，又加了油，两车错开，梅长风的车冲到了道边的沟里。

冲过来的车没有停，一路扬尘而去。

杨伯峻头有点儿晕，问梅长风：你怎么样？没事吧？

梅长风说：今天我要是不踩刹车，肯定就撞上了。

梅长风打了报警电话，半小时后交警赶来给他们的车拍了照，做了笔录，说有消息立刻通知你们。

梅长风把车从沟里倒出来，试了试，没有大问题，两个人又往村里开。

开了一会儿，梅长风忽然说：这个车是不是故意撞咱们？

杨伯峻问：开车的是什么人，你看见了吗？

梅长风说：没看清，肯定是个男的。下次再有这种事，我他妈的不躲了，就跟他撞，大不了同归于尽！

杨伯峻说：不行，咱们还有任务呢！

如果不是梅长风反应快，今天真可能出事。自从安律师来村里，出了一系列怪事。上次安律师在山上差点儿被抢了公文包，梅长风又突然被抓走，今天又差点儿出车祸，乍一看没有关联，细一想觉得不是偶然的。

晚上他召集工作队开会，嘱咐大家注意安全，出去就结伴。看到江小童紧张，又说：也没什么大不了的，只要多个心眼儿，肯定没问题。

梅长风说：我想晚上去碌碡家！

杨伯峻说：明天我跟你一起去！今天休息吧！

梅长风的电话响了，发现不是正常号码。黄俊涛说：别接。

梅长风还是接了，里面一个人说：想找死你明说，我他妈的成全你。

梅长风问：你打错了吧？

电话里的人说：打错你妈的逼，找的就是你。再给我们找麻烦，我早晚让你见阎王。

杨伯峻给公安局长打电话，把刚才的匿名电话说了，还说了路上遇到车祸的事。公安局长说：我这就安排人查，一定给扶贫工作队保驾护航！

江小童抚着胸口说：太好了！

这个匿名电话让杨伯峻坚定了看法，这一切跟安律师来有关。薛健说，裴家后面有一股势力！你知道的人都不算什么，不知道的才是人物。

第二天，杨伯峻和梅长风到了碌碡家，碌碡老婆想躲。梅长风喊：碌碡家的，别走！

第十七章·老郎中 715

碌碡老婆站住，梅长风说：杨局长来看你，躲什么？

碌碡老婆眼圈儿红了。梅长风又说：有什么话你跟杨局长说！

碌碡老婆说：我没得说，我们老百姓犯了事没人管，你回来了，我们的人回不来。要不是你天天找他，他也不会摆弄这些瓶瓶罐罐的。

梅长风说：这话就不讲理了。我认识他以前你家就有这些东西。他说是祖上传下来的。

杨伯峻说：我们来了解情况，好跟上面争取从宽处理。

碌碡老婆脸色和缓下来，想了一会儿说：他只说市里有人给他介绍生意，能挣不少钱，到底能挣多少他不说，我也不问。

杨伯峻问：他说的人叫冯大宽吧？

碌碡老婆说：不知道。刚才又来了一个人，问我碌碡跟工作队咋回事。我说不知道。那人说碌碡让工作队害了，这会儿人家放出来了，他在里面顶罪，要关二十年。

杨伯峻问：你以前见过他吗？

碌碡老婆说：没见过。

杨伯峻说：别信他们的，我一直在想办法。

碌碡老婆说：我谁也信，谁也不信。他关二十年，我们一家子咋办？说着又哭。

看她伤心的样子，杨伯峻心情沉重，他安慰了几句，离开了碌碡家。

6

时间推到1970年，这一年老郎中四十四岁。村里这把年纪的男人一清早就咳嗽，吐黄痰，老郎中没有。这得益于他每年秋天翻过插剑岭，从山另一面采两种草药，一种是黄芪，一种是防风。

他给人看病常用这两种药，大部分见效。有一句话说：能治你的病，治不了你的命。哪怕一些病人死了，他在这一带仍名气很大。村里人不叫他大夫，叫郎中，以前这么叫他爷爷、三叔，现在这么叫他。他大名慈崇喜，这一带早先没有姓慈的。他三叔一死，人们就叫他老郎中。他的老成持重配这么称呼。

插剑岭人说，我们有老郎中就够了。公社说，赤脚医生是毛主席定的，各个村都得有。插剑岭人说：老郎中就是我们的赤脚医生。赤脚医生得参加培训，老郎中说：我给人看了一辈子病，让他们培训我？公社说不参加培训不给发赤脚医生证书。老郎中说：那让碌碡去吧！

碌碡是他儿子。他说：我是赤脚医生的爹！这话够反动的，好在这一带都让他看过病，没人跟他过不去。他精明得很，在外村看病收钱，给本村看病基本不收钱，只收接生的钱。问他为什么接生收钱，他说：看病是一条命，接生是两条命。

又问：孩子是死胎，也是一条命，为啥也收钱？

他不说话，只是笑。问急了才说：不收钱，该以为孩子是我的了。

让碌碡当赤脚医生是他的一招好棋。慈家长寿者不多，他爷爷慈思齐五十二岁，给人看完病，回家喝了一碗粥就死了。他爹慈惠生五十六岁殁的，他估计自己活不过六十。再往前他太爷爷慈济六十八岁，是活得最长的。

他家真正看病好的是慈济，人称神医。他一直认为好郎中是天生的，不是学出来的。再往后看病好的是他三叔慈弃智。

日本人听说慈弃智医术高，押着他去给太君看病。慈弃智假装失足跳了崖，被救起后自己给自己开药，看好了。八路军来了，他给八路军看病。八路军里有个外国人，医术高，一天能做二十台手术。手术没麻药，也没消毒药，慈弃智用中药汤消毒、麻醉。他用中药汤把伤口洗了，手指头伸进里面抠出弹片，两手随便把创口捏在一起，外面贴上膏药。七天以后揭开看，伤口长上了。

八路军野战医院驻扎在插剑岭，聂荣臻都来过。村里人不知道，他走了一个月才知道是个大官。日本人几次到附近清剿，医院只好进山。慈弃智想跟着八路军走，父亲也愿意。那一年他入了党，组织上说村里也需要医生。回到家，他不敢跟父亲说组织的事，说不愿在山里受苦。慈思齐骂他没出息，一边喝酒一边训斥他，骂着骂着一扔酒杯死了。

老郎中愿意让儿子当赤脚医生。村里人问，为啥城市里的郎中寿数长？他说：城市里的不是郎中，是医生，医生能活得长。碌碡当了赤脚医生，肯定能长寿。现在，碌碡被公安局带走了。他说：碌碡这是嫌我活得长，想要我命呢！

他知道碌碡贩古董，对碌碡说过：祖上留下的东西你卖，我不管。卖假货不行。碌碡问：你咋知道是假货？老郎中说：你以为我是瞎子？你坑了谁，人家忘不了。慈家几辈子积下的德，不能让你毁了。

碌碡说：那我以后不卖了。

外面的古董贩子偷偷把假货塞给他，冒充他家祖传的。老郎中知道，不说了。碌碡媳妇让他求工作队，他不去。他一辈子被人敬着，不干缺德事，也没跟人低三下四过。他说：不能回来就在监狱里住着，我不去丢这个人。

时间不长梅长风被带走了，有人说受了碌碡的牵连，他更不好意思找杨伯峻了。梅长风回来了。碌碡媳妇找到他，说：梅干部能回来，碌碡咋不能？

他想，裴学锋犯了多少事，每次都能放回来，碌碡不过是卖了个假瓶子，罪再大总比人命轻吧？告状的人不是冲碌碡去的，梅长风能回来，碌碡也快了。他让碌碡媳妇去公安局看碌碡，告诉他跟审案的人说老实话，有什么就说什么。

碌碡媳妇去了，没见着人。从县里回来，碌碡媳妇没来见他，他问：碌碡家的呢？家里人说：回来就病了，在炕上躺着呢！

他知道碌碡媳妇在怨他！说：叫她过来。

碌碡媳妇头上扎了块围巾，前额上有六七个自己掐的红印子，脖子上竖着两道刮痧痕。哪怕在慈家，女人们也很少吃药，热衷于用土办法治疗。他问：着风了？

碌碡媳妇说：我是急的。

他说：我当爹的不比你急？我不找工作队，等着他们找我。我找他们有话反而不好说。

碌碡媳妇哭了，说：爹，碌碡再不争气，慈家的医脉也在他身上，总不能断了吧？

这话说到了老郎中的痛处，他摆了摆手：你歇着去吧！

儿媳妇佝偻着腰走了。

她不这么说，老郎中也这么想过，不能让慈家的医脉断了。工作队刚来时开村民大会，他去了。家里人说：别人都不去，你去干啥。

他说：你们不懂。

他想看一看杨伯峻，只看了一眼就知道插剑岭还有救。他认定杨伯峻会管碌碡的事，这是个肯负责任的人，不可能放弃慈家。

家里人说：你光在家里等，工作队也不知道你咋想的。

第十七章·老郎中

他点点头，觉得时候到了！第二天阳光很足，他穿戴好衣帽，怀里揣了一个包走出街门。一个小辈儿跟着他，他说：我自己能行。把家里人赶了回去。

都以为他去了村委会，实际上他拐了个弯儿，去了谁都想不到的地方。

7

慈家的来历是个秘密。

有人说他们是京城名医，祖上是顺治的内亲，起初是常在，生下龙女才封了妃子。慈家不光行医，还在京城开了几家药铺，他们流落到插剑岭跟康有为有关。

慈济诊脉时，康圣人一面吹皇上如何看重他，一面灌输维新思想。慈济愿意让人知道他是康圣人的朋友，康圣人炙手可热，他的名气也水涨船高。谁都没想到太后会重新出山，康圣人变成了钦犯。

康圣人到他家吃过一顿饭，只字没提朝廷的巨变，说南方有人请他去搞维新，他得赶紧离开。慈济给他喝了一碗黄芪汤。他们祖上说：黄芪补气，气一壮百病消。祖上以善用黄芪闻名，京城人叫他们慈黄芪。

康圣人喝了黄芪汤，说：过些日子我就回来，皇上让我进军机处，你们慈家肯定有用武之地。不到一个时辰官兵来了。那一碗黄芪汤差点儿要了慈家大小的命，他们不敢在京城待着，连夜逃了出来。

康圣人说维新才能救国，慈济没当回事。他家的三个药铺，由他和三个儿子轮流坐诊。什么朝代也不缺病人，不缺病人慈家就错不了，瑞蚨祥的绸缎穿着，碧螺春品着，绍兴酒喝着，大清国哪贫了弱了？

逃出来才知道，京城繁荣是假的，到处是衣不蔽体、沿街乞讨的穷人。他们三五成群，拉帮结伙，看见人就围上来号哭不已。慈济皱起眉：这是大清败亡的征象。沿路破败远超想象，驿道上飞沙走石，黄尘弥漫，路两边土坯房摇摇欲坠，外墙上贴着圆圆的牛粪饼，用满目疮痍形容毫不为过。他们雇了七辆大车，怕引起注意分成三队，慈济押着两辆车，一辆坐着姨太太，一辆拉着细软。另外五辆由他两个儿子押着，约定晚上在大车店聚齐。

目标是天津卫——慈家以前看不上的地方。有人请他们在那里开药铺，慈济没答应。现在他想在天津卫行医，等一年半载再带着家眷回来。到了城门口，见城楼上贴着告示，朝廷十几个要犯，他赫然在目，上面还有画像。守城将士盘查很严，慈济示意掉头拐向另一条路。好在这里离保定府不远，一直往前就到！

他们在雨中走了六天。雨住了，女眷们嚷嚷要下来走路。她们都是小脚，赶车的催她们上车，她们不上，赶车的便在前面走，等到慈济两个儿子觉出上当，两辆大车早没了踪影，车上还拉着衣物首饰。慈济跌足叹息，骂两个儿子木头脑袋。大车店一个人说：人没死就算万幸，我从张家口过来，一路上兵、匪、盗什么没见过，家家吃不上喝不上，女的当婊子，男的当强盗，也算一条活路。到了保定府，城门口仍然贴着告示，上面写着他是中医世家，就是能在保定安家，也不能行医了。

慈济一度想回老家。老家只有几个远房亲戚，会像虱子一样叮着他，也难保朝廷不会派人蹲守。这么一想，觉得不如找个穷乡僻壤躲藏起来。慈济想起好多年前，曾给一个进京赶考的人看病。年轻人说他家在京南一带，那里以打鼓出名。慈济一边走一边打听，先打听到一个，村名不对，

第十七章·老郎中

鼓也是小鼓。再往山里走，听人说起插剑岭，这里的鼓叫康熙轿鼓，村里有一户人家姓韩，早年去过京城。

韩金定的爹还活着，听到有郎中找他，立刻猜出是谁。慈济没敢说自己是朝廷钦犯，只说在京城得罪了某个王爷。韩金定的爹知道有些事不能问，说：来了就得委屈你们，我这里刚买了八亩地，一并租给你，在这里安家吧！慈济庆幸当年轻财，给一家老小留了后路。

插剑岭荒凉得难以描述，他在京城怎么也想不出这里的萧条枯败。韩家把一个院子卖给他，要了一两五银子。慈济打听到，在村里买这样一处院子也不过二两，简直像白送。有一个儿媳嚷嚷要再买个院儿，大太太喝骂：找死呀？怕官兵不知道你在这里？

这里土地便宜得惊人，他们甚至能成为比韩家还大的地主。土地廉价证明生活水平低，东边一家六个孩子，只有一条裤子。女孩子到了出嫁才有衣服，之前几个孩子轮着穿一件。他们看见女孩子头上插着草标，蹲在集市上，有的赶了三次集都没卖掉。

慈家已经几辈子不干农活儿，面对着八亩山地他们束手无策。他们吃的用的有的跟韩家借，有的用东西跟村里人换。钱在这里几乎没用，除了买地，家家都不用银两。隔一段时间就有挑着担子的货郎来，什么都是拿粮食和烟叶交换。从京城带来的东西卖不出去，能卖，他们也不敢拿出来，只是把穿旧了的衣服、鞋帽拿出来，还不敢说是自己的，说是亲戚给的。

第二年开春没有农具，韩家请了木匠和铁匠，除了修理自己的农具，也给他们打制了犁耧锄耙，只要韩家有的，他们都有。这份人情让慈济感动，他把从京城带来的一个康熙款的瓷瓶和一个紫檀底座的和田玉插屏送给了韩金定。韩家知道这两件值钱，京城大户人家堂屋里都摆着，取的是平平安安的意思。韩家又请来石匠，凿了碾盘、碾子送给慈家。剩下的石料凿了四个碌碡，给了慈家两个。慈家要再给他们东西，他们坚决不要了。慈家的人有了工具也不会使，村里人主动教他们。为了督促子女，慈济也去了地里，没干多少就累得腰疼。

土改时，有人说村里有一个地主，也应该是慈家。韩家也得跟长工一块儿干活，慈家却都是让他治过病的人干。他们一是不会，二是不想受苦，不过他们的地确实是从韩家租的，是地地道道的贫农。那时，村里人帮他们种地，他们不给钱，也不敢给新衣服，只把穿旧的衣服送给干活的，在村里人看来也相当豪阔。韩家是村里的里长，严令不得到外面乱说。

8

韩家成了他们唯一依靠，用的东西要从韩家拿，不会的本事要请韩家教，就是想串个门，也只能到韩家。谁都没想到韩家成了革命对象。经历过三次土改，特别是经历了韩景德当维持会长，村里人都疏远了他们。慈、韩两家的关系颠倒过来，慈家暗中照顾韩家。

慈弃智一夜成了叛徒，被开除党籍。刘长顺知道怎么回事，从来没拿慈家当敌人。刘进祥接任支书后，劝慈弃智跟组织说清楚。慈弃智不肯，刘进祥只好说：你自己不往清楚了说，我也帮不了你。

大炼钢铁时刘进祥死了，刘进宝接任了支书，后来又是刘丙义、刘丙瑞兄弟俩，他们都不提慈家过去的事。村里人离不开慈家，人不可能不得病，就算你生了病能硬挺着，女人总得生孩子，那时生育是两条命过鬼门关，慈家是全村的守护神。

"文革"时慈家出了一个造反派，慈继红自己改名慈红兵。批斗大会上他一脚踢断了慈弃智的肋骨，村里人不忍，当面却赞扬他大义灭亲。老郎中把慈弃智抬回家，精心配了膏药，又开了方子。慈红兵好几天没回家，一是忙，二是不敢见家里人。家里人骂他。慈弃智说：这一脚踢得好，以后他就没事了，他没事，咱们慈家也没事。

造反派后来要斗争刘进宝，慈家人问：咱们怎么办？

慈弃智连眼睛都没眨，说：斗吧！别人咋斗咱咋斗。他们跟着发言，喊的口号比别人还响。

批斗会一散，慈弃智悄悄去了刘进宝家，他给刘进宝用最好的药，一分钱都不收。刘丙瑞那时还是个后生，从慈弃智手里接过药包，深深鞠了一躬。慈弃智把他扶住了，说：孩子，咱们是一家人。

给刘家送完药，慈弃智又去韩家。刘家人看到了，也装作没看见。他们暗中给韩家送粮、送布票。韩景辉、韩景春、韩景太三家不用说，就连"汉奸"韩景德，也有一份。

韩景辉死后，这一支留下的是韩庆全。他是村里的小学老师，按说村里人应该敬着，他自己让人看不起。韩俊花疯的时候，慈弃智早死了，韩庆全只能求老郎中，老郎中说：这个病我治不了。

韩庆全问：谁能治？老郎中说：让他得病的人，就是治病的。

韩庆全不知道让韩俊花得病的是裴学锋，还是刘根生。其实，让韩俊花得病的正是他自己。老郎中说：我给你点钱，你去外面看吧。说着给了他两百块钱。

……

一路想着过去的事，老郎中走到韩庆全家门口。看到他来，韩庆全有些慌，说：老祖宗，有事让人叫我一声，我就过去了。

老郎中看了一眼屋里，脏兮兮的。韩庆全老婆站在一旁，韩庆全说：还愣着干啥？给老祖宗倒水呀！

老郎中摆了摆手，问：听说有个律师找过你。

韩庆全眨了眨眼，说：有。

老郎中回头看了一眼，见一张恍白的脸在门口闪了一下，他认出是韩俊花，看到生人，她赶紧藏起来。

老郎中问：问什么了？

韩庆全把跟安律师的谈话说了一遍。老郎中问：你写了证明？

韩庆全说：写了，按当时的经过写的，摁了手印。

老郎中说：好！好！以后别再改了！

韩庆全说：不改了，肯定不改了。

老郎中说：也甭跟村里人说这些，问也别说。

韩庆全点点头。老郎中说：碌碡让公安局带走了，看病你以后找我吧！这是对韩庆全的肯定。

韩庆全鞠了一个躬，说：您老保重，我们家都托您的福呢！

老郎中说：我活不了几年了。说着他站起来，往外走。

村里人围过来，问：您老咋出来了！老郎中拿出怀里的包，说：没人给根生扎针了。

人们认得那个包，里面的银针治好了无数人。儿子被抓走了，他只好出来看病！村里人目送他进了刘丙瑞家。

刘丙瑞看到他，立刻下了炕：您出来了？

老郎中问：根生呢？

第十七章·老郎中　725

刘根生推着轮椅，一点点从西屋蹭过来。说：我在呢！

老郎中说：松开椅子，给我站一个。

刘根生松开手，只站了一会儿就不行了，倒在轮椅里，大口地喘粗气。

老郎中说：能站一会儿，就能站时间长。

老郎中让他趴在炕上，从怀里拿出针灸包。从头顶到后背，一直到腿和脚，扎了几十根针，手法之快，让人眼花缭乱。他不用火，针在他手上不停地提、插、捻、转，比用火烧针感还强烈。刘根生呻吟起来。

老郎中问：咋样？

刘根生说：后背上一条线，顺着往下面热，跟过电一样。

老郎中说：你身上的寒气退得差不多了。

刘丙瑞说：他天天练着走，不见长劲儿。

老郎中说：光练不行，阳气贯通不了全身，练也没用。再扎两个月针，再加上药，就该差不多了。又往前坐了坐，给刘丙瑞号脉。刘丙瑞问：我还能活多少年？

老郎中说：长着呢，起码到我这个岁数！

刘丙瑞说：我不想活那么长，根生的事水落石出就行！

老郎中说：快了。韩庆全已经全说出来了！

刘丙瑞激动了，问：他肯说人话了？

老郎中点点头，说：我跟他说，再不能改了。

刘丙瑞终于松了一口气，说：老天爷开眼了。我天天夜里睡不着，从今以后，死也能瞑目了！

老郎中抓住他的手，想安慰他。那只手冰凉冰凉的，手心里却有汗。

他一把反抓住老郎中，抓得紧紧的。老郎中的手干爽、温暖，绵若无骨，里面有坚硬的希望。他说：我忘不了慈家。

老郎中说：我该走了，回去我把药抓好了，让孩子给你送过来。

刘丙瑞说：算了，我不治了。天天劳累你可不行。

老郎中说：我那个不争气的儿子不在家，有什么办法？

刘丙瑞冲动地站起来，说：我去找工作队，让他们把碌碡接回来。

老郎中站住，说：不用你，我只是想打听打听谁告的碌碡。慈家一辈子修好积德，这十里八乡还有告我们的？

刘丙瑞说：这事交到我身上。

老郎中说：村里人都知道慈、韩两家的交情，不知道还有慈、刘两家，其实一样近。

刘丙瑞点点头。沉默了一会儿，刘丙瑞说：我也有个不明白的事，一直想问你。有一年夏天，你跟着两个外地人离开咱们村好几天，去哪儿了？

老郎中抬起头，警惕地望着刘丙瑞：你咋想起问这个？

刘丙瑞说：我一直想问。不敢问。怕你不高兴。

老郎中说：这跟碌碡的事有关系吗？

刘丙瑞说：可能有关系，也可能没关系，你要不想说就算了。

老郎中沉默半天，说：年头太长，我早忘了！

9

二来连着两个晚上去老裴家，老裴不开门。

第三天又敲门，老裴起身喝住狗，说：都什么时候了。

二来看了看表说：刚十点，我怕来早了村里人看见。

老裴问：有事儿？

二来说：没事儿就不能看看你？

老裴没言声，进了屋把一根烟扔给二来，二来捡起来点上。

老裴没言声，把手里的烟掐了，从炕上抄起旱烟袋装烟，说：我想看得起你，你就值二百五十块钱？

二来好半天不说话，他有些委屈，最后才说：我哪想到傻子也会说话。过了一会儿岔开话题，说：调查组的人都走了。两个律师也走了，听说他们找了当年抬担架的。

老裴不言声。他想问，韩庆全都说啥了？不过，他不能这么问。他说：韩庆全狂了吧？

二来说：哪儿呀，整天神经兮兮的，上街不敢离人群太远，又不敢往人群里去。看着都难受。

老裴问：啥意思？

二来说：裴学锋拿刀找过他。

老裴说：好！鱼死网破更好。

二来一直瞅着他，他转了话题，问：养猪场那边咋没动静？

二来说：一直施工呢，姚红玉是个人物，上千万的投资眼都不眨一下。养猪场一下招了几十个工人，村里人都说工作队好呢！

老裴哼了一声。他不愿意听这种话，二来以前就是这样，看不出眉高眼低。他问：那个侯总咋不来了？

二来说：合同签了，公司正在沟口盖安置楼，嫌村里人提的条件高，停了几天工。工作队跟他们交涉了几回，又干上了。

老裴使劲儿磕旱烟袋。

二来说：周竞是有大本事的人，插剑岭的事他不管了？

老裴没言声。

二来说：也是怨我，哪想到会在傻子这儿出事呢？人倒了霉，喝凉水都塞牙。咱们村的事周竞不能不管吧？

老裴打哈欠。说：你走吧，我熬不了夜。

送走二来，他在院门口蹲着，往工作队的方向看。村委会院里很安静，偶尔有狗叫声传来，东一声，西一声。看来没人注意他。

回到屋里躺下，脑子里一会儿在县里，一会儿在省里。想到县纪委还在查他，安律师拿到了不少证据，他的担忧强烈起来，他怕的就是别人盯上他。

外面"啪"的一声，什么声音？好像有人跳进了院里！接着又是一声，外屋的窗户碎了。他在黑暗中坐起来，想往外冲。跳到地上又冷静下来。

老婆从另一个屋跑出来，大呼小叫。他厉声喝道：别喊！

老婆站住了，问：咋了？

他低声说：回屋！睡觉！

老婆犹犹豫豫地回了另一间屋，过一会儿传来了哭声。他骂：号什么丧，怕外面听不见呵！

老婆哭声低了。他爬上炕撩开窗帘一角，不敢多撩，怕外面发现他。这一天他等了很久，知道早晚有这么一天。刘丙瑞差不多家破人亡，刘玉柱、杜存喜，好些人都恨他。黑暗中，他的目光像剑一样刺向外面，觉得有无数眼睛在往里面看。他注意到狗没叫，想：狗大概让人毒死了。

过了一会儿，狗又叫。狗没死，这让他很迷惑。

第二天一早起来，见外屋满地玻璃碴子。老婆问谁干的，他说：我又没长千里眼,咋知道。

老婆把有仇的人猜了个遍,他说:甭猜了,猜这有屁用!

他心里有数,不想往外说。世界上的事说不清,仔细一想又在情理之中。他现在最恨谁?不是杨伯峻,也不是韩小实,是刘铁山,这么一想就觉得很合理。不能把这个人说出来,说出来就没意思了。他要一直埋在心里!

10

查出了救济款的事,暴二来在村里彻底臭了,天天找裴学锋喝酒。

裴学锋也打不起精神,以前从看守所放出来,腰杆儿挺得笔直,村里人抢着跟他说话。这次放出来没人理他,处处是嫌弃的目光。他的饭馆关了张,超市没人买东西,他贴出告示:存货大甩卖!还没人买。他又贴了一张告示:亏本大甩卖!看着虫子、蛾子从包装里钻出来,他有一股莫名的恨。

到井上挑水,扁担正好甩到刘大龙水桶上。刘大龙是刘大计的弟弟,以前不敢惹他,现在走过来瞪着他,问他啥意思!他低声说没啥意思。刘大龙说:我这桶水是干净的,你给我从井里打一桶干净水,再走你的!

村里人围上来,他僵了一会儿,低头把水打上来了。

过去跟人起冲突,村里都是帮他的,现在人们向着刘大龙。

回到家他呆坐在那里。桂芬问怎么了?他不言声。过一会儿桂芬喊他吃饭,他也不动。桂芬过来摸摸他的头,问:今天咋的了?他一口咬住桂芬的手,桂芬疼得打了他一巴掌。

怨不得别人，只能怨老叔。不是老叔，他在村里没那么高，也不会跌这么惨。十七岁那年老叔把他叫到家里，问他将来有啥打算。老叔一儿一女，儿子在县城找了工作，他也想去，揣摩老叔的心思没敢说，拍着胸脯说：我哪儿也不去，跟着老叔干！

老裴问：不想去县城？

他说：老叔当支书，插剑岭就是咱的天下，去别处干什么？

女儿嫁了，儿子又走了，老裴心里空，说：村里跟我近的不少，再近也近不过自己人。我靠他们不如靠你，你就跟着我吧！插剑岭以后是你的！

一年后他租下粮库开了舞厅。小姐是从县城招来的，钱每天源源不断。舞厅的名声传得很远，有开车一百多里来跳舞的。这里安全，没人查，小姐服务到位。他们说这叫农村包围城市。

事情引起省领导震怒，直接把任务交给省公安厅，厅里派了两批人员暗访，县公安局根本不知情。一天晚上，一百多个公安人员包围了粮库，小姐们抱头鱼贯而出，半裸着身体蹲在地上打哆嗦。客人们裤腰带全被没收了，一个个提着裤子走出来。

裴学锋因为容留卖淫被拘捕，村里人拍手称快。没想到两个星期后老裴把他捞了出来，他大摇大摆地在村里逛，见人就让烟，说看守所里的饭不好吃。

舞厅不敢开了，改成了超市，旁边又开了饭馆。

第二年，老裴让他写入党志愿书，写申请的有八个人，没有开会讨论就定了发展他。报到乡里，乡党委书记宋照明把老裴骂了一通：你开什么玩笑，拿我们当傻子是吧？

老裴说：公安查清楚了，是个错案，当时就把他放了。

宋照明说：别让我骂你，我不瞎也不聋！再胡闹我跟县里说，让公安局重查这个案子！老裴只好作罢，也不发展别人。

两年后又想让他当副村长，这时老裴跟刘铁山已经有了关系，宋照明没发火，劝道：老裴，你就别给我出难题了，你自己也省省心。看看你那个侄子能往台上搁吗？老裴一度很受打击，他还想让侄子接班呢！

裴学锋说：老叔，算了吧！你在台上，我不是干部也是干部。村里有看不起村长的，没有看不起我的。

夜里天天想这些事，裴学锋睡不着。黑暗中他穿上衣服，摸索着往外走。桂芬问他去哪儿？他说：我憋得慌，出去散散心。

一个人走到村委会门前，他随手抄起一块砖往院里扔。院子太大了，听见砖头落在了院里，没有任何反应。

这口气仍然在心里憋着，他转身走到老裴家门口，捡起一块砖扔进去。听到了玻璃破碎声，那是一种奇异的感觉，莫名的欢愉、黑暗中的狂喜、极大的压抑释放。过一分钟他又扔了一块，屋里仍没有反应。本来想等着老叔出来，看到没人回应，他扭身回了家。

那天夜里他睡了个好觉。

第二天老裴给裴学锋打电话，说没水了。进院时裴学锋心虚，偷觑着屋里。老裴从里屋走出来，说：我腿脚不行，挑不动了！

他说：我去！说着走开了。

他挑水进屋时，老裴老婆从外面进来，骂夜里不知道哪个缺德鬼扔砖头。他往水缸里倒着水，没说话。老裴说：叨叨这个干什么！

裴学锋挑起空桶，说：叔，我不想在村里待了，你也走吧！

老裴哼了一声：你年轻，我这岁数不走，死了还想埋在这儿呢！

老叔一直认为是他坏了事，其实怪不着他，坏事的是刘会计。他拿着刀威胁韩庆全，韩庆全立刻去找了工作队。从那以后，村干部们常在韩庆全家周边转，夜里也有人出来巡查。他知道是对着他的。他说：这个村真待不住了！

看到老叔不再说什么，他扭头离开了。

晚上，他又去找周竞，周竞一上来就问：工作队出了车祸，是你干的吧？

他说：不是。我就是干，也得先跟你说。

11

碌碡被带走后，杨伯峻一直等老郎中来找他。听说老郎中去了刘丙瑞家，他刚要去，接到了局里的会议通知：明天上午市委巡视组到局里。

他问：能请假吗？

办公室主任说：八点开会，没特殊情况不得请假。另外，你得先去市委组织部一趟。

放下电话，杨伯峻给韩小实打电话，韩小实正在县里跟死者家属谈判。杨伯峻又跟曹志军联系，请他看望刘丙瑞。曹志军说：我马上去。时间不长回了电话，说刘丙瑞身体、精神都很好，老郎中正给刘根生扎针治疗！

杨伯峻心里踏实了。

他和梅长风一辆车，黄俊涛和江小童一辆车，一起往市里走。因为上次出过事故，梅长风开车慢了。上了高速，梅长风放松下来，说：我去过碌碡家好多次，老郎中平时连屋都不出。咱们刚来开村民大会，他出来了。选举，他也出来了。碌碡被公安局带走，他却没有动静。今天他又出来了，准有大事。

杨伯峻说：他是怕把刘根生耽误了。

梅长风说：有一回我问碌碡，你天天摆弄古董，你爹知道吗？碌碡说他什么都知道。我又问，他什么态度？碌碡说，没态度。我爹比我还懂古董，我干什么都瞒不了他。听碌碡的口气，是老郎中默许他干的。

杨伯峻说：嗯。

梅长风又说：碌碡还说，早先的郎中都会算命，他们家能发起来不光看病好，还因为能掐会算，能说到病人心里。早先他们在京城有三家药铺。改革开放后，碌碡想在乡里开药店，老郎中坚决不许，说钱多招祸。

类似的故事杨伯峻也听过，正是老郎中的性格，接下来就超出他的想象了。梅长风说：我听碌碡说，他们家跟周竞也有交情，周竞看不起别人，却看得起老郎中。

杨伯峻看了他一眼：你听错了吧？

梅长风说：没错，看我注意，他不往下说了。我也没追问。

杨伯峻想，工作队刚来村里时，第一个跟他提起周竞的就是碌碡，那时碌碡对周竞颇为不屑。村里人都知道周竞跟老裴有特殊关系，没人说慈家跟周竞有来往。

12

巡视组召集局里干部开会时，韩部长带着杨伯峻进了市委小会议室，里面没别人，只有他俩。等了一会儿，杨伯峻忍不住问：今天什么会？

韩部长说：一会儿杨书记跟你谈话。

市委书记谈话都是要提拔的。杨伯峻说过想在插剑岭干下去，怎么会提拔他？村里刚去过调查组，据说就是查他，转换得太快了吧？韩部长示意他安静，他心里七上八下。

几分钟后秘书先进来，把椅子拉开，公文包摆在桌上，市委书记杨霆久端着水杯走进来，跟杨伯峻握手，说：老朋友了！

杨书记说：为了能在村里继续扶贫，请求不提拔的，你是第一个。到我办公室汇报贫困村情况的，你也是第一个。我跟常委们商量过，既要满足你的要求，又不能耽误你晋升。市委决定任命你为原平县委副书记，正处级待遇，同时继续担任插剑岭村扶贫工作队队长，工作以插剑岭为主。

杨伯峻不由站起来。杨霆久示意他坐下，说：你也说几句吧。

杨伯峻一时语塞，沉默了一会儿，说：感谢组织。

杨霆久点点头，用眼神鼓励他。

杨伯峻说：下乡以来，我真切感受到了十八大后党风、政风的变化，感受到了市委用人导向的变化。对自己的境遇我有过怨言，到了插剑岭已经把过去放下了，想不到组织没忘记我。我只有一个念头，把插剑岭的事做到底，真心给老百姓谋幸福！

杨霆久说：把你安排到原平县任职，是为了你更好地在村里开展工作。希望你在插剑岭探索出一条路，什么时候插剑岭实现了脱贫，我去村里看你！

还没离开市委组织部，局里人已经知道了消息。刚出市委大院，就接到了局里干部的祝贺电话。当晚电话几乎打爆，会说话的，说他以高洁的品行感动了领导；不会说话的，说他快退休坐上了末班车。最荒唐的一个人，竟然问他怎么跟市委杨书记搭上了关系，让他传授经验。

杨伯峻说：我的经验就是少想自己，多想群众。对方听了有些尴尬。杨伯峻说自己早不想升迁了，只愿为村里人做点事。对方"嘀嘀"了几声，把电话放了。

市委组织部通知，韩部长要亲自送他上任。怕耽误村里工作，杨伯峻让黄俊涛等人先回去，自己等着韩部长。

第二天一早，韩部长到小区门口接他，杨伯峻很感动。车走了一半，县里的祝贺来了。第一个打电话的是金科长，现在是县委办副主任，说给他把办公室和宿舍安排好了。县科技局王局长也打电话，说：我盼你分管科技局，我的日子就好过了！接着扶贫办、公安局、交通局，凡是打过交道的单位都来电话，说在县委恭候杨书记到来。杨伯峻一一表示感谢。本来没太当回事，现在也有些兴奋。

到了县委大院，一行人直接进了会议室。韩部长在四大班子联席会上宣布任命，蔺书记讲话，对市委任命表示拥护。杨伯峻也作了表态发言，感谢市委，感谢原平。

13

他是顶着星光回来的。车开到沟口，星光下的村子格外亲切。家家户户闪着灯光，这些灯光跟他有关，狗吠声传来，像是欢迎他。他在院里停了一会儿，深深吸一口气，格外清新舒畅！

屋里人听到声音跑出来迎接，七嘴八舌祝贺他升迁。江小童笑得最灿烂，她以为自己也起了作用，哪怕作用很微薄。

曹志军说：以后你就是县领导了。

韩小实说：咱们村第一书记是县委副书记，我的级别也跟着提高了吧？

杨伯峻说：我还跟原来一样！

梅长风说：政风变了，过去能钻能拍的，现在吃不开了。

黄俊涛脸色一暗，说：杨书记，你们聊着，我先回屋歇着了。

梅长风懊悔不迭，说：黄处这两天心情不好。

韩小实等人在场，杨伯峻没往下问，等他们走后，他才问梅长风：黄处怎么了？

梅长风说：听说局里的后备干部，没他了。

黄俊涛以前是后备干部，马局长调来后好些人提意见，局里决定重新民主推荐。巡视组考评票投完后，局里又发了民主推荐票。杨伯峻问：结果怎么样？

梅长风吐了一下舌头说：我投了他一票，听说他票数倒数第一。

杨伯峻心里咯噔一下。

黄俊涛承受不了，势必影响工作。他想跟黄俊涛谈谈，劝劝他，看到黄俊涛屋里黑着灯，只好又回来。

第二天梅长风喊黄俊涛吃早饭，黄俊涛在屋里说：你们吃吧，我不吃了！显然是夜里没睡好。

杨伯峻让江小童把饭放在锅里，吃完后端着饭去看他。黄俊涛刚起来，被子还没叠，散乱着头发坐在床上抽烟。杨伯峻放下碗，问：昨天累坏了吧？

黄俊涛说：我不瞒你，不想在咱们局干了！

杨伯峻问：怎么了？

黄俊涛说：一朝天子一朝臣，科技局没我的空间。

杨伯峻说：哪有那么严重？我不是跟你唱高调，这些挫折我都经历过。

黄俊涛说：我哪能跟你比？你再不顺也是副局长，现在走顺了，成了杨书记，我耽误不起呀！

杨伯峻点起一根烟：你还年轻，有点儿坎坷不是坏事。

黄俊涛冷笑：局里不知多少人这么想，都盼着我有点儿坎坷。我不干了，实在不行我停薪留职。

杨伯峻只好说：你先吃饭，回头再聊。

黄俊涛说：吃了饭我就回市里，先跟你请个假，我不打算回来了。

杨伯峻本来想劝他，看他抵触的样子，说：路上注意安全！

回到自己屋，心还在黄俊涛身上，担心他心神恍惚，路上出事。他对梅长风说：黄处心情不好，你送他一趟吧！

梅长风一口答应。杨伯峻又说：别说是专程送他，说你家里也有事。

梅长风说：没问题。

刚要动身，韩小实带着裴庆赶来，后面跟着曹志军和任海龙。韩小实说：杨书记，沟底的任贵成家死了一头牛。

杨伯峻问：怎么死的？

裴庆说：十有八九是饿死的。

杨伯峻说：再懒也不至于把牛饿死吧？

裴庆说：他老婆带着孩子回了娘家，他在外面喝了一天酒，回来倒头就睡。要不是他老婆从娘家赶回来，别的牛也得饿死。

任海龙说：抓小康村时毕局长让他养羊，他把分给的五只羊都养死了，也这么喝了酒。那时毕局长不在村里，死了没人管。

杨伯峻说：有这种事？

韩小实说：村里什么人都有，有你想不到的，没有他做不到。牛坚决不能让他养了。

杨伯峻沉思着说：上级要求全面脱贫，也不能剩下他呀！

屋里人都不说话了，过了一会儿曹志军说：想让他接着养，就得让他赔。

裴庆说：一个牛犊五千多呢！他没钱，咋赔？

曹志军说：让他跟他哥借，他是任贵生的弟弟。

裴庆说：他跟他哥连话都不说，倒是碌碡跟他说话还管事。碌碡还在公安局关着，谁知道啥时候能出来！

曹志军说：平时看着碌碡没多大用，村里没了他还真不行。

杨伯峻皱起眉，昨晚吃饭时县公安局长说，文物诈骗案是一个古董贩子策划的，碌碡只是从犯。他刚当县委副书记，不便表态，现在想，能不能给碌碡争取免予起诉。

他给安律师打电话，安律师说：这是民事案件，只要双方达成和解，受害方撤诉，案子就能撤销。

放下电话，想起县公安局长昨晚透露，案子的投诉方是周竞。当时他大感意外，问：跟周竞有什么关系？

局长说：那个瓷瓶在周竞手里，不过周竞没出面，也没以自己的名义打官司，真正的买家是他。

这些情况不便跟村干部透露，想到要和解，慈家就必须退还赃款，他问：要是让碌碡家退赔，他们能拿出这些钱吗？

韩小实说：碌碡要是把钱给了家里，肯定没问题，就怕他弄到了别的地方。

曹志军说：弄到了别的地方也没事，慈家不穷，退不退就看老郎中怎么拿主意了。

杨伯峻问：你跟老郎中聊过吗？

曹志军说：前天你打电话后，我先去了刘丙瑞家，看到老郎中身体还好，正给刘根生扎针，开方子。看得出来他在为碌碡担心，只是他城府深，什么都不说。第二天我又去了老郎中家，家里人说他累了，在躺着，我就没进去。

杨伯峻对韩小实说：咱俩现在一块儿去看看老郎中，问问能不能争取和解！

曹志军问：任贵成的事怎么办？

杨伯峻说：你处理吧！就按你说的，让他赔偿。

任海龙说：就怕他赔不起。

韩小实说：赔不起也让他赔，别松口。你不让他赔，他家的牛明天还得死。村里都是互相攀比，说不定别人家牛也得死。

正说着，看到老郎中拄着拐杖进了村委会大院，走在他旁边的是刘丙瑞。两个老人互相搀扶，情形令人心酸！

14

搞初级社时，老郎中跟刘丙义都在星火社，不会农活，他当记工员和饲养员。到了学大寨，两家关系最亲密。当时开山放炮老出事故，慈家成了村里的救星。刘丙义出事那天，老郎中正在沟口接生。

到了他这一辈，慈家的医术已经丢了十之二三。一个村能有多少种病？加上周围的村，见过的病寥寥可数。见不到病人，读多少医书，背多少汤头都没用，就像农家使用的农具，使得越多磨得越亮，没人使就生锈了。

有了公社卫生院，在村里看的都是小病，慈家收入一大半靠接生。女人生产都要请老郎中，开始是产婆接，发现难产老郎中再进去。

那天老郎中正等着，村里的光棍大叫驴闯进来，上气不接下气地喊：坏了坏了！

老郎中问：咋了？

大叫驴说：刘丙义让炮崩了！身上都是血！

老郎中看了一眼主家，主家说：那边事大，你去吧！

老郎中提了药箱子连走带颠，跑到半路，丙义已经抬回来了。老郎中看了一眼，脑浆都出来了还救什么？他又返回村里。这时，主家的儿媳妇正杀猪般地叫唤。看主家没让他上手的意思，他喝着酒吃着炒鸡蛋，脑子里都是刘丙义的样子。酒能咽下去，炒鸡蛋光在嗓子外面转，咽不下。他老看见丙义朝他笑。

丙义问：你背过《愚公移山》吗？最要紧的一句你记住，祖祖辈辈挖山不止。这山要是不挖就永远在，子孙后代都过不上好日子，挖了就有盼头，挖一点儿就少一点。

他说：丙义，这么大的工程，难呀！搞不好就出人命。

丙义说：出人命免不了！不怕牺牲，排除万难，才能争取胜利！

丙义是准备好牺牲的，为开山修渠把命豁出去了。想到这儿老郎中流下了眼泪，他想问问丙义，你明知道有这一天，为啥还要修渠？傻了不成？

正房里那家媳妇的叫声越来越低，这是要不行的兆头。产婆出来跟主家说了几句，主家说：还是你上吧！出不来！

老郎中竟然没听见。

主家又说了一遍。老郎中慌里慌张地进了屋，产妇已经晕过去。老郎中让产婆把事先煎好的黄芪，一口一口地喂给产妇，喝了药的产妇重新按着老郎中的提示，慢慢用力，就在产妇使出全身力气往外努时，外面又有人喊他。老郎中眼疾手快，抓住孩子的胳膊往外一拉，只听产妇下面"砰"的一声，阴门裂开几道口子，孩子带着血涌出来。产妇喊了一声：娘！就昏了过去。

产婆拿起孩子倒提着拍了几下，孩子哭了，老郎中松了口气，他一边听来人说话一边洗手。在村里，他除了是郎中，还是收殓师，死去的人都是他整容。这当然有报酬。刘丙义脑浆子溅出来，半条腿炸飞了，一只手掉下了三根手指，身上大大小小的伤不计其数，家里人根本没法归置。

老郎中让人把找到的半条腿接到刘丙义大腿上，怎么也连不到一起。老郎中让木匠做了四块夹板，用线绳把腿捆到一起。三根手指连不到手上，老郎中给丙义戴了手套，把手指塞进手套里，看上去是个完整的手形。丙义身上大大小小的伤口四十多处，他都清洗过，用棉花和布包扎好，再小心翼翼地穿上衣服。

最难办的是头部，老郎中把脑浆子一点一点刮去，力图把刮下来的脑浆抹进脑壳里，嘴里自言自语地说：我都给你收进来，总不能让你下辈子成了傻子。你要成了傻子，也不能怨我，我尽心了。

从山里找到的半个脑壳，被老郎中小心地安到原来的位置上，待不住，就用膏药把它粘好。再穿上衣服，跟原来的刘丙义一模一样。村里人惊叹他的本事，年轻人不觉得什么，年岁大些的人想，宁可得罪干部也不能得罪他。没了他，死了都难过。

村里哪个人比他有用？生老病死都在他一个人手上！刘丙瑞对他感激不尽，看着哥哥宛如死而复生，世间的情谊又有什么比得上！他对刘丙瑞，却有一份歉疚。因为刘丙义上台，他是一个幕后推手。

"文革"期间，村里的革命委员会主任是慈继红，自己改名叫慈红兵，是他的侄子。慈红兵不懂生产，靠两个副主任管，一个是任树堂，一个是刘丙义。刘丙义年轻，管事少，任树堂年纪大，自然管事多。

管事多，意见就多。村里人对任树堂意见大，却提不到桌面上。你偷懒，任树堂训你不对吗？你偷东西，任树堂不该骂你？骂一次两次没什么，时间长了就不满了。到了"文革"中期，村里恢复党支部，公社打算让任树堂当支书，村里不少人反对。那时各村都有公社派驻的包队干部，每天晚上去饲养房跟群众聊天。饲养房相当于大城市的茶馆，什么事都在那里议论。

有人问：革委会主任和支书，哪个大？

包队干部说：主任抓革命，支书促生产。

人们说：任树堂倒是懂生产，就是脾气不好。

包队干部说：我也相不中他！

这话刚出口，包队干部就后悔了，人们盯着他问：为啥？

包队干部只好说：他学大寨没有行动。

那天老郎中到外村接生，好几个人在村口拦住他。他吓了一跳，以为有人不行了。人们把包队干部的话重复了一遍，问：是不是该你上台了？

他摇摇头，说：我连党员都不是。

回到家，他的想法变了，觉得应该推一个人上台。村里人再找他，他询问了包队干部说话的前言后语,以为这是一个改变插剑岭的机会。他看准了刘丙义。刘长顺是村里的第一个党员,刘家是革命家庭,他们兄弟俩从不自私。在村里,除了韩家就是刘家跟慈家关系好。韩家是地主,刘家却是世代贫农,响当当的积极分子,上面一定能接受。

"文革"前是刘家的人当支书,任家、曹家也出过干部。慈家也有不少人拥护,可惜慈家有硬伤,不争权人们不提,一争权就被搬了出来。村里一度想让老郎中入党,每次都有人写匿名信,谁写的老郎中知道,见了面仍然点头聊天。他不想在村里有死敌。

有人曾想斗争慈弃智,斗不起来。谁没让慈弃智看过病?斗他连个发言的都找不出来。人们说他跟一个外国人给八路军做手术,救下的都是大官。村里后来天天学《纪念白求恩》,有人便说慈弃智给白求恩当过助手,又演绎成他是白求恩的徒弟。其实那个外国人不是白求恩,是另外一个外国人。

村里一要用老郎中,他就成了叛徒的后代;一要斗慈弃智,慈家又成了革命的。老郎中意识到他不能争权。插剑岭需要一个有能力的人,这个人绝不是他。别人对干部不满,是想要公平。其实任何朝代都没公平过,广播里常说巴黎公社,巴黎公社也做不到公平。

不管是公平,还是富裕,都是一个虚幻的灯塔。远看有,到跟前没了。也不是真没有,你抬起头来看,前面又有。这就是灯塔的作用,永远在前面。它的作用就是永远在前面,到了跟前反而没意思。你应该拿富裕做灯塔,还是拿公平做灯塔?大部分人拿公平做灯塔,老郎中跟他们不一样,他是拿富裕当灯塔的人。早先他们家除了从医,还开药铺,京城一些布庄、鞋庄,也有他们的股份,不然他们没能力资助康有为。他认为康圣人失败不是因为袁世凯,是他自己的错,错在拿皇上当了灯塔。

在去外村接生的路上，老郎中一遍遍地想着这些。他的医术尚未炉火纯青，心智却达到了高度。迁到插剑岭后，太爷爷慈济立下规矩，一代只能出一个郎中。两个郎中就免不了竞争，让亲人互相争斗是败家的征兆，京城那么大，多几个郎中没问题，插剑岭只能养一个。

有时原本传的一个突然死了，只好临时换一个，换上的人还没把医术学明白，上一辈的郎中已经死了，只能自己摸索。老郎中很幸运，三叔带了他十几年，除了治疗枪伤、跌打损伤和妇科接生，他也学到了内科诸症的治疗。慈弃智死后，他捧着祖上的医书一点一点地自学，白天听广播里的政治文件，晚上看磨损掉封面的古书。他知道古代有一些圣贤不当官，照样能影响社会。

在封闭的环境里，圣贤的作用大于官吏，官吏的影响是直接的、表象的，圣贤的影响是隐蔽的、内在的。老郎中在这类事上的悟性远超医术，他对村里的影响并不显示什么，别人找他商量事，他只是点头与摇头。如果他再有明确态度，村里人便如开悟了一般。

他每天也到饲养房，别人只去本队的，他六个生产队的饲养房都去。郎中不是一个生产队的，是全村的。有时他在饲养房遇到包队干部，对方问：你看谁当支书合适？

他说：谁当都得听公社的。这话既是回避，也是鼓动。

包队干部说：问题是有人不听公社的。

老郎中想起包队干部的那句话，他明白了，公社不喜欢无所作为的干部。他告诉包队干部：刘丙义行，有一次来了山洪，丙义跳进决口让人往身上填土。在场的人七嘴八舌地附和他：刘丙义有血性，是一条响当当的汉子，他能带着我们往前走！

包队干部下了决心，主角肯不肯出来还没把握。刘丙义的堂叔刘进祥是大炼钢铁时死的。当时他是支书，死前刚刚受到批评，说他炼钢不积极，对"大跃进"阳奉阴违。他是带着气上炉的，看到高炉开裂他把别人支开，自己抢修，铁水涌了出来，一个人转眼就没了。

他死后，他的堂弟刘进宝当了支书，先是"四清"，后来又是"文革"，他被打成走资派，夜里喘不上气来憋死的。刘丙义再不愿当干部，村里选革委会主任时让他出来，他不肯，只好让慈红兵当了主任，他和任树堂是副主任。

时间不长，上面强调党的一元化领导，在村里人的推举下，公社又让刘丙义当支书，刘丙义死活不答应。村里人找到老郎中：你劝劝他吧，只有你能说动他。

老郎中找到刘丙义家时，刘丙义老婆正生产。因为穷，刘丙义三十二岁才成家。老婆是外村一个寡妇，头一个男人结婚不久就死了，一个人守了几年寡又嫁过来。原来有一个孩子，留到了男方家。到了刘丙义家很快怀上了。

刘丙义老娘给别人接过生，对接孙子很有信心，看到老郎中跑来，又感动又难堪，说：我看你挺累的，没叫你。老郎中手里提着一包红糖，一包槽子糕。槽子糕是别人送给他的，快放干了，他说：我想讨你一口喜酒喝。

刘丙义在院里拔了两棵葱，跟老郎中喝起了酒。时间不长，里屋传来婴儿的啼哭声，老娘从屋里走出来，喊：是个小子。刘丙义高兴得泪都快流出来了。老郎中一边喝酒，一边做他的工作。

刘丙义刚得了儿子，心劲儿上来了，说：让我当支书，我就要领着村里人在山上挖一条水渠。山那边就是水库，为啥不能浇一浇咱们的地？

这是个庞大工程，老郎中觉得无法完成。不过，他首先想的是让刘丙义出山，其他都是第二位的。刘丙义上任是春天，播种时一滴雨都没下。没有雨意味着苗出不来。丙义蹲在地头不停地抽烟。看到地里稀稀拉拉的苗，他再一次下了决心，一定要挖开插剑岭，引来向阳水。

他找公社领导，领导说，光靠你们一个村不行，得全公社一起干。领导找其他村商量，反对的人不少，翻一翻祖宗八辈哪个人敢这么想？把插剑岭挖开，说好听是白日梦，说难听是疯子。公社领导说：大寨人干的事，也是祖祖辈辈不敢想、不敢干的，他们能干成，咱们为啥干不成？

看到公社的态度，有人找老郎中：不行啊！真这么干，还不如让任树堂当呢！

老郎中苦笑。当初都盼个能干的，现在又怕。说刘丙义没当支书还能在家喝粥，他上来，过不上安生日子了！

老郎中让他爹慈惠生去劝刘丙义，刘丙义拿出了《愚公移山》。因为不会行医，慈惠生在村里威信远不如他。他只好自己再去，他说：你想挖开插剑岭？不可能。

刘丙义问：难道一直穷着不成？

他说：挖山不如打井。每年冬天打两口井，十年打二十口，能保证全村一半以上的地浇上水，村里人吃饭不成问题。

刘丙义问：在山上打井有水吗？

老郎中说：人头上有血，山头上有水。找到会看水脉的，肯定能打出来。

刘丙义说：就算能打出来，到了干旱照样没水。咱们村里的两口井，一到大旱之年得排着队等水。浇地得用多少水，靠井水咋行？

老郎中承认刘丙义说得对。

刘丙义说：咱们村几辈人都是你这个念头，想干，又怕干不成，穷着又不甘心。你们让我当家，我就要把插剑岭挖开，插剑岭挖不开，我这个支书当着也没意思。

老郎中问：要是挖不开呢？

丙义说：那就下一代接着挖。

老郎中说：让你这一说，真成愚公了？

丙义说：愚公是古人，有没有还不一定，插剑岭人却有实实在在的力气，凭什么辈辈过苦日子？

看到刘丙义铁了心，他又帮着刘丙义做村里人的工作：就让丙义干吧，反正后面有公社，公社后面还有县里，总不能不管吧？

他不知不觉成了拥护学大寨的人。

誓师动员大会是在公社大院里开的，刘丙义坐在前排，公社领导讲完了，让丙义讲。丙义喜气洋洋的，他发言的最后一句是：就是头破血流、粉身碎骨，我也要把插剑岭挖开，让乡亲们过上好日子！

下面热烈鼓掌，老郎中心里咯噔一下，觉得这话不吉利。后来死的不光他一个，村里的精壮汉子死了三个，受了伤的七个。活着的人反而羡慕，工地上太苦了，不光活重，还吃不饱。刚刚补好的衣服穿半天就破了，每个人身上都是补丁摞补丁，来不及补的就靠肉扛着，扁担上、小车把上沾的都是鲜血。有人推着推着小车，身子一歪就躺倒了，走到跟前一看，已经睡着了。

老郎中看着刘丙义的遗体，觉得不该让他当支书。他当了支书，山没有挖开，把一条命送了。出殡那天好些人号啕大哭，老郎中当时没哭，回到家里大哭了一场。他把丙义害了。

挖山的事，公社没有结束的意思。

刘丙义出了殡，公社还要开追悼会。追悼会就是誓师会，集体宣誓要像愚公一样挖山不止，直到感动神仙。神仙是谁？不是别人，就是我们自己。随后他们举着红旗又上了插剑岭。

丙瑞领着他们又挖了两年，跟插剑岭的巍峨相比，村里人挖的那点就像没干过什么。有个记者说，那是他们跟大山的一次亲吻，老郎中听见这话笑了。记者有水平，再没有这个说法贴切了。

他们想停工。

丙义死时有人问，接丙义的是谁？他们想找一个结束的人。村里人对老郎中说：老老少少就看你了，过去救一两条命，你是郎中，现在救全村人的命，你是救星！

老郎中想了半天，说：上马，是丙义跟公社要求的。现在想下马，只能靠丙瑞，公社领导相中了丙瑞。

村里人说：丙瑞跟他哥一样。

他说：不一样。两个孩子是我三叔接生的，一个出来大哭大闹，一个出来安安静静的，在屁股上拍了两下才哭出声儿。小时候丙义跟人打架，遇到打不过的敢拿石头拼命。丙瑞赶紧回家，让大人把丙义叫回去。别人说停工，说不定被打成破坏分子。丙瑞是丙义的弟弟，他说什么领导都得听，比别人说话顶事！

老郎中忽略了丙瑞跟哥哥的感情，他是真想继承哥哥的遗志！后来，老郎中不断地说服他，像女人一样一点点地从灶下抽柴火，还不能让别人看出来。从那时起，他跟刘丙瑞产生了深厚感情。每逢有重大事项，两个人不用见面就知道对方的心思。一方做什么，另一方必定配合。

15

他们一串门，村里就有大事发生。

刘丙瑞看着老郎中给刘根生扎针，知道老郎中要干什么。他不能总让老郎中扎针，得靠碌碡。老郎中不肯求人，他觉得自己该出面了。

他找到老郎中说：走吧，咱俩一起去！

老郎中问：你知道我想去哪儿？

刘丙瑞说：你去哪儿，我就去哪儿。两个人都笑了。

杨伯峻把他们迎进村委会，众人一齐起立，韩小实、曹志军给他们让座、倒茶，江小童端来了水果。老郎中很感动，说：我来给你们添点麻烦，说说碌碡的事，我活不了几年了，慈家的医术还指着他往下传呢，总不能在他手里绝了吧？

刘丙瑞说：碌碡是我看着长大的，他没大毛病，想办法把他弄回来吧，咱们村离不了这个土医生！

杨伯峻说：我们也着急，刚刚想了个办法，你看看行不？

他把积极退赔，跟受害方达成和解的方案说了。

老郎中说：不义之财，该退。我回去问问钱在谁手里，让他们送过来。

杨伯峻随口问道：你知道起诉的人是谁吗？

刘丙瑞说：是买瓶子的古董贩子吧？

杨伯峻说：古董贩子也是被起诉的，真正买了瓶子的是周竞。

老郎中站起来：周竞？

杨伯峻说：古董贩子买走后，转手就卖给了周竞。周竞自己不肯出面，一直是他手下的人在打官司。

老郎中说：要是周竞，我就不退赔了。

连刘丙瑞都奇怪，说：周竞就不退赔了？为啥？

老郎中摆摆手，说：要是他，我不退赔。你们托人给他捎个话，就说他买的瓶子不是假的，就是从他家出来的。这是我说的。

杨伯峻说：我听不懂。

老郎中说：你们把话捎给他就行。瓶子的来历周竞知道，是不是元代的东西他也知道。你告诉他，这东西要不是真的，世上就没有真的了！

杨伯峻把两位老人送回家，立刻给公安局长打电话，转述了老郎中的话，说：麻烦你跟周竞转达一下，看他什么态度。

两天后，县公安局长打来电话，说：周竞表示，他不知道瓶子是老郎中家的，慈家对革命有巨大贡献，既然他说了话，我尊敬他，对碌碡的事不追究了。

杨伯峻问：他没提退赔？

公安局长说：没提。他也不在乎这点钱！

放下电话，杨伯峻百思不得其解。他让江小童把黄俊涛和梅长风叫过来商量。

黄俊涛前几天跟杨伯峻说想回市里，后来又改了主意，没有走。杨伯峻本来安排梅长风送他，看他不提，梅长风也不提。现在听到杨伯峻叫，梅长风拉着他走过来。

杨伯峻说了周竞撤诉，问：你们说，这是怎么回事？

黄俊涛怔了一会儿，说：他不会在老郎中手里有短处吧？

18 · 第十八章 小饼干

1

　　杨伯峻拿着江小童的书，每晚看一段。说实在的，他看不下去。西西弗斯是个外国神仙，因为冒犯众神仙，被惩罚推一块巨石上山。到了山顶手一松石头滚落下来，只好再往山上推。周而复始的劳役，成了他的人生。

　　小童为什么看这种书？推到山上的巨石一次次滚落，说明方法不对，也说明这种劳役毫无意义。江小童说插剑岭就是一块巨石，她显然认为扶贫难以成功。

　　那么，他们做这些又有什么意义？江小童说推就是意义。不过，她在这里干得兴致勃勃，完全看不出是个劳役者！

　　　　事先得知道，是否生活应当有值得过的意义。此处显示的正相反，生活因没有意义而过得更好。体验经验，经历命运，就是全盘加以接受。
　　　　……

　　江小童说接受失败就是意义，这是西西弗斯给她的答案。他们来插剑岭，是来接受失败的，工作队注定会成为一群失败者，这让杨伯峻心里窝火！

　　他到插剑岭，还没有像现在这么生气过，想狠狠地批评江小童。

　　转念一想，轻易批评就堵塞了沟通，江小童愿意把心里话告诉他，总比把心灵大门关上好。她每天都在全心全意地工作，不是他想象的那样。

　　理解比批评更重要。这几天他把书又看了一遍，仍然想不通。这是本钻牛角尖的书，开始看不懂，后来看懂了些，觉得更糊涂了。

你把石头推到山上，怎么能不管呢？怎么能听任它滚落呢？你可以一直扶着它，也可以想办法固定它，一次又一次往上推，不是在重复失败吗？

明知失败，为什么还要做？你不往上推它，也没什么了不起，完全可以先创造固定的条件，等条件具备了再往上推。既然是神仙，困难就不是不可克服的。对人也一样。

吃饭时他对江小童说：我要是西西弗斯，就先搬几块小石头，巨石推上山，用小石头挤住它。这个神仙有点笨。

江小童笑着说：加缪说的是一种明知不可为也要为的精神。西西弗斯在推的过程中找到了人生意义。人的追求不必成功，只要追求就有意义。这是我的粗浅理解。

杨伯峻说：咱们也有神话，愚公移山。愚公不是神，是人。所谓愚公，就是有点傻，有点笨的人，也能理解为没上过学，没文化的人。他创造了奇迹，把事情做成功了。没有人明知不能成功还要做。刘丙义想挖开插剑岭，是相信能成功，咱们来扶贫，也相信能成功。

江小童不高兴地说：这跟我说的不是一回事。

梅长凤说：你说的是明知做不成，还要做。杨局长说的是要么不做，做就一定能成功。我觉得杨局长说得对！

江小童解释不清。

黄俊涛一直低头吃饭。他沉浸在自己的痛苦中，不关心外界的任何事。杨伯峻问：黄处，你看呢？

黄俊涛放下筷子：这看在哪儿了。在外国是西西弗斯对，在中国是愚公对。中国是愚公的国家，外国是西西弗斯的地盘。外国神仙来了中

第十八章·小饼干　　755

国，不灵。

梅长风问：为什么？

黄俊涛说：我说的是事实。杨局长就是愚公，崔局长在台上时，谁相信杨局长能提拔？人家挖山不止，弄成了正处。我呢，就是一个西西弗斯，眼看把石头推到了山上，马局长一来，石头又滚了下来。不过，我不想再推了。接受失败有两种，一种是永远往上推，一次次地推；一种是压根儿就不推了，在山下扔着。我选择后一种，不当西西弗斯。

杨伯峻想，我什么时候挖山不止，弄成正处了？还没张嘴，江小童先不高兴地说：我什么时候说要接受失败了？这是你的意思。

黄俊涛一怔，道歉说：算我错了，行了吧！

书里那些激动人心的东西经他们一解释，都成了馊味儿的。江小童想按着书里说的，做一些明知做不成，也要做的事。她问：什么时候让我分管养猪场？

桌上人都愣了。

梅长风说：你还是跟我们养牛吧！这一段咱俩配合挺好。我不当西西弗斯，将来，咱们能把养牛做得比红玉牧业不差。

江小童一直看着杨伯峻，杨伯峻劝道：你先忙沟底的事吧！

江小童冲动地喊：我为什么不能做想做的事？你们不相信我！我能把养猪场搞好！

2

几天后周竞正式撤诉。

碌碡回到村里，不愿见村里人，更不敢见梅长风。杨伯峻本来要去看望他，见黄俊涛仍打不起精神，动员道：你和梅长风去看看碌碡吧！

梅长风也往前推他，说：咱们这就去！

碌碡一见他们就笑，笑着笑着眼圈一红，急转过身。

黄俊涛问：知道为什么把你放了吧？

碌碡说：多谢杨局长。

黄俊涛说：杨局长做了不少工作，不过，你能回来，是因为你爹的一句话。

碌碡回来还没敢去看老郎中，问：我爹说什么了？

黄俊涛把经过说了，碌碡想不出原因。卖瓶子的钱他交给了老婆，回来问，老婆说钱还在，问爹知道不知道，老婆说：爹没问过。

他低着头想了半天，说：我爹早先确实跟周竞关系不错。开山工程停了后，刘丙瑞提出辞职，公社领导说，不是你要求停工的吗？

刘丙瑞说：我才没脸再当这个支书，你们换有能力的吧！

公社只好让李沛义代理了几年支书。后来上面推行承包制，李沛义想不通，跟公社提出辞职。村里人想让刘丙瑞再出来。刘丙瑞不肯，我爹深夜去了他家，最后做通了他的工作。没想到这事让老裴知道了。

村里有个电工，姓侯，以前贪污全村的电费被刘丙瑞查出来，撤了。老裴鼓动他到乡里闹，说：别提电费的事，你就要求迁户口。你一迁，别人也跟着迁，乡里肯定重视。

乡领导看到这么多人迁户口，有些沉不住气。谭县长正好下乡，派人来调查，调查结果是刘丙瑞本来就不愿意当，谭县长拍板把裴震山提了上来。

碌碡说：从那以后慈家就背了，老裴编着法儿挤对我们。有一年，郝宝贵的儿子得了绞肠痧，吃了我开的药不管事，裴学锋开车把他送到了县医院。从县医院回来，郝宝贵到乡里告我。乡医院看了方子，说方子没问题。他们又告到县卫生局，县卫生局把方子和药都看了，也没查出问题，仍然把我的行医执照拿走了。我知道是老裴在后面搞的，让我爹求他。

我爹说：我不求，大不了咱们不看病！

我只好自己求老裴。老裴沉着脸问，你爹呢？我说我爹身上不得劲儿。老裴说，他不是不得劲儿，是你们慈家有本事，不求我！我说，哪有那个意思。老裴说，你回去吧，县卫生局的事我管不了。

村里人找我看病，我没执照。找我爹，我爹说，岁数大了，看不了病。他们只好找老裴。过了半个多月，县卫生局把行医执照送回来。村里人以为是老裴要回来的，我爹悄悄跟我说，是让山上的人要回来的。我奇怪，山上的人咋管村里的事？我爹不说。过了几天我又问我爹，我爹才说山上的矿是周竞的。

梅长风问：你爹认识周竞？

碌碡说：不知道，后来他什么都不说了。

黄俊涛猜不透老郎中跟周竞什么关系，梅长风也猜不透。回到村委会跟杨伯峻讨论，杨伯峻叹了口气说：看来老郎中也不那么简单！

正好韩小实和曹志军来，杨伯峻便问他们：老郎中跟周竞是什么关系？

韩小实说：老郎中咋会跟周竞有关系？不可能。

曹志军也说：碌碡瞎吹呢！别信他。

他们来跟杨伯峻商量任贵成的事。韩小实让任贵成赔牛，任贵成说：韩书记你借给我三万，我马上赔。

韩小实说：你不赔，以后别找村里办事，剩下的牛你也别养了，我们交别人养。

杨伯峻问：后来赔了吗？

韩小实说：僵到这儿了。我们说都不行，听说他只怕碌碡。

杨伯峻说：明天咱们一起跟碌碡说。

第二天一早，一行人先去了碌碡家，问：老郎中身体怎么样？

碌碡说：早晨吃了不少。一看见我眼睛就闭上了，说，别在我跟前晃了，让我清净点儿。我只好出来。

杨伯峻跟他商量任贵成的事，问：你去找他说行吗？

碌碡说：没问题，我这就去。

3

下午，任贵成拿着六千块钱来到村委会。韩小实让刘大计收了钱，任贵成说：剩下的牛你们赶紧拉走，再死我可赔不起了。

任海龙说：你好好养不就行了？

任贵成说：我不想养了。天天半夜起来添草，一两天还凑合，长了我受不了，我哪是受这罪的人！

他走后人们都笑。他是贫困户，一点苦不肯吃，贫困得理直气壮。韩小实带着气说：裴庆你明天把牛牵回来，用不了几天他就得找你说好的。你上赶着，他非拿一把，不理他，他就没脾气了，哪个村都有这路人！

杨伯峻说：这么养终究不是出路，养牛合作社得发挥作用！

第十八章·小饼干　759

养牛合作社一直没社长，韩小实动员裴庆当，裴庆不肯。又找了两个人，也不愿当，都觉得合作社长不了。以前搞合作化运动轰轰烈烈，说散就散了，不知道现在的合作社跟那时是不是一回事。韩小实说不是一回事，他们不相信。

韩小实说：裴庆，找不出合适的人，还是你当吧！

裴庆摇摇头说：这个社长不好当，入社的好些是刺头，没村干部压不住。

杨伯峻问：你说谁当？

裴庆看了一眼任海龙，说：任海龙一直分管沟底，他在城里打工时还干过供销，再找不出比他更合适的了。

看任海龙不反对，韩小实说：那就海龙干吧，裴庆你当副社长，管技术。再从沟底找一个副社长。

任海龙说：那就让赵明杰干！

杨伯峻问：赵明杰不是李来群的丈夫吗？

众人说：就是他，沟底的人都服他，他当了还能把李来群稳住。

杨伯峻想，没错，他要走了，尔雅不定又出什么事。说：这是个好主意，就让他当副社长！

正说着，黄俊涛走进来。杨伯峻又征求他的意见：你说赵明杰怎么样？

黄俊涛午睡刚醒来，打了个哈欠，说：我没意见。谁当我都没意见！

韩小实说：昨天我跟尔雅谈妥了，养猪场以后由咱们专供玉米，这几天就签合同。两个合作社的公章我让县里刻了，玉米合作社也得选个社长。

杨伯峻又问黄俊涛。黄俊涛说：谁都行，从志军和小实两个人里选吧！

韩小实说：那就让志军当！

曹志军说：一直是你抓的，还是你当好。

杨伯峻又看黄俊涛，问：你说呢？

黄俊涛想了想说：韩书记抓全面，曹村长管吧！

曹志军不再推辞，又商定了裴贵等人为副社长，一直议论到该吃饭才散。

晚上杨伯峻想，黄俊涛虽然情绪低落，却一直没走，说明还在犹豫。只要工作到位就能把他留住，当务之急是让他投入工作中。

他找黄俊涛谈话，说：咱们刚来时多难？班子一换工作立马就活了。单位的事也一样，我不赞成西西弗斯，却觉得西西弗斯的坚持也了不起。

黄俊涛本来想回去找崔局长，崔局长一直不接电话，他也不再提回去的事，说：杨书记，这两天我想通了，争呀抢呀有什么意思？我还跟着你干吧！

杨伯峻拍拍他胳膊：这就对了，我们都老了，世界是你们的！

晚上十点，黄俊涛不见了。门口的途观车还在，烟灰缸里烟头还温热，人却找不到。杨伯峻不敢让村干部知道，带着梅长风把能找的地方都找了。

一个不好的念头升上来，不敢说出来。梅长风也想到了，更不敢说。万一出了意外，他们怎么跟家属交代？杨伯峻沿着大沟来回走，搜寻可疑之处。大沟下面有一星亮光。他站住，不确定是人还是动物。动物眼睛夜里也是亮的。亮光不动，一会儿亮一会儿暗。他确定不是动物，让梅长风先回，自己拽着树杈子一步步走到下面。

黄俊涛手里的烟已经灭了，很快又点起一支。他坐在石头上，后背冲着杨伯峻，心里知道后面是谁，没动，使劲儿抽烟。

杨伯峻坐到他身边，也点起一支烟。过了好半天，黄俊涛说：杨书记，我知道你这会儿想什么。

杨伯峻说：你说想什么？

黄俊涛说：你看不起我，咱们局里的人都看不起我，你们想，这小子完了！

杨伯峻没回答。黄俊涛进入了困局，怎么回答都解不开他的疙瘩。他问：我不顺的时候，局里人也这么看我？

黄俊涛说：是，他们说杨伯峻这辈子翻不了身，人人都远离你，我也一样。我见了你客客气气，心里知道你完了。别看你是副局长，还不如我。

杨伯峻问：现在怎么样？

黄俊涛说：现在你赢了，翻过身来了，我完了。

杨伯峻说：我能理解你。

黄俊涛冷笑：理解有什么用，理解不理解我都是个笑话。你现在不是咱们局的人了，我还是，我想走，走不了。前几天给崔局长打电话，他连接都不接。一想就能想到，他每天在家里也是度日如年。他受煎熬是因为拿到了好处，我为什么？这些年我在局里兢兢业业，说是为工作，其实是给他卖命。他完了，我也完了。

他哭起来，一把鼻涕一把泪的。杨伯峻怕村里人听到，说：好了。

黄俊涛放低声音，说：我不怕别人听。不瞒你说，刚才我一头栽下去的心都有。想了想不行，万一死不了成了残疾人，把自己家的人坑了。

杨伯峻说：你这么想就对了，有什么大不了的？无非是顺了，不顺。谁都不可能老顺，也不可能老不顺。你觉得我又提拔了，我想什么你知道吗？

黄俊涛问：你想什么？

杨伯峻说：你说我挖山不止，把事情弄成了。我没挖山不止，你受的煎熬我都受了。现在我想，我还能干几年？要是早一点来村里能干多少事！那些年，那么多时间白白流逝了！一想这些心里就是苦的。

黄俊涛说：我更苦。你苦，最后是甜。你是愚公！我算什么？一遍遍地往上滚石头，眼看着石头滚下来，从我身上滚过去，碾着我的心！

4

老郎中今年九十二岁，大部分时间靠着被子发呆。地上有一把太师椅，八十岁以前他天天坐在椅子上，每天吃完早饭沏一杯黄芪，喝到没滋味了再把药渣嚼烂咽下。午后小睡片刻，他沏一杯花茶坐在椅子上慢慢品，当时谁都看不出他是八十岁的人。旁边八仙桌上放了一把梳子，是梳胡子的。衣服有一点儿脏他都要换，两眼晶亮，皮肤光洁，看上去永远那么精神。他每天吃两颗鸡蛋，早晨一颗，中午一颗。家里人有一点不乐意，他便随手抄起东西砸过去，骂：我白养你们这些兔羔子了！

为了给他吃鸡蛋，家里养了好些鸡。村里人也常给送。九十岁后他不吃鸡蛋了，孙子让他吃，他也不吃，说：该死了，不吃了。

他前后娶过三个老婆，有五个儿子，九个孙子。有一年，一个孙媳妇得了子宫癌，为做手术到处借钱，村里人都躲着他们。他听说后让碌碡到西房墙根下挖。挖了半天什么都没有，碌碡不肯挖了。

他举着拐棍儿说：再挖！

不一会儿听到了瓷器破碎声，碌碡大喜，换了铲子小心翼翼地抠，很快看到一罐银圆，俗称袁大头。碌碡那时还没倒腾古董，不知道袁大头已经涨到四百多一枚，随便拿出几枚就够做手术的。

老郎中沉着脸说：谁要说出去，以后再不告诉你们了！

这个惩罚比什么都有效，小辈们意识到，每天吃两颗鸡蛋的老爷子不白活着，一开口就生钱。让碌碡震惊的是，有人看上了那个罐子，问：五千块卖不卖？

碌碡眼珠一转说：不卖。

问：多少钱卖？

碌碡说：最低也得一万。

人家扔下一万就抱走了。有人告诉他，这种斗彩波涛飞象天宇罐，是明代的。

碌碡说：让我挖坏了。

人家说，毕竟是成化年间的东西，不是残了，一罐银圆比不了这罐子的一个零头。

碌碡从那时知道，倒腾古董比看病、打卦、看阴阳宅都挣钱。他悄悄在院子里四处找，有一天正在墙角挖，老郎中突然在他身后问：找着了吗？

他吓了一跳，起身说：我没找。

老郎中说：瞧你那点出息，东西是有灵性的，它会让一个不务正业的人找着吗？

碌碡诺诺而退，叮嘱家里人：千万别让老爷子生气，他一蹬腿，家里的宝贝就找不出来了。

老郎中对儿孙们的心思看得清清楚楚。平时在院里散步从来不在一个地方停留，如果他在哪儿停一会儿，很快就会传出挖掘声。

一天，他把碌碡叫到跟前，说：我看见你三爷爷了，他叫我过去。你说我该不该去。

碌碡说：不去。

他说：我想去，省得在这边拖累你们。

碌碡说：不拖累，我们愿意你在这边。

他说：我知道你们为啥，家里还有东西，我想不起来藏在哪儿了，得慢慢想。

碌碡说：你去了咱们家太亏，慢慢想吧！

老郎中说：你三爷爷拿着棒子在那边等我！我不敢去！要不是因为我，他能当大官儿！咱们家就是革命家庭了。

村里人说，三爷爷慈弃智暴露了八路军兵工厂，老郎中最知道怎么回事。"文革"时慈红兵领人揪斗刘、曹两家，另一派红卫兵把慈弃智押到了台上。他们让慈弃智交代受谁指使，怎么潜入到了革命队伍里，下级是谁，谁是发展的骨干。慈红兵听出来，这是想把慈家都牵连进去。他跳到台上踹了慈弃智一脚，慈弃智当场吐血。慈红兵没有一丝一毫心软，厉声喝道：慈弃智，你必须把上线下线都交代出来。慈弃智从地上爬起来，一个一个地说，几乎把每一家每一户都说到了。台下人个个心惊肉跳。慈弃智话锋一转：这可能吗？咱们村没这么多坏人！有我一个就够了！从尴尬中醒悟过来的造反派高呼口号，喊：把坏分子慈弃智押下去！

那是慈红兵和慈弃智最精彩的一次配合。谁都没想到，台下的老郎中有多难受。那一年他已经四十岁，人们还叫他小郎中。

慈家每代只传一个，三叔没传自己儿子传给了他。十四岁那年，他跟着几个孩子上山玩耍，看见三叔在山上采药。怕三叔看见，他拐到另一条山路上。迎面过来几个人，背着有探针的包，其中一个叫住他：小孩儿，你过来！

他迟疑地走到他们跟前。他们给他糖，给他饼干。糖以前吃过，饼干第一次吃，那种入口即化的感觉很美妙。他们问他什么，他都随口答了。他知道山上有八路军，记得那些人没有问这些，问的都是跟这无关的。问完，他们走了，三叔赶过来问他说什么，他复述了一遍，三叔头上出了汗。他以为三叔是累的，不知道那是因为紧张。

说到这里，老郎中开始流泪：我害了你三爷爷，我不敢去，怕他打我。

碌碡问：你说了什么？

老郎中醒悟过来，说：我忘了！

碌碡说：你医术学得好，三爷爷没看错你。

老郎中不说话，一直流泪。碌碡没见父亲这么哭过，觉得他糊涂了，也许事情根本不是他想的那样。

被开除了党籍的慈弃智，天天逼他背书。汤头歌诀，十八反，伤寒杂病论，都是三叔传授给他的。村里人叫他小郎中，叫三叔老郎中。小郎中不怕爹，怕三叔。这个家族除了老祖慈济，三叔医术最高。村里人到现在都崇拜他，说碌碡连他一根脚指头都比不上。

老郎中学医时，三叔扔给他一块木枕，让他给木头把脉。他说：木头咋能有脉呢？

三叔说：你在木头上能摸出脉，脉术就成了。

他百思不得其解。直到有一天他真在木头上摸出了脉，一天比一天清楚。他说：我摸出来了。

三叔说：你能给人号脉了。

再到人腕子上一摸，各种脉象分得清清楚楚，迟脉、浮脉、滑脉。长大后明白不是木头有脉，是手指上有。木头上摸出的是手指里的搏动，练的是手指的敏感。

到了二十多岁，他明白了鬼子问他话的意思。八路军兵工厂被破坏了，三叔声称是自己说漏了嘴。刘长顺不信，知道他在保护侄子。一个孩子说漏嘴不是有意的，他们给了慈弃智处分，上级不干，要求开除他党籍。明白这一切后，老郎中发愤学医。三叔上山采药，他跟着，每一种药都在嘴里尝过。给病人开方子，没用过的方子他都自己喝一剂，把药性体会清楚。三叔把希望寄托到他身上。他背负的是责任与负疚。每救一个人，心里都好受些。

选择下一代郎中时，他选了碌碡，这让整个家族不满。碌碡是他第三个老婆生的，最小的孩子都招人喜欢，他说不学医太可惜了。家族里有的是比碌碡聪明的，他的决定使慈家医术走了下坡路。

碌碡被带走那天，他失手把一个盖碗打碎了，家里人说：碎碎平安。

过了一会儿他听到了汽车声，问：是警车吧？又抓谁来了？

家里人奔出去，他坐直身体听外面的动静，隐隐听见碌碡媳妇在哭，问：碌碡媳妇哭啥呢？

家里人说：跟碌碡生气呢！

第二天老郎中早早醒了，问：碌碡呢？

家里人说：去县城了。

问：干啥去了？

答：倒腾老东西去了。

到了下午他又问：没回来？

家里人说：回来了。

他说：让他来，我有话问他。

家里人说：回来又走了。

一连几天他不再问碌碡，一整天一整天不说话，脸上的皱纹越拉越长。梅长风被带走后，家里人不敢告诉他。直到梅长风被放回来才敢跟他说。其实他早知道梅长风出了事，把这两件事联系到一起，心里明镜似的，他说：把碌碡媳妇叫过来！

碌碡媳妇一边哭一边说。他听了沉默不语。过了一会儿他说：早晚有这么一天，老天爷神明着呢！

碌碡媳妇说：爹，你总不能让裴家的医脉断了吧？

这话打动了他。他下了炕，让家里人给他穿衣裳。一个孙子要跟着，他不让，一个人走。都以为他要去村委会，没想到他去了刘丙瑞家，给刘根生扎完针就回来了。家里人问：你找刘丙瑞干啥？

他说：你们给他抓药吧，抓好送过去。说完，他把方子扔了出来。

家里人抓好了药，问：现在就送吗？

他说：送。

到了刘丙瑞家，他们问：我爹来跟你说啥了？

刘丙瑞说：没说啥，给根生扎了针。

家里人还想再问，刘丙瑞说：回去吧！碌碡没事，你爹有办法。

家里人疑疑惑惑地回来，想不明白两个老人在打什么哑谜。等到碌碡真回来，他们更疑惑了。

5

在村里人眼里，老郎中是插剑岭的智多星。他们说：有老郎中治不好的病，没有他办不成的事。还有人说老郎中能通神，碌碡算卦、看阴阳宅是跟他学的，只学了点皮毛。

村里又来了警车。村里人蜂拥到外面，见两辆警车一前一后开到裴学锋家门口。

裴学锋早有预感，对警察说：我正等你们呢！

警察还是以前来过的那两个，一个岁数大些的警察说：走吧！

车开到老裴家门口，裴学锋说：先停一下，我跟老叔说句话。看警察犹豫，他又说：就说一句。

警车停下，他下了车，从地上捡起半块砖头朝老裴院里扔进去，院里传来玻璃的破碎声。两个警察上前摁住他：你敢当着我们胡来！

裴学锋说：这是我叔家，我叫他出来。

老裴走出来，说：好小子，这砖头扔得真准！

公安人员把裴学锋放开，裴学锋说：老叔，我走了。以前你能把我捞出来，这回还得给我想办法呵！

老裴说：你老叔没办法了，扔炸弹也没用！

裴学锋梗着脖子说：那这一砖头，算是我谢你了。

老裴问：谢什么？

裴学锋说：谢你以前对我好，心疼过我。

老裴哼了一声，说：你那天夜里不是谢过了？

裴学锋愣了：你咋知道那天夜里是我？

老裴说：满村的狗叫，就自家的狗不叫，不是你是谁？

裴学锋恍然大悟，低声说：老叔，还是你厉害！

老裴说：你以为你有本事了，差得远着呢！我问你，小康村证书是不是你塞进我抽屉里的？

裴学锋一怔，说：就算是吧！

老裴说：什么叫就算是，到底是不是？

裴学锋说：是。

老裴说：要是别人扔进来，我还能想通。你老叔想了好几天，就是想不通这个道理，我哪儿对错你了，让你这么恨我？这辈子你坑我还不够是不是？

裴学锋说：谁坑谁还不一定呢。我这一辈子，开始不知道亲爹是谁，后来知道了，也没有人叫过我一声儿子。我有娘，没吃过娘的一口奶，倒看见有人天天欺负我娘，直到把我娘害死。把你换成我试试，看看你是啥德行。

老裴哼了一声，说：行，你说得明白。

裴学锋说：那就再见吧！

村里人都听傻了。事后，他们说这个"再见"不吉利，搞不好老裴也得进去。两天后警车又来了，直奔老裴家。老裴穿戴得整整齐齐，两手抄在一起。他在前面走，警察在后面跟着。一个警察打开警车门，上车时老裴脑袋磕了一下，下意识地去摸头，露出了手腕上亮晶晶的手铐。

彩虹从屋里跑出来，手里举着一条围巾，一边跑一边流泪。警车开走，她在后面追了几步，站在那里哭。人们悄悄议论：挺好一个孩子，可惜了！正感慨，听到"砰"的一声，接着"哐"的又一声。刘玉柱家在放二踢脚，接着又是一阵鞭炮，是刘玉凯家。很快，村里的鞭炮声、二踢脚声连成了一片！没有鞭炮的把轿鼓搬出来，在院子里猛敲！比过正月十五还热闹!

第二天,村里传出裴学锋是老裴跟沟底一个女人生的。大清早,一个老太太把襁褓放到他家门口。他老婆看了一眼,缩回头,一会儿又把孩子抱了进去。几天后他哥从外面回来,说抱养了一个孩子。问从哪里抱的,他不说,说怕孩子知道了认亲。人们都想知道沟底的女人是谁,没有人说,只是说:怪不得李来群打了他一耳光。

这个村,敢打老裴的只有李来群了。人们想起来,李来群的老娘死得很惨。过去,这些事人们都不敢提,只有个别人悄悄议论。现在终于敢说了,有文化的说这叫天网恢恢,疏而不漏。半个月后,县城的雷律师被抓,县公安局一个退休局长被纪律处分,刘根生见义勇为的称号恢复了。村里人去看刘丙瑞,见一家人抱在一起哭,他们都跟着流泪!

6

碌碡回来的第二天,老郎中发起了高烧。这之前他天天萎在炕上,懒得跟家里人说话。碌碡看他,他跟家里人说:别让他在我跟前晃!碌碡只好灰溜溜地走开了。

大儿媳妇给他煮了姜糖水,他喝了稍好一些,说:给我把炕桌搬上来。又要来纸和笔,让家里人都出去,自己在炕桌前写。他把写好的东西装进一个信封封好,压在枕头下面。很快他又烧起来,晚上烧到三十九度多。家里人摸他的额头,像一个火炉。

碌碡附在他耳边问:用不用去医院?

他说:不去,让我死在家里。

碌碡给他开了方子,说:爹,你看看这个方子行不?他瞅了一眼扔到一边,自己给自己号脉、开方子。他一味一味地说,碌碡在一旁记。抓好了药,又让他看,直到他点了头才去煎药。

药煎好一口一口喂下去,身上出了汗,不一会就睡着了。第二天醒来精神多了,把枕下的信递给碌碡,说:这信你收好,我死前谁都不准看。我死了交给杨局长,能做到不?

碌碡说:能!

他说:你走吧!

看着碌碡的背影他不是滋味:四十多的人了,不能再不懂事了吧?这几个月,碌碡医术长进不少,让他燃起了希望。

时间不长他又发烧,迷迷糊糊地回顾自己一生,觉得对不起祖上。他的医术是三叔慈弃智教的,家里人觉得他天分高,有出息,看他的眼神都不一样。实际上他远远赶不上三叔,还耽误了慈家的传承。慈弃智的亲孙子天资远超碌碡,他仍然传给了碌碡。那个孩子后来想参军,没通过政审,时间不长遇车祸死了。睡梦中他猛然惊醒,心怦怦乱跳,喊:三叔,我对不起你!

家里人以为他喊人,跑过来问怎么了?他又不说话了。过了一会儿,问:碌碡呢?

碌碡赶紧说:我在呢!

他问:信收好了?

碌碡说:我锁起来了。

他放了心,说:慈家败在了我手里!

慈家十几代人行医,从老家混到京城,现在这一支医脉要断送在碌碡手上,他有些不甘心。家里人看他喃喃自语,又说:老爷爷,有什么话你就说吧!

他说:没话。

他知道他们想让他说什么,心想:一代不如一代!

杨伯峻听说老郎中病危,带着黄俊涛看望。老人烧得迷迷糊糊的,听到杨伯峻来,还要坐起来。杨伯峻说:您别起来了。

他坚持坐起来,问:碌碡呢?

碌碡说:爹,我在呢!

他说:你回来了?

碌碡说:回来了,回来好几天了。你忘了?

他说:我忘了。

杨伯峻说:碌碡的事已经解决了,你放心吧!还有什么要我们做的,你就说。

老郎中问:有人跟你说过山上的事吗?

杨伯峻说:说过,说得不详细。

老郎中摇着头说:插剑岭的关键在山上。这话以前我不敢说,现在不怕了!

杨伯峻点点头。老郎中又说:我这辈子糊里糊涂过来了,儿女都不争气,我不甘心!看到插剑岭一直穷,我也不甘心!慈家的医脉断了,我更不甘心!三个不甘心就像三把剑,插在我心里。我写了封信,让碌碡以后给你。

杨伯峻知道信里有要紧事,说:谢谢你信得过我。

老郎中说:我不放心碌碡,你替我管束着点儿。

杨伯峻答应着,宽慰了几句离开了。

第十八章·小饼干　773

7

老郎中一连烧了五天，第六天觉得走进了山里，周围是茂密的树林，身上一阵阵打寒战。荆条从树丛间伸过来，拽他的衣裤，一只黄蝴蝶在他身前身后飞，他想捉，蝴蝶忽上忽下地躲闪着。

追着蝴蝶跑了几步，看见五个陌生人走过来。一起玩耍的孩子跑远了，陌生人招手叫他，他站住，想：这大概就是日本人吧？他们说中国话，问：小孩，你常来山里玩吗？

他点点头。

一个陌生人问：山里什么地方好玩？

他看了看周围，用手随便比画了一下。

那人说：哦，这一带很不错。说着从兜里拿出两块糖递给他。他剥开一块放进嘴里。对方问：知道这是什么吗？

他说：糖。

他们议论：这孩子知道糖，不是一般人家的孩子。

他说：我们家是郎中。

他们又拿出一包东西：尝尝这个，吃过吗？

在他们的鼓励下他吃了一块，不只甜，还很香，也有些咸，各种美妙味道他说不清，就像无数花朵在嘴里盛开了。他说：没吃过！

食物的味道让他松弛，话也多了，说了山里好些东西，最后说：都没这个好吃！那些人笑了，问了他好些事，山里什么东西能吃，在山里生活吃不上饭，吃什么，有没有人常年在山里住？

他脱口而出：有。

他们问：在哪里？

他说：我不知道，反正常年在山里。

他们问：他们吃什么？

他说：有人送饭。

问：往哪里送？

他说：不知道，光知道送到瀑布边。

问：多少人送，多少人接？

他忽然警惕起来，说：问这干什么？

那人又拿出一包吃的，递给他。说：这个都给你。

他拿出一块，这种长方形的，薄薄的东西是怎么做出来的？叫什么？他想问，还没有张口，那些人又问他：几个人送？

他说：反正不是一个人！

又问：这瀑布怎么上去？

他说：不知道。

一扭头，看见三叔在山上看着这里，他有些怕。问：你们问这干什么？

那些人说：没什么，随便问问。

这些人后来再没见过，山上的八路军兵工厂被日本人破坏了，村里死了好几个人。他没有把这两件事联系起来，只是感到三叔不太喜欢他了，有时盯着他看，他一看三叔，三叔又不看他了。

他二十多岁时村里有了供销社，里面什么都有，各式农具、布匹、食品、油盐酱醋、糖、砖茶都有，村里的事情都在那里议论，比如建高级社，吃食堂，等等。有一天他看见供销社进了新货，一下认出这就是日本人给他吃的。他问：这是啥？

卖货的说：万年青饼干，上海产的。

第十八章·小饼干　　775

他差一点说出：我吃过。他已经长大，明白有些事说不得。倾诉欲很难控制，幸亏人们转移了话题，说起上海离这里有多远。

人们走后，他跟售货员买了半包饼干。这种给他家带来厄运的东西七毛钱一包。村里人很少买，只偶尔给孩子和快死的老人吃。

他说：饼干。

外屋好些人在闲聊，都没听见。

他又说：我知道在哪儿。

这一回都听到了，家里七八个子女围过来，碌碡问：爹，你说什么？

他说：我想吃饼干。

家里人赶紧出去买。他吃了一块，说：不是这个。又有人跑出去，这一次去了乡里，结果仍然不是他想要的，他说：这饼干不如早先的好吃。

家里人说：那时候挨饿，吃什么都香。

他嘴里含着那块饼干，眼里不时流泪。家里人说：别着急，又出去买了！碌碡一会儿就回来。过了一会儿，他喊：扶我起来。

两个孙子一个孙媳妇上前扶起他，吃了饼干，他的精神异常好，家里人意识到这是回光返照，整个家族聚集在屋里，等着他说话。他说：我知道你们想听什么，没你们想听的，走吧！除了几个重孙子，其他人都不走，说：总得嘱咐我们几句吧？

他喘了一会儿，说：把你娘的坟起出来，跟我埋在一起。

家里人说：现在推行火葬。

他说：先烧，烧了再埋！你娘原来埋的地方不要了，在山里找一个不开矿的地方把我俩埋了。别立碑，也别修墓地，让村里人忘了我！

家里人议论：总得有个上坟的地方吧？

他说：听我的。你们都走，让碌碡留下。

碌碡刚回来，站到他跟前，其他人离开了。有人把耳朵贴在门上，听他跟碌碡说什么。透过门缝，他们看见碌碡站起来，弯下腰，把脸几乎贴到他脸上。他嘴在动，忽然抬起手指点门的方向。偷听的人赶紧走开了。

五天后老郎中咽了气。杨伯峻带着工作队和村干部赶到慈家帮助张罗丧事。除了本乡，他们还通知了县里有关部门和在本乡工作过的干部。

天上下着小雨，中午成了瓢泼大雨，很快又变成绵绵细雨。慈家在雨中搭起灵棚，村里人陆陆续续涌来。儿孙辈们穿着白衣、白帽，腰里扎着麻绳，他们的哭声在雨中传得很远。除了本村，还有外村人来吊唁。乡里和县里的领导来了，工作队先接到村委会，再由梅长风领到慈家。

有人提出老郎中不火化，在村里土葬。老郎中救过多少人，不应该火化。这是违反丧葬政策的。杨伯峻和韩小实分别跟慈家儿女谈话，做通了他们的工作。碌碡答应先火化，再土葬。

村里人都来了，村里五六十岁的，大部分是老郎中接的生。生孩子是过鬼门关，他让他们安全落了地。有人找到韩小实，说：老郎中年年在山里采药，应该把墓地放在山里。杨伯峻陪着碌碡上山，选了插剑岭主峰下的一块向阳坡，碌碡说这地方是老郎中生前看好了的，村里人听说后赶过去帮着挖墓。

挖墓的人一边干活，一边议论老郎中做过的好事，这些事说不完。每一家，每一户都有一段难忘的经历。一九六二年，村里按上级要求搞食物增量法，把一两粮食做得像三四两那么大。人们饿得前心贴后心，脸色

第十八章·小饼干

蜡黄蜡黄的，走路腰都直不起来。他用黄芪熬汤，让大家把黄芪汤掺在粥里喝。

村里的粮食吃光了，就吃野菜。野菜吃光了就吃榆树皮，榆树皮吃光了吃山药蔓子，吃棒子芯。把棒子芯磨成面，跟棒子面掺了蒸着吃。吃这种饭拉不下屎，那也得吃。他在山上采了药，把三味药掺到面里，人们很快拉出来了。那一年村里没饿死一个人，都说是老郎中的功劳。

出殡那天，送葬队伍哭声震天，各家各户倾巢而出，掩面哭泣。蒋社教带着乡主要领导来了，县人大、政协也来了人，不知道是什么官职，有人说是退休的县长，现任县人大、政协领导。领导后面跟着一个黑胖子，满脸横肉，眉目之间满是晦气。见过他的人说，这就是大名鼎鼎的周竞。前些日子他把碌碡弄进局子里，听说是老郎中的儿子又放回来了。碌碡看到他很冷淡，连手都没有握。这时候他们顾不上热情。

随着司仪一声：起灵！哀乐奏起来，轿鼓敲起来。八个精壮汉子抬起棺材，缓缓前行。棺材里放的不是遗体，是骨灰。按照老风俗，村里人要重新下葬一次。

碌碡全身披麻戴孝，打着幡走在送葬队伍最前面。到了墓地，他趴在地上哭昏过去几次，村里人听着他撕心裂肺地喊：爹，我不争气呀！让我跟着你走吧！都有些动容。他的嗓音已经劈了，哭着哭着鼻子流出了血，泪水和血水流在一起。

出殡前，他们商量该不该把老太太的坟起出来。起一次坟太麻烦，老太太在地里埋了二十多年，说不定棺材早烂了。争执不下，碌碡问刘丙瑞。刘丙瑞说：按你爹说的办！

神奇的是，起坟时发现棺材下面不对劲儿。有人喊：有东西！全场一下静了，众人停止哭泣朝坟坑里望。有人推碌碡，碌碡不动，说：我不看,我也不要。一个孙子跳下去,抱着罐子爬上来。打开里面是白花花的银圆。

碌碡媳妇说:再挖挖,说不定还有!

家里人下去挖了半天,没有了。事后他们议论,这罐子银圆是什么时候埋进去的?老太太出殡时全村人都去了,没埋过东西。罐子是事后埋的,还是提前埋的?这老人真是人精呵!

碌碡让人把银元收起来,把老太太的尸骨收到一个瓶子里。老郎中的骨灰也装在一个一模一样的瓶子里,两个瓶子并肩放到了墓坑里。

周竞看见瓶子脸色变了,因为瓶子跟碌碡卖的瓶子一模一样,明显就是慈家的东西。只是,这些瓶子以前放在哪里,连碌碡也不知道。

老郎中刚下葬,周竞便独自离开了。他低着头匆匆上了车,没跟任何人道别。这一幕梅长风看见了。回到村委会,他告诉杨伯峻。杨伯峻问:你看清楚了吗?

梅长风说:瓶子我当时反复看过,只是原来的一个瓶子变成了两个。

夜里,杨伯峻一直在想,周竞和老郎中到底什么关系?他匆匆赶来参加葬礼,好像就是为了看一看那个瓶子。

19 · 第十九章 红色景点

1

杨伯峻任县委副书记后，县里工作多，村里有些忙不开。他跟黄俊涛谈，希望黄俊涛多发挥作用。上次两人在大沟里深谈过一次，黄俊涛比以前工作主动了些。

没想到黄俊涛对韩小实意见很大，说杨伯峻在县里开会时，韩小实处理事不跟他打招呼：他看不起我。

杨伯峻了解的情况并不是这样，说：他是搞私企的，对请示、汇报这一套不习惯。

黄俊涛说：他怎么请示你呢？还不是看我在单位背运了。

杨伯峻说：他怎么能知道。

黄俊涛说：有人跟他说了吧？听口气，连梅长风也怀疑了。

杨伯峻说：没人跟他说过，这我能保证。

黄俊涛仍然萎靡不振。

杨伯峻问梅长风怎么回事。梅长风说：他这几天正联系调动呢！好像是教育局，他不说，我也不问。

杨伯峻说：他没搞过教育，去那儿干什么？

梅长风说：教育局长跟崔局长是亲家，崔局长给他联系的。

杨伯峻想了想说：他有这个想法，咱们想留也留不住。我不在村里，江小童刚参加工作，我只能多依靠你了！

梅长风说：我尽力。不过我能力比不了黄俊涛，他好歹还是个处长呢！

杨伯峻想起梅长风连副科还都不是。在市里开会见到马局长，马局长问有什么困难。杨伯峻说：小梅最近进步很大，他年龄也不小了，还是科员呢!

马局长沉了一下，说：上次拘留他，局里都传开了。

杨伯峻说：不是拘留，是询问情况，通俗说叫喝茶。事实也查清楚了，诈骗案跟他没关系。

马局长问：让他退了二十万，有这回事吗？

杨伯峻说：诈骗犯是他的朋友，给了他一笔辛苦费。

马局长说：这就比较麻烦。

马局长后面的话没说出来，他也听明白了，解释说：他当时就退了，跟办案人员也说清楚了。马局长没有再说什么。

回到村里，梅长风说：我早就不想提拔的事了。

杨伯峻说：你没负担就好。尔雅那边怎么样？

梅长风说：企业有韩技师管着，没问题。尔雅现在连胡子都不刮，一整天一整天不出屋，也不画画。韩技师天天担心，又不敢跟姚红玉说。

杨伯峻说：养猪场现在是三个企业，分量太重了。你想办法多跟他接触，养猪场那么多女工，我也捏着一把汗。

梅长风说：这你放心，他才不会看上她们！他能爱李来群，绝不会爱女工。

杨伯峻问：为什么？

梅长风说：因为他太单纯了。

杨伯峻很意外，说：你这个说法倒新鲜。

梅长风说：一个单纯的人，复杂才能打动他。他找的是母爱。

杨伯峻怔在那里想：尔雅需要复杂，黄俊涛需要什么？大概需要单纯吧？

出了李来群的事后，杨伯峻把江小童从养猪场撤出来，对尔雅是个打击。他整天谁都不理，胡子也不刮，有时一天只吃一顿饭。江小童知道后几次提出再管红玉牧业。杨伯峻没敢答应，说：那里交给黄俊涛，你别管了！

江小童说：黄处哪有心思工作？让我去吧！

杨伯峻迟迟下不了决心。江小童说：一个村妇都能左右他，他也没什么了不起。我想好了，只跟他做普通朋友，他不敢怎么样我。再说还有韩技师和刘海翔，都能帮我。

梅长风提醒杨伯峻，工作不能再靠黄俊涛了，江小童愿意管养猪场，倒不如让她去。

杨伯峻摇头，说：我有些担心！

梅长风说：她敢去，肯定想好了办法。现在的女孩子比咱们强。她去了，起码养猪场的女工们能收敛些，听说那些女工天天在尔雅屋里。

杨伯峻说：我征求一下江秘书长的意见。

江秘书长回电话说：我跟她妈尊重小童的意见，她愿意分管养猪场，我们不反对。

江小童信心满满地说：杨局长，你放心吧！我不跟他单独来往，有事找韩技师说。

江小童让韩技师领着来到尔雅办公室。

尔雅胡须纷乱，脸都没洗。看到江小童他还以为自己眼花了。

江小童说：工作队分工由我负责红玉牧业。愣着干什么，不欢迎是不是？

尔雅说：我以为你不理我了。

江小童凛然道：我为什么不理你？你的个人生活跟我没关系，我来是工作的。说完穿上工作服巡查猪舍。尔雅在后面跟着，试探道：上次给你画的像，还没画完呢！

江小童说：别跟我说画画，你现在不是画家，是企业家。我也不是模特，是工作队员。你要谈，只谈工作。

两人差点儿又说戗了，好在尔雅经了李来群的事，收敛多了。

看完猪舍，江小童又看了两个工地，尔雅和韩技师一直跟着。江小童说：你干你的去吧，有韩技师跟着我就行。

尔雅又跟了几步，犹犹豫豫离开了。江小童跟韩技师一边巡查，一边聊天。韩技师给她介绍工作流程，江小童听得很仔细。

听到江小童以后还来，尔雅有些兴奋。江小童提的意见他都让韩技师整改了。

江小童隔两天来养猪场一次，只找韩技师，故意淡着尔雅。尔雅慢慢也接受了，他又拿起画笔，在屋里画画。女工们天天在他屋里聚集。

有一天，女工们给猪打防疫针，尔雅也在一旁帮忙。趁着江小童抬头，尔雅主动搭话，说：别看打了防疫针，我们还是胆小，就怕传染上猪瘟。

江小童说：防疫够严格了，进来要经过消毒，有什么可担心的。

韩技师说：能防了人，防不了动物。院里老鼠太多了！

江小童想起刚到村里时，见过一只比猫还大的老鼠，两眼直愣愣地盯着她，神情诡异。她说：听说村里以前有个粮库？

韩技师说：粮库离这里六七里呢，它们也能过来。开始一两只，后来越来越多。我在别的养猪场也干过，不像这么严重，又不敢投放毒饵料，真拿它们没办法。

江小童想：难道真想不出办法了？她觉得天下没有解决不了的问题。

2

黄俊涛找杨伯峻请假,说:家里有点儿事,我回去一趟。

杨伯峻想起梅长风说他在调工作,就说:村里最近没大事,你去吧!

走了一个星期没消息。杨伯峻让梅长风打电话,黄俊涛没接,下午又打,还不接。杨伯峻有些担心,正在纳闷,局办公室打来电话,说黄俊涛住院了。

杨伯峻问:什么病?

局办公室说:不知道。马局长正往医院赶,让给你们通报一声。

杨伯峻拉着梅长风和江小童往市里赶,到了医院是下午三点。医生说:危险期已经过去。杨伯峻问什么病,医生苦笑了一下说:酒精中毒,喝大了!他心脏有先天性缺损。

三个人进了病房,见黄俊涛输着液,戴着氧气管。梅长风说了句:黄队,你吓死我们了。黄俊涛脸上半笑着,眼睛里已经是泪。

杨伯峻说:别激动,医生说脱离了危险。

黄俊涛说:我这人丢大了!

杨伯峻说:这算什么,谁都喝多过!

梅长风说:一听你住院,我们这不是都来了。一分钟都没耽误。你跟杨书记慢慢聊,我跟小童先走一步。说完拉着江小童离开了病房。

黄俊涛告诉杨伯峻,他本来想调农业局,会上研究没通过。他问为什么?局长说他们派人到科技局了解过,不理想。科技局的人显然没给他说好话。

杨伯峻问:不是调教育局吗?

黄俊涛说那是怕别人坏他的好事，故意那么说，实际是农业局。

杨伯峻想，他太有心计了。这些心计用在工作上，该是多大的能量！

黄俊涛说：既然不用我，就让我调走，为什么坏我的事？他一脸辛酸和委屈。

杨伯峻劝道：调不走就在这里干吧！咱们在村里干好了，局里也承认。

黄俊涛说：我觉得没意思。你跟我谈过好几回，我还是想不通。我这是图什么呢？老婆说我这些年白干了，我听着烦，跑到外面碰上一个同学，两人喝了三瓶二锅头。

杨伯峻算了算，一人喝了一斤半。

黄俊涛哭了，说：我就是想不明白错哪儿了？姓崔的当局长，我当然要跟着他，我不跟他亲近跟谁亲近？他给我布置工作，我当然要跑前跑后，怎么就错了？

杨伯峻站起来，在病房里来回踱步。局里的说法他都听过，黄俊涛来工作队，他也产生过监督的想法，后来发现这个人也没什么，就是上进心强。他自己也是过了好长时间才明白了什么是上进心，什么是虚荣。

黄俊涛又说：杨书记，我说错了你就批评我。

这话让杨伯峻放了心，看来黄俊涛脑子清楚着呢。他说：俊涛，你知道我刚才想什么？

黄俊涛问：想什么？

杨伯峻说：想我以后不能再做你的工作了，这道坎儿你得自己迈，坎儿在你心里，别人帮不了你！停了一下，他又说：别管是我，还是梅长风，都没有得意过。梅长风还是科员，我想给他提，马局长没表态。一个局就那么几个科长，不可能人人都提，至于后备干部更是凤毛麟角，那怎么办？黄俊涛看着他。他说：一想自己是个普通人，不比别人差，也不比别人强，就想开了！

黄俊涛扭开脸，看着窗外。杨伯峻说：过去，申市长跟我这么说过，我不爱听，慢慢就想明白了。生活就是这么回事。你争呀斗呀，还不如实实在在做点事。能做事，心里就踏实了。

黄俊涛沉默着。看到他听不进去，杨伯峻不再多说，安慰了几句离开了。

杨伯峻从医院里出来，约梅长风和江小童去看安律师。三个人晚上跟安律师一起吃了饭，听了刘根生案件的进展情况，第二天一早返回了村里。

江小童安排养猪场买了二十多只猫，都是刘海翔从各村集市买的，他给这些猫都消了毒，散放在院子里。尔雅看到猫有几分好奇，拿出速写本画了几幅，很快就没了兴趣。他不相信江小童的办法能成功，不过也感谢江小童。刘海翔找他批钱，他大笔一挥说：这些猫能把老鼠吓走就行！

买来的猫天天在食堂周围转来转去，对老鼠毫无兴趣。江小童说先让它们熟悉环境，过几天适应了就关到屋里，每天少喂一点，让它们处于半饥饿状态。喂食时要敲盆儿，让它们像猪一样形成条件反射，以便以后放出去，还能叫回来。刘海翔按着她说的办法训练，猫很听话。

跟李来群断了后，尔雅一直打不起精神。看到江小童帮养猪场解决鼠患，他心情好多了。刘海翔天天在监控里看着，他有时候也去看，裴元庆把猫舍打开，猫陆陆续续往外跑，它们已经饿了几天，刚出来无精打采，很快发现了目标，一个个精神抖擞起来。一只猫很快捕了老鼠，很快各个角落都有猫在大快朵颐,有时一只老鼠刚吃了一半儿,又出现了新的目标。猫放下嘴边的胜利果实,投入到了新的战斗中。每抓住一只老鼠,尔雅都跟着刘海翔一起心花怒放。

第二天再见到江小童,尔雅想上前拥抱。想到自己跟李来群的事,他没了勇气,只能含蓄地表达着好感。江小童心情异常好,不过她没表现出来,冷静地对刘海翔说:吃了老鼠的猫,一要注意消毒,二要让它们保持饥饿,一旦放任随便吃,就意味着前功尽弃。

裴元庆从外面又买了十五只猫,把三十五只猫分成两个猫舍,让它们一组一天轮流出去捕鼠。看到江小童做事认真,有章有法,尔雅感到自卑。他从小就是两种状态,有时信心满满,有时又觉得谁都不如。父亲被抓走后,他是用自信掩盖自卑。江小童的能干让他自惭形秽,追求的念头反而消失了。他虽然是老板,实际是韩技师在管理养猪场,自己并没有大本事。有本事的是母亲,或者也包括父亲。他放下身段,每天帮着韩技师做事,尝试从颓废中走出来。

每次江小童来,他只偷偷地关注她。他看见的是一个干练女子,具备发自内心的自信。他涌上心头的不是爱慕,是羡慕。羡慕人家有完整的家,有正常性格。他知道自己的性格跟别人不一样,不合群。他也不想合群,要么想出人头地,要么想躲进一个角落,默默地画画。画画是他的逃避方式。

江小童也愿意躲进角落里,她不是要逃避,是想读书。她每天在宿舍里看书,书是从网上买的,《猫咪行为学》《像猫一样思考》《神奇的毛小孩按摩术》《读懂猫》等。

把猫集中到一起养,产生了很多问题。猫互相会打架,不放出去担心传染病,放出去又乱跑,叫不回来。好些问题都是从书里找答案。江小

第十九章・红色景点

童天天看这些书,那本《西西弗斯神话》反而顾不上看了。

有一天再拿起来,又有了新的理解。她想起尔雅,想他会怎么看待西西弗斯。以前她没这么琢磨过。现在想起来,对这个人没有那么戒备了。

3

转眼到了中秋节,外地打工的人陆续回来,红玉牧业贴出告示,招聘初中毕业,四十岁以下的工人十名,试用期月薪一千五。

招聘是江小童提议的,扩建后养猪场人手不够,中秋节是个招工机会。姚红玉也同意了。看到报名踊跃,他们又增加了十个名额。

新招的工人先培训,后上岗,培训地点在村小学,刘海翔讲养猪场常识和操作规范,韩技师讲猪的生理和猪病防治。上岗后实行师徒制,一个师傅带一个徒弟。三个月后月薪两千八百元。

侯总看到他们招人,也想招。旅游公司也缺人手。盖好的搬迁楼正做内外装修,公司跟搬迁户开始签入住协议,村里人想起"大跃进"时说的"楼上楼下,电灯电话",感慨现在都实现了!也有不少人发愁,搬到楼里的水电费、卫生费从哪儿出?过去房前屋后能种菜,以后恐怕都得买,花钱多,进钱少,不是个长法儿!

问题反映到村里,韩小实请求尔雅放宽年龄和学历限制,争取每个搬迁户招收一名工人,让家家有收入。尔雅为难地说:我们要的是技术工,初中毕业是起码的。杨伯峻又出面找,尔雅仍然不同意。最后约姚红玉来了一趟,才跟尔雅说通了,没初中毕业证的,有证明人就行,等于开了一道口子。

有些人儿女在外打工，家里老人搬不了家，杨伯峻跟韩小实商量成立两个义务搬家队，帮着老人们搬家。还有人说搬到楼里柴草、秸秆没地方放，杨伯峻又让江小童找韩技师，商量养猪场能不能收购，韩技师本来不想答应，看到江小童出面，没有请示尔雅就同意了。

最难办的是沟底，侯总想把老院子都收购了，统一装修，统一买家具、安电器，做成民居房。他把房价压得很低，房主们不干。村干部们反复做工作，做不下来。

韩小实只好跟沟底的人说：不卖沟底的房，就不能要沟口的楼房。

房主们也不示弱，说：那我们不要沟口的。

沟底要进行开发，他们不卖就开发不了。韩小实又说：先卖的，先挑楼层。后卖的，后挑楼层。这个很有诱惑力。

房主仍不动心，提出一个院子三十五万以上才卖。

韩小实跟侯总商量，侯总答应涨到二十五万，价格比较公道，村干部们又跟房主协商，最后以二十六万三成交。房款先打到村里，房主们签合同，办完所有手续村里再把房款打给房主。

没想到养牛户们有意见，说：房主把院子卖了，我们的牛在哪儿养？当初是村里让我们来沟底养牛的，我们也跟房主签过合同，我们的合同就不是合同了？

任海龙说：侯总是新房主，他会继续执行合同。这是说好了的！

养牛户们说：侯总说了，签了合同我们就得搬走！

任海龙找侯总的项目经理，项目经理说：不搬不行，我们还要翻盖，进行内外装修。他们不搬，影响我们的进度。

任海龙一听头都大了。

第十九章·红色景点　　791·

晚上跟韩小实说了，韩小实埋怨：你咋不早说呢？

任海龙说：当初咱们跟侯总说得好好的，哪想到他会赶人家！

杨伯峻刚从县委开会回来，想了想说：这事儿咱们想简单了，还不如一开始就把养牛场盖起来。现在牛一会儿牵到沟底，一会儿牵回家，来回折腾，群众肯定有意见。

韩小实说：当时没跟侯总谈妥合同，哪想到后来进展这么快。说到底还是没钱，有钱当时就盖养牛场了。

杨伯峻说：没钱也得盖。咱们先选地方，只要有决心，钱早晚能解决。

下午带着韩小实等人在村外转，看中了村子西北角一块地方，离景区比较远，互不影响。村干部们发愁，问：钱从哪儿来？

杨伯峻说：我找县扶贫办试试。

村干部大喜，韩小实说：这点钱对一个县委副书记不是事儿，县扶贫办肯定支持。

杨伯峻接下这顶高帽子，心里并没有把握。各个乡都盯着县里的扶贫款，扶贫办很为难。最关键是县里财政偏紧，不能开源，就得节流。气可鼓不可泄，这些话他不能跟村干部说。

任海龙突然说：这里离各家太远，养牛户们肯来吗？

韩小实说：再远也比沟底近吧？

任海龙说：沟底有院子，能吃能住，这边还不如沟底。

细一想也是，说是养牛合作社，其实还是各家各户养，家家都得来人照看。杨伯峻问：能不能各家轮流值班？

任海龙说：不行，交给任贵成那样的，万一死一头，责任不好分清。

曹志军皱着眉说：我觉得还是由合作社统一养好，咱们先把牛收回来，一并交给裴庆，人手不够，让裴庆雇人。别用任贵成那样的，把尔雅不要的安排到养牛场。

韩小实核算了一下，说：成本太高！

杨伯峻也觉得各家养没有亏损问题，一旦集中养，到处是漏洞，搞不好又成了人民公社。他说：养牛场将来可以发展成企业，现在不是时候，具体怎么办咱们听听养牛户的。

第二天召集养牛户开会，听到要盖养牛场都高兴，说到具体方案又争执起来，有的愿意自己喂，有的想合起来养。还有的主张把牛卖掉，不养了。马上有人反对，说：我没别的本事，还指着这条路发财呢！

韩小实说：插剑岭要建成新农村。没有家禽、家畜，就不像农村了。再说，种地没大牲畜哪行？

郝宝贵问：你说咋办？

韩小实的办法是，各家院里养一两头能干活的大牲畜，一是能干农活，二是让旅游的人看着像个农村，卫生也好搞，不像以前那样粪尿横流。其他的牛都牵到养牛场，原则上仍然各养各的，条件成熟了再改变经营模式。

有人问：搬到楼里的户呢？各家再在楼下盖一个牲畜棚？

韩小实说：搬到楼里的，只能牵到养牛场。

郝宝贵站起来，说：家里养一两头，剩下的再牵到养牛场，两头都得占人。家家两头铡草，两头喂牛，哪能顾得过来！

韩小实说：养牛场买两台铡草机，铡草不收费。养牛场收的租金也比在沟底低。

任贵成上次死了牛犊，说不养了。裴庆去他家牵牛，他又反悔，说还愿意养。现在他问：在家里养的，给补贴不？

第十九章·红色景点　　793

韩小实奇怪：给什么补贴？

任贵成说：我们在家里养的用不上铡草机。用了的不要钱，没用的就该给补贴。

韩小实笑了：这是鼓励你来养牛场，你不来，好处就沾不上。账你自己算，捡炕热的一头坐。他说完大家都低头盘算，好长时间没人说话。

杨伯峻问大家还有什么意见，郝宝贵和任贵成都说：没意见。

他俩没意见，别人就都没意见，杨伯峻说：那就这么定了！

为了赶时间，韩小实从外面调来一台挖掘机，一部铲车，钱还没筹到先干起来。养猪场有一堆裴贵当年挖的石头，征得裴贵同意也拉了过来。

牛舍已经动工了，扶贫办的款却到不了，辛主任说：杨书记说了话，我们肯定照办，只是财政不拨款，我们也拿不出来，要不您催催财政那边？

这是给了一个软钉子。杨伯峻知道这条道走不通了，跟韩小实商量：能不能先从企业借点儿。他想让韩小实跟县里的企业借，韩小实说：借不出来，好些人欠着我们公司的款都还不了。

梅长风看着江小童说：要不找尔雅问问！

杨伯峻说：养猪场要建两个新厂，资金也紧。

梅长风说：这又不是让他们投资，小童，咱俩找他试试。

第二天两个人找到尔雅。尔雅难得看到江小童出面求他，有些激动，问：借多少？

梅长风说先借八十万吧！

尔雅脱口而出：没问题！他以为村里要借几百万呢！

杨伯峻知道后大喜，他虽然是县委副书记，催着扶贫办拿钱总觉得不合适。

尔雅这么痛快，是因为感谢江小童。

这些日子，江小童为治鼠费了不少心思。刘海翔的猫舍养了四十多只猫，平时在屋里关着，只喂一点儿东西，饿得瘦骨嶙峋。一旦放出去个个如饿虎扑食，老鼠见了直打哆嗦。个别小猫不会捕鼠，江小童让刘海翔买了几个捕鼠笼，抓住一些活鼠扔进猫舍，猫立刻扑上去吃了。看到大猫捕鼠，小猫也学会了。饥饿激发了它们的捕鼠本能，天生的本领很容易唤醒。

每次放猫前，韩技师都让食堂把吃的藏好，不让猫吃到任何东西。猫一出来两眼放光，前腿匍匐，身体压得很低，尾巴夹得很紧，动作迅捷，毫不拖泥带水。

这是一场壮观的猫鼠大战，猫一边倒地占有绝对优势。老鼠在养猪场肆无忌惮惯了，捕了几天后，再不敢猖狂，恢复了鼠的谨慎本性，它们再出来偷偷摸摸的，见着猫就逃。刘海翔的猫是训练有素的饿猫，飞扑过去，见一个抓一个，刚吃完一个又看见一个，再捕再吃。到天亮，个个吃得肚子溜圆。吃惯了老鼠的猫，对猫食渐渐不感兴趣，有时不饿也捕鼠，捉住老鼠咬了放，放了再追上去咬，养猪场成了它们的乐园。

尔雅不是感谢江小童，是钦佩。听到村里需要钱，他一口答应。梅长风提醒他：要不要跟你妈说一下。

他拿起电话给姚红玉打，姚红玉说：这事你别管了，我来解决。你把自己的事干好就行！

第二天姚红玉赶过来，看了养牛场的选址，说：既然要建就别凑合，最好一步到位建个像回事的。

韩小实歉疚地说：要不算你一个股份吧！

姚红玉说：我拿了股份就不叫扶贫了。

她一下出了三百万，本来要盖简易牛棚，现在改成了现代化养牛场，一共建一百零八间牛舍，每间牛舍能养八至十头牛。

4

红玉牧业招工时，郝宝贵也报了名。村里不少人跟侯总签了搬迁合同，他和邹进贤等十几家还没签。他老婆说：住楼房花钱多，你去养猪场打工吧，牛我一个人养！

他小学只上了三年，怕公司选不上，找刘海翔帮忙。刘海翔说：你找曹志军，他跟尔雅关系好！

选举时他挖了曹志军不少票，哪有脸再找人家？说：我才不找他呢！

刘海翔想起他拿刀逼着人选邹进贤，说：我是个打工的，老板哪会听我的。

回到公司，刘海翔见录用名单里竟然有郝宝贵，问尔雅：他小学都没毕业，咱们也要？

尔雅说：他找人打了证明，初中毕业。

刘海翔说：他啥时候上过初中，小学三年级。

尔雅说：工作队要求每家安排一个，我妈答应了。

刘海翔说：这种人千万不能要呵，他老在村里闹事，要了他，慢慢公司里的人也跟着他学坏了。一只苍蝇坏了一锅汤。

尔雅听了，拿起笔把他划掉了。

郝宝贵没怀疑刘海翔，怀疑是曹志军说了坏话。听到养牛场盖好了，他故意不去，想给村里添腻歪。

侯总的人问他：沟底的院子你什么时候腾出来？

他说：我不腾。村里让我来沟底养牛，我为啥要腾？

在沟底搞商业开发是跟村里说好的，合同里也有这条内容。他不腾空，公司只好找村里。韩小实让任海龙跟他说，他一口拒绝，说：当初是你们逼着我来的，这会儿又让我走，里外都是你们的了。

韩小实亲自找他，问：养牛场盖好了，你还占着沟底的房子干什么？

郝宝贵说：当时是谁让我来的？我凭什么处处听你们的。修这个院子我搭了不少劳力，工钱谁给我出？

韩小实说：村里盖养牛场，等于弥补了你的损失，上次开会也征求过意见，你当时也同意。

郝宝贵说：我同意盖养牛场，没答应搬，我就在沟底养！

韩小实当了多年老板，没见过这样的。他说：养牛场你真不去，就不考虑你了。搬迁到楼里有你，你什么打算？

郝宝贵说：楼里我去。这回郝宝贵算得清，到楼里是到了沟口，原来的老院作价不低，他当然要去。不过，他还没跟公司正式签合同。

韩小实找项目经理商量，说：郝宝贵的事能不能先放一放，越催他越来劲，他跟房东签了一年合同，到期自然得腾院子。

项目经理说：我们等不到那时候，明年山里景点开业。他占的是规划中的路口，他不走工程没法往下进行。

韩小实跟杨伯峻汇报，杨伯峻想了想说：碌碡办法多，让他试试。说完拉着韩小实和梅长风去了碌碡家。

碌碡说：杨书记，我的事让你操了不少心，你让我干什么，我都干。

杨伯峻开玩笑说：你算一卦，看看咱们村搬迁什么时候能完成。

碌碡问：不是都签了合同吗？

杨伯峻看了看韩小实，说：郝宝贵还没签呢！跟着他跑的有十多户。

碌碡说：我跟任贵成说话灵，跟他不一定，试试吧！

晚上找到郝宝贵家，郝宝贵正在擦炕上的一把茶壶，他说：碌碡，我知道你想说什么，你别张嘴，省得我驳你面子。

碌碡说：你咋知道我说什么？

郝宝贵说：你会算卦，我也会。你还没让公安局抓走，我就知道你该出事了，我也知道你为什么能放出来。你们家跟山上那点儿事，别人不知道，我能算出来。你爹一天吃两个鸡蛋，黄芪、西洋参不离嘴，别以为我不知道咋回事。

碌碡听了站起身，说：我好心来劝你，你跟我说这个！我不说了！扭头就走。

郝宝贵在背后一声冷笑，把茶壶收了起来。

杨伯峻听了，想：郝宝贵话里有话，好像慈家有把柄在他手里。上次老郎中出殡，周竞也来了。以老郎中的身份，县里一些领导都来吊唁，周竞来也说得过去，可他看到墓地里装着银圆的罐子，扭头就走，让好些人觉得蹊跷。

杨伯峻对碌碡说：既然他这么说，你别理他了。回头我去找他。

5

暴二来下台后，只有郝宝贵几个还叫他村长。

下台时他扬言要出去打工，半个月就回来了。当村长前他打工，是给老板当打手，现在不敢暴力拆迁了，他又干不了活儿，只好回来。

那天一进村他就看见了郝宝贵，郝宝贵哈着腰说：村长。

暴二来悻悻地说：别叫村长，我早不是村长了。

郝宝贵说：在我心里你永远是村长！

他回忆暴二来当村长时对他的好，说：我看不惯韩小实，他一上台，把东山脚下的地都给了姚红玉，不知道收了人家多少钱。

二来问：谁说他收了钱？

他说：没收钱能给那么大好处？盖了三个厂，东山快成姚家的了。他们还要建合作社，啥意思？这是想否定改革开放嘛！

暴二来心想：说这些有屁用。看二来没反应，郝宝贵又骂刘会计：插剑岭就坏在他身上，老裴对他多好，真是知人知面不知心！

二来说：老裴只信任他，最后这个下场也是活该。

两个人又聊村里的事，村委会谁跟谁不和，多少人对韩小实不满，工作队的黄俊涛跟杨伯峻不是一派，姓黄的想调走，等等。暴二来听得很仔细。

老裴当时还没被抓走，两个人约定一块儿看老裴，老裴对二来说：别让他来，我不想见他。郝宝贵觉得老裴瞧不起他，觉得你下了台就是群众，我看你是给你脸面。从那以后，他只跟暴二来来往。

村里要求把牛牵到沟底，他找暴二来商量。暴二来让老婆炒了两个菜，两个人一边喝酒一边说话。暴二来说：去沟底养牛，就算一天去四趟，来回得多走几十里路，到了沟底得租别人的院子，那些老房子不定哪一天就塌了，你修不修？修了，这个工咋算？

郝宝贵听了他的话，一直跟村里顶着。

这样的酒喝了几次，他就不自己找暴二来了，有时带着他哥来，有时带着别人来，慢慢成了一个小圈子。几个人看出二来还有心劲儿，幻想工作队走了他能重新掌权。邹进贤说：韩小实有公司，不可能老当支书，乡里再选，选来选去还是这么几个人。

村里要求到沟底养牛，郝宝贵答应了。他租了个最破的院子，图的是租金少。二来知道后，提着两瓶酒去他家，没进院闻到臊烘烘的，牛的粪尿随着雨水淌了半个院子，脚下到处是粪汤。二来想，这两口子有一个勤快点儿，也不能过成这样。

二来问：你不是答应去沟底了吗？

郝宝贵说：那个院儿住不得，我把牛又牵回来了。

十头牛西房放不下，郝宝贵搭了个牛棚。一把铡刀放在牛棚口，刚铡出的草堆到一边。暴二来看他正忙，说了几句话要走。郝宝贵说：别走，进家吧！喊媳妇：给我们弄几个菜。

媳妇扔下草走了。二来前几次来，宝贵媳妇给他炒四五个鸡蛋。今天鸡蛋也炒了，里面放了好些葱，吃着不像炒鸡蛋，像炒葱。一盘炒土豆丝，切得手指头那么粗，里面一星肉都没有。几杯酒下肚，二来打电话叫来邹进贤。想加菜，宝贵媳妇在院里装听不见，只好拿出钱让邹进贤到外面买肉罐头。

宝贵媳妇不是看不起二来，是太忙。毕局长下乡时他们养过羊，死一个吃一个，这次任贵成死了牛犊赔五千，她生怕把牛养死。

邹进贤买来两个午餐肉，二来吃了一口肉，说昨天去看过老裴，老家伙心气儿高着呢！其他两个不接茬。邹进贤以前沾过老裴不少光，腊梅跟老裴一断，他也不想听老裴的消息，说：他那一篇翻过去了，说点儿别的吧！

二来用手点着他：老裴对你可不错！

邹进贤说：谁都对我不错，你对我更好！

郝宝贵岔开话头，问二来：你在外面打工好好的，咋又回来了？

二来嚼了半天嘴里的肉，勉强咽下去，说：现在哪有好打的工？天天两百多米的吊车上吊着，我不想受那个罪！

这一说大家都有体会，说养牛是条不错的路。一头牛刨去成本挣八千没问题，十头牛挣八万，养三年差不多能盖房了。

邹进贤跟郝宝贵打听怎么跟村里申请。郝宝贵说：你算了吧，我们养了的都后悔。一会儿让我们去沟底，一会儿让我们去养牛场，给牛添一回草得走好几里路。

邹进贤说：你凭啥听他的，自己的牛，想在哪儿养就在哪儿养。

郝宝贵说：我跟他们就这么说的，我说，实在不行我不养了。

邹进贤说：不养也不对，这是本村的好处，该有你一份！搬迁合同你也签，搬不搬什么时候搬，都是你的权利。

暴二来说：先签合同，搬时再跟他们谈条件。

宝贵媳妇在院里喊：牛没喂的了。

郝宝贵一脸歉意地说：你们先喝，我出去铡点儿草。下次再来，我提前把草铡出来。

二来想：这是想赶我们走，过去郝宝贵哪敢！这真不是以前的插剑岭了！

6

过了中秋节，尔雅安排收购青贮饲料。他想用野猪跟家猪交配。野猪得喂野草、虫子、植物的根茎。除了让职工下班打猪草，他还跟村里建议，在边角地块种苜蓿。侯总知道后不干了，找到村长说：你们种什么得跟公司商量。

曹志军问：为啥？

侯总说：种植图我让人画好了，以后你们得按图种地。说着递过来一张图，图是用无人机拍的，上面涂了颜色。侯总又说：这是种出来的效果图，什么时候种，种什么，上面都有标注。

曹志军说：我们跟红玉牧业公司有协议，答应按他们的要求种！

侯总说：我跟你们也有协议。

村干部们有些犯难。他们答应过尔雅多种玉米，尔雅收购玉米和秸秆，价格从优，姚红玉后来又支持建养牛场，他们当然不能反悔。跟侯总签的协议只说种，却没说谁收购。

按侯总的设计，莜麦的银白、油菜花的金黄、玉米的苍绿形成一条条色带，远望着赏心悦目，便于带动旅游。侯总还在调购深紫色的大理花种，色彩更鲜艳！

村干部们拿着图说：祖祖辈辈种地，按颜色种还是头一次。

任海龙说：尔雅这边种子、化肥都调配好了，咱们没法听侯总的。按侯总说的种，那些花卖给谁，卖不出去就得亏钱。

韩小实说：签了协议，咱们就应该执行！

曹志军问：尔雅那边咋办？

韩小实说：我找乡里，想办法动员周边几个村种，咱们负责收购。

经过蒋社教协调，周边各村同意种植玉米，但不肯加入插剑岭的玉米合作社，说他们要自己成立合作社。韩小实估算了一下，一年丢了大几万收入。杨伯峻说：能带动周边村富裕也是好事。

一些群众听到按色彩种植，颇感困惑，说：种了莜麦、油菜，卖不了还能自己吃，种了花卖给谁？花有花期，几天就谢了。

韩小实说：销路不用管，我收购。经过工作，总算把尔雅和侯总的种植计划都落实了。

当初谈合作，侯总提出复原红色遗址，让游客在里面体验革命者生活。还要在村里建一座村史馆，展出游锡五等人的革命事迹。签了合同后侯总不再提此事，不光没建村史馆，原来答应收购刘、韩两家的老房子，复原当时的革命场景，现在也不提了，农民夜校也不重建了。三栋搬迁楼由公司出资，实际上县财政出了一半儿钱，用这一半交换搬迁户的旧房，留下了足够的利润空间。

杨伯峻觉得侯总太精。最让他不满的，是山里的景点没有动静。景点不按期开发，侯总干的就是一个房地产项目，还是政府资助的。韩小实催问，侯总说等村里工程做完，搬迁完成后再进行。

这次见面，杨伯峻问山里的景点什么时候启动？

侯总说：勘察、设计已经基本完成，村里搬迁一有眉目，工程就陆续开工。杨伯峻松了一口气。

侯总信誓旦旦，实际上并没有设计，他一是想等村里搬迁完，二是想给他爷爷盖别墅。侯总的爷爷是插剑岭人，郝宝贵的房子就是他家的老宅。他老了想念故土，侯总答应在老宅原址盖一座别墅，每年夏天接他回来住。

爷爷当年是因为贪污电费被村里人赶走的，现在老了想回来，争的是一口气。侯总让人把别墅效果图画好了，调来了掘土机、铲车，偏赶上郝宝贵等人不肯搬迁。侯总天天焦心，又没法跟别人说。

杨伯峻向他保证，会把搬迁工作做好。问村史馆什么时候盖，侯总也不热心，说：搜集不到资料，村史馆建起来是一座空馆。

杨伯峻说：原平农民暴动，是北方最大的农民运动之一，它点燃的革命火种后来成为一支重要的红色武装，意义重大。咱们搞这个项目就是为了保护红色资源。

侯总说：没资料岂不是空的？

杨伯峻说：资料我们征集，你负责建。

侯总问他：怎么征集？

杨伯峻说：革命者不止一个游锡五，还有崔玉俊和十个早期党员，事迹都很感人。慈弃智也为革命做了很大贡献。这些人的资料都能找到，游锡五的后代也跟我们联系了，愿意提供帮助。缺少的我们再找上级有关部门，省、市党史办及博物馆都有插剑岭的资料，也同意我们复制！

侯总仍然迟迟不动。

郝宝贵跟公司签了搬迁协议，仍然赖着不搬，说在原来的老院子里能养猪、养牛，房前屋后能种菜，要求公司给他补偿。他养的十头牛一直在自家院子里，曹志军等人反复做工作，他也不去养牛场，反而把牛都牵到了沟底，目的是占住两个地方。

他不搬，邹进贤等人也不搬，一起跟公司要条件。一些搬了家的后悔，觉得搬早了，有人搬了一半儿，又停下来找公司，说：你们答应郝宝贵的，就得有我们一份，一样的搬迁户不能两个政策。

侯总很恼火，只好再找村干部想办法。村干部们都对侯总有看法，说好的修复红色遗址，建村史馆，现在都不提了，那我们也不配合公司，让侯总跟郝宝贵等人直接交涉吧！

公司里每天找郝宝贵，郝宝贵不答应，邹进贤等人也跟着不答应。

搬迁合同签了，楼房钥匙也领了，就是不搬。周竞知道后把侯总训了一顿，说：这点儿事你都摆不平，还能干什么？

侯总回到村里，把项目经理叫到跟前说：我每月一万块钱养着你，你要是干不了，写个辞职报告我让别人干。

项目经理再见了郝宝贵，宰他的心都有。郝宝贵跟其他几户商量，说：公司比咱们着急，他急就得拿钱。这么大的工程，拖一天他们得花多少？咱们耗得起，他耗不起。

邹进贤、任贵成等人想，出头的是郝宝贵，争上了大家有利，争不上也没损失，都跟着郝宝贵向钱看。项目经理跟他们说不下来，又找村里。韩小实让任海龙陪着公司一户一户做工作。当着任海龙，郝宝贵一口答应，任海龙一走就变了，说：村干部管不着我，我只认钱。

项目经理问：你要多少？

郝宝贵伸出手掌翻了五下，说：起码二十五万。

项目经理说：这些房子签合同时就作了价，钱也抵了楼价款，怎么又要这么多？我们在沟底买一个院子才二十六万！

郝宝贵说：我不管，不给钱我两边都不搬。

他两边都不搬，公司两边都受影响。侯总的爷爷听说要盖别墅，满脑子都是插剑岭，一夜一夜睡不着，后悔当年从村里搬出来。坐在床上，他想象老宅就是王府，插剑岭就是天堂。侯总的爹看老人失眠越来越厉害，打电话把侯总骂了一通，说：没弄成的事别跟你爷爷说！招得他天天睡不着！

侯总挨了骂，看谁都不顺眼。

眼看一件小事拖成了大事，韩小实只能放下别的工作一家一户地讲道理。他在前面做工作，二来在后面使反劲儿，郝宝贵等人上午刚答应，

第十九章·红色景点 ·805·

下午又变了。碰上这样的人,韩小实确实没办法。村干部跟老板不同,老板能解雇员工,还能降职降薪,村干部不能。老裴当年有裴学锋和二来两个打手,说不通的就打,村里人都怕。韩小实不能用这个办法。任海龙愤愤地说:怎么不能用?咱们不揍,让公司里的人揍!揍一次他就老实了。

7

薛健听到杨伯峻当了原平县委副书记,第一时间打电话祝贺,杨伯峻说了句"谢谢",把电话挂了。过几天他又给杨伯峻打电话,说想一起坐坐。

杨伯峻说:有事你电话里说吧,我县里、村里两头跑,抽不出时间。薛健说没事,就是想老同学了。杨伯峻说了句以后找机会,把他推到老远。

外面传说杨伯峻得到市委书记赏识,薛健觉得应该抓住他。第二天又给严惠娟打电话,严惠娟听到是他,说:我正接待客户。把电话断了。

再给杨伯峻打,杨伯峻不接。他很怀念刘铁山当县委书记。那时不用他出面,周竞就把这些事办了。周竞现在也不听他的。当年山上出过一次矿难,他们压下了。第二年开春,矿工家属到矿上寻人,他们说辞职走了。问去了哪里?说不知道。一两个人这么说行,一下失踪了六个,还是同一时间,家属们都不相信。

周竞让手下威胁家属,说:他们合同没到期就走了,给矿上造成了巨大损失,公司还想让他们赔偿呢!

家属们说:活不见人死不见尸,咋赔?把人找到就赔!

矿难一直隐瞒到现在,其实也有知道内情的,他们拿了矿上的封口费。死的六个人,有五个是河南的,一个是山西的。他们的家属年年找,年年失望而归。今年年初,家属们听到县里抓了和主任,又开始找。薛健对周竞说:一人给他们五六十万,打发走他们。周竞不肯。

周竞找人把那些家属殴打了一顿,随后一人给了几万,吓唬走了。周竞说,按你的办法不行,越给钱他们越怀疑。

薛健挺憋气。他估计家属们不可能善罢甘休,担心事情闹大。前几天他去了一趟省城,想见的领导不是出了门,就是家里有事。上次出事,他把所有事都担了起来。他们说他是经过考验的,都支持他东山再起。他说:我不为自己,挣了钱人人有份。

山上的矿是股份制,实际上别人一分钱没拿,他只是说一句:你占多少多少股份,股权就到了领导名下。领导们不肯用自己的名字,他另起了一个。他只让他们干一件事,在关键时刻说话。话就是股权。

在省城最后一天,省委办一个处长打电话问他在哪里,他说在省城。处长说:来了怎么不言一声?

他说:怕你忙,没敢给你打电话。

对方叹了口气说:以后就不忙了。你住哪儿,我见你一面。

处长一坐下就说:栗省长出事了。

他说:前天我还跟他通电话呢!

处长说:我也是刚知道的,跟他联系不上。

他问:怎么回事?

处长说:刘铁山把他供出来了。纪委汇报了省委,省委下了决心。我昨天知道消息给他打了十几个电话,白打。估计早被带走了。

他想,来电都有显示。他打过电话,纪委恐怕也看到了。这些年,他给栗省长钱不算多，加起来有六百多万，姓栗的可别说出去！上次他在里面，姓栗的在外面，大约跟他现在是一个心情。

处长说完要走。他想送，处长把他推回房间。等处长走远，他赶紧收拾东西下楼结账。返回路上跟一辆奥迪差点儿剐蹭。奥迪司机凶狠的脸一闪而过，他抱歉地笑了一下，出了一身冷汗。

晚上七点回到家，同居的女人不知道去了哪里。他到楼下小饭馆要了两个菜、一盘水饺，回到家连澡都没洗就睡了。早晨醒来，同居的女人还没回来，心想这娘们儿去了哪儿。省城一个朋友刚打来电话，说省委一个处长被带走了。

说的正是昨天那个处长。他出了汗，问：什么时候？

对方说的时间是他们分手后的一个半小时左右。他问：为什么？

对方说：大约跟跑风漏气有关，也许还有别的事。

放下电话，他坐在屋里不动，回想这几天的行动，觉得没有漏洞。他跟栗省长说想在一起坐坐，栗省长说身体不好，没说别的。

他出过事，上次没这么心慌。人老了，不扛事了！越这么想，脑子越停不下来。一个人坐在屋里，觉得心里好空，那个娘儿们还不回来。年轻时不懂事，觉得女人越多越好。现在回想，后来几个没一个抵得上姚红玉的。

不知坐了多长时间，天黑了。他从早到晚没吃一口饭，没接一个电话。坐在屋里，感觉脚下有一团黑气升上来。他想，厨子宰王八，伸头是一刀，缩头也是一刀，为什么窝窝囊囊的？他要把没干完的事抓紧干完。栗省长涉及的事少不了，办案人员问到跟他的事，估计得一个月以后了，他的时间还充裕。

他到外面吃了饭，回到家同居女人还没回来。他定下神给姚红玉打电话,好半天才接。他问:怎么这半天才接电话?

姚红玉说:有事。我一会儿给你打过去。

姚红玉没事,故意这么说。他们离了婚,一直还有来往,她不想走得太近,更不想给儿子找麻烦。过了一会儿姚红玉回电话,问:什么事?

他说:没事,就是想你了。

姚红玉不言声。

玩笑没开起来,他只好说:我这儿有一笔款,想找个安全地方。给你打过去吧,别人我信不过。

姚红玉问:多少?

薛健说:将近一个亿。

姚红玉倒抽一口冷气,问:为什么给我?

薛健嬉皮笑脸地说:想跟你复婚呗!

姚红玉放了电话。薛健又打过来,说:具体原因见面再说,你先把账号告诉我。

姚红玉说:你说明白是什么钱,不然我不收。

薛健说:电话里不方便,你明天到我茶楼来。

茶楼女经理把她领到二楼。薛健盘腿坐在榻榻米上,一个女子正表演茶道。看她进来,薛健挥手让女子出去。姚红玉不习惯坐榻榻米,盘着一条腿很不舒服。

她环顾四周,估量这里隔不隔音。薛健说:放心吧,没外人。

姚红玉又朝门口望,见女经理在楼梯口站着,显然是在阻拦闲杂人等。她放了心,心想,他有多少茶室?这些女经理跟他什么关系?

薛健说:你不老,挺动人的。

姚红玉说:你跟一个老太太说这有意思吗?她今天特意不化妆。

薛健说：我说的是真话。

姚红玉说：说点儿有用的，叫我来什么事？

薛健说：就是电话里的事。

姚红玉说：不行。

薛健说：你总不想这钱让人家搜走吧？

姚红玉说：搜走不搜走我不管，不是我的我不要。

薛健说：不是给你，是给儿子的。

姚红玉说：那更不行！

薛健说：他不能要我就给你，你放心，查案子的发现不了。我把账做得很周密。连你公司的发货票我都搞到了，我从你公司里买一批东西，一次三千万，分三四次给你付款。

姚红玉的公司分两大块业务，一个是二手车，一个是房地产。买房子要有具体房主，显然不行，光一个二手车怎么能做出上亿的业务？

想接受总有办法。尔雅的公司在超常发展，她考虑建一个兽药厂。制造兽药的原料，有的每吨价格上千万，完全能把这笔钱做出来。只是没搞清楚他的真实目的前，她不会答应。

她问：这钱到底怎么回事？

薛健说：我在山里有矿，前些年铁矿石价格飞涨，不想挣都不行。现在，几个合作方都不肯拿这笔钱，只好由我处理。

她问：合作方是谁？

薛健说：这你就别问了。

她说：是不是省里那个？

她指的不是栗省长，是省委一个副书记，退了。这人是刘铁山的后台，他通过刘铁山认识后，比刘铁山还走得近。上次出事他一个字没暴露这位领导，从监狱出来更铁了。他们具体做过什么，他没跟她说过。

薛健说：大领导我不止认识他一个。

姚红玉不想追问，在犹豫。

薛健说：明天咱俩签个合同，我跟你购买一批汽车，这钱算是预付款。

一个亿的汽车得多少辆？劳斯莱斯，跑起来也满大街都是了！不过，她要是不配合他，损失的不止是金钱。薛健跟她离婚前打过几笔款，把两家企业交给了她，让她在怨恨之余不免产生留恋。她不能不帮他。

她考虑的是一旦出了事，最坏结果是什么，上面追查，她得负什么法律责任。她说：我想成立一个兽药企业，算你投资吧！

薛健松了口气，说：怕来不及，先打到你账上再说。

几天后，姚红玉注册了一家公司，法人代表是她一个远房亲戚，她要身份证时，亲戚连想都不想就扔给了她。薛健先打了三千万，很快又打了两千万。

姚红玉不想弄成皮包公司，尔雅的公司做得不错，再搞一个肉类加工厂和一个兽药企业，产业链就完整了。事情平息后她再把公司还给薛健。

几天后尔雅知道了，问她为什么不把兽药厂放在插剑岭。

姚红玉说：你有多少精力？顾得过来吗？

尔雅说：有韩技师，让他管。

姚红玉没言声。

过了几天，薛健又打来三千万。财务汇报时很不安，说：这么大的数额，万一有人问，怎么说呢？

姚红玉说：我跟他们说。实际上，她也觉得不踏实，又给薛健打了电话，要求两家再签一个共同投资的合同。

薛健问：有这个必要吗？

姚红玉没听出他话里的异样，说：有必要。

薛健轻轻叹了口气，她听到了，问：叹什么气？

薛健说：你看看我这辈子混的，给人钱都给不出去了。

她没再说什么。薛健不是开玩笑，是真感伤！

8

黄俊涛调不走，只好回到工作队，觉得处处不适应。他仍然是副队长，自己都忘了。以前看不起梅长风，现在倒羡慕人家，倒腾古董赔点钱，也比他现在的境遇强。现在不是村里人需要扶贫，是他需要。

杨伯峻刚从县里开会回来，跟大家传达原平县新的经济发展计划，里面有一些内容对贫困村有利。大家听得很入神。黄俊涛突然冒出一句：杨局长提了书记，站位更高了！

听着像讽刺。

杨伯峻说：过去只抓村里，想的是一时一地，站在全县角度，更能体会上级意图。

黄俊涛后悔多嘴，想：以后要少说话，多干活。

工作队想盖洗澡间，局里的钱还没到。他决定先干起来，自己画了图，请韩小实联系施工队。韩小实说：这么小的活儿找不到施工队，我给你干吧！

黄俊涛说：那怎么好意思。

韩小实说：这怪我，光忙村里，把你们的困难忘了。

洗澡间盖好后工作队人人高兴。杨伯峻由衷地说：俊涛想到了我前面！

梅长风也说：黄处立了一大功。

江小童最盼洗澡间，她每天做饭，单挑黄俊涛爱吃的做。黄俊涛主动帮她填上面发下来的各种表格。江小童说：你是队长，干这个大材小用了！

黄俊涛说：什么大材，咱们局我混得最惨，快成臭狗屎了！

听出他仍然有情绪，杨伯峻想带他散散心，恰好刘海翔在山里发现了野猪，杨伯峻便拉着他上了山。尔雅听到消息，也去了山上。

野猪的窝在山凹里，周围是碗口粗大树，乍一看跟别的地方没区别，细看，发现灌木中有好些大石头，刘海翔说是当年开山炸出来的，小的造了梯田，大的堆在原地。石头下面就有野猪窝。野猪自己不挖洞，把别的动物废弃的窝加工一下，獾和貉闻到气味就不来了。

刘海翔带着庞海燕上山玩，看见小野猪们在嬉戏，觉得这是画画的素材。告诉尔雅，尔雅果然来了兴趣。养猪场的猪体型大，生长快，却没有过去的猪肉味儿。他以前问过韩技师。韩技师说：外国猪肌间脂少，不香。本地猪肌间脂丰富，是一个优势。

尔雅问：那怎么不培育本地猪？

韩技师说：我也想过。咱们老从外国买种猪，中国猪快绝种了！

种猪繁育中心已经基本建好，从南方调来的种猪都是国外品种的二代猪、三代猪。有的叫大三元，有的叫小三元。韩技师想找本地猪跟外国猪杂交，却找不出符合条件的。

听到山里有野猪，尔雅问：能不能跟外国猪杂交？

韩技师说：应该能吧？可以试试。

尔雅兴奋了，说：那样瘦肉率肯定高，抗病能力也更强！听到刘海翔发现了野猪，他立刻就要上山。

一行人到了山里，刘海翔又找不到了，尔雅不高兴地问：你看清楚了吗？是不是发现有人来，野猪搬走了。

刘海翔说：搬不远。母猪一个一个地叼着小猪，能走多远呢？

正说着，见不远处石头上探出一个脑袋。大家屏住呼吸，小猪探了探头又缩回去了。外面长时间没有动静，它们又冒出来。猪窝前有一棵倒了的树，小猪前腿扒在树干上往外看，出来了五六只。

尔雅看一下周围，意识到野猪喜欢离水源近的地方，周围林木茂密，杂草丛生，窝上面有岩石或树木掩护。他上次被野猪挑伤，也是在这一带。

刘海翔要过去。尔雅说：别惊动它了！

刘海翔问：为啥？

尔雅说，这么多人，搞不好把它们惊跑了。几个人倒退着走了几步，转过身往山外走。

杨伯峻想跟黄俊涛聊聊，有意走在最后面，他说：自从江小童分管养猪场，尔雅有了很大变化。

黄俊涛不置可否。他心思还在自己身上。

杨伯峻找话题，问：尔雅为什么对野猪感兴趣？

黄俊涛说：野猪肉卖得贵吧。

杨伯峻问：养野猪，行吗？

黄俊涛说：我觉得弄不成。野猪天性是野的，野的家不了，家的野不了。我想辞职下海，到现在下不了决心。大概我天生是个家的，野不了。

杨伯峻说：辞职下海要从头做起，得慎重！

黄俊涛叹了口气说：都怪我跟错了人，谁想到崔局长会是这样！

他们拐过一个弯道，尔雅等人已经走远。看到路边有一块大石头，杨伯峻指指让黄俊涛跟他并排坐下，说：我这辈子，遇到过赏识我的领导，却没跟过他们！

黄俊涛听出是批评他，不服气地说：有几个能像你这样？说好听点儿是圣人，说难听是傻子。

杨伯峻说：世上最难过的不是傻子，是聪明人。

这是说我吧？黄俊涛没言声，现在不是争辩的时候。刚听到消息，崔局长免职跟原平县的案子有关，有些事还涉及老裴。这些事杨伯峻不可能不知道，大概一直瞒着他吧。

看他心神不宁，杨伯峻说起村里的事，郝宝贵等人到现在不肯搬迁，拖了侯总工程的后腿，再不解决不行了。黄俊涛只是点头，却不拿主意。杨伯峻没法往下说了，黄俊涛的心像一把锁，钥匙在哪里，他还不知道。抬头看着山间景色，他站起身说：路是人走出来的，走着走着就顺了。

黄俊涛也站起身，心想，市委书记看上你，你才顺了；我要有领导赏识，也能跟别人说这种话。又想，崔局长跟刘铁山可能是一条线上的，以前汇报工作，崔局长问得特别细，连山上的情况都问。那时他还以为崔局长信任他，哪想到人家另有目的呢？自己太单纯了！

9

县公安局警车又来了，这次带走的是暴二来。他以前帮一个老板搞拆迁，殴打了房主。房主一直告，那个老板找到周竞把事情摆平了。刘铁山被审查后，房主又告。公安局这次把暴二来带去录了口供，又放回来，村里人不满，说：猫不逮老鼠，捉了放，放了捉，跟老鼠逗着玩儿呢！

郝宝贵听到暴二来放回来，去了家里。暴二来歪在炕上不说话，他预感公安还会找他，搞拆迁他打过好多人。郝宝贵看他这样也泄了气。

郝宝贵老婆说：别人都躲着他，你天天找他，哪天把你也带进局子里。

郝宝贵说：我问问他搬家的事，凭什么抓我？干脆我也不要补偿了，过几天咱们搬到楼里，把牛牵到养牛场算了。

老婆看他生气，不敢说了。

他找邹进贤等人商量。邹进贤知道他看暴二来被抓，没了信心，说：我们都看你，你搬我们就搬，你去养牛场我们就去。

他不甘心，心里犹豫。二来消沉了几天，缓过神来又主动找他，说：这次盖搬迁楼，听说县里给了侯总不少补贴。村干部都知道，就瞒着下面！

郝宝贵问：要这么说，我更不能搬了。补贴是扶贫，凭什么补给他们。

二来说：其实，要补贴也没意思！那是个死钱，一次补十万、八万，花完就完了，聪明人应该要活钱。

郝宝贵转眼珠子：啥叫活钱？

二来说：你去侯总的公司上班，月月开工资，不比补贴强！你们十几个人一齐找，公司准答应。郝宝贵一拍大腿，说：我咋没想到呢？

跟其他户商量，都觉得是好主意，十几个人找到公司项目经理。项目经理笑，说：好呵！公司正想招工呢！你们能干什么？

郝宝贵说：什么都能干！

项目经理问：会开推土机不？

十几个人都不说话了。

又问：能画图不？能搞设计不？他们也不言声。

项目经理说：什么都不会，我得请示侯总。

侯总最初想答应，十几个人一齐找，觉得人太多。其他搬迁户听说了，也找到公司要求上班。侯总说：公司现在不缺人，缺人优先考虑你们。

这个空头支票郝宝贵不买账，说：我们搬家也得等一等。沟底的牛我一时也牵不走，什么时候牵走再商量。

双方又僵在了那里。

周竞打电话催问，项目经理只好再找村干部，曹志军说：我跟郝宝贵做过工作，当时答应得挺好，一转眼就变卦了。村里也盖了养牛场，他不去。你们企业不听话的能解雇，我又不能开除他的村籍！

项目经理一听来了气，说：村里管不了，我们也不依靠你们了，你也别干涉我们。

曹志军装没听懂，点了头。

项目经理汇报侯总，侯总下了决心，让项目经理在沟底和沟里两个地方同时作业，沟底把郝宝贵租的院子周围都挖了沟，牛出不去，运饲料的车进不来。郝宝贵只能往院子里背饲料，累得一天出好几身臭汗。

在沟里，郝宝贵家附近有两台推土机作业，白天平地，晚上一左一右停在他家门口，中间只留了一个过道。郝宝贵对村里人说：多了两条看门狗！

夜里他不闲着，拿着大镐在推土机上乱砸。车里装了记录仪，郝宝贵不知道，把驾驶室砸得这里一个坑，那里一个洞，还拿着扳子、改锥乱拧，推土机今天少一个零件，明天少一块铁板，一切都被记录下来。

司机找到项目经理说：今天敢砸车窗，明天就敢砸发动机，我这个车早晚得报废！

项目经理说：你在他家墙边挖沟。别把房子一下挖塌，慢慢塌。看看是你的推土机报废，还是他的房报废。

一连几天推土机日夜轰鸣，一会儿离郝宝贵家近，一会儿离郝宝贵家远。近的时候，震得郝宝贵家房顶噗噗往下掉土。郝宝贵女人害怕，问：房塌了咋办？

郝宝贵说：我不信他敢把房挖了！

话音刚落，屋里的灯灭了，大概是电线断了，郝宝贵女人只好点油灯。第二天，司机又让工人往沟里灌水，房子周围的地一软，墙裂了缝。郝宝贵找村里，韩小实和曹志军都不在。任海龙说：我给你做工作，你不听。现在公司找你的麻烦，你又找我。

郝宝贵说：再怎么也不能挖我家的房吧？

任海龙说：我管不了，你找公司吧！

郝宝贵找到公司，项目经理让他赔偿推土机修理费。他说不是我弄坏的。

项目经理说：推土机里装着记录仪，你跑不了！

郝宝贵不知道什么叫记录仪，问二来。二来说：他安了记录仪也没用，是他们在你家周围挖沟，影响你过日子。

邹进贤脑子明白，对郝宝贵说：这个气赌不得，房塌了倒霉的是你，跟公司说好的吧！

二来说：说了他让你搬走，你听不听？

过了两天，后墙又出现了一道裂缝，跟着出现了第二道。裂缝越来越宽，郝宝贵不敢在屋里睡了，打发老婆去亲戚家，自己搬到院里。

已经入了秋，外面风太硬，只好又搬回屋里。第二天给牲口背饲料，腰疼。沟底的路几天就能修好，公司不再接着修，故意困他。郝宝贵天天往沟底背草料，走路斜着身子，一个肩膀高，一个肩膀低，嘴也有点歪。碌碡给他扎了针又贴膏药，花了不少钱。他问能不能少点？碌碡说：扎针没跟你要钱，膏药钱总不能让我出吧？拿钱时他心疼得直哆嗦。

夜里不敢再到外面睡，又搬回屋里。刚睡着，推土机"突突"响起来，房顶的土"哗哗"往下掉。走到外面推土机已经不动了，一摸机器还是热的。回屋里刚躺下，机器又响。他气得一夜没合眼。天快亮了刚睡着，梦见房子"轰"地塌了，醒来坐在炕上一阵阵心跳。不找村里不行，找村里又拉不下脸。想了想觉得一个人找不行，拉着邹进贤等人一块儿找韩小实。韩小实故意去了县里，问什么时候回来，韩小实媳妇说：不知道。

郝宝贵又找工作队。黄俊涛说：杨书记去县里开会，回来我立刻向他汇报，决不能让开发商胡来！乍一看表态挺坚决，实际上什么都没做。回到家，琢磨这个家不能待了，沟底的院子虽然行走不便，打扫一下还能住人，条件不好也比家里安全。到了沟底，见围着院子的沟已经填平，便觉得自己胜了。当晚睡了一个踏实觉，早晨起来让老婆给牛添草，老婆说有一头母牛不见了。他爬起来，房前屋后找了半天，一个孩子告诉他，南山上有头牛，好像是他的。跑到山里，果然见牛拴在一棵树上，牛身上用红漆写了三个大字：王八找。他拉着牛回到村里，村里人都看他的笑话。

村里人说：村干部不管，你找工作队。县委副书记在咱村住着，你怕什么？

郝宝贵说：杨书记去县里了。

村里人说：你去县里找他，姓侯的总不能让你活不下去。

郝宝贵来了勇气，说：我就是不搬，让他们把我弄死吧，我豁出去了！

很快有人打听出来，侯总不是什么大老板，就是插剑岭人，他爷爷侯兴奎当年是村里的电工，刘丙瑞查出他贪污，他领着人到乡里告刘丙瑞，老裴才上了台！

侯总的威信一落千丈，什么开发商，什么扶贫工程，都是骗局。

插剑岭人以红色历史为荣，听到侯总开发红色旅游，都支持。现在听说红色景点不打算修了，对他的好感没有了，觉得他是来坑骗的。村里人的态度鼓励了郝宝贵，他说：我就不搬，跟他们拼到底了！

10

栗省长出事，薛健跟谁都没说。周竞不知道从哪儿听到了，打电话说：咱俩中午吃顿饭吧！

薛健没在饭店里订雅间，在茶室里要了外卖。一人一个佛跳墙，两个火烧，还各要了一碗海参粥。周竞一进门就说：栗省长完了！让纪委带走了！扭头看了看周围，问：这里说话方便吧？

薛健说：咱又不干违法的事，有啥不方便的？

周竞说：薛兄你经过了大风大浪，沉得住气。

薛健说：谁出事都跟咱没关系。财富、女人、朋友都是身外之物。来，喝酒！

周竞被他的坦然自若镇住了，说：大哥，我真服你！

薛健说：不这样你又能咋着？厨子宰王八，伸头是一刀，缩头也是一刀。再说睡不着觉的多着呢，哪轮得着咱们！

周竞说昨天几个矿工家属去了信访局。这回薛健认真了，问：信访局怎么说的？

周竞说：局里有咱们一个人，说矿早停了，找不到老板。想不到几个家属从信访局出来，一眼看见了小侯。

薛健问：哪个小侯？

周竞说：在插剑岭施工的那个。上次这些家属来闹，我让疤脸揍了他们一顿，又让小侯出面给了他们几万块钱，打发走了。这些家属记住了他，喊这是咱们的救命恩人。旁边有人说那是侯总，正在插剑岭搞一个大项目。这些家属更不放了，说你认识矿老板，快给我们把他找回来。

薛健出了汗，想这比栗省长的事还麻烦。

周竞说：小侯说你们认错了人。家属们说，那天就是你救了我们。小侯说我年初还在天津，怎么可能是我。甩开他们，赶紧离开了。

薛健说：让他别回插剑岭了，到外地躲躲。

周竞说：我跟他说了。

薛健想，当初让周竞给家属们钱，周竞不肯，还打人，那时要是拿钱摆平了，哪有现在的乱子？土财主就是土财主。

也许这就是你的命。从你开始做生意，办第一个养猪场，第一次离婚娶姚红玉，认识周竞，都是上天安排好的。你想过好日子，好日子要靠争，要靠抢，靠动脑子。事事对得起别人，怎么发财？没出息的人才活在别人制定的规则里，那样你发不了财，发财的人都有自己的规则。自己的规则早晚垮塌，这一天你挡不住，到时候所有努力都会归零。从栗省长、刘铁山身上他看到了失败，却不想放弃。

他问周竞：有一天挣够了钱，你想干什么？

周竞奇怪，说：我跟你说那几个家属的事，你怎么问这个？

他说：我就想起了这个，挣够钱你想干什么？

周竞说：钱有挣够的时候吗？

他说：有。

周竞说：要是有挣够的时候，现在就是，你肯吗？

他笑着说：你这话说得够水平。咱们一生只能走钢丝，比的不是能力，是谁先胆怯。

周竞说：咱们都没挣够，别想退让的事了！

11

第一批二十三户搬到了楼里。刚一腾空，推土机就把老房子推平了。有些老人在楼里住不惯，想搬回去，房子已经没有了。

刘丙瑞是第二批搬的，他刚搬走，推土机又要推。韩小实拦住司机说：先别动，这个房子村里有用。

项目经理赶来问：怎么了？

韩小实说：咱们规划，这里要复原成过去的样子。

项目经理问：什么样子？

韩小实问：侯总没跟你说？这是刘家的老宅，要复原成当年闹革命的情景。

项目经理说：我不知道。

韩小实说：侯总说的时候你就在场，怎么会不知道？

说完给侯总打电话。

侯总只好说：别推了，好好保护。

韩小实说：大部分搬迁户已经进了楼，个别不搬的我们正想办法，希望你们把原来定的红色项目落实好。

侯总口头答应，转身就不提了。村里对红色景点的执着他理解不了。他的目的一是给爷爷建别墅，二是挣钱。郝宝贵等人迟迟不搬，他对村里很不满。

杨伯峻想起有的地方建了革命传统教育基地，便让黄俊涛联系市里有关部门，这样能跟上面要资金，还能推广旅游景点。有了钱，侯总的态度会转变吧？

黄俊涛在市旅游局有个同学，听了他的想法，摇头道：咱们市已经有九个革命传统教育基地了！

黄俊涛下了苦功夫，天天往市、县两级党史办、方志办跑，省市档案馆、博物馆的档案他查了个遍，足足啃了半个多月资料。在长兴打游击时，农民自卫队吃着饭就可能遇上子弹，走路可能遭到伏击。他们遍体鳞伤，没有药，把野草嚼烂了涂在疮口上。吃不上饭，吃蛇，吃蚂蚱，吃所有能入口的东西。即使有了根据地，也仅仅能吃饱。只有一个理想，虽然遥远，仍然要为之奋斗。

他想起了江小童看的那本书，觉得有某种共同之处。不同的是，书里的那个人是被惩罚，才天天推着巨石上山，而他在资料里看到的这些人，却是自觉自愿，把一件看起来做不成的事做成了！

杨伯峻看了他的报告大加赞赏，说他写出了真正的插剑岭！

20 · 矿井里
第二十章

1

尔雅新增的项目接近完工，种猪繁育中心还没装修好，已经开始使用。从南方运来的种猪陆续进场，还养了几只本地猪，也是经过改良的，纯粹的本地猪已经找不到了。

江小童每天来养猪场，有时待半天，有时待一个小时。尔雅见到她比过去自然多了，女工们跟她亲密无间。每次来她都全身消毒，换上工作服。开始觉得麻烦，慢慢觉得也是一种修行，像庙里的和尚诵经前先焚香一样。一换衣服，杂念都消失了。让她烦恼的是，姚红玉每天给她发微信。

养猪场的变化让她欣喜。看到杨伯峻忘我地工作，她以前不理解，现在明白杨伯峻不是吃苦，是快乐。西西弗斯也不是吃苦，别人眼里的漫漫劳役成了享受，忍耐、坚持是享受的一部分。她以为，西西弗斯每一次看到巨石滚落，心情是愉快的，因为他可以把这个过程继续下去。

荒诞是希望的反面。加缪认定西西弗斯荒诞，推石结果是注定的，一生不断地重复这个过程，没有希望。杨伯峻赞赏愚公，愚公知道自己的目标，坚信可以达成。

晚上，她问杨伯峻。杨伯峻说：也不完全是。

江小童问：那你赞赏什么？

杨伯峻说：做任何事都有两种结果，一是成功，一是失败。成功与失败都正常。接受失败和接受成功一样，是心理成熟的表现。美好的图画在心里，信心永在。我坚信能把巨石推上去，直到山顶。咱们刚来时养猪场什么样，现在什么样？刚来的你，还有我、黄俊涛、梅长风是什么样，现在是什么样？这算不算成功？有人说我提拔了，你们没有提拔，想一想内心，是不是比以前有了高度？我不喜欢你书里的人。愚公移山的道理，是高过西西弗斯的。

江小童说：我确实想过，咱们就是西西弗斯。现在仍然觉得西西弗斯没错。

杨伯峻问：插剑岭能成功吗？

江小童说：我愿意相信能成功！

杨伯峻说：看看养猪场，你就知道成功不远了。

江小童说：插剑岭有成功的一天。不过，插剑岭的剑拔不出来，痛会永远留着，时间长了痛苦变成血液，永远在身上流动。这能算成功吗？

杨伯峻没想到她说出这样的话。

2

游锡五的子女托人送来游锡五的资料，除了一些生活用品，还有一封长信，是写给崔玉俊的。看样子，崔玉俊没有收到，或者这封信压根儿没有寄出。

人民公社是从并社开始的，先把几个初级社并成一个高级社，两年后再把几个村的高级社并成人民公社，代替原来的乡政府。县里干部忙得要死，一天要走两三个区（当时一个区管几个乡）。刘长顺不停下乡，一个人骑两匹马，马还累得腿哆嗦。

人民公社推广食堂。刘长顺天天在县政府吃食堂，知道办好食堂很难。别的县村村办食堂，原平县不能不办！除了办食堂，还办托儿所、幼儿园、敬老院、幸福院，搞试点提前进入共产主义。群众听了高兴，他也不能反对。

他对大炼钢铁很怀疑，马上要秋收了，庄稼怎么办？农民能炼钢，还要工人干什么？插剑岭建起了全县第一个高炉，他在全县干部大会上说：这是人民群众的创举！话音刚落就传来了高炉爆炸的消息，刘进祥被铁水生生浇死了！这消息太震撼了。刘长顺流了泪，他在大会上说：这不是事故，是我们犯了"左"倾冒险主义错误，刮共产风、浮夸风，脱离实际搞瞎指挥。当时地委领导分成两派，一派反对他，一派支持他。矛盾反映到了省里，省委派游锡五以副省长身份到容易地区视察。听到了高炉爆炸，刘进祥被铁水浇死的消息，他让刘长顺陪他回插剑岭。这是解放后他第一次回去，看到的一切令他担忧。

在那块所谓的高产田旁，他问支书刘进宝：去年亩产一千两百斤，是真的吗？

刘进宝说：真的，今年还能再提高。

他注意到，刘长顺没吭声。

晚上，刘长顺和公社干部让他到公社吃饭。他说：我在插剑岭干了三年革命，不信在村里找不到饭吃。说着进了一户农家，那家女人告诉他：家里已经好长时间不开伙了，粮食、蔬菜、油都交给了村里，天天到食堂吃饭。

他问：食堂好不好？

女人说：好呀！天天吃现成的，吃什么，饱不饱都不用操心。别人吃啥你吃啥！别人饿不着，你就饿不着。

他听出这话不是滋味，拉着刘长顺一起去了食堂。全村一共六个食堂，他看了五个。最好的食堂吃的是玉米面窝头，每人一个，一碗白菜汤。其余四个食堂的窝头是野菜团成的，汤里漂着几个葱花和白菜叶儿。

他说：吃这点饭怎么干活？食堂再不能搞下去了！

刘进宝说：不搞就拖了全省的后腿。

他发现，好些干部不为群众负责，只担心跟不上领导的要求，感到有必要写一篇文章纠正人们的认识。两年来他积攒了太多想法，一晚上就写出来了。省委书记对一年多来的冒进、浮夸也有看法，鼓励他发表，他给了省报，很快刊登了。文章获得一致好评，好些人要那天的报纸，报社不得不再加印。

一九五九年八月，游锡五由副省长调任省委常委兼容易地委第一书记。过了三个多月，庐山会议波及省里，他成了右倾机会主义在本省的代表。省委书记沉痛地检讨：游锡五同志的错误我也存在，他的文章我看过，当时没有指出他的错误，还鼓励他发表。

他赶紧说：这是我的错误，跟别人无关。

省委全会上做出了《关于游锡五、刘长顺同志右倾机会主义错误的决议》，撤销游锡五、刘长顺党内外一切职务。

几年后刘长顺恢复了级别，调到了省里，据说是一个大领导把他保护下来。游锡五承担了所有责任，他很欣慰，总算保护了一个好干部。组织问他有什么想法，他说想辞去公职，到插剑岭村当农民。省委安排他到塞北农场担任副场长，行政级别由九级降为十六级。

农场地处塞外高原，是原来察哈尔省的农牧场。游锡五是副场长，却不分管任何工作，无事可干的滋味很不好受。有一天，他想起跟崔玉俊的争执，觉得崔玉俊做过的事，我为什么不可以做？他找到场长，要求建一个农业实验站。场长拨给他三间房子，六个技术员。他把这六个技术员分成三组，分别为畜牧组、农业组、农机组。

农业组首先研究密植。他还记得刘进宝告诉过他，高产田产量夸大了，比原来增产却是真的。除了施肥、浇水，他们还在农业技术员的指导下搞了合理密植。崔玉俊也提倡密植，密到什么程度没说过。他找了四块肥力相同的地，一亩地分别播种十六斤、十八斤、二十斤、二十二斤小麦种子；又找了四块水浇地，分别播种十八斤、二十斤、二十二斤、二十四斤。秋后得出结果：普通地每亩播种十八斤，水浇地每亩播种二十二斤，产量最高。按着这个标准推广，农场大面积增产。接着又进一步试验，精确到普通地每亩播种十八点五斤，水浇地每亩播种二十一点三斤。莜麦、谷子、高粱、胡麻也都得出了相应的数据。

畜牧组用苏联高血马与蒙古母马杂交，受胎率达到百分之八十，比蒙古马增高十一厘米，胸围增大八点五厘米，体重增加三十公斤，最大挽力增加了四百多公斤。用改良马再跟蒙古马杂交，马对环境的适应性明显增强。他们后来又对牛、羊也进行了改良。

游锡五不知不觉成了农牧业专家。塞北农场下辖六个分场，各分场争相邀请他，走到哪里都是笑脸。有人给他编了快板，说他原来是老红军，因为爱上一个女人下放到了塞北。他跟人解释，他是路线错误。农场人不听他解释，仍然说他被女人耽误了。在当地人看来，风流说明有魅力，路线错误是万万不能犯的。

他想到了李金凤。崔玉俊走后，李金凤两次离家出走，都被韩家截回。暴动失败后他们往长兴山区转移，李金凤一直跟着他们，游锡五只好留下她。现在，他正在做崔玉俊做过的事，崔玉俊在干什么？也许已经成了革命者吧？他却成了一个技术人员。

他感受到了技术的魅力，每一次进步都让他兴奋。夜深人静，他给崔玉俊写信：也许你是对的，中国发展离不开农业，农业发展离不开技术，与其搞疾风暴雨式的革命运动，还不如脚踏实地做些实事！他很快把这些话划掉了，没有革命怎么能有这个国家？他只是希望革命成功后，给技术留下一点空间，让崔玉俊发挥作用。崔玉俊也给他写了信，那封信没有寄出，如今正安安静静地躺在一个柜橱里，就像他的信没有寄出一样。

3

侯总接到周竞的电话，让他离开插剑岭到外地躲几天。还没来得及走，几个矿工家属就到了村里，他们是来感谢侯总的。当初侯总救了他们，给了他们钱。杨伯峻听了，很快产生了联想。

刘海翔在乡里也挨过打，打人的也是疤脸。除了刘海翔，还有刘玉柱，他们挨打没有人救助，这些矿工家属恰好遇到了侯总。他们说家里人到矿上时，矿已经开了很多年。他们村大部分人在各地矿上打工，春节返乡，插剑岭矿的工头请他们吃饭，答应工钱比别的矿高，五个人跟着工头来了。他们跟工头签了合同，随后给家里打电话，说干活的是个国营老矿，多年亏损卖给了私人业主。家人知道老矿条件好，有原来国营时留下的安全设施。干了半年去了另一个井，特别简陋，家里人跟着担心。

杨伯峻意识到山上不只一个矿井，至少还有一个，甚至更多。他问：后来呢？

家属们说：后来就没了消息。写信不回，打电话也关机。

他们来找，招工的工头说几个矿工走了，问：去了哪儿？

工头说：嫌这儿钱少，去了别的矿。

他们又到别的矿找，没有下落。附近几个省找遍了，有人说：不会是出了事故吧？

他们听了腿都软了。

县信访办说：怎么可能是事故？出事故报上早登了，瞒报县委书记都得撤职。他们半信半疑地回了家，半年后再出来问，矿上说：跟你们说清楚了，你们还纠缠，再纠缠小心揍你。

他们连回去的路费都没有，想让矿上帮助，工头说：你们的人给矿上造成了多大损失，还想要钱，矿上还想让你们赔呢！

杨伯峻问：有没有一块儿出来的矿工，找他们问问。

家属们说：村里出来了五个，都失踪了，别的矿工不认识。这个矿后来停了工，只留下工头看矿。

梅长风问：没到公安局报案？

家属们说：原平县公安局，我们县的公安局都去了，没用。连谁是老板都问不出来，今年工头也找不到了。矿井边换了个看矿的，说是养鸡场的人。我们找了信访办，信访办叫来一个人把我们领到偏僻院子里，以为能见到老板，没想到挨了一顿打。不是侯总，我们得被打死。求领导们让他出来，我们问几句话。

杨伯峻让梅长风去找。过一会儿梅长风回来，说：侯总开着车走了，去了哪里不知道。

杨伯峻说：你们留个电话，联系上侯总就通知你们。

家属们走后，梅长风说：侯总说这是一群神经病，找人找得精神失常了，说根本没见过他们。我让侯总来，他说，我去干什么，你就说我出门了。说完开着车走了。

杨伯峻想，这些人可能看花了眼。他们像溺水者，抓住什么就不肯松开。不过，他们的亲人在插剑岭矿井失踪了，这是千真万确的。有个人帮助过他们，给了他们钱，也不假。打人的疤哥特征明显，不光打过他们，还打过刘海翔、刘玉柱，抓住疤哥就能揭开真相。杨伯峻想给公安局长打电话，拿出手机又犹豫了。自己是县委副书记，却不分管政法，管政法的副书记关系一般，未必听他的。最好让蔺永乐说话。发生矿难在刘铁山任上，蔺书记一定全力督办此案。

果然，蔺永乐听了他的陈述，说：我这就叫公安局长。

第二天，家属们又来村里。杨伯峻建议他们到县公安局报案，家属们说：找公安没用。

杨伯峻说：你们不找，公安局怎么立案？

家属们刚走，刘根生推着轮椅来到村委会。轮椅成了他的拐杖，走累了就在轮椅上坐一会儿，不累了站起来再走。他进来时，矿工家属们正往外走。杨伯峻跟他说了经过。他说：他们说的是真的！

杨伯峻问：你怎么知道？

刘根生说：侯总刚来咱们村投资，海翔说他见过，在哪儿见的想不起来。前两天听说告状的把侯总认成大恩人，他想起来了，说他挨打时侯总也进去过，扒在疤哥耳边说了几句话就走了。他跟周竞不是一般关系，没关系谁敢做这种好人。全乡人都知道矿是周竞的，没人敢说出来。

刘根生分析得有道理。

第二天县公安局传来消息，疤脸逃走了，公安局正在追捕。杨伯峻奇怪：刚想抓他怎么就逃了呢？有人透露了消息吧？他这一跑，线索就断了。

刘根生说：咱们村还有一个人，大概知道内情。

杨伯峻问：你是说老裴？

刘根生说：不是老裴，是老郎中。

杨伯峻说：老郎中死了。

刘根生说：他死了，碌碡知道。这么大的事他不会不跟碌碡说。他死前把家里人都赶出去，跟碌碡说了好些话。

杨伯峻想起老郎中死后，周竞还来参加过葬礼。他当下就要带着梅长风去碌碡家，刘根生说：别说是我说的。

杨伯峻说：明白。

两个人到了碌碡家，碌碡正收拾出诊箱，问：你们不是来找我算卦吧？

杨伯峻说：有个事情不明白，想问问你。你爹死后，周竞来参加了葬礼。他那么牛，怎么那么看得起你爹呢？

碌碡笑了笑，说：我也奇怪。

杨伯峻问：老郎中没说过？

碌碡说：他从来不跟家里人说外面的事，我们也不问。现在说起来了，我想起一件事。有一年来了几个人，把我爹接走了。这几个人是干什么的，我们不知道；接去干什么，我们也不知道。我爹在外面待了两天一夜才回来，回到家倒头就睡，一看就是累坏了。醒来吃了点东西，又睡。再醒来我们问他去哪儿了，他不言声。看他的眼色，我们不敢再问。过了几年，有一次我看他心情好就问了，他呵斥我，打听那么多干什么？我再不敢问了。当时我猜是刘铁山得了不好的病，不敢到大医院看，知道我们家能治，把他叫走了。

梅长风摇摇头，说：不是。

碌碡说：要不就是哪个大人物得了病。那也不至于出去那么长时间，累成那样。

梅长风说：碌碡，我在插剑岭最佩服的就是你，你给我算了几回卦都特别准。这回我也给你算一卦好不好？

碌碡疑惑地看着他。

梅长风说：叫走你爹的人你不认识，但你知道是干什么的。他们离村里不远，说白了就是山上的人。

碌碡使劲儿摇头。

梅长风说：其实你什么都知道，你爹不让你往外说。他不想让这件事永远蒙在鼓里，又觉得现在不是说的时候。你说是不是？

碌碡说：我爹真的什么都没说。

杨伯峻说：你爹临终前给你留了一封信，那里面写了什么？

碌碡说：他不让我看。

杨伯峻说：我们也不问了。你什么时候愿意告诉我们，再找我们吧！

4

矿工家属到县公安局报了案，受理的仍然是以前那个民警，只是比以前老了。看见他们比以前热情，倒了水，拿了水果盘，说：有什么事说吧！

把矿工家属的口述记录了，又逐一签字，说：留个电话，我通知你们！这回领导说了话，肯定办得快。

几个人出了公安局，回到月亮湾乡，在乡里住了一夜来到村里。

杨伯峻接到通知，明天上午开县委常委会。他惦记着公安局追踪疤脸，要提前去。临走嘱咐黄俊涛和梅长风，那几个矿工家属再来，一定要把他们安抚好，别出意外。

黄俊涛说：放心吧！

杨伯峻刚走，几个家属就来了。梅长风给他们倒水，问：吃不吃饭？

一个人说：还真饿了，吃！

其他人说：咋能吃人家的？

那个人说：我的儿子都没了，有啥不好意思的。

梅长风给他们煮了挂面，一人两个烧饼。吃完看他们无事可干，说：待着没意思，我领你们认识个人，说不定能提供线索。

黄俊涛想阻止已经来不及。几个人跟着到了碌碡家，碌碡一见就紧张了，说：你们来这儿干什么？

梅长风说：没事，找你聊聊。

碌碡说：我哪有空闲，有病我给看，没病的别在这儿，我地里还有活呢！

一个家属说：我膀子受了风，夜里疼得睡不着。

碌碡放缓脸色，给他扎了针，梅长风说：你们聊，我先走了。

碌碡行着针，那些人便问他那年山上是不是出过事？

碌碡问：出什么事？我不知道。

一个家属说：村里就你们家是郎中吧？

碌碡点点头。

那个家属说：有人说你爹去山上看过病。

碌碡说：我爹死了，他一辈子看了无数的病，给谁看过我们哪知道？想知道内情你们找山上看矿的。

家属们说：他说他不是矿上的。

碌碡说：他是不是也比我知道。天天守着井口，不问他问谁？

家属们觉得有理，离开了碌碡家。有人说：要不咱们上山看看？有人说：我不去，那人不像好人。另外几个人说：死等着有什么用，还不如上山转转。你不去回旅店等着，我们去。那人只好跟着。

到了山上，还是那个看矿的。他们说找矿上的人，看矿的说：跟你们说过，我不是矿上的，不过我知道有一个人认识矿上的人。我给他打电话问问。走到空旷地带给周竞打电话。周竞说：你让他们明天下午再来。

看矿的跟家属们说了，家属们问：你打电话的是不是老板？

看矿的说：他跟老板认识。人家明天下午有空。我看你们老来，不忍心才告诉你们。

家属们谢了看矿的，回到旅馆商量怎么办。有人主张等县里的结果，有人说不能死等，得自己想办法。商量的结果是明天下午去一下，不行就赶紧回来。

第二天下午他们到了，答应见他们的人根本没来，看矿的说：我问问走到哪儿了。

当着他们打电话，问：你在哪儿呢？好些人等着见你……就是昨天跟你说的那几个人，你答应见人家……你昨天这么说的，咋忘了？……不行，我都答应了人家，你必须来……好，好。我让他们等着，你可必定来啊！

挂了电话，看矿的说：昨天喝高了，说的什么早忘了。

家属们面面相觑，看矿的说：我让他必须来。这会儿正开车往这儿赶呢！

几个家属一直等，看到阳光慢慢斜下来。看矿的又打电话：你走到哪儿了，都等着呢！……你快点儿，人家还有别的事儿……行，行。他放下电话冲家属们点点头，回屋搬出一张桌子、六个凳子，招呼说：过来坐吧！

家属们问：走到哪儿了？

看矿的说：路上出了点儿事，把一个老娘儿们撞了，刚处理清。让我先给你们弄点儿饭菜。说着端上来菜，无非是猪头肉、猪蹄子、午餐肉、鲭鱼罐头，还有凉拌菠菜、凉拌萝卜、拍黄瓜。大葱是自己种的，切成段放在盘子里。酒是本县生产的原平大曲，十八块钱一瓶。

家属们天天省饭钱，看到菜眼睛都直了，十八块钱的酒就像琼浆玉液。看矿的略一劝，他们就敞开肚皮吃。看矿的看到菜没了，又打电话叫来一个人，送来了一箱子酒和十几个肉罐头。萝卜、大葱是自己种的，管够。

第一轮酒菜下去，家属们说起了他们的冤屈，十几年了，活不见人死不见尸，我们年年出来找人，种一年地挣下的钱还不够当盘缠的。本来指着他们打工挣钱，现在亏空越来越大。看矿的满脸同情，他们哭，他也跟着哭。哭完了擦一把泪，说：喝酒！

再说一会儿，又说：有多少委屈就在这酒里了，喝！

喝着喝着，一个家属明白过来，你说的那人咋还没到？

看矿的说：我再问问。一打电话，对方说：已经到了插剑岭沟口，一会儿就到了。

几个家属看到了希望，对看矿的说：好人，我们一辈子忘不了你！

看矿的说：有啥忘不了的，有一年我弟弟找不到了，也是朋友帮忙找回来的。

家属们说：这么说还有希望？

看矿的说：喝吧，我保你们能找到。

不知道又喝了多少，等到要见的人到了，已经都喝醉了。有人认识，睁着醉眼说：你就是工头，是你把我们家的人叫到矿上的。

工头说：我也正找你们，你们想找的人都找到了。

家属们问：在哪儿？

工头说：跟我来。

看矿的说：别着急，先喝口酒吃点菜。工头便倒了满满一大杯，跟家属们又干了一杯。

放下酒杯，工头领着他们往外走，看矿的和后来送酒的人跟在后面。

家属们走了一会儿，看到了新井口。工头说：你们的人就在里面。

看到家属们怀疑，他说：那边的老矿井县里让停，我们又偷开了一个井口，县里不知道。我们不敢让矿工跟家里联系，怕透出风。你们的人正在里面挖矿，我带你们下去看一眼，你们就放心了。

有的家属不敢下，工头说：我领着你们怕什么。说着一步跳到绞车里，家属们互相看了看，胆大的先跳进去，胆小的也跟着。他们都半醉着，很快忘了怕。人刚在轿厢站稳，绞车就往下走了。

工头让人开了灯，出了轿厢他们跟着工头往里走，沿矿道走了一会儿，工头说：里面就是他们在干活。

他们又往里走，灯光越来越暗，再往前，看到地上乱糟糟的，好些矿石从上面掉下来，有一个家属说：我不走了，太黑。

另一个家属说：你们看，前面是什么？

走过去看到地上一些白白的东西，往前跨一步拿起来，意识到是一根骨头。看得出来，是腿上的，这么说这就是亲人了？他们连肉身也没有，只剩下了骨头？想想总算找到了尸骨，也算没白出来。想找工头问，哪里还有工头的影子。忙喊：工头呢？

是呀！工头呢？刚才还在。一直在我旁边，咋没了？

他们听到了绞车上行的声音，有人喊：跑了！五个人一齐往井口跑，酒已经吓醒了，边跑边哭，边哭边骂，等他们跑到井口，所有灯突然都灭了。有人拿出手机照，看到轿厢早升到了外面，只把他们留在了井下。

有人打电话报警，井下根本没有信号。

手机渐渐没了电，他们的哭喊淹没在无边的黑暗中……

5

在省博物馆，黄俊涛看见了一台八路军兵工厂的母机，所谓母机就是高级机床，靠柴油机带动。讲解员说：母机仅有两台，一台在原平县插剑岭。

黄俊涛用手机从各个角度拍了照，准备回去复制。回到村里，他跟梅长风翻看手机里的照片，裴庆跑进来，上气不接下气地喊：推土机把郝宝贵家推了！

黄俊涛不相信：推了？不可能吧？

裴庆说：推了！

黄俊涛又问：好好的就推了？

裴庆说：推了，真推了！

黄俊涛有些蒙，让自己镇静：曹志军和任海龙呢？

裴庆说：在推土机前面挡着呢！

黄俊涛脑子一转：那就是说还没推，是不是？

裴庆说：推倒了郝宝贵家的院墙、大门，郝宝贵两口子躺在推土机前面。人们都寻思他们不敢推，哪想到照着郝宝贵就开过去了，郝宝贵两口子抱在一起哭，真可怜呵！

黄俊涛想，推土机不可能把郝宝贵两口子轧死，那是刑事犯罪，他们不敢！问题是推土机失了手呢？那么大的机器怎么能恰到好处？轧上就是两条人命。下乡期间出了人命，如何跟上级交代？杨伯峻刚提拔，还有四年就该退休了，出了这种事等于画了一个不光彩的句号。想到这里，他跟着裴庆往郝宝贵家跑，一边跑一边问：韩小实呢？

裴庆说：去市里联系大理花种子，正往回赶呢！

黄俊涛和梅长风赶到郝宝贵家，村里老百姓已经都到了，团团围住推土机。没有看到曹志军和任海龙，倒是看到刘根生坐在轮椅上跟着呐喊！

他问：村干部们呢？

刘根生四处看了看，说：刚才还在呢！

估计村干部们躲起来了。现在情形对村里有利，他们在这里反而不好说话。一些群众拿着镐头、铁锹，愤怒地喊司机下来！司机吓得脸都白了。十几个群众拿着撬杠，撬推土机的履带，另外一些群众喊着号子，撬杠一动，他们也跟着使劲儿推，推土机摇摇晃晃！

邹进贤父子站在人群前喊：一、二！加油！一、二！加油！

推土机要往后退，后面也是群众，司机退了几步不敢退了，在驾驶室里打电话。群众喊声震天，手机里的声音根本听不见。

黄俊涛站在人群前面，两只手在头上交叉地挥舞：乡亲们，静一静，静一静，听我说几句。

邹进贤说：冷静不了，郝宝贵差点儿让他们铲死，太欺负人了！插剑岭人过去不怕日本鬼子，不怕国民党，现在也不怕老板。惹恼了把他盖的房子拆了，沟填平了，树给他拔了，草给他铲了！他爱去哪儿挣钱去，插剑岭不缺他的投资！

黄俊涛呵斥：邹进贤，你别火上浇油！

邹进贤说：黄队长，我就是火上浇油，怎么着吧？村里人受了欺负，你们工作队站在哪一边？是代表老百姓说话，还是代表老板说话？

黄俊涛扭回头，对着群众喊：乡亲们，退一退。让推土机上的司机先下来。

邹进贤说：下来我撕了他，插剑岭人不是好欺负的！

黄俊涛说：邹进贤，你煽动群众，出了事要负法律责任！

邹进贤说：我不怕，这个责任我负定了！咱们一起上，把他的推土机掀翻了，把里面那个小杂种揪出来！

刘根生喊：别听邹进贤的，咱们按工作队说的办！看到他的轮椅挡在前面，群众往前挤了挤，又站住了。一时僵持在那里。

梅长风是和黄俊涛一起过来的，看到碌碡在救人，他走过去。郝宝贵老婆腿上有一道口子，是推土机铲的，不停地往外流血。郝宝贵大腿也紫了。他蹲下，问怎么回事。郝宝贵嘴唇哆嗦，说不出话。碌碡一边给郝宝贵老婆包扎，一边替他回答：夜里，他们家的牛又丢了两头，中午从山里找回来，两口子想歇会儿，推土机不停地在外面响。

郝宝贵拿起镐头朝驾驶室砸，推土机一直往后退，他以为司机怕了，扔了铁镐回家。没想到司机给什么人打了个电话，放下手机便朝郝宝贵家开过来。郝宝贵眼睁睁看着大门塌了，推土机又反复开了几次，门框、门扇被轧成了好几截。他和老婆从家里冲出来，骂司机。司机是个愣头青，一加油门朝他冲过来。院墙是刚垒的，听说公司要占这一带，他们还移栽了枣树，把牛棚改成了偏房。推土机轻轻一推，院墙就倒了，挺粗的两棵树咔嚓、咔嚓断成了两截。郝宝贵老婆坐到地上号啕大哭。

邻居们跑出来，看见郝宝贵两口子迎着推土机坐着，推土机退后几步，又朝郝宝贵两口子开过来。邻居们喊：快跑，快跑！

郝宝贵两口子不跑，也不敢看，背过身子对着推土机。推土机在他们身后轰鸣，两个人缩起脖子，用后背抵抗着。推土机一点一点地把土推到他们身上，铲刀就在郝宝贵脑后一寸，铲刀上的土落在郝宝贵身上。郝宝贵对老婆说：咱们宁可死，也不能让他把家推了。咱死了公安局不会饶过他们！

他们躺在地上等着推土机轧。邻居们喊：郝宝贵，你傻呀！快起来，快起来！几个邻居跑过去拉郝宝贵，郝宝贵流着泪说：我活够了，让他们铲死我吧！我不想活了！

邻居说：你有老人有孩子，有兄弟姐妹，你死了他们咋办？

推土机一直在后边轰鸣，不时把土推到他身上。邻居们看到拉不走，只好逃开。一个邻居被推土机的铲刀顶了一下，栽倒在地上。这彻底激怒了村里人，村里人听说后都赶过来把推土机团团围住，要砸死那个司机。

任海龙是最先赶来的。曹志军很快也到了，他一边挡在推土机前面，一边指挥任海龙跟几个邻居把郝宝贵两口子抬出现场。司机知道是村长，没敢往前开。大家把郝宝贵两口子抬到路边，郝宝贵老婆大声哭诉，人们听了她的讲述都拥到推土机前。

十几个老太太坐在推土机前：过来轧死我吧！我比你娘岁数都大，活够了！有人生没人养的东西！我们这些人换你一条命，够本了，来呀，轧呀！青壮年人想掀翻那台推土机，推土机比汽车重，被他们掀得摇摇晃晃，驾驶室里的司机慌了，朝着村干部求救：再不管我就真轧了！

曹志军赶到前面挡住群众，说：都听我的，往后退一退，退一退。

有人骂：凭啥听你的，你算鸡巴老几？

说话的是在外面打工刚回来的。有人说：这是村长，咱们听村长的。

那人说：刚才这家伙要推房子，你这个村长躲哪儿了？村里人选你当村长，是让你给老百姓做主的，不是让你吃里爬外的，公司给了你多少好处？

第二十章·矿井里

曹志军盯了他一眼，认出是裴家的人。他说：我怎么吃里爬外了？查出我一分钱好处，让纪委抓走我。

那人又骂：没得好处赶紧滚一边！

有人推开曹志军，又把推土机围起来。司机在里面打了一阵电话，开着推土机前推后冲，无奈群众围得死死的，走不了。

黄俊涛赶来，一边给群众做工作，一边四处看曹志军，曹志军却不见了。他让任海龙给曹志军打电话，问他在哪里。曹志军拿着手机跑过来，说回家拿手机去了，咱们几个人制止不了，赶紧给乡里报告吧！黄俊涛说：一报告事情就大了，我请示一下杨书记！说完给杨伯峻打电话。

一连打了十几个电话，杨伯峻都不接。黄俊涛有点发毛，杨伯峻不会出什么事吧？

6

大前天，县里通知杨伯峻开常委会，研究贯彻省委扶贫工作会议精神。他开车赶过来觉得肚子不舒服。蔺永乐讲话时他肚子一阵阵疼，拱起腰两手捂着肚子往厕所跑，到了厕所又拉不出来。蔺永乐看他脸色惨白，问怎么回事？他说肚子里搅着疼。蔺永乐让人把他送到了县医院。

县医院让他住院，他说：我还得回村呢！

大夫以为他是村里的，训斥道：回村？想回村你就得住院，要不你别想回去！

杨伯峻问：病挺重？

大夫不理他，直接开了住院单，安排到一间四人病房。住进去做了一系列检查，不让吃饭，还给他吃泻药，说把肠子排空了好做肠镜。县委办主任去看他，医院才知道是领导，临时换了单人间。他在医院拉了两天稀。不敢跟黄俊涛说住院，只说县里还有几个会，一时回不去。

早晨护士通知他做肠镜，进了肠镜室手机响了，他没法接。过了一会儿手机又响，他躺在检查台上问能不能接电话。

大夫说：做完再接吧！问他：里面息肉这么多，你不难受？

他说：一直不舒服，大便老拉不净。有时候三四天大便一次，有时候一天大便好几次。大夫问：有血吗？

他说：有，我以为是痔疮！

大夫说：息肉快把你肠子堵死了。

息肉要送到病理室分析，他拿着到了走廊，手机又响，把息肉递进病理窗口拿出手机，看到里面有十几个电话，都是黄俊涛和韩小实打来的。他给黄俊涛回了电话就要回村，护士说：不行！

他说：村里要出人命，我得赶回去。

护士说：这么重的病我不敢放你，你跟主任说吧！

黄俊涛又来了电话。他说：我马上回去。进医办室转了一圈儿，什么也没说就出来了，护士以为主任同意了。

回去的路上车很多，每个路口都堵。路过一个集市，车开得比牛车还慢。路两边卖花布的有几十米，布挂在绳子上，上面落满尘土。卖锅碗瓢勺、炉筒子等白铁货的，卖山药胡萝卜南瓜的，占了道路一半儿，只留下窄窄一条路勉强走车。一个卖豆腐丝的把豆腐丝伸到他脸前，他赶紧把车窗关上。再往前是卖肠子的，有的灌了肉，有的灌了粉，一疙瘩一疙瘩的。

十几分钟总算过去了，肚子里隐隐作痛，想到那么多息肉可能癌变，他不由得考虑自己有多少时间。他一个亲戚是肠癌死的,从发现到死不过一年。

黄俊涛说他无法阻止激动的村民,公司也没有退让的意思,侯总不敢出面,双方冲突越来越激烈。常委会上有人提出,把插剑岭周边的娘娘宫、庞家佐、米家洼跟插剑岭合在一起,成为一个小城镇,把腾出的土地指标跟发达县置换,增加本县扶贫资金。蔺永乐征求他的意见,他否了,担心引起群体事件。

现在,群体事件还是发生了。他一边开车一边给韩小实打电话,韩小实也往回赶。他说:光凭黄俊涛和梅长风控制不住局面。

韩小实说:只要不堵车,我再有半个小时就到了。

他松了口气。已经两天没吃东西,他觉得头晕。一辆车从他旁边驶过,脑袋一阵晕眩,他赶紧把车开到路边停下。车里有饼干,拿起一袋用嘴咬开包装吃了,头晕好些,又吃了几块,觉得身上有了力气。他想,路上千万不能出事,哪怕晕在事发现场,也得赶回去。

回去就能控制局面吗?他没把握。要不要通知武警?人民内部矛盾,动用武警不妥吧?他想到了刘丙瑞,刘姓是最大的家族,他出面就好办了!

黄俊涛又来了电话,说公司正在调集附近的工人,拿着铁锹、棍棒赶来。村里虽然人数多,好些是老人和妇女,尔雅听说后要带着养猪场的人来支援,被韩技师阻止了。刘海翔偷偷带了三十多人赶到了出事地点。

郝宝贵两口子还在担架上躺着,村里人抬着他们,放到了公司的人群前面,双方隔着担架互骂。怕再引起械斗,黄俊涛和村干部们挡在群众前面,他们只能拦住一部分人。黄俊涛说:曹志军要给乡里汇报,我阻止了。

他知道黄俊涛的好意，村里出了乱子，逃不了他这个工作队长的责任，当领导的都愿意把事情捂住。他说：这么大的事盖不住，赶紧报告乡里吧！

过了集市，车渐渐少了，他把车开得飞快，路边的树一棵一棵往后闪，远处山峦连绵起伏，缓缓退去。他眼前闪过冲突的场景，千万别出事，至少他赶到前别再出事了！

这是他的责任，他逃不掉！开发商没选好，他们急于让村里脱贫，更急于让村里人认可新班子，发现开发商有问题也一味迁就，没做好工作。

黄俊涛在关键时刻发挥了作用，没他撑不到现在。江小童回家休假，听到消息开着车往回返。梅长风一直冲在前面，只是做这种工作他不如黄俊涛有经验。每一个人都在尽心尽力，不知道结果如何！

7

二来很兴奋。村里出了事，说明新班子没能力。他愿意让戏往热闹了演，演得出了格更好。别看杨伯峻现在顺，这道难题解不开，剧情就反转了！

看到郝宝贵躺在推土机前，他躲得远远的。他给自己定了规矩，只当观众，不当演员。有人说他是老裴的打手，其实心眼儿一点不少。村里人围着推土机挥动镐头，他远远观望。黄俊涛看他站在远处，断定这是群众自发的行动。

村里人占上风时二来很激动，身上的血在燃烧，骨子里对开发商的敌视让他冲动，对工作队和新班子的不满让他冲动。村里一个人脚被推土机轧伤，他想让自己热血沸腾一回，最后还是克制住了。村民围着推土机不停地扔石头，用镐头砸车厢，黄俊涛想拦也拦不住。今天时机太好了，杨伯峻去了县里，韩小实去了市里，两个领导不在家，其他人控制不了局面。

　　他对老裴没好感，老裴被抓他仍然狐死兔悲。老裴眼里只有裴学锋、刘会计，看不起他。没有老裴他却觉得孤单。他愿意让村里出点事儿，把公司里的人打死一个就好看了。杨伯峻说不定得受处分。

　　眼下村里人占上风，他却看出了问题。沟口来了好几辆大轿车，每辆车走下来几十个工人，都拿着棍棒。工人越聚越多，时间不长人数已经占优。一个村的人扛不住公司，村里就那么多人，再晚女人们就该回家做饭了。他把邹进贤叫到一边，说：赶紧从外村叫人，再不来咱们顶不住了。

　　没有人觉得这不是好意，他也是真心着急。他是插剑岭人，不想让插剑岭败。村里人纷纷打电话，周围各村都有亲戚，接了电话从庞家佐、娘娘宫往插剑岭赶，一传十，十传百，浩浩荡荡的人群不断聚集，他们说：欺负插剑岭就是欺负我们。

　　他们对富豪生来敌视，喝酒时满嘴都是为富不仁的段子。侯家迁到娘娘宫后人缘不好，听到他们给插剑岭投资都骂——当年他们在插剑岭混不下去，娘娘宫收留了他们，他们没给娘娘宫投过一分钱。

　　黄俊涛发现双方的人数都在增多，越多越不好控制。乡领导说马上就到，现在还没露面。他看了看表，每过一分钟都好像几个小时。

　　想再给乡里打电话，杨伯峻的电话来了，黄俊涛问：你到了吗？

　　杨伯峻说：大概还得开十几分钟。

杨伯峻再三嘱咐不能动用警察，不能抓人，尽快让刘丙瑞做工作。

黄俊涛说：裴贵去叫刘丙瑞了！

8

中午，侯总接到了项目经理的电话，说郝宝贵跟推土机怼上了，问他什么时候回来。侯总问：那几个家属还在吗？

项目经理说：昨天去了碌碡家，今天没看见，大概上了山。

侯总脑子一转说：我有事，回不去。

项目经理说：司机想揍郝宝贵。

侯总说：该叫公安叫公安，该找领导找领导。

过了一会儿项目经理又打电话，说：司机把郝家的院墙推平了。

侯总问：郝宝贵呢？

项目经理说：两口子在推土机前坐着，拦着推土机呢！

侯总给周竞打电话，周竞说：你别管，让司机把事儿往大了闹。

侯总猜跟几个家属有关，村里的事闹大了，能转移县里对山上的注意力。他给项目经理打电话：让推土机接着往前开！

项目经理说：往前开就轧死人了！

侯总说：别真轧死，周总说不出人命就行！咱们顶多损失点儿钱。

项目经理想，推土机哪有那么准。他让司机给侯总打电话。侯总见是司机的电话，不接。村里人要把推土机掀翻，司机急得哭。外面的群众看见了，说：那小子草鸡了，哭呢！咱们再加把劲儿把他的推土机掀翻了。

撬杠一掀，司机往前开，又轧了一个人的脚。村里人更愤怒了，男人用镐头砸推土机的履带、车厢，女人们朝推土机啐吐沫。司机不停地打电话。一个小伙子站在推土机履带上，想打开驾驶室门。司机不开，小伙子挥起拳头砸窗户。

小伙子叫刘大龙。黄俊涛看到冲在前面的是刘家人，又派人催叫刘丙瑞。

司机看到刘大龙砸门窗，再一次启动推土机。周围人喊：快下来，快下来！刘大龙跳下车，拿起一把镐头追着推土机跑。

黄俊涛站在一块石头上，喊：老乡们，我是扶贫工作队的黄俊涛，大家听我说几句！我们来到插剑岭，就是插剑岭的一员。插剑岭战争年代英雄辈出，现在进入了脱贫攻坚关键阶段，咱们村不能出乱子，出了乱子对咱们脱贫不利。

村里人说：我们对工作队没意见，你让姓侯的出来，我们当面问问他，为什么挣着插剑岭的钱，欺负插剑岭人？

还有人喊：杨书记跟韩小实呢？咋还不出来？

黄俊涛说：杨书记在县里开会。我这就给侯总打电话，有什么诉求你们当面说，现在你们先撤一撤。

村里人不撤，喊：你让姓侯的现在就来，让司机下车。

司机不敢下车，趁着黄俊涛给侯总打电话，想把推土机开走。刚挪了几步，群众又围住了。侯总看到是黄俊涛的电话根本不接。黄俊涛把手机举起来，让群众听，说：我暂时联系不上侯总！

村里人说：他不敢接电话！

有人喊：那年他爷爷把全村的电费贪污了，什么狗屁总，来了先打他个狗日的！

趁着众人围着黄俊涛，司机悄悄下了车，群众发现后把他摁住，让他交代谁指使的。司机说是领导，问哪个领导，司机不说。众人你一拳我一脚，黄俊涛赶过去用身体护住，让曹志军和任海龙把司机送走。

司机脸色惨白，两只手不停地抖。有人喊：把他的推土机扔到沟里！十几条撬杠一齐上，呐喊着掀翻了推土机。正在折腾，公司里来了好几辆大轿车，车上下来的工人越来越多，都拿着铁杠、镐头！村里人跟他们对峙时，几十个工人从侧后方包抄过来，把司机抢走了！村里人想抢回，奈何对方都拿着器械，只能看着司机被送上车。

9

这是裴贵第二次到刘丙瑞家。第一次是1992年，刘丙瑞辞职办起了面粉厂，乡领导动员他再担任村支书，刘丙瑞没答应。裴贵觉得该轮到自己了，鼓起勇气找刘丙瑞，刘丙瑞冷淡地说：你找上面，跟我说没用。

刘丙瑞显然对他不感冒，不过他仍不死心，说：我不认识上面，只能靠你了。

刘丙瑞说：我一个下台干部，管不了闲事。

裴贵看他黑着脸，灰溜溜地离开了。

开山修渠时他还小，不过他爹支持刘丙义。刘丙瑞接了班，他爹一直跟着在山上干。有人说：愚公子子孙孙挖山不止，咋太行山还在？

他爹说：丙瑞也得听上级的，别为难他了！

挖了三年山，死了三个人，伤了七个。人们一拨一拨地找刘丙瑞，想停工。他爹一次没有跟着，反而说：干了这些年又停工，不是白干了吗？

那时他爹支持刘丙瑞，现在刘丙瑞怎么不支持他？思来想去因为他姓裴。支书、村长从来都是几个大家族的，轮不到裴家。他决定往上推老裴。他要让裴家出一个人，哪怕这个人品行一般。他暗地里拉队伍、搞串联，村里人看在眼里。老裴一上台就变了脸，人们把罪过记到了他头上，说是他把老裴推上台的。刘丙瑞在街上见了他，老远就躲开了。

出了刘根生的事，刘丙瑞年年上访，脸上的肉越来越少，方脸变成了刀削脸，胡须又长又硬，嘴唇常年长泡，他看了难受。当年你要支持我，有这个下场吗？他以为养猪场是老裴对他的回报，没想到老裴在等他懂事。漫长的煎熬消耗着他们父子，他累得脱了形。照照镜子，自己也变成了刀削脸，眼窝深陷，眼眶突出，放出的光是冷的，看见村里人懒得说话。这时候他才不再怨恨刘丙瑞！

工作队来了，他替刘丙瑞庆幸。

他对杨伯峻说：咱们村最了解情况的是刘丙瑞。

杨伯峻去看望刘丙瑞，他听见很高兴。不过，见了刘丙瑞他仍然躲着。现在，他来到刘丙瑞家，这是第二次来。黄俊涛让他请刘丙瑞出来。

刘丙瑞搬到了楼里，窗明几净，屋里没有臭味儿，窗台上还养了花。刘丙瑞老伴冲他和蔼地笑着，给他倒了一碗水，他拿起来喝了一口，是糖水。这是村里早先待客的最高礼遇，刘家还用着。

村里发生的事刘丙瑞不知道，搬到楼里，好像跟村里人隔远了。他一心守着老伴，顾不上管外面的事。刘根生每天吃完早饭出去，傍晚才回来。邻居把他背上二楼，再帮他把轮椅搬上去。他不回家，刘丙瑞什么事都不知道。裴贵说了郝宝贵跟公司冲突的经过，说：杨伯峻在县里开会，韩小实也不在，只能你出面了。

刘丙瑞说：不是有你吗？

裴贵说：我去顶什么？你在村里威信高。插剑岭刚有点起色，出不起事。再出事大好前景就糟蹋了！

刘丙瑞点点头，赶紧穿衣裳。他搀着刘丙瑞出来，毕竟是八十多岁的人，走了几步就喘起来，他说：慢点儿，别急。

他搀着刘丙瑞往人群聚集处赶。他想，早一点这样多好，全村不分家族都一个心思搞经济，不比争来斗去强？

他把这话说出来，刘丙瑞说：那是不可能的！

他站住了说：人就是这样的？

刘丙瑞说：世上只有好人还行，可惜不都是好人。我告了几十年状明白一个道理，人不都是好人。等明白过来已经晚了！

刘海翔听到消息第一个赶来。看到公司里人越来越多，他回到养猪场叫人。跟着他来的有三十多个员工。尔雅听了也要去！韩技师拽住他，说：你什么都不知道。又对刘海翔说：别说跟厂里请过假！

刘海翔说了句"明白"，带着三十多个人赶过来。他们的到来给村里人增添了信心。时间不长刘海翔发现，一个面熟的人在项目经理身边站着。他想起来了，这人是疤脸的手下。当年疤脸在炕上坐着，低声说"给我扇他"，这人朝他一连扇了十几个耳光！旁边还有一些喽啰，跟着他一起殴打。

他把曹志军叫到一边，说：这些人不是公司的，是黑社会。

曹志军问：你看清楚了？

刘海翔说：我让他们打过，扒下皮我都认识。

曹志军说：你用手机照个相，留下证据。刘海翔走到近处用手机照了相，又录了视频。等到那个人发现他，他已经离开现场。为了防止万一，他把照片和视频发给了曹志军。

韩小实赶到时，曹志军把侯总跟黑社会勾结的事说了，韩小实问：你们看清了？

曹志军说：刘海翔认识他。

韩小实说：这就好办了！

他们给杨伯峻打电话，杨伯峻要求一定搞确实，最好再找一个证人。韩小实想起刘玉柱也被打过，说：放心，我一定搞准！

在人群里找刘玉柱，看不到。正着急，见裴贵扶着刘丙瑞走来，旁边是刘玉柱。几位老人很少出门，村里人围拢过来。韩小实把刘玉柱拽到一边，指着对面的人群让他认，刘玉柱说：没错，就是疤脸手下的打手。

韩小实问：认准了吗？

他说：错不了！

韩小实心里有了数，躲到一边给乡里打电话。

村里人簇拥着两个老人，有人搬来凳子扶刘丙瑞坐下。喘了几口，刘丙瑞想站到凳子上，一时上不去。黄俊涛又搬来一个凳子把他扶上去。那些拿着铁镐、铁锹的群众看着他们。

放眼望去，前面是黑压压的人头。有认识的，有不认识的，听到插剑岭人受了欺负，各村的青壮年拿着铁锹、镐头赶来。远处站着侯总手下两百多人，面对这么多群众他们有些胆怯，紧紧挤在一起。旁边一个刚建好的亭子被拆了，推土机被掀到了一边，不是大树挡着就翻进了沟里，更多的破拆正要进行。看到刘丙瑞和刘玉柱赶来，无论是公司的人，还是村干部，都松了一口气。

刘丙瑞没开口就咳嗽，他太激动了，咳得险些站不住，有人又搬来一个凳子放在旁边，梅长风跳上去，跟黄俊涛一起扶着他。好半天刘丙瑞才缓过一口气说：你们看看，这口气差点儿上不来，土都埋到了脖子上了。我知道你们想让我站在一起，以前我也跟你们一样，现在得说点儿心里话了！有人问，咱们村为啥叫插剑岭？真把我问住了。土改有人问，合作化也有人问，扶贫工作队来的时候也这么问。他们说你们村没有剑呀，咋叫个插剑岭呢？我说，南边的山叫插剑岭，村子是随着山叫的。我知道剑插在哪儿，在心里！在村里每个人心里！一想起过去的事心就疼！剑就插在心里！

下面安静得没有一丝声息。他说：仔细想想，哪一家好过了？游锡五咋说的来着？你们忘没忘？反正我是忘了！自个儿吃了亏遭了难才想起来，才知道那些话不是白说的！他说要建立一个公平、正义、富裕的社会，人人有饭吃，有衣穿。咱们把这些都忘了，你们说是不是？

人们看着他，想他是啥意思。他说：咱们想的是掌权、发财。游锡五不是这么说的，插剑岭人当年也不是这么想的！他们想一起过好日子。

有人喊：别人欺负咱们咋办？插剑岭人就该窝囊？

刘丙瑞看了一眼，见是邹进贤。他说：心量窄了不行，越这么想越不行！把剑拔出来，不能再往心里插了，比什么都要紧！

有人喊：那你呢？你的孩子过去一直瘫在炕上，怎么说？

刘丙瑞说：这话问得好，就等着你这么问呢！天天你争我斗，坑的是自己！那些年我天天想，咋让我摊上这事呢？我错哪儿了，老天为啥跟我过不去？村里人说我不该辞职，我不服气。谁都不知道我为什么辞职，我想挣钱！人人都想挣钱，我挣钱咋就错了？路就这么走歪了！

村里人看着他。

他说：回去吧，铁锨不是打架的。打架争不来好日子，告状也告不来好日子，那是一条无尽头的路，陷在里边转不回来。这是我告了几十年状明白过来的道理。我一口气上不来就死了，不骗你们！建设一个好社会才能过好日子！

刘玉柱也站到凳子上，说：我们老哥儿俩加到一起一百八十岁了，经了多少事！现在明白也晚了。你们不晚，你们还有好日子在后面！赶紧回家吧！

人群渐渐松动，外村赶来的人首先撤离。有一些人不动，村里的青壮年远远看着公司那边，对方不散开，他们也不离开。

杨伯峻赶到了，把黄俊涛叫到一旁问情况。等到刘丙瑞和刘玉柱讲完，他才站到凳子上。正在散去的人们看到他来，又停住脚步扭头看。

他说：刚才两位老人讲得好！我告诉大家，这件事不会完，工作队会彻底调查，从根本上解决问题。大家等着我们的好消息！

说完他又走到公司员工前面，说：我是扶贫工作队的杨伯峻，也是原平县委副书记，村里人已经散开，你们也走吧！

有人说：老板让我们来的。

杨伯峻问：老板呢？

项目经理走到前面，杨伯峻问：侯总呢？村里人正在撤，你们怎么办？

项目经理扭头朝工人们挥手，工人们散开了。

杨伯峻刚松了一口气，梅长风喊：老刘晕倒了！碌碡在哪儿？

刘丙瑞从凳子上下来，走了没几步就倒在地上，杨伯峻看他手捂胸口，脸憋成青紫色。他拿出硝酸甘油给刘丙瑞塞了一粒，刘丙瑞渐渐缓过来。

碌碡赶来给刘丙瑞扎了针。

回过头看，公司的人已经走净了，村干部们围过来。刘丙瑞睁开眼，看见了杨伯峻。他说：杨书记，我以为要不行了呢！迷迷糊糊看见了阎王，我说，我不能死，死了我的孩子交给谁管呢？

杨伯峻说：老刘，事件已经平息了，你回去休息吧！他让人把几位老人送回家，一颗心才略略放下来。他感到了饿，想找个地方休息，看见人群又聚集起来。

黄俊涛和梅长风带着村干部一起往人群走去。杨伯峻坐在刘丙瑞站过的凳子上，想下一步怎么办？跟侯总的合作很难继续了。郝宝贵和老婆受了伤，还有两个群众也流了血。侯总跟黑社会勾结，这样的人怎么能合作？侯总自己也不会干了，接着干可能再发生冲突！取消合作，意味着原来的规划泡了汤，要建的旅游景点、红色设施成了空话。村里制定的脱贫计划也无法完成，扶贫等于失败！就像江小童说的，把一块石头推到了山顶，现在又滚动下来！

这个结果他承受不了，村里也承受不了。这是永久的痛！他得想办法找新资金，到哪里找？侯总会不会漫天要价？跟后续投资方达不成协议，剑不但没有拔出来，还会一直插在心里！最难的是，他要面对全村人的质疑，怀疑工作队选错了路，就像当年开山挖渠，全村人都在质疑，看到别人成功，全村人又都后悔。

在县里开会时，他接到了崔老爷子的电话。老人说：外来资本无法从根本上解决农民问题，这个项目即使成功，发了财的也是投资方，农民还是摆脱不了贫困。这还不如当年的开山挖渠，开山挖渠是农民的力量，成功了获益的是村里人。现在算什么？

崔老爷子把他说出了一身汗。他在县医院躺着，不时地想老爷子的话。只是，不借助外来投资，脱贫时间会更漫长。他们选择了一条快捷的路，也要为快捷付出代价！剑就插在心里！

10

　　薛健打完最后一笔款，给姚红玉打电话。姚红玉不等他开口就说：我都收到了，加起来一共是九千六百万。

　　薛健说：我是用朋友的账户打的。

　　姚红玉说：我知道。

　　薛健又问：咱们下午见一面，方便吗？

　　姚红玉故意说：我不在市里。

　　薛健问：明天呢？

　　姚红玉说：我这些日子都在外地，兽药厂筹建情况我让下面汇报你。

　　实际上兽药厂连地都没征，姚红玉让财务单独开了账户，她预感到薛健要出事。离婚时她盼着多得资产，现在不想沾边，尤其不想让儿子沾。

　　薛健问：能不能让我见见儿子？

　　姚红玉说：他同意你就见。不想见，我也不能强迫他。

　　放下电话，姚红玉给尔雅打电话：你爸想见你。

　　尔雅说：别跟我说这个，我没空。

　　薛健后来给他打电话，他一律不接。

　　到了周末，传来了跳楼的消息。那天清早，姚红玉心里发慌。一个朋友说北方大厦有人跳楼，她反而不慌了。大厦一度是市里的标志性建筑，薛健第一次出事前转给了别人。她本能地想到是他，人们说跳楼的是一个局长，她刚松了口气，又有人说是企业家。

　　拿出手机要给薛健打，想：人死了，打电话也活不过来；人没死，打电话更没用。她不想让薛健手机里的最后一个电话是她的。

　　事情很快明朗，死的是薛健。在别人眼里，他是上世纪八九十年代的风云人物。死因众说纷纭，有的说因为情人，有的说资金链断了。

他不甘寂寞，因为背后有重重叠叠的影子。他挣的钱别人不敢要，临死前把一大笔钱转来，又急于跟儿子见面，分明是计划好的。姚红玉想让儿子活得单纯，有这样一个爹单纯不起来。薛健遗体告别不通知她，也要通知儿子吧？该不该出面？她得当面问尔雅。

公安人员找到了她。问：最近跟薛健见过面吗？

她说：我们早离婚了。

问：打过电话吗？

她说：打过，问了问儿子，没提别的。

问：觉得他有异常吗？

她苦笑：他什么时候正常过？

公安人员说：打电话总要说点儿别的吧？

他想见儿子，儿子不想见他，我有什么办法？她说。

本来想问问后事怎么处理，直觉告诉她什么都别问，问多了给儿子惹麻烦。

下午她让司机把她送到插剑岭。村委会后面的三排新楼，已经人来人往。大沟东侧也起了一排楼，是尔雅盖的，打算给厂里的外地员工住，楼前建了三栋别墅，独门独院，有一栋是给农大郭教授的，剩下两栋给谁，她还不知道。

大沟两侧修整一新，沟壁修了水泥护坡，上面画着巨型壁画，是尔雅画的。两侧地面建了十几个花坛，种了槐树和老榆树。回廊和亭子建了不少，环绕着都种了侧柏。一些地方在挖地基，挖到有些人家附近停下来，显然是遇到了阻力。

尔雅说旅游公司的老板姓侯，投入要上亿。他还不知道真正的老板是薛健。

薛健死了，周竞能完成后面的投资吗？这条沟很长，一直通到山里。把这条沟建成景区，十年之内难有效益。明知道收不回投资还要干，只有一个解释，对方的资金急于找到出路。薛健一死，资金链肯定会断，哪怕以后再接上，也需要杨伯峻花费不少精力，她刚收到的钱倒可以派上用场。

她让司机在村里转了一圈，随后来到养猪场。新建的饲料厂刚投产，尔雅派出员工跟村干部一起四处收购玉米。养猪场里空荡荡的，人不知道去了哪里。

给尔雅打电话，尔雅不接。韩技师开车赶回来，说：尔雅去山里了。

姚红玉警惕了：又去找那个女人了？

韩技师说：不是，他在外面找野猪呢！

韩技师把她领到种猪繁育中心，新建的种猪舍比原来自动化程度高，饲喂系统完全由电脑控制，电脑配料，电脑拌料，电脑加温，饲喂器上安装着音响，喂食和喂水发出不同的声音。猪一听到声音就奔着饲喂器跑。

种猪舍里装了空调，室温常年在22度左右。除了以前见过的洋猪，还养了本地猪，比外国品种瘦小。姚红玉问：尔雅找野猪干什么？

韩技师说：想跟家猪杂交。

姚红玉笑了一下：他倒说干就干。

韩技师把她带到一个猪舍前，里面有七八只小野猪，棕黄色皮毛上有一道道浅色花纹，见了人尖叫着一哄而散。它们刚逃到角落就打架，用鼻子互相拱对方，忘了姚红玉在看它们，跟贪玩的孩子一样。

姚红玉问：这不是有野猪吗？

韩技师说：他想捉几只大的跟家猪交配。

姚红玉感到宽慰，说：随他折腾吧！

韩技师说：浪子回头金不换，这孩子将来错不了！这得感谢工作队的江小童！

姚红玉问：小童今天没来？

韩技师说：村里昨天出事了，工作队开会呢！

姚红玉以为韩技师不知道薛健自杀，其实他知道。尔雅回来怎么说，她还没想好。薛健做过什么事，尔雅不知道，猛一下让他如何面对？这是永远的痛！

剑插在心里！

姚红玉想，不管薛健打来多少钱，她跟尔雅都不会原谅他！永远不会！

姚红玉说不能强迫儿子跟他见面，这是压垮骆驼的最后一根稻草。进监狱前，薛健把儿子要回来交给了老娘。儿子是奶奶拉扯大的，奶奶死了，才给了姚红玉。他出狱后没心思管儿子，儿子跟他越来越疏远。

他一生轰轰烈烈过，也山穷水尽过，现在活成了空白。他从不在公众场合露面，是个隐形人，跟姚红玉离婚后又找过几个，都没孩子。儿子不理他，他这一生忙了什么？他是那种"纯爷们儿"，内心没有正义感，却要追求仗义。跟人交往大大咧咧，其实心细如发。有多少豪迈，就有多少脆弱；有多少侠义，就有多少龌龊。

给姚红玉打电话时他还没下决心。身后有一根长长的链条，他活在链条里，保护这个链条就是保护自己，哪怕为此赴死也值得！

工作队到插剑岭时周竞打过电话，他问：怎么现在才跟我说？

周竞说：我也是刚知道。

他问：工作队进村了？

周竞说：今天到的。

他问：能不能让他们换个地方？

周竞说：不太好办。

他说：在原平县，你连这点儿事都摆不平？

过了几天周竞打来电话，说：找了县扶贫办主任，说是县委定的，改不了。以前我能直接找刘铁山，现在的领导说不上话了。

他说：想办的事，总能想出办法。

第二天周竞打来电话，说有办法了。他问什么办法？周竞说：插剑岭是县里命名的小康村，现在又成了贫困村，以前不是假的，现在就是假的。

小康村证书怎么搞到手的，他没问。他要的是结果。原以为一封告状信就能让工作队走开，没想到遇上个死心眼儿的，杨伯峻硬把贫困村帽子保住了。

他在社会上混了半辈子，深知聪明人好办，笨的反而麻烦。他把这份担心告诉了省里一位领导，栗副省长说：你别管了，我让他们把那个队长换下来。

领导也没换成。他不敢再问领导，怕伤领导面子。

前面的路越来越窄，他觉得该收缩了。第一是收缩感情，该断的朋友都断了，不能断的也尽量疏远。第二还是收缩感情，凡是想生孩子的，露出一点儿念头他就撤。生的目的是逼他娶，他才不上这个当！第三是收缩事业，矿上的人遣散回家，只留一两个看守的。设备眼睁睁地生锈，他不可惜。

挣来的钱没人要，要了的都在想办法退。事业停滞，钱却越来越多。他的一生是荒谬的，死也不需要规律。他知道早晚有人找他，他只有一个办法，这办法强烈吸引着他。现在到了收缩生命的时候了！

他是怎么发起来的？那个村比插剑岭小，是另一个插剑岭。爹一生谨小慎微，老婆、孩子是农村户口，县里人叫一头沉。一头沉办公桌右边四个抽屉，搬起来右边沉。把家在农村的干部称为一头沉，是因为他们家庭负担重。

他原名薛启愣，从小谁都不服，打架不见血不罢休，爹管不了他。稍大点儿他知道了有钱好，打不服的人，钱能让他们服。没成年他就把人生目标定为挣钱了。爹当过公社副书记，官不大，他也能沾光。村里见不到的人，他能见到；村里听不到的消息，他能听到。跟爹认识的，跟他能成为朋友；跟爹在一个办公室的，跟他成了哥们儿。他们说：老薛，儿子比你强多了。

时间不长他就发了。那时一年挣一万就是成功人士，叫万元户！那是个创造奇迹的年代，每个人都不甘心受穷。他给自己改名薛健，深夜里拿着《水浒》一遍遍看。宋江为什么朋友多？仗义疏财呀！大名府往京城送什么？生辰纲呀！为什么白白往外送？送出去的多，收回来的更多啊！他从农村一脚迈出来，秘诀就是《水浒》。做生意，忙来忙去就这么点事儿！

看透这些，就觉得成功没什么。有些人是被查出来才死的，他不打算这样，站在楼顶他犹豫了，掉下去粉身碎骨，是不是惨了点儿？下面有人看见，劝他下来。不劝他还能下，一劝反而下不来了。他走了，身后留下一个链条。

一把剑，又插在插剑岭上了！

11

裴贵把刘丙瑞送上楼,想起刘丙瑞刚说过的话:我知道剑插在哪儿,在心里!在村里每个人心里!一想起过去的事心就疼!没有人比他更理解这话。

他跟裴元庆守着空荡荡的养猪场,等着猪来。猪来了,猪死了,没挣到什么钱,漫长的等待、劳作,最后是一场空。晚上,他一个人守着养猪场,生怕别人把养猪场占了,冬夜寒风入骨,寒星寥落,满心悲戚。他想:怎么成了这个样子?他跟大部分人一样归咎于命。后来知道,路是人走出来的,命也是。

记得开山挖渠时,有一天他媳妇没出工。那时冬天所有劳力,除了老弱病残都要上工地。村里成立了铁姑娘突击队、铁大嫂尖刀班,他媳妇是尖刀班的副班长。

一连两天工地上见不到她。刘丙瑞问咋回事,裴贵说她肚子疼。

说女人肚子疼,就是来了那回事,男人们一般就不问了。刘丙瑞不能不问,公社领导对出工率卡得挺紧,不能无故不出工。他必须问出理由。

那时候来例假不叫理由。裴贵说:她说干不了活,我管不了她。

刘丙瑞说:咱们都是村干部,自己的媳妇不出工,咋要求别人?她肚子疼,别人不能肚子疼吗?她来例假,哪个女人不来例假,人家哪个往家里跑过?

裴贵皱着眉头,说:我没法管。

刘丙瑞说:那是你媳妇,你不管谁管?

裴贵媳妇是被逼上工地的,她压根儿没来例假,肚子已经疼了好几天。裴贵跟着刘丙瑞找到她，她正在炕上萎着，脸蜡黄蜡黄的。刘丙瑞没注意到这些，那时村里没脸色好的。

刘丙瑞让裴贵先跟女人说。裴贵说：一个村的人谁回来了？别人家老婆在工地，你回了家让我咋见人？

裴贵媳妇说：我难受！

裴贵说：你看看村里谁不难受？难受就回来，山上的活儿谁干？

裴贵媳妇想反驳，刘丙瑞打断她：这不是你一个人的事，公社天天报出勤率，今天你回来，明天别人回来，我咋跟上级交代？

裴贵说：我好歹是个村干部，你给我留点儿脸面行不？

女人哭着从炕上跳下来：别说了，我这就回工地，不给你丢人。

他们刚回到山上，裴贵媳妇也到了，脸上还有泪痕。她干一会儿活，坐在地上歇一会儿，悄悄擦泪。干活时，她脸上是豆大的汗珠子。刘丙瑞心里埋怨这个女人，干啥要偷着跑回家，为啥不跟村里请假。你偷着回来，我能不管吗？我不管村里人能服吗？

第二天，裴贵媳妇晕倒在工地上。她坐过的石头上有血。

几个人抬着裴贵媳妇到公社卫生院，打了一针止血药又转院。正在下乡的县畜牧局长听说还有一口气，把吉普车让出来，送他们去了县医院。

医生说：这女人命够大，晚一点儿就拉倒了！

刘丙瑞一直在自责，下决心把工程停下来。公社领导把他批了一通。他不死心，又去找县领导。他知道，这么干下去村里人还得出事。

裴贵没埋怨过他，心里却一直记着。村官不算什么大官，却是村里人的天。韩景德当了，满村是他的文明棍声，货郎都进不来。刘进祥当了，搞互助组、合作社、人民公社，大炼钢铁把自己烧死了。慈红兵上台

第二十章·矿井里　　865

满街是大字报，一脚差点儿把他爷爷踹死。刘丙义上来开山修渠，村里死了三个，伤了七个，他自己也没了命！

权力多重要？抬一抬手你就能活，攥一攥能要你的命！村里人说：是你把老裴扶上台的。他不后悔！老裴没给过他好处，他也不后悔。他对刘丙瑞也不歉疚，歉疚是后来的事。看着刘家一天天上访告状，他才觉得歉疚。没了权的刘丙瑞，成了老裴重点防范的对象！

没下台前，村里人叫刘丙瑞黑脸。他心硬，脸黑，不讲人情，没人知道他的心是最软的。他看起来严厉，说话噎人。看见村里人偷粮食，他张嘴就骂，有时候还扇他们嘴巴子，但这些事他没在会上说过，也没汇报给公社，都压下了。那时老裴当治保主任，看见偷粮食的都悄悄放了。裴家的人跑远了，还要叫回来，让他们把偷掰的棒子拿走。裴贵当然要把他推上去！

有人质疑：靠这结下的人缘能算吗？

当然算！什么人缘也是人缘。就是这些人缘推着老裴上了台。裴贵把希望寄托在老裴身上，觉得老裴这片天能遮住他，以后都是晴朗天气！

他改变了插剑岭的命运！让老裴成了这个村的主宰。路是人走出来的，命也是人走出来的。无论是插剑岭，还是他自己，从那以后命运就变了，变得更加坎坷、悲怆！

他那时意识不到这改变，觉得支书是自己人，以后会越过越好！

刘丙瑞也意识不到，他辞了职，开了村里唯一一家面粉厂，周围各村家家户户找他加工。他家里亮堂堂的，新打的柜子能照人。柜上摆的东西村里人没见过，自鸣钟、录音机、熊猫电视，你唠着话，柜上的钟"当当"地响起来，告诉你该做饭了。他还有录音机，你说什么，录音机里就有什么。有人找他们磨面，拿来了多少麦子，出多少面粉，工钱怎么算，出来的麸子怎么分，录音机里都记着呢，想赖也赖不掉。这些东西现在不算什么，那时是最高级的。

电视是熊猫牌，托人从县里买的。村里人都到刘丙瑞家看电视，他们把窗户打开，窗里窗外都站着看电视的人，燕子从头顶飞进飞出。刘根生脸上擦着雪花膏，闻着香喷喷的。想跟刘家结亲的人有多少啊！都觉得刘家有钱，跟着刘根生错不了。

就在刘丙瑞心满意足时，插剑岭就再不是以前的插剑岭了，成了裴震山的天下。谁都不知道刘丙瑞为什么辞职，他应该带着村里人搞大包干，发展经济，他没有。他觉得给村里干了不少，该想想自己家了。他停了山上的工程，村里谁不说他是好人呢？

插剑岭毁在了好人手里！从外面上访回来，他躺在炕上一遍遍问自己：家怎么败了？怎么活成了这个样子，我错在哪儿了？

一遍遍地问，他终于明白为什么叫插剑岭了！

12

天亮时分刘海翔打来电话，说野猪抓到了。尔雅带着十几个人进了山。姚红玉一直在做梦，梦见的都是年轻时的事。一个汉子迎面走来，方盘大脸，眼睛里闪着机警。别人介绍说这是薛总，薛健看了她一眼，似乎不很在意。

第二天晚上薛健找到她，问看不看电影。她迷迷糊糊去了，薛健的手不老实，她刚挣开，手又伸过来，银幕上演什么一点没记住。睡了才知道人家有老婆。他答应离婚，实际上没离，那时离一次婚很不容易。经过一番跳井、上吊、吃药，一年后那个女人折腾得没了劲儿，终于离了。她成了老婆，兼公司的会计、秘书、养猪场经理，身兼数职，工资没增加。

他又有了新秘书。女孩儿嘴甜，见了她很殷勤。后来就不殷勤了，远远看着她，目光能冷到骨头里，她不明白为什么。公司里议论纷纷，她压根儿没往那方面想，直到离婚才明白过来。

薛健说：别恨我，我是为你好！

薛健进了监狱，她才明白离婚对她不是坏事。薛健给了她两个企业，还有不少钱。在监狱里薛健第三次离婚，从监狱放出来他给她打电话，问能不能见一面。她问：有必要吗？

他说：我想让你看看儿子。

他带着儿子跟她见了面，告诉她孩子的奶奶死了，孩子没地方去。让孩子在姑姑家，总不如跟着母亲。他们说这些时，儿子一脸冷漠。

儿子跟她很陌生。奶奶构筑了他的世界，没了奶奶，世界就坍塌了。这是个飘在空中的儿子，谁都摸不着。她试图在儿子面前重塑一个父亲，说他是个挺好的人，一时犯了糊涂。那些罪过不是他一个人的，他讲义气一个人担了起来。

儿子根本没兴趣听，她不说了。

现在薛健死了，总该告诉他点什么吧？

上午十点，尔雅拉着野猪回来。喷消毒液时野猪吓坏了。这是头公野猪，很健壮，鼻子比家猪长，身材消瘦，比家猪敏捷。打开网扣，从网里跳出来的公野猪在猪舍飞蹿，它后腿强健，弹跳力很强，好几次差点儿蹿出猪栏。

这正是尔雅想要的！猪舍里的三元猪胖得走不动，公猪无法自然交配，只会趴在木头架子上等人采精，哪还有什么生命力？他要的是真正的野猪，在山里风餐露宿，敢跟狼搏斗！

刘海翔问：它不会蹿出去吧？

尔雅说：把墙再加高点儿。

有人说在墙上加一道电网，尔雅不干，怕电流影响精子质量。

刘海翔发愁怎么给野猪采精。家猪习惯了采精，刚开始还蒙着眼睛，后来连眼睛都不用蒙就往架子上爬，采精时小尾巴来回摇动，很享受这个虚假过程。木头架子上的破棉套就是它的天堂。

野猪不上这个当。刘海翔在破棉套上抹了好些发情母猪的尿液，野猪兴致勃勃地嗅着，很快发现是假的。它认定这是一群骗子，想欺骗它的爱情。

韩技师建议让它跟家猪自然交配。恰好有一头母猪整天不吃不喝，在猪舍里走来走去，嘴里流着长长的涎水。刘海翔把公野猪放进去，母猪很快安静了，举止温柔，目光流盼。野猪凑到跟前，它不躲不闪。面对这个高大的胖娘们儿野猪不太自信，小心翼翼地嗅着，母猪阴门已经红肿，不停地流分泌物。在场的人都在着急，刘海翔汗都出来了。庞海燕站在刘海翔身边，跟着他一起着急！男人们用眼睛余光扫她，她毫不在意。

三元母猪个子高，野猪爬上去也够不到，几次尝试都以失败告终。它的笨拙让母猪徒增烦恼。庞海燕趴在耳边说了句什么，刘海翔让人抬来三块厚木板放在母猪身后，好在母猪配合，站在那里一动不动。野猪站到木板上完成了任务。

在场的人说：海翔，你媳妇比你有经验。

刘海翔顾不上开玩笑，跑到尔雅办公室报喜。没想到尔雅正放声大哭，海翔怀疑这不是尔雅。他没听尔雅哭过，声音也不像尔雅的。这不是大人哭，是一个孩子在伤心。

他犹犹豫豫地推开门，看到尔雅捂着脸，指头缝里全是泪水。姚红玉一手抚着他的后背，一手抹泪。他想退出来，尔雅止住哭声问：有事吗？

刘海翔说：成了。看到尔雅没听明白，他又说：野猪交配成了。

尔雅来到猪舍，让他们把野猪和家猪分开，分别添加了全日精饲料。按规定，八小时后第二次交配，母猪如果继续发情，八个小时后再第三次交配。

尔雅看着那头公野猪，想：我给未来的猪找到了父亲，自己却看不到父亲了！这联想有些不合常情，他却悲从中来。他以为自己对父亲毫无感情，听到死讯，强烈的排斥没有了！这个人给了他生命，给了他艺术天赋。母亲只说出跳楼两个字，他脑海里就显出父亲血肉模糊的样子。他拿出一张画纸夹在画板上，想给父亲画一张像。

母亲看他无动于衷，有些失望，不知道儿子正在压抑悲伤。

面对画纸，他想不起父亲长什么样子，一点儿也想不起来。想找照片看一下，竟然没有父亲的照片。他打消了画父亲的念头，画捉来的野猪。刚画出轮廓，父亲的样子浮现出来，异常清晰！

哭声突然爆发，连他自己都没想到。他没了根，哪怕这个根不怎么美好。他悲从中来，扔下画笔放声号啕。母亲不停地抚慰他，觉得儿子又回到了怀抱里。小时候，他跟人打了架，被别人欺负了，母亲就这样安慰他。

刘海翔赶来，他起身去了猪舍。回到房间，他把椅子搬到母亲身边，姚红玉擦了脸，问：我不告诉你，你会不会怨我？

他说：咱们相依为命吧！

刚说完，听见外面喊：杨书记来了！

养猪场好些员工跑到院里迎接，母子俩刚站起来，看到杨伯峻已经走来，后面跟着黄俊涛和梅长风，再后面是江小童。姚红玉喜出望外，拉住江小童的手再不松开。

江小童告诉了杨伯峻，杨伯峻立刻带着工作队来到养猪场。他知道尔雅需要他们。问江小童你去不去，江小童毫不犹豫地说：当然去！村里有一个人没脱贫，也是没完成任务！

外国人说这是推石头，明知道要滚下来，仍然往上推。中国叫什么？叫愚公移山。这是一座插着剑的山，伤痕累累，又满山期待，中国外国乍一看意思差不多，其实有根本区别。愚公更乐观些，他承认命运，更相信自己！

13

杨伯峻他们刚到养猪场，韩小实就打来电话，说几个矿工家属不见了！杨伯峻放下电话觉得不对劲儿，又打电话问碌碡，碌碡说在山上看到过他们。他问什么时候？碌碡说村里出事前一天，他上过山，见那几个家属也上了山。

杨伯峻说：你等着，我去找你。他把江小童和梅长风留下陪姚红玉母子，自己带着黄俊涛赶到碌碡家。

碌碡看到杨伯峻赶来也认真了，他想起老郎中临死留过一封信，说村里要是出了大事，你就把信交给工作队。现在算不算出了大事？他觉得算，推土机差点儿轧死人，一个村的人跟公司对峙，这还不算？他当着杨伯峻打开爹的信，看着看着冷汗下来了。

老郎中信里说，那天是周竞把他叫走的，他坐着桑塔纳车在外面转了几圈，被拉到了山里。车转来转去想把他绕迷糊。他年年在山里采药，一进山就认出这是插剑岭。矿上把山围起来，在山里搭了一溜儿工棚，他走进工棚看见了十几个血肉模糊的人。他的腿哆嗦起来，小时候他看见三叔抢救八路军伤员都不像现在这么紧张。工棚里灯光很暗，十几个矿工昏迷着，伤口上落着苍蝇。他说：我得回家。

周竞说：你别走，我知道你有本事，不白让你帮忙。

他说：他们得送医院。

周竞说：送了医院，外面就知道出了事故。你不帮我就完蛋了，我完蛋你也好不了。

他说：家里有药，我身上没带。

周竞说：你说要什么药，我让他们买。

他开了一个单子，有草药，也有西药。一边等药，一边让人从山上挖来几种草，用大锅熬成药汤，一个人一个人地清洗伤口。有人清洗时醒过来，发出凄惨的叫声。

大批药很快来了，他一个人一个人地救治。有的人已经救不过来，拣好救的先救。有些人救不活，不能为他们耽误更多的人。回到家他睡了一天一夜，过了几天他假装上山采药又去了矿上，有几个人已经不见了，他没问去了哪里。他知道什么事能问，什么事不能问。他救活了七个，剩下还有六个周竞没提。他听说有六个矿工的家属来找乡里，心里就明白了。

从那以后，他把所有出诊的事交给了碌碡，一心在家休养。一年后周竞让人把他接到县里，问他：你要什么报酬？

他反问：我什么也没干，咋能要你的报酬！

周竞赞叹：真是个明白人！没看错你。

他苦笑着。

周竞说：我替你想过，给你一笔钱你没法儿花，村里人会问你怎么一下有这么多钱。我有个办法，明天夜里你把狗牵到屋里，我半夜让人把一罐子袁大头埋在你家院里，袁大头你知道吧？

他说：你不认识的时候我就认识它。

周竞说：你们家是大户，见过这个，你不见得知道它现在是什么价儿，听说还在涨，一月一个价。我给你埋好了，什么时候想用钱你就在院里挖，够你家花半辈子的。

他被周竞的话吸引了，这个老板跟别人不一样。

周竞说：我埋好，第二天你早点起，再用旧土把有新土的地方垫一垫，谁都不知道夜里发生了什么。你们家有老底子，院里挖出点东西不算什么。另外一个罐子我给你埋在山里，以后你没了，就让家里人把你埋在那里，他们给你挖墓地时罐子就出来了。万一他们没发现，你就守着一罐子袁大头睡，在阴曹地府你也是富户。

他笑了笑，算是认可了这个办法。

周竞又说：你要舍不得带走，就把地方说准，到时候把你埋了，把罐子也拿回了家，你算是给儿女们干了好事。他想拒绝，没说出来。不开口的理由后来想了好多，都是让自己心安的。

从那以后周竞再没见过他，他也好像不认识这个人。在家里他从来不提周竞，儿孙们提他也不作评价。他只知道，这个村的事跟周竞有关，没有周竞，老裴当不了那么稳。自己当年想让刘丙瑞再上台，干了多傻的事！老裴后来不再找碌碡的麻烦，他猜跟周竞有关。

碌碡把信递给杨伯峻，心里有不好的预感。

杨伯峻带着他和黄俊涛等人进了山。顺着老矿井往深山里走，穿过一个养鸡场，很快找到了新矿口。伏在井口细听，好像有微弱的喊声，他往下喊了一声，听到了回答。绞车的电线早已被剪断，电闸也被破坏。黄俊涛带着人回到老矿口，看矿的已经不见了，屋里很凌乱。他们在墙角找到了矿泉水、饼干、方便面，全都扔到了井下。

把那些家属救上来已经是下午，好些人奄奄一息。好在他们还活着，碌碡给他们做了简单救治，很快送到了乡医院。

这些人刚安置好，杨伯峻接到了县医院的电话，医生说：你还没办出院手续，还是我们的病人呢！

杨伯峻说：对不起，我忘了。我这就让人办出院手续。

县医院说：不是让你办手续，是让你回来住院。

杨伯峻答应了一声，放了电话。

他真的没办法回去，姚红玉还在，他得尽快跟她谈谈。周竞已经完了，侯总撤走是早晚的事，村里的旅游开发热热闹闹，转眼就要冷清收场，这个结局他不能接受，得尽快想出办法来！

他在屋里来回走，想哪里能找到新的投资。在局里管高新区时，他认识的都是大企业家，十几年后却找不出一家合适的企业。过去说做企业就是做人情，某种意义上是对的。

黄俊涛看他发愁，宽慰道：别着急，车到山前必有路。

他说：现在就是山前，哪里有路啊？

黄俊涛说：还有韩小实呢，他认识的企业家多。

韩小实正在乡医院守着矿工家属。经过抢救，家属们脱离了危险，其中一个脑子有问题，他怕留下后遗症，正在联系市医院转到高压氧舱治疗。

杨伯峻说：你回来咱们开个会，研究下一步的工作。我估计，侯总的投资要有变化。

韩小实说：不至于吧？他们投了这么多，不干损失更大。

杨伯峻说：群众也不一定欢迎他们。

韩小实沉吟，说：这倒是个问题。

杨伯峻想，韩小实远远没有意识到事情的严重。他搞企业出身，习惯于从经营角度考虑，对稳定想得少。

侯总即使不撤资，合作也不可能顺畅。长痛不如短痛，勉强维持不如找新的合作者。杨伯峻还记得崔老爷子的提醒：外来资本无法从根本上解决农民问题，这个项目即使成功，发了财的也是投资方，农民还是摆脱不了贫困。崔老爷子说得很有道理：项目成功，村里人生活会有不少提高，企业家的巨大收益摆在那里，农民的贫困感反而可能更强烈，不满也会更多。如果能让全村每个人都成为投资方，那就不一样了。

这只是一个梦想，至少现在做不到。杨伯峻担心的不是撤资，而是找不到能取代侯总的人。

他想到了尔雅。小伙子刚来时村里人觉得是个怪人。经历了一连串事件，他变得成熟了。趁着姚红玉没走，他应该跟母子俩谈一谈。想到这里，他对黄俊涛说：走，咱俩去养猪场看看。

黄俊涛最近变化很大，正在重新活跃起来。这次群体事件若不是他在村里及时处置，后果不堪设想。这样的干部应该继续发挥作用。没有没缺点的干部，也没有一成不变的人，黄俊涛在变，尔雅也在变。更可喜的是梅长风和江小童，已经成了扶贫骨干。

来到养猪场，看到江小童正陪姚红玉聊天。尔雅听到他们来，和韩技师从猪舍那边赶过来，把他们领进接待室。这是一间小型会议室，尔雅说：大会议室正在装修，这个小会议室是接待客户和领导的。

走到里面，长桌上铺着紫色的丝绒桌布，摆着鲜花、果品，几个女工穿着礼仪服给他们倒茶，尔雅给他们剥香蕉、递丑橘。姚红玉和江小童被花瓶里一簇怒放的鲜花吸引，忍不住凑到跟前。

这是尔雅安排的，姚红玉喜出望外。江小童在花梗上看见了一只七星瓢虫，说：这是刚从地里采的，上面还有花大姐呢！

杨伯峻说：姚总，你这个儿子做事周到！

姚红玉眼圈儿红了，一时哽咽。杨伯峻也想跟姚红玉说说对尔雅的肯定。看到姚红玉的神色，他不敢再说，只是笑着。扭头看了看背后的墙，上面是两幅巨大的示意图。一幅是红玉牧业未来五年发展规划，一幅是红玉牧业产销进度图。杨伯峻仔细看着，姚红玉也走到身边，给他解释上面的各项数据。

杨伯峻问：这个规划是按你的想法搞出来的？

姚红玉说：我没参与，是韩技师搞的。

韩技师说：我没这么大气魄，是尔雅和江小童两人的创意，我不过是细化了。

杨伯峻想，把村里的旅游项目交给尔雅，可以放心。他对姚红玉说：我们今天来，是向您请教来了。

他介绍了村里的项目进展情况，问：姚总，你觉得侯总还想做下去吗？

姚红玉摇头，说：不是他想不想，是能不能的问题。侯总不过是个卒子，真正的投资方是周竞。如今山上的事揭开了，周竞自己都顾不了自己，怎么往下做？

周竞其实也不是投资方，真正的投资方是薛健，薛健后面还有谁，姚红玉不知道。薛健已死，这个项目还怎么往下进行？当着尔雅，她不想说这些，只是问：侯总后来出面了吗？

杨伯峻说：韩小实打过电话，他不接。

姚红玉说：这就对上了，你们应该早做打算。

杨伯峻意识到，情况比他想象的严峻。他说：姚总，村里想不出别的办法，只能向你请教，怎么才能找到接盘者？

他不好意思直接请姚红玉投资，姚红玉也明白他的意思，说：你不找我，我也想找你们。

她扭头看了尔雅一眼，接着说：跟我有业务联系的一个老板，把一笔钱放在了我公司里，实话说，我一直发愁这笔钱怎么处理。听了你刚才的话，倒觉得这是个出路，不管这笔钱怎么来的，是否合规合法，用来扶贫总没错。只要侯总那边同意，我随时能接过来。

杨伯峻站起身，两手互相一击，说：太好了！太感谢了！

姚红玉说：这个项目我接过来，并不是我们公司的业务，跟红玉牧业没有关系。

杨伯峻不解：这是什么意思呢？

姚红玉说：红玉牧业不会从里面挣一分钱，我想做成一个公益项目。

杨伯峻悟出姚红玉担心资金来源，这里面恐怕有更复杂的故事，姚红玉不想揭开谜底。不过就像她说的，这笔钱用来扶贫没有错。

尔雅站在旁边，姚红玉不时回头看看儿子，目光满含慈爱。杨伯峻明白了，这一切大概跟尔雅有关！姚红玉不想说破，他也没有必要深究。

离开养猪场时，他紧紧握着姚红玉的手，嘱咐江小童：好好陪陪姚总。

江小童说：放心吧！

回到村委会，杨伯峻还在兴奋，他给韩小实打了电话，韩小实说：我刚得到消息，侯总失踪了，有人说去了东南亚，多亏你提前做了安排！

杨伯峻不相信韩小实没想到，只是不愿说出来罢了。他说：咱们运气不错！

韩小实说：路是走出来的，运气也是走出来的。

这话杨伯峻赞成，没有经过坎坷说不出这样的话。他跟韩小实心灵相通，这是成熟者之间形成的关系，相互留有余地，又能心心相印。

刚放下韩小实的电话，县医院又打过来，他不敢接。打算告诉县委办公室，派人帮他把出院手续办了。正想着，县委办公室电话就来了，打电话的是小金，现在的金主任。他以为是县医院联系不上他，给县委办打电话。没想到小金是给他下通知，说：杨书记，市委办通知你，明天上午到市委组织部。

杨伯峻问：刚下的通知吗？

小金说：刚接的电话，要求不能请假。

杨伯峻问：什么内容？

小金说：没说，只是通知务必到会。我已经告诉了蔺书记。

杨伯峻说：好的，我按时参加。

放下电话，杨伯峻想，这可能是周竞的事，听说插剑岭的案子惊动了省委，作为大案要案，由省纪委、省监委重点查办。市委叫他回去，是找他了解情况吧！

14

第二天回到市里,事先猜测市委跟他谈话,是调查周竞,或者是为了脱贫攻坚,把插剑岭当作了重点。通知是市委组织部下达的,他也想到了人事,是不是原平县要提拔某个干部,征求他的意见。最大可能是蔺书记,他在原平县干了十几年,光县委书记就当了四年,成绩有目共睹。

意外的是,杨霆久书记又见了他。杨书记时间很紧,一坐下就开门见山,说得简短、直截:经过市委常委会研究,决定任命你为原平县县长,希望你努力工作,把原平县经济工作、扶贫工作开拓出新局面。

杨书记没给他留推辞时间,他也不想推辞。跟上一次不同,现在他觉得自己可以做不少事,离退休还有四年,只要抓紧,完全能有所作为。

他说了一句:我努力工作,完成组织交给的任务。

杨书记站起来跟他握手,说:省委主要领导来咱们市调研,我来不及跟你多谈了,以后再抽时间交流。记住,工作既要只争朝夕,又要稳健稳妥。

看着杨书记的背影,他感受到了不一样的节奏。

从市委出来,他给严惠娟打电话,严惠娟说:你前几天不是回来过吗?怎么又回来了!

杨伯峻跟她开玩笑:怎么,不欢迎?要不我回村里?

严惠娟说:我这就回家。

严惠娟中午在公司吃饭。现在急着赶回家,口气里带着欢快。他坐在沙发上等着,说不出是什么感觉,带着一点点喜悦,也有一点点担忧,怕自己辜负了市委的信任,又有些跃跃欲试,想把事情做好,想证明自己。

他心头涌上感动。韩部长告诉他,另一个县的县委书记涉嫌腐败,市委紧急把原平县县长提到那里当书记。研究原平县县长时,几个常委都提到了他,杨霆久书记同意了。他感到很幸运,赶上了一个新时代,一个风清气正的时代,一个有所作为的时代。

严惠娟一进门,他就迎上去告诉杨书记的谈话内容,正在脱外衣的严惠娟扑到他身上,紧紧抱着他。他感受到了她身体颤动,轻轻拍了拍后背,说:好了,好了。

严惠娟松开手,他看见她满脸泪水。杨伯峻又把她抱在怀里。他知道,严惠娟不是看重官职,是为他这些年的遭遇委屈,这委屈平时不肯说出来,都压抑着,现在释放出来了。下午,严惠娟跟公司请假,带他到商厦买衣服,她说:我要把你打扮得精精神神的。

带着严惠娟满满的爱意,他回到插剑岭。跟上次不同的是,没人给他打电话祝贺。上次,市委刚跟他谈了话,县里人就知道了。一涉及人事、提拔,跑风漏气特别严重。仅仅几个月情况就改变了,市委不公布,没有人知道。

他享受市委的信任,也感受着压力。走到沟口,他的车没往村里开,沿着大沟直接进了插剑岭。山脚下他停住车,一个人往山上爬,他想起江小童说的那个神话。

他是在往山上推着石头吗?也许是。所有比喻都是有缺憾的,不能准确概括。他可以把新的职务看成一块巨石,奋力往上推。他的结果会跟外国神话不同!

他独自往山顶爬。走到一个峰顶,停下脚步回首望着村子,觉得这个村子像一个实实在在的人,一个跟他一起成长、一起经历战火童年、贫困少年、彷徨青年的人,现在他们一起成熟起来。他们的肌肉一起变得紧实，骨骼一起变得强健。他们都是好相处的人，只要真心对待对方，对方就会回报真心。爱潜藏于朴实木讷中，进取潜藏于本分厚道里。看着眼前的山山岭岭，抑制不住的依恋升起来，让他久久不能平静。

刚到插剑岭，他觉得这个村似曾相识，除了村中那条大沟，究竟哪里相熟相识他说不清。现在明白，这就是他失散多年的亲人。他们相像的不是外表，而是血液，是流淌在共同血液里的基因。

他想拥抱它，想把亲人拥进怀里，想一起哭，一起笑。想倾诉，想说出心底跟谁都没说过的话。想告诉对方，自己一路艰难走来，就是想寻找这样一个村子，一个可以说心里话的人，一个可以为之流汗水、洒热血的人。他感激这份相遇、相知。以后不论走到哪里，这里都是他内心力量所在。他永远爱这一切！

谢谢你，插剑岭！

谢谢你，父老乡亲！

附・主要人物表

工作队成员

杨伯峻　　原平县月亮湾乡插剑岭村下乡工作队队长，容易市科技局副局长，主管农村处。妻子在保险公司工作，女儿正读研究生。浓眉，方脸。年轻时想当画家。

江小童　　插剑岭村下乡工作队员，市科技局综合处干部。刚参加工作，父亲是市委副秘书长，母亲是市卫生局副局长。

梅长风　　插剑岭村下乡工作队员，市科技局农村处干部。离过两次婚，第三次婚姻也在危机中。

黄俊涛　　下乡工作队副队长，市科技局市场处处长。后备干部，得到崔局长赏识。

工作队成员家属及重要关系

严惠娟　　杨伯峻的爱人，保险公司市场部经理。

江秘书长　江小童父亲，市委副秘书长。

邱局长　　江小童母亲，市卫生局副局长，原卫生防疫站副站长。

浴风　　　梅长风的第一任妻子，原名骆梅花，深圳市惠风科技培训有限公司总经理。

霍丽娜　　梅长风的现任妻子，公司客服。离婚时没孩子，收藏圈朋友介绍认识了梅长风，喜欢梅长风，受不了他天天买假古董。

省市领导

杨霆久　　容易市市委书记。

栗省长　　原容易市委副书记，后来提拔为副省长。

申全胜　　副市长，主抓科技。

苏主任　　市委办副主任。

韩惠先　　市委组织部常务副部长。

容易市科技局人员

崔局长　　市科技局局长，以前是方志办副主任。后被免职，调查。
马明宇　　市科技局局长，原长兴县县长，接替崔局长。
霍局长　　市科技局副局长。

容易市其他人员

薛尔雅　　画家，红玉牧业公司总经理。美术专业毕业，喜欢江小童。
姚红玉　　欣欣建筑集团董事长，房地产商，尔雅的母亲。
薛　健　　著名企业家，橙光集团董事长，尔雅的父亲。出狱后成为隐形富豪。因为虚开增值税发票案被判刑，与姚红玉离婚，后与多位女子同居。他是杨伯峻高中同学，曾多次找杨伯峻帮忙。杨伯峻拒绝贿赂，他又攀上了刘铁山，跟崔局长也有特殊关系。被抓起来后独自担责，保住了刘铁山等人。周竞是他暗中扶起来的私企老板，也是他挣钱的白手套。
冯大宽　　书法家，古董贩子。
俞　风　　群艺馆馆员，女歌手。
罗　总　　某旅游公司副总。
老　谦　　古董贩子，自来水厂职工。
胖　子　　原平县的古董贩子，常年给周竞家送古董。周竞买的古董大部分是他送去的。
安律师　　市十大律师之一，市磐石律师事务所所长。杨伯峻请他担任刘丙瑞的公益律师。
窦　总　　窦鹏飞，姚红玉手下的经理。
侯　总　　本名侯珺，原名侯均刚，风景之华旅游公司经理，爷爷是插剑岭人。他原来是薛健秘书，薛健出事后跟着周竞干。一度又离开周竞想自己创业，没有成功后又找到周竞。周竞给他成立了旅游公司，负责插剑岭村的旅游项目。

村干部以及亲戚

裴震山	老裴,插剑岭村支部书记,体格壮实。当支书二十八年。
刘会计	刘全惠,插剑岭村会计,跟刘丙瑞属于远亲。他堂叔是村里会计,教会了他打算盘。
暴二来	插剑岭村村主任。原来在外面打工,给老板当打手,后来回到村里,依附老裴。后被工作队免职。
任海龙	副村长。
曹志军	副村长,刘玉凯的远房亲戚。跟工作队亲近,后来选为村长。
刘全祥	刘会计的堂哥,村小学的代课老师。

裴家以及亲戚

裴学锋	老裴的侄子,叫老裴二叔,实际上是老裴的儿子。
桂　芬	人称胖桂芬儿,裴学锋的媳妇。曾跟任贵成偷情怀孕,碌碡开药打胎。
彩　虹	老裴的孙女。父母从小离异,跟着爷爷奶奶长大。在县城有时打工,有时闲逛,周末偶尔回村。
裴文才	裴震山的爷爷,抗日时入党,曾任村党支部副书记。
裴英伟	裴震山的六叔,合作化时任村党支部支委,建立了火炬社。火炬社社长。
裴元庆	村里青年,老裴的远房堂侄。平时说话带刺儿,办过养猪场。
元庆媳妇	本村的闺女,裴元庆曾经叫他莞尔一笑,后结婚。
裴　贵	裴元庆的爹。当年出于自私帮助老裴上台,后因为养猪场跟老裴闹翻。
裴贵老婆	裴元庆的娘。
裴　庆	老裴的亲戚,裴贵的堂兄弟。养牛专业户。
裴庆妻	裴庆的老伴儿。
裴有祥	裴庆的爹。
陈姑子	教堂的修女,后为裴有祥的妻子。

太行赋·下部

| 黄腊梅 | 村里有姿色的女人，从小被父母送出去，内心带着伤痛。后来家里男人死了，跟老裴产生了感情。奶奶、姥姥都是村里的媒婆。 |
| 江乃花 | 腊梅的太姥姥，村里的媒婆兼神婆子。 |

刘家

刘丙义	原村支书，刘丙瑞的哥哥，带领村里人学大寨。
刘丙瑞	原村支书，插剑岭老党员，刘长顺的孙子，接替刘丙义。插剑岭工程下马后，他辞职，李沛义代理支书。李沛义因为不满大包干辞职，村里人又推他接任，他不肯。乡里让任树堂接任支书，群众反对。乡里打算请他回来接任支书，老裴操纵一些人闹事，最终未能接任。老裴由此上台。
丙瑞妻	刘丙瑞的老婆，原来是外村一个寡妇。刘丙瑞被炸伤后，仍然嫁给了他。
刘根生	一九七一年出生，刘丙义的儿子，过继给刘丙瑞。跟韩俊花两小无猜，家里不同意交往。一九九六年韩俊花被裴学锋强暴时，他解救，成为见义勇为英雄，后瘫痪。经过碌碡治疗，能够站起来，平时出门还是靠轮椅。
根生媳妇	刘根生未过门的媳妇，刘海翔的娘。因为未到计划生育的年龄，走婚。刘根生出事后离开了他，娘娘宫村人。
刘二根	刘根生的弟弟，刘丙瑞跟老伴的亲生儿子。离家出走，不愿回来。
刘海翔	刘丙瑞的孙子，刘根生非婚生的儿子。
媒　人	刘根生的媒人，娘娘宫前任村长。
刘长顺	刘丙瑞的爷爷。村里的第一个党员，第一任党支部书记。后任地下党长兴区委第一书记。解放后任原长县委第一书记。原长县由现在的原平和长兴两个县合并组成，一九六二年调到省里。
刘进祥	刘长顺的堂侄，新中国成立后村里第一任支书。大炼钢铁时遭遇高炉爆炸遇难。
刘进宝	刘长顺的堂侄，刘进祥的弟弟，曾带头退出合作社。新中国成立后村里第三任支书，被批判后被迫下台，"文革"初期被批斗，夜里哮喘发作死去。

附·主要人物表

刘玉柱	原村支委刘玉凯同父异母的弟弟，刘大龙的爷爷。一脸麻子。他领头给省里写信，反映山上违规开矿，遭到殴打。上访多年，查不出凶手。告状的人多被扔石头、砸玻璃。
刘大龙	刘玉凯的侄孙子，刘玉柱的孙子。性格莽撞，身材敦实，黑脸，戴一顶棕色鸭舌帽。跟后沟的郝宝贵要好。
大龙奶奶	刘玉柱妻子，刘大龙的奶奶，患肺结核。
刘大计	性格活泼，爱好拍照，小个子，刘大龙的堂兄弟。后来当了村里会计。
刘立成	刘大计的爹，在县城一所私立学校打工。当年曾抬着受伤的刘根生去乡医院，最后在查清案子中起了重要作用。

另一个刘家

刘玉凯	刘进祥最小弟弟的儿子，跟刘丙瑞是没出五服的堂兄弟。从一九六五年起任村大队长、副支书，学大寨时被开山炮崩出的石头砸了腿，微瘸，一只眼瞎了。
庞海燕	庞四宝的重孙女，养猪场女工，原给尔雅送饭。后来当了饲料配比化验员，跟刘海翔恋爱结婚。
刘鑫旺	刘玉凯的四叔，村里的第二个党员，第二任支书，一九三五年入党。后为原平县委书记，容易地区行署专员。
刘鑫盛	刘玉凯的三叔，党员。抗日战争时的地下党支部书记，后来是三区区委书记，原平县委书记。
刘鑫存	人称刘老汉，刘玉凯的六叔，群众。一直在村里，曾跟着刘丙义、刘丙瑞兄弟学大寨。
刘玉虎	刘鑫旺的大儿子，一九五六年后任村长，一九六一年前后任插剑岭支书。后任月亮湾乡书记，原平县县长，"文革"中被批斗致死。

慈家

慈崇喜　　九十二岁，人称老郎中。慈惠生的儿子，从小跟随慈弃智学医。童年时无意向日军透露了八路军兵工厂人员行踪，三叔慈弃智知道后承担了下来，慈家从此不受信任。年轻时村里人叫他小郎中，中年以后，叫他大郎中，后来村里人叫他老郎中。他的医术在慈家是一个高峰。

碌　碡　　慈继业，满族名爱新觉罗·慈惠。老郎中的儿子，慈惠生的孙子。村里的赤脚医生。

慈红兵　　慈继红，老郎中的侄子，碌碡的堂哥。红卫兵首领，一脚踹断了慈弃智的肋骨。

慈建明　　碌碡的侄子，跟桂枝暗中相好，一度合伙养猪，后来反目。

慈　济　　老郎中的太爷爷。

慈思良　　慈济的大儿子。

慈思齐　　慈济的二儿子，老郎中的爷爷。

慈思恩　　慈济的五儿子。

慈弃智　　慈济的孙子，慈惠生的三弟，村里人都叫他三郎中，他奇迹般地救活过九个八路军伤员，其中一个是副师长。村里的第十一个党员。因为老郎中的事，被开除党籍。他不只懂中医，对西医也感兴趣。

慈惠生　　慈济的孙子，老郎中的父亲。

韩家

韩小实　　复员军人，工程兵，插剑岭出去的农民企业家。韩金定的曾孙，韩本信的孙子，韩景辉的儿子。

刘爱桃　　韩小实的妻子，同学。庞家佐人。

韩景春　　韩庆全爹，当过村里小学老师。小时候在游锡五的学堂里上过学，认识刘长顺。"文革"时成立造反派组织，几天后解散。

附·主要人物表

韩庆全	韩景春的儿子，韩小实的叔伯兄弟。韩俊花的父亲，接任他爹当村里的小学老师。刘根生被打残后，他出于私心逼女儿作了伪证。
韩俊花	韩庆全的女儿，跟刘根生两小无猜。双方家里不同意他们相好，她对刘根生还有感情。在韩庆全指使下，她给裴学锋的案子作了伪证。嫁到米家洼贾家后，不肯跟丈夫同房。一周后离婚，回到娘家。看过刘根生后精神失常，经常在村里乱跑。
韩老六	本名韩景泰，韩小实的四叔。
韩金定	韩小实的曾祖父，韩老六的祖父，排行老三，外号三面瓜。以前是地主，土改前家里败落，成了富农。跟县城瑞福堂的东家是远房亲戚，妹妹嫁给了县城一个大财主。
李原平	原名李金凤，韩金定的续弦妻子，村里李家的远亲。从长兴县改嫁过来，漂亮细腻。跟崔玉俊产生感情，后来参加革命，官至某省妇联主任。终生未婚，思念崔玉俊。
韩本忠	韩金定的大儿子，县城瑞福堂布店学徒，后来成了管家。回村后，替父亲主持韩家的事。韩金定死后，他是韩家的当家人。
韩景德	韩金定的大孙子，韩本忠的儿子，韩小实的堂叔。在组织安排下，当过村里的维持会长，有人说他是汉奸，他不承认。"文革"时跳井自杀。
韩本义	韩金定的三儿子，刚当兵就得伤寒病亡。
韩本信	韩金定的五儿子，不爱学习，喜欢经商。
韩景辉	韩本信的儿子，韩小实的父亲。
韩本彦	韩金定的六儿子，游锡五的学生，后发展为地下党员。一九五五年曾短暂出任原平县委书记，后调到南方某省，升任副省长。一九六四年回过村里。

村里的杂姓

庞四宝	村里的第三个党员，曾任原平县委书记，1962年搞包产到户，在插剑岭试点。
李沛义	老裴之前的村支书。

太行赋·下部

黄兴旺	原村副支书，村长，瘦瘦的。
黄兴义	黄兴旺的哥哥，村民。
杜存喜	原副村长，给老裴提过关于腊梅的意见。祖辈是铁匠，祖爷爷被韩家招赘到插剑岭，使村里有了铁匠。他是抬着刘根生到乡医院的八个人之一，最先被迫做了伪证。为人圆滑，满脸笑意，微胖。村里人责备他说：你是铁匠，是打铁的人。他说：火候到了才能打！韩俊花跳井，他和碌碡救了上来。
杜铁匠	杜存喜的爷爷。
任树堂	任海龙的爷爷，"文革"时跟刘丙义同任村革委会副主任，耿直，管事多，得罪人多。后来公社让刘丙义当了支书。刘丙瑞辞职后，李沛义代理支书，他是村长。两个人闹矛盾，李沛义辞职。乡里决定把刘丙瑞请回来，老裴指使人闹事，刘丙瑞坚决不当，老裴由此上台。
桂 枝	桂芬的妹妹。跟慈建明私通。
郝宝石	桂枝的丈夫，郝宝贵的哥。
郝宝贵	郝宝石的弟弟，二来的小兄弟，一只眼睛斜视。他和郝宝石、邹进贤、任贵成是后来在村里闹事的骨干，主要受二来指使。跟刘大龙要好。
郝存财	外号大傻子，也叫大叫驴，村里的弱智后生。
大傻娘	大傻子的娘，耳朵背。选择性耳聋。
邹永贵	邹进贤的太爷爷，韩家的佃户。
邹进贤	腊梅的亲大哥，不在一个家庭长大。
邹广义	邹进贤的儿子，私企司机，业余开卡车跑运输。
任贵生	后沟农民，家里有一个大学生，贫困户。
任贵成	任贵生的弟弟，村里有名的懒汉，把一个牛犊子养死，自己吃了肉。曾跟黄桂芬偷情致其怀孕，找碌碡打胎。最怕碌碡。
肖二换	任贵成老婆。
赵明杰	沟底农民，挂名副村长，常年在外打工。某包工队的小工头，跟姚红玉合作过。他爷爷是吃食堂时的大师傅。
李来群	赵明杰妻子，沟底的农民。大女儿在县城上高中，小儿子一岁多。丈夫常年在外，给尔雅当模特，两人发生关系。村里有人说，她娘被老裴糟蹋过，她是裴学锋同母异父姐姐。

附·主要人物表

| 侯兴奎 | 侯均刚的爷爷，插剑岭村电工。反对曹玉凯上台，要求迁户口。一家人迁到娘娘宫村。 |

村里外来人物

游锡五	省国立第一师范毕业生，原平县第一完全小学校长，中共地下党员。1928年到插剑岭建立党支部，曾任中共原长中心县委（辖原平、长兴、望定三县）第一书记，省委常委，容易地委第一书记。1959年被定为右倾机会主义分子，下放到塞北农场任副场长。
普 凯	外国农学家，游锡五的朋友。
崔玉俊	普凯的学生，祖父光绪时是原平知县。跟随游锡五来插剑岭的农业专家，受外国专家普凯委托进行北方农业社会调查，认为解决中国农业的方法应该是提高技术，不是土地革命。解放后任北京一个农业研究所的副所长，一直受批判，后来自杀。
崔老爷子	崔玉俊的儿子。
韩技师	俊峰养猪场技师。最初是姚红玉猪场的技术员，跟姚红玉产生感情，辞职去了俊峰养猪场，现在又被姚红玉聘请回来辅助尔雅。

外村的人物

马子悦	娘娘宫村的恶霸地主，抽大烟、得花柳病。儿子马超是县警备队队长。
薛大队长	县保安团团长，后起义，任第一大队副队长。
王俊锋	下关村俊峰养猪场场长，以前是姚红玉的员工。

原平县人物

| 蔺永乐 | 原平县委书记，曾任县长。原科技局副局长，杨伯峻的好友。 |
| 和主任 | 原平县扶贫办主任，曾当过乡党委书记，刘铁山的心腹，贪污了刘铁山的受贿款。 |

徐县长	原平县常务副县长，周竞的朋友。
辛主任	接替和主任的原平县扶贫办主任。
邱科长	县扶贫办科长。
王局长	县科技局局长。
小金科长	县工商局副科长，小康村工作队队员。以前在二中当教师，后调到县委办。机灵，善于钻营。
毕局长	原插剑岭小康村工作队队长，县工商局副局长，退居二线。姐夫曾任县委副书记。老婆跟一个开化妆品商店的商人跑了。目前单身，跟着老妈住。
周 竞	原平县最大的民营企业家，原来做肠衣加工，外号周大肠。后来搞房地产，外号周大拆。企业家薛健的哥们儿，在插剑岭一带开铁矿。
袁老板	原平县惠农流动餐饮公司老板，原是聚福堂的大堂经理。
刘铁山	原平县原县委书记，后任省民政厅副厅长，最后被审查。
刘部长	县委宣传部副部长。
谭德全	"文革"前的区长、副县长，在插剑岭搞合作化、炼钢铁、人民公社。改革开放后是县委副书记，人们仍然叫他谭县长。搞包产到户、大包干。跟裴家关系好。
韩主任	谭县长的秘书，后来担任过县人大常委会主任。
瞿大夫	县中医院的老中医，有人说他是老郎中的徒弟。他自己不承认。
雷律师	县里的律师，老裴家的代理人。
梁局长	前任县公安局局长。

乡里的人物

蒋社教	月亮湾乡党委书记。
杜建奎	月亮湾乡长。
齐书记	1972年任月亮湾人民公社党委书记
宋照明	老宋，曾任月亮湾乡党委书记。他之后是蒋社教。
疤 脸	乡里的流氓恶势力头子，殴打过刘玉柱，后来又殴打刘海翔。

图书在版编目（CIP）数据

太行赋 / 阿宁著. -- 北京 ：中国青年出版社，
2025. 4. -- ISBN 978-7-5153-7748-3
Ⅰ．I247.5
中国国家版本馆CIP数据核字第2025CH7829号

责任编辑　李钊平　彭慧芝
书籍设计　IDEA·XD + 刘清霞

出版发行	中国青年出版社
社　　址	北京东四十二条21号
邮　　编	100708
网　　址	www.cyp.com.cn
编辑中心	010-57350578
营销中心	010-57350370
印　　刷	中煤（北京）印务有限公司
经　　销	新华书店
开　　本	710mm×1000mm 1/16
字　　数	680千字
印　　张	56.5
版　　次	2025年8月北京第1版
印　　次	2025年8月北京第1次印刷
定　　价	138.00元

如有印装质量问题，请凭购书发票与质检部联系调换
电话：010-57350337